紅樓夢

曹雪芹 著

【中冊】

【第四十一回】賈寶玉品茶櫳翠庵　劉姥姥醉臥怡紅院

話說劉姥姥兩隻手比著說道：「花兒落了結個大倭瓜。」眾人聽了，哄堂大笑起來。於是吃過門杯，因又逗趣，笑道：「今兒實說罷，我的手腳子粗，又喝了酒，仔細失手打了這磁杯；有木頭的杯取個來，我就失了手，掉了地下，也無礙。」眾人聽了又笑起來。鳳姐兒聽如此說，便忙笑道：「果真要木頭的，我就取了來，——可有一句話先說下：這木頭的可比不得磁的，那都是一套，定要吃遍一套才算呢。」

劉姥姥聽了，心下战敠[1]道：「我方才不過是趣話取笑兒，誰知他果真竟有，我時常在鄉紳大家也赴過席，金杯銀杯倒都也見過，從沒見有木頭杯的。——哦！是了！想必是小孩子們使的木碗兒，不過誆我多喝兩碗；別管他，橫豎這酒蜜水兒似的，多喝點子也無妨。」想畢，便說：「取來再商量。」

鳳姐因命豐兒：「前面裡間書架子上，有十個竹根套杯[2]，取來。」豐兒聽了，才要去取，鴛鴦笑道：「我知道，你那十個杯還小；況且你才說木頭的，這會子又拿了竹根的來，倒不好看。不如把我們那裡的黃楊根子整刓的十個大套杯拿來，灌他十下子。」鳳姐兒笑道：「更好了。」

鴛鴦果命人取來。劉姥姥一看，又驚又喜：驚的是一連十個挨次大小❶分下來，那大的足足的像個小盆子，極小的還有手裡的杯子兩個大；喜的是雕鏤奇絕，一色山水樹木人物，並有草字以及圖印。因忙說道：「拿了那小的來就是了。」鳳姐兒笑道：「這個杯，沒有這大量的，所以沒人敢使他。姥姥既要，好容易找出來，必定要挨次吃一遍，才使得。」劉姥姥嚇得忙道：「這個不敢！好姑奶奶，饒了我罷！」賈母、薛姨媽❷、王夫人知道他有年紀的人，禁不起，忙笑道：「說是說，笑是笑，不可多吃了，只吃這頭一杯罷。」劉姥姥道：「阿彌陀佛！我還是小杯吃罷，把這大杯收著，我帶了家去，慢慢的吃罷。」說得眾人又笑起來。

鴛鴦無法，只得命人滿斟了一大杯，劉姥姥兩手捧著喝。賈母薛姨媽都道：「慢些，別嗆了。」薛姨媽又命鳳姐兒布[3]個菜兒。鳳姐笑道：「姥姥要吃什麼，說出名兒來，我夾了餵你。」劉姥姥道：「我知道什麼名兒！樣樣都是好的。」賈母笑道：「把茄鯗[4]夾些餵他。」鳳姐兒聽說，依言夾些茄鯗，送入劉姥姥口中，因笑道：「你們天天吃茄子，也嘗嘗我們這茄子，弄得可口不可口。」劉姥姥笑道：「別哄我了，茄子跑出這個味兒來了！我們也不用種糧食，只種茄子了。」眾人笑道：「真是茄子，我們再不哄你。」劉姥姥詫異道：「真是茄子？我白吃了半日！姑奶奶再餵我些，這一口細嚼嚼。」鳳姐兒果又夾了些放入他口內。

劉姥姥細嚼了半日，笑道：「雖有一點茄子香，只是還不像是茄子。告訴我是個什麼法子弄的，我也弄著吃去。」鳳姐兒笑道：「這也不難：你把才下來的茄子，把皮鑤了，只要淨肉，切成碎釘子，用雞油炸了，再用雞肉脯子[5]合香菌、新筍、蘑菇、五香豆腐乾子、各色乾果子，都切成釘兒，拿雞湯煨乾了❸，拿香油一收，外加糟油一拌，盛在磁罐子裡，封嚴了；要吃的時候兒，拿出來，用炒的雞瓜子[6]一拌，就是了。」

劉姥姥聽了，搖頭吐舌說：「我的佛祖！倒得多少隻雞配他，怪道這個味兒！」一面笑，一面慢慢的吃完了酒，還只管細玩那杯子。鳳姐笑道：「還不足興！再吃一杯罷？」劉姥姥忙道：「了不得！那就醉死了！我因為愛這樣兒好看，虧他怎麼作來著！」鴛鴦笑道：「酒喝完了，到底這杯子是什麼木頭的？」劉姥姥笑道：「怨不得姑娘不認得：你們在這金門繡戶裡，那裡認得木頭？我們成日家和樹林子作街坊，睏了枕著他睡，乏了靠著他坐，荒年間餓了還吃他；眼睛裡天天見他，耳朵裡天天聽他，嘴兒裡天天說他：所以好歹真假，我是認得的，——讓我認認。」一面說，一面細細端詳了半日，道：「你們這樣人家，斷沒有那賤東西；那容易得的木頭，你們也不收著了。我掂著這麼體沉，這再不是[7]楊木，一定是黃松作的。」

眾人聽了，哄堂大笑起來。只見一個婆子走來，請問賈母說：「姑娘們都到了藕香榭，請示下：就演罷，還是再等一會兒呢？」賈母忙笑道：「可是倒忘了，就叫他們演罷。」那婆子答應去了，不一時，只聽得簫管悠揚，笙笛並發；正值風清氣爽之時，那樂聲穿林渡水而來，自然使人神怡心曠[8]。寶玉先禁不住，拿起壺來斟了一杯，一口飲盡，復又斟上；才要飲，只見王夫人也要飲，命人換暖酒，寶玉連忙將自己的杯捧了過來，送到王夫人口邊，王夫人便就他手內吃了兩口。

一時暖酒來了，寶玉仍歸舊座。王夫人提了暖壺[9]下席來，眾人都出了席，薛姨媽也站起來，賈母忙命李鳳二人接過壺來：「讓你姨媽坐了，大家才便。」王夫人見如此說，方將壺遞與鳳姐兒，自己歸座。賈母笑道：「大家吃上兩杯，今日實在有趣。」說著，擎杯讓薛姨媽，又向湘雲寶釵道：「你姐妹兩個也吃一杯。你林妹妹不大會吃，也別饒他。」說著，自己也乾了。湘雲、寶釵、黛玉也都吃了。

當下劉姥姥聽見這般音樂，且又有了酒，越發喜得手舞足蹈起來。寶玉因下席過來，向黛玉笑道：「你瞧劉姥姥的樣子。」黛玉笑道：「當日聖樂一奏，百獸率舞[10]，如今才一牛耳！」眾姐妹都笑了。

須臾樂止，薛姨媽笑道：「大家的酒也都有了，且出去散散再坐罷。」賈母也正要散散，於是大家出席，都隨著賈母遊玩。賈母因要帶著劉姥姥散悶，遂攜了劉姥姥至山前樹下，盤桓了半晌，又說給他這是什麼樹，這是什麼石，這是什麼花。劉姥姥一一領會，又向賈母道：「誰知城裡不但人尊貴，連雀兒也是尊貴的——偏這雀兒到了你們這裡，他也變俊了，也會說話了。」眾人不解，因問：「什麼雀兒變俊了會說話？」劉姥姥道：「那廊上金架子上站的綠毛紅嘴的是鸚哥兒，我是認得的。那籠子裡的黑老鴰子，又長出鳳頭兒[11]來，也會說話呢！」眾人聽了又都笑起來。

一時只見丫頭們來請用點心，賈母道：「吃了兩杯酒，倒也不餓。——也罷，就拿了來這裡，大家隨便吃些罷。」丫頭聽說，便去抬了兩張几來，又端了兩個小捧盒。揭開看時，每個盒內兩樣。這盒內是兩樣蒸食：一樣是藕粉桂花糖糕，一樣是松瓤鵝油捲。那盒內是兩樣炸的：一樣是只有一寸來大的小餃兒。賈母因問：「什麼餡子？」婆子們忙回：「是螃蟹的。」賈母聽了，皺眉說道：「這會子油膩膩的，誰吃這個！」又看那一樣是奶油炸的各色小麵果子，也不喜歡，因讓薛姨媽，薛姨媽只揀了塊糕；賈母揀了個捲子，只嘗了一嘗，剩的半個，遞給丫頭了。

劉姥姥因見那小麵果子兒都玲瓏剔透，各式各樣，又揀了一朵牡丹花樣的，笑道：「我們鄉裡最巧的姐兒們，剪子也不能鉸出這麼個紙的來！我又愛吃，又捨不得吃，包些家去給他們作花樣子去倒好。」眾人都笑了。賈母笑道：「家去我送你一磁罈子，你先趁熱吃罷。」別人不過揀各人愛吃的揀了一兩樣就算了，劉姥姥原不曾吃過這些東西，且都作得小巧，不顯堆垛兒，他和板兒每樣吃了些個，就去了半盤子。剩的，鳳姐又命攢了兩盤，並一個攢盒，給文官兒等吃去。

忽見奶子抱了大姐兒來，大家哄他玩了一會，那大姐兒因抱著一個大柚子玩，忽見板兒抱著一個佛手[12]，大姐兒便要，丫鬟哄他取去，大姐兒等不得，便哭了。眾人忙把柚子給了板兒，將板兒的佛手哄過來給他才罷。那板兒因玩了半日佛手，此刻又兩手抓著些果子吃，又見這個柚子又香又圓，更覺好玩，且當球踢著玩去，也就不要佛手了。

當下賈母等吃過了茶，又帶了劉姥姥至櫳翠庵來。妙玉相迎進去。眾人至院中，見花木繁盛，賈母笑道：「到底是他們修行[13]的人，沒事常常修理，比別處越發好看。」一面說，一面便往東禪堂[14]來。妙玉笑往裡讓，賈母道：「我們才都吃了酒肉，你這裡頭有菩薩，沖了罪過。我們這裡坐坐，把你的好茶拿來，我們吃一杯就去了。」

寶玉留神看他是怎麼行事。只見妙玉親自捧了一個海棠花式雕漆❹填金「雲龍獻壽」的小茶盤，裡面放一個成窯[15]五彩小蓋鍾，捧與賈母。賈母道：「我不吃六安茶[16]。」妙玉笑說：「知道。這是『老君眉[17]』。」賈母接了，又問：「是什麼水？」妙玉道：「是舊年蠲[18]的雨水。」賈母便吃半盞，笑著遞與劉姥姥，說：「你嘗嘗這個茶。」劉姥姥便一口吃盡，笑道：「好是好，就是淡些！再熬濃些更好了。」賈母眾人都笑起來。然後眾人都是一色的官窯脫胎填白蓋碗。

那妙玉便把寶釵黛玉的衣襟一拉，二人隨他出去。寶玉悄悄的隨後跟了來。只見妙玉讓他二人在耳房內，寶釵便坐在榻上，黛玉便坐在妙玉的蒲團上。妙玉自向風爐上搧滾了水，另泡了一壺茶。寶玉便輕輕走進來，笑道：「你們吃體己茶[19]呢！」二人都笑道：「你又趕了來撤茶吃[20]！這裡並沒你吃的。」

妙玉剛要去取杯，只見道婆收了上面茶盞來，妙玉忙命：「將那成窯的茶杯別收了，擱在外頭去罷。」寶玉會意，知為劉姥姥吃了，他嫌腌臢，不要了。又見妙玉另拿出兩隻杯來，一個旁邊有一耳，杯上鐫著「𤫩瓟斝」[21]三個隸字，後有一行小真字，是「王愷珍玩」[22]；又有「宋元豐五年四月眉山蘇軾見於秘府[23]」一行小字。妙玉斟了一斝遞與寶釵。那一隻形似缽而小，也有三個垂珠篆字[24]，鐫著「點犀䀉」❺[25]。妙玉斟了一䀉與黛玉，仍將前番自己常日吃茶的那隻綠玉斗來斟與寶玉。寶玉笑道：「常言『世法平等』[26]：他兩個就用那樣古玩奇珍，我就是個俗器了？」妙玉道：「這是俗器？不是我說狂話，只怕你家裡未必找得出這麼一個俗器來呢！」寶玉笑道：「俗語說：『隨鄉入鄉』[27]，到了你這裡，自然把這金珠玉寶一概貶為俗器了。」

妙玉聽如此說，十分歡喜，遂又尋出一隻九曲十環一百二十節蟠虬[28]整雕竹根的一個大盞出來，笑道：「就剩了這一個，你可吃得了這一海？」寶玉喜得忙道：「吃得了。」妙玉笑道：「你雖吃得了，也沒這些茶你糟蹋。豈不聞：『一杯為品，二杯即是解渴的蠢

妙玉

物，三杯便是飲驢了。』你吃這一海，更成什麼？」說得寶釵、黛玉、寶玉都笑了。妙玉執壺，只向海內斟了約有一杯，寶玉細細吃了，果覺輕淳無比，賞讚不絕。妙玉正色道：「你這遭吃茶，是托他兩個的福，獨你來了，我是不能給你吃的。」寶玉笑道：「我深知道，我也不領你的情，只謝他二人便了。」妙玉聽了，方說：「這話明白。」

黛玉因問：「這也是舊年的雨水？」妙玉冷笑道：「你這麼個人，竟是大俗人，連水也嘗不出來！這是五年前我在玄墓[29]蟠香寺住著，收的梅花上的雪，統共得了那一鬼臉青[30]的花甕一甕，總捨不得吃，埋在地下，今年夏天才開了。我只吃過一回，這是第二回了。——你怎麼嘗不出來？隔年蠲的雨水，那有這樣清淳？如何吃得！」

寶釵❻知他天性怪僻，不好多話，亦不好多坐，吃過茶，便約著黛玉❼走出來。寶玉和妙玉陪笑說道：「那茶杯雖然腌臢了，白撂了豈不可惜？依我說，不如就給了那貧婆子罷，他賣了也可以度日。你說使得麼？」妙玉聽了，想了一想，點頭說道：「這也罷了。幸而那杯子是我沒吃過的；若是我吃過的，我就砸碎了也不能給他。你要給他，我也不管，你只交給他，快拿了去罷。」寶玉道：「自然如此。你那裡和他說話去？越發連你都腌臢了。只交給我就是了。」

妙玉便命人拿來，遞給寶玉。寶玉接了，又道：「等我們出去了，我叫幾個小么兒來河裡打幾桶水來洗地如何？」妙玉笑道：「這更好了。只是你囑咐他們，抬了水，只擱在山門[31]外頭牆根下，別進門來。」寶玉道：「這是自然的。」說著，便袖著那杯，遞給賈母屋裡的小丫頭子拿著，說：「明日劉姥姥家去，給他帶去罷。」交代明白，賈母已經出來要回去，妙玉亦不甚留，送出山門，回身便將門閉了，不在話下。

且說賈母因覺身上乏倦，便命王夫人和迎春姐妹陪著薛姨媽去吃酒，自己便往稻香村來歇息。鳳姐忙命人將小竹椅抬來，賈母坐上，兩個婆子抬起，鳳姐李紈和眾丫頭婆子圍隨去了，不在話下。

這裡薛姨媽也就辭出。王夫人打發文官等出去，將攢盒散給眾丫頭們吃去，自己便也乘空歇著，隨便歪在方才賈母坐的榻上，命一個小丫頭放下簾子來，又命捶著腿，吩咐他：「老太太那裡有信，你就叫我。」說著也歪著睡著了。

寶玉湘雲等看著丫頭們將攢盒擱在山石上，也有坐在山石上的，也有坐在草地下的，也有靠著樹的，也有傍著水的，倒也十分熱鬧。一時又見鴛鴦來了，要帶著劉姥姥逛，眾人也都跟著取笑。

一時來至省親別墅的牌坊底下，劉姥姥道：「噯呀！這裡還有大廟呢！」說著，便爬下磕頭。眾人笑彎了腰。劉姥姥道：「笑什麼？這牌樓上的字我都認得。我們那裡這樣廟宇最多，都是這樣的牌坊，那字就是廟的名字。」眾人笑道：「你認得這是什麼廟？」劉姥姥便抬頭指那字道：「這不是『玉皇寶殿』！」眾人笑得拍手打掌，還要拿他取笑兒。劉姥姥覺得肚裡一陣亂響，忙得拉著一個丫頭，要了兩張紙，就解裙子。眾人又是笑，又忙喝他：「這裡使不得！」忙命一個婆子，帶了東北角上去了。那婆子指給他地方，便樂得走開去歇息。

那劉姥姥因喝了些酒，他的脾氣和黃酒不相宜，且吃了許多油膩飲食發渴，多喝了幾碗茶，不免通瀉起來，蹲了半日方完。及出廁來，酒被風吹，且年邁之人，蹲了半天，忽一起身，只覺眼花頭暈，辨不出路徑，四顧一望，都是樹木山石，樓臺房舍，卻不知那一處是往那一路去的了，只得順著一條石子路，慢慢的走來。及至到了房子跟前，又找不著門，再找了半日，忽見一帶竹籬。劉姥姥心中自忖道：「這裡也有扁豆架子❽？」一面想，一面順著花障走來，得了個月洞門，進去，只見迎面一帶水池，有七八尺寬，石頭鑲岸，裡面碧波清水，上面有塊白石橫架。

劉姥姥便踱過石去，順著石子甬路走去。轉了兩個彎子，只見有個房門，於是進了房門，——便見迎面一個女孩兒，滿面含笑的迎出來。劉姥姥忙笑道：「姑娘們把我丟下了，叫我磞頭[32]磞到這裡來了。」說了，只覺那女孩兒不答，劉姥姥便趕來拉他的手，——「咕咚」一聲，卻撞到板壁上，把頭磞得生疼。細瞧了一瞧，原來是一幅畫兒。劉姥姥自忖道：「怎麼畫兒有這樣凸出來的？」一面想，一面看，一面又用手摸去，卻是一色平的，點頭嘆了兩聲。一轉身，方得了個小門，門上掛著葱綠撒花軟簾。

劉姥姥掀簾進去，抬頭一看，只見四面牆壁，玲瓏剔透，琴劍瓶爐，皆貼在牆上[33]；錦籠紗罩，金彩珠光，連地下跴的磚皆是碧綠鑿花，竟越發把眼花了。找門出去，那裡有門？左一架書，右一架屏。剛從屏後得了一個門，只見一個老婆子也從外面迎著進來。劉姥姥詫異，心中恍惚：莫非是他親家母？因問道：「你也來了！想是見我這幾日沒家去，虧你找我來！那位姑娘帶進來的？」又見他戴著滿頭花，便笑道：「你好沒見世面！見這裡的花好，你就沒死活戴了一頭！」說著，那老婆子只是笑，也不答言。劉姥姥便伸手去羞他的臉，他也拿手來擋，兩個對鬧著。劉姥姥一下子卻摸著了，但覺那老婆子的臉冰涼挺硬的，倒把劉姥姥唬了一跳。猛想起：「常聽見富貴人家有種穿衣鏡，這別是我在鏡子裡頭嗎？」一想畢，又伸手一抹，再細一看，可不是四面雕空的板壁，將這鏡子嵌在中間的！不覺也笑了。因說：「這可怎麼出去呢？」一面用手摸時，只聽「硌磴」一聲，又嚇得不住的展眼兒。原來是西洋機括[34]，可以開合，不意劉姥姥亂摸之間，其力巧合，便撞開消息[35]，掩過鏡子，露出門來。

劉姥姥又驚又喜，遂走出來，忽見有一副最精緻的床帳。他此時又帶了七八分酒，又走乏了，便一屁股坐在床上，只說歇歇，不承望身不由己，前仰後合的，朦朧兩眼，一歪身，就睡倒在床上。

且說眾人等他不見，板兒沒了他姥姥，急得哭了。眾人都笑道：「別是掉在茅廁裡了？快叫人去瞧瞧。」因命兩個婆子去找。回來說：「沒有。」眾人納悶❾。還是襲人想道：「一定他醉了，迷了路，順著這條路往我們後院子裡去了。要進了花障子，打後門進去，還有小丫頭子們知道；若不進花障子，再往西南上去，可夠他繞會子好的了！我瞧瞧去。」說著便回來。進了怡紅院，叫人，誰知那幾個小丫頭已偷空玩去了。

襲人進了房門，轉過集錦槅子，就聽得鼾齁[36]如雷，忙進來，只聞見酒屁臭氣滿屋。一瞧，只見劉姥姥扎手舞腳[37]的仰臥在床上。襲人這一驚不小，忙上來將他沒死活的推醒。那劉姥姥驚醒，睜眼看見襲人，連忙爬起來，道：「姑娘，我該死了！好歹並沒弄腌臢了床。」一面說，用手去撣。襲人恐驚動了寶玉❿，只向他搖手兒，不叫他說話。忙將當地大鼎內貯了三四把百合香，仍用罩子罩上。所喜不曾嘔吐。忙悄悄的笑道：「不相干，有我呢。你跟我出來罷。」劉姥姥答應著，跟了襲人，出至小丫頭子們房中，命他坐下，因教他說道：「你說『醉倒在山子石上，打了個盹兒』就完了。」劉姥姥答應「是」。又給了他兩碗茶吃，方覺酒醒了。因問道：「這是那個小姐的繡房？這麼精緻！我就像到了天宮裡的似的！」襲人微微的笑道：「這個麼——是寶二爺的臥房啊！」那劉姥姥嚇得不敢作聲。襲人帶他從前面出去，見了眾人，只說：「他在草地下睡著了，帶了他來的。」眾人都不理會，也就罷了。

一時賈母醒了，就在稻香村擺晚飯。賈母因覺懶懶的，也沒吃飯，便坐了竹椅小敞轎，回至房中歇息。命鳳姐兒等去吃飯。他姐妹方復進園來。未知如何，且看下回分解。

校記

❶「挨次大小」，「大」原作「人」，從藤本、王本改。
❷「薛姨媽」，「媽」原作「娘」，從藤本、王本改。
❸「拿雞湯煨乾了」，「煨」原作「餵」，從脂本改。
❹「雕漆」原作「調漆」，從藤本、王本改。
❺「點犀盉」，脂本、戚本作「杏犀盉」。
❻「寶釵」，諸本作「黛玉」。
❼「黛玉」，諸本作「寶釵」。
❽「這裡也有扁豆架子」，「架」原作「茄」，從諸本改。
❾「眾人納悶」，諸本作「眾人各處搜尋不見」。
❿「襲人恐驚動了寶玉」，諸本作「襲人恐驚動了人，被寶玉知道了」。

注釋

1〔战敠（ㄉㄧㄢ ㄉㄨㄛˋ／diān duò）〕忖量，計算。

2〔套杯〕十隻酒杯，一個比一個小些，可以按次套到最大的一個裡，叫作套杯。

3〔布〕在這裡是「哺」字的引申義。一般是指吃飯時主人給客人夾菜吃，叫布。把菜餵入小孩口中，也叫布。這裡是用第二義。

4〔茄鯗（ㄒㄧㄤˇ／xiǎng）〕鯗，剖開晾乾的魚，也泛指成片的醃臘食品。茄鯗，醃臘茄子。

5〔雞肉脯子〕晾乾了的雞肉。

6〔雞瓜子〕指剝了皮的山雞肉或雞的腱子肉。

7〔再不是〕若不是，如果不是。

8〔神怡心曠〕同心曠神怡，即精神愉快，心胸開闊。

9〔暖壺〕這裡是指一種使酒保暖的壺，盛有熱水，中間放上酒壺，使酒不涼。

10〔百獸率舞〕古代傳說，帝舜的音樂，可以感得百獸隨著舞蹈。

11〔鳳頭兒〕鳥類頭上的羽冠，俗稱「鳳頭」。這裡是描寫劉姥姥不認識鸚鵒。

12〔佛手〕也稱「佛手柑」，果實冬季成熟，上部分裂如手掌。

13〔修行〕佛教徒依據佛教的清規戒律去實行，叫修行。

14〔禪堂〕僧尼靜坐參禪的屋子。

15〔成窯〕指明代成化窯；第四十四回「宣窯」指明代宣德窯，所產都是名貴的瓷器。

16〔六安茶〕安徽六安縣的綠茶。

17〔老君眉〕一種長眉毛形狀的紅茶。

18〔蠲（ㄐㄩㄢ／juān）〕這裡是在瓷罐裡封閉和澄清的意思。

19〔體己茶〕不給外人吃的茶。體己，也寫作梯己，是私於自己的意思。

20〔撤茶吃〕撤，有的本子作「湌」，現在習慣說「蹭」。沾光、揩油叫作「拿蹭兒」。這裡「撤茶吃」即是「蹭茶吃」。

21〔𤫩瓟斝（ㄅㄢ ㄆㄠˊ ㄐㄧㄚˇ／bān páo jiǎ）〕斝是一種古代大酒杯。𤫩、瓟都是瓜類名。

22〔王愷珍玩〕王愷是晉代著名的富人。這裡說杯是王愷所製，又經過蘇軾的鑑賞，表示是一件極其珍貴的古玩。

23〔眉山蘇軾見於秘府〕蘇軾，即北宋大文學家蘇東坡，四川眉山人。秘府，這裡指秘書省，是掌管國家圖書文物的機構。「見於秘府」，意思是，在秘府裡才看見過這種珍貴的酒杯。

24〔垂珠篆字〕在篆字的書法中，筆畫上點綴著若干圓珠似的圓點，叫纓絡篆。這是乾隆十三年定的三十二種篆書之一。垂珠篆字或即指此。

25〔點犀䀉〕䀉是古代碗類的器皿。「犀」，指犀角，可以製作杯類器物。犀角橫斷面，中心有白色圓點。

26〔世法平等〕「金剛經」：「是法平等，無有高下。」

27〔隨鄉入鄉〕意即適應環境。

28〔蟠虬（ㄑㄧㄡˊ／qiú）〕蟠，盤曲的意思。虬，傳說中無角的龍。蟠虬，這裡指茶杯的邊沿雕有蟠虬的花紋。

29〔玄墓〕山名，在江蘇蘇州，山多梅樹。

30〔鬼臉青〕一種深青色釉的瓷。

31〔山門〕寺廟的外門。

32〔磞頭〕亂闖。

33〔琴劍瓶爐，皆貼在牆上〕一種專作壁上飾物的瓶爐等，一半扁平，可以和琴劍等一同貼牆懸掛。

34〔機括〕開閉機器的機關。

35〔消息〕這裡指「機括」，和作「信息」講的不同。

36〔鼾齁（ㄏㄢ ㄏㄡ／hān hōu）〕熟睡時的鼻息聲。

37〔扎手舞腳〕攤開手腳的意思。

【第四十二回】蘅蕪君蘭言解疑癖[1]　瀟湘子雅謔[2]補餘音

話說賈母王夫人去後，姐妹們復進園來吃飯。那劉姥姥帶著板兒，先來見鳳姐兒，說：「明日一早定要家去了。雖然住了兩三天，日子卻不多，把古往今來沒見過的，沒吃過的，沒聽見的，都經驗過了。難得老太太和姑奶奶並那些小姐們，連各房裡的姑娘們，都這樣憐貧惜老，照看我。我這一回去，沒別的報答，惟有請些高香，天天給你們念佛，保佑你們長命百歲的，就算我的心了。」

鳳姐兒笑道：「你別喜歡，都是為你，老太太也叫風吹病了，躺著嚷不舒服；我們大姐兒也著了涼了，在那裡發熱呢。」劉姥姥聽了，忙嘆道：「老太太有年紀了，不慣十分勞乏的。」鳳姐兒道：「從來不像昨兒高興。往常也進園子逛去，不過到一兩處坐坐就來了。昨兒因為你在這裡，要叫都逛逛，一個園子倒走了多半個。大姐兒因為我找你去，太太遞了一塊糕給他，誰知風地裡吃了，就發起熱來。」劉姥姥道：「妞妞兒只怕不大進園子。比不得我們的孩子，一會走，那個墳圈子裡不跑去？一則風拍了也是有的；二則只怕他身上乾淨，眼睛又淨，或是遇見什麼神了。依我說，給他瞧瞧祟書本子[3]，仔細撞客著[4]。」

一語提醒了鳳姐兒，便叫平兒拿出「玉匣記」[5]來，叫彩明來念。彩明翻了一會子，念道：「八月二十五日，病者東南方得之，有縊死家親女鬼作祟❶，又遇花神。用五色紙錢四十張，向東南方四十步送之，大吉。」鳳姐兒笑道：「果然不錯，園子裡頭可不是花神！只怕老太太也是遇見了。」一面命人請兩份紙錢來，著兩個人來，一個與賈母送祟[6]，一個與大姐兒送祟。

果見大姐兒安穩睡了。鳳姐兒笑道：「到底是你們有年紀的經歷得多。我們大姐兒時常肯病，也不知是什麼緣故。」劉姥姥道：「這也有的。富貴人家養的孩子都嬌嫩，自然禁不得一些兒委屈。再他小人兒家，過於尊貴了，也禁不起。以後姑奶奶倒少疼他些就好了。」鳳姐兒道：「也是有的。——我想起來，他還沒個名字，你就給他起個名字，借借你的壽；二則你們是莊家人，不怕你惱，到底貧苦些，你們貧苦人起個名字，只怕壓得住。」劉姥姥聽說，便想了一想，笑道：「不知他是幾時養的？」鳳姐兒道：「正是養的日子不好呢：可巧是七月初七日。」劉姥姥忙笑道：「這個正好，就叫作巧姐兒好。這個叫作『以毒攻毒，以火攻火』的法子。姑奶奶定依我這名字，必然長命百歲。日後大了，各人成家立業，或一時有不遂心的事，必然遇難成祥，逢凶化吉，都從這『巧』字兒來。」

鳳姐兒聽了，自是歡喜，忙謝道：「只保佑他應了你的話就好了。」說著，叫平兒來吩咐道：「明兒咱們有事，恐怕不得閑兒；你這會子閑著，把送姥姥的東西打點了，他明兒一早就好走得便宜了。」劉姥姥道：「不敢多破費了。已經遭擾了幾天，又拿著走，越發心裡不安了。」鳳姐兒笑道：「也沒有什麼，不過隨常的東西。好也罷，歹也罷，帶了去，你們街坊鄰舍看著也熱鬧些，也是上城一趟。」

說著只見平兒走來說：「姥姥過這邊瞧瞧。」劉姥姥忙跟了平兒到那邊屋裡，只見堆著半炕東西。平兒一一的拿給他瞧著，又說道：「這是昨日你要的青紗一匹，奶奶另外送你一個實地月白紗作裡子。這是兩個繭綢，作襖兒裙子都好。這包袱裡是兩匹綢子，年下作件衣裳穿。這是一盒子各樣內造小餑餑[7]兒，也有你吃過的，也有沒吃過的，拿去擺碟子請人，比買的強些。這兩條口袋是你昨日裝果子的，如今這一個裡頭裝了兩斗御田[8]粳米，熬粥是難得的；這一條裡頭是園子裡的果子和各樣乾果子。這一包是八兩銀子。——這都是我們奶奶的。這兩包每包五十兩，共是一百兩，是太太給的，叫你拿去，或者作個小本買賣，或者置幾畝地，以後再別求親靠友的。」說著又悄悄笑道：「這兩件襖兒和兩條裙子，還有四塊包頭，一包絨線，可是我送姥姥的。那衣裳雖是舊的，我也沒大很穿，你要棄嫌，我就不敢說了。」

平兒說一樣，劉姥姥就念一句佛，已經念了幾千佛了；又見平兒也送他這些東西，又如此謙遜，忙笑道：「姑娘說那裡話？這樣好東西，我還棄嫌！我就有銀子，沒處買這樣的去呢！只是我怪臊的：收了不好；不收又辜負了姑娘的心。」平兒笑道：「別說外話，咱們都是自己，我才這麼著，你放心收了罷；我還和你要東西呢。到年下，你只把你們曬的那個灰條菜和豇豆、扁豆、茄子乾子、葫蘆條兒，各樣乾菜帶些來——我們這裡上上下下都愛吃這個——就算了。別的一概不要，別枉費[9]了心。」劉姥姥千恩萬謝的答應了。平兒道：「你只管睡你的去，我替你收拾妥當了，就放在這裡，明兒一早打發小廝們僱輛車裝上，不用你費一點心兒。」

劉姥姥越發感激不盡，過來又千恩萬謝的辭了鳳姐兒，過賈母這邊睡了一夜。次早梳洗了，就要告辭。因賈母欠安，眾人都過來請安，出去傳請大夫。一時婆子回：「大夫來了。」老嬤嬤請賈母進幔子去坐，賈母道：「我也老了，那裡養不出那阿物兒來？還怕他不成！不用放幔子，就這樣瞧罷。」眾婆子聽了，便拿過一張小桌子來，放下一個小枕頭，便命人請。

一時只見賈珍、賈璉、賈蓉三個人將王太醫領來。王太醫不敢走甬路，只走旁階，跟著賈珍到了臺階上，早有兩個婆子在兩邊打起簾子，兩個婆子在前導引進去；又見寶玉迎接出來。見賈母穿著青縐綢一斗珠兒[10]的羊皮褂子，端坐在榻上；兩邊四個未留頭的小丫鬟，都拿著蠅刷漱盂等物；又有五六個老嬤嬤雁翅擺在兩旁；碧紗櫥後，隱隱約約有許多穿紅著綠、戴寶插金的人。王太醫也不敢抬頭，忙上來請了安。賈母見他穿著六品服色，便知是御醫[11]了，含笑問：「供奉[12]好？」因問賈珍：「這位供奉貴姓？」賈珍等忙回：「姓王。」賈母笑道：「當日太醫院正堂[13]有個王君效，好脈息[14]。」王太醫忙躬身低頭含笑，因說：「那是晚生[15]家叔祖。」賈母聽了笑道：「原來這樣，也算是世交了。」一面說，一面慢慢的伸手放在小枕頭上。嬤嬤端著一張小杌子，放在小桌前面，略偏些。王太醫便盤著一條腿兒坐下，歪著頭診了半日，又診了那隻手，忙欠身低頭退出。賈母笑說：「勞動了。珍哥讓出去，好生看茶。」

賈珍、賈璉等忙答應了幾個「是」，復領王太醫到外書房中。王太醫說：「太夫人並無別症，偶感了些風寒，其實不用吃藥，不過略清淡些，常暖著點兒，就好了。如今寫個方子在這裡，若老人家愛吃，便按方煎一劑吃；若懶怠吃，也就罷了。」說著，吃茶，寫了方子。剛要告辭，只見奶子抱了大姐兒出來，笑說：「王老爺也瞧瞧我們。」王太醫聽說，忙起身就奶子懷中，左手托著大姐兒的手，右手診了一診，又摸了一摸頭，又叫伸出舌頭來瞧瞧，笑道：「我要說了，妞兒該罵我了：只要清清淨淨的餓兩頓就好了。不必吃煎藥，我送點丸藥來，臨睡用薑湯研開吃下去就好了。」說畢，告辭而去。賈珍等拿了藥方來回明賈母緣故，將藥方放在案上出去，不在話下。

這裡王夫人和李紈、鳳姐兒、寶釵姐妹等，見大夫出去，方從櫥後出來。王夫人略坐一坐，也回房去了。

劉姥姥見無事，方上來和賈母告辭。賈母說：「閑了再來。」又命鴛鴦來：「好生打發劉姥姥出去。——我身上不好，不能送你。」劉姥姥道了謝，又作辭，方同鴛鴦出來。到了下房，鴛鴦指炕上一個包袱說道：「這是老太太的幾件衣裳，都是往年間生日節下眾人孝敬的。老太太從不穿人家作的，收著也可惜，卻是一次也沒穿過的，昨日叫我拿出兩套來送你帶了去，或送人，或自己家裡穿罷。這盒子裡頭是你要的麵果子。這包兒裡頭是你前兒說的藥，梅花點舌丹也有，紫金錠也有，活絡丹也有，催生保命丹[16]也有：每一樣是一張方子包著，總包在裡頭了。這是兩個荷包，帶著玩罷。」說著，又抽開繫子，掏出兩個「筆錠如意」❷的錁子來給他瞧，又笑道：「荷包你拿去，這個留下給我罷。」

劉姥姥已喜出望外，早又念了幾千佛，聽鴛鴦如此說，便忙說道：「姑娘只管留下罷。」鴛鴦見他信以為真，笑著仍給他裝上，說道：「哄你玩呢！我有好些呢。留著年下給小孩子們罷。」說著，只見一個小丫頭拿著個成窯鍾子來，遞給劉姥姥，說：「這是寶二爺給你的。」劉姥姥道：「這是那裡說起？我那一世修來的，今兒這樣！」說著便接過來。鴛鴦道：「前兒我叫你洗澡，換的衣裳是我的，你不棄嫌，我還有幾件也送你罷。」

劉姥姥又忙道謝。鴛鴦果然又拿出幾件來，給他包好。劉姥姥又要到園中辭謝寶玉和眾姐妹王夫人等去，鴛鴦道：「不用去了。他們這會子也不見人，回來我替你說罷。閑了再來。」又命了一個老婆子，吩咐他：「二門上叫兩個小廝來，幫著姥姥拿了東西送去。」婆子答應了。又和劉姥姥到了鳳姐兒那邊，一併拿了東西，在角門上命小廝們搬出去，直送劉姥姥上車去了，不在話下。

且說寶釵等吃過早飯，又往賈母處問安，回園至分路之處，寶釵便叫黛玉道：「顰兒，跟我來，有一句話問你。」黛玉便笑著跟了來。至蘅蕪院中，進了房，寶釵便坐下，笑道：「你還不給我跪下？我要審你呢！」黛玉不解何故，因笑道：「你瞧，寶丫頭瘋了！審我什麼？」寶釵冷笑道：「好個千金小姐！好個不出屋門的女孩兒！滿嘴裡說的是什麼？你只實說罷。」黛玉不解，只管發笑，心裡也不免疑惑，口裡只說：「我何曾說什麼？你不過要捏我的錯兒罷咧。你倒說出來我聽聽。」寶釵笑道：「你還裝憨兒呢！昨兒行酒令兒，你說的是什麼？我竟不知是那裡來的。」黛玉一想，方想起昨兒失於檢點，那「牡丹亭」「西廂記」說了兩句，不覺紅了臉，便上來摟著寶釵笑道：「好姐姐！原是我不知道，隨口說的。你教給我，再不說了！」寶釵笑道：「我也不知道，聽你說得怪好的❸，所以請教你。」黛玉道：「好姐姐！你別說給別人，我再不說了！」

寶釵見他羞得滿臉飛紅，滿口央告，便不肯再往下問，因拉他坐下吃茶，款款的告訴他道：「你當我是誰？我也是個淘氣的，從小兒七八歲上，也夠個人纏的。我們家也算是個讀書人家，祖父手裡也極愛藏書。先時人口多，姐妹弟兄也在一處，——都怕看正經書。弟兄們也有愛詩的，也有愛詞的，諸如這些『西廂』『琵琶』[17]以及『元人百種』[18]，無所不有。他們背著我們偷看，我們也背著他們偷看。後來大人知道了，打的打，罵的罵，燒的燒，丟開了。所以咱們女孩兒家不認字的倒好：男人們讀書不明理，尚且不如不讀書的好，何況你我？連作詩寫字等事，這也不是你我分內之事。——究竟也不是男人分內之事。男人們讀書明理，輔國治民，這才是好。只是如今並聽不見有這樣的人，讀了書，倒更壞了。這並不是書誤了他，可惜他把書糟蹋了，所以竟不如耕種買賣，倒沒有什麼大害處。至於你我，只該作些針線紡績的事才是；偏又認得幾個字。既認得了字，不過揀那正經書看也罷了，最怕見些雜書，移了性情，就不可救了。」

一夕話，說得黛玉垂頭吃茶，心下暗服，只有答應「是」的一字。忽見素雲進來說：「我們奶奶請二位姑娘商議要緊的事呢。二姑娘、三姑娘、四姑娘、史姑娘、寶二爺，都等著呢。」寶釵說：「又是什麼事？」黛玉道：「咱們到了那裡就知道了。」說著，便和寶釵往稻香村來，果見眾人都在那裡。

李紈見了他兩個，笑道：「社還沒起，就有脫滑兒[19]的了，四丫頭要告一年的假呢。」黛玉笑道：「都是老太太昨兒一句話，又叫他畫什麼園子圖兒，惹得他樂得告假了。」探春笑道：「也別怪老太太，都是劉姥姥一句話。」黛玉忙笑接道：「可是呢！都是他一句話。他是那一門子的姥姥？直叫他是個『母蝗蟲』就是了。」說著，大家都笑起來。寶釵笑道：「世上的話，到了二嫂子嘴裡也就盡了。幸而二嫂子不認得字，不大通，不過一概是市俗取笑兒。更有顰兒這促狹嘴，他用『春秋』的法子[20]，把市俗粗話，撮其要，刪其繁，再加潤色，比方出來，一句是一句。這『母蝗蟲』三字，把昨兒那些形景都畫出來了。虧他想得倒也快！」眾人聽了，都笑道：「你這一注解，也就不在他兩個以下了。」

李紈道：「我請你們大家商議，給他多少日子的假？我給了他一個月的假，他嫌少，你們怎麼說？」黛玉道：「論理，一年也不多，這園子蓋就蓋了一年，如今要畫，自然得二年的工夫呢：又要研墨，又要蘸筆，又要鋪紙，又要著顏色，又要──」剛說到這裡，黛玉也自己掌不住，笑道：「又要照著樣兒慢慢的畫，可不得二年的工夫？」眾人聽了，都拍手笑個不住。寶釵笑道：「有趣！最妙落後一句是『慢慢的畫』。他可不畫去，怎麼就有了呢？所以昨兒那些笑話兒雖然可笑，回想是沒趣的。你們細想，顰兒這幾句話，雖沒什麼，回想卻有滋味。我倒笑得動不得了！」

惜春道：「都是寶姐姐讚得他越發逞強，這會子又拿我取笑兒。」黛玉忙拉他笑道：「我且問你，還是單畫這園子呢，還是連我們眾人都畫在上頭呢？」惜春道：「原是只畫這園子。昨兒老太太又說：『單畫園子，成了房樣子了。』叫連人都畫上，就像行樂圖[21]兒才好。我又不會這工細樓臺，又不會畫人物，又不好駁回，正為這個為難呢。」黛玉道：「人物還容易，你草蟲兒上不能。」李紈道：「你又說不通的話了。這上頭那裡又用草蟲兒呢？──或者翎毛倒要點綴一兩樣。」黛玉笑道：「別的草蟲兒罷了，昨兒的『母蝗蟲』不畫上，豈不缺了典呢？」眾人聽了，都笑起來。黛玉一面笑得兩隻手捧著胸口，一面說道：「你快畫罷，我連題跋[22]都有了：起了名字，就叫作『攜蝗大嚼圖』。」

眾人聽了，越發哄然大笑得前仰後合。只聽「咕咚」一聲響，不知什麼倒了，急忙看時，原來是湘雲伏在椅子背兒上，那椅子原不曾放穩，被他全身伏著背子大笑，他又不防，兩下裡錯了筍[23]，向東一歪，連人帶椅子都歪倒了。幸有板壁擋住，不曾落地。眾人一見，越發笑個不住。寶玉忙趕上去扶住了起來，方漸漸止了笑。

寶玉和黛玉使個眼色兒，黛玉會意，便走至裡間，將鏡袱[24]揭起，照了照，只見兩鬢略鬆了些，忙開了李紈的妝奩，拿出抿子[25]來，對鏡抿了兩抿，仍舊收拾好了，方出來指著李紈道：「這是叫你帶著我們作針線、教道理呢，你反招了我們來大玩大笑的！」李紈笑道：「你們聽他這刁話。他領著頭兒鬧，引著人笑了，倒賴我的不是！真真恨得我！——只保佑你明兒得一個利害婆婆，再得幾個千刁萬惡的大姑子、小姑子，試試你那會子還這麼刁不刁了！」

黛玉早紅了臉，拉著寶釵說：「咱們放他一年的假罷。」寶釵道：「我有一句公道話，你們聽聽：藕丫頭雖會畫，不過是幾筆寫意；如今畫這園子，非離了肚子裡頭有些丘壑的，如何成畫？這園子卻是像畫兒一般，山石樹木，樓閣房屋，遠近疏密，也不多，也不少，恰恰的是這樣。你若照樣兒往紙上一畫，是必不能討好的。這要看紙的地步遠近，該多該少，分主分賓，該添的要添，該藏該減的要藏要減，該露的要露，這一起了稿子，再端詳斟酌，方成一幅圖樣。第二件：這些樓臺房舍，是必要界劃[26]的。一點兒不留神，欄杆也歪了，柱子也塌了，門窗也倒豎過來，階砌也離了縫，甚至桌子擠到牆裡頭去，花盆放在簾子上來，豈不倒成了一張笑話兒了！第三：要安插人物，也要有疏密，有高低。衣褶裙帶，指手足步，最是要緊；一筆不細，不是腫了手，就是瘸了腳，——染臉撕髮，倒是小事。依我看來，竟難得很。如今一年的假也太少，一月的假也太少，竟給他半年的假；再派了寶兄弟幫著他。並不是為寶兄弟知道教著他畫，——那就更誤了事；為的是有不知道的，或難安插的，寶兄弟拿出去問問那會畫的先生們，就容易了。」

寶玉聽了，先喜得說：「這話極是。詹子亮的工細樓臺就極好，程日興的美人是絕技，如今就問他們去。」寶釵道：「我說你是『無事忙』，說了一聲，你就問他去！也等著商議定了再去。如今且說拿什麼畫？」寶玉道：「家裡有雪浪紙[27]，又大，又托墨[28]。」

寶釵冷笑道：「我說你不中用！那雪浪紙，寫字，畫寫意畫[29]兒，或是會山水的畫南宗山水[30]，托墨，禁得皴染[31]；拿了畫這個，又不托色，又難烘[32]：畫也不好，紙也可惜。我教給你一個法子：原先蓋這園子就有一張細緻圖樣，雖是畫工描的，那地步方向是不錯的。你和太太要出來，也比著那紙的大小，和鳳姐姐要一塊重絹[33]，交給外邊相公們，叫他照著這圖樣刪補著立了稿子，添了人物，就是了。就是配這些青綠顏色，並泥金泥銀，也得他們配去。你們也得另攏上風爐子，預備化膠，出膠，洗筆。還得一個粉油大案，鋪上氈子。你們那些碟子也不全，筆也不全，都重新再弄一份兒才好。」

惜春道：「我何曾有這些畫器？不過隨手的筆畫畫罷了。就是顏色，只有赭石、廣花、藤黃，胭脂這四樣。再有不過是兩支著色的筆就完了。」寶釵道：「你何不早說？這些東西我卻還有，只是你用不著，給你也白放著。如今我且替你收著，等你用著這個的時候我送你些。——也只可留著畫扇子；若畫這大幅的，也就可惜了。今兒替你開個單子，照著單子和老太太要去。你們也未必知道的全，我說著，寶兄弟寫。」寶玉早已預備下筆硯了，原怕記不清白，要寫了記著，——聽寶釵如此說，喜得提起筆來靜聽。

寶釵說道：「頭號排筆四枝，二號排筆四枝，三號排筆四枝，大染四枝，中染四枝，小染四枝，大南蟹爪十枝，小蟹爪十枝，鬚眉十枝，大著色二十枝，小著色二十枝，開面

惜春

十枝，柳條二十枝，箭頭朱❹四兩，南赭四兩，石黃四兩，石青四兩，石綠四兩，管黃四兩，廣花八兩，鉛粉十四匣，胭脂十二帖，大赤二百帖，青金二百帖，廣勻膠四兩，淨礬四兩，——礬絹的膠礬在外，別管他們，只把絹交出去，叫他們礬去。這些顏色，咱們淘澄飛跌[34]著，又玩了，又使了，包你一輩子都夠使了。再要頂細絹籮四個，粗籮兩個，撣筆四枝，大小乳缽四個，大粗碗二十個，五寸碟子十個，三寸粗白碟子二十個，風爐兩個，沙鍋大小四個，新磁缸二口，新水桶二隻，一尺長白布口袋四個，浮炭二十斤，柳木炭一二斤，三屜木箱一個，實地紗一丈，生薑二兩，醬半斤——」黛玉忙笑道：「鐵鍋一口，鐵鏟一個！」

寶釵道：「這作什麼？」黛玉道：「你要生薑和醬這些作料，我替你要鐵鍋來，好炒顏色吃啊。」眾人都笑起來。寶釵笑道：「顰兒，你知道什麼！那粗磁碟子保不住不上火烤，不拿薑汁和醬預先抹在底子上烤過，一經了火，是要炸的。」眾人聽說，都道：「這就是了。」黛玉又看了一回單子，笑著拉探春，悄悄的道：「你瞧瞧，畫個畫兒，又要起這些水缸箱子來，想必糊塗了，把他的嫁妝單子也寫上了。」探春聽了，笑個不住，說道：「寶姐姐，你還不擰他的嘴？你問問他編派你的話！」

寶釵笑道：「不用問，『狗嘴裡還有象牙不成』！」一面說，一面走上來，把黛玉按在炕上，便要擰他的臉。黛玉笑著，忙央告道：「好姐姐！饒了我罷！顰兒年紀小，只知說，不知道輕重，作姐姐的教導我。姐姐不饒我，我還求誰去呢？」眾人不知話內有因，都笑道：「說得好可憐見兒的！連我們也軟了，饒了他罷！」

寶釵原是和他玩，忽聽他又拉扯上前番說他胡看雜書的話，便不好再和他鬧了，放起他來。黛玉笑道：「到底是姐姐，要是我，再不饒人的。」寶釵笑指他道：「怪不得老太太疼你，眾人愛你；今兒我也怪疼你的了。過來，我替你把頭髮籠籠罷。」黛玉果然轉過身來，寶釵用手籠上去，寶玉在旁看著，只覺更好，不覺後悔：「不該令他抿上鬢去，也該留著，此時叫他替他抿上去。」正自胡想，只見寶釵說道：「寫完了，明兒回老太太去。若家裡有的就罷；若沒有的，就拿些錢去買了來，我幫著你們配。」

寶玉收了單子。大家又說了一回閑話兒。至晚飯後，又往賈母處來請安。賈母原沒有大病，不過是勞乏了，兼著了些涼，溫存了一日，又吃了一兩劑藥，發散了發散，至晚也就好了。不知次日又有何話，下回分解。

校記

❶「有縊死家親女鬼作祟」，諸本無。
❷「筆錠如意」，「錠」原作「定」，從藤本、王本、脂本改。
❸「怪好的」，諸本作「怪生的」。
❹「箭頭朱」，原作「箭頭珠」，從脂本改。

注釋

1〔蘅蕪君蘭言解疑癖〕蘭言，心意投合的言論。「易・繫辭上」：「同心之言，其臭如蘭。」臭（ㄒㄧㄡˋ／xiù），氣味，疑癖，指林黛玉心性多疑的怪癖。

2〔雅謔〕不庸俗的開玩笑。

3〔祟書本子〕指講論迷信神鬼星命吉凶禍福的書籍，如下文「玉匣記」等。

4〔仔細撞客著〕仔細，本是小心的意思，這裡是「恐怕是」的意思。撞客，據說人衝撞了鬼神就生病招災，叫撞客。

5〔「玉匣記」〕一部宣揚鬼神迷信、吉凶禍福等宿命論的書。

6〔送祟〕焚香燒紙，打發鬼神離去。

7〔小餑餑〕這裡指點心、茶食一類的東西。

8〔御田〕舊時指皇帝所擁有的田地。

9〔枉（ㄨㄤˇ／wǎng）費〕白費。

10〔一斗珠兒〕一種細毛捲曲像一片珍珠似的白羔羊皮，又名珍珠毛。

11 〔御醫〕皇宮內的醫生。

12 〔供奉〕古代以各種技藝直接為皇帝服務的，都可以籠統地稱呼作「供奉」。

13 〔太醫院正堂〕太醫院是舊時管理醫藥的中央機關。正堂，這裡指太醫院院長。

14 〔好脈息〕這裡是說診脈的技術很高明。

15 〔晚生〕舊時後輩對前輩的自稱。社會地位低些的對地位高些的也稱晚生，不一定論年齡。

16 〔「梅花點舌丹」等〕這裡所說的四種藥：梅花點舌丹是去毒的；紫金錠是祛暑的；活絡丹是活血的；催生保命丹是治難產的，都是比較珍貴有效的成藥。

17 〔「琵琶」〕指元末高則誠的南戲劇本「琵琶記」。取材於民間傳說趙貞女蔡二郎的故事。寫蔡伯喈赴京應試，妻趙五娘在家奉侍公婆；蔡中狀元，被牛相府招婿；家中遭荒，二老餓死，五娘求乞進京尋夫，得牛女相助，始得團聚。劇中宣揚了忠孝節義的倫理道德。

18 〔「元人百種」〕即「元曲選」，又名「元人百種曲」，元雜劇劇本集。明朝臧懋循編，共選雜劇一百種，少數為明初人作品，劇本大都經過臧氏加工整理。

19 〔脫滑兒〕這裡有「偷空兒」、「躲懶」的意思。

20 〔「春秋」的法子〕含有褒貶意味的筆法。「春秋」是孔子根據魯史修訂的編年體史書。因為「春秋」使用的是褒貶意味的筆法，後人就把文筆曲折意含褒貶的文字，叫作「春秋筆法」。

21 〔行樂圖〕指描畫舊時帝王或朝臣遊憩消遣的人像圖畫。

22 〔題跋〕這裡是「題目」的意思。跋，寫在書籍、字畫後面的文字。

23〔錯了筍〕筍又作「榫」，是木工接合關節的名稱。錯了筍即錯了關節。

24〔鏡袱〕遮蓋鏡子的軟簾。

25〔抿子〕刷頭髮的小刷子。把油或水刷到頭髮上叫「抿」。

26〔界劃〕即界畫，是國畫中的一個術語，指用界尺畫宮室樓臺的線條。

27〔雪浪紙〕適宜畫樓閣亭臺等物的一種宣紙。

28〔托墨〕紙張不滑不鬆，用毛筆在上面寫字作畫，用墨的地方不擴散，不走樣，叫托墨。

29〔寫意畫〕國畫的一種，和工筆畫相對。因著重簡練地畫出對象的意態，所以叫「寫意」。

30〔南宗山水〕我國山水畫，在唐代分南北宗。南宗以王維為代表，風格飄灑，重渲染，畫得比較精簡；北宗以李思訓父子為代表，風格剛勁，重勾勒，畫得較工細。過去文人畫多是南宗的一派。

31〔皴（ㄘㄨㄣ／cūn）染〕中國畫的一種畫法。皴，畫中用以表現山石、峰巒和樹身表皮的脈絡紋理；染，用墨水或淡彩潤刷畫面，不露筆痕（或少露筆痕），以分陰陽向背，加強物像的立體感。

32〔烘〕即烘托，國畫的術語，指用水墨或淡彩點染輪廓外部，使物像顯明突出的一種畫法。

33〔重絹〕比較厚的絲絹。

34

〔淘澄（ㄔㄥˊ／chéng）飛跌〕

指調治顏料的手續：研碎，用水洗去泥土，叫「淘」；用乳缽研細，兌膠後澄清，叫「澄」；澄清後淡色上浮，把它吹去，叫「飛」；飛後，留下中色和重色，再把碗盞跌蕩，留下重色，叫「跌」。

【第四十三回】閑取樂偶攢金慶壽　不了情暫撮土為香

話說王夫人因見賈母那日在大觀園不過著了些風寒，不是什麼大病，請醫生吃了兩劑藥也就好了，命鳳姐來，吩咐他預備給賈政帶送東西。正商議著，只見賈母打發人來叫，王夫人忙引著鳳姐兒過來。王夫人又請問：「這會子可又覺大安些？」賈母道：「今日可大好了。方才你們送來野雞崽子湯，我嘗了一嘗，倒有味兒，又吃了兩塊肉，心裡很受用。」王夫人笑道：「這是鳳丫頭孝敬老太太的，算他的孝心虔，不枉了素日老太太疼他。」賈母點頭笑道：「難為他想著。若是還有生的，再炸上兩塊；鹹浸浸的，喝粥有味兒。那湯雖好，就只不對稀飯。」鳳姐聽了，連忙答應，命人到大廚房傳話。

這裡賈母又向王夫人笑道：「我打發人找你來，不為別的：初二日是鳳丫頭的生日，上兩年我原想著替他作生日，偏到跟前又有事，就混過去了。今年人又齊全，料著又沒事，咱們大家好生樂一天。」王夫人笑道：「我也想著呢。既是老太太高興，何不就商議定了？」賈母笑道：「我想，往年不拘誰作生日❶，都是各自送各自的禮，這個也俗了，也覺太生分。今兒我出個新法子，又不生分，又可以取樂兒。」王夫人忙道：「老太太怎麼想著好，就是怎麼樣行。」賈母笑道：「我想著，咱們也學那小家子，大家湊個份子，多少盡著這錢去辦，你說好不好？」王夫人道：「這個很好，但不知怎麼個湊法兒？」

賈母聽說，一發高興起來，忙遣人去請薛姨媽邢夫人等，又叫請姑娘們並寶玉和那府裡的尤氏和賴大家的，又有些頭臉管事的媳婦也都叫了來。眾丫頭婆子見賈母十分高興，也都高興，忙忙的各自分頭去請的請，傳的傳。

沒頓飯的工夫，老的，少的，上的，下的，烏壓壓擠了一屋子：只薛姨媽和賈母對坐，邢夫人王夫人只坐在房門前兩張椅子上，寶釵姐妹等五六個人坐在炕上，寶玉坐在賈母懷前，底下滿滿的站了一地。賈母忙命拿幾張小杌子來，給賴大母親等幾個高年有體面的嬤嬤坐了。——賈府風俗：年高伏侍過父母的家人，比年輕的主子還有體面呢，所以尤氏鳳姐等只管地下站著，那賴大的母親等三四個老嬤嬤告了罪，都坐在小杌子上。賈母笑著把方才一夕話說與眾人聽了。眾人誰不湊這趣兒呢；再也有和鳳姐兒好，情願這樣的；也有怕鳳姐兒，巴不得奉承他的：況且都是拿得出來的，所以一聞此言，都欣然應諾。

賈母先道：「我出二十兩。」薛姨媽笑道：「我隨著老太太，也是二十兩。」邢夫人王夫人笑道：「我們不敢和老太太並肩，自然矮一等，每人十六兩罷了。」尤氏李紈也笑道：「我們自然又矮一等，每人十二兩罷。」賈母忙和李紈道：「你寡婦失業[1]的，那裡還拉你出這個錢，我替你出了罷。」鳳姐忙笑道：「老太太別高興，且算一算賬再攬事：老太太身上已有兩份呢，這會子又替大嫂子出十二兩❷，——說著高興，一會子回想又心疼了！過後兒又說：『都是為鳳丫頭花了錢。』使個巧法子，哄著我拿出三四倍子來暗裡補上，我還作夢呢！」說得眾人都笑了。

賈母笑道：「依你怎麼樣呢？」鳳姐笑道：「生日沒到，我這會子已經折受[2]得不受用了。我一個錢也不出，驚動這些人，實在不安，不如大嫂子這份我替他出了罷。我到那一日多吃些東西，就享了福了。」邢夫人等聽了，都說：「很是。」賈母方允了。

鳳姐兒又笑道：「我還有一句話呢：我想老祖宗自己二十兩，又有林妹妹寶兄弟的兩份子；姨媽自己二十兩，又有寶妹妹的一份子：這倒也公道。只是二位太太每位十六兩，自己又少，又不替人出，這有些不公道。老祖宗吃了虧了！」賈母聽了，呵呵大笑道：「到底是我的鳳丫頭向著我，這說得很是。要不是你，我叫他們又哄了去了！」鳳姐笑道：「老祖宗只把他哥兒兩個交給兩位太太，一位占一個罷，派每位替出一份就是了。」賈母忙說：「這很公道，就是這樣。」

賴大的母親忙站起來笑道：「這可反了！我替二位太太生氣。在那邊是兒子媳婦，在這邊是內姪女兒，倒不向著婆婆姑姑，倒向著別人，這兒媳婦倒成了陌路人，『內』姪女兒倒成了『外』姪女兒了！」說得賈母和眾人都大笑起來了。

賴大的母親因又問道：「少奶奶們十二兩，我們自然也該矮一等了？」賈母聽說，道：「這使不得，你們雖該矮一等，我知道你們這幾個都是財主，位雖低些，錢卻比他們多。你們和他們一例才使得。」眾嬤嬤聽了，連忙答應。賈母又道：「姑娘們不過應個景兒，每人照一個月的月例就是了。」又回頭叫：「鴛鴦，來，你們也湊幾個人，商議湊了來。」

鴛鴦答應著，去不多時，帶了平兒、襲人、彩霞等，還有幾個丫頭來，也有二兩的，也有一兩的。賈母因問平兒：「你難道不替你主子作生日？還入在這裡頭？」平兒笑道：「我那個私自另外的有了，這是公中的，也該出一份。」賈母笑道：「這才是好孩子。」

鳳姐又笑道：「上下都全了；還有二位姨奶奶，他出不出，也問一聲兒。盡[3]到他們是理，不然，他們只當小看了他們了。」賈母聽說，忙說：「可是呢！怎麼倒忘了他們？只怕他們不得閑兒，叫個丫頭問問去。」說著，早有丫頭去了。半日回來說道：「每位也出二兩。」賈母喜歡道：「拿筆硯來算明，共計多少❸。」

尤氏因悄悄的罵鳳姐道：「我把你這沒足夠的小蹄子兒！這麼些婆婆嬸子湊銀子給你作生日，你還不夠❹，又拉上兩個苦瓠子[4]！」鳳姐也悄悄的笑道：「你少胡說！一會子離了這裡，我才和你算賬！他們兩個為什麼苦呢？有了錢，也是白填還[5]別人，不如拘了來，咱們樂。」

說著，早已合了，共湊了一百五十兩有零。賈母道：「一天戲酒用不了。」尤氏道：「既不請客，酒席又不多，兩三日的用度都夠了。頭等，戲不用錢，——省在這上頭。」賈母道：「鳳丫頭說那一班好，就傳那一班。」鳳姐道：「咱們家的班子都聽熟了，倒是花幾個錢叫一班來聽聽罷。」賈母道：「這件事我交給珍哥媳婦了，越發叫鳳丫頭別操一點心兒，受用一日才算。」尤氏答應著，又說了一回話，都知賈母乏了，才漸漸的散出來。

尤氏等送出邢夫人王夫人二人散去，因往鳳姐房裡來，商議怎麼辦生日的話。鳳姐兒道：「你不用問我，你只看老太太的眼色兒行事就完了。」尤氏笑道：「你這麼個阿物兒，也忒行了大運了！我當有什麼事叫我們去，原來單為這個！出了錢不算，還叫我操心。——你怎麼謝我？」鳳姐笑道：「別扯臊！我又沒叫你來，謝你什麼！你怕操心，你這會子就回老太太去，再派一個就是了。」尤氏笑道：「你瞧瞧，把他幸得這個樣兒！我勸你收著些兒好，太滿了就要流出來了。」二人又說了一回方散。

次日，將銀子送到寧國府來，尤氏方才起來梳洗，因問：「是誰送過來的？」丫頭們回說：「林媽。」尤氏便命：「叫了他來。」丫頭們走至下房，叫了林之孝家的過來。尤氏命他腳踏上坐了，一面忙著梳洗，一面問他：「這一包銀子共多少？」林之孝家的回說：「這是我們底下人的銀子，湊了先送過來。老太太和太太們的還沒有呢。」

正說著，丫頭們回說：「那府裡的姨太太❺打發人送了份子來了。」尤氏笑罵道：「小蹄子們！專會記得這些沒要緊的話！昨兒不過是老太太一時高興，故意兒的學那小家子湊份子，你們就記得了，到了你們嘴裡當正經話說，——還不快接進來呢！」丫頭們笑著忙接銀子進來，一共兩封；連寶釵、黛玉的都有了。尤氏問：「還少誰的？」林之孝家的道：「還少老太太、太太、姑娘們的，我們底下姑娘們的。」尤氏道：「還有你們大奶奶的呢？」林之孝家的道：「奶奶過去，這銀子都從二奶奶手裡發，一共都有了。」

說著，尤氏梳洗了，命人伺候車輛。一時來至榮府，先來見鳳姐，只見鳳姐已將銀子封好，正要送去。尤氏問：「都齊了麼？」鳳姐笑道：「都有了！快拿去罷，丟了我不管！」尤氏笑道：「我有些信不及，倒要當面點一點。」說著，果然按數一點，只沒有李紈的一份。尤氏笑道：「我說你鬧鬼呢！怎麼你大嫂子的沒有？」鳳姐笑道：「那麼些還不夠？就短一份兒也罷了。等不夠了，我再找給你。」尤氏道：「昨兒你在人跟前作情；今兒又來和我賴，這我可不依你！——我只和老太太要去。」鳳姐笑道：「我看你利害，明兒有了事，我也『丁是丁，卯是卯』[6]的；你也別抱怨。」尤氏笑道：「只這一份兒不給也罷了，要不看你素日孝敬我，我本來依你麼？」說著，把平兒的一份也拿出來，說道：「平兒，來，把你的收了去，等不夠了，我替你添上。」平兒會意，笑道：「奶奶先使著，若剩下了，再賞我一樣。」尤氏笑道：「只許你主子作弊，就不許我作情嗎？」平兒只得收了。

尤氏又道：「我看著你主子這麼細緻，弄這些錢，那裡使去？使不了，明兒帶了棺材裡使去！」一面說著，一面又往賈母處來。先請了安，大概說了兩句話，便走到鴛鴦房中，和鴛鴦商議，只聽鴛鴦的主意行事，何以討賈母喜歡。二人計議妥當。尤氏臨走時，也把鴛鴦的二兩銀子還他，說：「這還使不了呢。」說著，一徑出來，又至王夫人跟前說了一回話，因王夫人進了佛堂，把彩雲的一份也還了他。鳳姐兒不在跟前，一時把周趙二人的也還了。他兩個還不敢收，尤氏道：「你們可憐見的，那裡有這些閑錢？鳳丫頭便知道了，有我應著呢。」二人聽說，千恩萬謝的收了。

轉眼已是九月初二日，園中人都打聽得尤氏辦得十分熱鬧，不但有戲，連耍百戲並說書的女先兒[7]全有，都打點著取樂玩耍。李紈又向眾姐妹道：「今兒是正經社日，可別忘了。寶玉也不來，想必他不知，又貪住什麼玩意兒，把這事又忘了。」說著，便命丫頭：「去瞧作什麼呢，快請了來。」丫頭去了半日，回說：「花大姐姐說：『今兒一早就出門去了。』」眾人聽了都詫異，說：「再沒有出門之理。這丫頭糊塗！」因又命翠墨去。一時翠墨回來，說：「可不真出門了！說有個朋友死了，出去探喪去了。」探春道：「斷然沒有的事。憑他什麼，再沒有今日出門之理。你叫襲人來，我問他。」

剛說著，只見襲人走來，李紈等都說道：「今兒憑他有什麼事，也不該出門：頭一件，你二奶奶的生日，老太太都這麼高興，兩府上下都湊熱鬧兒，他倒走了？第二件，又是頭一社的正日子，也不告假，就私自去了！」襲人嘆道：「昨兒晚上就說了，今兒一早有要緊的事，到北靜王府裡去，就趕著回來，勸他別去，他必不依。今兒一早起來，又要素衣裳穿，想必是北靜王府裡要緊的什麼人沒了，也未可知。」

李紈等道：「若果如此，也該去走走；只是也該回來了。」說著，大家又商議：「咱們只管作詩，等他來罰他。」剛說著，只見賈母已打發人來請，便都往前頭去了。襲人回明寶玉的事，賈母不樂，便命人接去。

原來寶玉心裡有件心事，於頭一日就吩咐焙茗：「明日一早出門，備兩匹馬在後門口等著，不用別人跟著。說給李貴：我往北府裡去了。倘或要有人找我，叫他攔住不用找，只說北府裡留下了，橫豎就來的。」焙茗也摸不著頭腦，只得依言說了；今兒一早，果然備了兩匹馬，在園後門等著。

天亮了，只見寶玉遍體純素，從角門出來，一語不發，跨上馬，一彎腰，順著街就趲[8]下去了。焙茗也只得跨上馬，加鞭趕上，在後面忙問：「往那裡去？」寶玉道：「這條路是往那裡去的？」焙茗道：「這是出北門的大道，出去了冷清清，沒有什麼玩的。」寶玉聽說，點頭道：「正要冷清清的地方。」說著，越發加了兩鞭，那馬早已轉了兩個彎子，出了城門。

焙茗越發不得主意，只得緊緊的跟著。一氣跑了七八里路出來，人烟漸漸稀少，寶玉方勒住馬，回頭問焙茗道：「這裡可有賣香的？」焙茗道：「香倒有，不知是那一樣？」寶玉想到別的香不好，須得檀、芸、降[9]三樣。焙茗笑道：「這三樣可難得❻。」寶玉為難。焙茗見他為難，因問道：「要香作什麼使？我見二爺時常帶的小荷包兒有散香，何不找找？」一句提醒了寶玉，便回手——衣襟上掛著個荷包——摸了一摸，竟有兩星沉速[10]，心內喜歡：「只是不恭些。」再想：「自己親身帶的，倒比買的又好些。」於是又問爐炭，焙茗道：「這可罷了，荒郊野外，那裡有？既用這些，何不早說，帶了來，豈不便宜？」寶玉道：「糊塗東西！要可以帶了來，又不這樣沒命的跑了。」

焙茗想了半日，笑道：「我得了個主意，不知二爺心下如何：我想來二爺不止用這個，只怕還要用別的，這也不是事；如今我們索性往前再走二里，就是水仙庵了。」寶玉聽了，忙問：「水仙庵就在這裡？更好了！我們就去。」說著就加鞭前行，一面回頭向焙茗道：「這水仙庵的姑子長往咱們家去，這一去到那裡和他借香爐使使，他自然是肯的。」焙茗道：「別說是咱們家的香火，就是平白不認識的廟裡，和他借，他也不敢駁回。——只是一件：我常見二爺最厭這水仙庵的，如何今兒又這樣喜歡了？」寶玉道：「我素日最恨俗人不知緣故混供神，混蓋廟。這都是當日有錢的老公們和那些有錢的愚婦們，聽見有個神，就蓋起廟來供著，也不知那神是何人，因聽些野史小說，便信真了。比如這水仙庵裡面，因供的是洛神[11]，故名水仙庵。殊不知古來並沒有個洛神，那原是曹子建的謊話，誰知這起愚人就塑了像供著。——今兒卻合我的心事，故借他一用。」

說著早已來至門前。那老姑子見寶玉來了，事出意外，竟像天上掉下個活龍來的一般，忙上來問好，命老道[12]來接馬。寶玉進去，也不拜洛神之像，卻只管賞鑑；雖是泥塑的，卻真有那「翩若驚鴻，婉若游龍」、「荷出綠波，日映朝霞」[13]的姿態。寶玉不覺滴下淚來。

老姑子獻了茶，寶玉因和他借香爐燒香。那姑子去了半日，連香供[14]紙馬[15]都預備了來。寶玉說道：「一概不用。」命焙茗捧著爐❼，出至後園中，揀一塊乾淨地方兒，竟揀不出。焙茗道：「那井臺上如何？」

寶玉點頭。一齊來至井臺上，將爐放下，焙茗站過一旁，寶玉掏出香來焚上，含淚施了半禮，回身命收了去。焙茗答應，且不收，忙爬下磕了幾個頭，口內祝道：「我焙茗跟二爺這幾年，二爺的心事，我沒有不知道的，只有今兒這一祭祀，沒有告訴我，我也不敢問。只是受祭的陰魂，雖不知名姓，想來自然是那人間有一、天上無雙、極聰明清雅的一位姐姐妹妹了。二爺的心事難出口，我替二爺祝讚你：你若有靈有聖，我們二爺這樣想著你，你也時常來望候望候二爺，未嘗不可；你在陰間，保佑二爺來生也變個女孩兒，和你們一處玩耍，豈不兩下裡都有趣了。」說畢，又磕了幾個頭，才爬起來。

寶玉聽他沒說完，便掌不住笑了。因踢他道：「別胡說，看人聽見笑話。」焙茗起來，收過香爐，和寶玉走著，因道：「我已經合姑子說了二爺還沒用飯，叫他收拾了些東西，二爺勉強吃些。我知道：今兒裡頭大排筵宴，熱鬧非常，二爺為此才躲了來的。橫豎在這裡清淨一天，也就盡樂了❽；要不吃東西，斷使不得。」寶玉道：「戲酒不吃，這隨便的吃些也不妨。」

焙茗道：「這才是。還有一說，咱們來了，必有人不放心。若沒有人不放心，便晚些進城何妨？若有人不放心，二爺須得進城回家去才是。第一老太太、太太也放了心；第二禮也盡了，——不過這麼著。就是家去聽戲喝酒，也並不是爺有意，原是陪著父母盡個孝道兒。要單為這個，不顧老太太、太太懸心，就是才受祭的陰魂兒也不安哪。二爺想，我

焙茗（茗烟）

這話怎麼樣？」寶玉笑道：「你的意思我猜著了：你想著只你一個跟了我出來，回來你怕擔不是，所以拿這大題目來勸我。我才來了，不過為盡個禮，再去吃酒看戲，並沒說一日不進城。這已經完了心願，趕著進城，大家放心就是了。」焙茗道：「這更好。」說著二人來至禪堂，果然那姑子收拾了一桌好素菜。

寶玉胡亂吃了些，焙茗也吃了，二人便上馬，仍回舊路。焙茗在後面，只囑咐：「二爺好生騎著。這馬總沒大騎，手提緊著些兒。」一面說著，早已進了城，仍從後門進去，忙忙來至怡紅院中。襲人等都不在屋裡，只有幾個老婆子看屋子，見他來了，都喜得眉開眼笑，道：「阿彌陀佛，可來了！沒把花姑娘急瘋了呢！上頭正坐席呢，二爺快去罷。」寶玉聽說，忙將素衣脫了，自己找了顏色吉服換上，便問道：「都在什麼地方坐席呢？」老婆子們回道：「在新蓋的大花廳上呢。」

寶玉聽了，一徑往花廳上來，耳內早隱隱聞得簫管歌吹之聲。剛到穿堂那邊，只見玉釧兒獨坐在廊檐下垂淚，一見寶玉來了，便長出了一口氣，咂著嘴兒說道：「噯！鳳凰來了[16]！快進去罷。再一會子不來，可就都反了。」寶玉陪笑道：「你猜我往那裡去了。」玉釧兒把身一扭，也不理他，只管拭淚。寶玉只得怏怏的進去了，到了花廳上，見了賈母王夫人等，眾人真如得了「鳳凰」一般。

賈母先問道：「你往那裡去了，這早晚才來？還不給你姐姐行禮去呢！」因笑著又向鳳姐兒道：「你兄弟不知好歹。——就有要緊的事，怎麼也不說一聲兒，就私自跑了，這還了得！明兒再這樣，等你老子回家，必告訴他打你。」鳳姐兒笑著道：「行禮倒是小事，寶兄弟明兒斷不可不言語一聲兒，也不傳人跟著，就出去。街上車馬多，頭一件叫人不放心；再，也不像咱們這樣人家出門的規矩。」

這裡賈母又罵跟的人：「為什麼都聽他的話，說往那裡去就去了，也不回一聲兒！」一面又問：「他到底往那裡去了？可吃了什麼沒有？唬著了沒有？」寶玉只回說：「北靜王的一個愛妾沒了，今日給他道惱[17]去。我見他哭得那樣，不好撇下他就回來，所以多等了會子。」賈母道：「以後再私自出門，不先告訴我，一定叫你老子打你！」寶玉連忙答應著。賈母又要打跟的人，眾人又勸道：「老太太也不必生氣了，他已經答應不敢了，況且回來又沒事，大家該放心樂一會子了。」

賈母先不放心，自然著急發狠，今見寶玉回來，喜且有餘，那裡還恨？也就不提了。還怕他不受用，或者別處沒吃飯，路上著了驚恐，反又百般的哄他。襲人早已過來伏侍，大家仍舊聽戲。

當日演的是「荊釵記」[18]，賈母薛姨媽等都看得心酸落淚，也有笑的，也有恨的，也有罵的。要知端底，下回分解。

■校記

❶「我想，往年不拘誰作生日」，「我想」原作「想我」，從脂本改。

❷「替大嫂子出十二兩」，「二」原作「六」，從戚本改。

❸「共計多少」，「計」原作「記」，從脂本改。

❹「你還不夠」，諸本作「你還不足」。

❺「那府裡的姨太太」，諸本作「那府裡太太和姨太太」。

❻「寶玉想到別的香不好，須得檀芸降三樣。焙茗笑道，這三樣可難得」，「想到」原作「想道」。按書中一般用「想道」，皆心中忖度未經出口之詞，此處下句直接答話，似稍欠合。今酌從金本改。

❼「寶玉說道，一概不用，命焙茗捧著爐」，原作「寶玉一概不用，說道，命焙茗捧著爐」，從金本改。

❽「也就盡樂了」，藤本作「也就盡禮了」。

■注釋

1〔失業〕這裡是指沒有依靠的意思。

2〔折受〕客套話，說受到過分的待遇，已經到了使自己所謂「折福損壽」的地步。

3〔盡〕盡讓。

4〔苦瓠子〕苦瓜，借喻「苦人」。

5〔填還〕指把財物白白地送給人，被送的還不承情，和從前欠債、現在償還的情況一樣。

6〔丁是丁，卯是卯〕「丁、卯」是「干支」，「干支」錯誤，影響年月日的記錄；「丁卯」又諧音木工上的「釘鉚」，釘鉚錯誤了，便安接不上。總之是形容作事認真，不通融、不馬虎。

7〔女先兒〕瞽目女藝人。一般習慣稱盲目人為「先生」，簡稱「先兒」。

8〔趄〕略帶跳躍地走。

9〔檀、芸、降〕檀香，由檀香木製成。芸香，由芸香草製成。降香，由降香木（莖似竹，產南洋）製成。

10〔兩星沉速〕兩星，兩小塊。沉速，指沉香（又名伽南香）和速香合成的香料。

11〔洛神〕洛水的神。魏曹植曾作「洛神賦」，敘述他想像中和洛神相會的故事。

12〔老道〕本指道士。這裡指尼庵中的雜役人員。

13〔「翩若驚鴻，婉若游龍」、「荷出綠波，日映朝霞」〕

這是三國魏曹植的「洛神賦」中形容洛神姿態的句子。意思是，洛神的體態輕盈，動作像受驚的鴻雁翩翩起舞，婉轉得好像水裡的游龍那樣舒展自如；洛神的容貌艷麗，好像綠波中的荷花，又像太陽照射的朝霞。

14〔香供〕這裡指祭祀用的香、燭之類的東西。

15〔紙馬〕即「甲馬」，以五色紙或黃紙製成，上印神像，祭祀時燒掉。

16〔鳳凰來了〕鳳凰是古代傳說中的神鳥。玉釧用來諷刺賈寶玉被全家嬌貴的程度。所以下文說「眾人真如得了鳳凰一般」。

17〔道惱〕向遭喪的人家弔問，舊時稱道煩惱，簡稱道惱。

18〔「荊釵記」〕南戲劇本，元朝柯丹丘作。寫王十朋中狀元後，拒絕丞相逼婚，被貶湖州，妻錢玉蓮拒絕富豪孫汝權的逼迫，也投江自殺，被人救起，最後夫妻團圓。

【第四十四回】

變生不測鳳姐潑醋　喜出望外平兒理妝

話說寶玉和姐妹一處坐著，同眾人看演「荊釵記」，黛玉因看到「男祭」[1]這齣上，便和寶釵說道：「這王十朋也不通得很，不管在那裡祭一祭罷了，必定跑到江邊上來作什麼！俗語說：『睹物思人』，天下的水總歸一源，不拘那裡的水舀一碗，看著哭去，也就盡情了。」寶釵不答。寶玉聽了，卻又發起呆來❶。

且說賈母心想今日不比往日，定要教鳳姐痛樂一日；本自己懶怠坐席，只在裡間屋裡榻上歪著，和薛姨媽看戲，隨心愛吃的揀幾樣放在小几上，隨意吃著說話兒。將自己兩桌席面[2]，賞那沒有席面的大小丫頭並那應著差的婦人等，命他們在窗外廊檐下，也只管坐著隨意吃喝，不必拘禮❷。王夫人和邢夫人在地下高桌上坐著，外面幾席是他們姐妹們坐。賈母不時吩咐尤氏等：「讓鳳丫頭坐上面，你們好生替我待東[3]，難為他一年到頭辛苦。」尤氏答應了，又笑回道：「他說坐不慣首席，坐在上頭，橫不是豎不是的，酒也不肯喝。」賈母聽了，笑道：「你不會，等我親自讓他去。」鳳姐兒忙也進來笑說：「老祖宗別信他們的話，我喝了好幾鍾了。」賈母笑著，命尤氏等：「拉他出去，按在椅子上，你們都輪流敬他，他再不吃，我當真的就親自去了。」

尤氏聽說，忙笑著又拉他出來坐下，命人拿了臺盞，斟了酒，笑道：「一年到頭，難為你孝順老太太、太太和我，我今兒沒什麼疼你的，親自斟酒。我的乖乖，你在我手裡喝一口罷。」鳳姐兒笑道：「你要安心孝敬我，跪下，我就喝。」尤氏笑道：「說得你不知是誰！我告訴你說罷：好容易今兒這一遭，過了後兒，知道還得像今兒這樣的不得了？趁著盡力灌兩鍾子罷！」

鳳姐兒見推不過，只得喝了兩鍾。接著眾姐妹也來，鳳姐也只得每人的喝了兩口。賴嬤嬤見賈母尚且這等高興，也少不得來湊趣兒，領著些嬤嬤們也來敬酒。鳳姐兒也難推托，只得喝了兩口。鴛鴦等也都來敬，鳳姐兒真不能了，忙央告道：「好姐姐們，饒了我罷，我明兒再喝罷。」鴛鴦笑道：「真個的，我們是沒臉的了？就是我們在太太跟前，太太還賞個臉兒呢。往常倒有些體面，今兒當著這些人，倒作起主子的款兒來了。——我原不該來，不喝，我們就走。」說著真個回去了。鳳姐兒忙忙拉住，笑道：「好姐姐，我喝就是了。」說著拿過酒來，滿滿的斟了一杯喝乾，鴛鴦方笑了散去。

然後又入席，鳳姐兒自覺酒沉了，心裡突突的往上撞，要往家去歇歇，只見那耍百戲[4]的上來，便和尤氏說：「預備賞錢，我要洗洗臉去。」尤氏點頭，鳳姐兒瞅人不防，便出了席，往房門後檐下走來。平兒留心，也忙跟了來，鳳姐便扶著他，才至穿廊下，只見他屋裡的一個小丫頭子，正在那裡站著，見他兩個來了，回身就跑。鳳姐兒便疑心，忙叫；那丫頭先只裝聽不見，無奈後面連聲兒叫，也只得回來。

鳳姐兒越發起了疑心，忙和平兒進了穿廊。叫那小丫頭子也進來，把槅扇開了，鳳姐坐在當院子的臺階上，命那丫頭子跪下，喝命平兒：「叫兩個二門上的小廝來，拿繩子鞭子，把眼睛裡沒主子的小蹄子打爛了！」

那小丫頭子已經嚇得魂飛魄散，哭著只管碰頭求饒，鳳姐兒問道：「我又不是鬼，你見了我，不識規矩站住，怎麼倒往前跑？」小丫頭子哭道：「我原沒看見奶奶來，我又惦記著屋裡沒人，才跑來著。」鳳姐兒道：「屋裡既沒人，誰叫你又來的？你就沒看見，我和平兒在後頭扯著脖子叫了你十來聲，越叫越跑。離得又不遠，你聾了嗎？你還和我強嘴！」說著，揚手一巴掌，打在臉上，打得那小丫頭子一栽；這邊臉上又一下，登時小丫頭子兩腮紫脹起來。平兒忙勸：「奶奶仔細手疼。」鳳姐便說：「你再打著問他跑什麼。他再不說，把嘴撕爛了他的！」

那小丫頭子先還強嘴，後來聽見鳳姐兒要燒了紅烙鐵來烙嘴，方哭道：「二爺在家裡，打發我來這裡瞧著奶奶，要見奶奶散了，先叫我送信兒去呢。不承望奶奶這會子就來了。」鳳姐兒見話裡有文章，便又問著：「叫你瞧著我作什麼？難道不叫我家去嗎？必有別的緣故，快告訴我，我從此以後疼你。你要不實說，立刻拿刀子來割你的肉！」說著，回頭向頭上拔下一根簪子來，向那丫頭嘴上亂戳，嚇得那丫頭一行躲，一行哭求道：「我告訴奶奶，可別說我說的。」平兒一旁勸，一面催他，叫他快說。丫頭便說道：「二爺也是才來，來了就開箱子，拿了兩塊銀子，還有兩支簪子，兩匹緞子，叫我悄悄的送與鮑二的老婆去，叫他進來。他收了東西，就往咱們屋裡來了。二爺叫我瞧著奶奶，——底下的事，我就不知道了。」

鳳姐聽了，已氣得渾身發軟，忙立起身來，一徑來家。剛至院門，只見有一個小丫頭在門前探頭兒，一見了鳳姐，也縮頭就跑。鳳姐兒提著名字喝住，那丫頭本來伶俐，見躲不過了，越發的跑出來了，笑道：「我正要告訴奶奶去呢，可巧奶奶來了。」鳳姐道：「告訴我什麼？」那丫頭便說：「二爺在家……」這般如此，將方才的話也說了一遍。鳳姐啐道：「你早作什麼了？這會子我看見你了，你來推乾淨兒！」說著，揚手一下，打得那丫頭一個趔趄，便躡腳兒走了。

鳳姐來至窗前，往裡聽時，只聽裡頭說笑道：「多早晚你那閻王老婆死了就好了。」賈璉道：「他死了，再娶一個也這麼著，又怎麼樣呢？」那個又道：「他死了，你倒是把平兒扶了正，只怕還好些。」賈璉道：「如今連平兒他也不叫我沾一沾了，平兒也是一肚子委屈，不敢說。我命裡怎麼就該犯了『夜叉星』[5]！」鳳姐聽了，氣得渾身亂顫。又聽他們都讚平兒，便疑平兒素日背地裡自然也有怨言了。那酒越發湧上來了，也並不忖奪[6]，回身把平兒先打了兩下子。一腳踢開了門進去，也不容分說，抓著鮑二家的就撕打。又怕賈璉走了，堵著門站著罵道：「好娼婦！你偷主子漢子，還要治死主子老婆！——平兒，過來！你們娼婦們一條藤兒[7]多嫌著我，外面兒你哄我！」說著，又把平兒打了幾下。打得平兒有冤無處訴，只氣得乾哭。罵道：「你們作這些沒臉的事，好好的又拉上我作什麼！」說著，也把鮑二家的撕打起來。

賈璉也因吃多了酒，進來高興，不曾作得機密，一見鳳姐來了，早沒了主意。又見平兒也鬧起來，把酒也氣上來了。鳳姐兒打鮑二家的，他已又氣又愧，只不好說的；今見平兒也打，便上來踢罵道：「好娼婦！你也動手打人！」平兒氣怯，忙住了手，哭道：「你們背地裡說話，為什麼拉我呢？」鳳姐見平兒怕賈璉，越發氣了，又趕上來打著平兒，偏叫打鮑二家的。平兒急了，便跑出來找刀子要尋死。外面眾婆子丫頭忙攔住解勸。

這裡鳳姐見平兒尋死去，便一頭撞在賈璉懷裡，叫道：「他們一條藤兒害我，被我聽見，倒都唬起我來！你來勒死我罷！」賈璉氣得牆上拔出劍來，說道：「不用尋死！我真急了！一齊殺了，我償了命，大家乾淨！」

正鬧得不開交，只見尤氏等一群人來了，說：「這是怎麼說？才好好的，就鬧起來。」賈璉見了人，越發「倚酒三分醉」，逞起威風來，故意要殺鳳姐兒。鳳姐兒見人來了，便不似先前那般潑了，撂了眾人，便哭著往賈母那邊跑。

此時戲已散了，鳳姐跑到賈母跟前，爬在賈母懷裡，只說：「老祖宗救我！璉二爺要殺我呢！」賈母、邢夫人、王夫人等忙問：「怎麼了？」鳳姐兒哭道：「我才家去換衣裳，不防璉二爺在家和人說話，我只當是有客來了，唬得我不敢進去；在窗戶外頭聽了一聽，原來是鮑二家的媳婦，商議說我利害，要拿毒藥給我吃了，治死我，把平兒扶了正。我原生了氣，又不敢和他吵，打了平兒兩下子，問他為什麼害我。他臊了，就要殺我。」賈母聽了，都信以為真，說：「這還了得！快拿了那下流種子來！」

一語未完，只見賈璉拿著劍趕來，後面許多人趕。賈璉明仗著賈母素昔疼他們，連母親嬸娘也無礙，故逞強鬧了來。邢夫人王夫人見了，氣得忙攔住罵道：「這下流東西！你越發反了！老太太在這裡呢！」賈璉乜斜著眼道：「都是老太太慣得他，他才敢這麼著。連我也罵起來了！」

邢夫人氣得奪下劍來，只管喝他：「快出去！」那賈璉撒嬌撒痴，涎言涎語[8]的，還只管亂說。賈母氣得說道：「我知道我們你放不到眼裡！叫人把他老子叫了來，看他去不去！」賈璉聽見這話，方趔趄著腳兒出去了。賭氣也不往家去，便往外書房來。

這裡邢夫人王夫人也說鳳姐，賈母道：「什麼要緊的事！小孩子們年輕，饞嘴貓兒似的，那裡保得住呢？從小兒人人都打這麼過。——這都是我的不是，叫你多喝了兩口酒，又吃起醋來了！」說得眾人都笑了。賈母又道：「你放心，明兒我叫你女婿替你賠不是，你今兒別過去臊著他。」因又罵：「平兒那蹄子，素日我倒看他好，怎麼背地裡這麼壞！」尤氏等笑道：「平兒沒有不是，是鳳丫頭拿著人家出氣。兩口子生氣，都拿著平兒煞性子；平兒委屈得什麼兒似的，老太太還罵人家！」賈母道：「這就是了。我說那孩子倒不像那狐媚魘道[9]的。既這麼著，可憐見的，白受他的氣。」因叫：「琥珀，來，你去告訴平兒，就說我的話：我知道他受了委屈，明兒我叫他主子來替他賠不是。今兒是他主子的好日子，不許他胡惱❸。」

原來平兒早被李紈拉入大觀園去了。平兒哭得哽噎難言；寶釵勸道：「你是個明白人，你們奶奶素日何等待你，今兒不過他多吃了一口酒，他可不拿你出氣，難道拿別人出氣不成？別人又笑話他是假的了！」正說著，只見琥珀走來，說了賈母的話，平兒自覺面上有了光輝，方才漸漸的好了，——也不往前頭來。

寶釵等歇息了一回，方來看賈母鳳姐。寶玉便讓了平兒到怡紅院中來，襲人忙接著，笑道：「我先原要讓你的，只因大奶奶和姑娘們都讓你，我就不好讓的了。」平兒也陪笑說：「多謝。」因又說道：「好好兒的，從那裡說起！無緣無故白受了一場氣！」襲人笑道：「二奶奶素日待你好，這不過是一時氣急了。」平兒道：「二奶奶倒沒說的，只是那娼婦治得我，他又偏拿我湊趣兒！還有我們那糊塗爺，倒打我！」說著，便又委屈，禁不住淚流下來。寶玉忙勸道：「好姐姐，別傷心，我替他兩個賠個不是罷。」平兒笑道：「與你什麼相干？」寶玉笑道：「我們弟兄姐妹都一樣。他們得罪了人，我替他賠個不是，也是應該的。」又道：「可惜這新衣裳也沾了！這裡有你花妹妹的衣裳，何不換下來，拿些個燒酒噴了，熨一熨；把頭也另梳一梳。」一面說，一面吩咐了小丫頭子們：「舀洗臉水，燒熨斗來。」

平兒素昔只聞人說寶玉專能和女孩們接交；寶玉素日因平兒是賈璉的愛妾，又是鳳姐兒的心腹，故不肯和他廝近，因不能盡心，也常為恨事。平兒如今見他這般，心中也暗暗的战敠：「果然話不虛傳，色色想得周到。」又見襲人特特的開了箱子，拿出兩件不大穿的衣裳。忙來洗了臉；寶玉一旁笑勸道：「姐姐還該搽上些脂粉，不然，倒像是和鳳姐姐賭氣的似的。況且又是他的好日子，而且老太太又打發了人來安慰你。」

平兒聽了有理，便去找粉，只不見粉。寶玉忙走至妝臺前，將一個宣窯[10]磁盒揭開，裡面盛著一排十根玉簪花棒兒，拈了一根，遞與平兒，又笑說道：「這不是鉛粉，這是紫茉莉花種研碎了，對上料[11]製的。」

平兒倒在掌上看時，果見「輕」、「白」、「紅」、「香」，四樣俱美；撲在面上，也容易勻淨，且能潤澤，不像別的粉澀滯。然後看見胭脂，也不是一張，卻是一個小小的白玉盒子，裡面盛著一盒，如玫瑰膏子一樣。寶玉笑道：「鋪子裡賣的胭脂不乾淨❹，顏色也薄，這是上好的胭脂擰出汁子來，淘澄淨了，配了花露蒸成的。只要細簪子挑一點兒，抹在唇上，足夠了；用一點水化開，抹在手心裡，就夠拍臉的了。」

平兒依言妝飾，果見鮮艷異常，且又甜香滿頰。寶玉又將盆內開的一枝並蒂秋蕙用竹剪刀鉸下來，替他簪在鬢上。忽見李紈打發丫頭來喚他，方忙忙的去了。

寶玉因自來從不曾在平兒前盡過心，——且平兒又是個極聰明、極清俊的上等女孩兒，比不得那起俗拙蠢物，——深以為恨。今日是金釧兒生日，故一日不樂。不想後來鬧出這件事來，竟得在平兒前稍盡片心，也算今生意中不想之樂；因歪在床上，心內怡然自得。忽又思及：「賈璉惟知以淫樂悅己，並不知作養脂粉。」又思：「平兒並無父母兄弟姐妹，獨自一人，供應賈璉夫婦二人，賈璉之俗，鳳姐之威，他竟能周全妥貼，今兒還遭荼毒，也就薄命得很了！」想到此間，便又傷感起來。復又起身，見方才的衣裳上噴的酒已半乾，便拿熨斗熨了，疊好；見他的絹子忘了去，上面猶有淚痕，又擱在盆中洗了晾上：又喜又悲。悶了一回，也往稻香村來。說了回閑話兒，掌燈後方散。

平兒就在李紈處歇了一夜，鳳姐只跟著賈母睡。賈璉晚間歸房，冷清清的，又不好去叫，只得胡亂睡了一夜。次日醒了，想昨日之事，大沒意思，後悔不來。邢夫人惦記著昨日賈璉醉了，忙一早過來，叫了賈璉過賈母這邊來。賈璉只得忍愧前來，在賈母面前跪下。

賈母問他：「怎麼了？」賈璉忙陪笑說：「昨兒原是吃了酒，驚了老太太的駕，今兒來領罪。」賈母啐道：「下流東西！灌了黃湯，不說安分守己的挺尸去，倒打起老婆來了！鳳丫頭成日家說嘴，霸王似的一個人，昨兒唬得可憐！要不是我，你要傷了他的命，這會子怎麼樣？」

賈璉一肚子的委屈，不敢分辯，只認不是。賈母又道：「鳳丫頭和平兒還不是個美人胎子？你還不足？成日家偷雞摸狗，腥的臭的，都拉了你屋裡去！為這起娼婦打老婆，又打屋裡的人，你還虧是大家子的公子出身，活打了嘴了！你若眼睛裡有我，你起來，我饒了你，乖乖的替你媳婦賠個不是兒，拉了他家去，我就喜歡了。要不然，你只管出去，我也不敢受你的頭！」

賈璉聽如此說，又見鳳姐兒站在那邊，也不盛妝，哭得眼睛腫著，也不施脂粉，黃黃臉兒，比往常更覺可憐可愛，想著：「不如賠了不是，彼此也好了，又討老太太的喜歡。」想畢，便笑道：「老太太的話我不敢不依，只是越發縱了他了。」賈母笑道：「胡說！我知道他最有禮的，再不會衝撞人。他日後得罪了你，我自然也作主，叫你降伏就是了。」

賈璉聽說，爬起來，便與鳳姐兒作了一個揖，笑道：「原是我的不是，二奶奶別生氣了。」滿屋裡的人都笑了。賈母笑道：「鳳丫頭，不許惱了。再惱，我就惱了。」說著，又命人去叫了平兒來，命鳳姐兒和賈璉安慰平兒。賈璉見了平兒，越發顧不得了；所謂「妻不如妾」，聽賈母一說，便趕上來說道：「姑娘昨日受了屈了，都是我的不是；奶奶得罪了你，也是因我而起。我賠了不是不算外，還替你奶奶賠個不是。」說著，也作了一個揖，引得賈母笑了；鳳姐兒也笑了。

賈母又命鳳姐來安慰平兒，平兒忙走上來給鳳姐兒磕頭，說：「奶奶的千秋，我惹得奶奶生氣，是我該死。」鳳姐兒正自愧悔昨日酒吃多了，不念素日之情，浮躁起來，聽了旁人的話，無故給平兒沒臉；今見他如此，又是慚愧，又是心酸，忙一把拉起來，落下淚來。平兒道：「我伏侍了奶奶這麼幾年，也沒彈我一指甲；就是昨兒打我，我也不怨奶奶，都是那娼婦治的；怨不得奶奶生氣。」說著，也滴下淚來了。賈母便命人：「將他三人送回房去。有一個再提此話，即刻來回我，我不管是誰，拿拐棍子給他一頓。」三個人重新給賈母、邢王二位夫人磕了頭，老嬤嬤答應了，送他三人回去。

至房中，鳳姐兒見無人，方說道：「我怎麼像個閻王，又像夜叉？那娼婦咒我死，你也幫著咒我。千日不好，也有一日好。可憐我熬得連個混賬女人也不及了，我還有什麼臉過這個日子！」說著，又哭了。賈璉道：「你還不足？你細想想，昨兒誰的不是多？今兒當著人，還是我跪了一跪，又賠不是，你也爭足了光了。這會子還嘮叨，難道你還叫我替你跪下才罷？——太要足了強，也不是好事！」說得鳳姐兒無言可對。平兒「嗤」的一聲又笑了。賈璉也笑道：「又好了，真真的我也沒法了。」

正說著，只見一個媳婦來回話：「鮑二媳婦吊死了。」賈璉鳳姐兒都吃了一驚。鳳姐忙收了怯色，反喝道：「死了罷了！有什麼大驚小怪的！」

一時只見林之孝家的進來，悄回鳳姐道：「鮑二媳婦吊死了，他娘家的親戚要告呢！」鳳姐兒冷笑道：「這倒好了，我正想要打官司呢！」林之孝家的道：「我才和眾人勸了會子，又威嚇了一陣，又許了他幾個錢，也就依了。」鳳姐兒道：「我沒一個錢。——有錢也不給他！只管叫他告去。也不許勸他，也不用鎮唬他，只管叫他告！——他告不成，我還問他個『以尸詐訛』呢！」林之孝家的正在為難，見賈璉和他使眼色兒，心下明白，便出來等著。賈璉道：「我出去瞧瞧，看是怎麼樣。」鳳姐兒道：「不許給他錢！」

賈璉一徑出來，和林之孝來商議，著人去作好作歹，許了二百兩發送才罷。賈璉生恐有變，又命人去和坊官[12]等說了❺，將番役[13]仵作[14]人等叫幾名來，幫著辦喪事。那些人見了如此，縱要復辦，亦不敢辦，只得忍氣吞聲罷了。

賈璉又命林之孝將那二百銀子入在流水賬上，分別添補，開消過去。又體已給鮑二些銀兩，安慰他說：「另日再挑個好媳婦給你。」鮑二又有體面，又有銀子，有何不依，便仍然奉承賈璉，不在話下。

裡面鳳姐心中雖不安，面上只管佯不理論；因屋裡無人，便和平兒笑道：「我昨兒多喝了一口酒，你別埋怨。打了那裡？我瞧瞧。」平兒聽了，眼圈兒一紅，連忙忍住了，說道❻：「也沒打著。」只聽得外面說：「奶奶姑娘們都進來了。」要知後來端底，且看下回分解。

校記

❶「寶玉聽了，卻又發起呆來」，諸本作「寶玉回頭要熱酒敬鳳姐」。
❷「也只管坐著隨意吃喝，不必拘禮」，「禮」原作「理」，從諸本改。
❸「胡惱」，藤本、王本、脂本作「胡鬧」。
❹「鋪子裡賣的胭脂不平淨」，「平淨」諸本作「乾淨」。
❺「又命人去和坊官等說了」，「坊官等」諸本作「王子騰」。
❻「平兒聽了，眼圈兒一紅，連忙忍住了，說道」，諸本作「平兒道」。

注釋

1〔「男祭」〕「荊釵記」傳奇中的一齣，演王十朋妻錢玉蓮誤聽丈夫另娶的消息，投江自殺遇救；十朋又誤聽妻子已死，舉行祭奠的事。

2〔席面〕指宴席上的酒菜。

3〔待東〕「東」是「主人」的代稱，見第二回「西席」條。「待東」又作「代東」，即替主人招待客人。

4〔百戲〕古代樂舞雜技表演的總稱。

5〔夜叉星〕舊社會婦女干涉了丈夫，常被指為「悍婦」，或說「母夜叉」。「星命」說法，認為人生一切生活，都有天星主管，「命犯」什麼「星」，即有什麼遭遇。

6〔忖（ㄘㄨㄣˇ／cǔn）奪〕推測，思量。

7〔一條藤兒〕採取共同態度，由於共同的利害關係站在同一立場。

8〔涎言涎語〕厚著臉皮、撒著賴地說話。

9〔狐媚魘道〕指用邪魔歪道來迷惑人，陷害人。狐媚，舊時傳說狐狸能變美女迷惑人，因此就把用陰柔手段來迷惑人叫狐媚。魘，夢中遇到可怕的事而驚恐。魘道，用陰謀手段陷害人。

10〔宣窯〕指明宣宗宣德年間的官窯出產的瓷器。

11〔料〕這裡指製香粉的原料。

12〔坊官〕坊是城市街道。坊官是管理街道的小吏。

13〔番役〕管緝捕的差役。

14〔仵（ㄨˇ wǔ）作〕衙門裡檢驗死尸的吏役。

【第四十五回】金蘭契互剖金蘭語[1]　風雨夕悶製風雨詞

話說鳳姐兒正撫恤[2]平兒，忽見眾姐妹進來，忙讓了坐，平兒斟上茶來。鳳姐兒笑道：「今兒來的這些人，倒像下帖子請了來的。」探春先笑道：「我們有兩件事：一件是我的；一件是四妹妹的，還夾著老太太的話。」鳳姐兒笑道：「有什麼事，這麼要緊？」探春笑道：「我們起了個詩社，頭一社就不齊全，眾人臉軟，所以就亂了例了。我想必得你去作個『監社御史』[3]，鐵面無私才好。再四妹妹為畫園子，用的東西這般那般不全，回了老太太，老太太說：『只怕後頭樓底下還有先剩下的，找一找。若有呢，拿出來；若沒有，叫人買去。』」

鳳姐兒笑道：「我又不會作什麼『濕』咧『乾』的，叫我吃東西去倒會。」探春笑道：「你不會作，也不用你作；你只監察著我們裡頭有偷安怠惰的，該怎麼罰他就是了。」鳳姐兒笑道：「你們別哄我，我早猜著了：那裡是請我作『監察御史』？分明叫了我去作個進錢的『銅商』罷咧。你們弄什麼社，必是要輪流著作東道兒；你們的錢不夠花，想出這個法子來勾了我去，好和我要錢。——可是這個主意不是？」說得眾人都笑道：「你猜著了！」李紈笑道：「真真你是個水晶心肝玻璃人兒！」

鳳姐笑道：「虧了你是個大嫂子呢！姑娘們原是叫你帶著念書，學規矩，學針線哪！這會子起詩社！能用幾個錢？你就不管了！老太太、太太罷了，原是老封君[4]，你一個月十兩銀子的月錢，比我們多兩倍子。老太太、太太還說你『寡婦失業』的，可憐，不夠用！又有個小子，足足的又添了十兩銀子，和老太太、太太平等；又給你園子裡的地，各人取租子；年終分年例，你又是上上份兒。——你娘兒們主子奴才共總沒有十個人，吃的穿的仍舊是大官中的。——通共算起來，也有四五百銀子。這會子你就每年拿出一二百兩來陪著他們玩玩兒，有幾年呢？他們明兒出了門子，難道你還賠不成？這會子你怕花錢，挑唆他們來鬧我，我樂得去吃個河落海乾，我還不知道呢！」

李紈笑道：「你們聽聽，我說了一句，他就說了兩車無賴的話！真真泥腿光棍，專會打細算盤、『分金掰兩』[5]的。你這個東西，虧了還托生在詩書仕宦人家作小姐，又是這麼出了嫁❶，還是這麼著！要生在貧寒小門小戶人家，作了小子丫頭，還不知怎麼下作呢！天下人都叫你算計了去！——昨兒還打平兒，虧你伸得出手來！那黃湯難道灌喪了狗肚子裡去了？氣得我只要替平兒打抱不平兒，忖奪了半日：好容易『狗長尾巴尖兒』的好日子[6]，又怕老太太心裡不受用，因此沒來。究竟氣還不平。你今兒倒招我來了！給平兒拾鞋還不要呢！你們兩個，很該換一個過兒才是。」說得眾人都笑了。

鳳姐忙笑道：「哦！我知道了！竟不是為詩為畫來找我，竟是為平兒報仇來了。我竟不知道平兒有你這麼位仗腰子的人，想來就像有鬼拉著我的手似的，從今我也不敢打他了❷。——平姑娘，過來，我當著你大奶奶、姑娘們替你賠個不是，擔待我『酒後無德』[7]罷！」說著眾人都笑了。李紈笑問平兒道：「如何？我說必要給你爭爭氣才罷。」

李紈

平兒笑道：「雖是奶奶們取笑兒，我可禁不起呢！」

李紈道：「什麼『禁得起』『禁不起』！有我呢！快拿鑰匙叫你主子開門找東西去罷。」鳳姐兒笑道：「好嫂子！你且同他們去園子裡去。才要把這米賬合他們算一算，那邊大太太又打發人來叫，又不知有什麼話說，須得過去走一走。——還有你們年下添補的衣裳，打點給人作去呢。」李紈笑道：「這些事情我都不管，你只把我的事完了，我好歇著去；省了這些姑娘們鬧我。」鳳姐兒忙笑道：「好嫂子！賞我一點空兒，你是最疼我的，怎麼今兒為平兒就不疼我了？往常你還勸我說：『事情雖多，也該保全身子，檢點著偷空兒歇歇。』你今兒倒反逼起我的命來了。況且誤了別人年下的衣裳無礙，他姐兒們的要誤了，卻是你的責任。老太太豈不怪你不管閑事，連一句現成的話也不說；我寧可自己落不是，也不敢累你呀。」

李紈笑道：「你們聽聽，說得好不好？把他會說話的！——我且問你：這詩社到底管不管？」鳳姐兒笑道：「這是什麼話？我不入社花幾個錢，我不成了大觀園的反叛了麼？還想在這裡吃飯不成？明日一早就到任，下馬拜了印，先放下五十兩銀子給你們慢慢的作會社東道兒。我又不會作詩作文的，只不過是個大俗人罷了。『監察』也罷，不『監察』也罷，有了錢了，愁著你們還不攆出我來！」說得眾人又都笑起來。

鳳姐兒道：「過會子我開了樓房，所有這些東西，叫人搬出來你們瞧，要使得，留著使，要少什麼，照你們的單子，我叫人趕著買去就是了。畫絹我就裁出來。那圖樣沒有在老太太那裡；那邊珍大爺收著呢。——說給你們，省了碰釘子去。我去打發人取了來，一併叫人連絹交給相公們礬[8]去。好不好呢？」

李紈點頭笑道：「這難為你。果然這麼著還罷了。——那麼著，咱們家去罷；等著他不送了去，再來鬧他。」說著便帶了他姐妹們就走。鳳姐兒道：「這些事再沒別人，都是寶玉生出來的。」李紈聽了，忙回身笑道：「正為寶玉來，倒忘了他！頭一社是他誤了。我們臉軟，你說該怎麼罰他？」鳳姐想了想，說道：「沒別的法子，只叫他把你們各人屋子裡的地罰他掃一遍就完了。」

眾人都笑道：「這話不差。」說著，才要回去，只見一個小丫頭扶著賴嬤嬤進來。鳳姐等忙站起來，笑道：「大娘坐下。」又都向他道喜。賴嬤嬤向炕沿上坐了，笑道：「我也喜，主子們也喜，要不是主子們的恩典，我這喜打那裡來呢？昨兒奶奶又打發彩哥賞東西，我孫子在門上朝上磕了頭了。」李紈笑道：「多早晚上任去？」賴嬤嬤嘆道：「我那裡管他們？由他們去罷！前兒在家裡給我磕頭，我沒好話，我說：『小子，別說你是官了，橫行霸道的！你今年活了三十歲，雖然是人家的奴才，一落娘胎胞兒，主子的恩典，放你出來，上托著主子的洪福，下托著你老子娘，也是公子哥兒似的，讀書寫字，也是丫頭、老婆、奶子捧鳳凰似的，長了這麼大，你那裡知道那「奴才」兩字是怎麼寫？只知道享福，也不知你爺爺和你老子受的那苦惱，熬了兩三輩子，好容易掙出你這個東西，從小兒三災八難，花的銀子照樣打出你這個銀人兒來了。到二十歲上，又蒙主子的恩典，許你捐了前程在身上。你看那正根正苗，忍飢挨餓的，要多少？你一個奴才秧子，仔細折了福！如今樂了十年，不知怎麼弄神弄鬼，求了主子，又選出來了。縣官雖小，事情卻大，作那一處的官，就是那一方的父母，你不安分守己，盡忠報國，孝敬主子，只怕天也不容你！』」

李紈鳳姐兒都笑道：「你也多慮。我們看他也就好。先那幾年，還進來了兩次，這有好幾年沒來了，年下生日，只見他的名字就罷了。前兒給老太太、太太磕頭來，在老太太那院裡，見他又穿著新官的服色，倒發得威武了；比先時也胖了。他這一得了官，正該你樂呢，反倒愁起這些來！他不好，還有他的父母呢，你只受用你的就完了。閑時坐個轎子進來，和老太太鬥鬥牌，說說話兒，誰好意思的委屈了你。家去一般也是樓房廈廳，誰不敬你，自然也是老封君似的了。」

平兒斟上茶來，賴嬤嬤忙站起來道：「姑娘不管，叫那孩子倒來罷了，又生受你[3]。」說著，一面吃茶，一面又道：「奶奶不知道。這小孩子們，全要管得嚴，饒這麼嚴，他們還偷空兒鬧個亂子來，叫大人操心。知道的，說小孩子們淘氣；不知道的，人家就說仗著財勢欺人，連主子名聲也不好。恨得我沒法兒，常把他老子叫了來罵一頓，才好些。」因又指寶玉道：「不怕你嫌我：如今老爺不過這麼管你一管，老太太就護在頭裡；當日老爺小時，你爺爺那個打，誰沒看見的！老爺小時何曾像你這麼天不怕地不怕的！還有那邊大老爺，雖然淘氣，也沒像你這扎窩子[9]的樣兒，也是天天打。還有東府裡你珍大哥哥的爺爺，那才是『火上澆油』的性子，說聲惱了，什麼兒子，竟是審賊！如今我眼裡看著，耳朵裡聽著，那珍大爺管兒子，倒也像當日老祖宗的規矩；只是著三不著兩[10]的。——他自己也不管一管自己，這些兄弟姪兒怎麼怨得不怕他？你心裡明白，喜歡我說；不明白，嘴裡不好意思，心裡不知怎麼罵我呢！」

說著，只見賴大家的來了，接著周瑞家的張材家的都進來回事情。鳳姐兒笑道：「媳婦來接婆婆來了。」賴大家的笑道：「不是接他老人家來的，倒是打聽打聽奶奶姑娘們賞臉不賞臉？」賴嬤嬤聽了，笑道：「可是我糊塗了！正經說的都沒說，且說些『陳穀子，爛芝麻』的。——因為我們小子選出來了，眾親友要給他賀喜，少不得家裡擺個酒。我想擺一日酒，請這個不請那個，也不是；又想了一想，托主子的洪福，想不到的這麼榮耀光彩，就傾了家，我也願意的。因此吩咐了他老子連擺三日酒：頭一日在我們破花園子裡擺幾席酒，一臺戲，請老太太、太太們、奶奶、姑娘們去散一日悶；外頭大廳上一臺戲，幾席酒，請老爺們、爺們，增增光；第二日再請親友；第三日再把我們兩府裡的伴兒請一請：熱鬧三天，也是托著主子的洪福一場，光輝光輝。」

李紈鳳姐兒都笑道：「多早晚的日子？我們必去；只怕老太太高興要去，也定不得。」賴大家的忙道：「擇的日子是十四，只看我們奶奶的老臉罷了。」鳳姐兒笑道：「別人我不知道，我是一定去的。——先說下，我可沒有賀禮，也不知道放賞，吃了一走兒，可別笑話。」賴大家的笑道：「奶奶說那裡話？奶奶一喜歡，賞我們三二萬銀子，那就有了。」

賴嬤嬤笑道：「我才去請老太太，老太太也說去，可算我這臉還好。」說畢，叮嚀了一回，方起身要走，因看見周瑞家的，便想起一事來，因說道：「可是還有一句話問奶奶：這周嫂子的兒子，犯了什麼不是，攆了他不用？」鳳姐兒聽了，笑道：「正是我要告訴你媳婦兒呢。事情多，也忘了。賴嫂子回去說給你老頭子，兩府裡不許收留他兒子，叫他各人去罷。」

賴大家的只得答應著。周瑞家的忙跪下央求。賴嬤嬤忙道：「什麼事？說給我評評。」鳳姐兒道：「前兒我的生日，裡頭還沒喝酒，他小子先醉了。老娘那邊送了禮來，他不在外頭張羅，倒坐著罵人；禮也不送進來。兩個女人進來了，他才帶領小么兒們往裡端。小么兒們倒好好的，他拿的一盒子倒失了手，撒了一院子饅頭。人去了，我打發彩明去說他，他倒罵了彩明一頓：這樣無法無天的忘八羔子，還不攆了作什麼！」賴嬤嬤道：「我當什麼事情，原來為這個。奶奶聽我說：他有不是，打他罵他，叫他改過就是了；攆出去，斷乎使不得：他又比不得是咱們家的家生子兒，他現是太太的陪房；奶奶只顧攆了他，太太的臉上不好看。我說奶奶教導他幾板子，以戒下次，仍舊留著才是。不看他娘，也看太太。」

鳳姐兒聽了，便向賴大家的說道❹：「既這麼著，明兒叫了他來，打他四十棍，以後不許他喝酒。」賴大家的答應了。周瑞家的才磕頭起來；又要給賴嬤嬤磕頭，賴大家的拉著方罷。然後他三人去了。李紈等也就回園中來。

至晚，果然鳳姐命人找了許多舊收的畫具出來，送至園中。寶釵等選了一回，各色東西，可用的只有一半。將那一半開了單子，給鳳姐去照樣置買，不必細說。

一日，外面礬了絹，起了稿子進來，寶玉每日便在惜春那邊幫忙，探春、李紈、迎春、寶釵等也都往那裡來閑坐，一則觀畫，二則便於會面。

寶釵因見天氣涼爽，夜復漸長，遂至母親房中商議，打點些針線來❺。日間至賈母王夫人處兩次省候，不免又承色[11]陪坐；閑時園中姐妹處也要不時閑話一回：故日間不大得閑，每夜燈下女工，必至三更方寢。

黛玉每歲至春分、秋分後，必犯舊疾；今秋又遇著賈母高興，多遊玩了兩次，未免過勞了神，近日又復嗽起來，覺得比往常又重：所以總不出門，只在自己房中將養。有時悶了，又盼個姐妹來說些閑話排遣；及至寶釵等來望候他，說不得三五句話，又厭煩了。眾人都體諒他病中，且素日形體姣弱，禁不得一些委屈，所以他接待不周，禮數疏忽，也都不責他❻。

這日，寶釵來望他，因說起這病症來，寶釵道：「這裡走的幾個大夫，雖都還好，只是你吃他們的藥，總不見效，不如再請一個高手的人來瞧一瞧，治好了豈不好？每年間鬧一春一夏，又不老，又不小，成什麼，也不是個常法兒。」黛玉道：「不中用。我知道我的病是不能好的了。——且別說病，只論好的時候我是怎麼個形景兒，就可知了。」寶釵點頭道：「可正是這話。古人說，『食穀者生』[12]，你素日吃的竟不能添養精神氣血，也不是好事。」黛玉嘆道：「『生死有命，富貴在天』[13]，也不是人力可強求的。今年比往年反覺又重了些似的。」說話之間，已咳嗽了兩三次。

寶釵道：「昨兒我看你那藥方上，人參肉桂覺得太多了。雖說益氣補神，也不宜太熱。依我說：先以平肝養胃為要。肝火一平，不能剋土，胃氣無病，飲食就可以養人了。每日早起，拿上等燕窩一兩，冰糖五錢，用銀吊子[14]熬出粥來，要吃慣了，比藥還強，最是滋陰補氣的。」

黛玉嘆道：「你素日待人，固然是極好的，然我最是個多心的人，只當你有心藏奸。從前日你說看雜書不好，又勸我那些好話，竟大感激你。往日竟是我錯了，實在誤到如今。細細算來，我母親去世的時候，又無姐妹兄弟，我長了今年十五歲，竟沒一個人像你前日的話教導我。怪不得雲丫頭說你好，我往日見他讚你，我還不受用；昨兒我親自經過，才知道了。比如你說了那個，我再不輕放過你的；你竟不介意，反勸我那些話：可知我竟自誤了。若不是前日看出來，今日這話，再不對你說。你方才叫我吃燕窩粥的話，雖然燕窩易得，但只我因身子不好了，每年犯了這病，也沒什麼要緊的去處；請大夫，熬藥，人參，肉桂，已經鬧了個天翻地覆了，這會子我又興出新文[15]來，熬什麼燕窩粥，老太太、太太、鳳姐姐，這三個人便沒話，那些底下老婆子丫頭們，未免嫌我太多事了。你看這裡這些人，因見老太太多疼了寶玉和鳳姐姐兩個，他們尚虎視眈眈[16]，背地裡言三語四的，何況於我？況我又不是正經主子，原是無依無靠投奔了來的，他們已經多嫌著我呢；如今我還不知進退，何苦叫他們咒我？」

寶釵道：「這麼說，我也是和你一樣。」黛玉道：「你如何比我？你又有母親，又有哥哥；這裡又有買賣地土，家裡又仍舊有房有地。你不過親戚的情分，白住在這裡，一應大小事情，又不沾他們一文半個，要走就走了。我是一無所有，吃穿用度，一草一木，皆是和他們家的姑娘一樣，那起小人豈有不多嫌的？」寶釵笑道：「將來也不過多費得一副嫁妝罷了，如今也愁不到那裡。」

黛玉聽了，不覺紅了臉，笑道：「人家把你當個正經人，才把心裡煩難告訴你聽，你反拿我取笑兒！」寶釵笑道：「雖是取笑兒，卻也是真話。你放心，我在這裡一日，我與你消遣一日。你有什麼委屈煩難，只管告訴我，我能解的，自然替你解。我雖有個哥哥，你也是知道的；只有個母親，比你略強些。咱們也算同病相憐。你也是個明白人，何必作『司馬牛之嘆』[17]？你才說的也是，『多一事不如省一事』。我明日家去，和媽媽說了，只怕燕窩我們家裡還有，與你送幾兩。每日叫丫頭們就熬了，又便宜，又不驚師動眾的。」黛玉忙笑道：「東西是小，難得你多情如此！」寶釵道：「這有什麼放在嘴裡的！只愁我人人跟前失於應候罷了。——這會子只怕你煩了，我且去了。」黛玉道：「晚上再來和我說句話兒。」寶釵答應著便去了，不在話下。

這裡黛玉喝了兩口稀粥，仍歪在床上。不想日未落時，天就變了，淅淅瀝瀝下起雨來。秋霖脈脈[18]，陰晴不定，那天漸漸的黃昏時候了，且陰得沉黑，兼著那雨滴竹梢，更覺淒涼。知寶釵不能來了，便在燈下隨便拿了一本書，卻是「樂府雜稿」，有「秋閨怨」、「別離怨」等詞。黛玉不覺心有所感，不禁發於章句，遂成「代別離[19]」一首，擬「春江花月夜」之格，乃名其詞為「秋窗風雨夕」。詞曰：

秋花慘淡秋草黃，耿耿[20]秋燈秋夜長；已覺秋窗秋不盡，那堪[21]風雨助淒涼❼！助秋風雨來何速？驚破秋窗秋夢續[22]；抱得[23]秋情[24]不忍眠，自向秋屏挑淚燭。淚燭搖搖爇短檠❽[25]，牽愁照恨動離情❾；誰家秋院無風入？何處秋窗無雨聲？羅衾不耐秋風力，殘漏[26]聲催秋雨急；連宵脈脈復颼颼，燈前似伴離人泣。寒烟小院轉蕭條，疏竹虛窗時滴瀝[27]；不知風雨幾時休，已教淚灑窗紗濕[28][29]。

吟罷擱筆，方欲安寢，丫鬟報說：「寶二爺來了。」一語未盡，只見寶玉頭上戴著大箬笠，身上披著蓑衣，——黛玉不覺笑道：「那裡來的這麼個漁翁？」寶玉忙問：「今兒好？吃了藥了沒有？今兒一日吃了多少飯？」一面說，一面摘了笠，脫了蓑，一手舉起燈來，一手遮著燈兒，向黛玉臉上照了一照，覷著瞧了一瞧，笑道：「今兒氣色好了些。」

黛玉看他脫了蓑衣，裡面只穿半舊紅綾短襖，繫著綠汗巾子，膝上露出綠綢撒花褲子，底下是掐金滿繡的綿紗襪子，靸著蝴蝶落花鞋。黛玉問道：「上頭怕雨，底下這鞋襪子是不怕的？也倒乾淨些呀❿。」寶玉笑道：「我這一套是全的。一雙棠木屐，才穿了來，脫在廊檐下了。」

黛玉又看那蓑衣斗笠不是尋常市賣的，十分細緻輕巧，因說道：「是什麼草編的？怪道穿上不像那刺蝟似的。」寶玉道：「這三樣都是北靜王送的。他閑常下雨時，在家裡也是這樣。你喜歡這個，我也弄一套來送你。——別的都罷了，惟有這斗笠有趣：上頭這頂兒是活的，冬天下雪，戴上帽子，就把竹信子[30]抽了去，拿下頂子來，只剩了這個圈子；下雪時，男女都戴得。我送你一頂，冬天下雪戴。」黛玉笑道：「我不要他！戴上那個，成了畫兒上畫的和戲上扮的那漁婆兒了。」及說了出來，方想起來這話恰與方才說寶玉的話相連了，後悔不迭，羞得臉飛紅，伏在桌上，嗽個不住。

寶玉卻不留心，因見案上有詩，遂拿起來看了一遍，又不覺叫好。黛玉聽了，忙起來奪在手內，燈上燒了。寶玉笑道：「我已記熟了。」黛玉道：「我要歇了，你請去罷，明日再來。」

寶玉聽了，回手向懷內掏出一個核桃大的金錶來，瞧了一瞧，那針已指到戌末亥初之間，忙又揣了，說道：「原該歇了，又攪得你勞了半日神。」說著，披蓑戴笠出去了，——又翻身進來，問道：「你想什麼吃？你告訴我，我明兒一早回老太太，豈不比老婆子們說得明白？」黛玉笑道：「等我夜裡想著了，明日一早告訴你。你聽，雨越發緊了，快去罷。可有人跟沒有？」兩個婆子答應：「有，在外面拿著傘點著燈籠呢。」黛玉笑道：

「這個天點燈籠？」寶玉道：「不相干，是羊角的，不怕雨。」

黛玉聽說，回手向書架上把個玻璃繡球燈拿下來，命點一支小蠟兒來，遞與寶玉，道：「這個又比那個亮，正是雨裡點的。」寶玉道：「我也有這麼一個，怕他們失腳滑倒了打破了，所以沒點來。」黛玉道：「跌了燈值錢呢，還是跌了人值錢？你又穿不慣木屐子。那燈籠叫他們前頭點著；這個又輕巧又亮，原是雨裡自己拿著的。你自己手裡拿著這個，豈不好？明兒再送來。——就失了手也有限的，怎麼忽然又變出這『剖腹藏珠』[31]的脾氣來！」

寶玉聽了，隨過來接了。前頭兩個婆子打著傘，拿著羊角燈，後頭還有兩個小丫鬟打著傘。寶玉便將這個燈遞給一個小丫頭捧著，寶玉扶著他的肩，一徑去了。

就有蘅蕪院兩個婆子，也打著傘，提著燈，送了一大包燕窩來，還有一包子潔粉梅片雪花洋糖。說：「這比買的強。我們姑娘說：『姑娘先吃著，完了再送來。』」黛玉回說：「費心。」命他：「外頭坐了吃茶。」婆子笑道：「不喝茶了，我們還有事呢。」黛玉笑道：「我也知道你們忙。如今天又涼，夜又長，越發該會個夜局，賭兩場了。」一個婆子笑道：「不瞞姑娘說⓫，今年我沾了光了；橫豎每夜有幾個上夜的人，誤了更又不好，不如會個夜局，又坐了更，又解了悶。今兒又是我的頭家，如今園門關了，就該上場兒了。」黛玉聽了，笑道：「難為你們。誤了你們的發財，冒雨送來。」命人：「給他們幾百錢，打些酒吃，避避雨氣。」那兩個婆子笑道：「又破費姑娘賞酒吃！」說著，磕了頭，出外面接了錢，打傘去了。

紫鵑收起燕窩，然後移燈下簾，伏侍黛玉睡下。黛玉自在枕上感念寶釵，一時又羨他有母有兄；一回又想寶玉素昔和睦，終有嫌疑；又聽見窗外竹梢蕉葉之上，雨聲淅瀝，清寒透幕，不覺又滴下淚來。直到四更方漸漸的睡熟了。暫且無話。要知端底，且看下回分解。

■校記

❶「又是這麼出了嫁」，脂本作「出了嫁又是這樣」。

❷「想來就像有鬼拉著我的手似的，從今我也不敢打他了」，脂本作「早知道，便有鬼拉著我的手打他，我也不打了」。

❸「姑娘不管，叫那孩子倒來罷了，又生受你」，脂本作「姑娘，不管叫那個孩子到（倒）來罷了，又折受我」。今但依乙本文字酌為點斷。

❹「便向賴大家的說道」，「向」原作「問」，從諸本改。

❺「寶釵……遂至母親房中商議，打點些針線來」，「母親」原作「賈母」，從諸本改。

❻「眾人都體諒他病中……所以他接待不周……也都不責他」，「所以他」原作「所以也」，從諸本改。

❼「那堪風雨助淒涼」，脂鈔本後筆改「助淒涼」為「助秋涼」，與下句「助秋風雨」銜聯，且首八句各皆有「秋」字，似較合所謂「春江花月夜」體，記供參考。

❽「爇短檠」，「爇」原作「熱」，從王本、脂本改。

❾「牽愁照恨動離情」原作「牽林照眼動離情」，似有訛誤。按諸本作「牽愁照眼動離情」，「眼」與「愁」不稱；戚本作「牽情照恨動離情」，本句復「情」字；今從脂本改。

❿「上頭怕雨，底下這鞋襪子是不怕的？也倒乾淨些呀」，諸本無「些呀」二字。

⓫「不瞞姑娘說」，「瞞」原作「睹」，從諸本改。

■注釋

1　〔**金蘭契互剖金蘭語**〕金蘭契，彼此投合的友情。契，意志相合。金蘭語，知心話。「易・繫辭上」：「二人同心，其利斷金；同心之言，其臭如蘭。」這裡的「金蘭契」是用來形容寶釵和黛玉的關係。

2　〔**撫恤**〕這裡是用語言安慰的意思。

3　〔**監社御史**〕古代有「監察御史」的官名，是掌管監察的官吏。「監社御史」是戲稱，即叫王熙鳳當監督詩社的「官吏」。

4〔封君〕 明清朝廷對官員的長輩和妻子給一定的封號，被封的人稱為封君。

5〔分金掰兩〕 過分計較小事，比喻小器。金，應作「斤」。

6〔「狗長尾巴尖兒」的好日子〕 指人的生日而言，是一種玩笑話。

7〔酒後無德〕 喝了酒精神不亂，稱為有「酒德」，相反的「醉鬧」，被稱為「酒後無德」。

8〔礬〕 即明礬，這裡作動詞用，用膠礬水浸刷生紙生絹，使之變得吸水適度，叫作礬。

9〔扎窩子〕 把家裡攪得亂七八糟。

10〔著三不著兩〕 作事沒有中心，不分輕重緩急。還有指喜怒任性的意思。

11〔承色〕 看人的臉色說話行事。

12〔食穀者生〕 我國古代醫學有一種說法，認為穀子能延長人的生命。見「史記・扁鵲倉公列傳」。

13〔生死有命二句〕 孔子弟子司馬牛一次感嘆自己沒有弟兄的幫助，他的同學卜商勸他許多話，這是其中的兩句。下文「司馬牛之嘆」即指這個典故。

14〔吊子〕 煎熬飲料用的壺類、罐類小器皿，泛稱「吊子」。

15〔興出新文〕 這裡如同說：提出新花樣，作出新文章。

16〔虎視眈眈〕 像虎一樣凶惡地注視著。

17〔司馬牛之嘆〕 「論語・顏淵篇」：司馬牛憂曰：「人皆有兄弟，我獨無。」司馬牛，孔子的弟子；司馬牛之嘆，就是對沒有兄弟的感嘆。

18〔秋霖脈脈〕秋雨連綿。霖，久下不停的雨；脈脈，此處指細雨連綿的樣子。

19〔「代別離・秋窗風雨夕」〕代，擬或仿作的意思。代別離，是樂府題，在一般情況下樂府題不另再加題目，這裡因為仿照初唐詩人張若虛的「春江花月夜」而作，所以又擬了一個字面上與之相對稱的詩題。

20〔耿耿〕微明的樣子，這兒指燈光暗淡。

21〔那堪〕那裡受得了。

22〔秋夢續〕秋夜的夢境時斷時續。

23〔抱得〕這裡是滿懷的意思。

24〔秋情〕秋天的情景所引起的悲傷感情。

25〔淚燭句〕淚燭被風吹動，燈光飄搖，撲向短小的燈臺。爇（ㄖㄛˋ／ruò），燃燒。檠（ㄑㄧㄥˊ／qíng），燈臺。

26〔殘漏〕黑夜將盡的更漏聲。古時滴水計時的器具。

27〔滴瀝〕水下滴之聲。

28〔譯文〕
秋花凋落秋草已經枯黃，
秋燈微光閃照秋夜更加漫長；
窗外秋景已是蕭瑟一片，
那能忍受淒風苦雨增添的淒涼！
助長秋意的風雨為何來得這樣迅速？

它敲打著窗紙使睡夢不能繼續；
滿懷秋天的情緒不忍入眠，
獨對屏風撥亮流淚的蠟燭。
淚燭搖晃已燃燒到短小的燈臺，
惹起怨愁牽動了別緒離情；
那家院落沒有秋風吹入？
何處秋窗不被秋雨聲聲扣擊？
單被薄褥耐不住風雨陣陣，
破曉的漏聲催促著雨點更急；
連夜秋雨綿綿連夜冷風颼颼，
好似燈前陪伴著遠離家鄉的人哭泣。
寒霧瀰漫著小院蕭條冷落，
疏竹空窗上的秋雨淅瀝淅瀝；
不知風風雨雨何時停息，
那單薄的窗紗已被淚水灑濕。

29 〔簡評〕這首詩形象地體現了林黛玉的思想感情和性格特徵。風雨連宵，孤燈獨對，淚濕紗窗，哀傷滿懷，抒發了林黛玉寄人籬下的深沉哀怨。

30 〔信子〕「信」又作「芯」，這裡指帽頂中心的籤子。第五十三回荷葉燈的「活信」指燈上可以扭轉的中軸，它的上端即是插蠟的籤子。

31 〔剖腹藏珠〕對那些為物傷身、輕重顛倒的行動所作的諷刺性比喻。

【第四十六回】

尷尬[1]人難免尷尬事　鴛鴦女誓絕鴛鴦偶

話說黛玉直到四更將闌，方漸漸的睡去，暫且無話。

如今且說鳳姐兒因見邢夫人叫他，不知何事，忙另穿戴了一番，坐車過來。邢夫人將房內人遣出，悄悄向鳳姐兒道：「叫你來不為別的，有一件為難的事，老爺托我，我不得主意，先和你商議：老爺因看上了老太太屋裡的鴛鴦，要他在房裡，叫我和老太太討去。我想這倒是常有的事，就怕老太太不給。你可有法子辦這件事麼？」

鳳姐兒聽了，忙陪笑道：「依我說，竟別碰這個釘子去。老太太離了鴛鴦，飯也吃不下去，那裡就捨得了？況且平日說起閑話來，老太太常說老爺：『如今上了年紀，作什麼左一個右一個的，放在屋裡？頭宗耽誤了人家的女孩兒，二則放著身子不保養，官兒也不好生作，成日和小老婆喝酒。』太太聽聽，很喜歡咱們老爺麼？這會子躲還怕躲不及，這不是『拿草棍兒戳老虎的鼻子眼兒去』嗎？太太別惱：我是不敢去的。明放著不中用，而且反招出沒意思來。老爺如今上了年紀，行事不免有點兒背晦[2]，太太勸勸才是。比不得年輕，作這些事無礙。如今兄弟、姪兒、兒子、孫子一大群，還這麼鬧起來，怎麼見人呢？」

邢夫人冷笑道：「大家子三房四妾的也多，偏咱們就使不得？我勸了也未必依。就是老太太心愛的丫頭，這麼鬍子蒼白了又作了官的一個大兒子，要了作屋裡人，也未必好駁回的。我叫了你來，不過商議商議，你先派了一篇的不是！也有叫你去的理？自然是我說去。你倒說我不勸！你還是不知老爺那性子的！勸不成，先和我鬧起來。」

鳳姐知道邢夫人稟性愚弱，只知奉承賈赦以自保，次則婪取財貨為自得；家下一應大小事務，俱由賈赦擺布，凡出入銀錢，一經他的手，便剋扣異常，以賈赦浪費為名，「須得我就中儉省，方可償補」。兒女奴僕，一人不靠，一言不聽。如今又聽說如此的話，便知他又弄左性[3]子，勸也不中用了，連忙陪笑說道：「太太這話說得極是。我能活了多大，知道什麼輕重？想來父母跟前，別說一個丫頭，就是那麼大的一個活寶貝，不給老爺給誰？背地裡的話，那裡信的？——我竟是個傻子！拿著二爺說起，或有日得了不是，老爺太太恨得那樣，恨不得立刻拿來一下子打死；及至見了面，也罷了，依舊拿著老爺太太心愛的東西賞他。如今老太太待老爺，自然也是這麼著。依我說，老太太今兒喜歡，要討，今兒就討去。我先過去哄著老太太，等太太過去了，我搭赸著走開，把屋子裡的人我也帶開，太太好和老太太說，給了更好，不給也沒妨礙，眾人也不能知道。」

邢夫人見他這般說，便又喜歡起來，又告訴他道：「我的主意先不和老太太說。老太太說不給，這事就死了；我心裡想著先悄悄的和鴛鴦說。——他雖害臊，我細細的告訴了他，他要是不言語，就妥了；那時再和老太太說。老太太雖不依，擱不住[4]他願意。常言：『人去不中留』，自然這就妥了。」鳳姐兒笑道：「到底是太太有智謀；這是千妥萬妥。別說是鴛鴦，憑他是誰，那一個不想巴高望上、不想出頭的？放著半個主子不作，倒願意作丫頭，將來配個小子，就完了呢！」邢夫人笑道：「正是這個話了。別說鴛鴦，就是那些執事的大丫頭，誰不願意這樣呢？你先過去，別露一點風聲，我吃了晚飯就過來。」

鳳姐兒暗想：「鴛鴦素昔是個極有心胸氣性的丫頭，雖如此說，保不嚴他願意不願意。我先過去了，太太後過去，他要依了，便沒得話說；倘或不依，太太是多疑的人，只怕疑我走了風聲，叫他拿腔作勢的。那時太太又見應了我的話，羞惱變成怒，拿我出起氣來，倒沒意思。不如同著一齊過去了，他依也罷，不依也罷，就疑不到我身上了。」想畢，因笑道：「才我臨來，舅母那邊送了兩籠子鵪鶉，我吩咐他們炸了，原要趕太太晚飯上送過來。我才進大門時，見小子們抬車，說：『太太的車拔了縫，拿去收拾去了。』不如這會子坐了我的車，一齊過去倒好。」邢夫人聽了，便命人來換衣裳。鳳姐忙著伏侍了一回，娘兒兩個坐車過來。鳳姐兒又說道：「太太過老太太那裡去，我要跟了去，老太太要問起我過來作什麼，那倒不好；不如太太先去，我脫了衣裳再來。」

邢夫人聽了有理，便自往賈母處來和賈母說了一回閑話兒，便出來，假托往王夫人屋裡去，從後屋門出去，打鴛鴦的臥房門前過。只見鴛鴦正坐在那裡作針線，見了邢夫人，站起來。邢夫人笑道：「作什麼呢？」一面說，一面便過來接他手內的針線，道：「我看看你扎的花兒。」看了一看，又道：「越發好了。」遂放下針線，又渾身打量。只見他穿著半新的藕色綾襖，青緞掐牙坎肩兒，下面水綠裙子；蜂腰削背，鴨蛋臉，烏油頭髮，高高的鼻子，兩邊腮上微微的幾點雀瘢。

鴛鴦見這般看他，自己倒不好意思起來，心裡便覺詫異，因笑問道：「太太，這會子不早不晚的過來作什麼？」邢夫人使個眼色兒，跟的人退出。邢夫人便坐下，拉著鴛鴦的手，笑道：「我特來給你道喜來的。」鴛鴦聽了，心中已猜著三分，不覺紅了臉，低了頭，不發一言。聽邢夫人道：「你知道，老爺跟前竟沒有個可靠的人，心裡再要買一個，又怕那些牙子家[5]出來的，不乾不淨；也不知道毛病兒，買了來三日兩日，又弄鬼掉猴[6]的。因滿府裡要挑個家生女兒[7]，又沒個好的：不是模樣兒不好，就是性子不好；有了這個好處，沒了那個好處。因此常冷眼選了半年，這些女孩子裡頭，就只你是個尖兒；模樣兒，行事作人，溫柔可靠，一概是齊全的。意思要和老太太討了你去，收在屋裡。你比不得外頭新買了來的，這一進去了，就開了臉，就封你作姨娘，又體面，又尊貴。你又是個要強的人，俗語說的，『金子還是金子換』，誰知竟叫老爺看中了！你如今這一來，可遂了你素日心高智大的願了；又堵一堵那些嫌你的人的嘴。——跟了我回老太太去！」說著，拉了他的手就要走。

鴛鴦紅了臉，奪手不行。邢夫人知他害臊，便又說道：「這有什麼臊的？又不用你說話，只跟著我就是了。」鴛鴦只低頭不動身。邢夫人見他這般，便又說道：「難道你還不願意不成？若果然不願意，可真是個傻丫頭了。放著主子奶奶不作，倒願意作丫頭！三年兩年，不過配上個小子，還是奴才。你跟我們去，你知道我的性子又好，又不是那不容人的人，老爺待你們又好。過一年半載，生個一男半女，你就和我並肩了。家裡的人，你要使喚誰，誰還不動？——現成主子不作去，錯過了機會，後悔就遲了！」

鴛鴦只管低頭，仍是不語。邢夫人又道：「你這麼個爽快人，怎麼又這樣積粘[8]起來？有什麼不稱心的地方兒，只管說；我管保你遂心如意就是了。」鴛鴦仍不語。邢夫人又笑道：「想必你有老子娘，你自己不肯說話，怕臊，你等他們問你呢？——這也是理。等我問他們去；叫他們來問你，有話只管告訴他們。」說畢，便往鳳姐兒屋裡來。

鳳姐兒早換了衣裳，因屋內無人，便將此話告訴了平兒。平兒也搖頭笑道：「據我看來，未必妥當。平常我們背著人說起話來，聽他那個主意，未必肯，也只說著瞧罷了。」鳳姐兒道：「太太必來這屋裡商量；依了還猶可，要是不依，白討個沒趣兒。當著你們，豈不臉上不好看。你說給他們炸些鵪鶉，再有什麼配幾樣，預備吃飯。你且別處逛逛去，估量著走了，你再來。」平兒聽說，照樣傳給婆子們，便逍遙自在的往園子裡來。

這裡鴛鴦見邢夫人去了，必到鳳姐房裡商議去了，還必定有人來問他，不如躲了這裡，因找了琥珀，道：「老太太要問我，只說我病了，沒吃早飯，往園子裡逛逛就來。」琥珀答應了。鴛鴦便往園子裡來各處遊玩。不想正遇見平兒。平兒見無人，便笑道：「新姨娘來了！」鴛鴦聽了，便紅了臉，說道：「怪道，你們串通一氣來算計我！等著我和你主子鬧去就是了！」

平兒見鴛鴦滿臉惱意，自悔失言，便拉到楓樹底下，坐在一塊石上，把方才鳳姐過去回來所有的形景言詞，始末原由，都告訴了他。鴛鴦紅了臉，向平兒冷笑道：「我只想咱們好：比如襲人、琥珀、素雲、紫鵑、彩霞、玉釧、麝月、翠墨，跟了史姑娘去的翠縷，死了的可人和金釧，去了的茜雪，連上你我，這十來個人，從小兒什麼話兒不說，什麼事兒不作？這如今因都大了，各自幹各自的去了，我心裡卻仍是照舊，有話有事，並不瞞你們。這話我先放在你心裡，且別和二奶奶說：別說大老爺要我作小老婆，就是太太這會子

「……死了，他三媒六證[9]的娶我去作大老婆，我也不能去！」

平兒方欲說話，只聽山石背後哈哈的笑道：「好個沒臉的丫頭，虧你不怕牙磣[10]！」二人聽了，不覺吃了一驚，忙起身向山後找尋，不是別人，卻是襲人，笑著走出來。問：「什麼事情？也告訴告訴我。」說著，三人坐在石上。平兒又把方才的話說了，襲人聽了，說道：「這話，論理不該我們說：這個大老爺，真真太下作了！略平頭正臉的，他就不能放手了。」平兒道：「你既不願意，我教你個法兒。」鴛鴦道：「什麼法兒？」平兒笑道：「你只和老太太說，就說已經給了璉二爺了，大老爺就不好要了。」鴛鴦啐道：「什麼東西！──你還說呢！前兒你主子不是這麼混說？誰知應到今兒了。」襲人笑道：「他兩個都不願意，依我說，就和老太太說，叫老太太就說把你已經許了寶二爺了；大老爺也就死了心了。」鴛鴦又是氣，又是臊，又是急，罵道：「兩個壞蹄子，再不得好死的！人家有為難的事，拿著你們當作正經人，告訴你們，與我排解排解，饒不管，你們倒替換著取笑兒。你們自以為都有了結果了，將來都是作姨娘的！據我看來，天底下的事，未必都那麼遂心如意的。你們且收著些兒罷，別忒樂過了頭兒！」

二人見他急了，忙陪笑道：「好姐姐，別多心！咱們從小兒都是親姐妹一般，不過無人處偶然取個笑兒。你的主意告訴我們知道，也好放心。」鴛鴦道：「什麼主意！我只不去就完了。」平兒搖頭道：「你不去，未必得干休。大老爺的性子，你是知道的。雖然你是老太太房裡的人，此刻不敢把你怎麼樣，難道你跟老太太一輩子不成？也要出去的。那時落了他的手，倒不好了。」鴛鴦冷笑道：「老太太在一日，我一日不離這裡；若是老太太歸西去了，他橫豎還有三年的孝呢，沒個娘才死了，他先弄小老婆的！──等過了三年，知道又是怎麼個光景兒呢？那時再說。縱到了至急為難，我剪了頭髮作姑子去；不然，還有一死。一輩子不嫁男人，又怎麼樣？樂得乾淨呢！」

平兒襲人笑道：「真個這蹄子沒了臉，越發信口兒都說出來了！」鴛鴦道：「已經這麼著，臊會子怎麼樣？你們不信，只管看著就是了！太太才說了，找我老子娘去。我看他南京找去！」平兒道：「你的父母都在南京看房子，沒上來，終久也尋得著；現在還有你哥哥嫂子在這裡。——可惜你是這裡的家生女兒，不如我們兩個只單在這裡。」鴛鴦道：「家生女兒怎麼樣？『牛不喝水強按頭』嗎？我不願意，難道殺我的老子娘不成！」

正說著，只見他嫂子從那邊走來。襲人道：「他們當時找不著你的爹娘，一定和你嫂子說了。」鴛鴦道：「這個娼婦，專管[11]是個『六國販駱駝』[12]的，聽了這話，他有個不奉承去的！」說話之間，已來到跟前。他嫂子笑道：「那裡沒有找到？姑娘跑了這裡來！你跟了我來，我和你說話。」平兒襲人都忙讓坐。他嫂子只說：「姑娘們請坐，找我們姑娘說句話。」襲人平兒都裝不知道，笑說：「什麼話，這麼忙？我們這裡猜謎兒呢，等猜了再去罷。」鴛鴦道：「什麼話？你說罷。」他嫂子笑道：「你跟我來，到那裡告訴你，橫豎有好話兒。」鴛鴦道：「可是太太和你說的那話？」他嫂子笑道：「姑娘既知道，還奈何我！快來！我細細的告訴你。——可是天大的喜事！」

鴛鴦聽說，立起身來，照他嫂子臉上下死勁啐了一口，指著罵道：「你快夾著你那毴嘴，離了這裡，好多著呢！什麼『好話』？又是什麼『喜事』？怪道成日家羨慕人家的丫頭作了小老婆，一家子都仗著他橫行霸道的，一家子都成了小老婆了！看得眼熱了，也把我送在火坑裡去。我若得臉呢，你們外頭橫行霸道，自己封就了自己是舅爺；我要不得臉，敗了時，你們把忘八脖子一縮，生死由我去！」一面罵，一面哭。平兒襲人攔著勸他。

他嫂子臉上下不來，因說道：「願意不願意，你也好說，犯不著拉三扯四的。俗語說得好：『當著矮人，別說矮話。』姑娘罵我，我不敢還言；這二位姑娘並沒惹著你，『小老婆』長，『小老婆』短，人家臉上怎麼過得去？」襲人平兒忙道：「你倒別說這話，他也並不是說我們，你倒別拉三扯四的。你聽見那位太太、太爺們封了我們作小老婆？況且我們兩個也沒有爹、娘、哥哥、兄弟在這門子裡仗著我們橫行霸道的。他罵的人自由他罵去，我們犯不著多心！」鴛鴦道：「他見我罵了他，他臊了，沒得蓋臉，又拿話調唆你們兩個。幸虧你們兩個明白，——原是我急了，也沒分別出來，他就挑出這個空兒來！」他嫂子自覺沒趣，賭氣去了。

鴛鴦氣得還罵，平兒襲人勸他一回，方罷了。平兒因問襲人道：「你在那裡藏著作什麼？我們竟沒有看見你。」襲人道：「我因為往四姑娘房裡看我們寶二爺去了，誰知遲了一步，說是家去了。我疑惑怎麼沒遇見呢？想要往林姑娘家找去，又遇見他的人，說也沒去。我這裡正疑惑是出園子去了，可巧你從那裡來了。我一閃，你也沒看見。後來他又來了，我從這樹後頭走到山子石後，我卻見你兩個說話來了，誰知你們四個眼睛沒見我——」一語未了，又聽身後笑道：「四個眼睛沒見你？你們六個眼睛還沒見我呢！」三人嚇了一跳，回身一看，你道是誰？卻是寶玉。襲人先笑道：「叫我好找！你在那裡來著？」寶玉笑道：「我打四妹妹那裡出來，迎頭看見你走了來，我想來必是找我去的，我就藏起來了哄你。看你揚著頭過去了，進了院子，又出來了，逢人就問，我在那裡好笑。等著你到了跟前，嚇你一跳。後來見你也藏藏躲躲的，我就知道也是要哄人了。我探頭兒往前看了一看，卻是他們兩個，我就繞到你身後頭。你出去，我也躲在你躲的那裡了。」平兒笑道：「咱們再往後找找去罷，只怕還找出兩個人來，也未可知。」寶玉笑道：「這可再沒有了。」

鴛鴦已知這話俱被寶玉聽了，只伏在石頭上裝睡。寶玉推他笑道：「這石頭上冷，咱們回屋裡去睡，豈不好？」說著，拉起鴛鴦來。又忙讓平兒來家吃茶，和襲人都勸鴛鴦走，鴛鴦方立起身來。四人竟往怡紅院來。寶玉將方才的話俱已聽見，心中著實替鴛鴦不快，只默默的歪在床上，任他三人在外間說話。

那邊邢夫人因問鳳姐兒鴛鴦的父親，鳳姐因說：「他爹的名字叫金彩，兩口子都在南京看房子，不大上來。他哥哥文翔現在是老太太的買辦。他嫂子也是老太太那邊漿洗上的頭兒。」邢夫人便命人叫了他嫂子金文翔的媳婦來，細細說給他。那媳婦自是喜歡，興興頭頭去找鴛鴦，指望一說必妥；不想被鴛鴦搶白了一頓，又被襲人平兒說了幾句，羞惱回來，便對邢夫人說：「不中用，他罵了我一場。」因鳳姐兒在旁，不敢提平兒，說：「襲人也幫著搶白我，說了我許多不知好歹的話，回不得主子的。太太和老爺商議再買罷。諒那小蹄子也沒有這麼大福，我們也沒有這麼大造化。」邢夫人聽了，說道：「又與襲人什麼相干？他們如何知道呢？」又問：「還有誰在跟前？」金家的道：「還有平姑娘。」鳳姐兒忙道：「你不該拿嘴巴子把他打回來？我一出了門，他就逛去了；回家來，連個影兒也摸不著他！——他必定也幫著說什麼來著？」金家的道：「平姑娘倒沒在跟前，遠遠的看著倒像是他，可也不真切。不過是我白忖度著。」

鳳姐便命人去：「快找了他來，告訴我家來了，太太也在這裡，叫他快著來！」豐兒忙上來回道：「林姑娘打發了人下請字兒，請了三四次，他才去了；奶奶一進門，我就叫他去的。林姑娘說：『告訴奶奶，我煩他有事呢。』」鳳姐兒聽了方罷，故意的還說：「天天煩他！有什麼事情？」

邢夫人無計，吃了飯回家，晚上告訴了賈赦。賈赦想了一想，即刻叫賈璉來，說：「南京的房子還有人看著，不止一家，即刻叫上金彩來。」賈璉回道：「上次南京信來，金彩已經得了痰迷心竅，那邊連棺材銀子都賞了，不知如今是死是活，即便活著，人事不知，叫來無用。——他老婆子又是個聾子。」賈赦聽了，喝了一聲，又罵：「混賬！沒天理的囚攮的！偏你這麼知道！還不離了我這裡！」唬得賈璉退出。一時又叫傳金文翔。賈璉在外書房伺候著，又不敢家去，又不敢見他父親，只得聽著。

一時金文翔來了，小么兒們直帶入二門裡去，隔了四五頓飯的工夫，才出來去了。賈璉暫且不敢打聽，隔了一會，又打聽賈赦睡了，才方過來。至晚間，鳳姐兒告訴他，方才明白。

且說鴛鴦一夜沒睡，至次日，他哥哥回賈母，接他家去逛逛，賈母允了，叫他家去。鴛鴦意欲不去，只怕賈母疑心，只得勉強出來。他哥哥只得將賈赦的話說給他，又許他怎麼體面，又怎麼當家作姨娘，鴛鴦只咬定牙不願意。他哥哥無法，少不得回去回覆賈赦。賈赦惱起來，因說道：「我說給你，叫你女人和他說去，就說我的話：『自古嫦娥愛少年』，他必定嫌我老了，大約他戀著少爺們，多半是看上了寶玉。——只怕也有賈璉❶。若有此心，叫他早早歇了，我要他不來，以後誰敢收他？這是一件。第二件，想著老太太疼他，將來外邊聘個正頭夫妻去。叫他細想：憑他嫁到了誰家，也難出我的手心；除非他死了，或是終身不嫁男人，我就服了他❷！要不然時叫他趁早回心轉意，有多少好處。」賈赦說一句，金文翔應一聲「是」。賈赦道：「你別哄我，明兒我還打發你太太過去問鴛鴦。你們說了，他不依，便沒你們的不是；若問他，他再依了，仔細你們的腦袋！」

金文翔忙應了又應，退出回家，也等不得告訴他女人轉說，竟自己對面說了這話，把個鴛鴦氣得無話可回，想了一想，便說道：「我便願意去，也須得你們帶了我回聲老太太去。」他哥嫂只當回想過來，都喜之不盡，他嫂子即刻帶了他上來見賈母。

可巧王夫人、薛姨媽、李紈、鳳姐兒、寶釵等姐妹並外頭的幾個執事有頭臉的媳婦，都在賈母跟前湊趣兒呢。鴛鴦看見，忙拉了他嫂子，到賈母跟前跪下，一面哭，一面說，把邢夫人怎麼來說，園子裡他嫂子怎麼說，今兒他哥哥又怎麼說，「因為不依，方才大老爺越發說我『戀著寶玉』，不然，要等著往外聘，憑我到天上，這一輩子也跳不出他的手心去，終久要報仇。——我是橫了心的，當著眾人在這裡，我這一輩子，別說是寶玉，就是『寶金』、『寶銀』、『寶天王』、『寶皇帝』，橫豎不嫁人就完了！就是老太太逼著我，一刀子抹死了，也不能從命！伏侍老太太歸了西，我也不跟著我老子娘哥哥去，或是尋死，或是剪了頭髮當姑子去！要說我不是真心，暫且拿話支吾，這不是天地鬼神、日頭月亮照著！嗓子裡頭長疔！」原來這鴛鴦一進來時，便袖內帶了一把剪子，一面說著，一面回手打開頭髮就鉸。眾婆子丫鬟看見，忙來拉住，已剪下半綹來了。眾人看時，幸而他的

鴛鴦

頭髮極多，鉸得不透，連忙替他綰上。

賈母聽了，氣得渾身打顫，口內只說：「我通共剩了這麼一個可靠的人，他們還要來算計！」因見王夫人在旁，便向王夫人道：「你們原來都是哄我的！外頭孝順，暗地裡盤算我！有好東西也來要，有好人也來要。剩了這個毛丫頭，見我待他好了，你們自然氣不過，弄開了他，好擺弄我！」

王夫人忙站起來，不敢還一言。薛姨媽見連王夫人怪上，反不好勸的了；李紈一聽見鴛鴦這話，早帶了姐妹們出去。探春有心的人，想王夫人雖有委屈，如何敢辯；薛姨媽現是親妹妹，自然也不好辯；寶釵也不便為姨母辯；李紈、鳳姐、寶玉一發不敢辯；這正用著女孩兒之時——迎春老實，惜春小——因此，窗外聽了一聽，便走進來，陪笑向賈母道：「這事與太太什麼相干？老太太想一想：也有大伯子的事，小嬸子如何知道？」話未說完，賈母笑道：「可是我老糊塗了！姨太太別笑話我！你這個姐姐，他極孝順，不像我們那大太太，一味怕老爺，婆婆跟前不過應景兒。可是我委屈了他。」薛姨媽只答應「是」，又說：「老太太偏心，多疼小兒子媳婦，也是有的。」賈母道：「不偏心！」因又說：「寶玉，我錯怪了你娘，你怎麼也不提我，看著你娘受委屈？」寶玉笑道：「我偏著母親說大爺大娘不成？通共一個不是，我母親要不認，卻推誰去？——我倒要認是我的不是，老太太又不信！」賈母笑道：「這也有理。你快給你娘跪下，你說：太太別委屈了，老太太有年紀了，看著寶玉罷。」寶玉聽了，忙走過來，便跪下要說；王夫人忙笑著拉起他來，說：「快起來，斷乎使不得，難道替老太太給我賠不是不成？」寶玉聽說，忙站起來。

賈母又笑道：「鳳姐兒也不提我！」鳳姐笑道：「我倒不派老太太的不是，老太太倒尋上我了？」賈母聽了，和眾人都笑道：「這可奇了！倒要聽聽這個『不是』。」鳳姐道：「誰叫老太太會調理人？調理得水蔥兒似的，怎麼怨得人要？我幸虧是孫子媳婦，我若是孫子，我早要了，還等到這會子呢！」賈母笑道：「這倒是我的不是了？」鳳姐笑道：「自然是老太太的不是了。」賈母笑道：「這麼著，我也不要了，你帶了去罷。」鳳姐兒道：「等著修了這輩子，來生托生男人，我再要罷。」賈母笑道：「你帶了去，給璉兒放在屋裡，看你那沒臉的公公還要不要了！」鳳姐兒道：「璉兒不配，就只配我和平兒這一對『燒糊了的饊子』[13]，和他混罷咧。」說得眾人都笑起來了。

丫頭回說：「大太太來了。」王夫人忙迎出去。要知端底，下回分解。

校記

❶「賈赦……道……只怕也有賈璉」，「賈璉」王本作「璉兒」。

❷「我就服了他」，「服」原作「伏」，今酌改。

注釋

1 〔尷尬（ㄍㄢ ㄍㄚˋ／gān gà）〕不調諧，不正當，不通達，不順利。

2 〔背晦〕指老年人糊塗、執拗。

3 〔左性〕頑固愚蠢，執拗怪僻。

4 〔擱不住〕駕不住，擋不了。

5 〔牙子家〕牙子，也叫「牙人」，又名「牙行」。就是各行商業中的中間經紀人。這裡是指買賣人口的「人牙子」。

6 〔弄鬼掉猴〕調皮搗蛋。

7 〔家生女兒〕富貴家庭中婢僕所生的，又仍在這一家庭裡當婢僕的孩子。男的叫「家生子」，女的叫「家生女兒」。

8 〔積稔〕不爽直。不痛快。也說滯黏。

9 〔三媒六證〕舊時男女訂婚，必須有媒人、證婚人，往往不止一個，所以叫三媒六證。

10 〔牙磣（ㄔㄣˋ／chěn）〕細砂子吃到嘴裡使牙齒感覺難受。一種噪音聽著使人皮膚起粟，也叫「牙磣」。這裡是指「說話令人肉麻」。

11〔專管〕這兒有「一定是」的意思。

12〔六國販駱駝〕嘲笑到處管閑事或善於兜攬生意的行動。

13〔燒糊了的饊子〕形容焦黑的樣子。這裡是鳳姐自謙不美，是針對上文「水蔥兒似的」來說的。

【第四十七回】呆霸王調情遭苦打　冷郎君懼禍走他鄉

話說王夫人聽見邢夫人來了，連忙迎著出去。邢夫人猶不知賈母已知鴛鴦之事，正還又來打聽信息，進了院門，早有幾個婆子悄悄的回了他，他才知道。待要回去，裡面已知；又見王夫人接出來了，少不得進來，先與賈母請安。賈母一聲兒不言語。自己也覺得愧悔。鳳姐兒早指一事迴避了。鴛鴦也自回房去生氣。薛姨媽王夫人等恐礙著邢夫人的臉面，也都漸漸退了。邢夫人且不敢出去。賈母見無人，方說道：「我聽見你替你老爺說媒來了！你倒也『三從四德』[1]的。只是這賢慧也太過了！你們如今也是孫子兒子滿眼了，你還怕他使性子。我聽見你還由著你老爺的那性子鬧。」邢夫人滿面通紅，回道：「我勸過幾次不依。老太太還有什麼不知道的呢？我也是不得已兒。」

賈母道：「他逼著你殺人，你也殺去？如今你也想想：你兄弟媳婦，本來老實，又生得多病多痛❶，上上下下，那不是他操心？你一個媳婦，雖然幫著，也是天天『丟下鈀兒弄掃帚』❷[2]。凡百事情，我如今自己減了，他們兩個就有些不到的去處，有鴛鴦那孩子還心細些，我的事情，他還想著一點子：該要的，他就要了來；該添什麼，他就趁空兒告訴他們添了。鴛鴦再不這麼著，娘兒兩個，裡頭外頭，大的小的，那裡不忽略一件半件？

我如今反倒自己操心去不成？——還是天天盤算，和他們要東要西去？我這屋裡，有的沒有的，剩了他一個，年紀也大些，我凡作事的脾氣性格兒，他還知道些。他二則也還投主子的緣法，他也並不指著我和那位太太要衣裳去，又和那位奶奶要銀子去。所以這幾年，一應事情，他說什麼，從你小嬸和你媳婦起，至家下大大小小，沒有不信的。所以不單我得靠，連你小嬸、媳婦也都省心。我有了這麼個人，就是媳婦、孫子媳婦想不到的，我也不得缺了，也沒氣可生了。這會子，他去了，你們又弄什麼人來我使？你們就弄他那麼個真珠兒似的人來，不會說話也無用❸。我正要打發人和你老爺說去，他要什麼人，我這裡有錢，叫他只管一萬八千的買去就是；要這個丫頭，不能！留下他伏侍我幾年，就和他日夜伏侍我盡了孝的一樣。你來得也巧，就去說，更妥當了。」說畢，命人來：「請了姨太太你姑娘們來；才高興說個話兒，怎麼又都散了！」

丫頭忙答應找去了。眾人趕忙的又來。只有薛姨媽向那丫鬟道：「我才來了，又作什麼去？你就說我睡了。」那丫頭道：「好親親的姨太太，姨祖宗！我們老太太生氣呢！你老人家不去，沒個開交了。只當疼我們罷！你老人家怕走，我背了你老人家去。」薛姨媽笑道：「小鬼頭兒！你怕什麼！不過罵幾句就完了。」說著，只得和這小丫頭子走來。賈母忙讓坐，又笑道：「咱們鬥牌罷？姨太太的牌也生了，咱們一處坐著，別叫鳳丫頭混了我們去。」薛姨媽笑道：「正是呢！老太太替我看著些兒。就是咱們娘兒四個鬥呢，還是添一兩個人呢？」王夫人笑道：「可不只四個人。」鳳姐兒道：「再添一個人，熱鬧些。」賈母道：「叫鴛鴦來，叫他在這下手裡坐著，姨太太的眼花了，咱們兩個的牌，都叫他看著些兒。」鳳姐笑了一聲，向探春道：「你們知書識字的，倒不學算命？」探春道：「這又奇了，這會子你不打點精神贏老太太幾個錢，又想算命？」鳳姐兒道：「我正要算算今兒該輸多少，——我還想贏呢？你瞧瞧，場兒沒上，左右都埋伏下了。」說得賈母薛姨媽都笑起來。

一時鴛鴦來了，便坐在賈母下首。鴛鴦之下，便是鳳姐兒。鋪下紅氈，洗牌告么[3]，五人起牌，鬥了一回。鴛鴦見賈母的牌已十成，只等一張二餅，便遞了暗號兒與鳳姐兒。鳳姐兒正該發牌，便故意躊躇❹了半晌，笑道：「我這一張牌定在姨媽手裡扣著呢，我若不發這一張牌，再頂不下來的。」薛姨媽道：「我手裡並沒有你的牌。」鳳姐兒道：「我回來是要查的。」薛姨媽道：「你只管查。你且發下來，我瞧瞧是張什麼。」鳳姐兒便送在薛姨媽跟前，薛姨媽一看，是個二餅，便笑道：「我倒不稀罕他，只怕老太太滿了。」鳳姐聽了，忙笑道：「我發錯了！」賈母笑得已擲下牌來，說：「你敢拿回去！誰叫你錯的不成？」鳳姐兒道：「可是我要算一算命呢！這是自己發的，也怨不得人了！」賈母笑道：「可是你自己打著你那嘴，問著你自己才是！」又向薛姨媽笑道：「我不是小器愛贏錢，原是個彩頭兒[4]。」薛姨媽笑道：「我們可不是這樣想？那裡有那樣糊塗人，說老太太愛錢呢？」

鳳姐兒正數著錢，聽了這話，忙又把錢穿上[5]了，向眾人笑道：「夠了我的了！竟不為贏錢，單為贏彩頭兒。我到底小器，輸了就數錢❺，快收起來罷。」賈母規矩是鴛鴦代洗牌的，便和薛姨媽說笑。不見鴛鴦動手。賈母道：「你怎麼惱了，連牌也不替我洗？」鴛鴦拿起牌來笑道：「奶奶不給錢麼❻！」賈母道：「他不給錢，那是他交運了！」便命小丫頭子：「把那一吊錢[6]都拿過來！」小丫頭子真就拿了，擱在賈母旁邊。鳳姐兒笑道：「賞我罷！照數兒給就是了。」薛姨媽笑道：「果然鳳姐兒小器，不過玩兒罷了。」

鳳姐兒聽說，便站起來，拉住薛姨媽，回頭指著賈母素日放錢的一個木箱子，笑道：「姑媽瞧瞧，那個裡頭不知玩了我多少去了！這一吊錢玩不了半個時辰，那裡頭的錢就招手兒叫他了。只等把這一吊也叫進去了，牌也不用鬥了，老祖宗氣也平了，又有正經事差我辦去了。」話未說完，引得賈母眾人笑個不住。正說著，偏平兒怕錢不夠，又送了一吊來。鳳姐兒道：「不用放在我跟前，也放在老太太的那一處罷：一齊叫進去，倒省事，不用作兩次，叫箱子裡的錢費事。」賈母笑得手裡的牌撒了一桌子，推著鴛鴦，叫：「快撕他的嘴！」

平兒依言，放下錢，也笑了一回，方回來。至院門前，遇見賈璉，問他：「太太在那裡呢？老爺叫我請過去呢。」平兒忙笑道：「在老太太跟前站了這半日，還沒動呢。趁早兒丟開手罷。老太太生了半日氣，這會子，虧二奶奶湊了半日的趣兒，才略好了些。」賈璉道：「我過去，只說討老太太示下，十四往賴大家去不去，好預備轎子。又請了太太，又湊了趣兒，豈不好呢。」平兒笑道：「依我說，你竟別過去罷。合家子，連太太寶玉都有了不是，這會子你又填限[7]去了。」賈璉道：「已經完了，難道還找補不成？況且與我又無干；二則老爺親自吩咐我請太太去，這會子我打發了人去，倘或知道了，正沒好氣呢，指著這個拿我出氣罷。」說著就走。

平兒見他說得有理，也就跟了賈璉過來。到了堂屋裡，便把腳步放輕了，往裡間探頭，只見邢夫人站在那裡。鳳姐兒眼尖，先瞧見了，便使眼色兒，不命他進來，又使眼色與邢夫人。邢夫人不便就走，只得倒了一碗茶來，放在賈母跟前。賈母一回身，賈璉不防，便沒躲過。賈母便問：「外頭是誰？倒像個小子一伸頭的似的。」鳳姐兒忙起身說：「我也恍惚看見有一個人影兒。」一面說，一面起身出來。賈璉忙進去，陪笑道：「打聽老太太十四可出門？好預備轎子。」賈母道：「既這麼樣，怎麼不進來，又作神作鬼的？」賈璉陪笑道：「見老太太玩牌，不敢驚動，不過叫媳婦出來問問。」賈母道：「就忙到這一時！等他家去，你問他多少問不得？那一遭兒你這麼小心來？這又不知是來作耳報神[8]的，也不知是來作探子的！鬼鬼祟祟，倒嚇我一跳。什麼好下流種子！你媳婦和我玩牌呢，還有半日的空兒，你家去再和那趙二家的商量治你媳婦去罷！」

說著，眾人都笑了。鴛鴦笑道：「鮑二家的！老祖宗又拉上趙二家的去。」賈母也笑道：「可不？我那裡記得什麼『抱』著『背』著的！提起這些事來，不由我不生氣。我進了這門子，作重孫媳婦起，到如今，我也有個重孫子媳婦了，連頭帶尾五十四年，憑著大驚大險、千奇百怪的事，也經了些，從沒經過這些事！還不離了我這裡呢！」

賈璉一聲兒不敢說，忙退出來。平兒在窗外站著，悄悄的笑道：「我說你不聽，到底碰在網裡了。」正說著，只見邢夫人也出來。賈璉道：「都是老爺鬧的，如今都擱在我和太太身上！」邢夫人道：「我把你這沒孝心的種子！人家還替老子死呢；白說了幾句，你就抱怨天、抱怨地了。你還不好好的呢！這幾日生氣，仔細他捶你。」賈璉道：「太太快過去罷，叫我來請了好半日了。」說著，送他母親出來，過那邊去。

邢夫人將方才的話只略說了幾句，賈赦無法，又且含愧，自此便告了病，且不敢見賈母，只打發邢夫人及賈璉每日過去請安。只得又各處遣人購求[9]尋覓，終久費了五百兩❼銀子，買了一個十七歲女孩子來，名喚嫣紅，收在屋裡，不在話下。

這裡門了半日牌，吃晚飯才罷。此一二日間無話。

轉眼到了十四，黑早，賴大的媳婦又進來請。賈母高興，便帶了王夫人薛姨媽及寶玉姐妹等，至賴大花園中坐了半日。那花園雖不及大觀園，卻也十分齊整寬闊，泉石林木，樓臺亭軒，也有好幾處動人的。外面大廳上，薛蟠、賈珍、賈璉、賈蓉並幾個近族的都來了。那賴大家內，也請了幾個現任的官長並幾個大家子弟作陪❽。因其中有個柳湘蓮，薛蟠自上次會過一次，已念念不忘，又打聽他最喜串戲，且都串的是生旦風月戲文，不免錯會了意，誤認他作了風月子弟，正要與他相交，恨沒有個引進，這一天可巧遇見，樂得無可不可。且賈珍等也慕他的名，酒蓋住了臉，就求他串了兩齣戲。下來，移席和他一處坐著，問長問短，說東說西。

那柳湘蓮原係世家子弟[10]，讀書不成，父母早喪，素性爽俠，不拘細事，酷好耍槍舞劍，賭博吃酒，以至眠花臥柳，吹笛彈箏，無所不為。因他年紀又輕，生得又美，不知他身分的人，都誤認作優伶一類。那賴大之子賴尚榮，與他素昔交好，故今兒請來作陪。不想酒後別人猶可，獨薛蟠又犯了舊病。心中早已不快，得便意欲走開完事，無奈賴尚榮又說：「方才寶二爺又囑咐我：才一進門，雖見了，只是人多不好說話，叫我囑咐你，散的時候別走，他還有話說呢。你既一定要去，等我叫出他來，你兩個見了再走，與我無干。」說著，便命小廝們：「到裡頭，找一個老婆子，悄悄告訴，請出寶二爺來。」那小廝去了，沒一杯茶時候，果見寶玉出來了。賴尚榮向寶玉笑道：「好叔叔，把他交給你，我張羅人去了。」說著，已經去了。

柳湘蓮

寶玉便拉了柳湘蓮到廳側書房坐下，問他：「這幾日可到秦鐘的墳上去了？」湘蓮道：「怎麼不去？前兒我們幾個放鷹去，離他墳上還有二里，我想今年夏天雨水勤，恐怕他的墳站不住❾，我背著眾人走到那裡去瞧了一瞧，略又動了一點子；回家來就便弄了幾百錢，第三日一早出去，僱了兩個人，收拾好了。」寶玉說：「怪道呢。上月我們大觀園的池子裡頭結了蓮蓬，我摘了十個，叫焙茗出去，到墳上供他去。回來我也問他：『可被雨沖壞了沒有？』他說：『不但沒沖，更比上回新了些。』我想著，必是這幾個朋友新收拾了。我只恨我天天圈在家裡，一點兒作不得主，行動就有人知道，不是這個攔，就是那個勸的，能說不能行。雖然有錢，又不由我使。」柳湘蓮道：「這個事也用不著你操心，外頭有我，你只心裡有了就是了。眼前十月初一日，我已經打點下上墳的花消。你知道，我一貧如洗，家裡是沒的積聚的；縱有幾個錢來，隨手就光的。不如趁空兒留下這一份，省得到了跟前扎煞手[11]。」寶玉道：「我也正為這個，要打發焙茗找你，你又不大在家，知道你天天萍蹤浪跡，沒個一定的去處。」柳湘蓮道：「你也不用找我，這個事也不過各盡其道。眼前我還要出門去走走，外頭遊逛三年五載再回來。」寶玉聽了，忙問：「這是為何？」柳湘蓮冷笑道：「我的心事，等到跟前，你自然知道。——我如今要別過了。」寶玉道：「好容易會著，晚上同散，豈不好？」湘蓮道：「你那令姨表兄，還是那樣；再坐著，未免有事，不如我迴避了倒好。」寶玉想一想，說道：「既是這麼樣，倒是迴避他為是。只是你要果真❿遠行，必須先告訴我一聲，千萬別悄悄的去了。」說著，便滴下淚來。

柳湘蓮說道：「自然要辭你去；你只別和別人說就是了。」說著，就站起來要走；又道：「你就進去罷，不必送我。」一面說，一面出了書房。剛至大門前，早遇見薛蟠在那裡亂叫：「誰放了小柳兒走了？」柳湘蓮聽了，火星亂迸，恨不得一拳打死；復思酒後揮拳，又礙著賴尚榮的臉面，只得忍了又忍。薛蟠忽見他走出來，如得了珍寶，忙趔趄著走上去，一把拉住，笑道：「我的兄弟！你往那裡去了？」湘蓮道：「走走就來。」薛蟠笑道：「你一去都沒了興頭了，好歹坐一坐，就算疼我了！憑你什麼要緊的事，交給哥哥，只別忙。你有這個哥哥，你要作官發財都容易。」

湘蓮見他如此不堪，心中又恨又惱，早生一計，拉他到避靜處，笑道：「你真心和我好，還是假心和我好呢？」薛蟠聽見這話，喜得心癢難撓，乜斜著眼，笑道：「好兄弟！你怎麼問起我這樣話來？我要是假心，立刻死在眼前！」湘蓮道：「既如此，這裡不便；等坐一坐，我先走，你隨後出來，跟到我下處，咱們索性喝一夜酒。我那裡還有兩個絕好的孩子，從沒出門[12]的。你可連一個跟的人也不用帶，到了那裡，伏侍人都是現成的。」

薛蟠聽如此說，喜得酒醒了一半，說：「果然如此？」湘蓮笑道：「如何！人拿真心待你，你倒不信了！」薛蟠忙笑道：「我又不是呆子，怎麼有個不信的呢？既如此，我又不認得，你先去了，我在那裡找你？」湘蓮道：「我這下處在北門外頭，你可捨得家，城外住一夜去？」薛蟠道：「有了你，我還要家作什麼？」湘蓮道：「既如此，我在北門外頭橋上等你，咱們席上且吃酒去。你看我走了之後，你再走，他們就不留神了。」薛蟠聽了，連忙答應道：「是。」二人復又入席，飲了一回。那薛蟠難熬，只拿眼看湘蓮，心內越想越樂⓫，左一壺，右一壺，並不用人讓，自己就吃了又吃，不覺酒有八九分了。

湘蓮就起身出來，瞅人不防，出至門外，命小廝杏奴：「先家去罷，我到城外就來。」說畢⑫，已跨馬直出北門，橋上等候薛蟠。一頓飯的工夫，只見薛蟠騎著一匹馬，遠遠的趕了來，張著嘴，瞪著眼，頭似撥浪鼓[13]一般，不住左右亂瞧。及至從湘蓮馬前過去，只顧往遠處瞧，不曾留心近處。湘蓮又笑又恨；他便也撒馬隨後跟來。薛蟠往前看時，漸漸人烟稀少，便又圈馬回來；再不想一回頭見了湘蓮，如獲奇珍，忙笑道：「我說你是個再不失信的。」湘蓮笑道：「快往前走，仔細人看見跟了來，就不好了！」說著，先就撒馬前去。薛蟠也就緊緊跟來。

湘蓮見前面人烟已稀，且有一帶葦塘，便下馬，將馬拴在樹上，向薛蟠笑道：「你下來，咱們先設個誓，日後要變了心，告訴別人的，就應誓。」薛蟠笑道：「這話有理⑬。」連忙下馬，也拴在樹上，便跪下說道：「我要日久變心，告訴人去的，天誅地滅——」一言未了，只聽「鏜」的一聲，背後好似鐵錘砸下來，只覺得一陣黑，滿眼金星亂迸，身不由己，就倒在地下了。湘蓮走上來瞧瞧，知道他是個不慣捱打的，只使了三分氣力，向他臉上拍了幾下，登時便「開了果子鋪」[14]。薛蟠先還要扎掙起身，又被湘蓮用腳尖點了一點，仍舊跌倒，口內說道：「原來是兩家情願！你不依，只管好說，為什麼哄出我來打我？」一面說，一面亂罵。湘蓮道：「我把你這瞎了眼的！你認認柳大爺是誰！你不說哀求，你還傷我！我打死你也無益，只給你個利害罷！」說著，便取了馬鞭過來，從背後至脛，打了三四十下。

薛蟠的酒早已醒了大半，不覺得疼痛難禁，由不得「噯喲」一聲。湘蓮冷笑道：「也只如此！我只當你是不怕打的。」一面說，一面又把薛蟠的左腿拉起來，向葦中濘泥處拉了幾步，滾得滿身泥水，又問道：「你可認得我了？」薛蟠不應，只伏著哼哼。湘蓮又擲下鞭子，用拳頭向他身上擂了幾下，薛蟠便亂滾亂叫，說：「肋條折了！我知道你是正經人，因為我錯聽了旁人的話了！」湘蓮道：「不用拉旁人，你只說現在的。」薛蟠道：「現在也沒什麼說的！不過你是個正經人，我錯了！」湘蓮道：「還要說軟些，才饒你。」薛蟠哼哼的道：「好兄弟——」湘蓮便又一拳；薛蟠「噯」了一聲，道：「好哥哥——」湘蓮又連兩拳；薛蟠忙「噯喲」叫道：「好老爺！饒了我這沒眼睛的瞎子罷！從今以後，我敬你怕你了！」湘蓮道：「你把那水喝兩口！」

薛蟠一面聽了，一面皺眉道：「這水實在腌臢，怎麼喝得下去！」湘蓮舉拳就打；薛蟠忙道：「我喝……我喝……」說著，只得俯頭向葦根下喝了一口，猶未咽下去，只聽「哇」的一聲，把方才吃的東西都吐了出來。湘蓮道：「好腌臢東西，你快吃完了，饒你。」薛蟠聽了，叩頭不迭，說：「好歹積陰功饒我罷！這至死不能吃的。」湘蓮道：「這麼氣息，倒薰壞了我！」說著，丟下了薛蟠，便牽馬認鐙[15]去了。

這裡薛蟠見他已去，方放下心來，後悔自己不該誤認了人。待要扎掙起來，無奈遍體疼痛難禁。

誰知賈珍等席上忽不見了他兩個，各處尋找不見。有人說：「恍惚出北門去了。」薛蟠的小廝素日是懼他的，他吩咐了不許跟去，誰敢找去？後來還是賈珍不放心，命賈蓉帶著小廝們尋蹤問跡的，直找出北門，下橋二里多路，忽見葦坑旁邊薛蟠的馬拴在那裡。眾人都道：「好了！有馬必有人！」一齊來至馬前，只聽葦中有人呻吟。大家忙走來一看，只見薛蟠的衣衫零碎，面目腫破，沒頭沒臉，遍身內外，滾得似個泥母豬一般。

賈蓉心內已猜著八九了，忙下馬命人攙了起來，笑道：「薛大叔天天調情，今日調到葦子坑裡，必定是龍王爺也愛上你風流，要你招駙馬[16]去，你就碰到龍犄角[17]上了！」薛蟠羞得沒地縫兒鑽進去，那裡爬得上馬去？賈蓉命人趕到關廂[18]裡僱了一乘小轎子，薛蟠坐了，一齊進城。賈蓉還要抬往賴家去赴席，薛蟠百般苦告，央及他不用告訴人，賈蓉方依允了，讓他各自回家。賈蓉仍往賴家回覆賈珍並方才的形景。賈珍也知湘蓮所打，也笑道：「他須得吃個虧才好！」至晚散了，便來問候。薛蟠自在臥房將養，推病不見。

賈母等回來，各自歸家時，薛姨媽與寶釵見香菱哭得眼睛腫了，問起緣故，忙來瞧薛蟠時，臉上身上雖見傷痕，並未傷筋動骨。薛姨媽又是心疼，又是發恨，罵一回薛蟠，又罵一回湘蓮，意欲告訴王夫人，遣人尋拿湘蓮。寶釵忙勸道：「這不是什麼大事，不過他們一處吃酒，酒後反臉常情。誰醉了，多挨幾下子打，也是有的。況且咱們家的無法無天的人，也是人所共知的。媽媽不過是心疼的緣故。要出氣也容易：等三五天，哥哥好了，出得去的時候，那邊珍大爺璉二爺這干人，也未必白丟開手，自然備個東道，叫了那個人來，當著眾人替哥哥賠不是認罪就是了。如今媽媽先當件大事，告訴眾人，倒顯得媽媽偏心溺愛，縱容他生事招人，今兒偶然吃了一次虧，媽媽就這樣興師動眾，倚著親戚之勢，欺壓常人。」薛姨媽聽了道：「我的兒！到底是你想得到，我一時氣糊塗了。」寶釵笑道：「這才好呢。他又不怕媽媽，又不聽人勸，一天縱似一天；吃過兩三個虧，他也罷了。」

薛蟠睡在炕上，痛罵湘蓮，又命小廝去拆他的房子，打死他，和他打官司。薛姨媽喝住小廝們，只說：「湘蓮一時酒後放肆，如今酒醒，後悔不及，懼罪逃走了。」薛蟠聽見如此說了，——要知端底，且看下回分解。

校記

❶「多病多痛」，「痛」原作「痰」，從脂本、戚本改。
❷「丟下鈀兒弄掃帚」，「鈀」原作「爬」，脂本作「笆」，今酌改。
❸「你們就弄他那麼個真珠兒似的人來，不會說話也無用」，諸本作「你們就弄他那麼一個真珠的人來，不會說話也無用」。
❹「躊躇」原作「躇躕」，從諸本改。
❺「輸了就數錢」，「數」原作「穿」，從諸本改。
❻「奶奶不給錢麼」，諸本無「麼」字。
❼「五百兩」，諸本作「八百兩」。
❽「作陪」原作「作部」，從諸本改。
❾「我想今年夏天雨水勤，恐怕他的墳站不住」，「他的墳」原作「他墳上」，從諸本改。
❿「果真」原作「畢真」，從諸本改（按脂本批語中往往有「畢真」，似當時曾有此習慣寫法，是否即「逼真」之變，亦未可遽定。今此例仍從諸本改，較易理解）。
⓫「那薛蟠難熬，只拿眼看湘蓮，心內越想越樂」，「只」原作「已」，從諸本改。
⓬「說畢」原作「說果」，從諸本改。
⓭「這話有理」，「理」原作「禮」，從王本改。

注釋

1〔三從四德〕　三從是未嫁從父，出嫁從夫，夫死從子；四德是：婦德、婦言、婦容、婦功。

2〔丟下鈀兒弄掃帚〕　擱下這樣，又作那樣。就是說事情總作不完。

3〔洗牌告么〕　「鬥牌」時每次將牌攤亂，以便再分，叫作「洗牌」；這裡所說的是鬥「馬吊」類的「紙牌」。鬥紙牌時每人先翻一張，點數在前的算「頭家」，「么」點次序最先，所以稱為「告么」。

4 〔彩頭兒〕 贏得的錢或獎品。

5 〔把錢穿上〕 舊時使用的圓形銅幣，中有方孔，為了攜帶方便，就用繩穿起來。

6 〔一吊錢〕 舊時用的制錢，一個叫一文，一千文叫一吊。也有的地方一百文叫一吊，也叫一串。

7 〔填限〕 填空子，白作犧牲品。

8 〔耳報神〕 暗地裡通風報信的人，與下句的「探子」同義。

9 〔搆求〕 謀求。搆同構。

10 〔世家子弟〕 舊時泛指世代作官人家的子弟。

11 〔扎煞手〕 手指伸張，這裡形容「沒辦法」。

12 〔出門〕 「絕好的孩子」在這裡是指當時稱為「相公」、或寫作「相姑」的一種「男妓」。「出門」指出外「應酬客人」。

13 〔撥浪鼓〕 棍端穿小鼓，兩旁各掛懸槌，持棍反覆拈轉聽響。是一種兒童玩具，貨郎叫賣時也有用的。

14 〔開了果子鋪〕 被打得青一塊紫一塊，皮破血流，好像果子鋪裡食品的五顏六色。

15 〔認鐙〕 腳尖鑽進馬鐙。這裡即指「上馬」。

16 〔駙馬〕 即駙馬都尉，漢代官名。後來帝王的女婿常作這個官，因此用來專指帝王的女婿。

17 〔犄（ㄐㄧ／jī）角〕 北方方言，獸角。

18 〔關廂〕 緊靠都城門外的市區，即「城關」。

【第四十八回】

濫情人情誤思遊藝[1]　慕雅女雅集苦吟詩

話說薛蟠聽見如此說了，氣方漸平。三五日後，疼痛雖癒，傷痕未平，只裝病在家，愧見親友。

展眼已到十月，因有各鋪面夥計內有算年賬要回家的，少不得家裡治酒餞行。內有一個張德輝，自幼在薛蟠當鋪[2]內攬總[3]，家內也有了二三千金的過活，今歲也要回家，明春方來，因說起：「今年紙箚香料短少，明年必是貴的。明年先打發大小兒上來，當鋪裡照管；趕端陽前，我順路就販些紙箚香扇來賣。除去關稅[4]花消，稍亦可以剩得幾倍利息❶。」薛蟠聽了，心下忖度：「如今我捱了打，正難見人，想著要躲避一年半載，又沒處去躲，天天裝病，也不是常法兒。況且❷我長了這麼大，文不文，武不武，雖說作買賣，究竟戥子、算盤，從沒拿過；地土風俗，遠近道路，又不知道。不如也打點幾個本錢，和張德輝逛一年來。賺錢也罷，不賺錢也罷，且躲躲羞去。二則逛逛山水，也是好的。」心內主意已定，至酒席散後，便和氣平心與張德輝說知，命他等一二日，一同前往。

晚間薛蟠告訴他母親，薛姨媽聽了，雖是喜歡，但又恐他在外生事，——花了本錢倒是末事。因此不叫他去，只說：「你好歹跟著我，我還放心些。況且也不用這個買賣，等不著這幾百銀子使。」薛蟠主意已定，那裡肯依？只說：「天天又說我不知世務，這個也不知，那個也不學；如今我發狠把那些沒要緊的都斷了，如今要成人立事，學習買賣，又不准我了！叫我怎麼樣呢？我又不是個丫頭，把我關在家裡，何日是個了手？況且那張德輝又是個有年紀的，咱們和他是世家[5]，我同他，怎麼得有錯❸？我就有一時半刻不好的去處，他自然說我勸我，就是東西貴賤行情，他是知道的，自然色色問他，何等順利，倒不叫我去！過兩日，我不告訴家裡，私自打點❹了走，明年發了財回來，才知道我呢！」說畢，賭氣睡覺去了。

薛姨媽聽他如此說，因和寶釵商議。寶釵笑道：「哥哥果然要經歷正事，倒也罷了；只是他在家裡說著好聽，到了外頭，舊病復發，難拘束他了。——但也愁不得許多。他若是真改了，是他一生的福；若不改，媽媽也不能又有別的法子。一半盡人力，一半聽天罷了。這麼大人了，若只管怕他不知世路，出不得門，幹不得事，今年關在家裡，明年還是這個樣兒。他既說得名正言順，媽媽就打量著丟了一千、八百銀子，竟交與他試一試。橫豎有伙計幫著他，也未必好意思❺哄騙他的。二則他出去了，左右沒了助興的人，又沒有倚仗的人，到了外頭，誰還怕誰？有了的吃，沒了的餓著，舉眼無靠，他見了這樣，只怕比在家裡省了事也未可知。」薛姨媽聽了，思忖半晌道：「倒是你說得是❻。花兩個錢，叫他學些乖來，也值。」商議已定，一宿無話。

至次日，薛姨媽命人請了張德輝來，在書房中，命薛蟠款待酒飯，自己在後廊下，隔著窗子，千言萬語囑托張德輝照管照管。張德輝滿口應承；吃過飯告辭，又回說：「十四日是上好出行日期，大世兄即刻打點行李，僱下騾子，十四日一早就長行了。」薛蟠喜之不盡，將此話告訴了薛姨媽。

薛姨媽和寶釵香菱並兩個年老的嬤嬤，連日打點行裝，派下薛蟠之奶公老蒼頭[6]一名，當年諳事舊僕二名，外有薛蟠隨身常使小廝二名：主僕一共六人，僱了三輛大車，單拉行李使物，又僱了四個長行騾子。薛蟠自騎一匹家內養的鐵青大走騾，外備一匹坐馬。諸事完畢，薛姨媽寶釵等連夜勸戒之言，自不必備說。

至十三日，薛蟠先去辭了他母舅，然後過來辭了賈宅諸人，賈珍等未免又有餞行之說，也不必細述。至十四日一早，薛姨媽寶釵等直同薛蟠出了儀門，母女兩個，四隻眼看他去了，方回來。

薛姨媽上京帶來的家人不過四五房，並兩三個老嬤嬤小丫頭，今跟了薛蟠一去，外面只剩了一兩個男子，因此薛姨媽即日到書房，將一應陳設玩器並簾帳等物，盡行搬進來收貯，命兩個跟去的男子之妻，一併也進來睡覺。又命香菱將他屋裡也收拾嚴緊，「將門鎖了，晚上和我去睡。」寶釵道：「媽媽既有這些人作伴，不如叫菱姐姐和我作伴去，我們園裡又空，夜長了，我每夜作活，越多一個人，豈不越好？」薛姨媽笑道：「正是，我忘了，原該叫他和你去才是。我前日還和你哥哥說[7]：文杏又小，到三不著兩的；鶯兒一個人，不夠伏侍的，還要買一個丫頭來你使。」寶釵道：「買的不知底裡，倘或走了眼，花了錢事小，沒得淘氣。倒是慢慢打聽著，有知道來歷的，買個還罷了。」一面說，一面命香菱收拾了衾褥妝奩，命一個老嬤嬤並臻兒送至蘅蕪院去，然後寶釵和香菱才同回園中來。

香菱向寶釵道：「我原要和太太說的，等大爺去了，我和姑娘作伴去。我又恐怕太太多心，說我貪著園裡來玩，誰知你竟說了！」寶釵笑道：「我知道你心裡羨慕這園子不是一日兩日的了，只是沒有個空兒。每日來一趟，慌慌張張的，也沒趣兒。所以趁著機會，越發住上一年，我也多個作伴的，你也遂了你的心。」香菱笑道：「好姑娘！趁著這個工夫，你教給我作詩罷！」寶釵笑道：「我說你『得隴望蜀』[7]呢。我勸你且緩一緩，今兒頭一日進來，先出園東角門，從老太太起，各處各人，你都瞧瞧，問候一聲兒，也不必特意告訴他們搬進園來。若有提起因由兒的，你只帶口說我帶了你進來作伴兒就完了。回來進了園，再到各姑娘房裡走走。」

香菱應著，才要走時，只見平兒忙忙的走來。香菱忙問了好，平兒只得陪笑相問。寶釵因向平兒笑道：「我今兒把他帶了來作伴兒，正要回你奶奶一聲兒。」平兒笑道：「姑娘說的是那裡的話？我竟沒話答言了。」寶釵道：「這才是正理。『店房有個主人，廟裡有個住持。』雖不是大事，到底告訴一聲，就是園裡坐更上夜的人，知道添了他兩個，也好關門候戶的了。你回去就告訴一聲罷，我不打發人說去了。」平兒答應著，因又向香菱道：「你既來了，也不拜拜街坊去嗎？」寶釵笑道：「我正叫他去呢。」平兒道：「你且不必往我們家去，二爺病了在家裡呢。」香菱答應著去了，先從賈母處來，不在話下。

且說平兒見香菱去了，就拉寶釵悄悄說道：「姑娘可聽見我們的新文沒有？」寶釵道：「我沒聽見新文。因連日打發我哥哥出門，所以你們這裡的事，一概不知道；連姐妹們這兩天沒見。」平兒笑道：「老爺把二爺打得動不得，難道姑娘就沒聽見嗎？」寶釵道：「早起恍惚聽見了一句，也信不真。我也正要瞧你奶奶去呢，不想你來。又是為了什麼打他？」

平兒咬牙罵道：「都是那什麼賈雨村，半路途中那裡來的餓不死的野雜種！認了不到十年，生了多少事出來！今年春天，老爺不知在那個地方看見幾把舊扇子，回家來，看家裡所有收著的這些好扇子，都不中用了，立刻叫人各處搜求❽。誰知就有個不知死的冤家，諢號兒叫作石頭呆子，窮得連飯也沒得吃，偏偏他家就有二十把舊扇子，死也不肯拿出大門來。二爺好容易煩了多少情，見了這個人，說之再三，他把二爺請了到他家裡坐著，拿出這扇子來，略瞧了一瞧。據二爺說，原是不能再得的，全是湘妃、棕竹、麋鹿、玉竹❾的[8]，皆是古人寫畫真跡。回來告訴了老爺，便叫買他的，要多少銀子給他多少。偏那石呆子說：『我餓死凍死，一千兩銀子一把，我也不賣。』老爺沒法了，天天罵二爺沒能為。已經許他五百銀子，先兌銀子，後拿扇子，他只是不賣，只說：『要扇子先要我的命！』姑娘想想，這有什麼法子？誰知那雨村沒天理的聽見了，便設了法子，訛他拖欠官銀，拿他到了衙門裡去，說：『所欠官銀，變賣家產賠補。』把這扇子抄了來，作了官價，送了來。那石呆子如今不知是死是活。老爺問著二爺說：『人家怎麼弄了來了？』二爺只說了一句：『為這點子小事弄得人家傾家敗產，也不算什麼能為。』老爺聽了就生了氣，說二爺拿話堵老爺呢。——這是第一件大的。過了幾日，還有幾件小的，我也記不清，所以都湊在一處，就打起來了。也沒拉倒用板子棍子，就站著，不知他拿什麼東西，打了一頓，臉上打破了兩處。我們聽見姨太太這裡有一種藥，上棒瘡的，姑娘尋一丸給我呢。」

寶釵聽了，忙命鶯兒去找了兩丸來與平兒。寶釵道：「既這樣，你去替我問候罷，我就不去了。」平兒向寶釵答應著去了，不在話下。

且說香菱見了眾人之後，吃過晚飯，寶釵等都往賈母處去了，自己便往瀟湘館中來。此時黛玉已好了大半了，見香菱也進園來住，自是喜歡。香菱因笑道：「我這一進來了，也得空兒，好歹教給我作詩，就是我的造化了！」黛玉笑道：「既要學作詩，你就拜我為師，我雖不通，大略也還教得起你。」香菱笑道：「果然這樣，我就拜你為師，你可不許膩煩的。」黛玉道：「什麼難事，也值得去學❿？不過是起、承、轉、合[9]，當中承、轉，是兩副對子，平聲的對仄聲，虛的對實的，實的對虛的。若是果有了奇句，連平仄虛實不對都使得的。」

香菱笑道：「怪道我常弄本舊詩，偷空兒看一兩首，又有對得極工的，又有不對的。又聽見說，『一三五不論，二四六分明』[10]，看古人的詩上，亦有順的，亦有二四六上錯了的⓫。所以天天疑惑。如今聽你一說，原來這些規矩，竟是沒事的，只要詞句新奇為上。」黛玉道：「正是這個道理。詞句究竟還是末事，第一是立意要緊，若意趣真了，連詞句不用修飾，自是好的：這叫作『不以詞害意』。」

香菱道：「我只愛陸放翁[11]的『重簾不捲留香久，古硯微凹聚墨多』[12]。說得真切有趣。」黛玉道：「斷不可看這樣的詩。你們因不知詩，所以見了這淺近的就愛；一入了這個格局，再學不出來的，你只聽我說，你若真心要學，我這裡有『王摩詰[13]全集』，你且把他的五言律一百首細心揣摩透熟了，然後再讀一百二十首老杜[14]的七言律，次之再李青蓮[15]的七言絕句讀一二百首，肚子裡先有了這三個人作了底子，然後再把陶淵明、應[16]、劉[17]、謝[18]、阮、庾[19]、鮑[20]等人的一看，你又是這樣一個極聰明伶俐的人，不用一年工夫，不愁不是詩翁了。」香菱聽了，笑道：「既這樣，好姑娘，你就把這書給我拿出來，我帶回去，夜裡念幾首也是好的。」黛玉聽說，便命紫鵑將王右丞[21]的五言律拿來，遞與香菱⓬，道：「你只看有紅圈的，都是我選的，有一首念一首；不明白的，問你姑娘；或者遇見我，我講與你就是了。」

香菱拿了詩，回至蘅蕪院中，諸事不管，只向燈下一首一首的讀起來。寶釵連催他數次睡覺，他也不睡。寶釵見他這般苦心⓭，只得隨他去了。

一日，黛玉方梳洗完了，只見香菱笑吟吟的送了書來，又要換杜律。黛玉笑道：「共記得多少首？」香菱笑道：「凡紅圈選的，我盡讀了。」黛玉道：「可領略了些沒有？」香菱笑道：「我倒領略了些，只不知是不是；說給你聽聽。」黛玉笑道：「正要講究討論，方能長進。你且說來我聽聽。」香菱笑道：「據我看來，詩的好處，有口裡說不出來的意思，想去卻是逼真的⓮；又似乎無理的，想去竟是有理有情的。」黛玉笑道：「這話有了些意思！——但不知你從何處見得？」香菱笑道：「我看他『塞上』[22]一首，內一聯云：『大漠孤烟直，長河落日圓[23]。』想來烟如何直？日自然是圓的。這『直』字似無理，『圓』字似太俗。合上書一想，倒像是見了這景的。要說再找兩個字換這兩個，竟再找不出兩個字來。再還有：『日落江湖白，潮來天地青[24]。』這『白』『青』兩個字，也似無理。想來，必得這兩個字才形容得盡；念在嘴裡，倒像有幾千斤重的一個橄欖似的。還有：『渡頭餘落日，墟里上孤烟[25]。』這『餘』字合『上』字，難為他怎麼想來！我們那年上京來，那日下晚便挽住船，岸上又沒有人，只有幾棵樹，遠遠的幾家人家作晚飯，那個烟竟是青碧連雲。誰知我昨兒晚上看了這兩句，倒像我又到了那個地方去了。」

正說著，寶玉和探春來了，都入座聽他講詩。寶玉笑道：「既是這樣，也不用看詩，『會心處不在遠』[26]，聽你說了這兩句，可知『三昧』[27]你已得了。」黛玉笑道：「你說他這『上孤烟』好，你還不知他這一句還是套了前人的來。我給你這一句瞧瞧，更比這個淡而現成。」說著，便把陶淵明的「曖曖遠人村，依依墟里烟」⓯[28]翻了出來，遞給香菱。香菱瞧了，點頭嘆賞，笑道：「原來『上』字是從『依依』兩個字上化出來的！」

寶玉大笑道：「你已得了！不用再講，要再講，倒學離了。你就作起來了，必是好的。」探春笑道：「明兒我補一個柬來，請你入社。」香菱道：「姑娘何苦打趣我！我不過是心裡羨慕，才學這個玩罷了。」探春黛玉都笑道：「誰不是玩？難道我們是認真作詩呢！要說我們真成了詩，出了這園子，把人的牙還笑掉了呢！」寶玉道：「這也算自暴自棄了。前兒我在外頭和相公們商畫兒，他們聽見咱們起詩社，求我把稿子給他們瞧瞧，我就寫了幾首給他們看看；誰不是真心嘆服？他們抄了刻去了。」探春黛玉忙問道：「這是真話麼？」寶玉笑道：「說謊的是那架上鸚哥。」黛玉探春聽說，都道：「你真真胡鬧！且別說那不成詩；便成詩，我們的筆墨，也不該傳到外頭去！」寶玉道：「這怕什麼？古來閨閣中筆墨不要傳出去，如今也沒人知道呢。」

說著，只見惜春打發了入畫來請寶玉。寶玉方去了⓰。香菱又逼著換出杜律⓱，又央黛玉探春二人：「出個題目，讓我謅去，謅了來，替我改正。」黛玉道：「昨夜的月最好，我正要謅一首，未謅成；你就作一首來。『十四寒』[29]的韻，由你愛用那幾個字去。」

香菱聽了，喜得拿著詩回來，又苦思一回，作兩句詩；又捨不得杜詩，又讀兩首：如此茶飯無心，坐臥不定。寶釵道：「何苦自尋煩惱？——都是顰兒引得你，我和他算賬去。你本來呆頭呆腦的，再添上這個，越發弄成個呆子了！」香菱笑道：「好姑娘，別混我！」一面說，一面作了一首，先給寶釵——看了，笑道：「這個不好，不是這個作法。——你別害臊，只管拿了給他瞧去，看他是怎麼說⑱。」

香菱聽了，便拿了詩找黛玉。黛玉看時，只見寫道是：

月桂中天[30]夜色寒，清光皎皎影團團[31]。詩人助興常思玩[32]，野客[33]添愁不忍觀。
翡翠樓邊懸玉鏡[34]，珍珠簾外掛冰盤。良宵何用燒銀燭[35]，晴彩[36]輝煌映畫欄[37]。

黛玉笑道：「意思卻有，只是措詞不雅；皆因你看的詩少，被他縛住了。把這首詩丟開，再作一首。只管放開膽子去作。」

香菱聽了，默默的回來，越發連房也不進去，只在池邊樹下，或坐在山石上出神，或蹲在地下摳地，來往的人都詫異。李紈、寶釵、探春、寶玉等聽得此言，都遠遠的站在山坡上瞧著他笑。只見他皺一回眉，又自己含笑一回。寶釵笑道：「這個人定是瘋了！昨夜嘟嘟噥噥，直鬧到五更才睡下；沒一頓飯的工夫，天就亮了，我就聽見他起來了，忙忙碌碌梳了頭，就找顰兒去。一回來了，呆了一天，作了一首又不好，自然這會子另作呢。」

寶玉笑道：「這正是『地靈人傑』[38]；老天生人，再不虛賦情性的。我們成日嘆說：可惜他這麼個人竟俗了！誰知到底有今日！可見天地至公。」寶釵聽了，笑道：「你能夠像他這苦心就好了；學什麼有個不成的嗎？」寶玉不答。

只見香菱興興頭頭的，又往黛玉那邊來了。探春笑道：「咱們跟了去，看他有些意思沒有。」說著，一齊都往瀟湘館來。只見黛玉正拿著詩和他講究呢。眾人因問黛玉：「作得如何？」黛玉道：「自然算難為他了；只是還不好。這一首過於穿鑿了，還得另作。」眾人因要詩看時，只見作道是：

非銀非水映窗寒，試看晴空護玉盤[39]。淡淡梅花香欲染[40]，絲絲柳帶[41]露初乾。
只疑殘粉塗金砌[42]，恍若輕霜抹玉欄[43]。夢醒西樓人跡絕，餘容[44]猶可隔簾看[45][46]。

寶釵笑道：「不像吟月了，月字底下添一個『色』字，倒還使得。你看句句倒像是月色。——也罷了，原是詩從胡說來，再遲幾天就好了。」

香菱自為這首詩妙絕，聽如此說，自己又掃了興，不肯丟開手，便要思索起來。因見他姐妹們說笑，便自己走至階下竹前，挖心搜膽的，耳不旁聽，目不別視。一時探春隔窗笑說道：「菱姑娘，你閑閑罷。」香菱怔怔答道：「『閑』字是『十五刪』的，錯了韻了。」眾人聽了，不覺大笑起來。寶釵道：「可真詩魔了！——都是顰兒引得他！」黛玉笑道：「聖人說：『誨人不倦』，他又來問我，我豈有不說的理！」

李紈笑道：「咱們拉了他往四姑娘屋裡去，引他瞧瞧畫兒，叫他醒一醒才好。」說著，真個出來拉他過藕香榭，至暖香塢中。惜春正乏倦，在床上歪著睡午覺，畫繒[47]立在壁間，用紗罩著。眾人喚醒了惜春，揭紗看時，十停方有了三停。見畫上有幾個美人，因指香菱道：「凡會作詩的，都畫在上頭，你快學罷。」說著，玩笑了一回，各自散去。

香菱滿心中正是想詩，至晚間，對燈出了一回神。至三更以後，上床躺下，兩眼睜睜直到五更，方才朦朧睡著了。

一時天亮，寶釵醒了，聽了一聽，他安穩睡了，心下想：「他翻騰了一夜，不知可作成了？這會子乏了，且別叫他[19]。」正想著，只見香菱從夢中笑道：「可是有了！難道這一首還不好嗎？」寶釵聽了，又是可嘆，又是可笑。連忙叫醒了他，問他：「得了什麼？你這誠心，都通了仙了[20]。——學不成詩，弄出病來呢！」一面說，一面梳洗了，和姐妹往賈母處來。

原來香菱苦志學詩，精血誠聚，日間不能作出，忽於夢中得了八句，梳洗已畢，便忙寫出，來到沁芳亭，只見李紈與眾姐妹方從王夫人處回來[21]，寶釵正告訴他們，說他夢中作詩，說夢話。眾人正笑，抬頭見他來了，就都爭著要詩看。要知端底，且看下回分解。

■校記

❶「稍亦可以剩得幾倍利息」，「稍」字藤本、脂本無；王本作「外」。

❷「況且」原作「且況」，從諸本改。

❸「況且那張德輝又是個有年紀的，咱們和他是世家，我同他，怎麼得有錯」，「同」原作「問」，從諸本改（按下文始寫到「就是東西貴賤行情……自然色色問他」一層意思）。

❹「打點」原作「打黜」，從諸本改。

❺「好意思」原作「好思意」，從諸本改。

❻「倒是你說得是」原作「倒你是說得是」，從諸本改。

❼「我前日還和你哥哥說」，「和你」原作「你和」，諸本作「合你」，脂本作「同你」，今酌改。

❽「立刻叫人各處搜求」，「求」原作「來」，從諸本改。

❾「湘妃椶竹麋鹿玉竹」，「麋」原作「麗」，從諸本改。

❿「也值得去學」原作「也得值去學」，從諸本改。

⓫「亦有二四六上錯了的」原作「亦有二四六的上錯了」，從諸本改。

⓬「遞與香菱」，「遞」原作「遮」，從諸本改。

⓭「苦心」原作「菩心」，從諸本改。

⓮「想去卻是逼真的」，「逼」原作「必」，從脂本改。

⓯「陶淵明的『曖曖遠人村，依依墟里烟』」原作「陶淵明的『暖暖遠人村，依依墟里烟』」，從藤本、王本改。

⓰「寶玉方去了」，「去」原作「聽」，從諸本改。

⓱「杜律」原作「社律」，從諸本改。下文「杜詩」亦誤「社詩」，不另出。

⓲「看他是怎麼說」原作「看是他怎麼說」，從諸本改。

⓳「這會子乏了，且別叫他」，「乏」原作「丟」，從諸本改。

⓴「連忙叫醒了他，問他……你這誠心，都通了仙了」，「你」原作「他」，從諸本改。

㉑「只見李紈與眾姐妹方從王夫人處回來」，「與」原作「給」，從諸本改。

注釋

1〔遊藝〕從事技藝和藝術的鍛鍊。此處指薛蟠出外學作生意。

2〔當鋪〕就是以收取物品作抵押進行利貸的店鋪。當鋪開的收據叫「當票」（詳見五十七回注）。憑當票在規定的時間內（一般在一年左右），可以贖回抵押品；過期不贖，即被當鋪沒收。

3〔攬總〕總負責叫攬總，這裡指當鋪的總經理。

4〔關稅〕這裡指舊社會各個關卡所收的捐稅。

5〔世家〕即世交。兩家世世代代有交情。

6〔奶公老蒼頭〕奶公，奶媽的丈夫；老蒼頭，老奴僕。古代的僕人頭纏黑布，所以把僕人叫作蒼頭。

7〔得隴望蜀〕比喻人貪得無厭。「後漢書・岑彭傳」：「人苦不知足，既平隴，復望蜀。」意思是，既取得了隴右（在今甘肅省東部）這個地方，又想去進攻西蜀（今四川省中西部）。

8〔全是湘妃、棱竹、麋鹿、玉竹的〕湘妃，指湘妃竹，產自湖南；棱，同棕。棱竹，又稱棕櫚竹，可作扇股、手杖；麋鹿，可能指梅鹿竹。元明時有以梅鹿竹作扇股的，比較珍貴；玉竹，可能是玉屏竹的簡稱，產自貴州玉屏縣，可作扇股。

9〔起、承、轉、合〕這是講舊體詩文的層次結構。起，要開門見山，點題；承，是承上啟下，有所發揮，但不說絕；轉，是變化，生發開來；合，是結尾，意思要深遠，給讀者以聯想的餘地。

10〔一三五不論，二四六分明〕我國古代的舊體律詩，每字平仄聲都有規定。但習慣上七言絕律第一、三、五個字平仄可自由，第二、四、六個字得完全合律。

11〔陸放翁〕即陸游，字務觀，號放翁，南宋著名的愛國詩人，著有「劍南詩稿」等。

12〔重簾不捲留香久，古硯微凹聚墨多〕這是陸游的「書室明煖，終日婆娑其間，倦則扶杖至小園，戲作長句」之二中的詩句。意思是，兩重的簾子不捲起來能使書室的香味長久保留，古老的硯臺稍微地陷下去能聚集較多的墨汁。

13〔王摩詰〕即王維，字摩詰，唐代詩人。

14〔老杜〕即杜甫，唐代著名詩人。

15〔李青蓮〕即唐代著名詩人李白。因為少年時代住在四川彭明縣青蓮鄉，自號青蓮居士，所以人稱李青蓮。

16〔應〕應瑒（ㄧㄤˊ／yáng），漢末文學家，「建安七子」之一。

17〔劉〕劉楨，漢末詩人，也是「建安七子」之一。

18〔謝〕謝靈運，我國南朝詩人。

19〔庾〕庾信，我國北朝詩人。

20〔鮑〕鮑照，我國南朝詩人。

21〔王右丞〕即唐代王維，曾任尚書右丞。

22〔「塞上」〕指王維的「使至塞上」詩。塞，要塞，邊界的險要之處。

23 〔「大漠孤烟直，長河落日圓」〕意思是，大沙漠浩瀚無邊，裊裊炊烟更顯得孤單細直；西望長長的黃河，水天相接，落日顯得更圓。孤烟，此處指無風時的炊烟。長河指黃河。

24 〔「日落江湖白，潮來天地青」〕是王維的「送邢桂州」中的詩句。這兩句是寫洞庭湖景色的。意思是，太陽將落，湖水明亮，浪潮湧來，天地昏暗。

25 〔「渡頭餘落日，墟里上孤烟」〕是王維的「輞川閑居贈裴秀才迪」中的詩句。意思是，輞川的渡頭只剩下將落的一輪紅日，村落裡升起了稀稀疏疏的炊烟。墟里，村落。

26 〔會心處不在遠〕語見「世說・言語」，會心，領悟。這句是說領悟一項事物，不必遠求。強調以個人內心體驗來評論詩文。

27 〔三昧〕佛經中梵語詞彙的譯音，意思是「正定」。普通借用來指一般「正確、奧妙的道理」。

28 〔「曖曖遠人村，依依墟里烟」〕陶淵明「歸園田居」中的詩句。曖曖，日光昏暗，此處形容遠處村莊密集而暗淡不明的樣子。依依，柔軟、飄動的樣子。

29 〔十四寒〕是詩韻的名字。古詩韻分平聲、上聲、去聲、入聲四類。平聲又分上平聲、下平聲二類。上平聲共有十五韻，「寒」韻排在第十四位。

30 〔月桂中天〕月桂，傳說月中有桂樹，這裡指月亮；中天，天的中央。

31 〔清光句〕皎皎，潔白明亮；影，月的形象；團團，圓圓。

32 〔詩人句〕助興，增添興致；常思玩，常常想要觀賞。

33〔野客〕旅居在外的人。

34〔翡翠（ㄈㄟˇ ㄘㄨㄟˋ／fěi cuì）句〕翡翠，綠色的硬玉，半透明，有光澤，很珍貴。玉鏡、冰盤，皆指月亮。玉鏡形容月亮的晶瑩明亮，冰盤形容月亮的清冷。

35〔良宵句〕良宵，美好的夜晚；何，那裡；燒銀燭，點燃銀白色的蠟燭。

36〔晴彩〕這裡指晴空明亮的月光。

37〔譯文〕
月亮當空月色格外清寒，
月光皎潔月輪分外團圓。
詩人興致勃勃常常觀賞體驗，
旅客他鄉見月思親不忍觀看。
它像懸掛在翡翠樓邊的玉鏡，
又像高托在珍珠簾外的冰盤。
美好的夜晚那用點燃銀燭，
明月輝煌映照著雕畫欄杆。

38〔地靈人傑〕地方好，出的人才也好。出自唐代王勃「滕王閣序」。

39〔玉盤〕喻月形。李白「古朗月行」：「小時不識月，呼作白玉盤。」

40〔香欲染〕形容香氣很濃。

41〔柳帶〕柳枝。

42〔只疑句〕殘粉，指女人臉上褪色的脂粉，這裡指灰白色；金砌，黃色臺階。

43〔恍若句〕恍若，好像；輕霜，薄霜。

44〔餘容〕殘月。

45〔譯文〕月光不像銀不像水把窗戶映得清寒，
抬頭看晴朗的夜空護托著一輪玉盤。
月光像給淡淡梅花染上濃郁的芳香，
條條柳絲的光澤又似帶露初乾。
疑似黃色臺階上塗著灰白的脂粉，
也彷彿是一層薄霜灑滿玉石欄杆。
夢醒後西樓上已經寂無聲息，
只剩一輪殘月還可隔簾觀看。

46〔簡評〕見第四十九回香菱「詠月詩」簡評。

47〔畫繒（ㄗㄥ／zēng）〕繪畫用的絹。

【第四十九回】琉璃世界白雪紅梅　脂粉香娃割腥啖膻

話說香菱見眾人正說笑他，便迎上去，笑道：「你們看這首詩：要使得，我就還學；要還不好，我就死了這作詩的心了。」說著，把詩遞與黛玉及眾人看時，只見寫道是：

精華[1]欲掩料應難，影自娟娟魄自寒[2]。一片砧敲千里白[3]，半輪雞唱五更殘[4]。

綠蓑江上秋聞笛，紅袖[5]樓頭夜倚欄。博得[6]嫦娥[7]應自問：何緣[8]不使永團圞[9][10][11]？

眾人看了，笑道：「這首不但好，而且新巧有意趣。可知俗語說：『天下無難事，只怕有心人。』社裡一定請你了！」香菱聽了，心下不信，料著是他們哄自己的話，還只管問黛玉寶釵等。

正說之間，只見幾個小丫頭並老婆子忙忙的走來，都笑道：「來了好些姑娘奶奶們，我們都不認得；奶奶姑娘們快認親去。」李紈笑道：「這是那裡的話？你到底說明白了，是誰的親戚？」那婆子丫頭都笑道：「奶奶的兩位妹子都來了；還有一位姑娘，說是薛大姑娘的妹子；還有一位爺，說是薛大爺的兄弟。我這會子請姨太太去呢！奶奶和姑娘們先上去罷！」說著一徑去了。寶釵笑道：「我們薛蝌和他妹子來了不成？」李紈笑道：「或者我嬸娘又上京來了？怎麼他們都湊在一處？這可是奇事。」

大家來至王夫人上房，只見黑壓壓的一地。又有邢夫人的嫂子，帶了女兒岫烟進京來投邢夫人的，可巧鳳姐之兄王仁也正進京，兩親家一處搭幫來了。走至半路泊船時，遇見李紈寡嬸，帶著兩個女兒，長名李紋，次名李綺，也上京，大家敘起來，又是親戚，因此三家一路同行。後有薛蟠之從弟薛蝌，因當年父親在京時，已將胞妹薛寶琴許配都中梅翰林[12]之子為妻，正欲進京聘嫁❶，聞得王仁進京，他也隨後帶了妹子趕來：所以今日會齊了來訪投各人親戚。

於是大家見禮敘過，賈母王夫人都歡喜非常。賈母因笑道：「怪道昨日晚上燈花爆了又爆，結了又結，原來應到今日。」一面敘些家常，收了帶來的禮物，一面命留酒飯。鳳姐兒自不必說，忙上加忙；李紈寶釵自然和嬸母姐妹敘離別之情。黛玉見了，先是歡喜，後想起眾人皆有親眷，獨自己孤單無倚，不免又去垂淚。寶玉深知其情，十分勸慰了一番方罷。

然後寶玉忙忙來至怡紅院中，向襲人、麝月、晴雯笑道：「你們還不快著看去！誰知寶姐姐的親哥哥是那個樣子，他這叔伯兄弟，形容舉止，另是個樣子；倒像是寶姐姐的同胞兄弟似的。更奇在你們成日家只說寶姐姐是絕色的人物，你們如今瞧見他這妹子，還有大嫂子的兩個妹子，——我竟形容不出來了。老天，老天！你有多少精華靈秀，生出這些人上之人來！可知我『井底之蛙』，成日家只說現在的這幾個人是有一無二的；誰知不必遠尋，就是本地風光，一個賽似一個。如今我又長了一層學問了。——除了這幾個，難道

李紋、李綺

還有幾個不成？」一面說，一面自笑。

襲人見他又有些魔意，便不肯去瞧。晴雯等早去瞧了一遍回來，帶笑向襲人說道：「你快瞧瞧去！大太太一個姪女兒，寶姑娘一個妹妹，大奶奶兩個妹妹，倒像一把子四根水蔥兒！」

一語未了，只見探春也笑著進來找寶玉，因說：「咱們詩社可興旺了。」寶玉笑道：「正是呢。這是一高興起詩社，鬼使神差來了這些人。——但只一件，不知他們可學過作詩不曾？」探春道：「我才都問了問，雖是他們自謙，看其光景，沒有不會的。便是不會，也沒難處，——你看香菱就知道了。」晴雯笑道：「他們裡頭，薛大姑娘的妹妹更好。三姑娘看著怎麼樣？」探春道：「果然的。據我看來，連他姐姐並這些人總不及他。」襲人聽了，又是詫異，又笑道：「這也奇了，還從那裡再尋好的去呢？我倒要瞧瞧去。」

探春道：「老太太一見了，喜歡得無可不可的，已經逼著咱們太太認了乾女孩兒了。老太太要養活，才剛已經定了。」寶玉喜得忙問：「這話果然麼？」探春道：「我幾時撒過謊？」又笑道：「老太太有了這個好孫女兒，就忘了你這孫子了。」寶玉笑道：「這倒不妨，原該多疼女孩兒些是正理。——明兒十六，咱們可該起社了。」探春道：「林丫頭剛起來了，二姐姐又病了，終是七上八下的。」寶玉道：「二姐姐又不大作詩，沒有他又何妨？」探春道：「索性等幾天，等他們新來的混熟了，咱們邀上他們，豈不好？這會子，大嫂子寶姐姐心裡自然沒有詩興的。況且湘雲沒來，顰兒才好了，人都不合式；不如等著雲丫頭來了，這幾個新的也熟了，顰兒也大好了，大嫂子和寶姐姐心也閑了，香菱詩也長進了：如此邀一滿社，豈不好？咱們兩個，如今且往老太太那裡去聽聽，除寶姐姐的妹妹不算外，他一定是在咱們家住定了的。倘或那三個要不在咱們這裡住，咱們央告著老太太留下他們，也在園子裡住了，咱們豈不多添幾個人，越發有趣了。」寶玉聽了，喜得眉開眼笑，忙說道：「倒是你明白；我終久是個糊塗心腸，空喜歡了一會子，卻想不到這上頭。」

說著，兄妹兩個，一齊往賈母處來。果然王夫人已認了薛寶琴作乾女兒，賈母喜歡非常，不命往園中住，晚上跟著賈母一處安寢。薛蝌自向薛蟠書房中住下了。賈母和邢夫人說：「你姪女兒也不必家去了，園裡住幾天，逛逛再去。」

邢夫人兄嫂家中原艱難，這一上京，原仗的是邢夫人與他們治房舍，幫盤纏，聽如此說，豈不願意！邢夫人便將邢岫烟交與鳳姐兒。鳳姐兒算著園中姐妹多，性情不一，且又不便另設一處，莫若送到迎春一處去，倘日後邢岫烟有些不遂意的事，縱然邢夫人知道了，與自己無干。從此後，若邢岫烟家去住的日期不算，若在大觀園住到一個月上，鳳姐兒亦照迎春份例，送一份與岫烟。鳳姐兒冷眼敁敪岫烟心性行為，竟不像邢夫人及他的父母一樣，卻是個極溫厚可疼的人。因此鳳姐兒反憐他家貧命苦，比別的姐妹多疼他些。邢夫人倒不大理論了。

賈母王夫人等因素喜李紈賢慧，且年輕守節，令人敬服，今見他寡嬸來了，便不肯叫他外頭去住。那嬸母雖十分不肯，無奈賈母執意不從，只得帶著李紋李綺在稻香村住下了❷。

當下安插既定，誰知忠靖侯史鼎又遷委[13]了外省大員，不日要帶家眷去上任，賈母因捨不得湘雲，便留下他了，接到家中。原要命鳳姐兒另設一處與他住，史湘雲執意不肯，只要和寶釵一處住，因此也就罷了。

此時大觀園中，比先又熱鬧了多少：李紈為首，餘者迎春、探春、惜春、寶釵、黛玉、湘雲、李紋、李綺、寶琴、邢岫烟，再添上鳳姐兒和寶玉，一共十三人。敘起年庚，除李紈年紀最長，鳳姐次之，餘者皆不過十五六七歲，大半同年異月，連他們自己也不能記清誰長誰幼；並賈母王夫人及家中婆子丫頭也不能細細分清，不過是「姐」「妹」「兄」「弟」四個字，隨便亂叫。

如今香菱正滿心滿意只想作詩，又不敢十分囉唆寶釵，可巧來了個史湘雲，那史湘雲極愛說話的，那裡禁得香菱又請教他談詩？越發高了興，沒晝沒夜，高談闊論起來。寶釵因笑道：「我實在聒噪得受不得了。一個女孩兒家，只管拿著詩作正經事講起來，叫有學問的人聽了反笑話，說不守本分。一個香菱沒鬧清，又添上你這個話口袋子，滿口裡說的是什麼：怎麼是『杜工部[14]之沉鬱，韋蘇州[15]之淡雅』，又怎麼是『溫八叉[16]之綺靡[17]，李義山之隱僻』。痴痴癲癲，那裡還像兩個女兒家呢？」說得香菱湘雲二人都笑起來。

正說著，只見寶琴來了，披著一領斗篷，金翠輝煌，不知何物。寶釵忙問：「這是那裡的？」寶琴笑道：「因下雪珠兒，老太太找了這一件給我的。」香菱上來瞧道：「怪道這麼好看，原來是孔雀毛織的。」湘雲笑道：「那裡是孔雀毛？就是野鴨子頭上的毛作的。可見老太太疼你了：這麼著疼寶玉，也沒給他穿。」寶釵笑道：「真是俗語說的，『各人有各人的緣法』，我也想不到他這會子來；既來了，又有老太太這麼疼他。」湘雲道：「你除了在老太太跟前，就在園裡：來這兩處，只管玩笑吃喝。到了太太屋裡，若太太在屋裡，只管和太太說笑，多坐一回無妨；若太太不在屋裡，你別進去，那屋裡人多心壞，都是要咱們的。」說得寶釵、寶琴、香菱、鶯兒等都笑了。寶釵笑道：「說你沒心卻有心，——雖然有心，到底嘴太直了。我們這琴兒，今兒你竟認他作親妹妹罷。」湘雲又瞅了寶琴笑道：「這一件衣裳也只配他穿，別人穿了實在不配。」

正說著，只見琥珀走來，笑道：「老太太說了：叫寶姑娘別管緊了琴姑娘，他還小呢，讓他愛怎麼著就由他怎麼著，他要什麼東西只管要，別多心。」寶釵忙起身答應了，又推寶琴笑道：「你也不知是那裡來的這點福氣！你倒去罷，恐怕我們委屈了你！我就不信，我那些兒不如你？」說話之間，寶玉黛玉進來了，寶釵猶自嘲笑。湘雲因笑道：「寶姐姐，你這話雖是玩，卻有人真心是這樣想呢。」琥珀笑道：「真心惱的再沒別人，就只是他。」口裡說，手指著寶玉。寶釵湘雲都笑道：「他倒不是這樣人。」琥珀又笑道：「不是他，就是他。」說著，又指黛玉。湘雲便不作聲。寶釵笑道：「更不是了。我的妹妹和他的妹妹一樣，他喜歡得比我還甚呢；他那裡還惱？你信雲兒混說！他那嘴有什麼正經！」

寶玉素昔深知黛玉有些小性兒，尚不知近日黛玉和寶釵之事，正恐賈母疼寶琴，他心中不自在；今兒湘雲如此說了，寶釵又如此答，再審度黛玉聲色，亦不似往日，果然與寶釵之說相符，心中甚是不解。因想：「他兩個素日不是這樣的；如今看來，竟更比他人好了十倍。」一時又見林黛玉趕著寶琴叫「妹妹」，並不提名道姓，真似親姐妹一般。那寶琴年輕心熱，且本性聰敏，自幼讀書識字，今在賈府住了兩日，大概人物已知；又見眾姐妹都不是那輕薄脂粉，且又和姐姐皆和氣，故也不肯怠慢。其中又見林黛玉是個出類拔萃的，便更與黛玉親敬異常。寶玉看著，只是暗暗的納罕[18]。

一時寶釵姐妹往薛姨媽房內去後，湘雲往賈母處來，林黛玉回房歇著，寶玉便找了黛玉來，笑道：「我雖看了『西廂記』，也曾有明白的幾句說了取笑，你還曾惱過；如今想來，竟有一句不解，我念出來，你講講我聽。」黛玉聽了，便知有文章，因笑道：「你念出來我聽聽。」寶玉笑道：「那『鬧簡』上有一句說得最好，『是幾時孟光接了梁鴻案[19]？』這五個字不過是現成的典，難為他『是幾時』三個虛字，問得有趣。——是幾時接了？你說說我聽聽。」黛玉聽了，禁不住也笑起來，因笑道：「這原問得好。他也問得好，你也問得好。」寶玉道：「先時你只疑我，如今你也沒得說了。」黛玉笑道：「誰知他竟真是個好人，我素日只當他藏奸。」因把說錯了酒令，寶釵怎樣說他，連送燕窩，病中所談之事，細細的告訴寶玉，寶玉方知緣故。因笑道：「我說呢！正納悶『是幾時孟光接了梁鴻案』，原來是從『小孩兒家口沒遮攔』上就接了案了。」

黛玉因又說起寶琴來，想起自己沒有姐妹，不免又哭了。寶玉忙勸道：「這又自尋煩惱了。你瞧瞧，今年比舊年越發瘦了。你還不保養，每天好好的，你必是自尋煩惱，哭一會子，才算完了這一天的事。」黛玉拭淚道：「近來我只覺心酸，眼淚卻像比舊年少了些的。心裡只管酸痛，眼淚卻不多。」寶玉道：「這是你哭慣了，心裡疑惑，豈有眼淚會少的！」

正說著，只見他屋裡的小丫頭子送了猩猩氈斗篷來，又說：「大奶奶才打發人來說：下了雪，要商議明日請人作詩呢。」一語未了，只見李紈的丫頭走來請黛玉。寶玉便邀著黛玉同往稻香村來。黛玉換上掐金挖雲[20]紅香羊皮小靴，罩了一件大紅羽縐面白狐狸皮的鶴氅，繫一條青金閃綠雙環四合如意絛，上罩了雪帽，二人一齊踏雪行來，只見眾姐妹都在那裡；都是一色大紅猩猩氈與羽毛緞斗篷，獨李紈穿一件哆羅呢對襟褂子，薛寶釵穿一件蓮青斗紋錦上添花洋線番羓絲的鶴氅。邢岫烟仍是家常舊衣，並沒避雨之衣。

一時湘雲來了，穿著賈母給他的一件貂鼠腦袋面子、大毛黑灰鼠裡子、裡外發燒[21]大褂子；頭上戴著一頂挖雲鵝黃片金裡子大紅猩猩氈昭君套，又圍著大貂鼠風領。黛玉先笑道：「你們瞧瞧，孫行者來了。他一般的拿著雪褂子，故意裝出個小騷達子[22]樣兒來。」湘雲笑道：「你們瞧我裡頭打扮的。」一面說，一面脫了褂子，只見他裡頭穿著一件半新的靠色三廂領袖秋香色盤金五色繡龍窄褙小袖掩衿❸銀鼠短襖，裡面短短的一件水紅妝緞狐肷[23]褶子，腰裡緊緊束著一條蝴蝶結子長穗五色宮絛，腳下也穿著鹿皮小靴：越顯得蜂腰猿背，鶴勢螂形。眾人笑道：「偏他只愛打扮成個小子的樣兒，原比他打扮女兒更俏麗了些。」

湘雲笑道：「快商議作詩！我聽聽是誰的東家？」李紈道：「我的主意。想來昨兒的正日已自過了，再等正日還早呢，可巧又下雪，不如咱們大家湊個熱鬧，又給他們接風，又可以作詩。你們意思怎麼樣❹？」寶玉先道：「這話很是，只是今兒晚了，若到明兒晴了，又無趣。」眾人都道：「這雪未必晴，縱晴了，這一夜下得也夠賞了。」李紈道：「我這裡雖然好，又不如蘆雪庭好。我已經打發人籠地炕[24]去了，咱們大家擁爐作詩。老太想來未必高興。況且咱們小玩意兒，單給鳳丫頭個信兒就是了。你們每人一兩銀子就夠了，送到我這裡來。」——指著香菱、寶琴、李紋、李綺、岫烟——「五個不算外，咱們裡頭二丫頭病了不算，四丫頭告了假也不算，你們四份子送了來，我包管五六兩銀子也盡夠了。」寶釵等一齊應諾。因又擬題限韻，李紈笑道：「我心裡早已定了。等到了明日臨期，橫豎知道。」說畢，大家又說了一回閑話，方往賈母處來，當日無話。

到了次日清早，寶玉因心裡惦記著，這一夜沒好生得睡，天亮了，就爬起來掀起帳子一看，雖然門窗尚掩，只是窗上光輝奪目，心內早躊躇起來，埋怨定是晴了，日光已出。一面忙起來揭起窗屜，從玻璃窗內往外一看，原來不是日光，竟是一夜的雪，下得將有一尺厚，天上仍是搓綿扯絮一般。

寶玉此時喜歡非常，忙喚起人來，盥漱已畢，只穿一件茄色哆羅呢狐狸皮襖，罩一件海龍小鷹膀褂子，束了腰，披上玉針蓑，戴了金藤笠，登上沙棠屐，忙忙的往蘆雪庭來。出了院門，四顧一望，並無二色，遠遠的是青松翠竹，自己卻似裝在玻璃盆內一般。於是走至山坡之下，順著山腳，剛轉過去，已聞得一股寒香撲鼻，回頭一看，卻是妙玉那邊櫳翠庵中有十數枝紅梅，如胭脂一般，映著雪色，分外顯得精神，好不有趣。

寶玉便立住，細細的賞玩了一回方走。只見蜂腰板橋上一個人打著傘走來，是李紈打發了請鳳姐兒去的人。寶玉來至蘆雪庭，只見丫頭婆子正在那裡掃雪開徑。原來這蘆雪庭蓋在一個傍山臨水河灘之上❺，一帶幾間茅檐土壁，橫籬竹牖❻，推窗便可垂釣，四面皆是蘆葦掩覆，一條去徑，逶迤穿蘆度葦過去，便是藕香榭的竹橋了。眾丫頭婆子見他披蓑戴笠而來，都笑道：「我們才說正少一個漁翁，如今果然全了。姑娘們吃了飯才來呢！你也太性急了。」

寶玉聽了，只得回來。剛至沁芳亭，見探春正從秋爽齋出來，圍著大紅猩猩氈的斗篷，戴著觀音兜[25]，扶著個小丫頭，後面一個婦人打著一把青綢油傘。寶玉知道他往賈母處去，遂站在亭邊；等他來到，二人一同出園前去。

寶琴正在裡間房內梳洗更衣。一時眾姐妹來齊，寶玉只嚷餓了，連連催飯。好容易等擺上飯來，頭一樣菜是牛乳蒸羊羔❼[26]，賈母就說：「這是我們有年紀人的藥，沒見天日的東西，可惜你們小孩子吃不得。今兒另外有新鮮鹿肉，你們等著吃罷。」眾人答應了。寶玉卻等不得，只拿茶泡了一碗飯，就著野雞瓜子，忙忙的爬拉[27]完了。賈母道：「我知道你們今兒又有事情，連飯也不顧吃了。」就叫：「留著鹿肉給他晚上吃罷。」鳳姐兒忙說：「還有呢，吃殘了的倒罷了。」湘雲就和寶玉計較道：「有新鹿肉，不如咱們要一塊，自己拿了園裡弄著，又吃又玩。」寶玉聽了，真和鳳姐要了一塊，命婆子送進園去。

一時，大家散後，進園齊往蘆雪庭來，聽李紈出題限韻。獨不見湘雲寶玉二人。黛玉道：「他兩個人再到不得一處；要到了一處，生出多少事來。這會子一定算計那塊鹿肉去了。」正說著，只見李嬸娘也走來看熱鬧，因問李紈道：「怎麼那一個帶玉的哥兒和那一個掛金麒麟的姐兒，那樣乾淨清秀，又不少吃的，他兩個在那裡商議著要吃生肉呢，說得有來有去的。我只不信，肉也生吃得的？」

眾人聽了，都笑道：「了不得！快拿了他兩個來。」黛玉笑道：「這可是雲丫頭鬧的。我的卦再不錯。」李紈即忙出來，找著他兩個，說道：「你們兩個要吃生的，我送你們到老太太那裡吃去，那怕一隻生鹿，撐病了不與我相干。——這麼大雪，怪冷的，快替我作詩去罷。」寶玉忙笑道：「沒有的事！我們燒著吃呢。」李紈道：「這還罷了。」只見老婆子們拿了鐵爐、鐵叉、鐵絲蒙來。李紈道：「留神，割了手不許哭！」說著，方進去了。

那邊鳳姐打發平兒回覆，不來，為發放年例正忙著呢。湘雲見了平兒，那裡肯放？平兒也是個好玩的，素日跟著鳳姐兒無所不至，見如此有趣，樂得玩笑，因而退去手上的鐲子，三個人圍著火，平兒便要先燒三塊吃。那邊寶釵黛玉平素看慣了，不以為異；寶琴等及李嬸娘深為罕事。探春和李紈等已議定了題韻。探春笑道：「你們聞聞，香氣這裡都聞見了，我也吃去。」說著，也找了他們來。李紈也隨來，說：「客已齊了，你們還吃不夠嗎？」湘雲一面吃，一面說道：「我吃這個方愛吃酒，吃了酒才有詩。若不是這鹿肉，今兒斷不能作詩。」說著，只見寶琴披著鳧靨裘，站在那裡笑。湘雲笑道：「傻子！你來嘗嘗！」寶琴笑道：「怪腌臢的。」寶釵笑道：「你嘗嘗去，好吃得很呢！你林姐姐弱，吃了不消化；不然，他也愛吃。」寶琴聽了，就過去吃了一塊，果然好吃，就也吃起來。

一時鳳姐兒打發小丫頭來叫平兒。平兒說：「史姑娘拉著我呢，你先去罷。」小丫頭去了。一時，只見鳳姐兒也披了斗篷走來，笑道：「吃這樣好東西，也不告訴我！」說著，也湊在一處吃起來。黛玉笑道：「那裡找這一群花子去！罷了，罷了！今日蘆雪庭遭劫，生生被雲丫頭作踐❽了。我為蘆雪庭一大哭。」湘雲冷笑道：「你知道什麼！『是真名士自風流』，你們都是假清高，最可厭的。我們這會子腥的膻的大吃大嚼，回來卻是錦心繡口。」寶釵笑道：「你回來若作得不好了，把那肉掏出來，就把這雪壓得蘆葦子挹28上些，以完此劫！」

說著，吃畢，洗了一回手。平兒戴鐲子時，卻少了一個，左右前後亂找了一番，蹤跡全無，眾人都詫異。鳳姐兒笑道：「我知道這鐲子的去向。你們只管作詩去，我們也不用找，只管前頭去，不出三日，包管就有了。」說著又問：「你們今兒作什麼詩？老太太說了，離年又近了，正月裡還該作些燈謎兒大家玩笑。」

眾人聽了，都笑道：「可是呢，倒忘了。如今趕著作幾個好的，預備著正月裡玩。」說著，一齊來至地炕屋內，只見杯盤果菜俱已擺齊了，牆上已貼出詩題、韻腳、格式來了。寶玉湘雲二人忙看時，只見題目是：「『即景聯句[29]』，五言排律[30]一首，限『二蕭』[31]韻。後面尚未列次序。李紈道：「我不大會作詩，我只起三句罷，然後誰先得了誰先聯。」寶釵道：「到底分個次序。」要知端底，且看下回分解。

■校記

❶「聘嫁」，諸本作「發嫁」。
❷「那嬸母……帶著李紋李綺在稻香村住下了」，「紋」原作「紈」，從諸本改。
❸「小袖掩衿」，「衿」原作「矜」，從諸本改。
❹「你們意思怎麼樣」，「樣」原作「這」，從諸本改。
❺「蘆雪庭蓋在一個傍山臨水河灘之上」，「傍山」原作「山傍」，從諸本改。
❻「茅檐土壁，橫籬竹牖」，「橫」，脂本同，後筆改「草」，戚本作「槿」。
❼「牛乳蒸羊羔」，「乳」原作「肉」，從諸本改。
❽「作踐」原作「作賤」，從諸本改。

■注釋

1〔精華〕 月光。
2〔影自句〕 娟娟，美好；魄，這裡就是月光；寒，指月光的清涼。
3〔一片句〕 明月當空，大地如同白晝，時時傳來搗衣聲。唐李白「子夜吳歌」：「長安一片月，萬戶搗衣聲。」
4〔半輪句〕 雞叫天快亮了，月色變得暗淡（殘）。
5〔紅袖〕 指年輕的女性。
6〔博得〕 招致。
7〔嫦娥〕 神話傳說，她偷吃了不死之藥，離開丈夫，飛到月宮，年年月月冷清寂寞。
8〔何緣〕 什麼原因。

9 〔團圞（ㄌㄨㄢˊ／luán）〕團圓。

10 〔譯文〕

月光揮灑誰也不能把它遮掩，
月亮格外美好月色卻極清淡。
月照千里處處傳來搗衣聲音，
雄雞報曉月光暗淡將要明天。
秋江漁翁聽到淒慘的竹笛聲，
樓上少女深夜裡還倚著欄杆。
惹得月宮嫦娥在向自己發問：
是什麼原因不使人永遠團圓？

11 〔簡評〕香菱是由家庭破落後轉化為婢僕，又由婢僕轉為姨娘的。對於其他婢僕，她是次級主子，而在主子中，她又處於婢僕地位。這種生活決定了她的思想感情。「只疑殘粉塗金砌，恍若輕霜抹玉欄」，表現了她對富貴生活的嚮往，「綠蓑江上秋聞笛，……何緣不使永團圞」，又表現了對自己飄泊在外無家可歸處境的悲嘆和不理解的心情。

12 〔翰林〕明清兩朝的進士，朝考後進入翰林院的，叫翰林。

13 〔遷委〕遷，徙官。這是從某種官職任上，被調去作別的官。

14 〔杜工部〕即杜甫，因杜甫曾一度作過工部員外郎，故稱杜工部。

15 〔韋蘇州〕韋應物，唐朝詩人。因曾作江州、蘇州刺史，故稱韋蘇州。

16 〔溫八叉〕即溫庭筠。相傳溫才思敏捷，八次叉手可作成一首律詩，故有溫八叉之稱。

17 〔綺靡〕過分華美。

18〔納罕〕詫異，驚奇。

19〔是幾時孟光接了梁鴻案〕漢代故事：孟光曾經高舉盛著食物的小「食案」來敬奉她的丈夫梁鴻，是夫妻相敬愛的典故。「西廂記」中紅娘熱心促成鶯鶯和張生的愛情，鶯鶯在紅娘面前卻假說拒絕張生。後來紅娘才知道鶯鶯已經私應了張生的約會，自己反被瞞過，感到驚訝，所以有這句嘲諷的唱詞。寶玉原來也要調和黛玉寶釵之間的感情，現在忽然發現她們已經要好起來，自己的情況卻與紅娘相似，所以藉這句唱詞來問。下文「小孩兒家口沒遮攔」也是「西廂記」的句子，寶玉借嘲黛玉誤說酒令的事。

20〔掐金挖雲〕掐金，縫裡嵌金線；挖雲，挖空雲頭形的花邊再墊其他顏色的裡子，構成裝飾圖案。這一段細寫各色防雨雪的衣裝，都是表明他們的「講究」和「闊綽」。

21〔裡外發燒〕皮裡皮面的褂子，俗名「裡外發燒」。

22〔小騷達子〕這是對蒙古族的蔑稱。

23〔狐肷（ㄑㄧㄢˋ qiàn）〕指狐狸的胸腹和腋下的毛皮。

24〔地炕〕在房屋的廊下，挖一數尺深長方形的坑，在坑內砌起一灶，通於室內的地下，地下皆有火道，可以使室內溫暖，與今天東北地方的火牆壁爐用處相似。

25〔觀音兜〕一種風帽，類似佛像中觀音菩薩所戴的那種樣式，所以稱為「觀音兜」。

26〔羊羔〕這裡指羊胎。

27〔爬拉〕這裡指用筷子連續撥飯進口的動作。

28〔揌（ㄙㄞ／sāi）〕同「塞」。

29〔聯句〕作詩的一種方式。兩人或多人共作一首，相聯成篇。一般是一人先出一句，另一人續對成一聯，再出下一聯的上句，輪流下去。這多半是一種文字遊戲。

30〔排律〕也叫長律。每首詩最少十句，多至一、二百句，但要求句數成雙。

31〔二蕭〕詩韻的一種，屬於下平聲。

【第五十回】

蘆雪庭爭聯即景詩[1]　暖香塢雅製春燈謎

話說薛寶釵道：「到底分個次序，讓我寫出來。」說著，便令眾人拈鬮為序。起首恰是李氏，然後按次各各開出。鳳姐兒道：「既這麼說，我也說一句在上頭。」眾人都笑起來了，說：「這麼更妙了。」寶釵將「稻香老農」之上補了一個「鳳」字，李紈又將題目講給他聽。

鳳姐兒想了半天，笑道：「你們別笑話我，我只有了一句粗話，可是五個字的；下剩的我就不知道了。」眾人都笑道：「越是粗話越好。你說了，就只管幹正事去罷。」鳳姐兒笑道：「想下雪必刮北風，昨夜聽見一夜的北風，我有一句，這一句就是『一夜北風緊』。使得使不得，我就不管了。」眾人聽說，都相視笑道：「這句雖粗，不見底下的，這正是會作詩的起法❶，不但好，而且留了寫不盡的多少地步與後人。就是這句為首，稻香老農快寫上，續下去。」鳳姐兒和李嬸娘平兒又吃了兩杯酒，自去了。

這裡李紈就寫了：

一夜北風緊，

自己聯道：

開門雪尚飄❷：入泥憐潔白，

香菱道：

匝地惜瓊瑤[2]。有意榮枯草，

探春道：

無心飾[3]萎苗。價高村釀熟，

李綺道：

年稔府粱饒[4]。葭動灰飛管❸[5]，

李紋道：

陽回斗轉杓[6]。寒山已失翠，

岫烟道：

凍浦不生潮。易掛疏枝柳，

湘雲道：

難堆破葉蕉。麝煤[7]融寶鼎，

寶琴道：

綺袖籠金貂[8]。光奪窗前鏡，

黛玉道：

香黏壁上椒[9]。斜風仍故故[10]，

寶玉道：

清夢轉聊聊。何處梅花笛[11]？

寶釵道：

誰家碧玉簫[12]？鰲愁坤軸陷[13]，

李紈笑道：「我替你們看熱酒去罷。」寶釵命寶琴續聯，只見湘雲起來道：

龍鬥陣雲銷[14]。野岸回孤棹❹[15]，

寶琴也聯道：

吟鞭指灞橋[16]。賜裘[17]憐撫戍，

湘雲那裡肯讓人？且別人也不如他敏捷，都看他揚眉挺身的說道：

加絮念征徭。坳垤審夷險❺[18]，

寶釵連聲讚好，也便聯道：

枝柯[19]怕動搖。皚皚輕趁步，

黛玉忙聯道：

剪剪[20]舞隨腰。苦茗[21]成新賞，

一面說，一面推寶玉，命他聯。寶玉正看寶琴、寶釵、黛玉三人共戰湘雲，十分有趣，那裡還顧得聯詩？今見黛玉推他，方聯道：

孤松訂久要。泥鴻從印跡，

寶琴接著聯道：

林斧或聞樵[22]。伏象千峰凸，

湘雲忙聯道：

盤蛇一徑遙。花緣經冷結，

寶釵和眾人又都讚好，探春聯道：

色豈畏霜雕。深院驚寒雀，

湘雲正渴了，忙忙的吃茶，已被岫烟搶著聯道：

空山泣老鴉[23]。階墀[24]隨上下，

湘雲忙丟了茶杯，聯道：

池水任浮漂❻。照耀臨清曉，

黛玉忙聯道：

繽紛入永宵。誠[25]忘三尺冷，

湘雲忙笑聯道：

瑞釋九重焦[26]。僵臥誰相問，

寶琴也忙笑聯道：

狂遊客喜招。天機斷縞帶[27]，

湘雲又忙道：

海市失鮫綃。

黛玉不容他道出，接著便道：

寂寞封臺榭❼[28]，

湘雲忙聯道：

清貧懷簞瓢[29]。

寶琴也不容情，也忙道：

烹茶水漸沸❽，

湘雲見這般，自為得趣，又是笑，又忙聯道：

煮酒葉難燒。

黛玉也笑道：

沒[30]帚山僧掃，

寶琴也笑道：

埋琴稚子挑。

湘雲笑彎了腰，忙念了一句，眾人問道：「到底說的是什麼？」湘雲道：

石樓閑睡鶴，

黛玉笑得握著胸口，高聲嚷道：

錦罽[31]暖親貓。

寶琴也忙笑道：

月窟翻銀浪[32]，

湘雲忙聯道：

霞城隱赤標❾[33]。

黛玉忙笑道：

沁梅香可嚼❿，

寶釵笑稱：「好句！」也忙聯道：

淋竹醉堪調。

寶琴也忙道：

或濕鴛鴦帶，

湘雲忙聯道：

時凝翡翠翹[34]。

黛玉又忙道：

無風仍脈脈[35]，

寶琴又忙笑聯道：

不雨亦瀟瀟。

湘雲伏著，已笑軟了。眾人看他三人對搶，也都不顧作詩，看著也只是笑。黛玉還推他往下聯，又道：「你也有才盡力窮之時⓫！我聽聽，還有什麼舌頭嚼了？」湘雲只伏在寶釵懷裡，笑個不住。寶釵推他起來，道：「你有本事，把『二蕭』的韻全用完了，我才服你。」湘雲起身笑道：「我也不是作詩，竟是搶命呢！」眾人笑道：「倒是你自己說罷。」探春早已料定沒有自己聯的了，便早寫出來，因說：「還沒收住呢。」李紋聽了，接過來，便聯了一句道：

欲志今朝樂，

李綺收了一句道：

憑詩祝舜堯[36][37]。

李紈道：「夠了，夠了！雖沒作完了韻，騰挪的字，若生扭了，倒不好了。」說著大家來細細評論一回，獨湘雲的多，都笑道：「這都是那塊鹿肉的功勞。」李紈笑道：「逐句評去，卻還一氣，只是寶玉又落了第了。」寶玉笑道：「我原不會聯句，只好擔待我罷。」李紈笑道：「也沒有社社擔待的：又說『韻險』了，又整誤了，又『不會聯句』！今日必罰你。我才看見櫳翠庵的紅梅有趣，我要折一枝來插瓶⓬，可厭妙玉為人，我不理他，如今罰你取一枝來，插著玩兒。」眾人都道：「這罰得又雅又有趣！」

寶玉也樂為，答應著就要走，湘雲黛玉一起說著：「外頭冷得很，你且吃杯熱酒再去。」於是湘雲早熱起壺酒來了⓭。黛玉遞了個大杯，滿斟了一杯，湘雲笑道：「你吃了我們這酒，要取不來，加倍罰你！」寶玉忙吃了一杯，冒雪而去。

李紈命人好好跟著，黛玉忙攔說：「不必，有了人，反不得了。」李紈點頭道：「是。」一面命丫鬟將一個美女聳肩瓶拿來，貯了水，準備插梅，因又笑道：「回來該吟紅梅了。」湘雲忙道：「我先作一首。」寶釵笑道：「今日斷不容你再作了！你都搶了去，別人都閑著也沒趣。回來罰寶玉。他說不會聯句，如今就叫他自己作去。」黛玉笑道：「這話很是。我還有主意：方才聯句不夠，莫若揀那聯得少的人作紅梅詩。」寶釵笑道：「這話是極。方才邢李三位⓮屈才，且又是客；琴兒和顰兒雲兒他們搶了許多，我們一概都別作，只他們三人作才是。」李紈因說：「綺兒也不大會作，還是讓琴妹妹罷。」寶釵只得依允。又道：「就用『紅梅花』三個字作韻，每人一首七言律：邢大妹妹作『紅』字，你們李大妹妹作『梅』字，琴兒作『花』字。」李紈道：「饒過寶玉去，我不服。」湘雲忙道：「有個好題目命他作。」眾人問：「何題？」湘雲道：「命他就作『訪妙玉乞紅梅』，豈不有趣？」眾人聽了，都說：「有趣！」

一語未了，只見寶玉笑欣欣擎了一枝紅梅進來。眾丫鬟忙已接過，插入瓶內。眾人都過來賞玩⓯。寶玉笑道：「你們如今賞罷，也不知費了我多少精神呢！」說著，探春早又遞了一鍾暖酒來。眾丫鬟上來接了蓑笠撣雪，各人屋裡丫鬟都添送衣裳來；襲人也遣人送了半舊的狐腋褂來。李紈命人將那蒸的大芋頭盛了一盤，又將朱橘、黃橙、橄欖等物盛了兩盤，命人帶給襲人去。湘雲且告訴寶玉方才的詩題，又催寶玉快作。寶玉道：「好姐姐好妹妹們，讓我自己用韻罷，別限韻了。」眾人都說：「隨你作去罷。」

一面說，一面大家看梅花。原來這一枝梅花只有二尺來高，旁有一枝，縱橫而出，約有二三尺長，其間小枝分歧，或如蟠螭[38]，或如僵蚓，或孤削如筆，或密聚如林，真乃花吐胭脂，香欺蘭蕙，各各稱賞。誰知岫烟、李紋、寶琴三人都已吟成⓰，各自寫了出來，眾人便依「紅」「梅」「花」三字之序看去，寫道：

賦得[39]紅梅花　邢岫烟

桃未芳菲[40]杏未紅，沖寒先喜笑東風。魂飛庾嶺春難辨[41]，霞隔羅浮夢未通[42]。綠萼添妝融寶炬[43]，縞仙扶醉跨殘虹[44]。看來豈是尋常色，濃淡由他冰雪中[45]。

又　　李紋

白梅懶賦賦紅梅，逞艷先迎醉眼開。凍臉有痕皆是血，酸心無恨亦成灰[46]。誤吞丹藥移真骨[47]，偷下瑤池脫舊胎[48]。江北江南春燦爛，寄言蜂蝶漫疑猜❶⑰[49]。

又　　寶琴

疏是枝條艷是花，春妝兒女競奢華。閑庭曲檻[50]無餘雪，流水空山有落霞[51]。幽夢冷隨紅袖笛，遊仙香泛絳河槎[52]。前身定是瑤臺種[53]，無復相疑色相差[54][55]。

眾人看了，都笑著稱讚了一回，又指末一首更好。寶玉見寶琴年紀最小，才又敏捷；黛玉湘雲兩個斟了一小杯酒，都賀寶琴。寶釵笑道：「三首各有好處。你們兩個天天捉弄厭了我，如今又捉弄他來了。」李紈又問寶玉：「你可有了？」寶玉忙道：「我倒有了，才一看見這三首，又唬忘了。等我再想。」

湘雲聽了，便拿了一支銅火箸擊著手爐，笑道：「我擊了，若鼓絕不成，又要罰的。」寶玉笑道：「我已有了。」黛玉提起筆來，笑道：「你念我寫。」湘雲便擊了一下，笑道：「一鼓絕。」寶玉笑道：「有了，你寫罷。」眾人聽他念道：

酒未開樽[56]句未裁[57]，

黛玉寫了，搖頭笑道：「起得平平。」湘雲又道：「快著！」寶玉笑道：

尋春問臘[58]到蓬萊[59]。

黛玉湘雲都點頭笑道：「有些意思了。」寶玉又道：

不求大士[60]瓶中露[61]，為乞孀娥[62]檻外梅。

黛玉寫了，搖頭說：「小巧而已。」湘雲將手又敲了一下，寶玉笑道：

入世冷挑紅雪去，離塵香割紫雲來⑱[63]。槎枒誰惜詩肩瘦[64]，衣上猶沾佛院苔[65][66]。

黛玉寫畢，湘雲大家才評論時，只見幾個丫鬟跑進來道⑲：「老太太來了！」眾人忙迎出來，大家又笑道：「怎麼這等高興！」說著，遠遠見賈母圍了大斗篷，戴著灰鼠暖兜，坐著小竹轎，打著青綢油傘，鴛鴦琥珀等五六個丫鬟，每人都是打著傘，擁轎而來。李紈等忙往上迎。賈母命人止住，說：「只站在那裡就是了。」來至跟前，賈母笑道：「我瞞著你太太和鳳丫頭來了。大雪地下，我坐著這個無妨，沒得叫他娘兒們踹雪嗎。」眾人忙上前來接斗篷，攙扶著，一面答應著。

賈母來至室中，先笑道：「好俊梅花！你們也會樂，我也不饒你們！」說著，李紈早命人拿了一個大狼皮褥子來，鋪在當中。賈母坐了，因笑道：「你們只管照舊玩笑吃喝。我因為天短了，不敢睡中覺，抹了一會牌，想起你們來了，我也來湊個趣兒。」李紈早又捧過手爐來。探春另拿了一副杯箸來，親自斟了暖酒，奉給賈母。賈母便飲了一口，問：「那個盤子是什麼東西？」眾人忙捧了過來，回說：「是糟鵪鶉。」賈母道：「這倒罷了，撕一點子腿兒來。」李紈忙答應了，要水洗手，親自來撕。賈母道：「你們仍舊坐下說笑，我聽著才喜歡。」又命李紈：「你也只管坐下，就如同我沒來的一樣才好；不然，我就走了。」眾人聽了，方才依次坐下，只李紈挪到盡下邊。賈母因問：「你們作什麼玩呢？」眾人便說：「作詩呢。」賈母道：「有作詩的，不如作些燈謎兒，大家正月裡好玩。」眾人答應。

說笑了一會，賈母便說：「這裡潮濕，你們別久坐，仔細著了涼。倒是你四妹妹那裡暖和，我們到那裡瞧瞧他的畫兒，趕年可能有了不能。」眾人笑道：「那裡能年下就有了？只怕明年端陽才有呢。」賈母道：「這還了得！他竟比蓋這園子還費工夫了。」說著，仍坐了竹椅轎，大家圍隨，過了藕香榭，穿入一條夾道，東西兩邊皆是過街門，門樓上裡外都嵌著石頭匾，如今進的是西門，向外的匾上鑿著「穿雲」二字，向裡的鑿著「度月」二字。來至堂中，進了向南的正門，賈母下了轎，惜春已接出來了。從裡面遊廊過去，便是惜春臥房，廈檐下掛著「暖香塢」的匾，早有幾個人打起猩紅氈簾，已覺暖氣拂臉[20]。

大家進入屋裡，賈母並不歸坐，只問惜春：「畫到那裡了？」惜春因笑回：「天氣寒冷了，膠性都凝澀不潤，畫了恐不好看，故此收起來了。」賈母笑道：「我年下就要的，你別脫懶兒；快拿出來給我快畫！」

一語未了，忽見鳳姐披著紫羯絨褂笑嘻嘻的來了，口內說道：「老祖宗今兒也不告訴人，私自就來了，叫我好找！」賈母見他來了，心中喜歡，道：「我怕你凍著，所以不許人告訴你去。你真是個小鬼靈精兒，到底找了我來。論禮，孝敬也不在這上頭。」鳳姐兒笑道：「我那裡是孝敬的心找了來呢？我因為到了老祖宗那裡，鴉沒雀靜的，問小丫頭子們，他又不肯叫我找到園裡來。我正疑惑，忽然又來了兩個姑子，我心裡才明白了：那姑子必是來送年疏[67]或要年例香例銀子，老祖宗年下的事也多，一定是躲債來了。我趕忙問了那姑子，果然不錯。我才就把年例給了他們去了。這會子老祖宗的債主兒已去了，不用躲著了。已預備下稀嫩的野雞，請用晚飯去罷；再遲一回就老了。」

他一行說，眾人一行笑。鳳姐兒也不等賈母說話，便命人抬過轎來，賈母笑著挽了鳳姐兒的手，仍上了轎，帶著眾人，說笑出了夾道東門，一看，四面粉妝銀砌。忽見寶琴披著鳧靨裘，站在山坡背後遙等；身後一個丫鬟，抱著一瓶紅梅。眾人都笑道：「怪道少了兩個，他卻在這裡等著，——也弄梅花去了！」賈母喜得忙笑道：「你們瞧，這雪坡兒上，配上他這個人物兒，又是這件衣裳，後頭又是這梅花，像個什麼？」眾人都笑道：「就像老太太屋裡掛的仇十洲[68]畫的『豔雪圖』。」賈母搖頭笑道：「那畫的那裡有這件衣裳？人也不能這樣好！」

一語未了，只見寶琴身後又轉出一個穿大紅猩猩氈的人來。賈母道：「那又是那個女孩兒？」眾人笑道：「我們都在這裡，那是寶玉。」賈母笑道：「我的眼越發花了。」說話之間，來至跟前，可不是寶玉和寶琴兩個？寶玉笑向寶釵黛玉等道：「我才又到了櫳翠庵，妙玉竟每人送你們一枝梅花，我已經打發人送去了。」眾人都笑說：「多謝你費心。」

寶琴

說話之間，已出了園門，來至賈母房中，吃畢飯，大家又說笑了一回。忽見薛姨媽也來了，說：「好大雪，一日也沒過來望候老太太。今日老太太倒不高興？正該賞雪才是。」賈母笑道：「何曾不高興了！我找了他們姐妹去玩了一會子。」薛姨媽笑道：「昨兒晚上我原想著今日要和我們姨太太借一天園子，擺兩桌粗酒，請老太太賞雪的；又見老太太安歇得早，我聽見寶兒說：『老太太心裡不大爽。』因此如今也不敢驚動。早知如此，我竟該請了才是呢。」賈母笑道：「這才是十月，是頭場雪，往後下雪的日子多著呢，再破費姨太太不遲。」薛姨媽笑道：「果然如此，算我的孝心虔了。」

鳳姐兒笑道：「姨媽怎麼忘了！如今現秤五十兩銀子來，交給我收著，一下雪，我就預備下酒：姨媽也不用操心，也不得忘了。」賈母笑道：「既這麼說，姨太太給他五十兩銀子收著，我和他每人分二十五兩，到下雪的日子，我裝心裡不爽，混過去了。姨太太更不用操心，我和鳳姐倒得實惠呢。」鳳姐將手一拍㉑，笑道：「妙極！這和我的主意一樣。」眾人都笑了。賈母笑道：「呸！沒臉的，就順著竿子爬上來了！你不說：姨太太是客，在咱們家受屈，我們該請姨太太才是，那裡有破費姨太太的理？不這麼說呢，還有臉先要五十兩銀子，真不害臊！」鳳姐笑道：「我們老祖宗最是有眼色的，試一試姨媽：要鬆呢，拿出五十兩來，就和我分；這會子估量㉒著不中用了，翻過來拿我作法子[69]，說出這些大方話來。如今我也不和姨媽要銀子了，我竟替姨媽出銀子，治了酒，請老太太吃了，我另外再封五十兩銀子孝敬老祖宗，算是罰我個包攬㉓閑事，這可好不好？」話未說完，眾人都笑倒在炕上。

賈母因又說及寶琴雪下折梅，比畫兒上還好；又細問他的年庚八字[70]並家內景況。薛姨媽度其意思，大約是要給他求配。薛姨媽心中因也遂意㉔，只是已許過梅家了，因賈母尚未說明，自己也不好擬定，遂半吐半露告訴賈母道：「可惜了這孩子沒福！前年他父親就沒了。他從小兒見的世面倒多，跟他父親四山五岳都走遍了。他父親好樂的，各處因有買賣，帶了家眷，這一省逛一年，明年又到那一省逛半年，所以天下十停走了有五六停了。那年在這裡，把他許了梅翰林的兒子，偏第二年他父親就辭世了。如今他母親又是痰症……」

鳳姐兒也不等說完，便嗐聲跺腳的說：「偏不巧！我正要作個媒呢，又已經許了人家！」賈母笑道：「你要給誰說媒？」鳳姐兒笑道：「老祖宗別管。心裡看準了，他們兩個是一對。如今有了人家，說也無益，不如不說罷了。」賈母也知鳳姐兒的意思，聽見已有人家，也就不提了㉕。大家又閑話了一會方散。一宿無話㉖。

次日雪晴。飯後，賈母又吩咐惜春：「不管冷暖，你要畫去；趕到年下，十分不能，就罷了。第一要緊把昨兒琴兒和丫頭、梅花，照樣一筆別錯快快添上。」惜春聽了，雖是為難的事，就應了。一時眾人都來看他如何畫。惜春只是出神。李紈因笑向眾人道：「讓他自己想去，咱們且說話兒。昨兒老太太只叫作燈謎兒，回到家和綺兒紋兒睡不著，我就編了兩個『四書』的。他兩個每人也編了兩個。」

眾人聽了，都笑道：「這倒該作的。先說了，我們猜猜。」李紈笑道：「『觀音未有世家傳』[71]，打『四書』一句。」湘雲接著就說道：「『在止於至善』[72]。」寶釵笑道：「你也想一想『世家傳』三個字的意思㉗再猜。」李紈笑道：「再想。」黛玉笑道：「我猜罷。可是『雖善無徵』[73]？」眾人都笑道：「這句是了。」李紈又道：「『一池青草草何名』。」

湘雲又忙道：「這一定是『蒲蘆也』。——再不是不成？」李紈笑道：「這難為你猜。紋兒的是『水向石邊流出冷』，打一古人名。」探春笑著問道：「可是山濤[74]？」李紈道：「是。」李紈又道：「綺兒是個『螢』字，打一個字。」眾人猜了半日，寶琴道：「這個意思卻深，——不知可是花草的『花』字？」李綺笑道：「恰是了。」眾人道：「螢與花何干？」黛玉笑道：「妙得很！螢可不是草化的㉘[75]！」眾人會意，都笑了，說：「好。」寶釵道：「這些雖好，不合老太太的意；不如作些淺近的物兒，大家雅俗共賞才好。」眾人都道：「也要作些淺近的俗物才是。」湘雲想了一想，笑道：「我編了一支『點絳唇』，卻真是個俗物，你們猜猜。」說著，便念道：

溪壑分離[76]，紅塵遊戲[77]，真何趣[78]？名利猶虛[79]，後事終難繼㉙[80][81]。

眾人都不解，想了半日，也有猜是和尚的，也有猜是道士的，也有猜是偶戲人[82]的。寶玉笑了半日道：「都不是。我猜著了，必定是耍的猴兒。」湘雲笑道：「正是這個了。」眾人道：「前頭都好，末後一句怎麼樣解？」湘雲道：「那一個耍的猴兒不是剁了尾巴去的？」眾人聽了，都笑起來，說：「偏他編個謎兒也是刁鑽古怪㉚的。」

李紈道：「昨日姨媽說，琴妹妹見的世面多，走的道路也多，你正該編謎兒。況且你的詩又好，為什麼不編幾個兒我們猜一猜？」寶琴聽了，點頭含笑，自去尋思㉛。寶釵也有一個，念道：

鏤檀鐫梓㉜[83]一層層，豈係良工堆砌成[84]？雖是半天風雨過，何曾聞得梵鈴[85]聲㉝[86][87]？

眾人猜時，寶玉也有了一個，念道：

天上人間兩渺茫㉞，琅玕節[88]過謹提防㉟。鸞音鶴信須凝睇[89]，好把唏噓答上蒼[90][91][92]。

黛玉也有了一個，念道：

騄駬何勞縛紫繩[93]？馳城逐塹勢猙獰[94]。主人指示風雲動[95]，鰲背三山獨立名[96][97][98][99]。

探春也有了一個，方欲念時，寶琴走來，笑道：「從小兒所走的地方的古蹟不少，我也來挑了十個地方古蹟，作了十首『懷古詩[100]』；詩雖粗鄙，卻懷往事，又暗隱俗物十件，姐姐們請猜一猜。」眾人聽了，都說：「這倒巧，何不寫出來大家一看？」要知端底，且聽下回分解。

校記

❶「這正是會作詩的起法」，「法」原作「發」，從金本、脂本、戚本改。

❷「開門雪尚飄」，「飄」原作「瓢」，從諸本改。

❸「葭動灰飛管」，「管」王本作「琯」。

❹「孤棹」原作「孤掉」，從諸本改。

❺「坳垤審夷險」，「坳」原作「抝」，從脂本改（原作「坳」，即「坳」字）。「審」藤本作「翻」。

❻「池水任浮漂」，「任」原作「在」，從諸本改。

❼「臺榭」原作「臺謝」，從諸本改。

❽「烹茶水漸沸」，「水漸」原作「漸水」，從諸本改。「水」脂本作「冰」。

❾「霞城隱赤標」，「赤」原作「亦」，從諸本改。

❿「沁梅香可嚼」，「香」原作「花」，從諸本改。

⓫「黛玉還推他往下聯，又道：你也有才盡力窮之時」，「還推」原作「推還」，「聯又」原作「又聯」，俱從諸本改。

⓬「我要折一枝來插瓶」，原作「我要折一枝插在瓶」，從諸本改。

⓭「於是湘雲早熱起壺酒來了」，原無「是」字，從諸本補。諸本全句作「於是湘雲早執起壺來」。

⓮「邢李三位」，「三」原作「二」，從諸本改。

⓯「眾人都過來賞玩」，「過」原作「道」，從諸本改。

⓰「誰知岫烟、李紋、寶琴三人都已吟成」，「紋」原作「紈」，從諸本改。下文詩題下署名誤「紈」同，不另出。

⓱「寄言蜂蝶漫疑猜」，「寄」原作「奇」，從諸本改。

⓲「入世冷挑紅雪去，離塵香割紫雲來」，「挑」原作「桃」，「塵」原作「塵」，從諸本改。

⓳「只見幾個丫鬟跑進來道」，「跑」原作「跟」。按依下文，賈母此時未到，距離尚遠，「跟」字無著落，從諸本改。

⓴「已覺暖氣拂臉」，「暖氣」諸本作「溫香」。

㉑「將手一拍」，「拍」原作「怕」，從諸本改。
㉒「估量」原作「估僵」（？），從諸本改。
㉓「包攬」原作「包覽」，從藤本、王本、脂本改。
㉔「因也遂意」，「因」脂本作「固」。
㉕「聽見已有人家，也就不提了」，「已」原作「只」，從諸本改。
㉖「一宿無話」，「話」字原誤植隔行行首，今校移。
㉗「意思」原作「意應」，從諸本改。
㉘「螢可不是草化的」，「草」原作「花」，從諸本改。
㉙「後事終難繼」，「繼」原作「謎」；從脂本、戚本改（金本作「覓」，商務本作「提」）。
㉚「刁鑽古怪」，「鑽」原作「讚」，從諸本改。
㉛「寶琴聽了……自去尋思」，「去」原作「有」，從諸本改。
㉜「鏤檀鐫梓」，「鏤」原作「樓」，從諸本改。
㉝「何曾聞得梵鈴聲」，「聞」原作「問」，從諸本改。
㉞「天上人間兩渺茫」，「兩」原作「雨」，從諸本改。
㉟「琅玕節過謹提防」，「謹」原作「講」，從諸本改。

注釋

1〔即景詩〕以眼前的景物為題材的詩。

2〔匝地句〕匝地，遍地；瓊瑤，美玉，比喻雪花潔白珍貴。

3〔飾〕裝飾，點綴。

4〔年稔（ㄖㄣˇ／rěn）句〕年稔，豐收年景。稔，穀熟。府，古代貯藏財物處，這裡指官府的糧倉。

5 〔葭（ㄐㄧㄚ／jiā）動灰飛管〕律管內葭灰飛動。葭，蘆葦；古代以音樂中的律呂與節氣相配，冬至相當於「黃鐘」。據說到「冬至」時刻，節氣一動，「黃鐘」律管兩端的蘆灰就自動飛了，以此來調音和測定節氣。

6 〔陽回斗轉杓〕北斗星轉換方位陽氣復生。陽，陽氣，古代認為四時變化是陰陽消長的結果：夏至時，陽氣最盛，陰氣始生；冬至則陰氣到了頂點，陽氣開始升起。斗，北斗七星；杓，七星連成杓形；斗轉杓，北斗杓柄在冬至時轉到「子」的方位，即指向正北。

7 〔麝煤〕一種名貴的墨，也叫麝香煤。因為大雪天冷，須在爐子上烤化才能使用。

8 〔綺（ㄑㄧˇ／qǐ）袖句〕綺，一種緹花的素色絹帛；籠，罩上，披上；金貂，金色的貂皮袍子。

9 〔香黏句〕漢代后妃的住處，用椒和泥塗牆壁，稱為椒房。

10 〔故故〕陣陣。

11 〔梅花笛〕吹奏「梅花落」曲調的笛聲。

12 〔碧玉簫〕飾有碧玉的簫，這裡指簫聲。

13 〔鰲（ㄠˊ／áo）愁句〕鰲，傳說中海裡的大鰲，古代認為大地馱於鰲背上。坤，古稱地為坤；坤軸，即地軸。這句說雪下得太大好像要把地壓塌了，所以馱著大地的鰲發愁。

14 〔龍鬥句〕龍鬥，指白雪像天空玉龍相鬥撕落的白色鱗片；陣雲，作戰時飛揚起來的塵埃，這裡指陰雲；銷，散，即雪止天晴。

15〔棹（ㄓㄠˋ／zhào）〕船槳，代指船。

16〔灞橋〕漢代橋名。在長安東，漢人送客至此橋，折柳贈別。唐朝相國鄭綮（ㄑㄧㄥˋ／qìng）善作詩，有人問：「相國近來作新詩沒有？」鄭綮回答：「詩思在灞橋風雪中，驢子上。」這裡指雪裡行吟事。

17〔裘（ㄑㄧㄡˊ／qiú）〕皮襖。

18〔坳垤（ㄠ ㄉㄧㄝˊ／āo dié）句〕坳，山間平地；垤，小土堆。審，細察；夷，平坦。

19〔枝柯〕即樹枝。柯，也是樹枝。

20〔剪剪〕形容冷風的尖利。

21〔苦茗〕苦茶，指濃茶。

22〔樵（ㄑㄧㄠˊ／qiáo）〕打柴。在此指砍柴的聲音。

23〔鴞（ㄒㄧㄠ／xiāo）〕猛禽，俗名貓頭鷹。

24〔墀（ㄔˊ／chí）〕臺階上面的空地，又指臺階。

25〔諴〕真心、實在。

26〔瑞釋句〕瑞，瑞雪，對莊稼有益的雪；釋，解除；九重，原指天，後稱帝王住處為九重，或代指帝王。焦，心裡焦躁。這是一句歌功頌德的詩。

27〔天機句〕天機，天宮的織機；縞（ㄍㄠˇ／gǎo），白色帶子。

28〔寂寞句〕亭臺樓榭因被大雪封住，無人去遊玩，所以很寂寞。

29〔清貧句〕簞（ㄉㄢ dān）瓢，見「論語・雍也」篇，「一簞食，一瓢飲」。原是孔子稱讚弟子顏回能安貧樂道的話，這裡只取貧賤的意思。簞，竹籃。

30〔沒〕埋沒，覆蓋。

31〔錦罽（ㄐㄧˋ jì）〕錦面毛毯。

32〔月窟句〕月窟，月中洞窟，指月宮；翻，傾瀉；銀浪，月光。這句是形容白雪如同月光傾瀉大地。

33〔霞城句〕霞城，即碧霞城，神話中仙人住的地方；隱，隱沒；赤標，即赤城山峰，傳說赤城山中有一峰，為人世間最高山峰。

34〔翡翠翹〕婦女的首飾。

35〔脈脈〕依戀不捨的情態。

36〔譯文〕

整整一夜北風怒號，
清晨開門只見雪花還飄。
潔白的雪花落在泥裡令人可惜，
遍地的白雪好似美玉可愛妖嬈。
雪花好像有意使枯草返青茂盛，
卻無心去點綴那些枯萎的禾苗。
名貴的村酒已經釀好，
豐收年景官府糧倉十分富饒。
冬至一到「黃鐘」律管上蘆葦灰自動飛去，
陽氣回升北斗星掉轉了柄杓。
寒冷的山巒已失去蒼翠的顏色，

凍結的水灘也不再掀起浪潮。
稀疏的柳枝容易沾上雪花，
破碎的芭蕉葉上白雪卻很難附著。
麝煤香墨須在火爐上融化，
身穿錦衣還需披上金色的貂皮襖。
雪天明亮賽過窗前的明鏡，
雪花芳香猶如塗在牆上的香椒。
凜冽的寒風仍然陣陣吹來，
清閑的夢境斷斷續續十分縹緲。
何處傳來吹奏「梅花落」的笛聲？
誰家庭院又吹起悠揚的洞簫？
鰲魚以為大雪要把地軸壓塌感到憂愁，
飛雪停止像玉龍戰罷雲散霧消。
一隻小船划回荒涼的河岸，
詩人騎馬行吟指向灞橋。
朝廷賞賜皮衣為了愛撫守邊的將士，
婦女惦念服役的親人受凍而加厚棉襖。
大雪蓋地要辨別道路的平坦和坎坷，
積雪壓枝在樹下怕的是風動樹搖。
在皚皚的雪地上腳步放輕而有節奏，
在尖利的寒風中走路則像翩翩舞蹈。
飲著濃茶觀賞著雪後新奇的景物，
孤傲的蒼松早同冰雪訂下盟約。
雪地上留下的足跡辨認出是大雁，
樹林裡間或傳來樵夫砍柴的擊敲。

無數突起的峰巒像一群伏臥的白象，
那蛇樣蜿蜒盤曲的是山間小道。
雪片因寒冷而凝結成花，
鮮明的色澤怎能怕霜而凋。
深深的庭院裡鳥兒因雪大而驚飛，
空曠的山野裡貓頭鷹因飢寒而悲號。
臺階上的白雪隨著梯蹬一層一層，
落在池塘裡的雪則隨著流水浮漂。
雪光照耀著就像清涼的拂曉，
繽紛的雪花直下到漫長夜宵。
不怕三尺深的寒冷真誠盼望下雪，
瑞雪解除了君王擔心歉收的焦躁。
窮苦百姓凍死路旁有誰過問？
富貴人家盡情遊樂歡天喜地把賓客招。
雪花飄飄像天上織女裁下了白色絹帶，
又像海市蜃樓上落下潔白輕軟的紗綃。
被大雪封住的樓臺亭榭格外寂寞，
過著清貧生活的人不要忘記簞、瓢。
爐上沖茶的水漸漸燒開，
溫酒用的柴草卻很難燃燒。
山上僧人打掃著淹沒掃帚的厚雪，
小孩子挑掘著被雪埋住的琴梢。
石樓裡睡著悠閑的白鶴，
錦面毛毯溫暖著可愛的小貓。
雪光閃動月光傾瀉大地，

大雪蓋地連霞城都失去了紅色誌標。
浸了雪的梅花分外香得像是可以咀嚼，
雪水濕潤的竹枝似可彈出動人的音調。
雪花有時打濕了腰中的鴛鴦錦帶，
有時又凝結到頭上戴的翡翠玉翹。
北風已停雪花還戀戀不捨地飛舞，
雖未下雨但雪花飄落也像雨聲瀟瀟。
即景聯句是想記錄下今天的歡樂，
借用詩篇歌頌像堯舜時代的王朝。

37 〔簡評〕聯句本是舊時學童練習作詩的作業課題，以後發展為文人賣弄才情的文字遊戲。這首長達三百五十字的「聯句」，絕大部分沒有特別意義，只是玩弄詞藻，遊戲文字，有些詩句有歌功頌德的味道，如「年稔府粱饒」、「瑞釋九重焦」、「憑詩祝舜堯」等。蘆雪庭宴會是在賈府由盛轉衰的轉折時期出現的，它反映了富貴子女閑適、愉悅的生活，同時預示賈府正面臨著「一夜北風緊」的光景。

38 〔蟠螭〕指龍的蜿蜒盤曲的樣子，這裡形容梅枝的姿態。

39 〔賦得〕舊時考試詩題的格式，有題目、有限韻。「賦得……」是應試答卷的通常寫法。

40 〔芳菲〕芳香。

41 〔魂飛句〕魂，指梅花的精盡。庾嶺，即大庾嶺，在江西、廣東交界處。那裡的梅花很著名，故又稱梅嶺。春，春色，在此指梅花的美。

42 〔霞隔句〕霞，梅花盛開像一片紅霞；羅浮，山名，在廣東；夢，是指趙師雄的故事。

傳說隋代趙師雄一日晚遊於羅浮，見一美人，穿著淡素服裝接他。師雄與她吃酒言談，醉後臥睡，醒來一看，原來是在大梅花樹下。

43 〔綠萼句〕萼，即花萼，花朵下面的托片，一般是綠色片狀物。添妝，增添紅妝。融，消融，燃燒。寶炬，貴重的蠟燭。

44 〔縞仙句〕扶醉，酒醉需人扶持，以醉顏點出花紅及其丰姿；殘虹，淡淡的彩虹。

45 〔譯文〕桃花還沒吐出芳香，杏花也沒露出嬌紅，
紅梅卻最先冒寒怒放笑迎東風。
梅花的精魂飛到庾嶺真是冬春難分，
花朵如霞隔住了羅浮山醉遇梅仙的好夢。
綠萼襯托的紅梅宛如燃燒著的蠟燭，
花枝帶雪像白衣仙子醉中跨過那淡淡的彩虹。
絢爛的紅梅那裡是尋常顏色，
她或濃或淡盡情開放在冰雪之中。

46 〔酸心句〕酸心，指梅花的花蕊有酸味；無恨，沒有怨恨之情；成灰，指紅梅花將落時變為灰暗色。

47 〔誤吞句〕相傳梅花木是白的，因誤吞了神奇的丹藥而換了骨骼，變成紅花（見宋代范成大「梅譜」）。

48 〔偷下句〕又相傳紅梅本是瑤池的碧桃，因偷下紅塵，而脫去舊形，變成紅梅。瑤池，古代傳說中崑崙山上的池名，西王母所居住的地方。

49 〔譯文〕我不顧吟白梅卻最願把紅梅描繪，
紅梅花冒嚴寒爭艷鬥麗令人陶醉。
她好像凍紅的美人臉露出血痕，

花蕊味酸雖無怨恨也變成暗灰。
白梅誤吃仙藥換了真骨幻成紅色，
瑤池的碧桃偷下紅塵脫去舊胎變紅梅。
大江南北梅花盛開如春光燦爛，
告訴蜂蝶勿把臘梅當桃李亂猜。

50〔閑庭曲檻〕閑靜的院子，曲折的欄杆。

51〔雪、霞〕雪指白梅，霞指紅梅。

52〔遊仙句〕香泛，清香漂浮；絳河，即銀河；槎（ㄔㄚˊ chá），木筏，這裡指神話中的仙筏。

53〔前身句〕前身，指前世；瑤臺，古人想像中的神仙居住處。

54〔無復句〕無復相疑，不要再去懷疑；色相差，容貌和形象不一樣。色相，容貌、形象。

55〔譯文〕稀疏的梅枝豔麗的紅花，
好似春天裝扮的少女競比豪華。
庭院裡和曲折欄杆邊不見白梅，
淙淙流水空曠山谷卻有紅梅似霞。
看著梅花好像夢中隨少女吹奏「梅花落」曲調，
散發著清香的花瓣在水中漂浮像銀河上的仙筏。
梅花前身定是在瑤臺種植，
不要懷疑她與仙境花兒的容貌有何遜差。

56〔開樽〕開始飲酒。樽，古代酒器。

57〔句未裁〕詩句還沒有修改好。裁，剪裁，引申為修改。

58〔問臘〕訪問臘梅。

59〔蓬萊〕傳說中的海上仙境。這裡比喻妙玉的住處。

60〔大士〕佛教稱菩薩為大士，這裡指妙玉。

61〔露〕甘露，傳說觀音菩薩手中拿瓶，瓶中盛甘露。

62〔孀娥〕神話中管冰霜的女神，這裡是指妙玉。

63〔入世二句〕詩歌的特殊修辭句法。將櫳翠庵比為仙境，折了梅回「去」稱「入世」；「來」到庵裡乞梅稱「離塵」。梅稱「冷香」，所以分「冷」、「香」於兩句之中。「挑紅雪」、「割紫雲」都喻折梅花。世與塵，即塵世，指人間。佛教徒把塵世與仙境、佛界相對。

64〔槎枒句〕槎枒，指梅花的枝杈；詩肩瘦，人們為作詩而瘦弱。

65〔譯文〕美酒未飲詩句還未推敲剪裁，
尋春光訪臘梅到了仙境蓬萊。
不是請求觀音菩薩給點淨瓶中的甘露，
而是向冰霜女神乞求一枝欄外紅梅。
我來到人世間為採梅到仙境去，
我離開人世間到櫳翠庵折了香梅回來。
我不顧體弱肩瘦將枝杈縱橫的梅花扛來，
衣服上還沾滿著佛院樹幹上的青苔。

66〔簡評〕這幾首紅梅詩藝術技巧是高超的。特別是寶琴那首，用巧妙的構思，豐富的想像，精練的語言，生動地描繪了紅梅花的情態，因此受到黛玉、湘雲等人的稱讚。而寶玉那首就有些遜色，黛玉的評價是「小巧」而已。這幾首詩都是為寫紅梅而寫紅梅，反映了富家子弟的閑情逸致。

67〔年疏〕這是年節時所用的一種向神求福的文字。

68〔仇十洲〕即仇英，字實父，號十洲。明代畫家。

69〔作法子〕這裡指抓住一件事不放鬆地立威、洩忿，含有作踐、蹂躪的意思。第六十回又寫作「扎筏子」。

70〔八字〕一個人出生的年、月、日、時，各有天干地支相配，每項用兩個字代替，四項就有八個字。根據這八個字，即可推算一個人的命運。

71〔「觀音未有世家傳」〕世家，「史記」中傳記的一體，主要敘述世襲封國的諸侯的事跡。這句意思是，觀音菩薩沒有人給他寫傳記。

72〔「在止於至善」〕「大學」中的一句。意思是說，在於到達完美的境界。

73〔「雖善無徵」〕「中庸」裡的一句。意思是，雖然好，但是沒法證明。徵，證明，驗證。

74〔山濤〕西晉文人，字巨源，為「竹林七賢」之一。

75〔螢可不是草化的〕古人認為螢火蟲是腐草變成的。「禮記・月令」：「季夏之月……腐草為螢。」這實際是不科學的，螢在夏季多就水邊草根產卵，並在水邊化蛹成長。古人生物知識貧乏，又觀察不細，致成上誤。

76〔溪壑分離〕指被耍的猴子離開了山溪。溪，山間的流水；壑，深溝。

77〔紅塵遊戲〕指猴子到人間鬧市玩把戲，供人作樂。紅塵，這兒指繁華的鬧市。

78〔真何趣〕真是有什麼趣！暗指世事如猴子耍戲，實在無趣。

79〔名利猶虛〕名利都是空的。猶，還。

80〔後事終難繼〕據「紅樓夢」上說，是指耍的猴子被剁了尾巴，也暗示了史湘雲的家世敗落。

81〔譯文〕

離開了深溝山溪，
到人間鬧市耍把戲，
真是有什麼趣！
名和利都是虛的，
後事難以相繼。

82〔偶戲人〕木偶戲中的人物。偶戲，即木偶戲，由演員操縱木偶以表演故事的戲劇。

83〔鏤檀鐫（ㄐㄩㄢ／juān）梓〕鏤，雕刻；鐫，鑿刻。檀、梓都是用於雕刻的較堅實的樹木。

84〔豈係句〕這句是說松球原是天然生長，並非人工所為。

85〔梵鈴〕指佛塔上的鈴。

86〔關於謎底〕清末王希廉「紅樓夢評」：「寶釵燈謎，似是樹上松球。」

87〔譯文〕

像檀、梓木雕刻玲瓏剔透的鱗片層層，
這是天然生長，那裡是能工巧匠堆砌成？
雖是懸在半天裡任它風吹雨打，
卻那裡聽到塔鈴的響聲？

88〔琅玕（ㄌㄤˊ ㄍㄢ／láng gān）節〕琅玕，竹的代稱。這裡是指竹林，是說風箏飛過竹林時要小心提防。

89〔鸞音句〕鸞鶴，都是指風箏的造型。鸞音鶴信，指風箏琴發出的聲音。凝睇，凝目觀望。

90〔唏噓句〕這句指風箏琴發出的聲音好似抽泣之聲。

91〔關於謎底〕王希廉「紅樓夢評」：「寶玉燈謎，似是風箏琴，俗名鴿鞭。」

92〔譯文〕

高飛在天空看去模糊渺茫，
飛過竹林時要謹慎提防。
要看到青鸞白鶴可從聲音方向凝望，
因為他喜歡用唏噓的聲響回答天蒼。

93〔騄駬（ㄌㄨˋ ㄦˇ／lù ěr）句〕原是周穆王的良馬。後指一般千里馬。這裡指走馬燈內轉動的紙馬。

94〔馳城句〕塹，深溝。這句寫紙馬的動態。

95〔風雲動〕走馬燈中有立軸，軸上有風輪，燭火使熱空氣上升，引起空氣流動。吹風輪，帶動紙人紙馬旋轉。這裡的風雲就是指此。

96〔鰲背句〕鰲背三山，傳說蓬萊、方丈、瀛洲三神山都在鰲背上。舊時正月十五，在皇宮前搭燈山，作鰲背神山形，稱鰲山。

97〔關於謎底〕清末周春「閱紅樓夢隨筆」：「黛玉『騄駬何勞縛紫繩』，擬猜走馬燈。」

98〔譯文〕

騄駬良馬那用費事拴上韁繩？
跨城牆越壕溝姿態勇猛。
靠主人指示風輪才能轉動，
在鰲山燈群中獨自成名。

99〔簡評〕這四個春燈謎，就其遊藝活動本身說，表現了富家少年的閑情逸致。值得注意的是，這幾首詩謎描繪了「名利猶虛」、「後事終難繼」、「渺茫」、

「唏噓」、「風雲動」、「謹提防」的悲涼、緊張的氣氛和情調，這正是顯赫家族的衰亡在這幾個人物心理上的反映。從詩的內容看，也表現了不同人物的不同思想感情。

100 〔懷古詩〕 以追念古人古事為內容的詩歌。

【第五十一回】
薛小妹新編懷古詩　胡庸醫亂用虎狼藥

話說眾人聞得寶琴將素昔所經過各省內古蹟為題❶，作了十首懷古絕句，內隱十物，皆說：「這自然新巧！」都爭著看時，只見寫道是：

赤壁懷古

赤壁[1]沉埋水不流[2]，徒留名姓載空舟。喧闐一炬悲風冷❷[3]，無限英魂在內遊[4][5]。

交趾[6]懷古

銅柱金城振紀綱[7]，聲傳海外播戎羌[8]。馬援[9]自是功勞大，鐵笛無煩說子房[10][11]。

鍾山[12]懷古

名利何曾伴女身❸[13]，無端被詔出凡塵[14]。牽連大抵難休絕[15]，莫怨他人嘲笑頻[16][17]。

淮陰[18]懷古

壯士須防惡犬欺[19]，三齊位定蓋棺時[20]。寄言世俗休輕鄙❹，一飯之恩[21]死也知[22]。

廣陵[23]懷古

蟬噪鴉棲轉眼過[24]，隋堤[25]風景近如何？只緣占盡風流[26]號[27]，惹得紛紛口舌多[28][29]。

桃葉渡[30]懷古

衰草閑花❺映淺池，桃枝桃葉總分離[31]。六朝梁棟多如許[32]，小照空懸壁上題[33][34]。

青冢[35]懷古

黑水茫茫咽不流[36]，冰弦撥盡曲中愁[37]。漢家制度誠堪笑[38]，樗櫟應慚萬古羞[39][40]。

馬嵬[41]懷古

寂寞脂痕積汗光[42]，溫柔一旦付東洋[43]。只因遺得風流跡[44]，此日衣裳尚有香[45][46]。

蒲東寺[47]懷古

小紅骨賤一身輕[48]，私掖偷攜強撮成[49]。雖被夫人時吊起[50]，已經勾引彼同行[51][52]。

梅花觀[53]懷古

不在梅邊在柳邊[54]，個中誰拾畫嬋娟[55]？團圓莫憶春香到[56]，一別西風又一年[57][58][59]。

眾人看了，都稱奇妙，寶釵先說道：「前八首都是史鑑[60]上有據的；後兩首卻無考，我們也不大懂得，不如另作兩首為是❻。」黛玉忙攔道：「這寶姐姐也忒『膠柱鼓瑟』❼[61]、矯揉造作了。兩首雖於史鑑上無考，咱們雖不曾看這些外傳[62]，不知底裡，難道咱們連兩本戲也沒見過不成，那三歲的孩子也知道，何況咱們？」探春便道：「這話正是了。」李紈又道：「況且他原走到這個地方的。這兩件事雖無考，古往今來，以訛傳訛，好事者竟故意的弄出這古蹟來以愚人。比如那年上京的時節，便是關夫子[63]的墳，倒見了三四處。關夫子一身事業，皆是有據的，如何又有許多的墳？自然是後來人敬愛他生前為人，只怕從這敬愛上穿鑿❽出來，也是有的。及至看『廣輿記』[64]上，不止關夫子的墳多，自古來有名望的人，那墳就不少❾。無考的古蹟更多。如今這兩首詩雖無考，凡說書唱戲，甚至於求的籤[65]上都有。老少男女，俗語口頭，人人皆知皆說的。況且又並不是看了『西廂記』『牡丹亭』的詞曲，怕看了邪書了。這也無妨❿，只管留著。」寶釵聽說，方罷了。大家猜了一回，皆不是的。

冬日天短，覺得又是吃晚飯時候，一齊往前頭來吃晚飯。因有人回王夫人說：「襲人的哥哥花自芳，在外頭回進來說，他母親病重了，想他女兒。他來求恩典，接襲人家去走走。」王夫人聽了，便說：「人家母女一場，豈有不許他去的呢！」一面就叫了鳳姐來告訴了，命他酌量辦理。

鳳姐兒答應了，回至屋裡，便命周瑞家的去告訴襲人緣故。吩咐周瑞家的：「再將跟著出門的媳婦傳一個，你們兩個人，再帶兩個小丫頭子，跟了襲人去。分頭派四個有年紀的跟車。要一輛大車，你們帶著坐；一輛小車，給丫頭們坐。」周瑞家的答應了，才要去。鳳姐又道：「那襲人是個省事的，你告訴說我的話：叫他穿幾件顏色好衣裳，大大的包一包袱衣裳拿著，包袱要好好的，拿手爐也拿好的。臨走時，叫他先到這裡來我瞧。」周瑞家的答應去了。

半日，果見襲人穿戴了，兩個丫頭和周瑞家的拿著手爐和衣包。鳳姐看襲人頭上戴著幾枝金釵珠釧，倒也華麗；又看身上穿著桃紅百花刻絲銀鼠襖，蔥綠盤金彩繡綿裙，外面穿著青緞灰鼠褂。鳳姐笑道：「這三件衣裳都是老太太的，賞了你，倒是好的⓫；但這褂子太素了些，如今穿著也冷，你該穿一件大毛的。」襲人笑道：「太太就給了這件灰鼠的，還有件銀鼠的，說趕年下再給大毛的呢。」鳳姐笑道：「我倒有一件大毛的，我嫌風毛[66]出得不好了，正要改去，——也罷，先給你穿去罷。等年下太太給你作的時節，我再改罷，只當你還我一樣。」

眾人都笑道：「奶奶慣會說這話。成年家大手大腳的，替太太不知背地裡賠墊了多少東西，真真賠的是說不出來的，那裡又和太太算去？偏這會子又說這小器話取笑來了。」鳳姐兒笑道：「太太那裡想得到這些？究竟這又不是正經事。再不照管，也是大家的體面；說不得我自己吃些虧，把眾人打扮體統了；寧可我得個好名兒也罷了：一個一個『燒糊了的饞子』似的，人先笑話我，說我當家倒把人弄出個花子來了。」眾人聽了，都嘆說：「誰似奶奶這麼著聖明！在上體貼太太，在下又疼顧下人。」

一面說，一面只見鳳姐命平兒將昨日那件石青刻絲八團[67]天馬皮褂子拿出來，給了襲人。又看包袱，只得一個彈墨花綾水紅綢裡⓬的夾包袱，裡面只見包著兩件半舊綿襖合皮褂子。鳳姐又命平兒把一個玉色綢裡的哆羅呢包袱拿出來，又命包上一件雪褂子。平兒走去拿了出來：一件是半舊大紅猩猩氈的，一件是半舊大紅羽緞的。襲人道：「一件就當不起了。」平兒笑道：「你拿這猩猩氈的。把這件順手帶出來，叫人給邢大姑娘送去。——昨兒那麼大雪，人人都穿著不是猩猩氈，就是羽緞的，十來件大紅衣裳，映著大雪，好不齊整！只有他穿著那幾件舊衣裳，越發顯得拱肩縮背，好不可憐見的！如今把這件給他罷。」

鳳姐笑道：「我的東西，他私自就要給人。我一個還花不夠，再添上你提著，更好了！」眾人笑道：「這都是奶奶素日孝敬太太，疼愛下人；要是奶奶素日是小器的，收著東西為事的⓭，不顧下人的，姑娘那裡敢這麼著？」鳳姐笑道：「所以知道我的，也就是他還知三分罷了。」說著，又囑咐襲人道：「你媽要好了就罷；要不中用了，只得住下，打發人來回我，我再另打發人給你送鋪蓋去。可別使他們的鋪蓋和梳頭的傢伙。」又吩咐周瑞家的道：「你們自然是知道這裡的規矩的，也不用我吩咐了。」周瑞家的答應：「都知道：我們這去到那裡，總叫他們的人迴避。要住下，必是另要一兩間內房的。」說著，跟了襲人出去，又吩咐小廝預備燈籠，遂坐車往花自芳家來，不在話下。

這裡鳳姐又將怡紅院的嬤嬤喚了兩個來，吩咐道：「襲人只怕不來家了。你們素日知道那個大丫頭知好歹，派出來在寶玉屋裡上夜。你們也好生照管著，別由著寶玉胡鬧。」兩個嬤嬤答應著去了，一時來回說：「派了晴雯和麝月在屋裡，我們四個人原是輪流著帶管上夜的。」鳳姐聽了點頭，又說道：「晚上催他早睡，早上催他早起。」老嬤嬤們答應了，自回園去。

一時果有周瑞家的帶了信回鳳姐，說：「襲人之母業已停床，不能回來。」鳳姐回明了王夫人，一面著人往大觀園去取他的鋪蓋妝奩。寶玉看著晴雯麝月二人打點妥當。送去之後，晴雯麝月皆卸罷殘妝，脫換過裙襖。晴雯只在熏籠[68]上圍坐，麝月笑道：「你今兒別裝小姐了，我勸你也動一動兒。」晴雯道：「等你們都去淨了，我再動不遲。有你們一日，我且受用一日。」麝月笑道：「好姐姐，我鋪床，你把那穿衣鏡的套子放了來，上頭的划子[69]划上。你的身量比我高些。」說著，便去給寶玉鋪床。晴雯「嗐」了一聲，笑道：「人家才坐暖和了，你就來鬧。」

此時寶玉正坐著納悶，想襲人之母不知是死是活，忽聽見晴雯如此說，便自己起身出去，放下鏡套，划上消息。進來笑道：「你們暖和罷，我都弄完了。」晴雯笑道：「終久暖和不成，我又想起來，湯婆子[70]還沒拿來呢。」麝月道：「這難為你想著！他素日又不要湯壺，咱們那熏籠上又暖和，比不得那屋裡炕涼，今兒可以不用。」寶玉笑道：「你們兩個都在那上頭睡了，我這外邊沒個人，我怪怕的，一夜也睡不著。」晴雯道：「我是在這裡睡的，麝月，你叫他往外邊睡去。」說話之間，天已一更⓮，麝月早已放下簾幔，移燈炷香，伏侍寶玉臥下，二人方睡。晴雯自在熏籠上，麝月便在暖閣外邊。

至三更以後，寶玉睡夢之中，便叫襲人。叫了兩聲，無人答應，自己醒了，方想起襲人不在家，自己也好笑起來。晴雯已醒，因喚麝月道：「連我都醒了，他守在旁邊還不知道，真是挺死尸呢！」麝月翻身打個哈什[71]，笑道：「他叫襲人，與我什麼相干⓯！」因問：「作什麼？」寶玉說：「要吃茶。」麝月忙起來，單穿著紅綢小綿襖兒。寶玉道：「披了我的皮襖再去，仔細冷著。」麝月聽說，回手便把寶玉披著起來的一件貂頦[72]滿襟暖襖披上，下去向盆內洗洗手，先倒了一鍾溫水，拿了大漱盂，寶玉漱了口，然後才向茶桶上取了茶碗，先用溫水過了，向暖壺中倒了半碗茶，遞給寶玉吃了；自己也漱了一漱，吃了半碗。晴雯笑道：「好妹妹，也賞我一口兒呢！」麝月笑道：「越發上臉兒了！」晴雯道：「好妹妹，明兒晚上你別動，我伏侍你一夜，如何？」麝月聽說，只得也伏侍他漱了口，倒了半碗茶，給他吃了。麝月笑道：「你們兩個別睡，說著話兒，我出去走走回來。」晴雯笑道：「外頭有個鬼等著呢。」寶玉道：「外頭自然有大月亮的。我們說著話，你只管去。」一面說，一面便嗽了兩聲。

麝月便開了後房門，揭起氈簾一看，果然好月色。晴雯等他出去，便欲唬他玩耍，仗著素日比別人氣壯，不畏寒冷，也不披衣，只穿著小襖，便躡手躡腳的下了熏籠，隨後出來。寶玉勸道：「罷呀，凍著不是玩的！」

晴雯只擺手，隨後出了屋門，只見月光如水。忽聽一陣微風，只覺侵肌透骨，不禁毛骨悚然。心下自思道：「怪道人說熱身子不可被風吹，這一冷果然利害。」一面正要唬他，只聽寶玉在內高聲說道：「晴雯出來了！」晴雯忙回身進來，笑道：「那裡就唬死了他了？偏慣會這麼蝎蝎螫螫⑯[73]老婆子的樣兒！」寶玉笑道：「倒不是怕唬壞了他，頭一件你凍著也不好；二則他不防，不免一喊，倘或驚醒了別人，不說咱們是玩意兒，倒反說：『襲人才去了一夜，你們就見神見鬼的。』——你來把我這邊的被掖掖罷。」晴雯聽說，就上來掖了一掖，伸手進去，就渥一渥。寶玉笑道：「好冷手！我說看凍著！」一面又見晴雯兩腮如胭脂一般，用手摸一摸，也覺冰冷。寶玉道：「快進被來渥渥罷。」

一語未了，只聽「咯噔」的一聲門響，麝月慌慌張張的笑著進來，說著笑道：「唬我一跳好的！黑影子裡，山子石後頭，只見一個人蹲著；我才要叫喊，原來是那個大錦雞，見了人，一飛飛到亮處來，我才見了。要冒冒失失一嚷，倒鬧起人來。」一面說，一面洗手；又笑道：「說晴雯出去了？我怎麼沒見？一定是要唬我去了。」寶玉笑道：「這不是他？在這裡渥著呢！我若不嚷得快，可是倒唬一跳。」晴雯笑道：「也不用我唬去，這小蹄子已經自驚自怪的了。」一面說，一面仍回自己被中去。麝月道：「你就這麼『跑解馬』的打扮兒[74]，伶伶俐俐的出去了不成？」寶玉笑道：「可不就是這麼出去了！」麝月道：「你死不揀好日子！你出去自站一站瞧，把皮不凍破了你的！」說著又將火盆上的銅罩揭起，拿灰鍬重將熟炭埋了一埋，拈了兩塊速香放上，仍舊罩了。至屏後，重剔亮了燈，方才睡下。

晴雯因方才一冷，如今又一暖，不覺打了兩個噴嚏。寶玉嘆道：「如何！到底傷了風了。」麝月笑道：「他早起就嚷不受用，一日也沒吃碗正經飯，他這會子不說保養著些，還要捉弄人；明兒病了，叫他自作自受。」寶玉問道：「頭上熱不熱？」晴雯嗽了兩聲，說道：「不相干，那裡這麼嬌嫩起來了！」

說著，只聽外間屋裡槅上的自鳴鐘「噹噹」的兩聲，外間值宿的老嬤嬤嗽了兩聲，因說道：「姑娘們睡罷，明兒再說笑罷。」寶玉方悄悄的笑道：「咱們別說話了，看又惹他們說話。」說著，方大家睡了。

至次日起來，晴雯果覺有些鼻塞聲重，懶怠動彈。寶玉道：「快別聲張！太太知道了，又要叫你搬回家去養著。家裡縱好，到底冷些，不如在這裡。你就在裡間屋裡躺著，我叫人請了大夫，悄悄的從後門進來瞧瞧就是了。」晴雯道：「雖這麼說，你到底要告訴大奶奶一聲兒；不然，一時大夫來了，人問起來，怎麼說呢？」寶玉聽了有理，便喚一個老嬤嬤來，吩咐道：「你回大奶奶去，就說晴雯白冷著了些，不是什麼大病。襲人又不在家，他若家去養病，這裡更沒有人了。傳一個大夫，從後門悄悄的進來瞧瞧，別回太太了。」

老嬤嬤去了，半日回來說：「大奶奶知道了，說：兩劑藥好了便罷；若不好時，還是出去為是。如今的時氣不好，沾染了別人事小，姑娘們的身子要緊。」晴雯睡在暖閣裡，只管咳嗽，聽了這話，氣得嚷道：「我那裡就害瘟病了？生怕招了人！我離了這裡，看你們這一輩子都別頭疼腦熱的！」說著，便真要起來。寶玉忙按他，笑道：「別生氣，這原是他的責任，生恐太太知道了說他。不過白說一句。你素昔又愛生氣，如今肝火自然又盛了。」

正說時，人回：「大夫來了。」寶玉便走過來，避在書架後面，只見兩三個後門口的老婆子帶了一個太醫進來。這裡的丫頭都迴避了，有三四個老嬤嬤，放下暖閣上的大紅繡幔，晴雯從幔中單伸出手來。那大夫見這隻手上有兩根指甲，足有二三寸長，尚有金鳳仙花染得通紅的痕跡，便回過頭來。有一個老嬤嬤忙拿了一塊絹子掩上了。那大夫方診了一回脈，起身到外間，向嬤嬤們說道：「小姐的症是外感內滯。近日時氣不好，竟算是個小傷寒。幸虧是小姐，素日飲食有限，風寒也不大，不過是氣血原弱，偶然沾染了些，吃兩劑藥疏散疏散就好了。」說著，便又隨婆子們出去。

彼時李紈已遣人知會過後門上的人及各處丫鬟迴避，大夫只見了園中景致，並不曾見一個女子。一時出了園門，就在守園門的小廝們的班房內坐了，開了藥方。老嬤嬤道：「老爺且別去，我們小爺囉唆，恐怕還有話問。」那太醫忙道：「方才不是小姐，是位爺不成？那屋子竟是繡房，又是放下幔子來瞧的，如何是位爺呢？」老嬤嬤笑道：「我的老爺，怪道小子才說：『今兒請了一位新太醫來了。』真不知我們家的事！那屋子是我們小哥兒的，那人是屋裡的丫頭，——倒是個大姐；那裡的小姐的繡房？小姐病了，你那麼容易就進去了！」說著，拿了藥方進去。

寶玉看時，上面有紫蘇、桔梗[75]、防風、荊芥等藥，後面又有枳實[76]、麻黃。寶玉道：「該死，該死！他拿著女孩兒們也像我們一樣的治法，如何使得？憑他有什麼內滯，這枳實、麻黃如何禁得？誰請了來的？快打發他去罷！再請一個熟的來罷。」老嬤嬤道：「用藥好不好，我們不知道。如今再叫小廝去請王大夫去倒容易，只是這個大夫又不是告訴總管房請的，這馬錢是要給他的。」寶玉道：「給他多少？」婆子道：「少了不好，看來得一兩銀子，才是我們這樣門戶的禮。」寶玉道：「王大夫來了，給他多少？」婆子笑道：「王大夫和張大夫每常來了，也並沒個給錢的，不過每年四節，一大躉兒[77]送禮；那是一定的年例。這個人新來了一次，須得給他一兩銀子。」

寶玉聽說，就命麝月去取銀子。麝月道：「花大姐姐還不知擱在那裡呢？」寶玉道：「我常見著在那小螺甸櫃子裡拿銀子，我和你找去。」說著，二人來至襲人堆東西的屋內，開了螺甸櫃子⓱，上一槅都是些筆墨、扇子、香餅[78]、各色荷包、汗巾等類的東西；下一槅卻有幾串錢。於是開了抽屜，才看見一個小笸籮內放著幾塊銀子⓲，倒也有戥子。麝月便拿了一塊銀子⓳，提起戥子來問寶玉：「那是一兩的星兒？」寶玉笑道：「你問得我有趣兒，你倒成了是才來的了！」麝月也笑了，又要去問人。寶玉道：「揀那大的給他一塊就是了。又不作買賣，算這些作什麼！」

麝月聽了，便放下戥子，揀了一塊，掂了一掂笑道：「這一塊只怕是一兩了。寧可多些好，別少了叫那窮小子笑話：不說咱們不認得戥子，倒說咱們有心小器似的。」那婆子站在門口笑道：「那是五兩的錠子夾了半個，這一塊至少還有二兩呢！這會子又沒夾剪，姑娘收了這塊，揀一塊小些的。」麝月早關了櫃子出來，笑道：「誰又找去呢，多少你拿了去就完了！」寶玉道：「你快叫焙茗再請個大夫來罷。」婆子接了銀子，自去料理。

一時焙茗果請了王大夫來，先診了脈，後說病症，也與前頭不同。方子上果然沒有枳實、麻黃等藥，倒有當歸、陳皮、白芍等藥，那分兩較先也減了些。寶玉喜道：「這才是女孩兒們的藥。雖疏散，也不可太過。舊年我病了，卻是傷寒，內裡飲食停滯，他瞧了，還說我禁不起麻黃、石膏、枳實等狼虎藥[20]。我和你們就如秋天芸兒進我的那才開的白海棠似的；我禁不起的藥，你們那裡禁得起[21]？比如人家墳裡的大楊樹，看著枝葉茂盛，都是空心子的。」麝月笑道：「野墳裡只有楊樹，難道就沒有松柏不成？最討人嫌的是楊樹，那麼大樹，只一點子葉子，沒一點風兒，他也是亂響。你偏要比他，你也太下流了。」寶玉笑道：「松柏不敢比，連孔夫子都說：『歲寒然後知松柏之後凋』[79]呢。可知這兩件東西高雅，不害臊的才拿他混比呢。」

說著，只見老婆子取了藥來。寶玉命把煎藥的銀吊子找了出來，就命在火盆上煎。晴雯因說：「正經給他們茶房裡煎去罷咧！弄得這屋裡藥氣，如何使得？」寶玉道：「藥氣比一切的花香還香呢！神仙採藥燒藥，再者高人逸士採藥治藥，最妙的一件東西！這屋裡我正想各色都齊了，就只少藥香，如今恰全了。」一面說，一面早命人煨上。又囑咐麝月打點些東西，叫個老嬤嬤去看襲人，勸他少哭。一一妥當，方過前邊來賈母王夫人處請安吃飯。

正值鳳姐兒和賈母王夫人商議說：「天又短，又冷，不如以後大嫂子帶著姑娘們在園子裡吃飯[22]；等天暖和了，再來回的跑，也不妨。」王夫人笑道：「這也是好主意。刮風下雪倒便宜，吃東西受了冷氣也不好；空心走來，一肚子冷氣，壓上些東西也不好。不如園子後門裡頭的五間大屋子，橫豎有女人們上夜的，挑兩個女廚子在那裡單給他姐妹弄飯。新鮮菜蔬是有份例的，在總管賬房裡支了去，或要錢，或要東西[23]。那些野雞獐狍各樣野味，分些給他們就是了。」賈母道：「我也正想著呢，就怕又添廚房事多些。」鳳姐道：「並不事多：一樣的份例，這裡添了，那裡減了。就便多費些事，小姑娘們受了冷氣，別人還可，第一，林妹妹如何禁得住？就連寶玉兄弟也禁不住。況兼眾位姑娘都不是結實身子。」鳳姐兒說畢，未知賈母何言，且聽下回分解。

■校記

❶「素昔所經過各省內古蹟為題」，「昔」原作「性」，從諸本改。
❷「喧闐一炬悲風冷」，「炬」原作「矩」，從諸本改。
❸「名利何曾伴女身」，「女」脂本作「汝」。
❹「寄言世俗休輕鄙」，「言」原作「信」，從諸本改。
❺「衰草閑花」，「閑」，王本作「殘」。
❻「不如另作兩首為是」，「另」原作「在」，從諸本改。
❼「膠柱鼓瑟」，「瑟」原作「琴」，從諸本改。
❽「穿鑿」原作「穿鑑」，從諸本改。
❾「自古來有名望的人，那墳就不少」，「自」原作「有」，從脂本改。
❿「這也無妨」，「妨」原作「訪」，從諸本改。
⓫「這三件衣裳都是老太太的，賞了你，倒是好的」，「的賞」原作「賞的」，從諸本改。脂本無「老」字，戚本但作「這三件衣裳都是太太賞的」。
⓬「水紅綢裡」，「綢」原作「調」，從諸本改。
⓭「收著東西為事的」，「收著」王本、脂本作「只以」。
⓮「天已一更」，「一」脂本作「二」。
⓯「相干」原作「想干」，從諸本改。
⓰「蝎蝎螫螫」原作「蝎蝎螯螯」，從諸本改。
⓱「二人來至……屋內，開了螺甸櫃子」，「了」原作「的」，從諸本改。
⓲「於是開了抽屜，才看見……」，「開」原作「看」，從諸本改。
⓳「麝月便拿了一塊銀子」，原無「子」字，從脂本增。
⓴「禁不起麻黃……等狼虎藥」，「麻」原作「脈」，從諸本改。
㉑「我和你們就如秋天芸兒進我的那才開的白海棠似的，我禁不起的藥，你們那裡禁得起」，脂本作「我和你們一比，我就如那野墳圈子裡長的幾十年的一棵老楊樹，你們就如秋天芸兒進我的那才開的白海棠，

連我禁不起的藥，你們如何禁得起」。又乙本第二「禁」字原作「經」，今統一改為「禁」字。

㉒「天又短，又冷，不如以後大嫂子帶著姑娘們在園子裡吃飯」，「以後」原作「等」，從諸本改。

㉓「或要錢，或要東西」，第二「或」字原無，從脂本增。

■注釋

1〔赤壁〕漢末建安十三年曹操與孫權、劉備聯軍會戰的戰場。在湖北省蒲圻縣西北的長江南岸。西元二〇八年，曹操率兵五十萬，進攻孫權。孫權聯合劉備，出兵三萬，利用曹軍有疫疾，又不慣水戰，用火攻燒曹軍船隻，大破曹軍。關於本詩的謎底，周春「閱紅樓夢隨筆」：「第一赤壁懷古，擬猜走馬燈之用戰艦水操者」。

2〔沉埋水不流〕是說當年的兵船、屍骨、兵器都埋在地下，以致使水都不流了。對謎語說，是指燈內轉動布景上所畫的水，實際是不會流動的。

3〔喧闐（ㄒㄩㄢ ㄊㄧㄢˊ／xuān tián）句〕喧闐，形容兵士紛亂嘈雜；一炬，一把火，這裡兼指燈內蠟燭；悲風冷，也是兼指燈內吹動風輪的冷空氣。

4〔無限句〕指赤壁之戰燒溺死的兵士的精魂在江中遊蕩，兼指燈內的紙人形象來往轉動。

5〔譯文〕赤壁鏖戰屍骨沉船阻得江水不流，
戰死的將士白把姓名留在空舟。
一把火燒得曹兵悲號淒慘，
無數英烈的鬼魂在江中蕩遊。

6〔交趾〕古郡名。漢武帝元鼎六年（即西元前一一一年）設置的一個郡，轄郡相當於今越南北部。東漢光武帝建武十六年（即西元四〇年），交趾太守蘇定對郡內麊泠縣雒將之女徵側的丈夫朱鳶人詩索繩之以法（也有的說殺了她的丈夫）。徵側十分勇悍，一怒之下，便夥同她的妹妹徵貳發動了攻打交趾郡的叛亂。東漢王朝為了維護國家的統一，派大將馬援平定了這次叛亂。到東漢末三國時將交趾郡改為交州。西元五九〇年隋開皇十年又改為交趾縣，轄境逐漸縮小。謎底，徐鳳儀「紅樓夢偶得」：「交趾似隱喇叭。」

7 〔銅柱句〕 銅柱，馬援到交趾，曾立兩根銅柱，以表記功。金城，漢郡名，在今甘肅南部、青海東部一帶。據「馬援傳」載，建武十一年，馬援為隴西太守，曾率軍平定西羌族叛亂。這是加強中央集權維護國內統一的措施，故云「振紀綱」。紀綱，典章法度。對謎語說，金城和銅柱是指喇叭外形。

8 〔聲傳句〕 指馬援聲名遠傳交趾和中國西部地區。戎，古代我國西部地區的邊疆民族叫「戎」；羌（ㄑㄧㄤ／qiāng），古代邊疆民族名，在今甘肅、四川一帶；播，傳布。此句隱喻喇叭聲傳四方。

9 〔馬援〕 東漢光武帝劉秀的大將，為了維護東漢的統治，曾帶兵西擊羌族，南征交趾，北逐匈奴，晚年死在進兵武陵五溪的戰場上，為東漢政權立下了汗馬功勞。

10 〔鐵笛句〕 晉朝崔豹「古今注」：「『武溪深』，乃馬援南征之所作也。援門生爰寄生善吹笛，援作歌以和之，名曰『武溪深』。」子房，即劉邦的謀士張良。傳說漢軍圍項羽於垓下時，張良曾吹笛，引起楚軍鄉思，瓦解楚軍軍心。

11 〔譯文〕
平定交趾、金城叛亂加強中央集權，
馬援的名聲在邊疆也廣泛流傳。
他為東漢王朝立下的戰功實在大，
後人無須再把張良的吹笛之功談。

12〔鍾山〕又名紫金山、北山，位於南京市北。這首懷古詩是指南齊周顒藉隱居鍾山沽名釣譽，後又出來作官的事（見孔稚珪「北山移文」呂尚注）。本詩謎底，徐鳳儀「紅樓夢偶得」：「鍾山似隱傀儡。」

13〔名利句〕女，通汝，你。這句指周顒（ㄩㄥˊ yóng）初隱時的假象。對謎語說，指傀儡本是無知之物，與名利無關。

14〔無端句〕指周顒「應詔出為海鹽令」的事。暗指傀儡被人操縱。

15〔牽連句〕對謎語說，暗指傀儡被絲繩牽引。

16〔嘲笑頻〕指周顒被孔稚珪等人嘲笑。「北山移文」：「於是南嶽獻嘲，北隴騰笑。」亦暗指觀眾看木偶戲時的發笑。

17〔譯文〕功名利祿那裡曾伴隨你身，
無緣無故奉詔令進入世俗紅塵。
你同塵世名利牽扯大概很難斷絕，
被別人嘲諷你也不必怨恨。

18〔淮陰〕縣名，在今江蘇省淮陰縣。漢高祖封韓信為淮陰侯於此。這首詩寫韓信事。韓信是劉邦的大將，在楚漢戰爭中，立下了功勞。謎底，徐鳳儀「紅樓夢偶得」：「淮陰似隱馬桶。」

19〔壯士句〕指韓信年輕時被人逼迫鑽褲襠受侮辱的事。就謎語說，指大便須防狗。

20〔三齊句〕三齊，項羽滅秦後，分故齊地為膠東、齊、濟北三國，是為「三齊」。劉邦曾立韓信為齊王，「三齊位定」即指韓信即齊王位；蓋棺，蓋棺論定，最後論定的意思。此句暗喻蓋馬桶蓋。

21〔一飯之恩〕指韓信報恩事。韓信年輕時，在城下釣魚，餓了，有一個洗衣婦給他飯吃，

22〔譯文〕韓信封王時，贈千金給洗衣婦，作為報答。
壯士需要防備惡狗來欺，
三齊王職位定於蓋棺之時。
告訴世俗之人不要輕視韓信，
一頓飯的恩情他死也不會忘記。

23〔廣陵〕古郡名，即今江蘇省江都。這首詩是寫隋煬帝（楊廣）開鑿運河，巡遊揚州的事。謎底，徐鳳儀「紅樓夢偶得」：「廣陵似隱柳木牙籤。」

24〔蟬噪句〕指隋堤上柳林中的景象。

25〔隋堤〕隋煬帝開鑿運河兩岸種柳，叫「隋堤」。

26〔風流〕這裡指隋煬帝坐龍舟三下揚州遊玩享樂的事。

27〔上三句皆隱指柳樹〕首句為柳林之景，次句「隋堤風景」也暗指柳，因過去情人送別多折楊柳相贈，故三句「風流」亦隱柳樹。

28〔惹得句〕隋時開鑿運河，隋煬帝藉此遊樂，因此，歷代人們對他唾罵。隱指柳木牙籤供人放在口裡剔牙之用。

29〔譯文〕蟬鳴鳥棲的景象轉眼已過，
隋堤風景現在如何？
只因隋煬帝獨得風流稱號，
惹得後人議論紛紛指責多。

30〔桃葉渡〕江蘇南京秦淮河渡口。晉朝豪門文士王獻之的愛妾名桃葉，曾在此渡河與獻之分別，獻之作歌送她。後人便把這個渡口命名為「桃葉渡」。謎底，周春「閱紅樓夢隨筆」：「第六桃葉懷古擬猜圓扇。」

31 〔衰草二句〕首句寫殘秋景色，隱秋涼意；次句指桃花扇不用了，要與人分離。

32 〔六朝句〕六朝文武官員們的愛妾，命運多半像桃葉這樣分手而去。梁棟，古稱大臣為棟梁；多如許，多半像這樣。

33 〔小照句〕小照，畫像；題，王獻之曾在壁上題字。這句隱指桃花扇掛在牆上不用了。

34 〔譯文〕枯草野花倒映在清澈的水池裡，
桃葉桃花到這時就要分離。
六朝有很多大官把妻妾拋棄，
美女畫像空掛在題著字的牆壁。

35 〔青冢〕即漢朝王昭君墓，在今呼和浩特南大黑河岸。「大同府志」上說：「塞草皆白，唯此草青，故名（青冢）。」王昭君，即王嬙，漢元帝時的宮女。漢元帝把她賜給匈奴呼韓邪單于為「閼氏」（皇后）。這首詩即寫此事。謎底，徐鳳儀「紅樓夢偶得」：「青冢似隱墨斗。」

36 〔黑水句〕黑水，河名。隱指墨斗中墨汁不會流動。

37 〔冰弦句〕冰弦，指琵琶弦，王昭君曾於馬上彈琵琶。此句隱喻彈墨線。

38 〔漢家句〕漢元帝將美女賜給單于，想達到「邊陲長無兵革之事」的目的，這是實在可笑的。

39 〔樗櫟（ㄕㄨ ㄌㄧˋ／shū lì）句〕樗，臭椿；櫟，柞樹。古人認為這兩種樹不能成材，因此，常用此比喻無用之人，這裡指漢元帝。對謎語，是說那些不成材的木料在墨線度量下，應感到慚愧羞恥。

40 〔譯文〕茫茫的黑水河哽咽不流，

琵琶弦彈奏出曲中的哀愁。
漢元帝用美女安定邊疆實在可笑，
昏庸人這樣作應感到萬古慚羞。

41〔馬嵬（ㄨㄟˊ／wéi）〕即馬嵬坡，在今陝西興平西。唐朝安史之亂，唐玄宗從長安西奔成都，被迫在這裡縊死楊貴妃（見陳鴻「長恨歌傳」）。謎底，周春「閱紅樓夢隨筆」：「第八馬嵬懷古擬猜楊妃冠子白芍藥」（花名）。

42〔寂寞句〕這句以貴妃死時的面容喻白芍藥。脂痕，指花之白；汗光，指花上露珠。

43〔溫柔句〕指楊貴妃被縊死事。

44〔只因句〕風流跡，指下句注中提到的「錦香囊」。對謎語說，指被風吹落的白芍藥花瓣。

45〔衣裳尚有香〕唐玄宗縊死楊貴妃，埋於驛西道旁。玄宗從四川返回時，密令改葬，傳說開墓後見楊貴妃肌膚已壞，而胸前錦香囊仍在。

46〔譯文〕寂寞的臉上塗著脂粉汗珠閃著光，
溫情柔順的貴妃霎時消逝付諸東洋。
只因她留下了錦香囊的風流遺跡，
直到開墓那天身上的衣裳仍有餘香。

47〔蒲東寺〕王實甫雜劇「西廂記」中虛構的寺名，在今山西蒲州，蒲之東有寺叫普救寺。這首詩寫紅娘幫助張生、崔鶯鶯結合的事（見元稹「鶯鶯傳」或王實甫「西廂記」）。謎底，「石頭記・護花主人評」：「蒲東寺懷古似指紅天燈。」

48〔小紅句〕小紅，指崔鶯鶯之婢女紅娘；骨賤，說紅娘地位低賤。對謎語說，紅天燈色紅體輕。

49 〔私掖句〕指紅娘為張生、崔鶯鶯撮合。掖，扶持。亦暗喻手提燈籠。

50 〔夫人時吊起〕夫人，指鶯鶯之母鄭氏；時吊起，鄭氏曾因張、崔私會拷打紅娘。亦暗指燈籠被人掛起來。

51 〔已經句〕已經勾引他們，一道把事作成。暗指人行路時打著燈籠。

52 〔譯文〕紅娘地位低賤一身輕，
偷偷地把張生鶯鶯的愛情撮合成。
她雖被崔母鄭氏吊起拷打，
張生已與鶯鶯結成夫妻同行。

53 〔梅花觀〕「牡丹亭」虛擬的庵觀名。傳說杜麗娘墓在此。本詩詠「牡丹亭」中柳夢梅和杜麗娘的愛情故事。謎底，徐鳳儀「紅樓夢偶得」：「梅花觀似隱紈扇。」

54 〔不在句〕是杜麗娘在自畫像上題詩中的一句。原詩後兩句是：「他年得傍蟾宮客，不在梅邊在柳邊。」一句中暗含柳夢梅的姓名。對謎語說，梅和柳代表兩個不同的季節，梅花開時，氣候寒冷，用不到團扇；柳樹成蔭，天氣炎熱，正好用扇，故說「不在梅邊在柳邊」。

55 〔個中句〕個中，此中，這裡邊；嬋娟，美女；拾畫嬋娟，指柳夢梅於梅花觀拾得杜麗娘自畫像事，也兼指團扇上的畫。

56 〔團圓句〕這句寫杜麗娘死後三年而復生之後跟父母團圓事。當時在朝廷對證，杜麗娘的丫頭春香未在場（「牡丹亭・圓駕」）。

57 〔一別句〕概指杜麗娘死而復活到團圓的時間。破棺「回生」是在春天，中經一番周

58 〔譯文〕

折，到團圓已是秋天。對謎語說，從秋風吹時收起扇，到現在使用，又過了一年。

不在梅花旁便在柳樹邊，
誰在此處拾到麗娘美容的畫卷？
團圓對證時不要想春香未到，
離別秋風至今重逢又是一年。

59 〔簡評〕

這十首懷古詩表現了作者對歷史人物的看法和評價。有些是正確的，如對馬援和韓信的讚揚，對周顒和隋煬帝的諷刺，對張生、崔鶯鶯和柳夢梅、杜麗娘的愛情的歌頌等。但詩的調子哀惋、悲傷，流露了「悲風冷」、「總分離」、「付東洋」、「別西風」的描寫。這也從側面表現了四大家族之一的薛家的衰敗。

用懷古詩製謎語，構思精巧。但謎底到底是什麼？清末的老紅學家王希廉（即護花主人）、周春、徐鳳儀等都做了各種各樣的猜測，我們的注釋選用了他們的擬猜。

現在有些人認為，這十首懷古詩不是什麼燈謎，而是另有深刻的意義。名曰懷古，實則悼今，它是「紅樓夢」的「錄鬼簿」，是對已死和將死的大觀園女兒的哀歌——這才是真正的「謎底」。十首絕句是分詠九個女子的。「赤壁懷古」是總說。寫這個大家族在衰敗過程中，死亡累累。「無限英魂在內遊」，表示死亡者實際不限於寫到的九個人。「交趾懷古」是說賈元春的。頭四個字脂本作「銅鑄金鏞」，金鏞，即宮中金鐘。這裡用以隱指宮闈。「聲傳海外」，寫晉封貴妃的烜赫聲勢。「鍾山懷古」是說李紈的。她青春喪偶，心如「槁木死灰」，不曾為「名利」所繫。後來其子賈蘭「爵祿高登」，她「戴珠冠，披鳳襖」，「被詔出凡塵」。至於被他人嘲笑，正如第五回「冊子」中判詞所說：「枉與他人作笑談。」

「淮陰懷古」是說王熙鳳的。「惡犬」指賈璉，原來，他怕鳳姐，後來鳳姐反被他所欺，以至休棄。王熙鳳獨操大權，主持榮國府，協理寧國府，以及包攬外界訴訟、放債等事的「三齊位」，都確「定」於秦可卿「蓋棺」之時，這時，也正是決「定」她將來的下場的時刻。詩的後兩句是說劉姥姥後來救了巧姐，報了鳳姐借銀的「一飯之恩」。

「廣陵懷古」是說晴雯的，她的冊子的判詞「霽月難逢，彩雲易散」與本詩首句相合，她因為生得比別人略好些，伶俐些，因此擔了風流的虛名，死於讒言，故說「只緣占得風流，惹出紛紛口舌多」。

「桃葉渡懷古」是說賈迎春的。「衰草閑花映淺池」，寫迎春被接出大觀園後，紫菱洲一帶的淒涼景象。「桃枝桃葉」本是同根，喻寶玉、迎春的兄妹關係。

「青塚懷古」是說香菱的。她的「冊子」上所畫的「一方池沼，其中水涸泥乾」的圖景與本詩首句所寫相合。香菱永別故鄉親人，身世淒涼，這是第二句所寓的意思。「漢家制度誠堪笑」，寫橫暴的薛蟠卻很懼內，被悍婦夏金桂捏在手裡，實在「堪笑」，薛蟠這樣不成材的「樗櫟」，真該永遠被人恥笑。

「馬嵬懷古」是說秦可卿的。前兩句寫她「淫喪天香樓」，懸梁自盡。書中寫她「行事又溫柔和平」，所以用「溫柔」二字。後兩句寫寶玉在她房中「神遊太虛境」事。

「蒲東寺懷古」是說金釧的。「身輕骨賤」指她婢女的身分。「私掖偷攜」寫金釧和寶玉私下拉拉扯扯。因此「寬仁慈厚」的王夫人給了金釧一巴掌，逼她走上了絕路，但這又怎能改變寶玉對她的親近態度呢？死後，寶玉還偷偷祭奠她。

「梅花觀懷古」是說林黛玉的。杜麗娘受傳統禮教的約束，婚姻不自由，抑鬱而死，在這點上與林黛玉很像。「畫嬋娟」在這裡是「鏡中月」、「水中花」

的意思，說寶玉的願望終於成了「畫餅」。黛玉不能像麗娘那樣死而復生，所以第三句說不能「團圓」。按脂評說，後來瀟湘館「落葉蕭蕭，寒烟漠漠」，末句似寫寶玉「對境思顰兒」所見之景象。

60〔史鑑〕歷史書。如「通鑑」、「綱鑑」之類。鑑，鏡子。觀察歷史，從中吸取經驗、教訓，把它當作鏡子。

61〔膠柱鼓瑟〕瑟是一種古樂器，上面有架弦調音的柱。鼓是彈。膠黏住柱再彈瑟，是比喻人的固執不化。

62〔外傳〕這裡指為正史所不載的傳奇小說人物傳記。

63〔關夫子〕即關羽，三國時蜀國大將，字雲長。「關夫子」即是對他的「尊稱」。

64〔廣輿記〕明陸應暘（ㄧㄤˊ／yáng）編的一部地理書。

65〔求的籤〕舊時寺廟中備有編號的竹片（竹籤），以供信徒抽取，向神佛問事吉凶，叫求籤。

66〔風毛〕皮衣服邊緣露出的裝飾性的毛邊，叫作風毛。

67〔八團〕一件褂上繡八個團花圖案，是婦女的一種「高貴」禮服。

68〔熏籠〕扣在炭盆上邊的一種箱形透氣的籠罩器具，又名「火箱」。

69〔划（ㄏㄨㄚˊ／huá）子〕這裡指鏡子框上一種用來壓住鏡簾可以撥轉的小籤子。下文「划」字是動詞。因屬機括性質，所以稱它為「消息」。

70〔湯婆子〕銅、錫等製的一種專為冬天暖被窩用的暖水壺，又名「湯壺」。

71〔哈什〕一般寫作「呵欠」。

72〔貂頦（ㄉㄧㄠ　ㄏㄞˊ／diāo hái）〕貂下巴部分的皮毛，可作衣料。頦，下巴。

73〔蝎蝎螫螫〕問題不大，而過分地表示關心、憐惜。

74〔跑解馬的打扮兒〕跑解馬，又名「跑馬解」，是一種民間技藝，表演者均穿短衣。這裡是指穿短衣而言。

75〔桔梗（ㄐㄧㄝˊ　ㄍㄥˇ／jié gěng）〕多年生草本植物，根可入藥。

76〔枳（ㄓˇ／zhǐ）實〕枳，也叫「臭桔」，果實可入藥，稱枳實。

77〔一大躉（ㄉㄨㄣˇ／dǔn）兒〕共總，積累到一起，叫作「一大躉兒」。也說「一打躉兒」或「打躉兒」，見第五十七回。

78〔香餅〕香料製成的小餅。可以佩帶，也可以燃燒。

79〔「歲寒然後知松柏之後凋」〕語見「論語・子罕」。意思是，天氣冷了，然後才看出松柏樹是最後凋謝的。

【第五十二回】

俏平兒情掩蝦鬚鐲[1]　勇晴雯病補孔雀裘[2]

話說賈母道：「正是這個了。上次我要說這話，我見你們大事多，如今又添出些事來，你們固然不敢抱怨，未免想著我只顧疼這些小孫子孫女兒們，就不體貼你們這當家人了。你既這麼說出來，便好了。」因此時薛姨媽李嬸娘都在座，邢夫人及尤氏等也都過來請安，還未過去，賈母因向王夫人等說道：「今日我才說這話，素日我不說：一則怕逞了鳳丫頭的臉，二則眾人不服。今日你們都在這裡，都是經過妯娌姑嫂的，還有他這麼想得到的沒有？」薛姨媽、李嬸娘、尤氏齊笑說：「真個少有！別人不過是禮上的面情兒，實在他是真疼小姑子小叔子。就是老太太跟前，也是真孝順。」賈母點頭嘆道：「我雖疼他，我又怕他太伶俐了，也不是好事。」鳳姐兒忙笑道：「這話老祖宗說差了。世人都說：『太伶俐聰明怕活不長。』世人都說，世人都信，獨老祖宗不當說，不當信：老祖宗只有伶俐聰明過我十倍的，怎麼如今這麼福壽雙全的？只怕我明兒還勝老祖宗一倍呢。我活一千歲後，等老祖宗歸了西，我才死呢。」賈母笑道：「眾人都死了，單剩咱們兩個老妖精，有什麼意思！」說得眾人都笑了。

寶玉因惦記著晴雯等事，便先回園裡來。到了屋中，藥香滿室，一人不見，只有晴雯獨臥於炕上，臉上燒得飛紅。又摸了一摸，只覺燙手；忙又向爐上將手烘暖，伸進被去摸了一摸身上，也是火熱。因說道：「別人去了也罷，麝月秋紋也這麼無情，各自去了？」晴雯道：「秋紋是我攆了他去吃飯了，麝月是方才平兒來找他出去了。兩個人鬼鬼祟祟的，不知說什麼。——必是說我病了不出去。」寶玉道：「平兒不是那樣人。況且他並不知你病特來瞧你，想來一定是找麝月來說話，偶然見你病了，隨口說特瞧你的病，這也是人情乖覺[3]取和兒的常事。便不出去，有不是，與他何干❶？你們素日又好，斷不肯為這無干的事傷和氣。」晴雯道：「這話也是，只是疑他為什麼忽然又瞞起我來？」

寶玉笑道：「等我從後門出去，到那窗戶根下聽聽說些什麼，來告訴你。」說著，果從後門出去，至窗下潛聽：麝月悄悄問道：「你怎麼就得了的？」平兒道：「那日彼時洗手時不見了，二奶奶就不許吵嚷；出了園子，即刻就傳給園裡各處的嬤嬤們，小心訪查。我們只疑惑邢姑娘的丫頭，本來又窮，只怕小孩子家沒見過，拿起來是有的，再不料定是你們這裡的。幸而二奶奶沒有在屋裡，你們這裡的宋媽去了，拿著這支鐲子，說是小丫頭墜兒偷起來的，被他看見，來回二奶奶的。我趕忙接了鐲子。想了一想：寶玉是偏在你們身上留心用意、爭勝要強的，那一年有個良兒偷玉，剛冷了這二年，閑時還常有人提起來趁願；這會子又跑出一個偷金子的來了——而且更偷到街坊家去了！偏是他這麼著，偏是他的人打嘴。所以我倒忙叮嚀宋媽千萬別告訴寶玉，只當沒有這事，總別和一個人提起。第二件，老太太、太太聽了生氣。三則襲人和你們也不好看。所以我回二奶奶，只說：『我往大奶奶那裡去來著，誰知鐲子褪了口，丟在草根底下，雪深了，沒看見。今兒雪化盡了，黃澄澄的映著日頭，還在那裡呢，我就揀了起來。』二奶奶也就信了，所以我來告訴你們。你們以後防著他些，別使喚他到別處去。等襲人回來，你們商議著，變個法子打發出去就完了。」麝月道：「這小娼婦也見過些東西，怎麼這麼眼淺？」平兒道：「究竟這鐲子能多重！原是二奶奶的，說這叫作『蝦鬚鐲』；倒是這顆珠子重了。晴雯那蹄子是塊爆炭，要告訴了他，他是忍不住的，一時氣上來，或打或罵，依舊嚷出來，所以單告訴你留心就是了。」說著，便作辭而去。

寶玉聽了，又喜，又氣，又嘆：喜的是平兒竟能體貼自己的心；氣的是墜兒小竊；嘆的是墜兒那樣伶俐，作出這醜事來。因而回至房中，把平兒之話一長一短告訴了晴雯，又說：「他說你是個要強的，如今病了，聽了這話，越發要添病的，等好了再告訴你。」晴雯聽了，果然氣得蛾眉倒蹙，鳳眼圓睜，即時就叫墜兒。寶玉忙勸道：「這一喊出來❷，豈不辜負了平兒待你我的心呢？不如領他這個情，過後打發他出去，就完了。」晴雯道：「雖如此說，只是這氣如何忍得住？」寶玉道：「這有什麼氣的？你只養病就是了。」

晴雯服了藥，至晚間又服了二和，夜間雖有些汗，還未見效，仍是發燒頭疼鼻塞聲重。次日，王太醫又來診視，另加減湯劑。雖然稍減了燒，仍是頭疼。寶玉便命麝月：「取鼻烟來，給他聞些，痛打幾個噴嚏，就通快了。」麝月果真去取了一個金鑲雙金星玻璃小扁盒兒來，遞給寶玉。寶玉便揭開盒蓋，裡面是個西洋琺瑯的黃髮赤身女子，兩肋又有肉翅，裡面盛著些真正上等洋烟。晴雯只顧看畫兒，寶玉道：「聞些，走了氣就不好了。」晴雯聽說，忙用指甲挑了些，抽入鼻中；不見怎麼，便又多多挑了些抽入。忽覺鼻中一股酸辣，透入顖門[4]，接連打了五六個噴嚏，眼淚鼻涕，登時齊流。晴雯忙收了盒子，笑道：「了不得，辣！快拿紙來！」早有小丫頭子遞過一搭子細紙，晴雯便一張一張的拿來擤鼻子。寶玉笑問：「如何？」晴雯笑道：「果然通快些，只是太陽還疼。」寶玉笑道：「越發盡用西洋藥治一治，只怕就好了。」說著，便命麝月：「往二奶奶要去，就說我說了❸：姐姐那裡常有那西洋貼頭疼的膏子藥，叫作『依佛哪』，我尋一點兒。」

麝月答應了，半日，果然拿了半節來。便去找了一塊紅緞子角兒，鉸了兩塊指頂大的圓式，將那藥烤和了，用簪挺攤上。晴雯自拿著一面靶兒鏡子貼在兩太陽上。麝月笑道：「病得蓬頭鬼一樣，如今貼了這個，倒俏皮了！二奶奶貼慣了，倒不大顯。」說畢，又向寶玉道：「二奶奶說了：明兒是舅老爺的生日，太太說了叫你去呢。明兒穿什麼衣裳？今兒晚上好打點齊備了，省得明兒早起費手。」寶玉道：「什麼順手就是什麼罷了，一年鬧生日也鬧不清！」說著，便起身出房，往惜春屋裡去看畫兒。剛到院門外邊，忽見寶琴小丫頭名小螺的從那邊過去，寶玉忙趕上問：「那裡去？」小螺笑道：「我們二位姑娘都在林姑娘屋裡呢，我如今也往那裡去。」

寶玉聽了，轉步也便和他往瀟湘館來。不但寶釵姐妹在此，且連岫烟也在那裡，四人團坐在熏籠上敘家常。紫鵑倒坐在暖閣裡，臨窗戶作針線。一見他來，都笑說：「又來了一個！沒了你的坐處了。」寶玉笑道：「好一幅『冬閨集艷圖』！可惜我遲來了！橫豎這屋子比各屋子暖，這椅子坐著並不冷。」說著，便坐在黛玉常坐的地方——上搭著灰鼠椅搭一張椅上。因見暖閣之中有一玉石條盆，裡面攢三聚五栽著一盆單瓣水仙，寶玉便極口讚道：「好花！這屋子越暖，這花香得越濃。怎麼昨兒沒見？」黛玉笑道：「這是你家的大總管賴大奶奶送薛二姑娘的兩盆水仙、兩盆臘梅：他送了我一盆水仙，送了雲丫頭一盆臘梅。我原不要的，又恐辜負了他的心。你若要，我轉送你如何？」寶玉道：「我屋裡卻有兩盆，只是不及這個。琴妹妹送你的，如何又轉送人，這個斷斷使不得。」黛玉道：「我一日藥吊子不離火，我竟是藥培著呢，那裡還擱得住花香來熏？越發弱了。況且這屋子裡一股藥香，反把這花香攪壞了。不如你抬了去，這花兒倒清淨了，沒什麼雜味來攪他。」寶玉笑道：「我屋裡今兒也有個病人煎藥呢，你怎麼知道的？」黛玉笑道：「這說奇了❹。我原是無心話，誰知你屋裡的事？你不早來聽古記兒[5]，這會子來了，自驚自怪的。」

寶玉笑道：「咱們明兒下一社又有了題目了：就詠水仙、臘梅。」黛玉聽了，笑道：「罷，罷！再不敢作詩了。作一回，罰一回，沒得怪羞的！」說著，便兩手握起臉來。寶玉笑道：「何苦來！又打趣我作什麼？我還不怕臊呢，你倒握起臉來了。」寶釵因笑道：「下次我邀一社，四個詩題，四個詞題。每人四首詩，四首詞。頭一個詩題『詠太極圖[6]』，限『一先』的韻，五言排律；要把『一先』的韻都用盡了，一個不許剩。」寶琴笑道：「這一說，可知是姐姐不是真心起社了，這分明是難人。要論起來，也強扭得出來，不過顛來倒去，弄些『易經』[7]上的話生填，究竟有何趣味！我八歲的時節，跟我父親到西海沿上買洋貨，誰知有個真真國[8]的女孩子，才十五歲，那臉面就和那西洋畫上的美人一樣，也披著黃頭髮，打著聯垂[9]，滿頭戴著都是瑪瑙[10]、珊瑚[11]、貓兒眼[12]、祖母綠❺[13]，身上穿著金絲織的鎖子甲[14]，洋錦襖袖；帶著倭刀[15]，也是鑲金嵌寶的，實在畫兒上也沒他那麼好看。有人說他通中國的詩書，會講『五經』，能作詩填詞，因此我父親央煩了一位通官[16]，煩他寫了一張字，就寫他作的詩。」

眾人都稱道奇異。寶玉忙笑道：「好妹妹，你拿出來我們瞧瞧。」寶琴笑道：「在南京收著呢，此時那裡去取？」寶玉聽了，大失所望，便說：「沒福得見這世面！」黛玉笑拉寶琴道：「你別哄我們：我知道你這一來，你的這些東西，未必放在家裡，自然都是要帶上來的。這會子又扯謊，說沒帶來。他們雖信，我是不信的。」寶琴便紅了臉，低頭微笑不答❻。寶釵笑道：「偏這顰兒慣說這些話，你就伶俐得太過了。」黛玉笑道：「帶了來，就給我們見識見識也罷了。」寶釵笑道：「箱子籠子一大堆，還沒理清呢，知道在那個裡頭呢？等過些日子收拾清了找出來，大家再看罷了。」又向寶琴道：「你要記得，何不念念我們聽聽？」寶琴答道：「記得他作的五言律一首，要論外國的女子，也就難為他了。」寶釵道：「你且別念，等我把雲兒叫了來，也叫他聽聽。」說著，便叫小螺來，吩咐道：「你到我那裡去，就說我們這裡有一個外國的美人來了，作的好詩，『請你這「詩瘋子」來瞧去』；再把我們『詩呆子』也帶來。」

小螺笑著去了。半日，只聽湘雲笑問：「那一個外國的美人來了？」一頭說，一頭走，和香菱來了。眾人笑道：「人未見形，先已聞聲。」寶琴等讓坐，遂把方才的話重告訴了一遍。湘雲笑道：「快念來聽聽。」寶琴因念道：

> 昨夜朱樓[17]夢，今宵水國[18]吟。島雲蒸大海，嵐氣接叢林。
> 月本無今古，情緣自淺深[19]。漢南春歷歷[20]，焉[21]得不關心[22][23]？

眾人聽了，都道：「難為他！竟比我們中國人還強。」

一語未了，只見麝月走來，說：「太太打發了人來告訴二爺，明兒一早往舅舅那裡去，就說太太身上不大好，不得親身來。」寶玉忙站起來答應道：「是。」因問寶釵寶琴：「你們二位可去？」寶釵道：「我們不去。昨兒單送了禮去了。」大家說了一回方散。

寶玉因讓諸姐妹先行，自己在後面，黛玉便又叫住他，問道：「襲人到底多早晚回來？」寶玉道：「自然等送了殯才來呢。」黛玉還有話說，又不能出口，出了一回神，便說道：「你去罷。」寶玉也覺心裡有許多話，只是口裡不知要說什麼，想了一想，也笑道：「明兒再說罷。」一面下臺階，低頭正欲邁步，復又忙回身問道：「如今夜越發長了，你一夜咳嗽幾次？醒幾遍？」黛玉道：「昨兒夜裡好了，只咳嗽兩遍；卻只睡了四更一個更次，就再不能睡了。」寶玉又笑道：「正是有句要緊的話，這會子才想起來。」一面說，一面便挨近身來，悄悄道：「我想寶姐姐送你的燕窩——」

一語未了，只見趙姨娘走進來瞧黛玉，問：「姑娘這幾天可好了？」黛玉便知他從探春處來，從門前過，順路的人情，忙陪笑讓坐，說：「難得姨娘想著，怪冷的，親自走來。」又忙命倒茶，一面又使眼色給寶玉。寶玉會意，便走了出來。正值吃晚飯時，見了王夫人，又囑咐他早去。寶玉回來，看晴雯吃了藥。此夕寶玉便不命晴雯挪出暖閣來，自己便在晴雯外邊。又命將熏籠抬至暖閣前，麝月便在熏籠上睡。一宿無話。

至次日，天未明，晴雯便叫醒麝月道：「你也該醒了，只是睡不夠！你出去叫人給他預備茶水，我叫醒他就是了。」麝月忙披衣起來道：「咱們叫他起來，穿好衣裳，抬過這火箱[24]去，再叫他們進來：老嬤嬤們已經說過，不叫他在這屋裡，怕過了病氣；如今他們見咱們擠在一處，又該嘮叨了。」晴雯道：「我也是這麼說。」

二人才叫時，寶玉已醒了，忙起身披衣。麝月先叫進小丫頭子來收拾妥了，才命秋紋等進來，一同伏侍。寶玉梳洗已畢，麝月道：「天又陰陰的，只怕下雪，穿一套氈子的罷。」寶玉點頭，即時換了衣裳。小丫頭便用小茶盤捧了一蓋碗建蓮紅棗湯來，寶玉喝了兩口；麝月又捧過一小碟法製紫薑來，寶玉噙了一塊；又囑咐了晴雯，便忙往賈母處來。

賈母猶未起來，知道寶玉出門，便開了屋門，命寶玉進去。寶玉見賈母身後寶琴面向裡睡著未醒。賈母見寶玉身上穿著荔枝色哆羅呢的箭袖❼，大紅猩猩氈盤金彩繡石青妝緞沿邊的排穗褂。賈母道：「下雪呢麼？」寶玉道：「天陰著，還沒下呢！」賈母便命鴛鴦來，「把昨兒那一件孔雀毛的氅衣給他罷。」鴛鴦答應走去，果取了一件來。寶玉看時，金碧輝煌，碧彩閃灼，又不似寶琴所披之鳧靨裘[25]。只聽賈母笑道：「這叫作『雀金呢』❽，這是俄羅斯國拿孔雀毛拈了線織的。前兒那件野鴨子的，給了你小妹妹，這件給你罷。」寶玉磕了一個頭，便披在身上。賈母笑道：「你先給你娘瞧瞧去再去。」

寶玉答應了，便出來，只見鴛鴦站在地下揉眼睛。因自那日鴛鴦發誓絕婚之後，他總不合寶玉說話，寶玉正自日夜不安，此時見他又要迴避，寶玉便上來笑道：「好姐姐，你瞧瞧，我穿著這個好不好？」鴛鴦一摔手，便進賈母屋裡來了。寶玉只得到了王夫人屋裡，給王夫人看了，然後又回至園中，給晴雯麝月看過，來回覆賈母說：「太太看了，只說可惜了的，叫我仔細穿，別糟蹋了。」賈母道：「就剩了這一件，你糟蹋了也再沒了。這會子特給你作這個，也是沒有的事。」說著，又囑咐：「不許多吃酒，早些回來。」

寶玉應了幾個「是」。老嬤嬤跟至廳上，只見寶玉的奶兄李貴、王榮和張若錦、趙亦華、錢升、周瑞六個人，帶著焙茗、伴鶴、鋤藥、掃紅四個小廝，背著衣包，拿著坐褥，籠著一匹雕鞍彩轡的白馬，已伺候多時了。老嬤嬤又囑咐他們些話，六個人連應了幾個「是」，忙捧鞍墜鐙，寶玉慢慢的上了馬，李貴王榮籠著嚼環，錢升周瑞二人在前引導，張若錦趙亦華在兩邊，緊貼寶玉身後。寶玉在馬上笑道：「周哥，錢哥，咱們打這角門走罷，省了到老爺的書房門口，又下來。」周瑞側身笑道：「老爺不在書房裡，天天鎖著，爺可以不用下來罷了。」寶玉笑道：「雖鎖著，也要下來的。」錢升李貴都笑道：「爺說得是。就托懶不下來，倘或遇見賴大爺林二爺，雖不好說爺，也要勸兩句。所有的不是，都派在我們身上，又說我們不教給爺禮了。」周瑞錢升便一直出角門來。

正說話時，頂頭見賴大進來，寶玉忙籠住馬，意欲下來。賴大忙上來抱住腿。寶玉便在鐙上站起來，笑著，攜手說了幾句話。接著又見個小廝帶著二三十人，拿著掃帚簸箕進來，見了寶玉，都順牆垂手立住，獨為首的小廝打了個千兒，說：「請爺安。」寶玉不知名姓，只微笑點點頭兒。馬已過去，那人方帶人去了。於是出了角門。外有李貴等六人的小廝並幾個馬夫，早預備下十來匹馬專候，一出角門，李貴等各上馬前引，一陣烟去了，不在話下。

這裡晴雯吃了藥，仍不見病退，急得亂罵大夫，說：「只會哄人的錢，一劑好藥也不給人吃。」麝月笑勸他道：「你太性急了，俗語說：『病來如山倒，病去如抽絲。』又不是老君的仙丹[26]，那有這麼靈藥？你只靜養幾天，自然就好了。你越急越著手。」晴雯又罵小丫頭子們：「那裡攢沙[27]去了！瞅著我病了，都大膽子走了。明兒我好了，一個個的才揭了你們的皮！」唬得小丫頭子定兒忙進來問：「姑娘作什麼？」晴雯道：「別人都死了，就剩了你不成？」說著，只見墜兒也蹭進來了。晴雯道：「你瞧瞧這小蹄子！不問他還不來呢！這裡又放月錢了，又散果子了，你該跑在頭裡了。你往前些！我是老虎，吃了你？」

墜兒只得往前湊了幾步，晴雯便冷不防，欠身一把將他的手抓住，向枕邊拿起一丈青[28]來，向他手上亂戳，又罵道：「要這爪子作什麼？拈不動針，拿不動線，只會偷嘴吃！眼皮子又淺，爪子又輕，打嘴現世的，不如戳爛了！」墜兒疼得亂喊。麝月忙拉開，按著晴雯躺下，道：「你才出了汗，又作死[29]！等你好了，要打多少打不得？這會子鬧什麼！」

晴雯便命人叫宋嬤嬤進來，說道：「寶二爺才告訴了我，叫我告訴你們，墜兒很懶，寶二爺當面使他，他撥嘴兒不動，連襲人使他，他也背地裡罵。今兒務必打發他出去，明兒寶二爺親自回太太就是了。」宋嬤嬤聽了，心下便知鐲子事發，因笑道：「雖如此說，也等花姑娘回來，知道了，再打發他。」晴雯道：「寶二爺今兒千叮嚀萬囑咐的，什麼『花姑娘』『草姑娘』的，我們自然有道理！你只依我的話，快叫他家的人來領他出去。」麝月道：「這也罷了。早也是去，晚也是去，早帶了去，早清淨一日。」

宋嬤嬤聽了，只得出去，喚了他母親來，打點了他的東西。又見了晴雯等，說道：「姑娘們怎麼了？你姪女兒不好，你們教導他，怎麼攆出去？也到底給我們留個臉兒。」晴雯道：「這話只等寶玉來問他，與我們無干。」那媳婦冷笑道：「我有膽子問他去？他那一件事不是聽姑娘們的調停？他縱依了，姑娘們不依，也未必中用！比如方才說話，雖背地裡，姑娘就直叫他的名字；在姑娘們就使得，在我們就成了野人了！」

晴雯聽說，越發急紅了臉，說道：「我叫了他的名字了，你在老太太、太太跟前告我去；說我野，也攆出我去！」麝月道：「嫂子，你只管帶了人出去，有話再說。這個地方豈有你叫喊講理的？你見誰和我們講過理❾？別說嫂子你，就是賴大奶奶林大娘也得擔待我們三分。就是叫名字，從小兒直到如今，都是老太太吩咐過的，你們也知道的：恐怕難養活，巴巴的寫了他的小名兒各處貼著，叫萬人叫去，為的是好養活，連挑水挑糞花子都叫得，何況我們！連昨兒林大娘叫了一聲『爺』，老太太還說呢。——此是一件。二則我們這些人，常回老太太、太太的話去，可不叫著名回話，難道也稱『爺』？那一日不把『寶玉』兩字叫二百遍，偏嫂子又來挑這個了！過一天嫂子閑了，在老太太、太太跟前聽聽，我們當著面兒叫他，就知道了。嫂子原也不得在老太太、太太跟前當些體統差使，成年家只在三門外頭混，怪不得不知道我們裡頭的規矩。這裡不是嫂子久站的，再一會，不用我們說話，就有人來問你了。有什麼分證的話，且帶了他去，你回了林大娘，叫他來找二爺說話。家裡上千的人，他也跑來，我也跑來，我們認人問姓還認不清呢！」說著，便叫小丫頭子：「拿了擦地的布來擦地！」

那媳婦聽了，無言可對，亦不敢久站，賭氣帶了墜兒就走。宋嬤嬤忙道：「怪道你這嫂子不知規矩：你女兒在屋裡一場，臨去時也給姑娘們磕個頭。沒有別的謝禮，他們也不稀罕，不過磕個頭盡心罷咧，怎麼說走就走？」墜兒聽了，只得翻身進來，給他兩個磕頭，又找秋紋等。他們也並不睬他。那媳婦嗐聲嘆氣，口不敢言，抱恨而去。

晴雯方才又閃了風，著了氣，反覺更不好了。翻騰至掌燈，剛安靜了些，只見寶玉回來，進門就嗐聲頓腳。麝月忙問緣故，寶玉道：「今兒老太太喜喜歡歡的給了這件褂子，誰知不防，後襟子上燒了一塊，幸而天晚了，老太太、太太都不理論。」一面脫下來，麝月瞧時，果然有指頂大的燒眼，說：「這必定是手爐裡的火迸上了。這不值什麼，趕著叫人悄悄拿出去叫個能幹織補匠人織上就是了。」說著，就用包袱包了，叫了一個嬤嬤送出去，說：「趕天亮就有才好，千萬別給老太太、太太知道！」

婆子去了半日，仍舊拿回來，說：「不但織補匠，能幹裁縫、繡匠並作女工的，問了，都不認得這是什麼，都不敢攬。」麝月道：「這怎麼好呢？明兒不穿也罷了。」寶玉道：「明兒是正日子，老太太、太太說了，還叫穿過這個去呢！偏頭一日就燒了，豈不掃興！」

晴雯聽了半日，忍不住，翻身說道：「拿來我瞧瞧罷！沒那福氣穿就罷了！這會子又著急。」寶玉笑道：「這話倒說得是。」說著，便遞給晴雯[10]，又移過燈來，細瞧了一瞧。晴雯道：「這是孔雀金線的。如今咱們也拿孔雀金線，就像界線[30]似的界密了，只怕還可混得過去。」麝月笑道：「孔雀線現成的，但這裡除你，還有誰會界線？」晴雯道：「說不得我掙命罷了！」

寶玉忙道：「這如何使得？才好了些，如何作得活！」晴雯道：「不用你蝎蝎螫螫的，我自知道。」一面說，一面坐起來，綰了一綰頭髮，披了衣裳，只覺頭重身輕，滿眼金星亂迸，實實掌不住。待不作，又怕寶玉著急，少不得狠命咬牙捱著，便命麝月只幫著拈線。晴雯先拿了一根比一比，笑道：「這雖不很像，要補上也不很顯。」寶玉道：「這就很好，那裡又找俄羅斯國的裁縫去？」晴雯先將裡子拆開，用茶杯口大小一個竹弓釘繃在背面，再將破口四邊用金刀刮得散鬆鬆的，然後用針縫了兩條，分出經緯，亦如界線之

晴雯

法，先界出地子來，後依本紋來回織補⓫。補兩針，又看看；織補不上三五針，便伏在枕上歇一會。寶玉在旁，一時又問：「吃些滾水不吃？」一時又命：「歇一歇。」一時又拿一件灰鼠斗篷替他披在背上，一時又拿個枕頭給他靠著：急得晴雯央道：「小祖宗，你只管睡罷，再熬上半夜，明兒眼睛摳摟[31]了，那可怎麼好⓬？」

寶玉見他著急，只得胡亂睡下；仍睡不著。一時只聽自鳴鐘已敲了四下，剛剛補完；又用小牙刷慢慢的剔出氄毛[32]來。麝月道：「這就很好，要不留心，再看不出的。」寶玉忙要了瞧瞧，笑說：「真真一樣了。」晴雯已嗽了幾聲⓭，好容易補完了，說了一聲：「補雖補了，到底不像，——我也再不能了！」「噯喲」了一聲，就身不由主睡下了。要知端底，且看下回分解。

校記

❶「有不是，與他何干」，原作「又不與他何干」，從諸本改。

❷「這一喊出來」，「喊」原作「嘁」，從諸本改。

❸「往二奶奶要去，就說我說了」，「去」原作「說」，從諸本改。

❹「黛玉笑道，這說奇了」，「黛玉」原作「寶玉」，從諸本改。

❺「貓兒眼、祖母綠」，「綠」字原在下句「金絲」上，從諸本移。

❻「低頭微笑不答」，「微」下原重一「微」字，從諸本刪。

❼「哆羅呢的箭袖」，「呢」原作「泥」，從脂本改。

❽「雀金呢」，「呢」原作「泥」，從諸本改。

❾「這個地方豈有你叫喊講理的，你見誰和我們講過理」，二「理」字原皆作「禮」，今酌改。

❿「晴雯聽了……說道……沒那福氣穿就罷了，這會子又著急。寶玉笑道，這話倒說得是，說著，便遞給晴雯」，自「這會子」至「說得是」十六字原無，從脂本補。

⓫「先界出地子來，後依本紋來回織補」，「來回」原作「回來」，從脂本改。

⓬「那可怎麼好」，「可」原作「恰」，從諸本改。按「恰」「卻」古時有通用例，原文或可曲折理解為「那卻怎麼好」，然終欠通俗，今但逕從諸本改「可」。

⓭「晴雯已嗽了幾聲」，「聲」諸本作「陣」。

注釋

1〔蝦鬚鐲〕像蝦鬚那樣細的金鐲子。

2〔孔雀裘〕據「南齊書・文惠太子傳」記載，中國很早就已懂得用鳥毛織造的工藝技術。書中賈母說是「俄羅斯國」織的，意在誇耀富豪。

3〔人情乖覺〕指在人們的互相關係中，善於隨機應變。乖覺，靈敏、機警。

4〔顖門〕即頭部的前額頂。

5〔古記兒〕這裡指故事。

6〔太極圖〕北宋哲學家周敦頤所繪，並根據「易經」和道家思想寫了「太極圖說」，提出一個以「太極」為中心的世界創成說。

7〔「易經」〕即「周易」，簡稱「易」，儒家經典之一，是一部中國古代哲學，後人用他占卦。

8〔真真國〕作者杜撰的國名，含「真真假假」之意。

9〔聯垂〕這裡指髮辮。

10〔瑪瑙〕可作裝飾用的名貴的礦產物，主要成分是氧化矽，質硬色美。

11〔珊瑚〕一種海生腔腸動物的膠層形成的骨骼，可作裝飾用品。

12〔貓兒眼〕即貓眼石，光彩變幻如同貓眼似的一種寶石。

13〔祖母綠〕即綠寶石，是阿拉伯文「綠柱玉」的音譯。

14〔鎖子甲〕古時武士臨陣時穿的護身鎧甲，也叫鎖甲。

15〔倭刀〕古代日本製造的刀。

16〔通官〕翻譯官。

17〔朱樓〕即紅樓，代指富貴之家。

18〔水國〕環海之地，或指島國。

19〔月本二句〕天上的明月古今相同，只是因為人的感情不同，便會對月發生感慨。

20〔漢南句〕漢，漢水；漢南，指漢水南岸一帶地方；歷歷，景色分明。

21〔焉〕怎麼。

22〔譯文〕
昨夜還在故國朱樓裡酣夢沉沉，
今晚已來這島國上高歌詠吟。
島上的濃雲蒸騰著大海，
山巒的薄霧連接著蒼莽的叢林。
天上明月原無古今區別，
人們與它的感情啊卻有淺有深。
漢水南面春色分外明媚，
怎不使我神往傾心？

23〔簡評〕薛寶琴念的這首「真真國女兒所作詩」，實際表達的是她自己的身世和情感。開頭一句的「朱樓」，點出她以前的家道豪富。她出身於皇商，從小過著奢侈豪華的生活。但現在她的家庭已經衰敗，豪華的日子已經成了「昨夜」的夢境。從南方來到京城，依附在堂姐寶釵家，寄人籬下，使她感到好像到了雲霧蒸騰、嵐氣瀰漫的「水國」。「月本無古今，情緣自淺深。」自然界的月光沒有變化，可家道今昔不同，她怎能沒有「淺深」之感呢？最後寫她關心漢南的春色，說明她仍在留戀從前的美景。

24〔火箱〕取暖用的一種熏籠，罩子方形，狀如箱子。

25〔鳧靨（ㄈㄨˊ ㄧㄝˋ／fú yè）裘〕用水鴨面部的毛紡成線造的裘。

26〔老君的仙丹〕老君，即太上老君，信道教的人對老子（李耳）的尊稱；仙丹，即金丹，據傳說老君煉的金丹，人吃了可以長生不老。這是無稽之談。

27〔攢沙〕這裡是用魚類攢（鑽）進泥沙不易尋找來比喻、譴責小丫頭們的行蹤無定。

28 〔一丈青〕一種細長簪，一頭尖，一頭有一個小杓，普通叫「耳挖子」。

29 〔作死〕製造死因，找死。

30 〔界線〕縫紉、刺繡手工裡的一項術語，指一種特殊的縱橫線織法。

31 〔摳摟（ㄎㄡ ㄌㄡˇ／kōu lǒu）〕由於缺乏睡眠而眼窩略陷的現象。

32 〔氄（ㄖㄨㄥˇ／rǒng）毛〕細軟鬆散的嫩毛。

【第五十三回】

寧國府除夕祭宗祠[1]　榮國府元宵開夜宴

話說寶玉見晴雯將雀裘補完，已使得力盡神危，忙命小丫頭子來替他捶著，彼此捶打了一會。歇下沒一頓飯的工夫，天已大亮；且不出門，只叫：「快請大夫。」一時王大夫來了，診了脈，疑惑說道：「昨日已好了些，今日如何反虛浮微縮起來？敢是吃多了飲食？——不然就是勞了神思。外感卻倒輕了；這汗後失調養，非同小可。」一面說，一面出去開了藥方進來。寶玉看時，已將疏散驅邪諸藥減去，倒添伏苓、地黃、當歸等益神養血之劑。寶玉一面忙命人煎去，一面嘆說：「這怎麼處？倘或有個好歹，都是我的罪孽！」晴雯睡在枕上，嗐道：「好二爺，你幹你的去罷！那裡就得了癆病了呢？」

寶玉無奈，只得去了。至下半天，說身上不好，就回來了。晴雯此症雖重，幸虧他素昔是個使力不使心的人，再者素昔飲食清淡，飢飽無傷的。這賈宅中的秘法：無論上下，只略有些傷風咳嗽，總以淨餓為主，次則服藥調養。故於前一日病時，就餓了兩三天，又謹慎服藥調養，如今雖勞碌了些，又加倍培養了幾日，便漸漸的好了。近日園中姐妹皆各在房中吃飯，炊爨[2]飲食甚便，寶玉自能要湯要羹調停，不必細說。

襲人送母殯後，業已回來，麝月便將墜兒一事、並晴雯攆逐出去、也曾回過寶玉等語，一一的告訴襲人。襲人也沒說別的，只說：「太性急了。」

只因李紈亦因時氣感冒；邢夫人正害火眼，迎春岫烟皆過去朝夕侍藥；李嬸之弟又接了李嬸娘、李紋、李綺家去住幾天❶；寶玉又見襲人常常思母含悲，晴雯又未大癒：因此詩社一事，皆未有人作興，便空了幾社。

當下已是臘月，離年日近，王夫人和鳳姐兒治辦年事。王子騰升了九省都檢點[3]，賈雨村補授了大司馬[4]，協理軍機，參贊朝政[5]，不提。

且說賈珍那邊開了宗祠，著人打掃，收拾供器，請神主[6]；又打掃上屋，以備懸供遺真影像[7]。此時榮寧二府，內外上下，皆是忙忙碌碌。

這日，寧府中尤氏正起來，同賈蓉之妻打點送賈母這邊的針線禮物，正值丫頭捧了一茶盤壓歲錁子[8]進來，回說：「興兒回奶奶：前兒那一包碎金子，共是一百五十三兩六錢七分，裡頭成色不等，總傾[9]了二百二十個錁子。」說著遞上去。尤氏看了一看，只見也有梅花氏的，也有海棠氏的，也有「筆錠如意」的，也有「八寶聯春」的。尤氏命：「收拾起來，就叫興兒將銀錁子快快交了進來。」丫鬟答應去了❷。

一時賈珍進來吃飯，賈蓉之妻迴避了。賈珍因問尤氏：「咱們春祭[10]的恩賞可領了不曾？」尤氏道：「今兒我打發蓉兒關去了。」賈珍道：「咱們家雖不等這幾兩銀子使，多少是皇上天恩。早關了來，給那邊老太太送過去，置辦祖宗的供，上領皇上的恩，下則是托祖宗的福。咱們那怕用一萬銀子供祖宗，到底不如這個有體面，又是沾恩錫福。除咱們這麼一二家之外，那些世襲窮官兒家，要不仗著這銀子，拿什麼上供過年？真正皇恩浩蕩，想得周到。」尤氏道：「正是這話。」

二人正說著，只見人回：「哥兒來了。」賈珍便命：「叫他進來。」只見賈蓉捧了一個小黃布口袋進來，賈珍道：「怎麼去了這一日？」賈蓉陪笑回說：「今兒不在禮部[11]關領了，又在光祿寺[12]庫上。因又到了光祿寺，才領下來了。光祿寺❸老爺們都說，問父親好，多日不見，都著實想念。」賈珍笑道：「他們那裡是想我？這又到了年下了，不是想我的東西，就是想我的戲酒了！」一面說，一面瞧那黃布口袋，上有封條，就是「皇恩永錫」四個大字；那一邊又有禮部祠祭司的印記。一行小字，道是：「寧國公賈演，榮國公賈源，恩賜永遠春祭賞共二分，淨折銀若干兩，某年月日，龍禁尉候補[13]侍衛賈蓉當堂領訖。值年寺丞[14]某人。」下面一個朱筆花押[15]。

賈珍看了，吃過飯，盥漱畢，換了靴帽，命賈蓉捧著銀子跟了來，回過賈母王夫人，又至這邊，回過賈赦邢夫人，方回家去，取出銀子，命將口袋向宗祠大爐內焚了。又命賈蓉道：「你去問問你那邊二嬸娘，正月裡請吃年酒的日子擬了沒有？若擬定了，叫書房裡明白開了單子來，咱們再請時，就不能重複了。舊年不留神，重了幾家；人家不說咱們不留心，倒像兩家商議定了，送虛情怕費事的一樣。」

賈蓉忙答應去了，一時，拿了請人吃年酒的日期單子來了。賈珍看了，命：「交給賴升去看了，請人別重了這上頭的日子。」因在廳上看著小廝們抬圍屏，擦抹几案金銀供器。只見小廝手裡拿著一個稟帖[16]，並一篇賬目，回說：「黑山村烏莊頭[17]來了。」賈珍道：「這個老砍頭的！今兒才來！」賈蓉接過稟帖和賬目，忙展開捧著，賈珍倒背著兩手，向賈蓉手內看去。那紅稟上寫著：「門下莊頭烏進孝叩請爺奶奶萬福金安，並公子小姐金安。新春大喜大福，榮貴平安，加官進祿，萬事如意。」賈珍笑道：「莊家人有些意思。」賈蓉也忙笑道：「別看文法，只取個吉利兒罷。」一面忙展開單子看時，只見上面寫著：

大鹿三十隻，獐子五十隻，麅子五十隻，暹豬[18]二十個，湯豬二十個，龍豬二十個，野豬二十個，家臘豬二十個，野羊二十個，青羊[19]二十個，家湯羊二十個，家風羊二十個，鱘鰉魚二百個，各色雜魚二百斤，活雞、鴨、鵝各二百隻，風雞、鴨、鵝二百隻，野雞野貓[20]各二百對，熊掌二十對，鹿筋二十斤，海參五十斤，鹿舌五十條，牛舌五十條，蟶[21]乾二十斤，榛、松、桃、杏瓤各二口袋，大對蝦五十對，乾蝦二百斤，銀霜炭上等選用一千斤，中等二千斤，柴炭三萬斤，御田胭脂米二擔，碧糯五十斛，白糯五十斛，粉秔❹五十斛，雜色粱穀各五十斛[22]，下用常米一千擔，各色乾菜一車，外賣粱穀牲口各項折銀二千五百兩。外門下孝敬哥兒玩意兒：活鹿兩對，白兔四對，黑兔四對，活錦雞兩對，西洋鴨兩對。

賈珍看完，說：「帶進他來。」一時只見烏進孝進來，只在院內磕頭請安。賈珍命人拉起他來，笑說：「你還硬朗❺？」烏進孝笑道：「不瞞爺說，小的們走慣了，不來也悶得慌。他們可都不是願意來見見天子腳下世面？他們到底年輕，怕路上有閃失，再過幾年就可以放心了。」賈珍道：「你走了幾日？」烏進孝道：「回爺的話：今年雪大，外頭都是四五尺深的雪，前日忽然一暖一化，路上竟難走得很，耽擱了幾日。雖走了一個月零兩日，日子有限，怕爺心焦，可不趕著來了！」

賈珍道：「我說呢，怎麼今兒才來！我才看那單子上，今年你這老貨又來打擂臺[23]來了。」烏進孝忙進前兩步回道：「回爺說：今年年成實在不好。從三月下雨，接連著直到八月，竟沒有一連晴過五六日；九月一場碗大的雹子，方近二三百里地方，連人帶房，並牲口糧食，打傷了上千上萬的：所以才這樣。小的並不敢說謊。」賈珍皺眉道：「我算定你至少也有五千銀子來，這夠作什麼的？如今你們一共只剩了八九個莊子，今年倒有兩處報了旱潦，你們又打擂臺，真真是叫別過年了！」烏進孝道：「爺的這地方還算好呢！我兄弟離我那裡只一百多地，竟又大差了。他現管著那府八處莊地，比爺這邊多著幾倍，今年也是這些東西，不過二三千兩銀子，也是有飢荒[24]打呢！」賈珍道：「正是呢。我這邊倒可以❻，沒什麼外項大事，不過是一年的費用。我受用些就費些，我受些委屈就省些。再者年例送人請人，我把臉皮厚些，也就完了。比不得那府裡，這幾年添了許多花錢的事，一定不可免是要花的，卻又不添些銀子產業。這一二年裡賠了許多，不和你們要，找誰去？」

烏進孝笑道：「那府裡如今雖添了事，有去有來，娘娘和萬歲爺豈不賞呢？」賈珍聽了，笑向賈蓉等道：「你們聽聽，他說的可笑不可笑？」賈蓉等忙笑道：「你們山坳[25]海沿子上的人，那裡知道這道理？娘娘難道把皇上的庫給我們不成？他心裡縱有這心，他不能作主。——豈有不賞之理❼，按時按節，不過是些彩緞、古董、玩意兒。就是賞，也不過一百兩金子，才值一千多兩銀子，夠什麼？這二年，那一年不賠出幾千兩銀子來？頭一年，省親連蓋花園子，你算算那一注花了多少，就知道了❽。再二年，再省一回親，只怕就精窮了！」賈珍笑道：「所以他們莊客老實人；『外明不知裡暗的事』，『黃柏木作了磬槌子，——外頭體面裡頭苦』！」

賈蓉又說又笑向賈珍道：「果真那府裡窮了，前兒我聽見二嬸娘和鴛鴦悄悄商議，要偷老太太的東西去當銀子呢。」賈珍笑道：「那又是鳳姑娘的鬼，那裡就窮到如此？他必定是見去路大了，實在賠得很了，不知又要省那一項的錢，先設出這法子來，使人知道，說窮到如此了。我心裡卻有個算盤，還不至此田地。」說著，便命人帶了烏進孝出去，好生待他，不在話下。

這裡賈珍吩咐將方才各物留出供祖宗的來，將各樣取了些，命賈蓉送過榮府裡來，然後自己留了家中所用的，餘者派出等第，一份一份的堆在月臺[26]底下；命人將族中子姪喚來，分給他們。接著榮國府也送了許多供祖之物及給賈珍之物。賈珍看著收拾完備供器，靸著鞋，披著一件猞猁猻[27]大皮襖，命人在廳柱下石階上太陽中，鋪了一個大狼皮褥子負暄[28]，閑看各子弟們來領取年物。因見賈芹亦來領物，賈珍叫他過來，說道：「你作什麼也來了？誰叫你來的？」賈芹垂手回說：「聽見大爺這裡叫我們領東西，我沒等人去就來了。」賈珍道：「我這東西，原是給你那些閑著無事沒進益的叔叔兄弟們的，那二年你閑著，我也給過你的。你如今在那府裡管事，家廟裡管和尚道士們，一月又有你的份例外，這些和尚的份例銀錢都從你手裡過，你還來取這個來！也太貪了！你自己瞧瞧，你穿的可像個手裡使錢辦事的？先前你說沒進益❾，如今又怎麼了？比先倒不像了？」賈芹道：「我家裡原人口多，費用大。」賈珍冷笑道：「你又支吾我！你在家廟裡幹的事，打量我不知道呢！你到那裡，自然是爺了，沒人敢抗違你。你手裡又有了錢，離著我們又遠，你就為王稱霸起來，夜夜招聚匪類賭錢，養老婆小子。這會子花得這個形象，你還敢領東西來！領不成東西，領一頓馱水棍[29]去才罷！等過了年，我必和你二叔說，換回你來⓾。」賈芹紅了臉，不敢答言。人回：「北府王爺送了對聯荷包來了。」賈珍聽說，忙命賈蓉：「出去款待，只說我不在家。」賈蓉去了。

這裡賈珍攆走賈芹，看著領完東西，回屋與尤氏吃畢晚飯，一宿無話⓫。至次日更忙，不必細說。

已到了臘月二十九日了，各色齊備，兩府中都換了門神、聯對、掛牌，新油了桃符[30]，煥然一新⓬。寧國府從大門、儀門、大廳、暖閣、內廳、內三門、內儀門並內垂門⓭，直到正堂，一路正門大開，兩邊階下一色朱紅大高燭，點得兩條金龍一般。次日由賈母有封誥[31]者，皆按品級著朝服，先坐八人大轎，帶領眾人進宮朝賀行禮。領宴畢回來，便到寧府暖閣下轎。諸子弟有未隨入朝者，皆在寧府門前排班伺候，然後引入宗祠。

且說寶琴是初次進賈祠觀看，一面細細留神，打量這宗祠：原來寧府西邊另一個院子，黑油柵欄內五間大門，上面懸一匾，寫著是「賈氏宗祠」四個字，旁書「特晉爵太傅[32]前翰林掌院事[33]王希獻書」，兩邊有一副長聯，寫道：

肝腦塗地，兆姓賴保育之恩；功名貫天，百代仰蒸嘗之盛[34]。

也是王太傅所書。進入院中，白石甬路，兩邊皆是蒼松翠柏，月臺上設著古銅鼎彝[35]等器⓮。抱廈前面懸一塊九龍金匾，寫道：「星輝輔弼」[36]，乃先皇御筆[37]。兩邊一副對聯，寫道是：

勳業有光昭日月，功名無間及兒孫[38]。

也是御筆。五間正殿前，懸一塊鬧龍[39]填青匾，寫道是：「慎終追遠」[40]。旁邊一副對聯，寫道是：

已後兒孫承福德，至今黎庶[41]念寧榮[42]。

俱是御筆。裡邊燈燭輝煌，錦幛繡幕，雖列著些神主，卻看不真。

只見賈府人分了昭穆[43]，排班立定。賈敬主祭，賈赦陪祭，賈珍獻爵，賈璉賈琮獻帛，寶玉捧香，賈菖賈菱展拜墊⓯，守焚池。青衣[44]樂奏，三獻爵，興拜畢，焚帛，奠酒。禮畢，樂止，退出。眾人圍隨賈母至正堂上。影前錦帳高掛，彩屏張護，香燭輝煌；上面正居中，懸著榮寧二祖遺像⓰，皆是披蟒腰玉；兩邊還有幾軸列祖遺像。

賈荇賈芷等從內儀門挨次站列，直到正堂廊下；檻外方是賈敬賈赦，檻內是各女眷。眾家人小廝皆在儀門⓱之外。每一道菜至，傳至儀門，賈荇賈芷等便接了，按次傳至階下賈敬手中。賈蓉係長房長孫，獨他隨女眷在檻裡，每賈敬捧菜至，傳於賈蓉，賈蓉便傳於他媳婦，又傳於鳳姐尤氏諸人，直傳至供桌前，方傳與王夫人；王夫人傳與賈母，賈母方捧放在桌上。邢夫人在供桌之西，東向立，同賈母供放。直至將菜飯湯點酒茶傳完，賈蓉方退出去，歸入賈芹階位之首。當時凡從「文」旁之名者，賈敬為首；下則從「玉」者，賈珍為首；再下從「草頭」者，賈蓉為首：左昭右穆，男東女西；俟賈母拈香下拜，眾人方一齊跪下，將五間大廳，三間抱廈，內外廊檐，階上階下，兩丹墀內，花團錦簇，塞得無一些空地。鴉雀無聞，只聽鏗鏘叮噹，金鈴玉珮⓲微微搖曳之聲，並起跪靴履颯沓[45]之響。

一時禮畢，賈敬賈赦等便忙退出至榮府，專候與賈母行禮。尤氏上房地下，鋪滿紅氈，當地放著象鼻三足泥鰍鎏金琺瑯大火盆，正面炕上鋪著新猩紅氈子，設著大紅彩繡「雲龍捧壽」的靠背、引枕、坐褥，外另有黑狐皮的袱子，搭在上面；大白狐皮坐褥⓳。請賈母上去坐了。兩邊又鋪皮褥，請賈母一輩的兩三位妯娌坐了。這邊橫頭排插[46]之後小炕上，也鋪了皮褥，讓邢夫人等坐下。地下兩面相對十二張雕漆椅上，都是一色灰鼠椅搭小褥，每一張椅下一個大銅腳爐，讓寶琴等姐妹坐。尤氏用茶盤親捧茶與賈母，賈蓉媳婦捧與眾老祖母，然後尤氏又捧與邢夫人等，賈蓉媳婦又捧與眾姐妹。鳳姐李紈等只在地下伺候。

茶畢，邢夫人等便先起身來侍賈母吃茶。賈母與年老妯娌們閑話了兩三句，便命看轎，鳳姐兒忙上去攙起來⓴。尤氏笑回說：「已經預備下老太太的晚飯。每年都不肯賞些體面，用過晚飯再過去。果然我們就不濟鳳丫頭了？」鳳姐兒攙著賈母笑道：「老祖宗走罷，咱們家去吃去，別理他。」賈母笑道：「你這裡供著祖宗，忙得什麼兒似的，那裡還擱得住我鬧？況且我每年不吃，你們也要送去的；不如還送了來，我吃不了，留著明兒再吃，豈不多吃些？」說得眾人都笑了。又吩咐他：「好生派妥當人夜裡坐著看香火，不是大意得的。」尤氏答應了。一面走出來，至暖閣前，尤氏等閃過屏風，小廝們才領轎夫，請了轎出大門，尤氏亦隨邢夫人等回至榮府。這裡轎出大門，這一條街上，東一邊設立著寧國公的儀仗[47]執事樂器，西一邊設立著榮國公的儀仗執事樂器，來往行人皆屏退不從此過㉑。

一時來至榮府，也是大門正門一直開到裡頭。如今便不在暖閣下轎了，過了大廳，轉彎向西，至賈母這邊正廳上下轎。眾人圍隨同至賈母正堂中間，亦是錦裀繡屏，煥然一新。當地火盆內焚著松柏香、百合草。賈母歸了坐，老嬤嬤來回：「老太太們來行禮。」賈母忙起身要迎，只見兩三個老妯娌已進來了。大家挽手笑了一回，讓了一回，吃茶去後，賈母只送至內儀門就回來。歸了正坐，賈敬賈赦等領了諸子弟進來，賈母笑道：「一年家難為你們，不行禮罷。」一面男一起，女一起，一起一起俱行過了禮；左右設下交椅，然後又按長幼挨次歸坐受禮。兩府男女、小廝、丫鬟，亦按差役上、中、下行禮畢。然後散了壓歲錢並荷包金銀錁等物。擺上合歡宴來，男東女西歸坐，獻屠蘇[48]酒、合歡湯、吉祥果、如意糕畢。賈母起身，進內間更衣，眾人方各散出。

那晚各處佛堂灶王前焚香上供。王夫人正房院內設著天地紙馬香供。大觀園正門上挑著角燈，兩旁高照，各處皆有路燈。上下人等，打扮得花團錦簇。一夜人聲雜沓，語笑喧闐，爆竹起火，絡繹不絕。

至次日五鼓，賈母等人按品上妝，擺全副執事進宮朝賀，兼祝元春千秋。領宴回來，又至寧府祭過列祖，方回來。受禮畢，便換衣歇息。所有賀節來的親友，一概不會，只和薛姨媽李嬸娘二人說話隨便，或和寶玉寶釵等姐妹趕圍棋摸牌作戲㉒。

王夫人和鳳姐天天忙著請人吃年酒，那邊廳上和院內皆是戲酒，親友絡繹不絕。一連忙了七八天，才完了，早又元宵將近，寧榮二府皆張燈結綵。十一日是賈赦請賈母等，次日賈珍又請賈母，王夫人和鳳姐兒也連日被人請去吃年酒，不能勝記。

至十五這一晚上，賈母便在大花廳上命擺幾席酒，定一班小戲，滿掛各色花燈，帶領榮寧二府各子姪孫男孫媳等家宴。賈敬素不飲酒茹葷[49]，因此不去請他，——十七日祀祖已完，他就出城修養；就是這幾天在家，也只靜室默處，一概無聞，不在話下。賈赦領了賈母之賞，告辭而去。賈母知他在此不便，也隨他去了。

賈赦到家中，和眾門客賞燈吃酒，笙歌聒耳，錦繡盈眸，其取樂與這裡不同。

這裡賈母花廳上擺了十來席酒，每席旁邊設一几，几上設爐瓶三事，焚著御賜百合宮香[23]，又有八寸來長、四五寸寬、二三寸高、點綴著山石的小盆景，俱是新鮮花卉；又有小洋漆茶盤放著舊窯十錦小茶杯，又有紫檀雕嵌的大紗透繡花草詩字的纓絡[24]。各色舊窯小瓶中，都點綴著「歲寒三友」、「玉堂富貴」等鮮花[25]。上面兩席是李嬸娘薛姨媽坐，東邊單設一席，乃是雕夔龍護屏矮足短榻，靠背、引枕、皮褥俱全。榻上設一個輕巧洋漆描金小几，几上放著茶碗、漱盂、洋巾之類，又有一個眼鏡匣子。

賈母歪在榻上，和眾人說笑一回，又取眼鏡向戲臺上照一回，又說：「恕我老了骨頭疼，容我放肆些，歪著相陪罷。」又命琥珀坐在榻上，拿著美人拳[50]捶腿。榻下並不擺席面，只一張高几，設著高架纓絡、花瓶、香爐等物，外另設一小高桌，擺著杯箸[26]。在旁邊一席，命寶琴、湘雲、黛玉、寶玉四人坐著。每饌果菜來，先捧給賈母看，喜則留在小桌上，嘗嘗，仍撤了放在席上[27]，——只算他四人跟著賈母坐。下面方是邢夫人王夫人之位；下邊便是尤氏、李紈、鳳姐、賈蓉的媳婦；西邊便是寶釵、李紋、李綺、岫烟、迎春姐妹等。

兩邊大梁上掛著聯三聚五玻璃彩穗燈，每席前豎著倒垂荷葉一柄，柄上有彩燭插著。這荷葉乃是洋鏨琺瑯㉘活信，可以扭轉向外，將燈影逼住，照著看戲，分外真切。窗槅門戶，一齊摘下，全掛彩穗各種宮燈。廊檐內外及兩邊遊廊罩棚，將羊角、玻璃、戳紗、料絲[51]、或繡、或畫、或絹、或紙諸燈掛滿。廊上幾席，就是賈珍、賈璉、賈環、賈琮、賈蓉、賈芹、賈芸、賈菖、賈菱等。

賈母也曾差人去請眾族中男女，奈他們有年老的，懶於熱鬧；有家內沒有人，又有疾病淹留，要來竟不能來；有一等妒富愧貧，不肯來的㉙；更有憎畏鳳姐之為人，賭氣不來的；更有羞手羞腳，不慣見人，不敢來的：因此族中雖多㉚，女眷來者，不過賈藍之母婁氏帶了賈藍來。男人只有賈芹、賈芸、賈菖、賈菱四個——現在鳳姐麾下辦事的——來了。當下人雖不全，在家庭小宴，也算熱鬧的。

當下又有林之孝的媳婦，帶了六個媳婦，抬了三張炕桌，每一張上搭著一條紅氈，放著選淨一般大新出局的銅錢，用大紅繩串穿著㉛，每二人搭一張，共三張。林之孝家的叫將那兩張擺至薛姨媽李嬸娘的席下，將一張送至賈母榻下。賈母便說：「放在當地罷。」這媳婦素知規矩，放下桌子，一併將錢都打開，將紅繩抽去，堆在桌上。

此時唱的「西樓會」[52]，正是這齣將完，于叔夜賭氣去了，那文豹便發科諢㉜[53]道：「你賭氣去了。恰好今日正月十五，榮國府裡老祖宗家宴，待我騎了這馬，趕進去討些果子吃，是要緊的。」說畢，引得賈母等都笑了。薛姨媽等都說：「好個鬼頭孩子，可憐見的！」鳳姐便說：「這孩子才九歲了。」賈母笑說：「難為他說得巧！」說了一個「賞」字，早有三個媳婦已經手下預備下小笸籮，聽見一個「賞」字，走上去，將桌上散堆錢，每人撮一笸籮，走出來，向戲臺說：「老祖宗、姨太太、親家太太賞文豹買果子吃的。」說畢，向臺一撒，只聽「豁啷啷」，滿臺的錢啊㉝。賈珍賈璉已命小廝們抬大笸籮的錢預備。未知怎生賞去，且聽下回分解。

■校記

❶「只因李紈亦因時氣感冒……李嬸之弟又接了李嬸娘李紋李綺家去住幾天」，「李嬸之弟」原作「李紈之病」，藤本、王本作「李紈之兄」，今從脂本改。

❷「尤氏命收拾起來，就叫興兒將銀錁子快快交了進來，丫鬟答應去了」，原作「尤氏命收拾起來，興兒（，）將銀錁子快快叫交了進來，丫鬟答應去了」，今從藤本、王本改。脂本作「尤氏命收起這個來，叫他把銀錁子快快交了進來，丫嬛答應去了」。

❸「光祿寺」原作「光祼寺」，從藤本、王本、脂本改。

❹「粉秔」原作「粉杭」，從藤本、王本改。

❺「你還硬朗」下，脂本有「烏進孝笑回，托爺的福，還能走得動，賈珍道，你兒子也大了，該叫他走走也罷了」三十六字。

❻「我這邊倒可已」，「這」原作「是」，從藤本、脂本改。

❼「豈有不賞之理」，「理」原作「禮」，從脂本改。

❽「頭一年省親連蓋花園子，你算算那一注花了多少，就知道了」，「你」原作「我」，從諸本改。

❾「先前你說沒進益」，「你」原作「的」，從藤本、王本改。

❿「等過了年，我必和你二叔說，換回你來」，「換回你來」原作「你回來」，從脂本改。藤本、王本作「回你來」，上似有漏字。商務本、金本作「叫你回來」，似係晚出坊本臆增「叫」字，疑不足據。

⓫「賈珍……回屋與尤氏吃畢晚飯，一宿無話」，「與」原作「給」，從諸本改。按「給」字似僅地方方言口語中有與「和」「與」「跟」等字同義或逕與「跟」字混用者，在乙本全書例中，則甚特殊，且與本句中「吃畢」等文法亦欠調諧，恐致誤解，仍從諸本改「與」。

⓬「已到了臘月二十九日了，各色齊備，兩府中都換了門神聯對……煥然一新」，「齊備」原作「齋供」，從諸本改。

⓭「內垂門」，藤本、王本作「內塞門」，脂本作「內塞」，戚本作「塞門」。

⓮「月臺上設著古銅鼎彝等器」原作「月臺上鼎設著古銅彝等器」，從藤本、王本移。

⓯「展拜墊」原作「展拜塾」，從藤本、王本改。脂本作「展拜毯」。

⑯「……至正堂上。影前錦帳高掛……香燭輝煌，上面正居中，懸著榮寧二祖遺像」，「居」原作「房」，從脂本改。

⑰「儀門」原作「儀鬥」，從諸本改。

⑱「金鈴玉珮」，「鈴」原作「鈐」，從諸本改。

⑲「正面炕上……設著……靠背、引枕、坐褥，外另有黑狐皮的袱子，搭在上面，大白狐皮坐褥」，「引枕」下脂本無「坐褥」二字，甚合。依乙本原文標點殊難點斷。

⑳「鳳姐兒忙上去攙起來」，「攙」原作「纔」，從藤本、王本改。

㉑「這一條街上，東一邊設立著寧國公的儀仗執事樂器，西一邊設立著榮國公的儀仗執事樂器，來往行人皆屏退不從此過」，原無「西一邊」一句十六字，今酌從脂本補（脂本兩個「一邊」下各有「合（後筆改『整一』）面」二字，「設立」作「設列」，今取與乙本上句一致，酌此改二處後補入）。

㉒「賈母……只和薛姨媽李嬸娘二人說話隨便」，「隨便」諸本皆作「取便」，二字為全句之主語，自應讀斷。今依乙本，或主於「說話」作句，「隨便」屬下作「隨便或和寶玉寶釵等姐妹趕圍棋摸牌作戲」，則變「隨便」主語為副詞，似亦未盡妥恰，今暫依諸本仍於「便」字斷。

㉓「几上設爐瓶三事，焚著御賜百合宮香」，「著」原作「香」，從藤本、王本改。

㉔「又有小洋漆茶盤放著舊窯十錦小茶杯，又有紫檀雕嵌的大紗透繡花草詩字的纓絡」，脂本作「又有小洋漆茶盤，內放著舊窯茶杯並十錦小茶盤……一色皆是紫檀透雕，嵌著大紅紗透繡花卉並草字詩詞的瓔珞」。

㉕「各色舊窯小瓶中，都點綴著……鮮花」，「都」原作「那」，從藤本、王本改。

㉖「擺著杯箸」，原無「箸」字，從諸本補。

㉗「仍撤了放在席上」，「撤」原作「撒」，從王本、脂本改。

㉘「洋鏨琺瑯」，「鏨」原作「鑽」，藤本、王本作「鏨」，金本作「鏨」，今酌從藤本、王本改。

㉙「不肯來的」，「肯」字原作「背」，從諸本改。

㉚「因此族中雖多」，「多」原作「外」，從諸本改。

㉛「用大紅繩串穿著」，「用大」原作「大用」，從諸本改。

㉜「科諢」原作「科渾」，從脂本改。

33 「只聽『豁啷啷』滿臺的錢啊」，「啊」諸本作「響」。下回回首復出此文時，亦作「滿臺錢響」。

■注釋

1〔宗祠〕也叫祠堂、家廟，是同族子孫共同修蓋的祭祀祖先的處所。

2〔炊爨（ㄘㄨㄢˋ／cuàn）〕燒火作飯。

3〔九省都檢點〕都檢點，五代設置的官名，是統率禁軍的高級軍事長官。清代設有「提督」，管理一省或數省軍事，作者故意用古官名以避嫌。

4〔大司馬〕官名。漢武帝時改太尉為大司馬，是兼握政務及軍事重權的高官。明清用作兵部尚書的別稱。

5〔參贊朝政〕協助掌管朝政。

6〔神主〕用木製成的狹長牌位，當中寫死者名字官銜，旁題主祀者姓名。

7〔遺真影像〕受祭祖先的畫像。

8〔壓歲錁子〕除夕時人家長輩給小孩的金銀錁子。給錢的叫「壓歲錢」。

9〔傾〕工藝的一種術語，即把金銀熔化倒入模子鑄成錁子之類的東西。

10〔春祭〕原是古代的一種祭禮，這裡指在春節祭祖。

11〔禮部〕官署名，隋代始定，管理國家的典章制度、祭祀、學校、科舉和接待四方賓客等事。清代改稱典禮院。這裡是襲用古名。書中所說的「祠祭司」，是禮部中的一個下屬機構，分管祭祀。

12〔光祿寺〕官署名。北齊時開始設光祿寺，掌管皇室的膳食，是專為宮廷辦事的機構。

清代只管祭祀所用的食物。

13 〔候補〕清朝官位只是一個虛名，要補實缺，須經過候選和候補兩個階段：先到吏部投供（有如報到），開明履歷，並呈送保結，吏部驗看，准予登記，叫作「候選」。吏部匯列登記候選官員，用抽籤的方法決定分到某部或某省，聽候委用，叫作「候補」。

14 〔寺丞〕光祿寺中的輔佐官員。

15 〔花押〕舊時契據文書末尾的草書簽名。

16 〔稟帖〕舊時對「上」報告所用的文書。

17 〔莊頭〕為地主管理田莊和佃戶的經理人，其實就是二地主。

18 〔暹（ㄒㄧㄢ／xiān）豬〕相傳是來自暹羅國（泰國）的「貴而難得」的豬。

19 〔青羊〕即斑羚，是類似家山羊的一種野羊。

20 〔野貓〕野兔。東北方言把「野兔」叫「野貓」。

21 〔蟶（ㄔㄥ／chēng）〕生活在近岸海水中的甲殼類軟體動物，肉可以吃。

22 〔斛（ㄏㄨˊ／hú）〕量器名。古代以十斗為斛，後又以五斗為斛。

23 〔打擂臺〕原意是在擂臺上比武。這裡是地主認為莊頭故意少繳錢糧，存心來鬥氣。第一〇一回「安心打擂臺，打撒手兒」，意思和這裡的相同。

24 〔飢荒〕經濟困難借了外債，俗稱拉飢荒。

25 〔山坳（ㄠ／āo）〕山間平地。

26 〔月臺〕 正房中間連著前階的方臺。

27 〔猞猁猻〕 即猞猁（ㄕㄜˋ ㄌㄧˋ shè lì），獸名，狀像狸，毛皮很珍貴，可作皮衣。

28 〔負暄（ㄒㄩㄢ xuān）〕 曬太陽。

29 〔馱水棍〕 一種懲罰人的棍棒。

30 〔桃符〕 舊俗，新年用兩塊桃木板懸掛在門的兩旁，上書神荼、鬱壘兩神名，藉以「壓邪」，謂之桃符。這裡指新年黏貼或懸掛的春聯。

31 〔封誥〕 明清對官員及其先代和妻室授予封典叫封誥。也叫誥封。

32 〔太傅〕 古官名。為輔導太子（一般稱預定繼承君位的長子）的官。在清代，只是對大臣的一種榮譽加銜，並無實職。

33 〔翰林掌院事〕 唐代設翰林院，為各種文藝技術內廷供奉之處。以後各代其地位、職務均不相同。清代翰林院只掌編修國史、記載皇帝的言行，進講經史，以及草擬有關典禮的文件；其長官為掌院學士。

34 〔肝腦塗地，兆姓賴保育之恩；功名貫天，百代仰蒸嘗之盛〕 肝腦塗地，死心塌地效忠皇帝。兆姓，天下的百姓。功名貫天，功名很高。仰，仰慕。蒸，冬祭；嘗，秋祭。舉秋冬則概括春夏，言一年四季的祭品都很豐盛。意思是，寧榮二公對皇帝死心效忠，天下的百姓都依賴他們保護養育的恩德；功名貫滿蒼天，世世代代都仰慕一年四季祭品的豐盛。

35 〔鼎彝（ㄧˊ yí）〕 皆指祭器。鼎，煮食物的銅器，三足兩耳；彝，盛酒的器具。

36 〔星輝輔弼〕 「尚書・大傳」：「古者天子必有四鄰，前曰疑，後曰丞，左曰輔，右曰弼。」輔弼，指丞相。意思是，天上的眾星拱衛北極星，人間的朝廷權臣輔佐皇帝。這是誇耀賈府的祖先乃是朝廷的柱石之臣。

37〔御筆〕皇帝親筆書寫。

38〔勛業有光昭日月，功名無間及兒孫〕勛業，功勛業績；昭，彰明，顯揚；無間，不間斷。這副對聯的意思是，功勛業績使日月增光，功名世代相傳至子孫後代。這是對賈府歌功頌德的話。

39〔鬧龍〕指匾上浮雕的龍作對立張牙舞爪的形狀。

40〔慎終追遠〕語見「論語‧學而」：「慎終追遠，民德歸厚矣。」終，人死為終，這裡指父母的死。遠，指祖先。意思是，要慎重地辦理父母的喪事，虔誠地祭祀祖先。

41〔黎庶〕指老百姓。

42〔已後兒孫承福德，至今黎庶念寧榮〕後代子孫蒙受寧榮二公的福澤恩德，至今百姓還懷念著寧榮二公。這是皇帝對賈演、賈源的美化。

43〔昭穆〕即左右。舊時長幼的次序常按左右遞次往下排列，稱為「昭穆」。

44〔青衣〕京劇等劇種「正旦」的別稱，扮演「莊重賢淑」的女性角色。因常穿黑衫，故稱青衣。此指祭祀音樂的演奏者。

45〔颯沓〕多而雜的腳步聲。

46〔排插〕指室內的一種較窄的板壁「隔斷」。

47〔儀仗〕古代用於儀仗隊的兵器。如：刀、戟等。

48〔屠蘇〕屠蘇酒。古俗陰曆正月初一日，飲屠蘇酒。屠蘇，一種草名。

49〔茹葷〕吃葷。茹，吃。

50〔美人拳〕一種為老人捶腿、捶腰用的皮革包成或木製的長柄小錘，可以代替拳頭，稱為「美人拳」。

51〔羊角、玻璃、戳紗、料絲〕羊角，指用透明角質作的燈罩，在玻璃尚未廣泛使用時，這是最通行的燈罩材料。戳紗，一種特種的刺繡。料絲，一種絲紋的玻璃料，上繪各種裝飾圖案。

52〔「西樓會」〕即清代袁于令寫的傳奇劇本「西樓記」。寫于叔夜與妓女穆素徽的故事。第八齣寫于、穆二人正在西樓相會，書童文豹忙來傳達于叔夜之父命，叫他快去「赴社」，于叔夜也不騎馬，「賭氣去了」。

53〔科諢〕京戲中插入表演的一些動作（科），和說些逗趣的話（諢），叫插科打諢。

【第五十四回】

史太君破陳腐舊套❶　王熙鳳效戲彩斑衣[1]

卻說賈珍賈璉暗暗預備下大笸籮的錢，聽見賈母說賞，忙命小廝們快撒錢，只聽滿臺錢響，賈母大悅。二人遂起身，小廝們忙將一把新暖銀壺捧來，遞與賈璉手內，隨了賈珍趨至裡面。賈珍先到李嬸娘席上，躬身取下杯來，回身，賈璉忙斟了一盞；然後便至薛姨媽席上，也斟了。二人忙起來，笑說：「二位爺請坐著罷了，何必多禮！」於是除邢王二夫人，滿席都離了席，也俱垂手旁站。賈珍等至賈母榻前，因榻矮，二人便屈膝跪了：賈珍在前捧杯，賈璉在後捧壺。雖只二人捧酒，那賈琮弟兄等卻都是一溜排班，隨著他二人進來；見他二人跪下，都一溜跪下。寶玉也忙跪下。湘雲悄推他，笑道：「你這會子又幫著跪下作什麼❷？有這麼著的呢，你也去斟一巡酒，豈不好？」寶玉悄笑道：「再等一會再斟去。」說著，等他二人斟完，起來，又給邢王二夫人斟過了。賈珍笑說：「妹妹們怎麼著呢？」賈母等都說道：「你們去罷，他們倒便宜些呢。」賈珍等方退出。

當下天有二鼓，戲演的是「八義觀燈」[2]八齣，正在熱鬧之際。寶玉因下席往外走，賈母問：「往那裡去？外頭炮仗❸利害，留神天上吊下火紙來燒著。」寶玉笑回說：「不往遠去，只出去就來。」賈母命婆子們：「好生跟著。」於是寶玉出來❹，只有麝月秋紋幾個小丫頭隨著。賈母因說：「襲人怎麼不見？他如今也有些拿大了，單支使小女孩兒出來。」王夫人忙起身笑說道：「他媽前日沒了，因有熱孝[3]，不便前頭來。」賈母點頭，又笑道：「跟主子，卻講不起這孝與不孝。要是他還跟我，難道這會子也不在這裡？這些竟成了例了。」鳳姐兒忙過來笑回道：「今晚便沒孝，那園子裡頭也須得看著燈燭花爆，最是擔險的。這裡一唱戲，園子裡的誰不來偷瞧瞧，他還細心，各處照看。況且這一散後，寶兄弟回去睡覺，各色都是齊全的。若他再來了，眾人又不經心，散了回去，鋪蓋也是冷的，茶水也不齊全，便各色都不便宜，自然我叫他不用來。老祖宗要叫他來，我就叫他就是了❺。」

賈母聽了這話，忙說：「你這話很是，你必想得周到；快別叫他了。——但只他媽幾時沒了？我怎麼不知道？」鳳姐兒笑道：「前兒襲人去親自回老太太的，怎麼倒忘了？」賈母想了想，笑道：「想起來了。我的記性竟平常了！」眾人都笑說：「老太太那裡記得這些事！」賈母因又嘆道：「我想著他從小兒伏侍我一場，又伏侍了雲兒，末後給了個魔王，給他魔了這好幾年！他又不是咱們家根生土長的奴才，沒受過咱們什麼大恩典；他娘沒了，我想著要給他幾兩銀子發送他娘，也就忘了！」鳳姐兒道：「前兒太太賞了他四十兩銀子，就是了。」賈母聽說，點頭道：「這還罷了。正好前兒鴛鴦的娘也死了，我想他老子娘都在南邊，我也沒叫他家去守孝。如今他兩處全禮，何不叫他二人一處作伴去？」又命婆子拿些果子菜饌點心之類與他二人吃去❻。琥珀笑道：「還等這會子？他早就去了。」說著，大家又吃酒看戲。

且說寶玉一徑來至園中，眾婆子見他回房，便不跟去，只坐在園門裡茶房裡烤火，和管茶的女人偷空飲酒鬥牌。寶玉至院中，雖是燈光燦爛，卻無人聲。麝月道：「他們都睡了不成？咱們悄悄進去嚇他們一跳。」於是大家躡手躡腳，潛蹤進鏡壁去一看❼，只見襲人和一個人對歪在地炕上，那一頭有兩個老嬤嬤打盹。

寶玉只當他兩個睡著了，才要進去，忽聽鴛鴦嗽了一聲，說道：「天下事可知難定❽！論理，你單身在這裡，父母在外頭，每年他們東去西來，沒個定準，想來你是再不能送終的了；偏生今年就死在這裡，你倒出去送了終！」襲人道：「正是，我也想不到能夠看著父母殯殮。回了太太，又賞了四十兩銀子，這倒也算養我一場，我也不敢妄想了。」寶玉聽了，忙轉身悄向麝月等道：「誰知他也來了。我這一進去，他又賭氣走了，不如咱們回去罷，讓他兩個清清淨淨的說話。襲人正在那裡悶著，幸他來得好。」說著，仍悄悄出來。寶玉便走過山石後去，站著撩衣；麝月秋紋皆站住，背過臉去，口內笑說：「蹲下再解小衣，留神風吹了肚子。」後面兩個小丫頭知是小解，忙先出去茶房內預備水去了❾。

這裡寶玉剛過來，只見兩個媳婦迎面來了，又問：「是誰？」秋紋道：「寶玉在這裡呢，大呼小叫，留神嚇著罷！」那媳婦們忙笑道：「我們不知，大節下來惹禍了。姑娘們可連日辛苦了！」說著，已到跟前。麝月等問：「手裡拿著什麼？」媳婦道：「是老太太賞金花二位姑娘吃的。」秋紋笑道❿：「外頭唱的是『八義』，沒唱『混元盒』[4]，那裡又跑出『金花娘娘』來了？」寶玉命：「揭起來我瞧瞧。」秋紋麝月⓫忙上去將兩個盒子揭開，兩個媳婦忙蹲下身子。

寶玉看了兩個盒內都是席上所有的上等果品茶點，點了一點頭就走。麝月等忙胡亂擲了盒蓋跟上來。寶玉笑道：「這兩個女人倒和氣，會說話。他們天天乏了，倒說你們連日辛苦；倒不是那矜功自伐[5]的⓬。」麝月道：「這兩個就好；那不知理的是太不知理⓭。」寶玉道：「你們是明白人，擔待他們是粗夯可憐的人就完了。」一面說，一面就走出了園門。

那幾個婆子，雖吃酒鬥牌，卻不住出來打探，見寶玉出來，也都跟上來。到了花廳廊上，只見那兩個小丫頭，一個捧著個小盆，又一個搭著手巾，又拿著漚子[6]小壺兒，在那裡久等。秋紋先忙伸手向盆內試了試，說道：「你越大越粗心了，那裡弄得這冷水？」小丫頭笑道：「姑娘瞧瞧，這個天，我怕水冷，倒的是滾水，這還冷了⓮。」正說著，可巧見一個老婆子提著一壺滾水走來，小丫頭就說：「好奶奶，過來給我倒上些水。」那婆子道：「姐姐，這是老太太沏茶的，勸你去舀罷。那裡就走大了腳呢⓯？」秋紋道：「不管你是誰的！你不給我，管把老太太的茶吊子倒了洗手！」那婆子回頭見了秋紋，忙提起壺來倒了些。秋紋道：「夠了！你這麼大年紀，也沒見識！誰不知是老太太的？要不著的就敢要了？」婆子笑道：「我眼花了，沒認出這姑娘來。」寶玉洗了手，那小丫頭子拿小壺兒倒了漚子在他手內，寶玉漚了⓰。秋紋麝月也趁熱水洗了一回，跟進寶玉來。

寶玉便要了一壺暖酒，也從李嬸娘斟起。他二人也笑讓坐。賈母便說：「他小人家兒，讓他斟去，大家倒要乾過這杯。」說著，便自己乾了。邢王二夫人也忙乾了，薛姨媽李嬸娘也只得乾了。賈母又命寶玉道：「你連姐姐妹妹的一齊斟上，不許亂斟，都要叫他乾了。」寶玉聽說，答應著，一一按次斟上了。至黛玉前，偏他不飲，拿起杯來，放在寶玉唇邊。寶玉一氣飲乾，黛玉笑說：「多謝。」寶玉替他斟上一杯。鳳姐兒便笑道：「寶玉別喝冷酒，仔細手顫，明兒寫不得字，拉不得弓。」寶玉道：「沒有吃冷酒。」鳳姐兒笑道：「我知道沒有，不過白囑咐你。」然後寶玉將裡面斟完，——只除賈蓉之妻是命丫鬟們斟的；復出至廊下，又給賈珍等斟了。坐了一回，方進來，仍歸舊坐。

一時上湯之後，又接著獻元宵。賈母便命：「將戲暫歇，小孩子們可憐見的，也給他們些滾湯熱菜的吃了再唱。」又命將各樣果子元宵等物拿些給他們吃。

一時歇了戲，便有婆子帶了兩個門下常走的女先兒進來，放了兩張杌子[7]在那一邊，賈母命他們坐了，將弦子琵琶遞過去。賈母便問李薛二人：「聽什麼書？」他二人都回說：「不拘什麼都好。」賈母便問：「近來可又添些什麼新書？」兩個女先兒回說：「倒有一段新書，是殘唐五代[8]的故事。」賈母問是何名，女先兒回說：「這叫作『鳳求鸞』[9]。」賈母道：「這個名字倒好，不知因什麼起的？你先說大概，若好再說⑰。」女先兒道：「這書上乃是說殘唐之時，那一位鄉紳，本是金陵人氏，名喚王忠，曾作過兩朝宰輔，如今告老還家，膝下只有一位公子，名喚王熙鳳。」眾人聽了，笑將起來。賈母笑道：「這不重了我們鳳丫頭了⑱？」媳婦忙上去推他說：「是二奶奶的名字，少混說。」賈母道：「你只管說罷。」女先兒忙笑著站起來說：「我們該死了！不知是奶奶的諱[10]。」鳳姐兒笑道：「怕什麼！你說罷。重名重姓的多著呢。」女先兒又說道：「那年王老爺打發了王公子上京趕考，那日遇了大雨，到了一個莊子上避雨。誰知這莊上也有位鄉紳，姓李，與王老爺是世交，便留下這公子住在書房裡。這李鄉紳膝下無兒，只有一位千金小姐。這小姐芳名叫作雛鸞，琴棋書畫，無所不通。」

賈母忙道：「怪道叫『鳳求鸞』。不用說了，我已經猜著了：自然是王熙鳳要求這雛鸞小姐為妻了。」女先兒笑道：「老祖宗原來聽過這回書？」眾人都道：「老太太什麼沒聽見過！就是沒聽見，也猜著了。」賈母笑道：「這些書就是一套子，左不過是些佳人才子，最沒趣兒。把人家女兒說得這麼壞，還說是『佳人』！編得連影兒也沒有了。開口都是鄉紳門第，父親不是尚書，就是宰相[11]。一個小姐，必是愛如珍寶。這小姐必是通文知禮，無所不曉，竟是『絕代佳人』，——只見了一個清俊男人，不管是親是友，想起他的『終身大事』來，父母也忘了，書也忘了，鬼不成鬼，賊不成賊，那一點兒像個佳人？就是滿腹文章，作出這樣事來，也算不得是佳人了！比如一個男人家，滿腹的文章，去作賊，難道那王法看他是個才子，就不入賊情一案了不成？可知那編書的是自己堵自己的嘴。再者：既說是世宦書香大家子的小姐，又知禮讀書，連夫人都知書識禮的，就是告老還家，自然奶媽子丫頭伏侍小姐的人也不少，怎麼這些書上，凡有這樣的事，就只小姐和緊跟的一個丫頭知道？你們想想，那些人都是管作什麼的？可是前言不答後語了不是？」

眾人聽了，都笑說：「老太太這一說，是謊都批出來了。」賈母笑道：「有個緣故：編這樣書的人，有一等妒人家富貴的，或者有求不遂心，所以編出來糟蹋人家。再有一等人，他自己看了這些書，看邪了，想著得一個佳人才好，所以編出來取樂兒。他何嘗知道那世宦讀書人家兒的道理！——別說那書上那些大家子，如今眼下拿著咱們這中等人家說起，也沒那樣的事。別叫他謅掉了下巴脖子罷！所以我們從不許說這些書，連丫頭們也不懂這些話。這幾年我老了，他們姐兒們住得遠，我偶然悶了，說幾句聽聽，他們一來，就忙著止住了。」李薛二人都笑說：「這正是大家子的規矩。連我們家也沒有這些雜話叫孩子們聽見。」

鳳姐兒走上來斟酒，笑道：「罷，罷！酒冷了，老祖宗喝一口潤潤嗓子再掰謊[12]罷。——這一回就叫作『掰謊記』，就出在本朝，本地，本年，本月，本日，本時。老祖宗『一張口難說兩家話』，『花開兩朵，各表一枝』。『是真是謊且不表，再整觀燈看戲的人』。老祖宗且讓這二位親戚吃杯酒、看兩齣戲著，再從逐朝話言掰起，如何？」一面說，一面斟酒，一面笑。未說完，眾人俱已笑倒了。兩個女先兒也笑個不住，都說：「奶奶好剛口[13]！奶奶要一說書，真連我們吃飯的地方都沒了！」

薛姨媽笑道：「你少興頭些！外頭有人，比不得往常。」鳳姐兒笑道：「外頭只有一位珍大哥哥，我們還是論哥哥妹妹，從小兒一處淘氣淘了這麼大。這幾年因作了親，我如今立了多少規矩了！便不是從小兒兄妹，只論大伯子小嬸兒，那『二十四孝』[14]上『斑衣戲彩』，他們不能來戲彩引老祖宗笑一笑，我這裡好容易引得老祖宗笑一笑，多吃了一點東西，大家喜歡，都該謝我才是：難道反笑我不成？」賈母笑道：「可是這兩日我竟沒有痛痛的笑一場，倒是虧他才一路說，笑得我這裡痛快了些。我再吃鍾酒。」吃著酒，又命寶玉：「來敬你姐姐一杯。」鳳姐兒笑道：「不用他敬，我討老祖宗的壽罷。」說著便將賈母的杯拿起來，將半杯剩酒吃了，將杯遞與丫鬟，另將溫水浸的杯換一個上來。於是各席上的都撤去，另將溫水浸著的代換⑲，斟了新酒上來，然後歸坐。

女先兒回說：「老祖宗不聽這書，或者彈一套曲子聽聽罷。」賈母道：「你們兩個對一套『將軍令』罷。」二人聽說，忙合弦按調撥弄起來。賈母因問：「天有幾更了？」眾婆子忙回：「三更了。」賈母道：「怪道寒浸浸得起來。」早有眾丫鬟拿了添換的衣裳送來。王夫人起身陪笑說道：「老太太不如挪進暖閣裡地炕上，倒也罷了。這二位親戚也不是外人，我們陪著就是了。」賈母聽說，笑道：「既這樣說，不如大家都挪進去，豈不暖和？」王夫人道：「恐裡頭坐不下。」賈母道：「我有道理：如今也不用這些桌子，只用兩三張併起來，大家坐在一處，擠著，又親熱，又暖和。」眾人都道：「這才有趣兒！」說著，便起了席。眾媳婦忙撤去殘席，裡面直順併了三張大桌[20]，又添換了果饌擺好。賈母便說：「都別拘禮，聽我分派你們就坐才好。」說著，便讓薛李正面上坐，自己西向坐了，叫寶琴、黛玉、湘雲三人皆緊依左右坐下，向寶玉說：「你挨著你太太。」於是邢夫人王夫人之中夾著寶玉。寶釵等姐妹在西邊；挨次下去，便是婁氏帶著賈藍；尤氏李紈夾著賈蘭；下面橫頭是賈蓉媳婦胡氏[21]。

賈母便說：「珍哥帶著你兄弟們去罷，我也就睡了。」賈珍等忙答應，又都進來聽吩咐。賈母道：「快去罷！不用進來。才坐好了，又都起來。你快歇著罷，明兒還有大事呢。」賈珍忙答應了，又笑道：「留下蓉兒斟酒才是。」賈母笑道：「正是，忘了他。」賈珍應了一個「是」，便轉身帶領賈璉等出來，二人自是歡喜，便命人將賈琮賈璜各自送回家去，便約了賈璉去追歡買笑[15]，不在話下。這裡賈母笑道：「我正想著，雖然這些人取樂，必得重孫一對雙全的在席上才好。蓉兒這可全了。蓉兒！和你媳婦坐在一處，倒也團圓了。」

因有家人媳婦呈上戲單，賈母笑道：「我們娘兒們正說得興頭，又要吵起來。況且那孩子們熬夜，怪冷的。也罷！且叫他們歇歇，把咱們的女孩子們叫起來，就在這臺上唱兩齣罷，——也給他們瞧瞧。」媳婦子們聽了，答應出來，忙得一面著人往大觀園去傳人，一面二門口去傳小廝們伺候。小廝們忙至戲房，將班中所有大人一概帶出，只留下小孩子們。

一時，梨香院的教習帶了文官等十二人從遊廊角門出來，婆子們抱著幾個軟包[16]，——因不及抬箱，料著賈母愛聽的三五齣戲的彩衣包了來。婆子們帶了文官等進去，見過，只垂手站著。

賈母笑道：「大正月裡，你師傅也不放你們出來逛逛？你們如今唱什麼？才剛八齣『八義』，鬧得我頭疼，咱們清淡些好。你瞧瞧，薛姨太太，這李親家太太，都是有戲的人家，不知聽過多少好戲的；這些姑娘們都比咱們家的姑娘見過好戲，聽過好曲子。如今這小戲子又是那有名玩戲的人家的班子，雖是小孩子，卻比大班子還強。咱們好歹別落了褒貶！——少不得弄個新樣兒的：叫芳官唱一齣『尋夢』[17]，只用簫和笙笛，餘者一概不用。」文官笑道：「老祖宗說得是。我們的戲，自然不能入姨太太和親家太太姑娘們的眼；不過聽我們一個發脫口齒[18]，再聽個喉嚨罷了。」賈母笑道：「正是這話了。」李嬸娘薛姨媽喜得笑道：「好個靈透孩子！你也跟著老太太打趣我們！」賈母笑道：「我們這原是隨便的玩意兒，又不出去作買賣，所以竟不大合時。」說著，又叫葵官：「唱一齣『惠明下書』[19]，也不用抹臉。只用這兩齣，叫他們二位太太聽個助意兒罷了。——若省了一點兒力，我可不依。」

文官等聽了出來，忙去扮演上臺，先是「尋夢」，次是「下書」。眾人鴉雀無聞。薛姨媽笑道：「實在戲也看過幾百班，從沒見過只用簫管的。」賈母道：「先有，只是像方才『西樓』『楚江情』㉒一支，多有小生吹簫合的，這合大套的實在少。這也在人講究罷了，這算什麼出奇？」又指著湘雲道：「我像他這麼大的時候兒，他爺爺有一班小戲，偏有一個彈琴的，湊了『西廂記』的『聽琴』[20]，『玉簪記』的『琴挑』[21]，『續琵琶』的『胡笳十八拍』[22]，竟成了真的了。比這個更如何？」眾人都道：「那更難得了。」賈母於是叫過媳婦們來，吩咐文官等叫他們吹彈一套「燈月圓」。媳婦們領命而去。

當下賈蓉夫妻二人捧酒一巡。鳳姐兒因賈母十分高興，便笑道：「趁著女先兒們在這裡，不如咱們傳梅，行一套『春喜上眉梢』的令，如何？」賈母笑道：「這是個好令啊！正對時景兒。」忙命人取了黑漆銅釘花腔令鼓來，給女先兒擊著。席上取了一枝紅梅，賈母笑道：「到了誰手裡住了鼓，吃一杯，——也要說些什麼才好！」鳳姐兒笑道：「依我說，誰像老祖宗要什麼有什麼呢？我們這不會的，不沒意思嗎？怎麼能雅俗共賞才好。不如誰住了，誰說個笑話兒罷。」眾人聽了，都知道他素日善說笑話兒，肚內有無限的新鮮趣令；今見如此說，不但在席的諸人喜歡，連地下伏侍的老小人等無不歡喜。那小丫頭子們都忙去找姐姐叫妹妹的，告訴他們：「快來聽，二奶奶又說笑話兒了！」眾丫頭子們便擠了一屋子。

於是戲完樂罷，賈母將些湯細點果給文官等吃去，便命響鼓。那女先兒們都是慣熟的，或緊或慢，或如殘漏之滴，或如迸豆之急，或如驚馬之馳，或如疾電之光，忽然暗其鼓聲，那梅方遞至賈母手中，鼓聲恰住，大家哈哈大笑㉓。賈蓉忙上來斟了一杯，眾人都笑道：「自然老太太先喜了，我們才托賴些喜。」賈母笑道：「這酒也罷了，只是這笑話兒倒有些難說。」眾人都說：「老太太的比鳳姑娘說得還好，賞一個，我們也笑一笑。」賈母笑道：「並沒有新鮮招笑兒的，少不得老臉皮厚的說一個罷。」因說道：

「一家子養了十個兒子，娶了十房媳婦兒。惟有第十房媳婦兒聰明伶俐、心巧嘴乖，公婆最疼，成日家說那九個不孝順。這九個媳婦兒委屈，便商議說：『咱們九個心裡孝順，只是不像那小蹄子兒嘴巧，所以公公婆婆只說他好。這委屈向誰訴去？』有主意的說道：『咱們明兒到閻王廟去燒香，和閻王爺說去，問他一問：叫我們托生為人，怎麼單單給那小蹄子兒一張乖嘴，我們都入了夯嘴裡頭。』那八個聽了，都喜歡說：『這個主意不錯！』第二日，便都往閻王廟裡來燒香。九個都在供桌底下睡著了，九個魂專等閻王駕到。左等不來，右等也不到。正著急，只見孫行者駕著筋斗雲來了，看見九個魂，便要拿金箍棒打來。嚇得九個魂忙跪下央求。孫行者問起緣故來，九個人忙細細的告訴了他。孫行者聽了，把腳一跺，嘆了一口氣道：『這緣故幸虧遇見我！等著閻王來了，他也不得知道。』九個人[24]聽了，就求說：『大聖發個慈悲，我們就好了！』孫行者笑道：『卻也不難：那日你們妯娌十個托生時，可巧我到閻王那裡去，因為撒了一泡尿在地下，你那個小嬸兒便吃了。你們如今要伶俐嘴乖，有的是尿，便撒泡你們吃就是了。』」

說畢，大家都笑起來。鳳姐兒笑道：「好的呀！幸而我們都是夯嘴夯腮的！不然，也就吃了猴兒尿了！」尤氏婁氏都笑向李紈道：「咱們這裡頭誰是吃過猴兒尿的，別裝沒事人兒！」薛姨媽笑道：「笑話兒在對景就發笑。」

說著，又擊起鼓來。小丫頭子們只要聽鳳姐兒的笑話，便悄悄的和女先兒說明，以咳嗽為記。須臾傳至兩遍，剛到了鳳姐兒手裡，小丫頭子們故意咳嗽，女先兒便住了。眾人齊笑道：「這可拿住他了！快吃了酒，說一個好的罷。——別太逗人笑得腸子疼[25]！」

鳳姐兒想一想，笑道：「一家子也是過正月節，合家賞燈吃酒，真真的熱鬧非常。祖婆婆、太婆婆、媳婦、孫子媳婦、重孫子媳婦、親孫子媳婦、姪孫子、重孫子、灰孫子[23]、滴里搭拉的孫子、孫女兒、外孫女兒、姨表孫女兒、姑表孫女兒……噯喲喲！真好熱鬧！……」眾人聽他說著，已經笑了，都說：「聽這數貧嘴[24]的！又不知要編派那一個呢！」尤氏笑道：「你要招我，我可撕你的嘴！」鳳姐兒起身拍手笑道：「人家這裡費力，你們緊著混，我就不說了。」賈母笑道：「你說你的，底下怎麼樣？」鳳姐兒想了一想，笑道：「底下就團團的坐了一屋子，吃了一夜酒，就散了。」

眾人見他正言厲色的說了，也都再無有別話，怔怔的還等往下說，只覺他冰冷無味的就住了。湘雲看了他半日。鳳姐兒笑道：「再說一個過正月節的：幾個人拿著房子大的炮仗往城外放去，引了上萬的人跟著瞧去。有一個性急的人等不得，就偷著拿香點著了。只見『噗哧』的一聲，眾人哄然一笑，都散了。這抬炮仗的人抱怨賣炮仗的銲得不結實，沒等放就散了。」湘雲道：「難道本人沒聽見？」鳳姐兒道：「本人原是個聾子。」眾人聽說，想了一回，不覺失聲都大笑起來。又想著先前那個沒完的，問他道：「先那一個到底怎麼樣？也該說完了。」鳳姐兒將桌子一拍，道：「好囉唆，到了第二日是十六日，年也完了，節也完了，我看人忙著收東西還鬧不清，那裡還知道底下的事了？」眾人聽說，復又笑起。

鳳姐兒笑道：「外頭已經四更多了，依我說：老祖宗也乏了，咱們也該『聾子放炮仗——散了』罷？」尤氏等用絹子握著嘴，笑得前仰後合[26]，指他說道：「這個東西真會數貧嘴！」賈母笑道：「真真這鳳丫頭，越發煉貧了！」一面說，一面吩咐道：「他提起炮仗來，咱們也把烟火放了，解解酒。」

賈蓉聽了，忙出去，帶著小廝們，就在院子內安下屏架，將烟火設吊齊備。這烟火俱係各處進貢之物，雖不甚大，卻極精緻，各色故事俱全，夾著各色的花炮。黛玉稟氣虛弱，不禁「劈啪」之聲，賈母便摟他在懷內。薛姨媽便摟湘雲，湘雲笑道：「我不怕。」寶釵笑道：「他專愛自己放大炮仗，還怕這個呢！」王夫人便將寶玉摟入懷內。鳳姐笑道：「我們是沒人疼的！」尤氏笑道：「有我呢，我摟著你。——你這會子又撒嬌兒了，聽見放炮仗，就像『吃了蜜蜂兒屎』的，今兒又輕狂了。」鳳姐兒笑道：「等散了，咱們圈子裡放去。我比小廝們還放得好呢。」

說話之間，外面一色色的放了又放。又有許多「滿天星」「九龍入雲」「平地一聲雷」「飛天十響」之類的零星小炮仗。放罷，然後又命小戲子打了一回「蓮花落」[25]，撒得滿臺的錢，那些孩子們滿臺的搶錢取樂。

上湯時，賈母說：「夜長，不覺得有些餓了。」鳳姐忙回說：「有預備的鴨子肉粥。」賈母道：「我吃些清淡的罷。」鳳姐兒忙道：「也有棗兒熬的粳米粥，預備太太們吃齋的。」賈母道：「倒是這個還罷了。」說著，已經撤去殘席，內外另設各種精緻小菜。大家隨意吃了些，用過漱口茶，方散。

十七日一早，又過寧府行禮，伺候掩了祠門，收過影像，方回來。此日便是薛姨媽家請吃年酒。賈母連日覺得身上乏了，坐了半日，回來了。自十八日以後，親友來請，或來赴席的，賈母一概不會，有邢夫人、王夫人、鳳姐三人料理。連寶玉只除王子騰家去了，餘者亦皆不去，只說是賈母留下解悶。

當下元宵已過，鳳姐忽然小產了，合家驚慌。要知端底，下回分解。

校記

❶「陳腐舊套」，「套」原作「倉」，從王本、脂本改。

❷「又幫著跪下作什麼」，「跪」原作「跑」，從藤本、王本改。

❸「炮仗」原作「炮張」，從俗依藤本、王本改。下同（脂本作「炮㷃」）。

❹「賈母命婆子們好生跟著，於是寶玉出來」，「於」原作「要」，從諸本改。

❺「茶水也不齊全，便各色都不便宜，自然我叫他不用來，老祖宗要叫他來，我就叫他就是了」，「各」原作「名」，「我就」原作「他就」，從諸本改。「自然」諸本作「所以」。

❻「又命婆子拿些果子菜饌點心之類與他二人吃去」，「與」原作「和」，從諸本改。

❼「咱們悄悄進去嚇他們一跳，於是大家躡手躡腳，潛蹤進鏡壁去一看」，「於」原作「也」，從諸本改。「躡手躡腳潛蹤」，諸本作「躡足潛蹤」，四字似是成語，應讀斷；今只可依乙本文字點斷。

❽「才要進去，忽聽鴛鴦嗽了一聲，說道，天下事可知難定」，「嗽」諸本作「嘆」。

❾「小丫頭知是小解，忙先出去茶房內預備水去了」，「知是」原作「那裡」，從諸本改。

❿「是老太太賞金花二位姑娘吃的，秋紋笑道」十七字原缺，從脂本補。藤本、王本作「是送給金花二姑娘的，麝月又笑道」。

⓫「麝月」原作「魔秋」，從藤本、王本改。

⓬「矜功自伐的」，「伐」原作「代」，從藤本、王本改。

⓭「那不知理的是太不知理」，「太不」原作「太太」，從諸本改。

⓮「我怕水冷，倒的是滾水，這還冷了」，「的」原作「底」，古時「底」「的」雖通，於全書例不合，從藤本、王本改。

⓯「那裡就走大了腳呢」，「就」原作「說」，從藤本、王本改。

⓰「寶玉洗了手，那小丫頭子拿小壺兒倒了漚子在他手內，寶玉漚了」，「漚了」原作「洗了手」，從脂本改。藤本、王本作「漱了口」。

⓱「你先說大概，若好再說」，「你」原在「概」下「若」上，從諸本改。

⓲「這不重了我們鳳丫頭了」，「重」原作「眾」，從諸本改。

⑲「另將溫水浸著的代換」，「水」原作「酒」，從諸本改。
⑳「裡面直順併了三張大桌」，「直」原作「真」，從諸本改。
㉑「胡氏」二字，諸本無。
㉒「西樓楚江情」，「情」原作「晴」，從藤本、王本改。
㉓「或如驚馬之馳，或如疾電之光，忽然暗其鼓聲，那梅方遞至賈母手中，鼓聲恰住，大家哈哈大笑」，「暗其」，藤本、王本作「咽住」。按脂本此段作「或如驚馬之亂馳，或如疾電之光而忽暗，其鼓聲慢，傳梅亦慢，鼓聲疾，傳梅亦疾，恰恰至賈母手中，鼓聲忽住，大家呵呵一笑」。
㉔「九個人」原作「八個人」，從諸本改。
㉕「別太逗人笑得腸子疼」，「逗」原作「鬥」，從脂本改。
㉖「前仰後合」，「前」原作「半」，從諸本改。

注釋

1 〔戲彩斑衣〕 「二十四孝」裡的一個故事，也叫「老萊娛親」。說的是春秋時候有個老萊子，很孝順父母，七十多歲了，還要穿上色彩斑爛的衣裳，裝模作樣地拿著玩具學兒童遊戲，以博取父母的歡心。

2 〔「八義觀燈」〕 「八義」即「八義記」，明代徐元所作的劇本。屠岸賈把趙盾全家殺害了，只有一個孤兒倖存，幫助趙家報仇的先後有八個人物，所以叫「八義記」。劇開始部分有「上元放燈」、「宴賞元宵」，所謂「觀燈」，即指這幾齣戲。

3 〔熱孝〕 以往，對新近遭逢的父母喪事叫熱孝。通常指百日之內，作孝子的要披麻帶孝，不剃髮，不外出。

4 〔「混元盒」〕 明末清初的一部神魔劇本，作者不詳。此劇是寫皮匠陶謙和張真人鬥法的故事。陶謙有道術，又有水神金花娘娘的協助，張真人有一件法寶叫「混元盒」。

5 〔矜功自伐〕誇耀自己的功績、才能。自伐，自誇。

6 〔漚（ㄡˋ／òu）子〕一種潤膚的香蜜，因有浸潤的作用，所以叫作「漚子」。

7 〔杌子〕一種小凳子，又稱「杌凳」。

8 〔殘唐五代〕殘唐，指唐代末年。五代，指唐宋之間五個朝代，即後梁、後唐、後晉、後漢、後周。

9 〔「鳳求鸞」〕清代李漁寫的傳奇劇本。寫公子王熙鳳與千金小姐雛鸞戀愛的故事。

10 〔諱（ㄏㄨㄟˋ／huì）〕舊時對帝王將相或尊長，不敢直稱名字，叫作避諱，因此也指所避諱的名字。

11 〔宰相〕舊時以對君主負責總攬政務的人為宰相。宰是主持，相是輔佐之意。但歷代都另有正式官名，其職權大小不同，行使職權的方式也各不相同。

12 〔掰（ㄅㄞ／bāi）謊〕揭穿謊言。

13 〔剛口〕亦作「綱口」，指說話有技巧、能動聽。常被藝人用作這方面的術語。

14 〔「二十四孝」〕書名。據說為元朝郭居業所集。書中集錄了從舜到黃庭堅等二十四人的傳說事蹟。

15 〔追歡買笑〕追歡，尋歡；買笑，指狎妓。

16 〔軟包〕舊劇不是大舉演出時，不用戲箱，只把簡單的服裝、道具等用布包攜帶，叫作「軟包」。

17 〔「尋夢」〕「牡丹亭」第十二齣，寫杜麗娘在夢中與柳夢梅相會後，次日在花園中循跡

18〔發脫口齒〕重溫夢境中的情節。

指歌唱的發聲、吐字。

19〔「惠明下書」〕

「西廂記」中的一段。

20〔「西廂記」的聽琴〕

「聽琴」在「西廂記」第二本第四折，寫鶯鶯聽張生彈琴。

21〔「玉簪記」的琴挑〕

「玉簪記」是明高濂寫的劇本。寫宋代道姑陳妙常衝破禮教和道教清規的約束，嫁給書生潘必正的故事。「琴挑」是第十六齣，寫二人借琴傳情的故事。

22〔「續琵琶」的胡笳十八拍〕「續琵琶」是曹雪芹的祖父曹寅寫的劇本。此劇寫的是蔡文姬被匈奴掠走後，作了當時左賢王的妻子，她寫胡笳十八拍傾訴自己不幸的遭遇。後為曹操設法贖回。

23〔灰孫子〕灰在這裡取細小的意思。極言輩分之小。

24〔數貧嘴〕廢話很多、說個不完的意思，有時有「故意招笑」的含義。

25〔蓮花落（ㄌㄠˋ／lào）〕在北方民間流行的一種曲藝，多為叫花子所唱，也叫「蓮花樂」、「落子」。

【第五十五回】
辱親女愚妾爭閑氣　欺幼主刁奴蓄險心

且說榮府中剛將年事忙過，鳳姐兒因年內年外操勞太過，一時不及檢點，便小月[1]了，不能理事，天天兩三個大夫用藥。鳳姐兒自恃強壯❶，雖不出門，然籌畫計算，想起什麼事來，就叫平兒去回王夫人。任人諫勸，他只不聽。王夫人便覺失了膀臂，一人能有多少精神？凡有了大事，就自己主張；將家中瑣碎之事，一應都暫令李紈協理。李紈本是個尚德不尚才[2]的，未免逞縱了下人，王夫人便命探春合同李紈裁處，只說過了一月，鳳姐將養好了，仍交給他。誰知鳳姐稟賦氣血不足，兼年幼不知保養，平生爭強鬥智，心力更虧，故雖係小月，竟著實虧虛下來。一月之後，又添了下紅之症。他雖不肯說出來，眾人看他面目黃瘦，便知失於調養。王夫人只令他好生服藥調養，不令他操心。他自己也怕成了大症，遺笑於人，便想偷空調養，恨不得一時復舊如常。誰知服藥調養，直到三月間，才漸漸的起復過來，下紅也漸漸止了。——此是後話。

如今且說目今王夫人見他如此，探春和李紈暫難謝事[3]，園中人多，又恐失於照管，特請了寶釵來，托他各處小心。因囑咐他：「老婆子們不中用，得空兒吃酒鬥牌，白日裡睡覺，夜裡鬥牌，我都知道的。鳳丫頭在外頭，他們還有個怕懼，如今他們又該取便了。

好孩子，你還是個妥當人。你兄弟妹妹們又小，我又沒工夫，你替我辛苦兩天，照應照應。凡有想不到的事，你來告訴我，別等老太太問出來，我沒話回。那些人不好，你只管說；他們不聽，你來回我：別弄出大事來才好。」寶釵聽說，只得答應了。

時屆季春，黛玉又反了咳嗽❷；湘雲又因時氣所感，也病臥在蘅蕪院，一天醫藥不斷。探春和李紈相住間壁，二人近日同事，不比往年，往來回話人等亦甚不便，故二人議定，每日早晨，皆到園門口南邊的三間小花廳上去會齊辦事；吃過早飯，於午錯方回。

這三間廳，原係預備省親之時眾執事太監[4]起坐之處，故省親以後，也用不著了，每日只有婆子們上夜。如今天已和暖，不用十分修理，只不過略略的陳設些，便可他二人起坐。這廳上也有一處匾，題著「補仁諭德」❸[5]四字；家下俗語皆只叫「議事廳兒」。如今他二人每日卯正至此，午正方散，凡一應執事的媳婦等來往回話的，絡繹不絕。眾人先聽見李紈獨辦，各各心中暗喜，因為李紈素日是個厚道多恩無罰的人，自然比鳳姐兒好搪塞些；便添了一個探春，都想著不過是個未出閨閣的年輕小姐，且素日也最平和恬淡，因此都不在意，比鳳姐兒前便懈怠了許多。只三四天後，幾件事過手，漸覺探春精細處不讓鳳姐，只不過是言語安靜、性情和順而已。

可巧連日有王公侯伯世襲官員十幾處，皆係榮寧非親即世交之家，或有升遷，或有黜降，或有婚喪紅白等事，王夫人賀弔迎送，應酬不暇，前邊更無人照管。他二人便一日皆在廳上起坐，寶釵便一日在上房監察，至王夫人回方散。每於夜間針線暇時，臨寢之先，坐了轎，帶領園中上夜人等，各處巡察一次：他三人如此一理，更覺比鳳姐兒當權時倒更謹慎了些。因而裡外下人，都暗中抱怨說：「剛剛的倒了一個『巡海夜叉』[6]，又添了三個『鎮山太歲』[7]，越發連夜裡偷著吃酒玩的工夫都沒有了！」

這日王夫人正是往錦鄉侯府去赴席，李紈與探春，早已梳洗，伺候出門去後，回至廳上坐了，剛吃茶時，只見吳新登的媳婦進來回說：「趙姨娘的兄弟趙國基昨兒出了事❹[8]，已回過老太太、太太，說知道了，叫回姑娘來。」說畢，便垂手旁侍，再不言語。彼時來回話者不少，都打聽他二人辦事如何：若辦得妥當，大家則安個畏懼之心；若少有嫌隙[9]不當之處，不但不畏服，一出二門，還說出許多笑話來取笑。吳新登的媳婦心中已有主意：若是鳳姐前，他便早已獻勤，說出許多主意、又查出許多舊例來，任鳳姐揀擇施行；如今他藐視李紈老實，探春是年輕的姑娘，所以只說出這一句話來，試他二人有何主見。

探春便問李紈。李紈想了一想，便道：「前日襲人的媽死了，聽見說賞銀四十兩，這也賞他四十兩罷了。」吳新登的媳婦聽了，忙答應了個「是」，接了對牌就走。探春道：「你且回來。」吳新登家的只得回來。探春道：「你且別支銀子。我且問你：那幾年老太太屋裡的幾位老姨奶奶，也有家裡的，也有外頭的[10]，有兩個分別。家裡的若死了人是賞多少？外頭的死了人是賞多少？你且說兩個我們聽聽。」

一問，吳新登家的便都忘了，忙陪笑回說道：「這也不是什麼大事，賞多賞少，誰還敢爭不成？」探春笑道：「這話胡鬧！依我說，賞一百倒好！若不按理，別說你們笑話，明兒也難見你二奶奶。」吳新登家的笑道：「既這麼說，我查舊賬去；此時卻不記得。」探春笑道：「你辦事辦老了的，還不記得，倒來難我們！你素日回你二奶奶，也現查去？若有這道理，鳳姐姐還不算利害，也就算是寬厚了。還不快找了來我瞧。再遲一日，不說你們粗心，倒像我們沒主意了。」吳新登家的滿面通紅，忙轉身出來。眾媳婦們都伸舌頭。這裡又回別的事。

一時吳家的取了舊賬來，探春看時，兩個家裡的賞過皆二十四兩，兩個外頭的皆賞過四十兩。外還有兩個外頭的：一個賞過一百兩，一個賞過六十兩。——這兩筆底下皆有緣故：一個是隔省遷父母之柩，外賞六十兩；一個是現買葬地，外賞二十兩。探春便給李紈看了，探春便說：「給他二十兩銀子，把這賬留下我們細看。」吳新登家的去了。

忽見趙姨娘進來，李紈探春忙讓坐，趙姨娘開口便說道：「這屋裡的人，都踹下我的頭去還罷了。姑娘，你也想一想，該替我出氣才是！」一面說，一面便眼淚鼻涕哭起來。探春忙道：「姨娘這話說誰？我竟不懂。誰踹姨娘的頭？說出來，我替姨娘出氣。」趙姨娘道：「姑娘現踹我，我告訴誰去？」探春聽說，忙站起來說道：「我並不敢。」李紈也忙站起來勸。趙姨娘道：「你們請坐下，聽我說。我這屋裡熬油似的熬了這麼大年紀，又有你兄弟，這會子連襲人都不如了，我還有什麼臉？連你也沒臉面，別說是我呀！」

探春笑道：「原來為這個！我說我並不敢犯法違禮。」一面便坐了，拿賬翻給趙姨娘瞧，又念給他聽；又說道：「這是祖宗手裡舊規矩，人人都依著，偏我改了不成？這也不但襲人，將來環兒收了外頭的，自然也是和襲人一樣❺。這原不是什麼爭大爭小的事，講不到有臉沒臉的話上。他是太太的奴才，我是按著舊規矩辦。說辦得好，領祖宗的恩典、太太的恩典；若說辦得不公，那是他糊塗不知福，也只好憑他抱怨去。太太連房子賞了人，我有什麼有臉的地方兒？一文不賞，我也沒什麼沒臉的。依我說，太太不在家，姨娘安靜些，養神罷，何苦只要操心？太太滿心疼我，因姨娘每每生事，幾次寒心。我但凡是個男人，可以出得去，我早走了，立出一番事業來，那時自有一番道理；偏我是女孩兒家，一句多話也沒我亂說的。太太滿心裡都知道，如今因看重我，才叫我管家務。還沒有作一件好事，姨娘倒先來作踐我。倘或太太知道了，怕我為難，不叫我管，那才正經沒臉呢！連姨娘真也沒臉了！」一面說，一面抽抽搭搭的哭起來❻。

趙姨娘沒話答對，便說道：「太太疼你，你該越發拉扯拉扯我們。你只顧討太太的疼，就把我們忘了！」探春道：「我怎麼忘了！叫我怎麼拉扯？這也問他們各人。那一個主子不疼出力得用的人？那一個好人用人拉扯呢？」李紈在旁只管勸說：「姨娘別生氣，也怨不得姑娘。他滿心裡要拉扯，口裡怎麼說得出來？」探春忙道：「這大嫂子也糊塗了！我拉扯誰？誰家姑娘們拉扯奴才了？他們的好歹，你們該知道，與我什麼相干？」趙姨娘氣得問道：「誰叫你拉扯別人去了？你不當家，我也不來問你。你如今現在說一是一，說二是二！如今你舅舅死了，你多給了二三十兩銀子，難道太太就不依你？分明太太是好太太，都是你們尖酸刻薄！可惜太太有恩無處使！──姑娘放心：這也使不著你的銀子！明日等出了閣，我還想你額外照看趙家呢！如今沒有長翎毛兒就忘了根本，只『揀高枝兒飛』去了。」

探春沒聽完，氣得臉白氣噎，越發嗚嗚咽咽的哭起來。因問道：「誰是我舅舅？我舅舅早升了九省的檢點了！那裡又跑出一個舅舅來？我倒素昔按禮尊敬，怎麼敬出這些親戚來了！──既這麼說，每日環兒出去，為什麼趙國基又站起來？又跟他上學？為什麼不拿出舅舅的款來？何苦來！誰不知道我是姨娘養的，必要過兩三個月尋出由頭[11]來，徹底來翻騰[12]一陣，怕人不知道，故意表白表白！也不知道是誰給誰沒臉！──幸虧我還明白，但凡糊塗不知禮的，早急了！」李紈急得只管勸，趙姨娘只管還嘮叨。

探春

忽聽有人說：「二奶奶打發平姑娘說話來了。」趙姨娘聽說，方把嘴止住。只見平兒走來，趙姨娘忙陪笑讓坐，又忙問：「你奶奶好些？我正要瞧去，就只沒得空兒。」李紈見平兒進來，因問他：「來作什麼？」平兒笑道：「奶奶說：趙姨奶奶的兄弟沒了，恐怕奶奶和姑娘不知有舊例。若照常例，只得二十兩；如今請姑娘裁度著，再添些也使得。」探春早已拭去淚痕，忙說道：「又好好的添什麼？誰又是『二十四個月養的』？不然，也是出兵放馬，背著主子逃出命來過的人不成？你主子真個倒巧：叫我開了例，他作好人，拿著太太不心疼的錢，樂得作人情！你告訴他：我不敢添減混出主意。他添他施恩，等他好了出來，愛怎麼添怎麼添！」

平兒一來時，已明白了對半；今聽這話，越發會意。見探春有怒色，便不敢以往日喜樂之時相待，只一邊垂手默侍。

時值寶釵也從上房中來，探春等忙起身讓坐，未及開言，又有一個媳婦進來回事，因探春才哭了，便有三四個小丫鬟捧了臉盆、巾帕、靶鏡等物來。此時探春因盤膝坐在矮板榻上，那捧盆丫鬟走至跟前，便雙膝跪下，高捧臉盆；那兩個丫鬟也都在旁屈膝捧著巾帕並靶鏡脂粉之飾。

平兒見侍書不在這裡，便忙上來與探春挽袖卸鐲，又接過一條大手巾來，將探春面前衣襟掩了，探春方伸手向臉盆中盥沐。媳婦便回道：「奶奶，姑娘：家學裡支環爺和蘭哥兒一年的公費。」平兒先道：「你忙什麼？你睜著眼看見姑娘洗臉，你不出去伺候著，倒先說話來！二奶奶跟前，你也這樣沒眼色來著？姑娘雖恩寬，我去回了二奶奶，只說你們眼裡都沒姑娘，你們都吃了虧，可別怨我！」唬得那個媳婦忙陪笑說：「我粗心了！」一面說，一面忙退出去。

探春一面勻臉，一面向平兒冷笑道：「你遲了一步，沒見還有可笑的。連吳姐姐這麼個辦老了事的也不查清楚了就來混我們！幸虧我們問他，他竟有臉說『忘了』！我說他回二奶奶事也忘了再找去？我料著你主子未必有耐性兒等他去找！」平兒笑道：「他有這麼一次，包管腿上的筋早折了兩根。姑娘別信他們。那是他們瞅著大奶奶是個菩薩，姑娘又是靦腆小姐，固然是托懶來混。」說著，又向門外說道：「你們只管撒野，等奶奶大安了，咱們再說。」門外的眾媳婦都笑道：「姑娘，你是個最明白的人，俗語說：『一人作罪一人當。』我們並不敢欺蔽主子。如今主子是嬌客[13]，若認真惹惱了，死無葬身之地！」

平兒冷笑道：「你們明白就好了。」又陪笑向探春道：「姑娘知道，二奶奶本來事多，那裡照看得這些？保不住不忽略。俗語說：『旁觀者清。』這幾年姑娘冷眼看著，或有該添該減的去處，二奶奶沒行到，姑娘竟一添減：頭一件，與太太有益；第二件，也不枉姑娘待我們奶奶的情義了。」話未說完，寶釵李紈皆笑道：「好丫頭，真怨不得鳳丫頭偏疼他！本來無可添減之事❼，如今聽你一說，倒要找出兩件來斟酌斟酌，不辜負你這話。」

探春笑道：「我一肚子氣，正要拿他奶奶出氣去，偏他碰了來，說了這些話，叫我也沒了主意了。」一面說，一面叫進方才那媳婦來問：「環爺和蘭哥家學裡這一年的銀子，是作那一項用的？」那媳婦便回說：「一年學裡吃點心或者買紙筆，每位有八兩銀子的使用。」探春道：「凡爺們的使用，都是各屋裡月錢之內：環哥的是姨娘領二兩；寶玉的，老太太屋裡襲人領二兩；蘭哥兒的是大奶奶屋裡領：怎麼學裡每人多這八兩？——原來上學去的是為這八兩銀子！從今日起，把這一項蠲了。平兒回去，告訴你奶奶，說我的話，把這一條務必免了。」平兒笑道：「早就該免。舊年奶奶原說要免來著，因年下忙，就忘了。」

那媳婦只得答應著去了。就有大觀園中媳婦捧了飯盒子來，侍書素雲早已抬過一張小飯桌來，平兒也忙著上菜，探春笑道：「你說完了話，幹你的去罷，在這裡又忙什麼？」平兒笑道：「我原沒事，二奶奶打發了我來，一則說話，二則怕這裡的人不方便，叫我幫著妹妹們伏侍奶奶姑娘來了。」探春因問：「寶姑娘的怎麼不端來一處吃？」丫鬟們聽說，忙出至檐外，命媳婦們去說：「寶姑娘如今在廳上一處吃，叫他們把飯送了這裡來。」探春聽說，便高聲說道：「你別混支使人！那都是辦大事的管家娘子們，你們支使他要飯要茶的？連個高低都不知道！平兒這裡站著，叫他叫去！」

平兒忙答應了一聲出來，那些媳婦們都悄悄的拉住笑道：「那裡用姑娘去叫？我們已有人叫去了。」一面說，一面用絹子撣臺階的土，說：「姑娘站了半天，乏了，這太陽地裡歇歇兒罷。」平兒便坐下。又有茶房裡的兩個婆子拿了個坐褥鋪下❽，說：「石頭冷，這是極乾淨的，姑娘將就坐一坐兒罷。」平兒點頭笑道：「多謝。」一個又捧了一碗精緻新茶出來，也悄悄笑說：「這不是我們常用的茶，原是伺候姑娘們的，姑娘且潤一潤罷。」平兒遂欠身接了，因指眾媳婦悄悄說道：「你們太鬧得不像了。他是個姑娘家，不肯發威動怒，這是他尊重，你們就藐視欺負他。果然招他動了大氣，不過說他一個粗糙就完了，你們就現吃不了的虧！他撒個嬌兒，太太也得讓他一二分，二奶奶也不敢怎麼。你們就這麼大膽子小看他，可是雞蛋往石頭上碰！」眾人都忙道：「我們何嘗敢大膽了？都是趙姨娘鬧的！」平兒也悄悄的道：「罷了！好奶奶們，『牆倒眾人推』，那趙姨娘原有些顛倒，『著三不著兩』，有了事就都賴他。你們素日那眼裡沒人，心術利害，我這幾年難道還不知道！二奶奶要是略差一點兒的，早叫你們這些奶奶們治倒了。——饒這麼著，得一點空兒，還要難他一難！好幾次沒落了你們的口聲[14]。眾人都說他利害，你們都怕他，惟我知道他心裡也就不算不怕你們的❾。前兒我們還議論到這裡：再不能依頭順尾，必有兩場氣生。那三姑娘雖是個姑娘，你們都橫看了他。二奶奶在這些大姑子小姑子裡頭，也就只單怕他五分兒。你們這會子倒不把他放在眼裡了！」

正說著，只見秋紋走來，眾媳婦忙趕著問好，又說：「姑娘也且歇歇，裡頭擺飯呢。等撤下桌子來，再回話去罷。」秋紋笑道：「我比不得你們，我那裡等得？」說著，便直要上廳去。平兒忙叫：「快回來！」秋紋回頭，見了平兒，笑道：「你又在這裡充什麼『外圍子的防護』？」一面回身便坐在平兒褥上。平兒悄問：「回什麼？」秋紋道：「問一問寶玉的月錢，我們的月錢，多早晚才領？」平兒道：「這什麼大事！你快回去告訴襲人，說我的話：憑有什麼事，今日都別回。若回一件，管駁一件；回一百件，管駁一百件！」秋紋聽了，忙問：「這是為什麼？」平兒與眾媳婦等都忙告訴他緣故；又說：「正要找幾處利害事與有體面的人來開例，作法子鎮壓，與眾人作榜樣呢。何苦你們先來碰在這釘子上？你這一去說了，他們若拿你們也作一二件榜樣，又礙著老太太、太太；若不拿著你們作一二件，人家又說：『偏一個向一個，仗著老太太、太太威勢的就怕，不敢惹，只拿著軟的作鼻子頭[15]。』你聽聽罷，二奶奶的事，他還要駁兩件，才壓得眾人口聲呢！」

秋紋聽了，伸了伸舌頭，笑道：「幸而平姐姐在這裡，沒得臊一鼻子灰，趁早知會他們去。」說著，便起身走了。接著寶釵的飯至，平兒忙進來伏侍。那時趙姨娘已去，三人在板床上吃飯，寶釵面南，探春面西，李紈面東。眾媳婦皆在廊下靜候，裡頭只有他們緊跟常侍的丫鬟伺候，別人一概不敢擅入。這些媳婦們都悄悄的議論說：「大家省事罷！別安著沒良心的主意。連吳大娘才都討了沒意思，咱們又是什麼有臉的？」都一邊悄議，等飯完回事。此時裡面惟聞微嗽之聲，不聞碗箸之響。

一時，只見一個丫頭將簾櫳高揭，又有兩個將桌抬出。茶房內有三個丫鬟，捧著三個沐盆兒。見飯桌已出，三人便進去了。一回又捧出沐盆並漱盂來，方有侍書、素雲、鶯兒三個人，每人用茶盤捧了三蓋碗茶進去。

一時等他三人出來，侍書命小丫頭子：「好生伺候著，我們吃飯來換你們，可又別偷坐著去。」眾媳婦們方慢慢的安分回事，不敢如先前輕慢疏忽了。探春氣方漸平，因向平兒道：「我有一件大事，早要和你奶奶商議，如今可巧想起來。你吃了飯快來，寶姑娘也在這裡，咱們四個人商議了，再細細的問你奶奶可行可止。」

平兒答應回去。鳳姐因問：「為何去這半日？」平兒便笑著將方才的緣故細細說與他聽了。鳳姐兒笑道：「好，好，好！好個三姑娘！我說不錯。——只可惜他命薄，沒托生在太太肚裡。」平兒笑道：「奶奶也說糊塗話了。他就不是太太養的，難道誰敢小看他，不和別的一樣看待麼？」鳳姐嘆道：「你那裡知道？雖然正出庶出[16]是一樣，但只女孩兒，卻比不得兒子，將來作親時，如今有一種輕狂人，先要打聽姑娘是正出是庶出，多有為庶出不要的。殊不知庶出，只要人好，比正出的強百倍呢！將來不知那個沒造化的，為挑正庶誤了事呢；也不知那個有造化的，不挑正庶的得了去。」說著，又向平兒笑道：「你知道我這幾年生了多少省儉的法子，一家子大約也沒個背地裡不恨我的。我如今也是『騎上老虎』了，雖然看破些，無奈一時也難寬放。二則家裡出去得多，進來得少，凡有大小事兒，仍是照著老祖宗手裡的規矩，卻一年進的產業，又不及先時多；省儉了，外人又笑話，老太太、太太也受委屈，家下也抱怨刻薄。若不趁早兒料理省儉之計，再幾年就都賠盡了！」

平兒道：「可不是這話！將來還有三四位姑娘，還有兩三個小爺們，一位老太太，這幾件大事未完呢。」鳳姐兒笑道：「我也慮到這裡，倒也夠了。寶玉和林妹妹，他兩個一娶一嫁，可以使不著官中錢，老太太自有體己拿出來。二姑娘是大老爺那邊的，也不算。剩了三四個，滿破著每人花上七八千銀子。環哥娶親有限，花上三千銀子；若不夠，那裡省一抿子[17]也就夠了。老太太的事出來，一應都是全了的，不過零星雜項使費些，滿破三五千兩。如今再儉省些，陸續就夠了。只怕如今憑空再生出一兩件事來，可就了不得了。——咱們且別慮後事，你且吃了飯，快聽他們商議什麼。這正碰了我的機會，我正愁沒個膀臂，雖有個寶玉，他又不是這裡頭的貨，縱收伏了他，也不中用。大奶奶是個佛爺，也不中用。二姑娘更不中用，亦且不是這屋裡的人。四姑娘小呢。蘭小子和環兒更是個燎毛的小凍貓子，只等有熱灶火炕讓他鑽去罷❿，——真真一個娘肚子裡跑出這樣天懸地隔的兩個人來，我想到那裡就不服！再者林丫頭和寶姑娘他兩個人倒好，偏又都是親戚，又不好管咱們家務事。況且一個是美人燈兒，風吹吹就壞了；一個是拿定了主意，『不干己事不張口，一問搖頭三不知[18]』，也難十分去問他。倒只剩了三姑娘一個，心裡嘴裡都也來得，又是咱家的正人，太太又疼他，——雖然臉上淡淡的，皆因是趙姨娘那老東西鬧的，心裡卻是和寶玉一樣呢。比不得環兒，實在令人難疼，要依我的性子，早攆出去了！如今他既有這主意，正該和他協同，大家作個膀臂，我也不孤不獨了。按正禮天理良心上論，咱們有他這一個人幫著，咱們也省些心，與太太的事也有益。若按私心藏奸上論，我也太行毒了，也該抽回退步，回頭看看；再要窮追苦剋，人恨極了，他們笑裡藏刀，咱們兩個才四個眼睛兩個心，一時不防，倒弄壞了。趁著緊溜[19]之中，他出頭一料理，眾人就把往日咱們的恨暫可解了。還有一件，我雖知你極明白，恐怕你心裡挽不過來，如今囑咐你：他雖是姑娘家，心裡卻事事明白，不過是言語謹慎。他又比我知書識字，更利害一層了。如今俗語說：『擒賊必先擒王。』他如今要作法開端，一定是先拿我開端，倘或他要駁我的事，你可別分辯，你只越恭敬越說駁得是才好。千萬別想著怕我沒臉，和他一強，就不好了。」

平兒不等說完，便笑道：「你太把人看糊塗了！我才已經行在先了，這會子才囑咐我！」鳳姐兒笑道：「我是恐怕你心裡眼裡只有了我、一概沒有他人之故，不得不囑咐；既已行在先，更比我明白了。這不是你又急了，滿嘴裡『你』呀『我』的起來了！」平兒道：「偏說『你』！你不依，這不是嘴巴子？再打一頓。難道這臉上還沒嘗過的不成？」鳳姐兒笑道：「你這小蹄子兒，要掂多少過兒[20]才罷？你看我病得這個樣兒，還來慪我呢！過來坐下，橫豎沒人來，咱們一處吃飯是正經。」

說著，豐兒等三四個小丫頭子進來，放小炕桌。鳳姐只吃燕窩粥，兩碟子精緻小菜，每日份例菜已暫減去。豐兒便將平兒的四樣份例菜端至桌上，與平兒盛了飯來。平兒屈一膝於炕沿之上，半身猶立於炕下，陪著鳳姐兒吃了飯，伏侍漱口畢，吩咐了豐兒些話，方往探春處來。只見院中寂靜，人已散出。要知後事何如，且聽下回分解。

校記

❶「自恃強壯」，「恃」原作「特」，從諸本改。
❷「黛玉又反了咳嗽」，「反」諸本作「犯」。
❸「補仁諭德」，「諭」原作「論」，從諸本改。
❹「趙國基昨兒出了事」，脂本作「趙國基昨日死了」。
❺「這也不但襲人，將來環兒收了外頭的，自然也是和襲人一樣」，「外頭」原作「屋裡」，從諸本改。
❻「一面說，一面抽抽搭搭的哭起來」，諸本作「一面說，一面不禁滾下淚來」。
❼「本來無可添減之事」，「來無」原作「無來」，從諸本改。
❽「又有茶房裡的兩個婆子拿了個坐褥鋪下」，「的」字原缺，從藤本、王本補。
❾「惟我知道他心裡也就不算不怕你們的」，「你們」原缺，從藤本、王本補。
❿「四姑娘小呢，蘭小子和環兒更是個燎毛的小凍貓子，只等有熱灶火炕讓他鑽去罷」，「炕」原作「坑」，從藤本、王本改。「蘭小子和」四字脂本作「蘭小子更小」。

注釋

1〔小月〕小產。一般稱生產為「坐月子」，所以小產稱為「坐小月子」，簡稱「小月」。

2〔尚德不尚才〕重道德不重才能。尚，尊崇。

3〔謝事〕引退，辭謝所任差事。

4〔執事〕有二義，一是供人支使的人，「事」字讀第一聲；一是儀仗，「事」字讀第四聲。這裡二義均通。

5〔補仁諭德〕這個匾額是說：通過議事使人對「仁政」有所補益，對道德有所了解。諭，同喻，明白、了解的意思。

6〔巡海夜叉〕擔當巡邏職守的惡鬼，這裡指王熙鳳，說明王熙鳳的凶狠殘暴。夜叉，梵文的音譯，意為吃人的惡鬼。

7 〔鎮山太歲〕擔當守衛任務的凶神，這裡指寶釵、探春、李紈三人。太歲，古時傳說的值歲神，被視為凶煞，認為是不可觸犯的。

8 〔出了事〕這裡指死亡。

9 〔嫌隙〕本指二人因猜忌而發生衝突，這裡是有漏洞的意思。

10 〔家裡的、外頭的〕世代為僕的所謂「家生子」叫「家裡的」，買來的或僱來的婢僕叫「外頭的」。

11 〔由頭〕由來，原因。這裡指藉故起事。

12 〔翻騰〕原是翻亂原有的秩序，這裡是鬧騰的意思。

13 〔嬌客〕當時一般家庭中未婚的女子、已婚的女子和她的丈夫及子女們都受特殊尊重、嬌貴的待遇，所以稱為「嬌客」。

14 〔口聲〕即話柄，有批評、指責的意思。

15 〔作鼻子頭〕當作開例的人。鼻子頭，「方言」：「鼻，始也」，開始的意思。

16 〔正出庶出〕在宗法制度下，妻所生的孩子叫正出，妾所生的孩子叫庶出。

17 〔一抿子〕一樁，一件。

18 〔三不知〕指對事情的開始、經過、結果都不了解，也就是完全不知道的意思。

19 〔緊溜〕緊要關頭。

20 〔掂多少過兒〕抓住一句話，來回指責、取笑。

【第五十六回】

敏探春興利除宿弊[1]　賢寶釵小惠全大體

話說平兒陪著鳳姐吃了飯，伏侍盥漱畢，方往探春處來。只見院中寂靜，只有丫鬟婆子，一個個都站在窗外聽候。平兒進入廳中，他姐妹姑嫂三人正商議些家務，說的便是年內賴大家請吃酒，他家花園中事故。見他來了，探春便命他腳踏上坐了，因說道：「我想的事，不為別的，只想著我們一月所用的頭油脂粉又是二兩的事。我想咱們一月已有了二兩月銀，丫頭們又另有月錢，可不是又同剛才學裡的八兩一樣重重疊疊❶？這事雖小，錢有限，看起來也不妥當，你奶奶怎麼就沒想到這個呢？」

平兒笑道：「這有個緣故：姑娘們所用的這些東西，自然該有份例，每月每處買辦買了，令女人們交送我們收管，不過預備姑娘們使用就罷了；沒有個我們天天各人拿著錢，找人買這些去的。所以外頭買辦總領了去，按月使女人按房交給我們。至於姑娘們每月的這二兩，原不是為買這些的，為的是一時當家的奶奶太太，或不在家，或不得閑，姑娘們偶然要個錢使，省得找人去：這不過是恐怕姑娘們受委屈意思。如今我冷眼看著，各屋裡我們的姐妹都是現拿錢買這些東西的竟有了一半子。我就疑惑不是買辦脫了空，就是買的不是正經貨。」探春李紈都笑道：「你也留心看出來了！脫空是沒有的，只是遲些日子；

催急了，不知那裡弄些來，不過是個名兒，其實使不得，依然還得現買。就用二兩銀子，另叫別人的奶媽子的弟兄兒子買來，方才使得。要使官中的人去，依然是那一樣的，不知他們是什麼法子？」平兒便笑道：「買辦買的是那東西，別人買了好的來，買辦的也不依他，又說他使壞心，要奪他的買辦。所以他們寧可得罪了裡頭，不肯得罪了外頭辦事的。要是姑娘們使了奶媽子們，他們也就不敢說閑話了。」

探春道：「因此我心裡不自在，饒費了兩起錢，東西又白丟一半！不如竟把買辦的這一項每月蠲了為是。此是第一件事。第二件，年裡往賴大家去，你也去的：你看他那小園子，比咱們這個如何？」平兒笑道：「還沒有咱們這一半大，樹木花草也少多著呢。」探春道：「我因和他們家的女孩兒說閑話兒，他說這園子除他們帶的花兒，吃的筍菜魚蝦，一年還有人包了去，年終足有二百兩銀子剩。從那日，我才知道一個破荷葉，一根枯草根子，都是值錢的。」

寶釵笑道：「真真膏粱紈褲之談[2]！你們雖是千金，原不知道這些事，但只你們也都念過書，識過字的，竟沒看見過朱夫子有一篇『不自棄』[3]的文麼？」探春笑道：「雖也看過，不過是勉人自勵，虛比浮詞[4]，那裡真是有的？」寶釵道：「朱子都行了虛比浮詞了❷？那句句都是有的。你才辦了兩天事，就利欲薰心，把朱子都看虛浮了。你再出去，見了那些利弊大事，越發連孔子也都看虛了呢！」探春笑道：「你這樣一個通人[5]，竟沒看見姬子書❸[6]？當日姬子有云：『登利祿之場，處運籌[7]之界者，窮堯舜之詞❹，背孔孟之道……』」寶釵笑道：「底下一句呢？」探春笑道：「如今斷章取義；念出底下一句，我自己罵我自己不成？」寶釵道：「天下沒有不可用的東西，既可用，便值錢。難為你是個聰明人，這大節目正事竟沒經歷。」李紈笑道：「叫人家來了，又不說正事，你們且對講學問！」寶釵道：「學問中便是正事。若不拿學問提著，便都流入市俗去了。」

三人取笑了一回，便仍談正事。探春又接說道：「咱們這個園子，只算比他們的多一半，加一倍算起來，一年就有四百銀子的利息。若此時也出脫生發[8]銀子，自然小器，不是咱們這樣人家的事；若派出兩個一定的人來，既有許多值錢的東西，任人作踐了，也似乎暴殄天物❺[9]；不如在園子裡所有的老嬤嬤中，揀出幾個老成本分，能知園圃的，派他們收拾料理。也不必要他們交租納稅，只問他們一年可以孝敬些什麼。一則園子有專定之人修理花木，自然一年好似一年了，也不用臨時忙亂；二則也不致作踐，白辜負了東西；三則老嬤嬤們也可藉此小補，不枉成年家在園中辛苦；四則也可省了這些花兒匠、山子匠並打掃人等的工費；將此有餘，以補不足，未為不可。」

寶釵正在地下看壁上的字畫，聽如此說，便點頭笑道：「善哉！三年之內，無饑饉[10]矣。」李紈道：「好主意！果然這麼行，太太必喜歡。省錢事小，園子有人打掃，專司其職，又許他去賣錢，使之以權，動之以利，再無不盡職的了。」平兒道：「這件事須得姑娘說出來，我們奶奶雖有此心，未必好出口。此刻姑娘們在園裡住著，不能多弄些玩意兒陪襯，反叫人去監管修理，圖省錢，這話斷不好出口。」

寶釵忙走過來，摸著他的臉笑道：「你張開嘴，我瞧瞧你的牙齒舌頭是什麼作的❻？從早起來，到這會子，你說了這些話，一套一個樣子：也不奉承三姑娘，也不說你們奶奶才短想不到；三姑娘說一套話出來，你就有一套話回奉，總是三姑娘想得到的，你們奶奶也想到了，只是必有個不可辦的緣故，——這會子又是因姑娘們住的園子，不好因省錢令人去監管❼。你們想想這話，要果真交給人弄錢去的，那人自然是一枝花也不許掐，一個果子也不許動了，姑娘們份中，自然是不敢講究，天天和小姑娘們就吵不清。他這遠愁近慮，不亢不卑，他們奶奶就不是和咱們好，聽他這一番話，也必要自愧的變好了。」探春笑道：「我早起一肚子氣，聽他來了，忽然想起他主子來：素日當家，使出來的好撒野的人！我見了他更生氣了。誰知他來了，避貓鼠兒似的，站了半日，怪可憐的。接著又說了那些話，不說他主子待我好，倒說『不枉姑娘待我們奶奶素日的情意了』，這一句話，不但沒了氣，我倒愧了，又傷起心來。我細想：我一個女孩兒家，自己還鬧得沒人疼沒人顧的，我那裡還有好處去待人？」口內說到這裡，不免又流下淚來。

李紈等見他說得懇切，又想他素日趙姨娘每生誹謗，在王夫人跟前，亦為趙姨娘所累，也都不免流下淚來，都忙勸他：「趁今日清靜，大家商議兩件興利剔弊的事情，也不枉太太委托一場。又提這沒要緊的事作什麼！」平兒忙道：「我已明白了。姑娘說，誰好，竟一派人，就完了。」探春道：「雖如此說，也須得回你奶奶一聲兒。我們這裡搜剔小利，已經不當，——皆因你奶奶是個明白人，我才這樣行；若是糊塗多歪多妒的，我也不肯，倒像抓他的乖[11]似的，豈可不商議了行呢？」平兒笑道：「這麼著，我去告訴一聲兒。」說著去了；半日方回來，笑道：「我說是白走一趟。這樣好事，奶奶豈有不依的！」

探春聽了，便和李紈命人將園中所有婆子的名單要來，大家參度，大概定了幾個人。又將他們一齊傳來，李紈大概告訴給他們。眾人聽了，無不願意。也有說：「那片竹子單交給我，一年工夫，明年又是一片。除了家裡吃的筍，一年還可交些錢糧。」這一個說：

「那一片稻地交給我，一年這些玩的大小雀鳥的糧食，不必動官中錢糧，我還可以交錢糧。」

探春才要說話，人回：「大夫來了，進園瞧史姑娘去。」眾婆子只得去領大夫。平兒忙說：「單你們，有一百也不成個體統。難道沒有兩個管事的頭腦兒帶進大夫來？」回事的那人說：「有吳大娘和單大娘，他兩個在西南角上聚錦門等著呢。」平兒聽說，方罷了。

眾婆子去後，探春回寶釵：「如何？」寶釵笑答道：「幸於始者怠於終❽，善其辭者嗜其利[12]。」探春聽了，點頭稱讚，便向冊上指出幾個來與他三人看。平兒忙去取筆硯來。他三人說道：「這一個老祝媽，是個妥當的，況他老頭子和他兒子，代代都是管打掃竹子，如今竟把這所有的竹子交與他。這一個老田媽，本是種莊家的，稻香村一帶，凡有菜蔬稻稗之類，雖是玩意兒，不必認真大治大耕，也須得他去再細細按時加些植養，豈不更好？」探春又笑道：「可惜蘅蕪院和怡紅院這兩處大地方，竟沒有出息之物！」李紈忙笑道：「蘅蕪院裡更利害！如今香料鋪並大市大廟賣的各處香料香草兒，都不是這些東西？算起來，比別的利息更大！怡紅院別說別的，單只說春夏兩季的玫瑰花，共下多少花朵兒？還有一帶籬笆上的薔薇、月季、寶相、金銀花、藤花，這幾色草花，乾了賣到茶葉鋪藥鋪去，也值好些錢。」探春笑著點頭兒，又道：「只是弄香草沒有在行的人。」平兒忙笑道：「跟寶姑娘的鶯兒他媽，就是會弄這個的。上回他還採了些曬乾了，編成花籃葫蘆給我玩呢。姑娘倒忘了麼？」寶釵笑道：「我才讚你，你倒來捉弄我了。」三人都詫異問道：「這是為何？」寶釵道：「斷斷使不得。你們這裡多少得用的人，一個個閑著沒事辦，這會子我又弄個人來，叫那起人連我也看小了。我倒替你們想出一個人來：怡紅院有個老葉媽，他就是焙茗的娘，那是個誠實老人家；他又合我們鶯兒媽極好。不如把這事交與葉媽，他有不知的，不必咱們說給他，就找鶯兒的娘去商量了。那怕葉媽全不管，竟交與那一個，這是他們私情兒，有人說閑話，也就怨不到咱們身上。如此一行，你們辦得又公道，於事又妥當。」李紈平兒都道：「很是。」探春笑道：「雖如此，只怕他們見利忘義呢。」平兒笑道：「不相干。前日鶯兒還認了葉媽作乾娘，請吃飯吃酒，兩家和厚得很呢。」探春聽了，方罷了。又共斟酌出幾個人來，俱是他四人素昔冷眼取中的，用筆圈出。

一時婆子們來回：「大夫已去。」將藥方送上去，三人看了，一面遣人送出外邊去取藥，監派調服；一面探春與李紈明示諸人：某人管某處，「按四季，除家中定例用多少外，餘者任憑你們採取去取利，年終算賬。」探春笑道：「我又想起一件事：若年終算賬，歸錢時，自然歸到賬房，仍是上頭又添一層管主，還在他們手心裡，又剝一層皮。這如今我們興出這件事，派了你們，已是跨過他們的頭去了，心裡有氣，只說不出來；你們年終去歸賬，他還不捉弄你們等什麼？再者，這一年間，管什麼的，主子有一全份，他們就得半份，這是每常的舊規，人所共知的。如今這園子是我的新創，竟別入他們的手，每年歸賬，竟歸到裡頭來才好。」寶釵笑道：「依我說，裡頭也不用歸賬，這個多了，那個少了，倒多了事。不如問他們誰領這一份的，他就攬一宗事去。不過是園裡的人動用。我替你們算出來了，有限的幾宗事，不過是頭油、胭粉、香、紙，每一位姑娘，幾個丫頭，都是有定例的；再者各處笤帚、簸箕、撣子，並大小禽鳥、鹿、兔吃的糧食，不過這幾樣。都是他們包了去，不用賬房去領錢。你算算，就省下多少來？」平兒笑道：「這幾宗雖小，一年通共算了，也省得下四百多銀子。」

寶釵笑道：「卻又來！一年四百，二年八百兩，打租的房子也能多買幾間，薄沙地也可以添幾畝了。雖然還有敷餘，但他們既辛苦了一年，也要叫他們剩些，貼補自家。雖是興利節用為綱，然也不可太過，要再省上二三百銀子，失了大體統，也不像。所以這麼一行，外頭賬房裡一年少出四五百銀子，也不覺得很艱嗇了；他們裡頭卻也得些小補；這些沒營生的嬤嬤們，也寬裕了；園子裡花木，也可以每年滋長繁盛；就是你們，也得了可使之物：這庶幾不失大體。若一味要省時，那裡搜尋不出幾個錢來？凡有些餘利的，一概入了官中，那時裡外怨聲載道。豈不失了你們這樣人家的大體？如今這園裡幾十個老嬤嬤們❾，若只給了這個，那剩的也必抱怨不公；我才說的他們只供給這個幾樣，也未免太寬裕了。一年竟除這個之外，他每人不論有餘無餘，只叫他拿出若干吊錢來，大家湊齊，單散與這些園中的嬤嬤們。他們雖不料理這些，卻日夜也都在園中照料；當差之人，關門閉戶，起早睡晚，大雨大雪，姑娘們出入，抬轎子，撐船，拉冰床，一應粗重活計，都是他們的差使：一年在園裡辛苦到頭，這園內既有出息，也是份內該沾帶些的。——還有一句至小的話，越發說破了：你們只顧了自己寬裕，不分與他們些，他們雖不敢明怨，心裡卻都不服，只用假公濟私的，多摘你們幾個果子，多掐幾枝花兒，你們有冤還沒處訴呢。他們也沾帶些利息，你們有照顧不到的，他們就替你們照顧了。」

眾婆子聽了這個議論，又去了賬房受轄制，又不與鳳姐兒去算賬，一年不過多拿出若干吊錢來，各各歡喜異常，都齊聲說：「願意！強如出去被他們揉搓著，還得拿出錢來呢！」那不得管地的，聽了每年終無故得錢，更都喜歡起來，口內說：「他們辛苦收拾，是該剩些錢貼補的；我們怎麼好『穩吃三注』[13]呢？」寶釵笑道：「嬤嬤們也別推辭了，這原是分內應當的。你們只要日夜辛苦些，別躲懶縱放人吃酒賭錢就是了；不然，我也不該管這事。你們也知道，我姨娘親口囑托我三五回，說：大奶奶如今又不得閑，別的姑娘又小，托我照看照看。我若不依，分明是叫姨娘操心。我們太太又多病，家務也忙，我原是個閑人，就是街坊鄰舍，也要幫個忙兒，何況是姨娘托我？講不起眾人嫌我。倘或我只顧沽名釣譽的，那時酒醉賭輸，再生出事來，我怎麼見姨娘？你們那時後悔也遲了，就連你們素昔的老臉也都丟了。這些姑娘們，這麼一所大花園子，都是你們照管著，皆因看得你們是三四代的老嬤嬤，最是循規蹈矩，原該大家齊心顧些體統。你們反縱放別人，任意吃酒賭博。姨娘聽見了，教訓一場猶可，倘若被那幾個管家娘子聽見了，他們也不用回姨娘，竟教導你們一場，你們這年老的反受了小的教訓，雖是他們是管家，管得著你們，何如自己存些體面，他們如何得來作踐呢！所以我如今替你們想出這個額外的進益來，也為的是大家齊心，把這園裡周全得謹謹慎慎的，使那些有權執事的看見這般嚴肅謹慎，且不用他們操心，他們心裡豈不敬服？也不枉替你們籌畫些進益了❿。你們去細細想想這話。」眾人都歡喜說：「姑娘說的很是。從此姑娘奶奶只管放心。姑娘奶奶這麼疼顧我們，我們再要不體上情，天地也不容了！」

剛說著，只見林之孝家的進來，說：「江南甄府裡家眷昨日到京，今日進宮朝賀，此刻先遣人來送禮請安。」說著便將禮單送上去。探春接了，看道是：「上用的妝緞[14]蟒緞[15]十二匹。上用雜色緞十二匹。上用各色紗十二匹。上用宮綢十二匹。宮用各色緞紗綢綾二十四匹。」李紈探春看過，說：「用上等封兒[16]賞他。」因又命人去回了賈母。賈母命人叫李紈、探春、寶釵等都過來，將禮物看了。李紈收過一邊，吩咐內庫上人說：「等太太回來看了再收。」賈母因說：「這甄家又不與別家相同，上等封兒賞男人。只怕轉眼又打發女人來請安，預備下尺頭。」

一語未了，果然人回：「甄府四個女人來請安。」賈母聽了，忙命人帶進來。那四個人都是四十往上年紀，穿戴之物皆比主子不大差別。請安問好畢，賈母便命拿了四個腳踏來。他四人謝了坐，等著寶釵等坐了，方都坐下⓫。賈母便問：「多早晚進京的？」四人忙起身回說：「昨兒進的京，今兒太太帶了姑娘進宮請安去了，所以叫女人們來請安，問候姑娘們。」賈母笑問道：「這些年沒進京，也不想到就來。」四人也都笑回道：「正是。今年是奉旨喚進京的。」賈母問道：「家眷都來了？」四人回說：「老太太和哥兒、兩位小姐，並別位太太，都沒來；就只太太帶了三姑娘來了。」賈母道：「有人家沒有？」四人道：「還沒有呢。」賈母笑道：「你們大姑娘和二姑娘，這兩家，都和我們家甚好。」四人笑道：「正是。每年姑娘們有信回來說，全虧府上照看。」賈母笑道：「什麼『照看』？原是世交，又是老親，原應當的。你們二姑娘更好，不自尊大，所以我們才走得親密。」四人笑道：「這是老太太過謙了」。

賈母又問：「你這哥兒也跟著你們老太太？」四人回說：「也跟著老太太呢。」賈母道：「幾歲了？」又問：「上學不曾？」四人笑說：「今年十三歲。因長得齊整，老太太很疼，自幼淘氣異常，天天逃學，老爺太太也不便十分管教。」賈母笑道：「也不成了我們家的了？你這哥兒叫什麼名字？」四人道：「因老太太當作寶貝一樣，他又生得白，老太太便叫作『寶玉』。」賈母笑向李紈道：「偏也叫個『寶玉』！」李紈等忙欠身笑道：「從古至今⓬，同時隔代，重名的很多。」四人也笑道：「起了這小名兒之後，我們上下都疑惑，不知那位親友家也倒像曾有一個的，只是這十來年沒進京來，卻記不真了。」賈母笑道：「那就是我的孫子。──人來。」眾媳婦丫頭答應了一聲，走近幾步，賈母笑道：「園裡把咱們的寶玉叫了來，給這四個管家娘子瞧瞧，比他們的寶玉如何。」

眾媳婦聽了，忙去了，半刻，圍了寶玉進來。四人一見，忙起身笑道：「唬了我們一跳！要是我們不進府來，倘若別處遇見，還只當我們的寶玉後趕著也進了京呢！」一面說，一面都上來拉他的手，問長問短。寶玉也笑問個好。賈母笑道：「比你們的長得如何？」李紈等笑道：「四位嬤嬤才一說，可知是模樣兒相仿了。」賈母笑道：「那有這樣巧事？大家子孩子們，再養得嬌嫩，除了臉上有殘疾十分醜的，大概看去都是一樣齊整，這也沒有什麼怪處。」四人笑道：「如今看來，模樣是一樣！據老太太說，淘氣也一樣；我們看來，這位哥兒，性情卻比我們的好些。」賈母忙笑問：「怎麼？」四人笑道：「方才我們拉哥兒的手說話，便知道了。若是我們那一位，只說我們糊塗。慢說拉手，他的東西，我們略動一動，也不依。所使喚的人，都是女孩子們……」

四人未說完，李紈姐妹等禁不住都失聲笑出來。賈母也笑道：「我們這會子也打發人去見了你們寶玉，若拉他的手，他也自然勉強忍耐著。不知你我這樣人家的孩子，憑他們有什麼刁鑽古怪的毛病，見了外人，必是要還出正經禮數來的。若他不還正經禮數，也斷不容他刁鑽去了。就是大人溺愛的，也因為他一則生得得人意兒；二則見人禮數，竟比大人行出來的還周到，使人見了可愛可憐；背地裡所以才縱他一點子。若一味他只管沒裡沒外，不給大人爭光，憑他生得怎樣，也是該打死的。」四人聽了，都笑道：「老太太這話正是。雖然我們寶玉淘氣古怪，有時見了客，規矩禮數，比大人還有趣，所以無人見了不愛，只說：『為什麼還打他？』殊不知他在家裡無法無天，大人想不到的話偏會說，想不到的事偏會行，所以老爺太太恨得無法。就是任性，也是小孩子的常情；胡亂花費，也是公子哥兒的常情；怕上學，也是小孩子的常情：都還治得過來。第一，天生下來這一種刁鑽古怪的脾氣，如何使得？」

一語未了，人回：「太太回來了。」王夫人進來，問過安，他四人請了安，大概說了兩句，賈母便命：「歇歇去罷。」王夫人親捧過茶，方退出去。四人告辭了賈母，便往王夫人處來，說了一會子家務，打發他們回去，不必細說。

這裡賈母喜得逢人便告訴：也有一個寶玉，也都一般行景。眾人都想著：天下的世宦大家，同名的這也很多，祖母溺愛孫子也是常事，不是什麼罕事，皆不介意。獨寶玉是個迂闊呆公子的心性，自為是那四人承悅賈母之詞；後至園中去看湘雲病去，湘雲因說他：「你放心鬧罷，先還『單絲不成線，獨樹不成林』，如今有了個對子了。鬧利害了，再打急了，你好逃到南京找那個去。」寶玉道：「那裡的謊話，你也信了？偏又有個寶玉了⓭？」湘雲道：「怎麼列國[17]有個藺相如[18]，漢朝又有個司馬相如[19]呢？」寶玉笑道：「這也罷了，偏又模樣兒也一樣，這也是有的事嗎？」湘雲道：「怎麼匡[20]人看見孔子，只當是陽貨[21]呢？」寶玉笑道：「孔子陽貨雖同貌，卻不同名；藺與司馬雖同名，而又不同貌；偏我和他就兩樣俱同不成？」湘雲沒了話答對，因笑道：「你只會胡攪，我也不和你分證。有也罷，沒也罷，與我無干！」說著，便睡下了。

寶玉心中便又疑惑起來：「若說必無？──也似必有；若說必有？──又並無目睹。」心中悶悶，回至房中榻上，默默盤算，不覺昏昏睡去，竟到一座花園之內。寶玉詫異道：「除了我們大觀園，竟又有這一個園子？」正疑惑間，忽然那邊來了幾個女孩兒，都是丫鬟。寶玉又詫異道：「除了鴛鴦、襲人、平兒之外，也竟還有這一干人？」只見那些丫鬟笑道：「寶玉怎麼跑到這裡來？」寶玉只當是說他，忙來陪笑說道：「因我偶步到此，不知是那位世交的花園？姐姐們帶我逛逛。」眾丫鬟都笑道：「原來不是咱們家的寶玉！他生得也還乾淨，嘴兒也倒乖覺。」

寶玉聽了，忙道：「姐姐們這裡，也竟還有個寶玉？」丫鬟們忙道：「『寶玉』二字，我們家是奉老太太、太太之命，為保佑他延年消災，我們叫他，他聽見喜歡；你是那裡遠方來的小廝，也亂叫起來！仔細你的臭肉，不打爛了你的！」又一個丫鬟笑道：「咱們快走罷，別叫寶玉看見。」又說：「同這臭小子說了話，把咱們熏臭了！」說著，一徑去了。

寶玉納悶道：「從來沒有人如此荼毒[22]我，他們如何竟這樣的？莫不真也有我這樣一個人不成？」一面想，一面順步早到了一所院內。寶玉詫異道：「除了怡紅院，也竟還有這麼一個院落？」忽上了臺階，進入屋內，只見榻上有一個人臥著，那邊有幾個女兒作針線，或有嬉笑玩耍的。只見榻上那個少年嘆了一聲，一個丫鬟笑問道：「寶玉，你不睡，又嘆什麼？想必為你妹妹病了，你又胡愁亂恨呢。」

寶玉聽說，心下也便吃驚。只見榻上少年說道：「我聽見老太太說，『長安』都中也有個寶玉，和我一樣的性情，我只不信。我才作了一個夢，竟夢中到了都中一個大花園子裡頭，遇見幾個姐姐，都叫我臭小廝，不理我。好容易找到他房裡，偏他睡覺，空有皮囊，真性不知往那裡去了！」

寶玉聽說，忙說道：「我因找寶玉來到這裡，原來你就是寶玉？」榻上的忙下來拉住，答道：「原來你就是寶玉！這可不是夢裡了？」寶玉道：「這如何是夢？真而又真的！」

一語未了，只見人來說：「老爺叫寶玉。」嚇得二人皆慌了。一個寶玉就走，一個便忙叫：「寶玉快回來！寶玉快回來！」

襲人在旁聽他夢中自喚，忙推醒他，笑問道：「寶玉在那裡？」此時寶玉雖醒，神意尚自恍惚，因向門外指說：「才去不遠。」襲人笑道：「那是你夢迷了。你揉眼細瞧，是鏡子裡照得你的影兒。」

寶玉向前瞧了一瞧，原是那嵌的大鏡對面相照，自己也笑了。早有丫鬟捧過漱盂茶滷[23]來漱了口。麝月道：「怪道老太太常囑咐說：『小人兒屋裡不可多有鏡子，人小魂不全，有鏡子照多了，睡覺驚恐作胡夢。』如今倒在大鏡子那裡安了一張床！有時放下鏡套還好；往前去，天熱困倦，那裡想得到放他？比如方才就忘了，自然先躺下照著影兒玩來著，一時合上眼，自然是胡夢顛倒的；不然，如何叫起自己的名字來呢？不如明日挪進床來是正經。」

一語未了，只見王夫人遣人來叫寶玉，不知有何話說，且聽下回分解。

■校記

❶「可不是又同剛才學裡的八兩一樣重重疊疊」，「又」原作「有」，從藤本、王本改。按「有同」亦可通，但於口語欠合。

❷「朱子都行了虛比浮詞了」，「行」，藤本、王本作「有」；脂本相當字亦作「有」。

❸「竟沒看見姬子書」，脂本無「姬」。

❹「窮堯舜之詞」，「窮」，藤本、王本無，金本作「廢」，脂本作「竊」。

❺「若派出兩個一定的人來，既有許多值錢的東西，任人作踐了，也似乎暴殄天物」，「若派出」諸本多同。或以為當增「不」字作「若不派出」。按此云「派出兩個一定的人」，當指園外人（如管事的），「任人作踐了」（脂本作「一味任人作戲」），即任該一二管事人隨意處置之意，故下文始出「不如在園子裡所有老嬤嬤中」揀派云云。疑補「不」字未合原來文意。

❻「你張開嘴，我瞧瞧你的牙齒舌頭是什麼作的」，「瞧瞧」原作「睡睡」，從藤本、王本改。

❼「監管」原作「籃管」，從藤本、王本改。

❽「幸於始者怠於終」，「幸」，藤本、王本作「勤」，脂本作「繕」。

❾「幾十個老嬤嬤們」，「幾十個」原作「十幾個」，從藤本、王本改。

❿「也不枉替你們籌畫些進益了」（寶釵向眾嬤嬤說話），「你」原作「他」，從金本改。

⓫「他四人（甄家四女人）謝了坐，等著寶釵等坐了，方都坐下」，「釵」下「等」字原缺，從脂本、戚本補。

⓬「從古至今」原作「古從至今」，從諸本改。

⓭「偏又有個寶玉了」，「個」原缺，從脂本補。

■注釋

1〔宿弊〕　宿，積久；弊，害處。

2〔膏粱紈褲之談〕　指富有人家子弟只知吃喝玩樂，不懂實際事物的無知妄談。膏粱，精美的食品。紈褲，富有人家子弟所穿的細絹褲，引申以稱富貴人家的子弟。

3 〔「不自棄」〕該文見於「朱子文集大全類編」第八冊二十一「庭訓」中，意思是要人繼承「祖德」、「文功」，保持和發揚祖業。

4 〔虛比浮詞〕空洞而又不切實際的話。

5 〔通人〕舊稱學識淵博貫通古今的人為通人。

6 〔姬子書〕假托的一個古書名，下文又假托書中詞句。

7 〔運籌〕原指謀畫、設計，這兒是指在經濟方面的打算。

8 〔出脫生發〕出脫是賣出的意思；生發，生利。

9 〔暴殄（ㄊㄧㄢˇ／tiǎn）天物〕浪費糟蹋財物糧食等。

10 〔饑饉（ㄐㄧㄣˇ／jǐn）〕災荒。

11 〔抓乖〕搶先行動，使別人出醜。

12 〔幸於始者怠於終，善其辭者嗜其利〕開始感到幸運的人，往往最後要懈怠；能說會道的人往往是為了貪圖私利。幸，幸運；怠，懈怠；嗜，愛好。

13 〔穩吃三注〕穩穩當當，不費力而拿到很多錢。注，是賭徒在賭博時所押的錢物。在舊日賭牌九（骨牌的一種）時，在天門、上門、下門三方面下注，叫「三注」。穩吃三注，即穩穩當當地贏得三方面的賭注。

14 〔妝緞〕一種適合婦女作衣服的緞子。

15 〔蟒緞〕繡有蟒形圖案的緞子，作蟒袍用。

16〔封兒〕紅紙封套內裝賞錢，叫作「賞封」。「封兒」即指這種「賞封」。

17〔列國〕原指春秋戰國時代的諸侯各國。這裡指春秋戰國時期。

18〔藺相如〕戰國時趙國大臣。

19〔司馬相如〕西漢辭賦家，字長卿，蜀郡成都人。

20〔匡〕古邑名。春秋時衛國的地方，在今河南睢縣西。

21〔陽貨〕也叫陽虎。春秋後期季孫氏的家臣。傳說他的樣子很像孔子，欺負過匡人，匡人把孔子誤認為陽貨，圍困了好幾天。

22〔茶毒〕原指毒害、殘害，這兒是挖苦的意思。

23〔茶滷〕濃厚的茶汁。

【第五十七回】
慧紫鵑情辭試莽玉　慈姨媽愛語慰痴顰

話說寶玉聽王夫人喚他，忙至前邊來，原來是王夫人要帶他拜甄夫人去。寶玉自是歡喜，忙去換衣服，跟了王夫人到那裡。見甄家的形景，自與榮寧不甚差別，或有一二稍盛的。細問，果有一寶玉。甄夫人留席，竟日方回。寶玉不信❶。因晚間回家來，王夫人又吩咐預備上等的席面，定名班大戲，請過甄夫人母女。後二日，他母女便不作辭，回任去了，無話。

這日寶玉因見湘雲漸癒，然後去看黛玉。正值黛玉才歇午覺，寶玉不敢驚動，因紫鵑正在迴廊上手裡作針線，便上來問他：「昨日夜裡咳嗽得可好些？」紫鵑道：「好些了。」寶玉笑道：「阿彌陀佛！寧可好了罷！」紫鵑笑道：「你也念起佛來，真是新聞！」寶玉笑道：「所謂『病急亂投醫』了。」一面說，一面見他穿著彈墨綾薄綿襖，外面只穿著青緞夾背心，寶玉便伸手向他身上抹了一抹，說道：「穿這樣單薄，還在風口裡坐著，時氣又不好，你再病了，越發難了。」紫鵑便說道：「從此咱們只可說話，別動手動腳的：一年大，二年小的，叫人看著不尊重。打緊的那起混賬行子們背地裡說你；你總不留心，還自管和小時一般行為，如何使得？姑娘常常吩咐我們，不叫和你說笑。你近來瞧他，遠著你還恐遠不及呢！」說著，便起身攜了針線進別的房裡去了。

寶玉見了這般景況，心中像澆了一盆冷水一般，只瞅著竹子發了一回呆，——因祝媽正在那裡刨土種竹，掃竹葉子，頓覺一時魂魄失守❷，隨便坐在一塊山石上出神，不覺滴下淚來。直呆了一頓飯的工夫，千思萬想，總不知如何是可。偶值雪雁從王夫人屋裡取了人參來❸，從此經過，忽扭頭看見桃花樹下石上一人，手托著腮頰，正出神呢：不是別人，卻是寶玉。雪雁疑惑道：「怪冷的，他一個人在這裡作什麼？春天凡有殘疾的人肯犯病，敢是他也犯了呆病了？」一邊想，一邊就走過來，蹲著笑道：「你在這裡作什麼呢？」寶玉忽見了雪雁，便說道：「你又作什麼來找我？你難道不是女兒？他既防嫌，不許你們理我，你又來尋我，倘被人看見，豈不又生口舌？你快家去罷。」

雪雁聽了，只當是他又受了黛玉的委屈，只得回至屋裡。黛玉未醒，將人參交給紫鵑。紫鵑因問他：「太太作什麼呢？」雪雁道：「也睡中覺呢，所以等了這半天。姐姐，你聽笑話兒：我因等太太的工夫，和玉釧兒姐姐坐在下屋裡說話兒，誰知趙姨奶奶招手兒叫我。我只當有什麼話說，原來他和太太告了假，出去給他兄弟伴宿坐夜，明兒送殯去。跟他的小丫頭子小吉祥兒沒衣裳，要借我的月白綾子襖兒。我想：他們一般也有兩件子的，往這地方去，恐怕弄壞了，自己的捨不得穿，故此借別人的穿。借我的，弄壞了也是小事，只是我想他素日有什麼好處到咱們跟前？所以我說：我的衣裳簪環，都是姑娘叫紫鵑姐姐收著呢。如今先得去告訴他，還得回姑娘，費多少事，別誤了你老人家出門，不如再轉借罷。」紫鵑笑道：「你這個小東西兒，倒也巧。你不借給他，你往我和姑娘身上推，叫人怨不著你。——他這會子就去呀，還是等明日一早才去呢？」雪雁道：「這會子就去，只怕此時已去了。」紫鵑點頭。雪雁道：「只怕姑娘還沒醒呢，是誰給了寶玉氣受？坐在那裡哭呢！」紫鵑聽了，忙問：「在那裡？」雪雁道：「在沁芳亭後頭桃花底下呢。」

紫鵑聽了，忙放下針線❹，又囑咐雪雁：「好生聽叫。要問我，答應我就來。」說著，便出了瀟湘館，一徑來尋寶玉。走至寶玉跟前，含笑說道：「我不過說了那麼句話，為的是大家好，你就一氣，跑了這風地裡來哭，弄出病來還了得！」寶玉忙笑道：「誰賭氣了！我因為聽你說得有理，我想你們既這樣說，自然別人也是這樣說，將來漸漸的都不理我了：我所以想到這裡，自己傷起心來了。」

紫鵑也便挨他坐著。寶玉笑道：「方才對面說話，你還走開，這會子怎麼又來挨著我坐？」紫鵑道：「你都忘了？幾日前頭，你們姐兒兩個正說話，趙姨娘一頭走進來，——我才聽見他不在家，所以我來問你。正是前日你和他才說了一句『燕窩』，就不說了，總沒提起，我正想著問你。」寶玉道：「也沒什麼要緊，不過我想著寶姐姐也是客中，既吃燕窩，又不可間斷，若只管和他要，也太托實[1]。雖不便和太太要，我已經在老太太跟前略露了個風聲，只怕老太太和鳳姐姐說了。我告訴他的，竟沒告訴完。如今我聽見一日給你們一兩燕窩，這也就完了。」紫鵑道：「原來是你說了，這又多謝你費心。我們正疑惑，老太太怎麼忽然想起來叫人每一日送一兩燕窩來呢？這就是了。」寶玉笑道：「這要天天吃慣了，吃上三二年就好了。」紫鵑道：「在這裡吃慣了❺，明年家去，那裡有這閑錢吃這個？」

紫鵑

寶玉聽了，吃了一驚，忙問：「誰家去？」紫鵑道：「妹妹回蘇州去。」寶玉笑道：「你又說白話。蘇州雖是原籍，因沒了姑母，無人照看，才接了來的；明年回去找誰？可見撒謊了。」紫鵑冷笑道：「你太看小了人。你們賈家獨是大族，人口多的；除了你家，別人只得一父一母，房族中真個再無人了不成？我們姑娘來時，原是老太太心疼他年小，雖有叔伯，不如親父母，故此接來住幾年。大了該出閣時，自然要送還林家的，終不成林家女兒在你賈家一世不成？林家雖貧到沒飯吃，也是世代書香人家，斷不肯將他家的人丟給親戚，落得恥笑：所以早則明年春，遲則秋天，這裡縱不送去，林家亦必有人來接的了。前日夜裡姑娘和我說了，叫我告訴你，將從前小時玩的東西，有他送你的，叫你都打點出來還他；他也將你送他的打點在那裡呢。」

寶玉聽了，便如頭頂上響了一個焦雷一般。紫鵑看他怎麼回答，等了半天，見他只不作聲，才要再問，只見晴雯找來，說：「老太太叫你呢。誰知在這裡。」紫鵑笑道：「他這裡問姑娘的病症，我告訴了他半天，他只不信，你倒拉他去罷。」說著，自己便走回房去了。

晴雯見他呆呆的，一頭熱汗，滿臉紫脹，忙拉他的手一直到怡紅院中。襲人見了這般，慌起來了，只說時氣所感，熱身被風撲了。無奈寶玉發熱事猶小可，更覺兩個眼珠兒直直的起來；口角邊津液流出，皆不知覺；給他個枕頭，他便睡下；扶他起來，他便坐著；倒了茶來，他便吃茶。眾人見了這樣，一時忙亂起來，又不敢造次去回賈母，先要差人去請李嬤嬤來。一時李嬤嬤來了，看了半天；問他幾句話，也無回答；用手向他脈上摸了摸，嘴唇人中上著力掐了兩下，掐得指印如許來深，竟也不覺疼。李嬤嬤只說了一聲：

「可了不得了！」「呀」的一聲，便摟頭放聲大哭起來❻。急得襲人忙拉他說：「你老人家瞧瞧可怕不怕，且告訴我們，去回老太太、太太去。你老人家怎麼先哭起來？」李嬤嬤捶床搗枕❼說：「這可不中用了！我白操了一世的心了！」

襲人因他年老多知，所以請他來看，如今見他這般一說，都信以為實，也哭起來了。晴雯便告訴襲人方才如此這般，襲人聽了，便忙到瀟湘館來，見紫鵑正伏侍黛玉吃藥，也顧不得什麼，便走上來問紫鵑道：「你才和我們寶玉說了些什麼話？你瞧瞧他去！你回老太太去，我也不管了！」說著，便坐在椅上。

黛玉忽見襲人滿面急怒❽，又有淚痕，舉止大變，更不免也著了忙，因問：「怎麼了？」襲人定了一回，哭道：「不知紫鵑姑奶奶說了些什麼話，那個呆子眼也直了，手腳也冷了，話也不說了，李嬤嬤掐著也不疼了，已死了大半個了！連嬤嬤都說不中用了，那裡放聲大哭，——只怕這會子都死了！」

黛玉聽此言，李嬤嬤乃久經老嫗，說不中用了，可知必不中用，「哇」的一聲，將所服之藥，一口嘔出，抖腸搜肺、炙胃扇肝的，啞聲大嗽了幾陣，一時面紅髮亂，目腫筋浮，喘得抬不起頭來。紫鵑忙上來捶背，黛玉伏枕喘息了半晌，推紫鵑道：「你不用捶！你竟拿繩子來勒死我，是正經。」紫鵑說道：「我並沒說什麼，不過是說了幾句玩話，他就認真了。」襲人道：「你還不知道他那傻子，每每玩話認了真？」黛玉道：「你說了什麼話？趁早兒去解說，他只怕就醒過來了。」紫鵑聽說，忙下床，同襲人到了怡紅院。誰知賈母王夫人等已都在那裡了。賈母一見了紫鵑，便眼內出火，罵道：「你這小蹄子，和他說了什麼？」紫鵑忙道：「並沒敢說什麼，不過說幾句玩話。」誰知寶玉見了紫鵑，方

「噯呀」了一聲，哭出來了。眾人一見，都放下心來。賈母便拉住紫鵑，——只當他得罪了寶玉，所以拉紫鵑命他賠罪❾。誰知寶玉一把拉住紫鵑，死也不放，說：「要去連我帶了去！」

眾人不解，細問起來，方知紫鵑說要回蘇州去，一句玩話引出來的。賈母流淚道：「我當有什麼要緊大事！原來是這句玩話。」又向紫鵑道：「你這孩子，素日是個伶俐聰敏的，你又知道他有個呆根子，平白的哄他作什麼？」薛姨媽勸道：「寶玉本來心實，可巧林姑娘又是從小兒來的，他兄妹兩個一處長得這麼大，比別的兄妹更不同。這會子熱剌剌的說一個去，別說他是個實心的傻孩子，便是冷心腸的大人，也要傷心。這並不是什麼大病，老太太和姨太太只管萬安，吃一兩劑藥就好了。」

正說著，人回：「林之孝家的，賴大家的，都來瞧哥兒來了。」賈母道：「難為他們想著，叫他們來瞧瞧。」寶玉聽了一個「林」字，便滿床鬧起來，說：「了不得了，林家的人接他們來了，快打出去罷！」賈母聽了，也忙說：「打出去罷！」又忙安慰說：「那不是林家的人，林家的人都死絕了，再沒人來接他，你只管放心罷！」寶玉道：「憑他是誰，除了林妹妹，都不許姓林了！」賈母道：「沒姓林的來，凡姓林的都打出去了。」一面吩咐眾人：「以後別叫林之孝家的進園來，你們也別說『林』字兒，——孩子們！你們聽了我這句話罷！」眾人忙答應，又不敢笑。

一時寶玉又一眼看見了十錦槅子上陳設的一隻金西洋自行船❿，便指著亂說：「那不是接他們的船來了？灣在那裡呢！」賈母忙命拿下來。襲人忙拿下來。寶玉伸手要，襲人遞過去，寶玉便掖在被中，笑道：「這可去不成了！」一面說，一面死拉著紫鵑不放。

一時人回：「大夫來了。」賈母忙命：「快進來。」王夫人、薛姨媽、寶釵等暫避入裡間。賈母便端坐在寶玉身旁。王太醫進來，見許多的人，忙上去請了賈母的安，拿了寶玉的手，診了一回。那紫鵑少不得低了頭，王太醫也不解何意，起身說道：「世兄這症，乃是急痛迷心。古人曾云：『痰迷有別：有氣血虧柔飲食不能熔化痰迷者，有怒惱中痰急而迷者，有急痛壅塞者。』此亦痰迷之症，係急痛所致，不過一時壅蔽，較別的似輕些。」賈母道：「你只說怕不怕，誰和你背藥書呢！」王太醫忙躬身笑道：「不妨，不妨。」賈母道：「果真不妨？」王太醫道：「實在不妨。都在晚生身上。」賈母道：「既這麼著，請外頭坐，開了方兒。吃好了呢，我另外預備謝禮，叫他親自捧了，送去磕頭；要耽誤了，我打發人去拆了太醫院[2]的大堂。」王太醫只管躬身陪笑說：「不敢，不敢。」他原聽說「另具上等謝禮命寶玉去磕頭」，故滿口說「不敢」，竟未聽見賈母後來說「拆太醫院」之戲語，猶說「不敢」，賈母與眾人反倒笑了。

一時按方煎藥，藥來服下，果覺比先安靜。無奈寶玉只不肯放紫鵑，只說：「他去了，就是要回蘇州去了。」賈母王夫人無法，只得命紫鵑守著他，另將琥珀去伏侍黛玉。黛玉不時遣雪雁來探消息。這晚間寶玉稍安，賈母王夫人等方回去了，一夜還遣人來問幾次信。李奶媽帶宋媽等幾個年老人用心看守，紫鵑、襲人、晴雯等日夜相伴。有時寶玉睡去，必從夢中驚醒，不是哭了，說黛玉已去，便是說有人來接。每一驚時，必得紫鵑安慰一番方罷。

彼時賈母又命將祛邪守靈丹[3]及開竅通神散[4]各樣上方秘製諸藥，按方飲服，次日又服了王太醫藥，漸次好了起來。寶玉心下明白，因恐紫鵑回去，倒故意作出佯狂之態。紫鵑自那日也著實後悔，如今日夜辛苦，並沒有怨意。襲人心安神定，因向紫鵑笑道：「都是你鬧的，還得你來治。——也沒見我們這位呆爺，『聽見風兒就是雨』，往後怎麼好！」暫且按下。

且說此時湘雲之症已癒，天天過來瞧看，見寶玉明白了，便將他病中狂態形容給他瞧，引得寶玉自己伏枕而笑：原來他起先那樣，竟是不知的；如今聽人說，還不信。無人時，紫鵑在側，寶玉又拉他的手，問道：「你為什麼唬我？」紫鵑道：「不過是哄你玩罷咧，你就認起真來。」寶玉道：「你說得有情有理，如何是玩話呢？」紫鵑笑道：「那些話，都是我編的。林家真沒了人了；縱有，也是極遠的族中，也都不在蘇州住，各省流寓不定。縱有人來接，老太太也必不叫他去。」寶玉道：「便老太太放去，我也不依！」紫鵑笑道：「果真的不依？只怕是嘴裡的話。你如今也大了，連親也定下了，過二三年再娶了親，你眼睛裡還有誰了！」

寶玉聽了，又驚問：「誰定了親？定了誰？」紫鵑笑道：「年裡我就聽見老太太說要定了琴姑娘呢；不然，那麼疼他？」寶玉笑道：「人人只說我傻，你比我更傻！不過是句玩話，他已經許給梅翰林家了。果然定下了他，我還是這個形景了？先是我發誓賭咒，砸這勞什子，你都沒勸過嗎？我病得剛剛的這幾日才好了⓫，你又來慪我！」一面說，一面咬牙切齒的，又說道：「我只願這會子立刻我死了，把心迸出來，你們瞧見了，然後連皮帶骨，一概都化成一股灰，再化成一股烟，一陣大風，吹得四面八方，都登時散了，這才好！」一面說，一面又滾下淚來。紫鵑忙上來握他的嘴，替他擦眼淚；又忙笑解釋道：

「你不用著急。這原是我心裡著急，才來試你。」

寶玉聽了，更又詫異，問道：「你又著什麼急？」紫鵑笑道：「你知道，我並不是林家的人，我也和襲人鴛鴦是一夥的，偏把我給了林姑娘使，偏偏他又和我極好，比他蘇州帶來的還好十倍，一時一刻，我們兩個離不開。我如今心裡卻愁他倘或要去了，我必要跟了他去的。我是合家在這裡，我若不去，辜負了我們素日的情長；若去，又棄了本家：所以我疑惑，故說出這謊話來問你。——誰知你就傻鬧起來！」寶玉笑道：「原來是你愁這個，所以你是傻子！從此後再別愁了！我告訴你一句打躉兒的話[5]：活著，咱們一處活著；不活著，咱們一處化灰，化烟。如何？」

紫鵑聽了，心中暗暗籌畫。忽有人回：「環爺蘭哥兒問候。」寶玉道：「就說難為他們，我才睡了，不必進來。」婆子答應去了。紫鵑笑道：「你也好了，該放我回去瞧瞧我們那一個去了。」寶玉道：「正是這話。我昨夜就要叫你去，偏又忘了。我已經大好了，你就去罷。」紫鵑聽說，方打迭鋪蓋妝奩之類。寶玉笑道：「我看見你文具兒裡頭有兩三面鏡子，你把那面小菱花的給我留下罷。我擱在枕頭旁邊，睡著好照，明日出門帶著也輕巧。」紫鵑聽說，只得與他留下，先命人將東西送過去，然後別了眾人，自回瀟湘館來。

黛玉近日聞得寶玉如此形景[12]，未免又添些病症，多哭幾場。今兒紫鵑來了，問其緣故，已知大癒，仍遣琥珀去伏侍賈母。夜間人靜後，紫鵑已寬衣臥下之時，悄向黛玉笑道：「寶玉的心倒實，聽見咱們去，就這麼病起來。」黛玉不答。紫鵑停了半晌，自言自語的說道：「一動不如一靜，我們這裡就算好人家，別的都容易，最難得的是從小兒一處長大，脾氣情性都彼此知道的了。」黛玉啐道：「你這幾天還不乏，趁這會子不歇一歇，還嚼什麼蛆！」

紫鵑笑道：「倒不是白嚼蛆，我倒是一片真心為姑娘。——替你愁了這幾年了：又沒個父母兄弟，誰是知疼著熱的？趁早兒，老太太還明白硬朗的時節，作定了大事要緊。俗語說：『老健春寒秋後熱[6]。』倘或老太太一時有個好歹，那時雖也完事，只怕耽誤了時光，還不得稱心如意呢。公子王孫雖多，那一個不是三房五妾，今兒朝東，明兒朝西？娶一個天仙來，也不過三夜五夜，也就撂在脖子後頭了。甚至於憐新棄舊，反目成仇的，多著呢！娘家有人有勢的，還好；要像姑娘這樣的，有老太太一日，好些；一日沒了老太太，也只是憑人去欺負罷了。所以說，拿主意要緊。姑娘是個明白人，沒聽見俗語說的『萬兩黃金容易得，知心一個也難求』！」

黛玉聽了，便說道：「這丫頭今日可瘋了！怎麼去了幾日，忽然變了一個人？我明日必回老太太，退回你去，我不敢要你了。」紫鵑笑道：「我說的是好話，不過叫你心裡留神，並沒叫你去為非作歹。何苦回老太太，叫我吃了虧，又有什麼好處！」說著，竟自己睡了。

黛玉聽了這話，口內雖如此說，心內未嘗不傷感。待他睡了，便直哭了一夜，至天明，方打了一個盹兒。次日，勉強盥漱了，吃了些燕窩粥。便有賈母等親來看視了，又囑咐了許多話。

目今是薛姨媽的生日，自賈母起，諸人皆有祝賀之禮，黛玉也只得備了兩色針線[7]送去。是日也定了一班小戲，請賈母與王夫人等。獨有寶玉與黛玉二人不曾去。至晚散時，賈母等順路又瞧了他二人一遍，方回房去了。

次日，薛姨媽家又命薛蝌陪諸伙計吃了一天酒。連忙了三四天，方才完結。

因薛姨媽看見邢岫烟生得端雅穩重，且家道貧寒，是個釵荊裙布[8]的女兒，便欲說給薛蟠為妻。因薛蟠素昔行止浮奢，又恐糟蹋了人家女兒，正在躊躇之際，忽想起薛蝌未娶，看他二人，恰是一對天生地設的夫妻，因謀之於鳳姐兒。鳳姐兒笑道：「姑媽素知我們太太有些左性[9]的，這事等我慢謀。」

因賈母去瞧鳳姐兒時，鳳姐兒便和賈母說：「姑媽有一件事要求老祖宗，只是不好啟齒。」賈母忙問：「何事？」鳳姐兒便將求親一事說了。賈母笑道：「這有什麼不好啟齒的，這是極好的好事，等我和你婆婆說，沒有不依的。」因回房來，即刻就命人叫了邢夫人過來，硬作保山。邢夫人想了一想，薛家根基不錯，且現今大富；薛蝌生得又好；且賈母又作保山[10]。將計就計，便應了。

賈母十分喜歡，忙命人請了薛姨媽來，二人見了，自然有許多謙辭。邢夫人即刻命人去告訴邢忠夫婦。他夫婦原是此來投靠邢夫人的，如何不依，早極口的說：「妙極。」賈母笑道：「我最愛管閑事，今日又管成了一件事，不知得多少謝媒錢？」薛姨媽笑道：「這是自然的。縱抬了整萬銀子來，只怕不稀罕。但只一件，老太太既是作媒，還得一位主親才好。」賈母笑道：「別的沒有，我們家折腿爛手的人還有兩個。」說著，便命人去叫過尤氏婆媳二人來。賈母告訴他緣故，彼此忙都道喜。

賈母吩咐道：「咱們家的規矩，你是盡知的，從沒有兩親家『爭禮爭面』的。如今你算替我在當中料理，不可太省，也不可太費，把他兩家的事周全了回我。」尤氏忙答應了。薛姨媽喜之不盡，回家命寫了請帖，補送過寧府。尤氏深知邢夫人情性，本不欲管，無奈賈母親自囑咐，只得應了。惟忖度邢夫人之意行事。薛姨媽是個無可無不可的人，倒還易說。這且不在話下。

如今薛姨媽既定了邢岫烟為媳，合宅皆知。邢夫人本欲接出岫烟去住，賈母因說：「這又何妨？兩個孩子又不能見面，就是姨太太和他一個大姑子，一個小姑子，又何妨？況且都是女孩兒，正好親近些呢。」邢夫人方罷。

那薛蝌岫烟二人，前次途中，曾有一面知遇⑬，大約二人心中皆如意，只是那岫烟未免比先時拘泥了些，不好和寶釵姐妹共處閑談；又兼湘雲是個愛取笑的，更覺不好意思。幸他是個知書達禮的，雖是女兒，還不是那種佯羞詐鬼、一味輕薄造作之輩。

寶釵自那日見他起，想他家業貧寒：二則別人的父母皆是年高有德之人，獨他的父母偏是酒糟透了的人，於女兒分上平常；邢夫人也不過是臉面之情，亦非真心疼愛；且岫烟為人雅重，迎春是個老實人，連他自己尚未照管齊全，如何能管到他身上，凡閨閣中家常一應需用之物，或有虧乏，無人照管，他又不與人張口。寶釵倒暗中每相體貼接濟，也不敢叫邢夫人知道，也恐怕是多心閑話之故。如今卻是眾人意料之外奇緣作成這門親事。岫烟心中先取中寶釵，有時仍與寶釵閑話，寶釵仍以姐妹相呼。

這日寶釵因來瞧黛玉，恰值岫烟也來瞧黛玉，二人在半路相遇，寶釵含笑喚他到跟前，二人同走。至一塊石壁後，寶釵笑問他：「這天還冷得很，你怎麼倒全換了裌的了？」岫烟見問，低頭不答。寶釵便知道又有了緣故，因又笑問道：「必定是這個月的月錢又沒得？鳳姐姐如今也這樣沒心沒計了。」岫烟道：「他倒想著不錯日子給的。因姑媽打發人和我說道：一個月用不了二兩銀子，叫我省一兩給爹媽送出去；要使什麼，橫豎有二姐姐的東西，能著些搭著就使了。姐姐想：二姐姐是個老實人，也不大留心。我使他的東西，他雖不說什麼，他那些丫頭嬤嬤，那一個是省事的？那一個是嘴裡不尖的？我雖在那屋裡，卻不敢很使喚他們。過三天五天，我倒得拿些錢出來，給他們打酒買點心吃才好。因此，一月二兩銀子還不夠使，如今又去了一兩。前日我悄悄的把棉衣服叫人當了幾吊錢盤纏[11]。」寶釵聽了，愁嘆道：「偏梅家又合家在任上，後年才進來。若是在這裡，琴兒過去了，好再商議你的事，離了這裡就完了。如今不完了他妹妹的事，也斷不敢先娶親的。如今倒是一件難事。再遲兩年，我又怕你熬煎出病來。等我和媽媽再商議。」

寶釵又指他裙上一個璧玉佩問道：「這是誰給你的？」岫烟道：「這是三姐姐給的。」寶釵點頭道：「他見人人皆有，獨你一個沒有，怕人笑話，故此送一個，這是他聰明細緻之處。」岫烟又問：「姐姐此時那裡去？」寶釵道：「我到瀟湘館去。你且回去，把那當票[12]子叫丫頭送來我那裡，悄悄的取出來，晚上再悄悄的送給你去，早晚好穿；不然，風閃著還了得！——但不知當在那裡了？」岫烟道：「叫作什麼恆舒，是鼓樓西大街的。」寶釵笑道：「這鬧在一家去了！伙計們倘或知道了，好說『人沒過來，衣裳先來了』。」岫烟聽說，便知是他家的本錢，也不答言，紅了臉，一笑走開。

寶釵也就往瀟湘館來，恰正值他母親也來瞧黛玉，正說閑話呢。寶釵笑道：「媽媽多早晚來的？我竟不知道。」薛姨媽道：「我這幾日忙，總沒來瞧瞧寶玉和他，所以今日瞧他兩人。都也好了。」黛玉忙讓寶釵坐下，因向寶釵道：「天下的事，真是人想不到的。拿著姨媽和大舅母說起，怎麼又作一門親家！」薛姨媽道：「我的兒，你們女孩兒家那裡知道？自古道：『千里姻緣一線牽。』管姻緣的有一位月下老兒[13]，預先注定，暗裡只用一根紅絲，把這兩個人的腳絆住，憑你兩家那怕隔著海呢，若有姻緣的，終久有機會作成了夫婦。這一件事，都是出人意料之外。憑父母本人都願意了，或是年年在一處，以為是定了的親事，若是月下老人不用紅線拴的，再不能到一處。比如你姐妹兩個的婚姻，此刻也不知在眼前，也不知在山南海北呢！」

寶釵道：「惟有媽媽說動話拉上我們！」一面說，一面伏在母親懷裡，笑說：「咱們走罷。」黛玉笑道：「你瞧瞧！這麼大了，離了姨媽，他就是個最老到的；見了姨媽，他就撒嬌兒。」薛姨媽將手摩弄著寶釵，向黛玉嘆道：「你這姐姐，就和鳳哥兒在老太太跟前一樣：著了正經事，就有話和他商量；沒有了事，幸虧他開我的心。我見了他這樣，有多少愁不散的？」

黛玉聽說，流淚嘆道：「他偏在這裡這樣，分明是氣我沒娘的人，故意來形容我！」寶釵笑道：「媽媽，你瞧他這輕狂樣兒，倒說我撒嬌兒！」薛姨媽道：「也怨不得他傷心，可憐沒父母，到底沒個親人。」又摩挲著黛玉，笑道：「好孩子，別哭。你見我疼你姐姐，你傷心，不知我心裡更疼你呢！你姐姐雖沒父親，到底有我，有親哥哥，這就比你強了。我常和你姐姐說，心裡很疼你，只是外頭不好帶出來。他們這裡人多嘴雜，說好話的人少，說歹話的人多：不說你無依靠，為人作人配人疼；只說我們看著老太太疼你，我們也『洑上水』[14]去了⓮。」

黛玉笑道：「姨媽既這麼說，我明日就認姨媽作娘。姨媽若是棄嫌，就是假意疼我。」薛姨媽道：「你不厭我，就認了。」寶釵忙道：「認不得的。」黛玉道：「怎麼認不得？」寶釵笑道：「我且問你：我哥哥還沒定親事，為什麼反將邢妹妹先說給我兄弟了？是什麼道理？」黛玉道：「他不在家，或是屬相生日不對，所以先說與兄弟了。」寶釵笑道：「不是這樣。我哥哥已經相準了，只等來家才放定，也不必提出人來。我說你認不得娘的，——細想去[15]！」說著，便和他母親擠眼兒發笑。

黛玉聽了，便一頭伏在薛姨媽身上，說道：「姨媽不打他，我不依！」薛姨媽摟著他笑道：「你別信你姐姐的話，他是和你玩呢。」寶釵笑道：「真個媽媽明日和老太太求了，聘作媳婦，豈不比外頭尋的好？」黛玉便攏上來要抓他，口內笑說：「你越發瘋了！」薛姨媽忙笑勸，用手分開方罷。又向寶釵道：「連邢姑娘我還怕你哥哥糟蹋了他，所以給你兄弟，別說這孩子，我也斷不肯給他。前日老太太要把你妹妹說給寶玉，偏生又有了人家；不然，倒是門子好親事。前日我說定了邢姑娘，老太太還取笑說：『我原要說他的人，誰知他的人沒到手，倒被他說了我們一個去了！』雖是玩話，細想來倒也有些意思[16]。我想寶琴雖有了人家，我雖無人可給，難道一句話也沒說[17]？我想你寶兄弟，老太太那樣疼他，他又生得那樣，若要外頭說去，老太太斷不中意，不如把你林妹妹定給他，豈不四角俱全？」

黛玉先還怔怔的聽，後來見說到自己身上，便啐了寶釵一口，紅了臉，拉著寶釵笑道：「我只打你！為什麼招出姨媽這些老沒正經的話來？」寶釵笑道：「這可奇了！媽媽說你，為什麼打我？」紫鵑忙跑來笑道：「姨太太既有這主意，為什麼不和老太太說去[18]？」薛姨媽笑道：「這孩子急什麼！想必催著姑娘出了閣，你也要早些尋一個小女婿子去了？」紫鵑飛紅了臉[19]，笑道：「姨太太真個倚老賣老的！」說著便轉身去了。黛玉先罵：「又與你這蹄子什麼相干！」後來見了這樣，也笑道：「阿彌陀佛！該，該，該！也臊了一鼻子灰去了！」薛姨媽母女及婆子丫鬟都笑起來。

一語未了，忽見湘雲走來，手裡拿著一張當票，口內笑道：「這是什麼賬篇子？」黛玉瞧了，不認得。地下婆子都笑道：「這可是一件好東西！這個乖不是白教的。」寶釵忙一把接了看時，正是岫烟才說的當票子，忙著摺起來。薛姨媽忙說：「那必是那個嬤嬤的當票子失落了，回來急得他們找。──那裡得的？」湘雲道：「什麼是『當票子』？」眾婆子笑道：「真真是位呆姑娘，連當票子也不知道！」薛姨媽嘆道：「怨不得他，真真是侯門千金，而且又小，那裡知道這個？那裡去看這個？就是家下人有這個，他如何得見？別笑他是呆子，若給你們家的姑娘看了，也都成了呆子呢。」眾婆子笑道：「林姑娘才也不認得。別說姑娘們，就如寶玉，倒是外頭常走出去的，只怕也還沒見過呢。」薛姨媽忙將緣故講明，湘雲黛玉二人聽了，方笑道：「這人也太會想錢了！──姨媽家當鋪也有這個麼？」眾人笑道：「這更奇了！『天下老鴰一般黑』，豈有兩樣的。」薛姨媽因又問：「是那裡拾的？」湘雲方欲說時，寶釵忙說：「一張死了沒用的，不知是那年勾了賬的。香菱拿著哄他們玩的。」薛姨媽聽了此話是真，也就不問了。

一時人來回：「那府裡大奶奶過來請姨太太說話呢。」薛姨媽起身去了。這裡屋內無人時，寶釵方問湘雲：「何處拾的？」湘雲笑道：「我見你令弟媳的丫頭篆兒悄悄的遞給鶯兒，鶯兒便隨手夾在書裡，只當我沒看見。我等他們出去了，我偷著看，竟不認得，知道你們都在這裡，所以拿來大家認認。」黛玉忙問：「怎麼他也當衣裳不成？既當了，怎麼又給你？」

寶釵見問，不好隱瞞他兩個，便將方才之事，都告訴了他二人。黛玉聽了，「兔死狐悲，物傷其類」[15]，不免也要感嘆起來了。湘雲聽了，卻動了氣，說道：「等我問著二姐姐去！我罵那起老婆子丫頭一頓，給你們出氣，何如？」說著，便要走出去，寶釵忙一把拉住，笑道：「你又發瘋了，還不給我坐下呢！」黛玉笑道：「你要是個男人，出去打一個抱不平兒；你又充什麼荊軻聶政[16]？真真好笑！」湘雲道：「既不叫問他去，明日索性把他接到咱們院裡一處住去，豈不是好？」寶釵笑道：「明日再商量。」說著，人報：「三姑娘四姑娘來了。」三人聽說，忙掩了口，不提此事。要知端詳，且聽下回分解。

■校記

❶「寶玉不信」，脂本作「寶玉方信」。

❷「魂魄失守」，「守」原作「手」，從諸本改。

❸「偶值雪雁從王夫人屋裡取了人參來」，「值」原作「著」，從諸本改。

❹「紫鵑聽了，忙放下針線」，「線」字原缺，從藤本、王本補。

❺「在這裡吃慣了」，「裡」原作「呢」，從藤本、王本改。

❻「放聲大哭起來」，「聲」原作「身」，從藤本、王本改。

❼「捶床搗枕」，「搗」原作「倒」，從脂本改。

❽「急怒」原作「急恕」，從諸本改。

❾「賈母便拉住紫鵑，——只當他得罪了寶玉，所以拉紫鵑命他賠罪」，「命他」原作「命你」，從藤本、王本改。

❿「十錦槅子上陳設的一隻金西洋自行船」，「隻」原作「雙」，從金本、脂本改。

⓫「我病得剛剛的這幾日才好了」，「病」原作「疼」，從藤本、王本改。脂本、戚本作「瘋」。

⓬「黛玉近日聞得寶玉如此形景」，「近」原作「今」，從藤本、王本改。

⓭「那薛蝌岫烟二人前次途中曾有一面知遇」，「知」，藤本、王本作「之」。

⓮「只說我們看著老太太疼你，我們也洑上水去了」，「老」字原無，從脂本增，參看校記⓲。

⓯「我說你認不得娘的，——細想去」，藤本、王本作「我說你認不得娘，你細想去」。

⓰「雖是玩話，細想來倒也有些意思」，「雖」原作「誰」，從藤本、王本改。

⓱「難道一句話也沒說」，「沒」藤本、王本作「不」。

⓲「姨太太既有這主意，為什麼不和老太太說去」，「老」字原無，參上段，本文從戚本增。

⓳「紫鵑飛紅了臉」，「飛」諸本作「也」。

■注釋

1 **〔托實〕** 不自外、不客氣。也說「依實」。

2 **〔太醫院〕** 官署名。掌管醫療，主要為宮廷服務。自金代開始叫此名，明清相沿，長官為院使，下設御醫、吏目、醫士等數十人。

3〔祛邪守靈丹〕用白茯苓、丁香、芍藥等中草藥配成，主治心勞。

4〔通神散〕用金蝎、地龍、雄黃、麝香等中藥配成，主治耳聾。

5〔打躉（ㄉㄨㄣˇ／dǔn）兒的話〕打總的話，有一言以蔽之的意思。躉，整數。

6〔老健春寒秋後熱〕老年人的健康、春天的寒冷、秋後的熱天，都是短暫的。三事之中，重在老人健康不可靠。

7〔兩色針線〕指兩項針黹手工製品的禮物。

8〔釵荊裙布〕以木作釵，粗布為裙。形容婦女能夠安貧。原本是漢代梁鴻妻子孟光的事。

9〔左性〕乖僻。

10〔保山〕即保人。

11〔盤纏〕路費，日用費。這兒是開支的意思。

12〔當票〕「當鋪」以收取動產作質押，向典當之人進行放款，受押物品成交後，付給收據，稱為「當票」，載明所當物品及抵押價款，交押款人收執。

13〔月下老兒〕即月下老人。傳說中主管男女婚姻之神。

14〔洑（ㄈㄨˋ／fù）上水〕洑，游水。上水，指水的上游。這比喻巴結上級，趨炎附勢。

15〔兔死狐悲，物傷其類〕比喻同類相惜。這兒指黛玉看到岫烟寄人籬下的艱辛，聯想到自己的悲哀。

16 〔荊軻聶政〕都是戰國時代的刺客。荊軻，衛國人，曾奉燕太子丹之命，去刺殺秦始皇，事敗被殺。聶政，韓國人，為嚴遂報仇，刺死韓相俠累後自殺。舊時他們都被稱為見義勇為、重義輕生的人物。

【第五十八回】

杏子陰假鳳泣虛凰[1]　茜紗窗真情揆[2]痴理

話說他三人因見探春等進來，忙將此話掩住不提。探春等問候過，大家說笑了一回方散。

誰知上回所表的那位老太妃[3]已薨❶[4]，凡誥命等皆入朝隨班，按爵守制[5]，敕諭[6]天下，凡有爵之家，一年內不得筵宴音樂，庶民皆三月不得婚姻。賈母婆媳祖孫等俱每日入朝隨祭，至未正以後方回。在大偏宮二十一日後，方請靈入先陵，地名孝慈縣。這陵離都來往得十來日之功，如今請靈至此，還要停放數日，方入地宮，故得一月光景。寧府賈珍夫妻二人，也少不得是要去的：兩府無人，因此大家計議，家中無主，便報了「尤氏產育」，將他騰挪出來，協理寧榮兩處事件。

因托了薛姨媽在園內照管他姐妹丫鬟，只得也挪進園來。此時寶釵處有湘雲香菱，李紈處目今李嬸母雖去，然有時來往，三五日不定，賈母又將寶琴送與他去照管；迎春處有岫烟；探春因家務冗雜，且不時有趙姨娘與賈環嘈聒，甚不方便；惜春處房屋狹小：因此薛姨媽都難住。況賈母又千叮嚀萬囑咐托他照管黛玉，自己素性也最憐愛他，今既巧遇這事，便挪至瀟湘館和黛玉同房，一應藥餌飲食，十分經心。黛玉感戴不盡，以後便亦如寶釵之稱呼，——連寶釵前亦直以「姐姐」呼之，寶琴前直以「妹妹」呼之：儼似同胞共出，較諸人更似親切。賈母見如此，也十分喜悅放心。

薛姨媽只不過照管他姐妹，禁約的丫鬟輩❷；一應家中大小事務也不肯多口，尤氏雖天天過來，也不過應名點卯，不肯亂作威福。且他家內上下，也只剩了他一人料理；再者，每日還要照管賈母王夫人的下處一應所需飲饌鋪設之物：所以也甚操勞。

當下榮寧兩處主人既如此不暇，並兩處執事人等，或有跟隨著入朝的，或有朝外照理下處事務的，又有先踩踏下處的，也都各各忙亂；因此兩處下人無了正經頭緒，也都偷安，或乘隙結黨，和權暫執事者竊弄威福。榮府只留得賴大並幾個管家照管外務。這賴大手下常用幾個人已去，雖另委人，都是些生的，只覺不順手。且他們無知，或賺騙無節，或呈告無據，或舉薦無因：種種不善，在在生事，也難備述。

又見各官宦家，凡養優伶男女者，一概蠲免遣發，尤氏等便議定，待王夫人回家回明，也欲遣發十二個女孩子。又說：「這些人原是買的，如今雖不學唱，盡可留著使喚，只令其教習們自去也罷了。」王夫人因說：「這學戲的倒比不得使喚的，他們也是好人家的女兒，因無能，賣了作這事，裝醜弄鬼的幾年，如今有這機會，不如給他們幾兩銀子盤費，各自去罷。當日祖宗手裡都是有這例的。咱們如今損陰[7]壞德，而且還小器。如今雖有幾個老的還在，那是他們各有緣故，不肯回去的，所以才留下使喚，大了配了我們家裡小廝們了。」尤氏道：「如今我們也去問他十二個，有願意回去的，就帶了信兒，叫他父母來親自領回去，給他們幾兩銀子盤纏，方妥；倘若不叫上他的親人來，只怕有混賬人冒名領出去，又轉賣了，豈不辜負了這恩典？若有不願意回去的，就留下。」王夫人笑道：

「這話妥當。」

尤氏等遣人告訴了鳳姐兒，一面說與總理房中，每教習給銀八兩，令其自便。凡梨香院一應物件，查清記冊收明，派人上夜。將十二個女孩子叫來，當面細問，倒有一多半不願意回家的：也有說父母雖有，他只以賣我們姐妹為事，這一去還被他賣了；也有說父母已亡，或被伯叔兄弟所賣的；也有說無人可投的；也有說戀恩不捨的。所願去者止四、五人。

王夫人聽了，只得留下。將去者四、五人皆令其乾娘領回家去，單等他親父母來領；將不願去者，分散在園中使喚。賈母便留下文官自使，將正旦芳官指給了寶玉，小旦[8]蕊官送了寶釵，小生[9]藕官指給了黛玉，大花面[10]葵官送了湘雲，小花面[11]豆官送了寶琴，老外[12]艾官指給了探春，尤氏便討了老旦[13]茄官去：當下各得其所，就如那倦鳥出籠，每日園中遊戲。眾人皆知他們不能針黹，不慣使用，皆不大責備。其中或有一二個知事的，愁將來無應時之技，亦將本技丟開，便學起針黹紡績女工諸務。

一日正是朝中大祭，賈母等五更便去了下處，用些點心小食，然後入朝。早膳已畢，方退至下處歇息。用過早飯，略歇片刻，復入朝侍中晚二祭，方出至下處歇息。用過晚飯方回家。可巧這下處乃是一個大官的家廟[14]，是比丘尼焚修[15]，房舍極多極淨，東西二院：榮府便賃了東院；北靜王府便賃了西院，太妃少妃每日晏息，見賈母等在東院，彼此同出同入，都有照應。外面諸事不消細述。

且說大觀園內，因賈母王夫人天天不在家內，又送靈去一月方回，各丫鬟婆子，皆有閑空，多在園內遊玩，更又將梨香院內伏侍的眾婆子一概撤回，並散在園內聽使，更覺園內人多了幾十個。因文官等一干人，或心性高傲，或倚勢凌下，或揀衣挑食，或口角鋒芒，大概不安分守己者多，因此眾婆子含怨，只是口中不敢與他們分爭；如今散了學，大家趁了願；也有丟開手的；也有心地狹窄猶懷舊怨的，因將眾人皆分在各房名下，不敢來廝侵。

可巧這日乃是清明之日，賈璉已備下年例祭祀，帶領賈環、賈琮、賈蘭三人去往鐵檻寺祭柩燒紙；寧府賈蓉也同族中人各辦祭祀前往❸。因寶玉病未大癒，故不曾去得。飯後發倦，襲人因說：「天氣甚好，你且出去逛逛，省得撂下粥碗就睡，存在心裡。」寶玉聽說，只得拄了一支杖，靸著鞋，走出院來。因近日將園中分與眾婆子料理，各司各業，皆在忙時：也有修竹的，也有剔樹[16]的，也有種豆的，池中間又有駕娘們行著船夾泥的，種藕的。湘雲、香菱、寶琴與些丫鬟等都坐在山石上瞧他們取樂。寶玉也慢慢行來。湘雲見了他來，忙笑說：「快把這船打出去！他們是接林妹妹的！」眾人都笑起來。寶玉紅了臉，也笑道：「人家的病，誰是好意的？你也形容著取笑兒！」湘雲笑道：「病也比人家另一樣，原招笑兒！反說起人來。」說著，寶玉便也坐下，看著眾人忙亂了一回。湘雲因說：「這裡有風，石頭上又冷，坐坐去罷。」

寶玉也正要去瞧黛玉，起身拄拐，辭了他們，從沁芳橋一帶堤上走來。只見柳垂金線，桃吐丹霞，山石之後，一株大杏樹，花已全落，葉稠陰翠，上面已結了豆子大小的許多小杏。寶玉因想道：「能病了幾天，竟把杏花辜負了！不覺到『綠葉成蔭子滿枝』[17]了！」因此仰望杏子不捨。又想起邢岫烟已擇了夫婿一事：雖說男女大事，不可不行，但未免又少了一個好女兒，不過二年，便也要「綠葉成蔭子滿枝」了；再過幾日，這杏樹子落枝空，再幾年，岫烟也不免烏髮如銀，紅顏似縞❹。因此，不免傷心，只管對杏嘆息。正想嘆❺時，忽有一個雀兒飛來，落於枝上亂啼。寶玉又發了呆性，心下想道：「這雀兒必定是杏花正開時他曾來過，今日無花空有葉，故也亂啼。這聲韻必是啼哭之聲，——可恨公冶長[18]不在眼前，不能問他。但不知明年再發時，這個雀兒可還記得飛到這裡來與杏花一會不能？」

正自胡思間，忽見一股火光，從山石那邊發出，將雀兒驚飛，寶玉吃了一驚，又聽外邊有人喊道：「藕官，你要死！怎麼弄些紙錢進來燒？我回奶奶們去，仔細你的肉！」寶玉聽了，益發疑惑起來，忙轉過山石看時，只見藕官滿面淚痕，蹲在那裡，手內還拿著火，守著些紙錢灰作悲。寶玉忙問道：「你給誰燒紙？快別在這裡燒！——你或是為父母兄弟，你告訴我名姓兒，外頭去叫小廝們，打了包袱[19]寫上名姓去燒。」

藕官見了寶玉，只不作一聲，寶玉數問不答。忽見一個婆子惡狠狠的走來拉藕官，口內說道：「我已經回了奶奶們，奶奶們氣得了不得！」藕官聽了，終是孩氣，怕去受辱沒臉，便不肯去。婆子道：「我說你們別太興頭過餘了！如今還比得你們在外頭亂鬧呢！這是尺寸地方[20]兒。」指著寶玉道：「連我們的爺還守規矩呢！你是什麼阿物兒，跑了這裡來胡鬧！——怕也不中用！跟我快走罷！」寶玉忙道：「他並沒燒紙，原是林姑娘叫他燒那爛字紙，你沒看真，反錯告了他。」

藕官正沒了主意，見了寶玉，更自添了畏懼；忽聽他反替遮掩，心內轉憂成喜，也便硬著口說道：「很看真是紙錢子麼？我燒的是林姑娘寫壞的字紙。」那婆子便彎腰向紙灰中揀出不曾化盡的遺紙在手內，說道：「你還嘴硬？有證又有憑，只和你廳上講去。」說著，拉了袖子，拽著要走。寶玉忙拉藕官，又用拄杖隔開那婆子的手，說道：「你只管拿了回去，實告訴你，我這夜作了個夢❻，夢見杏花神和我要一掛白錢，不可叫本房人燒，另叫生人替燒，我的病就好得快了。所以我請了白錢，巴巴的煩他來替我燒了，我今日才能起來，偏你又看見了！這會子又不好了，都是你沖了！還要告他去？——藕官，你只管見他們去，就依著這話說！」

藕官聽了，越得主意，反拉著要走。那婆子忙丟下紙錢，陪笑央告寶玉，說道：「我原不知道，若回太太，我這人豈不完了？」寶玉道：「你也不許再回，我便不說。」婆子道：「我已經回了，原叫我帶他，只好說他被林姑娘叫去了。」寶玉點頭應允，婆子自去。

這裡寶玉細問藕官：「為誰燒紙？必非父母兄弟，定有私自的情理。」藕官因方才護庇之情，心中感激，知他是自己一流人物，況再難隱瞞，便含淚說道：「我這事，除了你屋裡的芳官合寶姑娘的蕊官，並沒第三個人知道。今日忽然被你撞見，這意思，少不得也告訴了你，只不許再對一人言講。」又哭道：「我也不便和你面說，你只回去，背人悄悄問芳官就知道了。」說畢，怏怏而去。

寶玉聽了，心下納悶，只得踱到瀟湘館瞧黛玉，——越發瘦得可憐，問起來，比往日大好了些。黛玉見他也比先大瘦了，想起往日之事，不免流下淚來。些微談了一談，便催寶玉去歇息調養。寶玉只得回來。因惦記著要問芳官原委，偏有湘雲香菱來了，正和襲人芳官一處說笑，不好叫他，恐人又盤詰，只得耐著。

一時芳官又跟了他乾娘去洗頭，他乾娘偏又先叫他親女兒洗過才叫芳官洗。芳官見了這樣，便說他偏心：「把你女兒的剩水給我洗？我一個月的月錢都是你拿著，沾我的光不算，反倒給我剩東剩西的！」他乾娘羞惱變成怒，便罵他：「不識抬舉的東西！怪不得人人都說戲子沒一個好纏的，憑你什麼好的，入了這一行，都學壞了！這一點子小崽子，也挑么挑六，鹹嘴淡舌，咬群的騾子似的！」娘兒兩個吵起來。

襲人忙打發人去說：「少亂嚷！瞅著老太太不在家，一個個連句安靜話也都不說了！」晴雯因說：「這是芳官不省事，不知狂的什麼？也不過是會兩齣戲，倒像殺了賊王、擒過反叛來的！」襲人道：「『一個巴掌拍不響』，老的也太不公些，小的也太可惡些。」寶玉道：「怨不得芳官！自古說：『物不平則鳴[21]。』他失親少眷的在這裡，沒人照看；賺了他的錢，又作踐他！如何怪得！」又向襲人說：「他到底一月多少錢？以後不如你收過來照管他，豈不省事些？」襲人道：「我要照看他，那裡不照看了？又要他那幾個錢才照看他？沒得招人家罵去。」說著，便起身到那屋裡，取了一瓶花露油、雞蛋、香皂、頭繩之類，叫了一個婆子來：「送給芳官去，叫他另要水自己洗罷，別吵了。」

他乾娘越發羞愧，便說芳官：「沒良心！只說我剋扣你的錢！」便向他身上拍了幾下，芳官越發哭了。寶玉便走出來，襲人忙勸：「作什麼？我去說他。」晴雯忙先過來，指他乾娘說道：「你這麼大年紀，太不懂事！你不給他好好的洗，我們才給他東西。你自己不臊，還有臉打他！他要是還在學裡學藝，你也敢打他不成？」那婆子便說：「『一日叫婆，終身是母。』他排揎我，我就打得！」

襲人喚麝月道：「我不會和人拌嘴，晴雯性太急，你快過去震嚇他兩句。」麝月聽了，忙過來說：「你且別嚷，我問問你：別說我們這一處，你看滿園子裡，誰在主子屋裡教導過女兒的？就是你的親女兒，既經分了房，有了主子，自有主子打罵；再者，大些的姑娘姐姐們也可以打得罵得，誰許你老子娘又半中間管起閑事來了！都這樣管，又要叫他們跟著我們學什麼？越老越沒了規矩！你見前日墜兒的媽來吵，你如今也跟著他學！你們放心，因連日這個病那個病，再老太太又不得閑，所以我也沒有去回。等兩日咱們去痛回一回，大家把這威風煞一煞兒才好呢！況且寶玉才好了些，連我們也不敢說話，你反打得人狼號鬼哭的！上頭出了幾日門，你們就無法無天的，眼珠子裡就沒了人了。——再兩天，你們就該打我們了！他也不要你這乾娘！怕糞草埋了他不成？」

寶玉恨得拿拄杖打著門檻子說道：「這些老婆子都是鐵心石腸似的，真是大奇事！不能照看，反倒挫磨他們。地久天長，如何是好？」晴雯道：「什麼『如何是好』？都攆出去，不要這些『中看不中吃的』就完了！」

那婆子羞愧難當，一言不發。只見芳官穿著海棠紅的小綿襖，底下綠綢灑花夾褲，敞著褲腿，一頭烏油油的頭髮披在腦後，哭得淚人一般。麝月笑道：「把個鶯鶯小姐弄成才拷打的紅娘了！這會子又不妝扮了，還是這麼著？」晴雯因走過去拉著，替他洗淨了髮，用手巾擰得乾鬆鬆的，綰了一個慵妝髻[22]，命他穿了衣裳，過這邊來。

接著內廚房的婆子來問：「晚飯有了，可送不送？」小丫頭聽了，進來問襲人。襲人笑道：「方才胡吵了一陣，也沒留心聽聽，幾下鐘了？」晴雯道：「這勞什子又不知怎麼了，又得去收拾！」說著，拿過錶來瞧了一瞧，說道：「再略等半鍾茶的工夫就是了。」小丫頭去了。麝月笑道：「提起淘氣來，芳官也該打兩下兒，昨日是他擺弄了那墜子半日，就壞了。」說話之間，便將食具打點現成。

一時小丫頭子捧了盒子進來站住，晴雯麝月揭開看時，還是這四樣小菜。晴雯笑道：「已經好了，還不給兩樣清淡菜吃！這稀飯鹹菜鬧到多早晚？」一面擺好，一面又看那盒中，卻有一碗火腿鮮筍湯，忙端了放在寶玉跟前。寶玉便就桌上喝了一口，說道：「好湯❼！」眾人都笑道：「菩薩！能幾日沒見葷腥兒？就饞得這個樣兒！」一面說，一面端起來，輕輕用口吹著。因見芳官在側，便遞給芳官道：「你也學些伏侍，別一味傻玩傻睡。——嘴兒輕著些，別吹上唾沫星兒。」芳官依言果吹了幾口，甚妥。他乾娘也端飯在門外伺候，向裡忙跑進來，笑道：「他不老成，看打了碗，等我吹罷。」一面說，一面就接。

晴雯忙喊道：「快出去！你等他砸了碗，也輪不到你吹！你什麼空兒跑到裡槅兒來了？」一面又罵小丫頭們：「瞎了眼的！他不知道，你們也該說給他！」小丫頭們都說：「我們攆他不出去，說他又不信，如今帶累我們受氣！這是何苦呢！——你可信了？我們到的地方兒，有你到的一半兒，那一半兒是你到不去的呢！何況又跑到我們到不去的地方兒——還不算，又去伸手動嘴的了！」一面說，一面推他出去。階下幾個等空盒傢伙的婆子見他出來，都笑道：「嫂子也沒有『拿鏡子照一照』，就進去了！」羞得那婆子又恨又氣，只得忍耐下去了。

芳官吹了幾口，寶玉笑道：「你嘗嘗，好了沒有？」芳官當是玩話，只是笑著看襲人等。襲人道：「你就嘗一口何妨？」晴雯笑道：「你瞧我嘗。」說著便喝一口。芳官見如此，他便嘗了一口，說：「好了。」遞給寶玉，喝了半碗，吃了幾片筍，又吃了半碗粥，就算了。眾人便收出去。小丫頭捧沐盆，漱盥畢，襲人等去吃飯。寶玉使個眼色給芳官，芳官本來伶俐，又學了幾年戲，何事不知？便裝肚子疼，不吃飯了。襲人道：「既不吃，在屋裡作伴兒，把粥留下，你餓了再吃。」說著去了。

寶玉將方才見藕官，如何謊言護庇，如何「藕官叫我問你」，細細的告訴一遍，又問：「他祭的到底是誰？」芳官聽了，眼圈兒一紅，又嘆一口氣，道：「這事說來，藕官兒也是胡鬧。」寶玉忙問：「如何？」芳官道：「他祭的就是死了的藥官兒。」寶玉道：「他們兩個也算朋友，也是應當的。」芳官道：「那裡又是什麼朋友哩？那都是傻想頭：他是小生，藥官是小旦，往常時，他們扮作兩口兒，每日唱戲的時候，都裝著那麼親熱，一來二去，兩個人就裝糊塗了，倒像真的一樣兒。後來兩個竟是你疼我，我愛你。藥官兒一死，他就哭得死去活來的，到如今不忘，所以每節燒紙。後來補了蕊官，我們見他也是那樣，就問他：『為什麼得了新的就把舊的忘了？』他說：『不是忘了。比如人家男人死了女人，也有再娶的，只是不把死的丟過不提就是有情分了。』你說他是傻不是呢？」

寶玉聽了這呆話，獨合了他的呆性，不覺又喜又悲，又稱奇道絕；拉著芳官囑咐道：「既如此說，我有一句話囑咐你，須得你告訴他：以後斷不可燒紙，逢時按節，只備一爐香，一心虔誠，就能感應了。我那案上也只設著一個爐，我有心事，不論日期，時常焚香；隨便新水新茶，就供一盞；或有鮮花鮮果，甚至葷腥素菜都可。只在敬心，不在虛名。以後快叫他不可再燒紙了！」芳官聽了，便答應著；一時吃過粥。有人回說：「老太太回來了。」要知端底，且看下回分解。

校記

❶「誰知上回所表的那位老太妃已薨」，「上回」脂本作「上文」。按唯脂本第五十五回首，有「目下宮中有一位太妃欠安」等文字。

❷「薛姨媽只不過照管他姐妹，禁約的丫鬟輩」，「的」脂本作「得」。

❸「寧府賈蓉也同族中人各辦祭祀前往」，「辦」原作「處」，從脂本改。

❹「紅顏似縞」，「縞」王本、脂本作「槁」。

❺「想嘆」，脂本作「悲嘆」。

❻「我這夜作了個夢」，「這」藤本、王本、脂本作「昨」。

❼「好湯」，戚本作「好燙」。脂本作「好盪」，疑「盪」亦「燙」抄誤。

注釋

1〔假鳳虛凰〕 鳳凰，傳說中的神鳥，雄為鳳，雌為凰，常用以比喻夫妻。因藕官與藥官都是女子，但又儼若夫妻，故稱「假鳳虛凰」。

2〔揆（ㄎㄨㄟˊ／kuí）〕 揣度，度量。

3〔太妃〕 清朝制度，對皇帝之祖或父所遺留之妃嬪分別尊為皇貴太妃、貴太妃等。

4〔薨（ㄏㄨㄥ／hōng）〕 周代諸侯死叫薨。唐代稱二品以上官員之死叫薨，五品以上官員之死叫卒，自六品官員到一般平民之死稱死。

5〔按爵守制〕 守制，按照傳統禮教遵守居喪的制度。凡父母之喪，須閉戶守禮，謝絕應酬，不嫁娶，居官的要停職。但爵位不同，守制的規定又不同，所以叫「按爵守制」。

6 〔敕諭〕敕、諭，舊時都是指皇帝的詔書。

7 〔損陰〕即損陰德。陰德，就是暗中的福分。

8 〔小旦〕戲曲角色行當，旦行的一支，扮演天真活潑或放浪潑辣的青年婦女。

9 〔小生〕戲曲角色行當，生行的一支，主要扮演青少年男性。

10 〔大花面〕也叫「大花臉」，戲曲角色行當，淨行的一支。一般指地位較高、舉止穩重，特別著重唱功的淨角。

11 〔小花面〕「丑」的俗稱，也叫三花臉。戲曲角色行當。化裝時在鼻梁上抹一小塊白粉，表演時語言幽默，行動滑稽。

12 〔老外〕戲曲角色行當，專門演老年男性的角色，一般掛白鬚，所以叫老外。

13 〔老旦〕戲曲角色行當，旦行的一支，扮演老年婦女。

14 〔家廟〕供奉祭祀祖先的祠堂。

15 〔比丘尼焚修〕女尼焚香修道的地方。比丘尼，梵語，尼姑。焚修，焚香修道。

16 〔剭（ㄨ／wū）樹〕把樹木的一部分舊枝砍削去的園林工藝。剭，除田草的刀，這兒是砍削的意思。

17 〔綠葉成蔭子滿枝〕杜牧「嘆花」詩中的詩句。據「唐詩紀事」卷五十六載，杜牧遊湖州時，和一個少女相識，十四年後杜牧到湖州當刺史，這個女子已經年老、嫁人、多子了。於是他就寫下了「嘆花」一詩：「自是尋春去較遲，不須愁悵怨芳時。狂風落盡深紅色，綠葉成蔭子滿枝。」此處兩用此句，先指杏樹，後指將來的邢岫烟。本回題目「杏子陰」，即用此意。

18 〔公冶長〕孔子的弟子和女婿。過去傳說他懂得鳥語。

19〔包袱〕一種特製的紙袋，內裝紙錢。下文「白錢」即指紙錢。

20〔尺寸地方〕講究規矩的地方。尺寸，意同「分寸」。

21〔物不平則鳴〕比喻受到不公平的待遇就要發出不滿的呼聲。鳴，發出聲音。韓愈「送孟東野序」：「大凡物不得其平則鳴。」

22〔慵（ㄩㄥ／yōng）妝髻〕鬆散簡便的盤在頭頂上的一種髮髻。慵，懶。

【第五十九回】柳葉渚邊嗔鶯叱燕　絳芸軒裡召將飛符[1]

話說寶玉聞聽賈母等回來，隨多添了一件衣裳，拄了杖前邊來，都見過了。賈母等因每日辛苦，都要早些歇息，一宿無話。次日五鼓，又往朝中去。

離送靈日不遠，鴛鴦、琥珀、翡翠、玻璃四人，都忙著打點賈母之物；玉釧、彩雲、彩霞皆打點王夫人之物；當面查點與跟隨的管事媳婦們。跟隨的一共大小六個丫鬟，十個老婆媳婦子，男人不算。連日收拾馱轎[2]器械。鴛鴦和玉釧兒皆不隨去，只看屋子。一面先幾日預備帳幔鋪陳之物，先有四五個媳婦並幾個男子領出來，坐了幾輛車繞過去，先至下處，鋪陳安插等候。

臨日，賈母帶著賈蓉媳婦坐一乘馱轎，王夫人在後，亦坐一乘馱轎；賈珍騎馬，率領眾家丁圍護；又有幾輛大車，與婆子丫鬟等坐，並放些隨換的衣包等件。是日薛姨媽尤氏率領諸人直送至大門外方回。賈璉恐路上不便，一面打發他父母起身，趕上了賈母王夫人馱轎，自己也隨後帶領家丁押後跟來。

榮府內，賴大添派人丁上夜，將兩處廳院都關了，一應出入人等皆走西邊小角門；日落時，便命關了儀門，不放人出入；園中前後東西角門亦皆關鎖，只留王夫人大房之後常係他姐妹出入之門，東邊通薛姨媽的角門；這兩門因在裡院，不必關鎖；裡面鴛鴦和玉釧兒也將上房關了，自領丫鬟婆子下房去歇；每日林之孝家的帶領十來個老婆子上夜，穿堂內又添了許多小廝打更：已安插得十分妥當。

一日清曉，寶釵春困已醒，搴帷下榻[3]，微覺輕寒，及啟戶視之，見院中土潤苔青；原來五更時落了幾點微雨。於是喚起湘雲等人來。一面梳洗，湘雲因說兩腮作癢，恐又犯了桃花癬[4]，因問寶釵要些薔薇硝[5]搽。寶釵道：「前日剩的都給了琴妹妹了。」因說：「顰兒配了許多，我正要要他些來，因今年竟沒發癢，就忘了。」因命鶯兒去取些來。鶯兒應了才去時，蕊官便說：「我和你去，順便瞧瞧藕官。」說著逕同鶯兒出了蘅蕪院。

二人你言我語，一面行走，一面說笑，不覺到了柳葉渚。順著柳堤走來，因見葉才點碧，絲若垂金，鶯兒便笑道：「你會拿這柳條子編東西不會？」蕊官笑道：「編什麼東西？」鶯兒道：「什麼編不得？玩的，使的，都可。等我摘些下來，帶著這葉子編一個花籃，掐了各色花兒放在裡頭，才是好玩呢！」說著，且不去取硝，只伸手採了許多嫩條，命蕊官拿著，他卻一行走，一行編花籃。隨路見花便採一二枝，編出一個玲瓏過梁的籃子。枝上自有本來翠葉滿布，將花放上，卻也別致有趣。喜得蕊官笑說：「好姐姐，給了我罷！」鶯兒道：「這一個送咱們林姑娘；回來咱們再多採些，編幾個大家玩。」說著，來至瀟湘館中。

黛玉也正晨妝，見了這籃子，便笑說：「這個新鮮花籃是誰編的？」鶯兒說：「我編的，送給姑娘玩的。」黛玉接了，笑道：「怪道人人讚你的手巧，這玩意兒卻也別致。」

鶯兒

一面瞧了，一面便叫紫鵑掛在那裡。鶯兒又問候薛姨媽，方和黛玉要硝。黛玉忙命紫鵑去包了一包，遞給鶯兒。黛玉又說道：「我好了，今日要出去逛逛；你回去說給姐姐，不用過來問候媽媽，也不敢勞他過來。我梳了頭，和媽媽都往那裡去吃飯，大家熱鬧些。」

鶯兒答應了出來，便到紫鵑房中找蕊官。只見蕊官卻與藕官二人正說得高興，不能相捨，鶯兒便笑說：「姑娘也去呢，藕官先同去等著，不好嗎？」紫鵑聽見如此說，便也說道：「這話倒很是。他這裡淘氣得可厭。」一面說，一面便將黛玉的匙箸用了一塊洋巾包了❶，交給藕官道：「你先帶了這個去，也算一趟差了。」

藕官接了，笑嘻嘻同他二人出來，一徑順著柳堤走來。鶯兒便又採些柳條，索性坐在山石上編起來；又命蕊官先送了硝去再來。他二人只顧愛看他編，那裡捨得去？鶯兒只管催，說：「你們再不去，我就不編了。」藕官便說：「同你去了，再快回來。」二人方去了。

這裡鶯兒正編，只見何媽的女兒春燕走來，笑問：「姐姐編什麼呢？」正說著，蕊官藕官也到了。春燕便向藕官道：「前日你到底燒了什麼紙？叫我姨媽看見了，要告你沒告成，倒被寶玉賴了他好些不是，氣得他一五一十告訴我媽。你們在外頭二三年了，積了些什麼仇恨，如今還不解開？」藕官冷笑道：「有什麼仇恨？他們不知足，反怨我們！在外頭這兩年，不知賺了我們多少東西。你說說，可有的沒的？」

春燕也笑道：「他是我的姨媽，也不好向著外人反說他的。怨不得寶玉說：『女孩兒未出嫁是顆無價寶珠，出了嫁不知怎麼就變出許多不好的毛病兒來；再老了，更不是珠子，竟是魚眼睛了！分明一個人，怎麼變出三樣來。』這話雖是混賬話❷，想起來真不錯。別人不知道，只說我媽和姨媽，他老姐兒兩個，如今越老了，越把錢看得真了❸。先是老姐兒兩個在家抱怨沒個差使進益；幸虧有了這園子，把我挑進來，可巧把我分到怡紅院；家裡省了我一個人的費用不算外，每月還有四五百錢的餘剩：這也還說不夠。後來老姐兒兩個都派到梨香院去照看他們，藕官認了我姨媽，芳官認了我媽，這幾年著實寬綽了。如今挪進來，也算撂開手了❹，還只無厭。你說可笑不可笑？接著我媽和芳官又吵了一場，又要給寶玉吹湯，討個沒趣兒。幸虧園裡的人多，沒人記得清楚誰是誰的親故；要有人記得，我們一家子，叫人家看著什麼意思呢！——你這會子又跑了來弄這個：這一帶地方上的東西，都是我姑媽管著，他一得了這地，每日起早睡晚，自己辛苦了還不算，每日逼著我們來照看，生怕有人糟蹋，——我又怕誤了我的差使；如今我們進來了，老姑嫂兩個照看得謹謹慎慎，一根草也不許人亂動，你還掐這些好花兒，又折得他嫩樹枝子，他們即刻就來，你看他們抱怨！」

鶯兒道：「別人折掐使不得，獨我使得。——自從分了地基之後，各房裡每日皆有份例的，不用算；單算花草玩意兒，誰管什麼，每日誰就把各房裡姑娘丫頭戴的，必要各色送些折枝去，另有插瓶的。惟有我們姑娘說了：『一概不用送，等要什麼再和你要。』究竟總沒要過一次。我今便掐些，他們也不好意思說的。」

一言未了，他姑媽果然拄了拐杖走來，鶯兒春燕等忙讓坐。那婆子見採了許多嫩柳，又見藕官等採了許多鮮花，心裡便不受用；看著鶯兒編弄，又不好說什麼，便說春燕道：「我叫你來照看照看，你就貪著玩不去了，倘或叫起你來，你又說我使你了。拿我作隱身草兒[6]，你來樂！」春燕道：「你老人家又使我，又怕，這會子反說我，難道把我劈八瓣子不成？」鶯兒笑道：「姑媽，你別信小燕兒的話，這都是他摘下來，煩我給他編，我攆他，他不去。」春燕笑道：「你可少玩兒！你只顧玩，他老人家就認真的。」

那婆子本是愚夯之輩，兼之年邁昏眊[7]，惟利是命，一概情面不管；正心疼肝斷，無計可施，聽鶯兒如此說，便倚老賣老，拿起拄杖向春燕身上擊了幾下，罵道：「小蹄子！我說著你，你還和我強嘴兒呢！你媽恨得牙癢癢，要撕你的肉吃呢！你還和我梆子似的[8]！」打得春燕又愧又急，因哭道：「鶯兒姐姐玩話，你就認真打我！我媽為什麼恨我？又沒燒糊了洗臉水[9]，有什麼不是？」

鶯兒本是玩話，忽見婆子認真動了氣，忙上前拉住，笑道：「我才是玩話，你老人家打他，這不是臊我了嗎？」那婆子道：「姑娘，你別管我們的事，難道為姑娘在這裡，不許我們管孩子不成？」鶯兒聽這般蠢話，便賭氣紅了臉❺，撒了手，冷笑道：「你要管，那一刻管不得？偏我說了一句玩話，就管他了？——我看你管去！」說著便坐下，仍編柳籃子。

偏又春燕的娘出來找他，喊道：「你不來舀水，在那裡作什麼？」那婆子便接聲兒道：「你來瞧瞧！你女孩兒連我也不服了，在這裡排揎我呢！」那婆子一面走過來，說：「姑奶奶又怎麼了？我們丫頭眼裡沒娘罷了，連姑媽也沒了不成？」鶯兒見他娘來了，只得又說緣故。他姑媽那裡容人說話？便將石上的花柳與他娘瞧，道：「你瞧瞧你女孩兒！這麼大孩子，頑得他領著人糟蹋我，我怎麼說人？」他娘也正為芳官之氣未平，又恨春燕不遂他的心，便走上來打了個耳刮子，罵道：「小娼婦，你能上了幾年臺盤，你也跟著那起輕薄浪小婦學！怎麼就管不得你們了？乾的我管不得，你是我自己生出來的，難道也不敢管你不成？既是你們這起蹄子到得去的地方我到不去，你就死在那裡伺候，又跑出來浪漢子！」一面又抓起那柳條子來，直送到他臉上，問道：「這叫作什麼？這編的是你娘的什麼？」鶯兒忙道：「那是我編的，你別『指桑罵槐』的！」

那婆子深妒襲人晴雯一干人，早知道凡房中大些的丫鬟，都比他們有些體統權勢，凡見了這一干人，心中又畏又讓，未免又氣又恨，亦且遷怒於眾；復又看見了藕官，又是他姐姐的冤家：四處湊成一股怒氣。

那春燕啼哭著往怡紅院去了。他娘又恐問他為何哭，怕他又說出來，又要受晴雯等的氣，不免趕著來喊道：「你回來！我告訴你再去。」春燕那裡肯回來？急得他娘跑了去要拉他。春燕回頭看見，便也往前飛跑。他娘只顧趕他，不防腳下被青苔滑倒。招得鶯兒三個人反都笑了。鶯兒賭氣將花柳皆擲於河中，自回房去。這裡把個婆子心疼得只念佛，又罵：「促狹小蹄子！糟蹋了花兒，雷也是要劈的！」自己且掐花與各房送去。

卻說春燕一直跑進院中，頂頭遇見襲人往黛玉處問安去，春燕便一把抱住襲人說：「姑娘救我，我媽又打我呢！」襲人見他娘來了，不免生氣，便說道：「三日兩頭兒，打了乾的打親的，還是賣弄你女孩兒多？還是認真不知王法？」這婆子來了幾日，見襲人不言不語，是好性兒的，便說道：「姑娘，你不知道，別管我們的閑事，——都是你們縱的，還管什麼？」說著，便又趕著打。襲人氣得轉身進來，見麝月正在海棠下晾手巾，——聽如此喊鬧，便說：「姐姐別管，看他怎麼著！」一面使眼色給春燕。春燕會意，直奔了寶玉去。眾人都笑說：「這可是從來沒有的事今兒都鬧出來了！」麝月向婆子道：「你再略煞一煞氣兒，難道這些人的臉面，和你討一個情還討不出來不成？」

春燕、五兒

那婆子見他女兒奔到寶玉身邊去，又見寶玉拉了春燕的手，說：「你別怕，有我呢！」春燕一行哭，一行將方才鶯兒等事都說出來。寶玉越發急起來，說：「你只在這裡鬧倒罷了，怎麼連親戚也都得罪起來❻！」麝月又向婆子及眾人道：「怨不得這嫂子說我們管不著他們的事，我們原無知，錯管了。如今請出一個管得著的人來管一管，嫂子就心服口服，也知道規矩了。」便回頭命小丫頭子：「去把平兒給我叫來，平兒不得閑，就把林大娘叫了來。」

那小丫頭子應了便走。眾媳婦上來笑說：「嫂子快求姑娘們叫回那孩子來罷。平姑娘來了，可就不好了！」那婆子說道：「憑是那個姑娘來了，也要評個理。沒有見個娘管女孩兒，大家管著娘的！」眾人笑道：「你當是那個平姑娘？是二奶奶屋裡的平姑娘啊！他有情麼，說你兩句❼；他一翻臉，嫂子，你『吃不了兜著走』！」

說著，只見那個小丫頭回來說：「平姑娘正有事呢，問我作什麼，我告訴了他。他說，叫先攆出他去，告訴林大娘，在角門子上打四十板子就是了。」那婆子聽見如此說了，嚇得淚流滿面，央告襲人等說：「好容易我進來了！況且我是寡婦家，沒有壞心，一心在裡頭伏侍姑娘們。我這一去，不知苦到什麼田地！」襲人見他如此說，又心軟了，便說：「你既要在這裡，又不守規矩，又不聽話，又亂打人，那裡弄你這個不曉事的人來！天天鬥口齒，也叫人笑話。」晴雯道：「理他呢！打發他去了正經。那裡那麼大工夫和他對嘴對舌的？」那婆子又央眾人道：「我雖錯了，姑娘們吩咐了，以後改過。姑娘們那不是行好積德[10]？」一面又央告春燕：「原是為打你起的，饒沒打成你，我如今反受了罪。好孩子！你好歹替我求求罷！」寶玉見如此可憐，便命留下：「不許再鬧！再鬧，一定打了攆出去。」

那婆子一一謝過下去。只見平兒走來，問係何事。襲人等忙說：「已完了，不必再提了。」平兒笑道：「『得饒人處且饒人』[11]，得將就的就省些事罷。但只聽見各屋裡大小人等都作起反來了，一處不了又一處，叫我不知管那一處是。」襲人笑道：「我只說我們這裡反了，原來還有幾處！」平兒笑道：「這算什麼事！這三四日的工夫，一共大小出了八九件呢，——比這裡的還大！可氣！可笑！」襲人等聽了詫異。不知何事，下回分解。

校記

❶「便將黛玉的匙箸用了一塊洋巾包了」，「了」原作「子」，從諸本改。

❷「混賬話」，脂本作「混話」。

❸「越把錢看得真了」，「真」原作「直」，從諸本改。

❹「也算撂開手了」，「撂」脂本作「散」。

❺「鶯兒聽這般蠢話，便賭氣紅了臉」，「賭」脂本作「堵」。

❻「你只在這裡鬧倒罷了，怎麼把你媽也都得罪起來」，「把你媽」諸本皆作「連親戚」，語意大異，從諸本改。

❼「他有情麼，說你兩句」，「說你」原作「你說」，從藤本、王本改。「麼」脂本作「呢」。

注釋

1 **〔召將飛符〕** 符，兵符，是古代調兵用的憑證。召將飛符，很快地傳送兵符去調兵遣將。這裡是借用，指派人去叫平兒來處理事情。

2 **〔馱轎〕** 一種用牲口馱著走的轎子。

3 **〔搴（ㄑㄧㄢ／qīan）帷下榻〕** 撩起帳子下床。搴，揭起，撩起；榻，床。

4 **〔桃花癬〕** 指青年女子面部所生的一種癬。

5 **〔薔薇硝〕** 一種香粉。

6 **〔隱身草兒〕** 民間故事說：有一種草，拿著它的人，便可以隱匿身形，有打掩護的作用，叫作「隱身草」。

7 **〔昏眊〕** 頭腦糊塗，眼睛昏花。眊，眼睛看不清楚。

8 **〔梆子似的〕** 梆子，木製打擊樂器，聲音很高，這裡比喻說話聲高，其勢洶洶。

9〔燒糊了洗臉水〕洗臉水原不會燒糊。這裡春燕是說自己不但沒犯錯誤，同時也根本沒有錯誤可犯。

10〔那（ㄋㄚˇ／nǎ）不是行好積德〕意思是說作任何好事都可以有功德，隨時隨地都可以救濟人。

11〔「得饒人處且饒人」〕能對人寬容讓步就要對人寬容讓步。據宋代姚寬的「西溪叢語」說：「蘇州有一道人，善棋，凡對局，饒人一先。有詩云：『自出洞來無敵手，得饒人處且饒人。』」

【第六十回】

茉莉粉替去薔薇硝　玫瑰露引出茯苓霜[1]

話說襲人因問平兒：「何事這等忙亂？」平兒笑道：「都是世人想不到的，說來也好笑。——等過幾日告訴你，如今沒頭緒呢，且也不得閑兒。」一語未了，只見李紈的丫鬟來了，說：「平姐姐可在這裡！奶奶等你，你怎麼不去了？」平兒忙轉身出來，口內笑說：「來了，來了！」襲人等笑道：「他奶奶病了，他又成了『香餑餑[2]』了，都搶不到手。」平兒去了不提。

這裡寶玉便叫春燕：「你跟了你媽去，到寶姑娘房裡，把鶯兒安伏安伏，也不可白得罪了他。」春燕一面答應了，和他媽出去。寶玉又隔窗說道：「不可當著寶姑娘說，看叫鶯兒倒受了教導。」

娘兒兩個應了出來，一面走著，一面說閑話兒。春燕因向他娘道：「我素日勸你老人家，再不信。何苦鬧出沒趣來才罷！」他娘笑道：「小蹄子，你走罷！俗語說：『不經一事，不長一智[3]。』我如今知道了，你又該來支問[4]著我了！」春燕笑道：「媽，你若好生安分守己，在這屋裡長久了，自有許多好處。我且告訴你句話。寶玉常說：這屋裡的人，無論家裡外頭的，一應我們這些人，他都要回太太全放出去，與本人父母自便呢。你只說這一件，可好不好？」他娘聽說，喜得忙問：「這話果真？」春燕道：「誰可撒謊作什麼？」婆子聽了，便念佛不絕。

當下來至蘅蕪院中，正值寶釵、黛玉、薛姨媽等吃飯。鶯兒自去沏茶。春燕便和他媽一徑到鶯兒前，陪笑說：「方才言語冒撞，姑娘莫嗔莫怪！特來賠罪。」鶯兒也笑了，讓他坐，又倒茶；他娘兒兩個說有事，便作辭回來。忽見蕊官趕出，叫：「媽媽，姐姐，略站一站。」一面走上，遞了一個紙包兒給他們，說是薔薇硝，帶給芳官去搽臉。春燕笑道：「你們也太小器了，還怕那裡沒這個給他？巴巴兒的又弄一包給他去。」蕊官道：「他是他的，我送的是我送的，姐姐千萬帶回去罷！」

春燕只得接了。娘兒兩個回來，正值賈環賈琮二人來問候寶玉，也才進去。春燕便向他娘說：「只我進去罷，你老人家不用去。」他娘聽了。自此百依百隨的，不敢倔強了。

春燕進來，寶玉知道回覆了，便先點頭。春燕知意，也不再說一語，略站了一站，便轉身出來，使眼色給芳官。芳官出來，春燕方悄悄的說給他蕊官之事，並給了他硝。寶玉並無和琮環可談之語，因笑問芳官：「手裡是什麼？」芳官便忙遞給寶玉瞧，又說：「是搽春癬的薔薇硝。」寶玉笑道：「難為他想得到。」

賈環聽了，便伸著頭瞧了一瞧，又聞得一股清香，便彎腰向靴筒內掏出一張紙來，托著笑道：「好哥哥，給我一半兒！」寶玉只得要給他。芳官心中因是蕊官之贈，不肯給別人，連忙攔住，笑說道：「別動這個，我另拿些來。」寶玉會意，忙笑道：「且包上拿去。」

芳官接了這個，自去收好，便從奩中去尋自己常使的。啟奩看時，盒內已空，心中疑惑：「早起還剩了些，如何就沒了？」因問人時，都說不知。麝月便說：「這會子且忙著問這個！不過是這屋裡人一時短了使了，你不管拿些什麼給他們，那裡看得出來？快打發他們去了，咱們好吃飯。」芳官聽說，便將些茉莉粉包了一包拿來。賈環見了，喜得就伸手來接，芳官便忙向炕上一擲。賈環見了，也只得向炕上拾了，揣在懷內，方作辭而去。

原來賈政不在家，且王夫人等又不在家，賈環連日也便裝病逃學。如今得了硝，興興頭頭來找彩雲。正值彩雲和趙姨娘閑談，賈環笑嘻嘻向彩雲道：「我也得了一包好的，送你搽臉。你常說薔薇硝搽癬比外頭買的銀硝[5]強，你看看，是這個不是？」彩雲打開一看，「嗤」的一笑，說道：「你是和誰要來的？」賈環便將方才之事說了一遍。彩雲笑道：「這是他們哄你這鄉老兒呢！這不是硝，這是茉莉粉。」賈環看了一看，果見比先的帶些紅色，聞聞也是噴香，因笑道：「這是好的，硝粉一樣，留著搽罷，橫豎比外頭買的高就好。」

彩雲只得收了。趙姨娘便說：「有好的給你？誰叫你要去了？怎麼怨他們耍你！依我，拿了去照臉摔給他去。趁著這會子，撞喪的撞喪去了，挺床的挺床[6]，吵一齣子，大家別心淨，也算是報報仇。莫不成兩個月之後，還找出這個渣兒來問你不成？就問你，你也有話說。寶玉是哥哥，不敢衝撞他罷了，難道他屋裡的貓兒狗兒也不敢去問問？」賈環聽了，便低了頭。彩雲忙說：「這又是何苦來！不管怎麼，忍耐些罷了。」趙姨娘道：「你也別管，橫豎與你無干。趁著抓住了理，罵那些浪娼婦們一頓，也是好的。」又指賈環道：「呸！你這下流沒剛性的，也只好受這些毛丫頭的氣！平白我說你一句兒，或無心中錯拿了一件東西給你，你倒會扭頭暴筋、瞪著眼，摔[7]我；這會子被那起毛崽子耍弄，倒就罷了。你明日還想這些家裡人怕你呢！你沒有什麼本事，我也替你恨！」

賈環聽了，不免又愧又急，又不敢去，只摔手說道：「你這麼會說，你又不敢去。支使了我去鬧，他們倘或往學裡告去，我捱了打，你敢自不疼！遭遭兒調唆我去，鬧出事來，我捱了打罵，你一般也低了頭。這會子又調唆我和毛丫頭們去鬧！你不怕三姐姐，你敢去，我就服你！」一句話戳了他娘的心，便嚷道：「我腸子裡爬出來的，我再怕了，這屋裡越發有活頭兒了！」一面說，一面拿了那包兒，便飛也似往園中去了。彩雲死勸不住，只得躲入別房。賈環便也躲出儀門，自去玩耍。

趙姨娘直進園子，正是一頭火，頂頭遇見藕官的乾娘夏婆子走來，瞧見趙姨娘氣得眼紅面青的走來，因問：「姨奶奶，那裡去？」趙姨娘拍著手道：「你瞧瞧！這屋裡連三日兩日進來唱戲的小粉頭們都三般兩樣，掂人的分量，放小菜兒了！要是別的人我還不惱，要叫這些小娼婦捉弄了，還成了什麼了？」夏婆子聽了，正中己懷，忙問：「因什麼事？」趙姨娘遂將以粉作硝、輕侮賈環之事說了一回。夏婆子道：「我的奶奶，你今日才知道？這算什麼事！連昨日這個地方，他們私自燒紙錢，寶玉還攔在頭裡。人家還沒拿進個什麼兒來，就說使不得，不乾不淨的東西忌諱，這燒紙倒不忌諱？你想一想：這屋裡除了太太，誰還大似你？你自己掌不起[8]！但凡掌得起來，誰還不怕你老人家？如今我想：趁這幾個小粉頭[9]兒都不是正經貨，就得罪他們，也有限的。快把這兩件事抓著理，扎個筏子，我幫著你作證見。你老人家把威風也抖一抖，以後也好爭別的。就是奶奶姑娘們，也不好為那起小粉頭子說你老人家的不是。」趙姨娘聽了這話，越發有理，便說：「燒紙的事我不知道，你細細告訴我。」夏婆子便將前事一一的說了。又說：「你只管說去，倘或鬧起來，還有我們幫著你呢。」趙姨娘聽了，越發得了意，仗著膽子，便一徑到了怡紅院中。

可巧寶玉往黛玉那裡去了，芳官正和襲人等吃飯，見趙姨娘來了，忙都起身讓：「姨奶奶吃飯。什麼事情這麼忙？」趙姨娘也不答話，走上來，便將粉照芳官臉上摔來，手指著芳官罵道：「小娼婦養的！你是我們家銀子錢買了來學戲的，不過娼婦粉頭之流，我家裡下三等奴才也比你高貴些！你都會『看人下菜碟兒』！寶玉要給東西，你攔在頭裡，莫不是要了你的了？拿這個哄他，你只當他不認得呢！好不好，他們是手足，都是一樣的主子，那裡有你小看他的？」

芳官那裡禁得住這話，一行哭，一行便說：「沒了硝，我才把這個給了他；要說沒了，又怕不信。難道這不是好的？我就學戲，也沒在外頭唱去。我一個女孩兒家，知道什麼『粉頭』『麵頭』的！姨奶奶犯不著來罵我，我又不是姨奶奶家買的。『梅香拜把子，——都是奴才』罷咧！這是何苦來呢！」襲人忙拉他說：「休胡說！」趙姨娘氣得發怔，便上來打了兩個耳刮子，襲人等忙上來拉勸，說：「姨奶奶不必和他小孩子一般見識，等我們說他。」

芳官捱了兩下打，那裡肯依❶？便打滾撒潑的哭鬧起來；口內便說：「你打得著我麼？你照照你那模樣兒再動手！我叫你打了去，也不用活著了！」撞在他懷內叫他打。眾人一面勸，一面拉。晴雯悄拉襲人說：「不用管他們，讓他們鬧去，看怎麼開交。如今亂為王了，什麼你也來打，我也來打，都這樣起來，還了得呢！」

外面跟趙姨娘來的一干人聽見如此，心中各各趁願，都念佛說：「也有今日！」又有那一干懷怨的老婆子，見打了芳官，也都趁願。

當下藕官蕊官等正在一處玩，湘雲的大花面葵官，寶琴的豆官，兩個聽見此信，忙找著他兩個說：「芳官被人欺負，咱們也沒趣兒，須得大家破著大鬧一場，方爭得過氣來。」四人終是小孩子心性，只顧他們情分上義憤，便不顧別的，一齊跑入怡紅院中。豆官先就照著趙姨娘撞了一頭，幾乎不曾將趙姨娘撞了一跤。那三個也便擁上來，放聲大哭，手撕頭撞，把個趙姨娘裹住。晴雯等一面笑，一面假意去拉。急得襲人拉起這個，又跑了那個，口內只說：「你們要死啊！有委屈只管好說，這樣沒道理，還了得了！」趙姨娘反沒了主意，只好亂罵。蕊官藕官兩個一邊一個，抱住左右手；葵官豆官前後頭頂住，只說：「你打死我們四個才算！」芳官直挺挺躺在地下，哭得死過去。

正沒開交，誰知晴雯早遣春燕回了探春，當下尤氏、李紈、探春三人帶著平兒與眾媳婦走來，忙忙把四個喝住。問起緣故來，趙姨娘氣得瞪著眼、粗了筋，一五一十，說個不清。尤李兩個不答言，只喝禁他四人。探春便嘆氣說道：「這是什麼大事！姨娘太肯動氣了。我正有一句話，要請姨娘商議，怪道丫頭們說不知在那裡，原來在這裡生氣呢！姨娘快同我來。」尤氏李紈都笑說：「請姨娘到廳上來，咱們商量。」

趙姨娘無法，只好同他三人出來，口內猶說長說短。探春便說：「那些小丫頭子們原是玩意兒，喜歡呢，和他玩玩笑笑；不喜歡，可以不理他就是了。他不好了，如同貓兒狗兒抓咬了一下子，可恕就恕；不恕時，也只該叫管家媳婦們，說給他去責罰。何苦自不尊重，大吆小喝，也失了體統。你瞧周姨娘，怎麼沒人欺他、他也不尋人去？我勸姨娘且回房去煞煞氣兒，別聽那說瞎話的混賬人調唆，惹人笑話自己呆，白給人家作活。心裡有二十分的氣，也忍耐這幾天，等太太回來，自然料理。」一席話說得趙姨娘閉口無言，只得回房去了。

這裡探春氣得和李紈尤氏說：「這麼大年紀，行出來的事總不叫人敬服！這是什麼意思，也值得吵一吵，並不留體統！耳朵又軟，心裡又沒有算計，這又是那起沒臉面的奴才們調唆的，作弄出個呆人，替他們出氣！」越想越氣，因命人：「查是誰調唆的！」媳婦們只得答應著出來，相視而笑，都說是：「大海裡那裡撈針去？」只得將趙姨娘的人並園中人喚來盤詰，都說：「不知道。」眾人也無法，只得回探春：「一時難查，慢慢的訪。凡有口舌不妥的，一總來回了責罰。」

探春氣漸漸平服，方罷。可巧艾官便悄悄的回探春說：「都是夏媽素日和這芳官不對，每每的造出些事來。前日賴藕官燒紙，幸虧是寶二爺自己應了，他才沒話。今日我給姑娘送絹子去，看見他和姨奶奶在一處說了半天，嘁嘁喳喳的，見了我來，才走開了。」探春聽了，雖知情弊，亦料定他們皆一黨，本皆淘氣異常，便只答應，也不肯據此為證。

誰知夏婆的外孫女兒小蟬兒，便是探春處當差的，時常與房中丫鬟們買東西，眾女孩兒都待他好。這日飯後，探春正上廳理事，翠墨在家看屋子，因命小蟬出去叫小么兒買糕去。小蟬便笑說：「我才掃了個大院子，腰腿生疼的，你叫別的人去罷。」翠墨笑說：「我又叫誰去？你趁早兒去，我告訴你一句好話：你到後門順路告訴你老娘，防著些兒。」說著，便將艾官告他老娘的話告訴了他。小蟬聽說，忙接了錢，道：「這個小蹄子也要捉弄人，等我告訴去。」說著，便起身出來。至後門邊，只見廚房內此刻手閑之時，都坐在臺階上說閑話呢，夏婆亦在其內。小蟬便命一個婆子出去買糕，他且一行罵，一行說，將方才的話告訴了夏婆子。夏婆子聽了，又氣又怕，便欲去找艾官問他；又要往探春前去訴冤。小蟬忙攔住說：「你老人家去怎麼說呢？這話怎麼知道的？可又叨蹬[11]不好了，說給你老人家防著就是了，那裡忙在一時兒？」

正說著，忽見芳官走來，扒著院門，笑向廚房中柳家媳婦說道：「柳嬸子，寶二爺說了：晚飯的素菜，要一樣涼涼的酸酸的東西，只不要擱上香油弄膩了。」柳家的笑道：「知道。今兒怎麼又打發你來告訴這麼句要緊的話呢？你不嫌腌臢，進來逛逛。」

芳官才進來，忽有一個婆子，手裡托了一碟子糕來。芳官戲說：「誰買的熱糕？我先嘗一塊兒。」小蟬❷一手接了，道：「這是人家買的，你們還稀罕這個！」柳家的見了，忙笑道：「芳姑娘，你愛吃這個，我這裡有才買下給你姐姐吃的，他沒有吃，還收在那裡，乾乾淨淨沒動的。」說著，便拿了一碟子出來，遞給芳官，又說：「你等我替你燉口好茶來。」一面進去現通開火燉茶。芳官便拿著那糕，舉到小蟬臉上，說：「誰稀罕吃你那糕！這個不是糕不成？我不過說著玩罷了，你給我磕頭，我還不吃呢！」說著，便把手內的糕掰了一塊，扔著逗雀兒玩，口內笑說道：「柳嬸子，你別心疼，我回來買二斤給你。」小蟬氣得怔怔的瞅著說道：「雷公老爺也有眼睛，怎麼不打這作孽的人！」眾人都說道：「姑娘們罷喲！天天見了就咕唧。」有幾個伶透的，見他們拌起嘴來了，又怕生事，都拿起腳來各自走開。當下小蟬也不敢十分說話，一面咕噥著去了。

這裡柳家的見人散了，忙出來和芳官說：「前日那話說了沒有？」芳官道：「說了。等一兩天，再提這事。偏那趙不死的又和我鬧了一場。前日那玫瑰露，姐姐吃了沒有？他到底可好些？」柳家的道：「可不都吃了！他愛的什麼兒似的，又不好合你再要。」芳官道：「不值什麼，等我再要些來給他就是了。」

原來柳家的有個女孩兒，今年十六歲，雖是廚役之女，卻生得人物與平、襲、鴛、紫相類。因他排行第五，便叫他五兒。只是素有弱疾，故沒得差使。近因柳家的見寶玉房中丫鬟，差輕人多，且又聞寶玉將來都要放他們，故如今要送到那裡去應名。正無路頭，可巧這柳家的是梨香院的差使，他最小意殷勤，伏侍的芳官一干人，比別的乾娘還好，芳官等待他也極好。如今便和芳官說了，央及芳官去和寶玉說。寶玉雖是依允，只是近日病著，又有事，尚未得說。

前言少述，且說當下芳官回至怡紅院中，回覆了寶玉。這裡寶玉正為趙姨娘吵鬧，心中不悅，說又不是，不說又不是，只等吵完了，打聽著探春勸了他去後，方又勸了芳官一陣，因使他到廚房說話去。今見他回來，又說還要些玫瑰露給柳五兒吃去，寶玉忙道：「有著呢，我又不大吃，你都給他吃去罷。」說著，命襲人取出來。見瓶中也不多了，遂連瓶給了芳官。

芳官便自攜了瓶與他去。正值柳家的帶進他女兒來散悶，在那邊畸角子一帶地方逛了一回，便回到廚房內，正吃茶歇著呢。見芳官拿了一個五寸來高的小玻璃瓶，迎高照著，裡面有半瓶胭脂一般的汁子，還當是寶玉吃的西洋葡萄酒。母女兩個忙說：「快拿旋子燙滾了水，你且坐下。」芳官笑道：「就剩了這些，連瓶子給你罷。」

五兒聽說，方知是玫瑰露，忙接了，又謝芳官。因說道：「今日好些，進來逛逛。這後邊一帶，沒有什麼意思，不過是些大石頭大樹和房子後牆，正經好景致也沒看見。」芳官道：「你為什麼不往前去？」柳家的道：「我沒叫他往前去：姑娘們也不認得他，倘有不對眼的人看見了，又是一番口舌。明日托你攜帶他，有了房頭兒，怕沒人帶著逛呢！只怕逛膩了的日子還有呢！」芳官聽了，笑道：「怕什麼？有我呢！」柳家的忙道：「噯喲喲！我的姑娘！我們的頭皮兒薄，比不得你們。」說著，又倒了茶來。芳官那裡吃這茶？只漱了一口便走了。柳家的說：「我這裡占著手呢，五丫頭送送。」

五兒便送出來，因見無人，又拉著芳官說道：「我的話到底說了沒有？」芳官笑道：「難道哄你不成？我聽見屋裡正經還少兩個人的窩兒，並沒補上：一個是小紅的，璉二奶奶要了去，還沒給人來；一個是墜兒的，也沒補。如今要你一個也不算過分。皆因平兒每每和襲人說：『凡有動人動錢的事，得挨的且挨一日。如今三姑娘正要拿人作筏子呢。』連他屋裡的事都駁了兩三件，如今正要尋我們屋裡的事沒尋著，何苦來往網裡碰去？倘或說些話駁了，那時候老了[13]，倒難再回轉。且等冷一冷兒，老太太、太太心閑了，憑是天大的事，先和老的兒一說，沒有不成的！」五兒道：「雖如此說，我卻性兒急，等不得了。趁如今挑上了：頭宗，給我媽爭口氣❸，也不枉養我一場；二宗，我添了月錢，家裡又從容些；三宗，我開開心，只怕這病就好了。——就是請大夫吃藥，也省了家裡的錢。」芳官說：「你的話我都知道了，你只管放心。」說畢，芳官自去了。

單表五兒回來，和他娘深謝芳官之情。他娘因說：「再不承望得了這些東西！雖然是個尊貴物兒，卻是吃多了也動熱，竟把這個倒些送個人去，也是大情。」五兒問：「送誰？」他娘道：「送你姑舅哥哥一點兒，他那熱病，也想這些東西吃。我倒半盞給他去。」五兒聽了，半日沒言語，隨他媽倒了半盞去，將剩的連瓶便放在傢伙櫥內。

五兒冷笑道：「依我說，竟不給他也罷了。倘或有人盤問起來，倒又是一場是非。」他娘道：「那裡怕起這些來，還了得！我們辛辛苦苦的，裡頭賺些東西，也是應當的。難道是作賊偷的不成？」說著，不聽，一徑去了，直至外邊他哥哥家中。他姪兒正躺著。一見這個，他哥哥、嫂子、姪兒，無不歡喜。現從井上取了涼水，吃了一碗，心中爽快，頭目清涼。剩的半盞，用紙蓋著，放在桌上。

可巧又有家中幾個小廝——和他姪兒素日相好的伴兒，走來看他的病，內中有一個叫作錢槐，是趙姨娘之內親。他父母現在庫上管賬，他本身又派跟賈環上學。因他手頭寬裕，尚未娶親，素日看上柳家的五兒標致，一心和父母說了，娶他為妻。也曾央中保媒人，再四求告。柳家父母卻也情願，爭奈五兒執意不從，——雖未明言，卻已中止，他父母未敢應允❹。近日又想往園內去，越發將此事丟開，只等三五年後放出時，自向外邊擇婿了。錢槐家中人見如此，也就罷了。爭奈錢槐不得五兒，心中又氣又愧，發恨定要弄取成配，方了此願。今日也同人來看望柳氏的姪兒，不期柳家的在內。

柳家的見一群人來了，內中有錢槐，便推說不得閑，起身走了。他哥哥嫂子忙說：「姑媽怎麼不喝茶就走？倒難為姑媽記掛著。」柳家的因笑道：「只怕裡頭傳飯。再閑了，出來瞧姪兒罷。」他嫂子因向抽屜內取了一個紙包兒出來，拿在手內，送了柳家的出來，至牆角邊，遞與柳家的，又笑道：「這是你哥哥昨日在門上該班兒，——誰知這五日的班兒，一個外財沒發，只有昨日有廣東的官兒來拜，送了上頭兩小簍子茯苓霜，餘外給了門上人一簍作門禮，你哥哥分了這些。昨兒晚上，我打開看了看，怪俊，雪白的。說拿人奶和了，每日早起吃一鍾，最補人的。——沒人奶就用牛奶；再不得就是滾白水也好。

我們想著正是外甥女兒吃得的，上半天原打發小丫頭子送了家去，他說鎖著門，連外甥女兒也進去了。本來我要瞧瞧他去，給他帶了去的，又想著主子們不在家，各處嚴緊，我又沒什麼差使，跑什麼？況且這兩日風聞著裡頭家反作亂❺的，倘或沾帶了，倒值多了。姑媽來得正好，親自帶去罷。」

柳氏道了生受，作別回來。剛走到角門前，只見一個小么兒笑道：「你老人家那裡去了？裡頭三次兩趟叫人傳呢，叫我們三四個人各處都找到了。你老人家從那裡來了？這條路又不是家去的路，我倒要疑心起來了。」那柳家的笑道：「好小猴兒崽子！你也和我胡說起來了！回來問你。」要知端底，下回分解。

校記

❶「芳官捱了兩下打，那裡肯依」，「那」原作「你」，從諸本改。
❷「小蟬」原作「小蟾」，參上文從諸本改。後同（甲本此一「蟾」字同乙本，餘仍作「蟬」）。
❸「給我媽爭口氣」，「氣」原缺，從藤本、王本補。
❹「爭奈五兒執意不從，——雖未明言，卻已中止，他父母未敢應允」，「卻已中止」脂本作「卻行止中已帶出」。
❺「家反作亂」，「作」脂本、戚本作「宅」。

注釋

1 **〔茯苓霜〕** 由茯苓製成的糖粉。茯苓，菌類，生於松林中，大如拳，肉白微紅。

2 **〔餑餑〕** 有的地方指饅頭，有的地方指點心，這兒指點心。

3 **〔不經一事，不長一智〕** 諺語。不經歷那件事情，就不能增長關於那件事情的知識。

4 **〔支問〕** 這兒是責備的意思。

5 **〔銀硝〕** 白色的硝。

6 **〔撞喪、挺床〕** 「撞喪」是罵人瞎跑、亂撞（第六十五回「撞喪那黃湯」，是罵人醉酒，「撞」諧「噇」）；「挺床」原指死屍停臥在床，借用作不滿意別人臥病、睡覺的罵話。

7 **〔撴（ㄉㄨㄣ／dūn）摔〕** 頂撞，怒氣相向。撴，揪住。

8 **〔掌不起〕** 硬不起來。

9〔粉頭〕原指娼妓。引申為作風不正的婦女。

10〔梅香拜把子，——都是奴才〕梅香，原是舊時婢女常用的名字，後因此代指婢女。拜把子，舊社會異姓結為兄弟、姐妹。由於等級森嚴，奴婢只能與奴婢拜把子。

11〔叨蹬〕「翻覆」、「移動」、「攪亂」的意思。下文也作「叨登」。

12〔旋（ㄒㄩㄢˋ／xuàn）子〕一種盆類器皿，多用銅錫製成，可以燒熱水。將酒壺放入旋內熱水中，可以溫酒。

13〔老了〕這兒是已成定局的意思。

【第六十一回】
投鼠忌器[1]寶玉瞞贓　判冤決獄[2]平兒行權

話說那柳家的聽了這小厶兒一夕話，笑道：「好猴兒崽子！你親嬸子找野老兒去了，你不多得一個叔叔嗎？有什麼疑的！別叫我把你頭上的楊子蓋[3]揪下來！還不開門讓我進去呢！」那小廝且不推門，又拉著笑道：「好嬸子！你這一進去，好歹偷幾個杏兒出來賞我吃。我這裡老等。你要忘了，日後半夜三更，打酒買油的，我不給你老人家開門，也不答應你，隨你乾叫去。」柳氏啐道：「發了昏的！今年還比往年？把這些東西都分給了眾嬤嬤了。一個個的不像抓破了臉的！人打樹底下一過，兩眼就像那黧雞似的[4]，還動他的果子！可是你舅母姨娘兩三個親戚都管著，怎麼不和他們要，倒和我來要？這可是『倉老鼠問老鴰去借糧，——守著的沒有，飛著的倒有』！」小廝笑道：「噯喲！沒有罷了，說上這些閑話！我看你老人家，從今以後，就用不著我了？——就是姐姐有了好地方兒，將來呼喚我們的日子多著呢！只要我們多答應他些就有了。」柳氏聽了笑道：「你這個小猴兒精又搗鬼了！你姐姐有什麼好地方兒？」那小廝笑道：「不用哄我了，早已知道了！單是你們有內𦄘[5]，難道我們就沒有內𦄘不成？我雖在這裡聽差，裡頭卻也有兩個姐姐，成個體統的。什麼事瞞得過我！」

正說著，只聽門內又有老婆子向外叫：「小猴兒，快傳你柳嬸子去罷，再不來，可就誤了！」柳家的聽了，不顧和那小廝說話，忙推門進去，笑說：「不必忙，我來了。」一面來至廚房，——雖有幾個同伴的人，他們都不敢自專，單等他來調停分派——一面問眾人：「五丫頭那裡去了？」眾人都說：「才往茶房裡找我們姐妹去了。」

柳家的聽了，便將茯苓霜擱起，且按著房頭分派菜饌。忽見迎春房裡小丫頭蓮花兒走來說：「司棋姐姐說：要碗雞蛋，燉得嫩嫩的❶。」柳家的道：「就是這一樣兒尊貴。不知怎麼，今年雞蛋短得很，十個錢一個還找不出來。昨日上頭給親戚家送粥米去，四五個買辦出去，好容易才湊了二千個來，我那裡找去？你說給他，改日吃罷。」蓮花兒道：「前日要吃豆腐，你弄了些餿的，叫他說了我一頓；今兒要雞蛋又沒有了！什麼好東西？我就不信連雞蛋都沒有了？別叫我翻出來！」一面說，一面真個走來，揭起菜箱一看，只見裡面果有十來個雞蛋，說道：「這不是？你就這麼利害？吃的是主子分給我們的份例，你為什麼心疼？又不是你下的蛋，怕人吃了！」

柳家的忙丟了手裡的活計，便上來說道：「你少滿嘴裡混唚！你媽才下蛋呢！通共留下這幾個，預備菜上的飄馬兒[6]，姑娘們不要，還不肯作上去呢：預備遇急兒的。你們吃了，倘或一聲要起來，沒有好的，連雞蛋都沒了？你們深宅大院，『水來伸手，飯來張口』，只知雞蛋是平常東西，那裡知道外頭買賣的行市呢？——別說這個，有一年連草棍子還沒了的日子還有呢！我勸他們，細米白飯，每日肥雞大鴨子，將就些兒也罷了，吃膩了腸子，天天又鬧起故事來了：雞蛋，豆腐，又是什麼麵筋，醬蘿蔔炸兒，敢自倒換口味！只是我又不是答應你們的，一處要一樣，就是十來樣；我倒不用伺候頭層主子，只預備你們二層主子了！」

蓮花兒聽了，便紅了臉，喊道：「誰天天要你什麼來，你說這麼兩車子話？叫你來，不是為便宜，是為什麼？前日春燕來說，晴雯姐姐要吃蒿子稈兒，你怎麼忙著還問肉炒雞炒？春燕說葷的不好，另叫你炒個麵筋兒，少擱油才好，你忙著就說自己『發昏』，趕著洗手炒了，『狗顛屁股兒』[7]似的，親自捧了去；今兒反倒拿我作筏子，說我給眾人聽！」

柳家的忙道：「阿彌陀佛，這些人眼見的！別說前日一次，就從舊年以來，那屋裡，偶然間，不論姑娘姐兒們，要添一樣半樣，誰不是先拿了錢來另買另添？有的沒的，名聲好聽。算著連姑娘帶姐兒們四五十人，一日也只管要兩隻雞，兩隻鴨子，一二十斤肉，一吊錢的菜蔬，你們算算，夠作什麼的？連本項兩頓飯還撐持不住，還擱得住這個點這樣、那個點那樣？買來的又不吃，又要別的去！既這樣，不如回了太太，多添些份例！也像大廚房裡預備老太太的飯，把天下所有的菜蔬，用水牌[8]寫了，天天轉著吃，到一個月現算倒好！連前日三姑娘和寶姑娘偶然商量了要吃個油鹽炒豆芽兒來，現打發個姐兒拿著五百錢給我，我倒笑起來了，說：『二位姑娘就是大肚子彌勒佛[9]，也吃不了五百錢的。這二三十個錢的事，還備得起。』趕著我送回錢去，到底不收，說賞我打酒吃，又說：『如今廚房在裡頭，保不住屋裡的人不去叨蹬。一鹽一醬，那不是錢買的？你不給又不好，給了你又沒得賠，你拿著這個錢，權當還了他們素日叨蹬的東西窩兒。』這就是明白體下的姑娘，我們心裡，只替他念佛。沒得趙姨奶奶聽了，又氣不忿，反說太便宜了我，隔不了十天，也打發個小丫頭子來尋這樣，尋那樣，我倒好笑起來。你們竟成了例，不是這個，就是那個！我那裡有這些賠的？」

正亂時，只見司棋又打發人來催蓮花兒，說他：「死在這裡？怎麼就不回去？」蓮花兒賭氣回來，便添了一篇話，告訴了司棋。司棋聽了，不免心頭起火，此刻伺候迎春飯罷，帶了小丫頭們走來，見了許多人正吃飯，——見他來得勢頭不好，都忙起身陪笑讓坐。司棋便喝命小丫頭子動手：「凡箱櫃所有的菜蔬，只管扔出去餵狗，大家賺不成！」小丫頭子們巴不得一聲，七手八腳搶上去，一頓亂翻亂擲，慌得眾人一面拉勸，一面央告司棋說：「姑娘別誤聽了小孩子的話！柳嫂子有八個腦袋，也不敢得罪姑娘。說雞蛋難買是真。我們才也說他不知好歹，憑是什麼東西，也少不得變法兒去。他已經悟過來了，連忙蒸上了。姑娘不信，瞧那火上。」

司棋被眾人一頓好言語，方將氣勸得漸平了。小丫頭子們也沒得摔完東西，便拉開了。司棋連說帶罵，鬧了一回，方被眾人勸去。柳家的只好摔碗丟盤，自己咕唧了一回，蒸了一碗雞蛋，令人送去。司棋全潑了地下。那人回來，也不敢說，恐又生事。

柳家的打發他女兒喝了一回湯，吃了半碗粥，又將茯苓霜一節說了。五兒聽罷，便心下要分些贈芳官，遂用紙另包了一半，趁黃昏人稀之時，自己花遮柳隱的來找芳官。且喜無人盤問，一徑到了怡紅院門首，不好進去，只在一簇玫瑰花前站立，遠遠的望著。有一盞茶時候，可巧春燕出來，忙上前叫住。春燕不知是那一個，到跟前方看真切，因問：「作什麼？」五兒笑道：「你叫出芳官來，我和他說話。」春燕悄笑道：「姐姐太性急了，橫豎等十來日就來了，只管找他作什麼？方才使了他往前頭去了，你且等他一等。不然，有什麼話告訴我，等我告訴他；恐怕你等不得，只怕關了園門。」五兒便將茯苓霜遞給春燕，又說：「這是茯苓霜，」——如何吃，如何補益——「我得了些送他的，轉煩你遞給

司棋

他就是了。」說畢，便走回來。

正走蓼漵一帶，忽迎見林之孝家的帶著幾個婆子走來，五兒藏躲不及，只得上來問好。林家的問道：「我聽見你病了，怎麼跑到這裡來？」五兒陪笑說道：「因這兩日好些，跟我媽進來散散悶。才因我媽使我到怡紅院送傢伙去。」林之孝家的說道：「這話岔了：方才我見你媽出去，我才關門。既是你媽使了你去，他如何不告訴我說你在這裡呢？竟出去讓我關門，什麼意思？可是你撒謊。」五兒聽了，沒話回答，只說：「原是我媽一早教我去取的，我忘了，挨到這時，我才想起來了。只怕我媽錯認我先去了，所以沒和大娘說。」

林之孝家的聽他詞鈍意虛，又因近日玉釧兒說那邊正房內失落了東西，幾個丫頭對賴，沒主兒：心下便起了疑。可巧小蟬蓮花兒和幾個媳婦子走來，見了這事，便說道：「林奶奶倒要審審他，這兩日他往這裡頭跑得不像，鬼鬼祟祟的，不知幹些什麼事。」小蟬又道：「正是。昨日玉釧兒姐姐說：『太太耳房裡的櫃子開了，少了好些零碎東西。』璉二奶奶打發平姑娘和玉釧兒姐姐要些玫瑰露，誰知也少了一罐子：不是找還不知道呢！」蓮花兒笑道：「這我沒聽見。今日我倒看見一個露瓶子。」林之孝家的正因這事沒主兒，每日鳳姐兒使平兒催逼他，一聽此言，忙問：「在那裡？」蓮花兒便說：「在他們廚房裡呢。」林之孝家的聽了，忙命打了燈籠，帶著眾人來尋。五兒急得便說：「那原是寶二爺屋裡的芳官給我的。」林之孝家的便說：「不管你『方官』『圓官』，現有贓證！我只呈報了，憑你主子前辯去！」一面說，一面進入廚房，蓮花兒帶著，取出露瓶。恐還偷有別物，又細細搜了一遍，又得了一包茯苓霜，一併拿了，帶了五兒來回李紈與探春。

那時李紈正因蘭兒病了，不理事務，只命去見探春。探春已歸房，人回進去，丫鬟們都在院內納涼，探春在內盥沐，只有侍書回進去，半日出來說：「姑娘知道了，叫你們找平兒回二奶奶去。」

林之孝家的只得領出來，到鳳姐那邊，先找著平兒進去回了鳳姐。鳳姐方才睡下，聽見此事，便吩咐：「將他娘打四十板子，攆出去，永不許進二門；把五兒打四十板子，立刻交給莊子上，或賣或配人。」

平兒聽了出來，依言吩咐了林之孝家的。五兒嚇得哭哭啼啼，給平兒跪著，細訴芳官之事。平兒道：「這也不難，等明日問了芳官，便知真假。但這茯苓霜，前日人送了來，還等老太太、太太回來看了才敢打動，這不該偷了去。」五兒見問，忙又將他舅舅送的一節說出來。平兒聽了，笑道：「這樣說，你竟是個平白無辜的人了，拿你來頂缸[10]的。此時天晚，奶奶才進了藥歇下，不便為這點子小事去絮叨。如今且將他交給上夜的人看守一夜，等明日我回了奶奶，再作道理。」林之孝家的不敢違拗，只得帶出來，交給上夜的媳婦們看守著，自己便去了。

這裡五兒被人軟禁起來，一步不敢多走。又兼眾媳婦也有勸他說：「不該作這沒行止的事。」也有抱怨說：「正經更還坐不上來，又弄個賊來給我們看守！倘或眼不見，尋了死，或逃走了，都是我們的不是！」又有素日一干與柳家不睦的人，見了這般，十分趁願，都來奚落嘲戲他。這五兒心內又氣又委屈，竟無處可訴；且本來怯弱有病，這一夜思茶無茶，思水無水，思睡無衾枕，嗚嗚咽咽，直哭了一夜。

誰知和他母女不和的那些人，巴不得一時就攆他出門去。生恐次日有變，大家先起了個清早，都悄悄的來買轉平兒，送了些東西，一面又奉承他辦事簡斷，一面又講述他母親素日許多不好處。平兒一一的都應著，打發他們去了，卻悄悄的來訪襲人，問他可果真芳官給他玫瑰露了。襲人便說：「露確是給了芳官，芳官轉給何人，我卻不知。」襲人於是又問芳官，芳官聽了，唬了一跳，忙應是自己送他的。芳官便又告訴了寶玉，寶玉也慌了，說：「露雖有了，若勾起茯苓霜來，他自然也實供，若聽見了是他舅舅門上得的，他舅舅又有了不是，豈不是人家的好意，反被咱們陷害了？」因忙和平兒計議：「露的事雖完了，然這霜也是有不是的。好姐姐，你只叫他也說是芳官給的，就完了。」平兒笑道：「雖如此，只是他昨晚已經同人說是他舅舅給的了，如何又說你給的？況且那邊所丟的霜❷，正沒主兒，如今有贓證的白放了，又去找誰？誰還肯認？眾人也未必心服。」晴雯走來，笑道：「太太那邊的露，再無別人，分明是彩雲偷了給環哥兒去了，你們可瞎亂說。」

平兒笑道：「誰不知這個緣故？這會子玉釧兒急得哭；悄悄問他，他要應了，玉釧兒也罷了，大家也就混著不問了，誰好意攬這事呢？可恨彩雲不但不應，他還擠玉釧兒，說他偷了去了！兩個人『窩裡炮』[11]，先吵得合府都知道了，我們怎麼裝沒事人呢？少不得要查的。殊不知告失盜的就是賊。又沒贓證，怎麼說他？」寶玉道：「也罷。這件事，我也應起來，就說原是我要嚇他們玩，悄悄的偷了太太的來了：兩件事就都完了。」襲人道：「也倒是一件陰隲事，保全人的賊名兒。只是太太聽見了，又說你小孩子氣，不知好歹了。」平兒笑道：「也倒是小事。如今就打趙姨娘屋裡起了贓來也容易，我只怕又傷著一個好人的體面。別人都不必管，只這一個人，豈不又生氣？我可憐的是他，不肯為『打老鼠傷了玉瓶兒』。」說著，把三個指頭一伸。

襲人等聽說，便知他說的是探春，大家都忙說：「可是這話，竟是我們這裡應起來的為是。」平兒又笑道：「也須得把彩雲和玉釧兒兩個孽障叫了來，問準了他方好。不然，他們得了意，不說為這個，倒像我沒有本事，問不出來；就是這裡完事，他們以後越發偷的偷、不管的不管了。」襲人等笑道：「正是，也要你留個地步。」

平兒便命一個人叫了他兩個來，說道：「不用慌，賊已有了。」玉釧兒先問：「賊在那裡？」平兒道：「現在二奶奶屋裡呢，問他什麼應什麼。我心裡明白，知道不是他偷的，可憐他害怕，都承認了。這裡寶二爺不過意，要替他認一半。我要說出來呢，但只是這作賊的，素日又是和我好的一個姐妹；窩主卻是平常，裡面又傷了一個好人的體面：因此為難。少不得央求寶二爺應了，大家無事。如今反要問你們兩個，還是怎麼樣：要從此以後，大家小心存體面呢，就求寶二爺應了；要不然，我就回了二奶奶，別冤屈了人。」

彩雲聽了，不覺紅了臉，一時羞惡之心感發，便說道：「姐姐放心。也不用冤屈好人，我說了罷：傷體面，偷東西，原是趙姨奶奶央及我再三，我拿了些給環哥兒是情真。——連太太在家我們還拿過，各人去送人，也是常有的。我原說嚷過兩天就完了❸；如今既冤屈了人，我心裡也不忍。姐姐竟帶了我回奶奶去，一概應了完事。」

眾人聽了這話，一個個都詫異他竟這樣有肝膽。寶玉忙笑道：「彩雲姐姐果然是個正經人。如今也不用你應，我只說我悄悄的偷的嚇你們玩，如今鬧出事來，我原該承認。我只求姐姐們以後省些事，大家就好了。」彩雲道：「我幹的事，為什麼叫你應？死活我該去受。」平兒襲人忙道：「不是這麼說：你一應了，未免又叨登出趙姨奶奶來，那時三姑娘聽見，豈不又生氣？竟不如寶二爺應了，大家沒事；且除了這幾個人，都不知道，這麼何等的乾淨！——但只以後千萬大家小心些就是了。要拿什麼，好歹等太太到家；那怕連房子給了人，我們就沒干係了。」彩雲聽了，低頭想了想，只得依允。

於是大家商議妥貼，平兒帶了他兩個並芳官來至上夜房中，叫了五兒，將茯苓霜一節也悄悄的教他說係芳官給的，五兒感謝不盡。平兒帶他們來至自己這邊，已見林之孝家的帶領了幾個媳婦，押解著柳家的等夠多時了。林之孝家的又向平兒說：「今日一早押了他來，怕園裡沒有人伺候早飯，我暫且將秦顯的女人派了去伺候姑娘們的飯呢。」平兒道：「秦顯的女人是誰？我不太相熟啊。」林之孝家的道：「他是園裡南角子上夜的，白日裡沒什麼事，所以姑娘不認識：高高兒的孤拐[12]，大大的眼睛，最乾淨爽利的。」玉釧兒道：「是了。姐姐，你怎麼忘了？他是跟二姑娘的司棋的嬸子❹。司棋的父親雖是大老爺那邊的人，他這叔叔卻是咱們這邊的。」

平兒聽了，方想起來，笑道：「哦！你早說是他，我就明白了。」又笑道：「也太派急了些。如今這事，八下裡水落石出了，連前日太太屋裡丟的，也有了主兒——是寶玉那日過來和這兩個孽障不知道要什麼來著，偏這兩個孽障慪他玩，說：『太太不在家，不敢拿。』寶玉便瞅著他們不提防，自己進去拿了些個什麼出來。這兩個孽障不知道，就嚇慌了。如今寶玉聽見帶累了別人，方細細的告訴了我，拿出東西來我瞧，一件不差。那茯苓霜也是寶玉外頭得了的，也曾賞過許多人。——不獨園內人有，連嬤嬤子們討了出去給親戚們吃，又轉送人。襲人也曾給過芳官一流的人。他們私情，各自來往，也是常事。前日那兩簍還擺在議事廳上，好好的原封沒動，怎麼就混賴起人來？等我回了奶奶再說。」說畢，抽身進了臥房，將此事照前言回了鳳姐兒一遍。

鳳姐兒道：「雖如此說，但寶玉為人，不管青紅皂白，愛兜攬事情。別人再求求他去，他又擱不住人兩句好話，給他個炭簍子[13]帶上，什麼事他不應承？咱們若信了，將來若大事也如此，如何治人？還要細細的追求才是。依我的主意，把太太屋裡的丫頭都拿來，雖不便擅加拷打，只叫他們墊著磁瓦子[14]跪在太陽地下，茶飯也不用給他們吃，一日不說跪一日，就是鐵打的，一日也管招了。」又道：「『蒼蠅不抱沒縫兒的雞蛋』，雖然這柳家的沒偷，到底有些影兒，人才說他，雖不加賊刑[15]，也革出不用。朝廷原有掛誤[16]的，到底不算委屈了他。」

平兒道：「何苦來操這心？『得放手時須放手』，什麼大不了的事，樂得施恩呢。依我說，縱在這屋裡操上一百份心，終久是回那邊屋裡去的，沒得結些小人的仇恨，使人含恨抱怨。況且自己又三災八難的，好容易懷了一個哥兒，到了六七個月還掉了，焉知不是素日操勞太過、氣惱傷著的？如今趁早兒見一半不見一半的，也倒罷了。」一夕話說得鳳姐兒倒笑了，道：「隨你們罷！沒得慪氣。」平兒笑道：「這不是正經話？」說畢，轉身出來，一一發放。要知端底，下回分解。

■校記

❶「忽見迎春房裡小丫頭蓮花兒走來說，司棋姐姐說，要碗雞蛋，燉得嫩嫩的」，「迎」原作「探」，從諸本改。「燉」原作「頓」，從金本改。戚本作「炖」。

❷「霜」，脂本作「露」。

❸「我原說嚷過兩天就完了」，「嚷」原作「說」，從諸本改。按兩「說」字若稍讀斷亦可通，但連文終欠清，仍改。

❹「跟二姑娘的司棋的嬸子」，「二」原作「三」，從脂本改。

■注釋

1〔投鼠忌器〕想投東西打老鼠，又怕因此打壞了附近的器物。比喻作事有所顧忌，不敢放手進行。

2〔判冤決獄〕本指判斷冤案，平息官司。這裡指平兒對因茯苓霜引起事端的處理。

3〔楄子蓋〕清代小孩初步蓄髮的一種式樣。四圍剃去，中留圓形短髮。

4〔兩眼就像那黧（ㄌㄧˊ lí）雞似的〕指眼色不寧，有猜疑驚恐的神氣。

5〔內線〕內線，從內部向外通消息的人。

6〔飄馬兒〕用熟雞蛋片或各色蔬菜作菜品上的裝飾物，叫作「頂馬兒」。因為有的是飄在湯上，所以又稱為「飄馬兒」。

7〔狗顛屁股兒〕狗能搖尾乞憐，這裡用來諷刺殷勤、獻媚的人。

8〔水牌〕以粉、漆塗刷的牌子，用來臨時記事，事後用水擦去字跡，再用。

9〔彌勒佛〕佛教菩薩之一。

10〔頂缸〕「頂替缺額」，「代人受過」的意思。
11〔窩裡炮〕只能在窩裡放炮。嘲諷只能在家裡發威，自相殘殺，不能對外禦侮的人。
12〔孤拐〕顴骨。
13〔炭簍子〕指對人非善意的恭維手段。比作給人戴上又高大又有熱力的高帽子。
14〔磁瓦子〕碎磁片。
15〔賊刑〕按盜賊處置的刑罰。
16〔掛誤〕同「詿誤」，官吏因受牽連被處分、撤職。

【第六十二回】

憨湘雲醉眠芍藥裀[1]　呆香菱情解石榴裙

話說平兒出來吩咐林之孝家的道：「『大事化為小事，小事化為沒事』，方是興旺之家。要是一點子小事便揚鈴打鼓，亂折騰起來，不成道理。如今將他母女帶回，照舊去當差，將秦顯家的仍舊追回。再不必提此事，只是每日小心巡察要緊。」說畢，起身走了。柳家的母女忙向上磕頭。林家的就帶回園中，回了李紈探春；二人都說：「知道了。寧可無事，很好。」

司棋等人空興頭[2]了一陣。那秦顯家的好容易等了這個空子鑽了來，只興頭了半天。在廚房內正亂著收傢伙、米糧、煤炭等物，又查出許多虧空來，說：「粳米短了兩擔，長用米又多支了一個月的，炭也欠著額數。」一面又打點送林之孝的禮，悄悄的備了一簍炭一擔粳米在外邊，就遣人送到林家去了；又打點送賬房兒的禮；又備幾樣菜蔬請幾位同事的人，說：「我來了，全仗你們列位扶持。自今以後，都是一家人了，我有照顧不到的，好歹大家照顧些。」

正亂著，忽有人來說：「你看完了這一頓早飯，就出去罷。柳嫂兒原無事，如今還交給他管了。」秦顯家的聽了，轟去了魂魄，垂頭喪氣，登時偃旗息鼓，捲包而去。送人之物，白白去了許多，自己倒要折變了暗補虧空。連司棋都氣了個直眉瞪眼，無計挽回，只得罷了。

趙姨娘正因彩雲私贈了許多東西，被玉釧兒吵出，生恐查問出來，每日捏著一把汗，偷偷的打聽信兒。忽見彩雲來告訴說：「都是寶玉應了，從此無事。」趙姨娘方把心放下來。誰知賈環聽如此說，便起了疑心，將彩雲凡私贈之物都拿出來了，照著彩雲臉上摔了來，說：「你這『兩面三刀』[3]的東西，我不稀罕！你不和寶玉好，他怎麼肯替你應？你既有擔當給了我，原該不叫一個人知道；如今你既然告訴了他，我再要這個，也沒趣兒！」

彩雲見如此，急得賭咒起誓，至於哭了。百般解說，賈環執意不信，說：「不看你素日，我索性去告訴二嫂子，就說你偷來給我，我不敢要。你細想去罷！」說畢，摔手出去了。急得趙姨娘罵：「沒造化的種子！這是怎麼說！」氣得彩雲哭了個淚乾腸斷，趙姨娘百般的安慰他：「好孩子，他辜負了你的心，我橫豎看得真。我收起來，過兩日，他自然回轉過來了。」說著，便要收東西。彩雲賭氣一頓捲包起來，趁人不見，來至園中，都撇在河內，順水沉的沉、漂的漂了。自己氣得夜裡在被內暗哭了一夜。

當下又值寶玉生日已到。原來寶琴也是這日，二人相同。王夫人不在家，也不曾像往年熱鬧，只有張道士送了四樣禮，換的寄名符兒；還有幾處僧尼廟的和尚姑子送了供尖兒[4]，並壽星[5]、紙馬[6]、疏頭[7]，並本宮星官[8]、值年太歲[9]、周歲換的鎖。家中常走的男女，先一日來上壽。王子勝那邊，仍是一套衣服，一雙鞋襪，一百壽桃，一百束上用銀絲掛麵。薛姨媽處減一半。其餘家中尤氏仍是一雙鞋襪；鳳姐兒是一個宮製四面扣合堆繡荷包，裝一個金壽星，一件波斯國的玩器。各廟中遣人去放堂[10]捨錢。又另有寶琴之禮，不能備述。姐妹中皆隨便——或有一扇的，或有一字的，或有一畫的，或有一詩的，聊為應景而已。

這日，寶玉清晨起來，梳洗已畢，便冠帶了，來至前廳院中，已有李貴等四個人在那裡設下天地香燭。寶玉炷了香，行了禮，奠茶燒紙後，便至寧府中宗祠祖先堂兩處行畢了禮。出至月臺上，又朝上遙拜過賈母、賈政、王夫人等。一順到尤氏上房，行過禮，坐了一回，方回榮府。先至薛姨媽處，再三拉著，然後又見過薛蝌，讓一回，方進園來。晴雯麝月二人跟隨，小丫頭夾著氈子，從李氏起，一一挨著，比自己長的房中到過；復出二門，至四個奶媽家，讓了一回，方進來。雖眾人要行禮，也不曾受。回至房中，襲人等只都來說一聲就是了：王夫人有言，不令年輕人受禮，恐折了福壽，故此皆不磕頭。

一時賈環賈蘭來了，襲人連忙拉住，坐了一坐，便去了。寶玉笑道：「走乏了！」便歪在床上。方吃了半盞茶，只聽外頭咭咭呱呱，一群丫頭，笑著進來，原來是翠墨、小螺、翠縷、入畫，邢岫烟的丫頭篆兒，並奶子抱著巧姐兒，綵鸞、繡鸞八九個人，都抱著紅氈子來了，笑說道：「拜壽的擠破了門了，快拿麵來我們吃！」剛進來時，探春、湘雲、寶琴、岫烟、惜春也都來了。寶玉忙迎出來，笑說：「不敢起動。——快預備好茶！」進入房中，不免推讓一回，大家歸坐。

襲人等捧過茶來，才吃了一口，平兒也打扮得花枝招展的來了。寶玉忙迎出來，笑說：「我方才到鳳姐姐門上，回進去，說不能見我；我又打發人進去讓姐姐來著❶。」平

翠墨、小螺、入畫

綵鸞、繡鸞

兒笑道：「我正打發[11]你姐姐梳頭，不得出來回你。後來聽見又說讓我，我那裡禁當得起？所以特給二爺來磕頭。」寶玉笑道：「我也禁當不起。」襲人早在門旁安了座讓他坐。平兒便拜下去，寶玉作揖不迭；平兒又跪下去，寶玉也忙還跪下，襲人連忙攙起來；又拜了一拜，寶玉又還了一揖。襲人笑推寶玉：「你再作揖。」寶玉道：「已經完了，怎麼又作揖？」襲人笑道：「這是他來給你拜壽；今日也是他的生日，你也該給他拜壽。」寶玉喜得忙作揖，笑道：「原來今日也是姐姐的好日子！」平兒趕著也還了禮。湘雲拉寶琴岫烟說：「你們四個人對拜壽，直拜一天才是。」探春忙問：「原來邢妹妹也是今日？我怎麼就忘了！」忙命丫頭：「去告訴二奶奶，趕著補了一份禮，和琴姑娘的一樣，送到二姑娘屋裡去。」丫頭答應著去了。岫烟見湘雲直口說出來，少不得要到各房去讓讓。

探春笑道：「倒有些意思。一年十二個月，月月有幾個生日。人多了，就這樣巧。也有三個一日的，兩個一日的。大年初一也不白過，大姐姐占了去，——怨不得他福大，生日比別人都占先。——又是大祖太爺的生日冥壽。過了燈節，就是大太太和寶姐姐，他們娘兒兩個遇得巧。三月初一是太太的，初九是璉二哥哥。二月沒人。」襲人道：「二月十二是林姑娘，怎麼沒人？只不是咱們家的。」探春笑道：「你看我這個記性兒！」寶玉笑指襲人道：「他和林妹妹是一日，他所以記得。」探春笑道：「原來你兩個倒是一日？每年連頭也不給我們磕一個！平兒的生日，我們也不知道，這也是才知道的。」平兒笑道：「我們是那牌兒名上的人[12]？生日也沒拜壽的福，又沒受禮的職分，可吵嚷什麼，可不悄悄兒的就過去了嗎？今日他又偏吵出來了。等姑娘回房，我再行禮去罷。」探春笑道：「也不敢驚動。只是今日倒要替你作個生日，我心裡才過得去。」寶玉湘雲等一齊都說：

「很是。」探春便吩咐了丫頭去告訴他奶奶說：「我們大家說了，今日一天不放平兒出去，我們也大家湊了份子過生日呢。」

丫頭笑著去了，半日回來說：「二奶奶說了，多謝姑娘們給他臉。不知過生日給他些什麼吃？只別忘了二奶奶，就不來絮聒他了。」眾人都笑了。探春因說道：「可巧今日裡頭廚房不預備飯，一應下面弄菜，都是外頭收拾，咱們就湊了錢，叫柳家的來領了去，只在咱們裡頭收拾倒好。」眾人都說：「很好。」

探春一面遣人去請李紈、寶釵、黛玉，一面遣人去傳柳家的進來，吩咐他內廚房中快收拾兩桌酒席。柳家的不知何意，因說：「外廚房都預備了。」探春笑道：「你原來不知道，今日是平姑娘的好日子，外頭預備的是上頭的，這如今我們私下又湊了份子，單為平姑娘預備兩桌請他。你只管揀新巧的菜蔬預備了來，開了賬，我那裡領錢。」柳家的笑道：「今日又是平姑娘的千秋[13]？我們竟不知道。」說著，便給平兒磕頭，慌得平兒拉起他來。柳家的忙去預備酒席。

這裡探春又邀了寶玉，同到廳上去吃麵，等到李紈寶釵一齊來全，又遣人去請薛姨媽和黛玉。因天氣和暖，黛玉之疾漸癒，故也來了。花團錦簇，擠了一廳的人。誰知薛蝌又送了巾扇香帛四色壽禮給寶玉，寶玉於是過去陪他吃麵。兩家皆辦了壽酒，互相酬送，彼此同領。至午間，寶玉又陪薛蝌吃了兩杯酒。寶釵帶了寶琴過來給薛蝌行禮，把盞畢，寶釵因囑咐薛蝌：「家裡的酒也不用送過那邊去，這虛套竟收了。你只請伙計們吃罷。我們和寶兄弟進去，還要待人去呢，也不能陪你了。」薛蝌忙說：「姐姐兄弟只管請，只怕伙計們也就好來了。」

寶玉忙又告過罪，方同他姐妹回來。一進角門，寶釵便命婆子將門鎖上，把鑰匙要了，自己拿著。寶玉忙說：「這一道門何必關？又沒多的人走，況且姨娘、姐姐、妹妹都在裡頭，倘或要家去取什麼，豈不費事？」寶釵笑道：「小心沒過逾的！你們那邊，這幾日七事八事，竟沒有我們那邊的人，可知是這門關得有功效了。要是開著，保不住那起人圖順腳走近路，從這裡走，攔誰的是？不如鎖了，連媽媽和我也禁著些，大家別走。縱有了事，也就賴不著這邊的人了。」寶玉笑道：「原來姐姐也知道我們那邊近日丟了東西？」寶釵笑道：「你只知道玫瑰露和茯苓霜兩件，乃因人而及物；要不是裡頭有人，你連這兩件還不知道呢。殊不知還有幾件比這兩件大的呢。若以後叨登不出來，是大家的造化；若叨登出來了，不知裡頭連累多少人呢。你也是不管事的人，我才告訴你。平兒是個明白人，我前日也告訴了他，皆因他奶奶不在外頭，所以使他明白了。若不犯出來，大家落得丟開手；若犯出來，他心裡已有了稿兒，自有頭緒，就冤屈不著平兒了。你只聽我說，以後留神小心就是了。——這話也不可告訴第二個人。」

說著，來到沁芳亭邊，只見襲人、香菱、侍書、晴雯、麝月、芳官、蕊官、藕官十來個人，都在那裡看魚玩呢，見他們來了，都說：「芍藥欄裡預備下了，快去上席罷。」寶釵等隨攜了他們，同到芍藥欄中紅香圃三間小敞廳內，——連尤氏已請過來了，諸人都在那裡，只沒平兒。

原來平兒出去，有賴林諸家送了禮來，連三接四，上中下三等家人，拜壽送禮的不少。平兒忙著打發賞錢道謝，一面又色色的回明了鳳姐兒，不過留下幾樣；也有不受的，也有受下即刻賞給人的。忙了一回，又直等鳳姐兒吃過麵，方換了衣裳，往園裡來。剛進了園，就有幾個丫鬟來找他，一同到了紅香圃中；只見筵開玳瑁，褥設芙蓉[14]。眾人都笑說：「壽星全了！」上面四座，定要讓他們四個人坐。四人皆不肯。

薛姨媽說：「我老天拔地，不合你們的群兒，我倒拘得慌，不如我到廳上隨便躺躺去倒好。我又吃不下什麼去，又不大吃酒，這裡讓他們，倒便宜。」尤氏等執意不從。寶釵道：「這也罷了，倒是讓媽媽在廳上歪著自如些。有愛吃的送些過去，倒還自在。且前頭沒人在那裡，又可照看了。」探春笑道：「既這樣，恭敬不如從命。」因大家送到議事廳上，眼看著命小丫頭們鋪了一個錦褥並靠背引枕之類，又囑咐：「好生給姨太太捶腿，要茶要水，別推三拉四的。回來送了東西來，姨太太吃了，賞你們吃，只別離了這裡。」小丫頭子們都答應了。

探春等方回來。終久讓寶琴岫烟二人在上，平兒面西坐，寶玉面東坐。探春又接了鴛鴦來，二人並肩對面相陪。西邊一桌，寶釵、黛玉、湘雲、迎春、惜春依序，一面又拉了香菱玉釧兒二人打橫。三桌上尤氏李紈，又拉了襲人彩雲陪坐。四桌上便是紫鵑、鶯兒、晴雯、小螺、司棋等人團坐。

當下探春等還要把盞，寶琴等四人都說：「這一鬧，一日也坐不成了！」方才罷了。兩個女先兒[15]，要彈詞上壽。眾人都說：「我們這裡沒人聽那些野話，你廳上去，說給姨太太解悶兒去罷。」一面又將各色吃食揀了，命人送給薛姨媽去。寶玉便說：「雅坐無趣，需要行令才好。」眾人中有說行這個令好的，又有說行那個令才好的。黛玉道：「依我說，拿了筆硯，將各色令都寫了，拈成鬮兒，咱們抓出那個來就是那個。」眾人都道：「妙極！」即命拿了一副筆硯花箋。香菱近日學了詩，又天天學寫字，見了筆硯，便巴不得連忙起來，說：「我寫。」

眾人想了一回，共得十來個，念著，香菱一一寫了，搓成鬮兒，擲在一個瓶中。探春便命平兒拈，平兒向內攪了一攪，用箸夾了一個出來，打開一看，上寫著「射覆」[16]二字。寶釵笑道：「把個令祖宗拈出來了！射覆從古有的，如今失了傳；這是後纂的，比一切的令都難。這裡頭倒有一半是不會的，不如毀了，另拈一個雅俗共賞的。」探春笑道：「既拈了出來，如何再毀？如今再拈一個，若是雅俗共賞的，便叫他們行去，咱們行這一個。」說著，又叫襲人拈了一個，卻是「拇戰」[17]。

湘雲先笑著說：「這個簡斷爽利，合了我的脾氣。我不行這個射覆，沒得垂頭喪氣悶人，我只猜拳去了。」探春道：「惟有他亂令，寶姐姐快罰他一鍾！」寶釵不容分說，笑灌了湘雲一杯。探春道：「我吃一杯，我是令官；也不用宣，只聽我分派。取了骰子令盆來，從琴妹妹擲起，挨著擲下去，對了點的二人射覆。」

寶琴一擲，是個「三」。岫烟寶玉等皆擲得不對，直到香菱方擲了個「三」。寶琴笑道：「只好室內生春，若說到外頭去，可太沒頭緒了。」探春道：「自然。三次不中者罰一杯。你覆他射。」

寶琴想了一想，說了個「老」字。香菱原生於這令，一時想不到，滿室滿席都不見有與「老」字相連的成語。湘雲先聽了，便也亂看，忽見門斗上貼著「紅香圃」三個字，便知寶琴覆的是「吾不如老圃」[18]的「圃」字；見香菱射不著，眾人擊鼓又催，便悄悄的拉香菱，教他說「藥」字。黛玉偏看見了，說：「快罰他！又在那裡傳遞呢！」鬧得眾人都知道了，忙又罰了一杯。恨得湘雲拿筷子敲黛玉的手。

於是罰了香菱一杯。下則寶釵和探春對了點子，探春便覆了一個「人」字❷，寶釵笑道：「這個『人』字泛得很。」探春笑道：「添一個字，兩覆一射，也不泛了。」說著，便又說了一個「窗」字。寶釵一想，因見席上有雞，便猜著他是用「雞窗」[19]「雞人」[20]二典了，因射了一個「塒」字。探春知他射著，用了「雞棲于塒[21]」的典，二人一笑，各飲一口門杯。

湘雲等不得，早和寶玉「三」「五」亂叫，猜起拳來。那邊尤氏和鴛鴦隔著席，也「七」「八」亂叫，揸起拳來[22]。平兒襲人也作了一對。叮叮噹噹，只聽得腕上鐲子響。一時，湘雲贏了寶玉，襲人贏了平兒，二人限酒底酒面。湘雲便說：「酒面要一句古文，一句舊詩，一句骨牌名，一句曲牌名，還要一句時憲書[23]上有的話：共總成一句話。酒底要關人事的果菜名。」

眾人聽了，都說：「惟有他的令比人嘮叨！——倒也有些意思。」便催寶玉快說。寶玉笑道：「誰說過這個！也等想一想兒。」黛玉便道：「你多喝一鍾，我替你說。」寶玉真個喝了酒。聽黛玉說道：

落霞與孤鶩齊飛[24]，風急江天過雁哀❸[25]；卻是一隻折腳雁[26]，叫得人九迴腸[27]。——這是鴻雁來賓[28]。

說得大家笑了。眾人說：「這一串子倒有些意思！」黛玉又拈了一個榛瓤[29]，說酒底道：

榛子非關隔院砧，何來萬戶搗衣聲[30]？

令完。鴛鴦襲人等皆說的是一句俗話，都帶一個「壽」字，不須多贅。

大家輪流亂了一陣。這上面湘雲又和寶琴對了手，李紈和岫烟對了點子。李紈便覆了一個「瓢」字，岫烟便射了一個「綠」字，二人會意，各飲一口。湘雲的拳卻輸了，請酒面酒底。寶琴笑道：「請君入甕[31]。」大家笑起來，說：「這個典用得當！」湘雲便說道：

奔騰澎湃[32]，江間波浪兼天湧[33]，需要鐵索纜孤舟[34]，既遇著一江風[35]，——不宜出行[36]。

說得眾人都笑了，說：「好個謅斷了腸子的！怪道他出這個令，故意惹人笑。」又催他：「快說酒底兒。」湘雲吃了酒，夾了一塊鴨肉，呷了口酒，忽見碗內有半個鴨頭，遂夾出來吃腦子。眾人催他：「別只顧吃，你到底快說呀。」湘雲便用箸子舉著說道：

這鴨頭不是那丫頭，頭上那有桂花油❹？

眾人越發笑起來，引得晴雯小螺等一干人都走過來說：「雲姑娘會開心兒，拿著我們取笑兒，快罰一杯才罷！怎麼見得我們就該搽桂花油呢？倒得每人給瓶子桂花油搽搽！」黛玉笑道：「他倒有心給你們一瓶子油，又怕猜誤著打竊盜官司。」眾人不理論，寶玉卻明白，忙低了頭。彩雲心裡有病，不覺得紅了臉。寶釵忙暗暗的瞅了黛玉一眼。黛玉自悔失言，原是打趣寶玉的，就忘了村[37]了彩雲了，自悔不及，忙一頓的行令猜拳岔開了。

底下寶玉可巧和寶釵對了點子，寶釵便覆了一個「寶」字，寶玉想了一想，便知是寶釵作戲，指著自己的通靈玉說的，便笑道：「姐姐拿我作雅謔，我卻射著了。說出來姐姐別惱，就是姐姐的諱——『釵』字就是了。」眾人道：「怎麼解？」寶玉道：「他說『寶』，底下自然是『玉』字了；我射『釵』字：舊詩曾有『敲斷玉釵紅燭冷』[38]，豈不射著了？」湘雲說道：「這用時事卻使不得，兩個人都該罰。」香菱道：「不止時事，這也是有出處的。」湘雲道：「『寶玉』二字並無出處，不過是春聯上或有之，詩書記載並無，算不得。」香菱道：「前日我讀岑嘉州[39]五言律，現有一句，說：『此鄉多寶玉』，怎麼你倒忘了？後來又讀李義山七言絕句，又有一句，『寶釵無日不生塵』[40]。我還笑說：他兩個名字都原來在唐詩上呢。」眾人笑說：「這可問住了，快罰一杯！」湘雲無話，只得飲了。

大家又該對點搳拳，這些人因賈母王夫人不在家，沒了管束，便任意取樂，呼三喝四，喊七叫八，滿廳中紅飛翠舞，玉動珠搖，真是十分熱鬧。玩了一回，大家方起席散了。卻忽然不見了湘雲。只當他外頭自便就來，誰知越等越沒了影兒。使人各處去找，那裡找得著？

接著林之孝家的同著幾個老婆子來，一則恐有正事呼喚，二則恐丫鬟們年輕，趁王夫人不在家，不服探春等約束，恣意痛飲，失了體統，故來請問有事無事。探春見他們來了，便知其意，忙笑道：「你們又不放心，來查我們來了。我們並沒有多吃酒，不過是大家玩笑，將酒作引子。嬤嬤們別擔心。」李紈尤氏也都笑說：「你們歇著去罷，我們也不敢叫他們多吃了。」林之孝家的等人笑說：「我們知道。連老太太讓姑娘們吃酒，姑娘們還不肯吃呢，何況太太們不在家，自然玩罷了。我們怕有事，來打聽打聽。二則天長了，姑娘們玩一會子，還該點補些小食兒。素日又不大吃雜項東西，如今吃一兩杯酒，若不多吃些東西，怕受傷。」探春笑道：「嬤嬤說得是，我們也正要吃呢。」回頭命取點心來。兩旁丫鬟們齊聲答應了，忙去傳點心。探春又笑讓：「你們歇著去，或是姨媽那裡說話兒去。我們即刻打發人送酒你們吃去。」林之孝家的等人笑回：「不敢領了。」又站了一回，方退出去了。平兒摸著臉笑道：「我的臉都熱了，也不好意思見他們。依我說，竟收了罷，別惹他們再來，倒沒意思了。」探春笑道：「不相干，橫豎咱們不認真喝酒，就罷了。」

正說著，只見一個小丫頭笑嘻嘻的走來，說：「姑娘們快瞧，雲姑娘吃醉了，圖涼快，在山子後頭一塊青石板磴上睡著了！」眾人聽說，都笑道：「快別吵嚷。」說著，都走來看時，果見湘雲臥於山石僻處一個石磴子上，業經香夢沉酣，四面芍藥花飛了一身，滿頭臉衣襟上皆是紅香散亂。手中的扇子在地下，也半被落花埋了，一群蜜蜂蝴蝶鬧嚷嚷的圍著。又用鮫帕包了一包芍藥花瓣枕著。眾人看了，又是愛，又是笑，忙上來推喚攙扶。湘雲口內猶作睡語說酒令，嘟嘟囔囔說：「泉香酒冽[41]……醉扶歸[42]，——宜會親友[43]。」眾人笑推他說道：「快醒醒兒，吃飯去。這潮磴上還睡出病來呢！」

湘雲慢啟秋波，見了眾人，又低頭看了一看自己，方知是醉了。原是納涼避靜的，不覺因多罰了兩杯酒，嬌娜不勝，便睡著了，心中反覺自悔。早有小丫頭端了一盆洗臉水，兩個捧著鏡奩。眾人等著他。便在石磴上重新勻了臉❺，攏了鬢，連忙起身，同著來至紅

史湘雲

香圃中。又吃了兩杯濃茶，探春忙命將醒酒石拿來，給他銜在口內，一時又命他吃了些酸湯，方才覺得好了些。

當下又選了幾樣果菜給鳳姐兒送去，鳳姐兒也送了幾樣來。寶釵等吃過點心，大家也有坐的，也有立的，也有在外觀花的，也有倚欄看魚的，各自取便，說笑不一。探春便和寶琴下棋，寶釵岫烟觀局。黛玉和寶玉在一簇花下唧唧噥噥，不知說些什麼。只見林之孝家的和一群女人，帶了一個媳婦進來。那媳婦愁眉淚眼，也不敢進廳來，到階下便朝上跪下磕頭。探春因一塊棋受了敵，算來算去，總得了兩個眼，便折了官著兒，兩眼只瞅著棋盤，一隻手伸在盒內，只管抓棋子作想。林之孝家的站了半天，因回頭要茶時，才看見，問：「什麼事？」

林之孝家的便指那媳婦說：「這是四姑娘屋裡小丫頭彩兒的娘，現是園內伺候的人。嘴很不好，才是我聽見了，問著他，他說的話也不敢回姑娘。竟要攆出去才是。」探春道：「怎麼不回大奶奶？」林之孝家的道：「方才大奶奶往廳上姨太太處去，頂頭看見，我已回明白了，叫回姑娘來。」探春道：「怎麼不回二奶奶？」平兒道：「不回也罷，我回去說一聲就是了❻。既這麼著，就攆他出去，等太太回來再回：請姑娘定奪。」探春點頭，仍又下棋。這裡林之孝家的帶了那人出去，不提。

黛玉和寶玉二人站在花下，遙遙盼望。黛玉便說道：「你家三丫頭倒是個乖人。雖然叫他管些事，也倒一步不肯多走，差不多的人，就早作起威福來了❼。」寶玉道：「你不知道呢：你病著時，他幹了幾件事，這園子也分了人管❽，如今多掐一根草也不能了。又蠲了幾件事，單拿我和鳳姐姐作筏子。最是心裡有算計的人，豈止乖呢！」黛玉道：「要這樣才好。咱們也太費了。我雖不管事，心裡每常閑了，替他們一算，出得多，進得少，如今若不省儉，必致後手不接。」寶玉笑道：「憑他怎麼後手不接，也不短了咱們四個人的❾。」黛玉聽了，轉身就往廳上尋寶釵說笑去了。

寶玉正欲走時，只見襲人走來，——手內捧著一個小連環洋漆茶盤，裡面可式放著兩鍾新茶，因問：「他往那裡去呢？我見你兩個半日沒吃茶，巴巴的倒了兩鍾來，他又走了。」寶玉道：「那不是他？你給他送去。」說著，自拿了一鍾。襲人便送了那鍾去，偏和寶釵在一處，只得一鍾茶，便說：「那位喝時那位先接了，我再倒去。」寶釵笑道：「我倒不喝，只要一口漱漱就是了。」說著，先拿起來，喝了一口，剩了半杯，遞在黛玉手內。襲人笑說：「我再倒去。」黛玉笑道：「你知道我這病，大夫不許多吃茶，這半鍾盡夠了，難為你想得到。」說畢飲乾，將杯放下。襲人又來接寶玉的。寶玉因問：「這半日不見芳官，他在那裡呢？」襲人四顧一瞧，說：「才在這裡的，幾個人鬥草玩，這會子不見了。」

寶玉聽說，便忙回房中，果見芳官面向裡睡在床上。寶玉推他說道：「快別睡覺，咱們外頭玩去，一會子好吃飯。」芳官道：「你們吃酒，不理我，叫我悶了半天，可不來睡覺罷了。」寶玉拉了他起來，笑道：「咱們晚上家裡再吃。回來我叫襲人姐姐帶了你桌上吃飯，何如？」芳官道：「藕官蕊官都不上去，單我在那裡，也不好。我也吃不慣那個麵條子，早起也沒好生吃，才剛餓了，我已告訴了柳嬸子，先給我作一碗湯，盛半碗粳米飯送來，我這裡吃了就完事❿。若是晚上吃酒，不許叫人管著我，我要盡力吃夠了才罷。我先在家裡，吃二三斤好惠泉酒呢；如今學了這勞什子，他們說怕壞嗓子⓫，這幾年也沒聞見。趁今兒，我可是要開齋了。」寶玉道：「這個容易。」

說著，只見柳家的果遣人送了一個盒子來。春燕接著，揭開看時，裡面是一碗蝦丸雞皮湯，又是一碗酒釀清蒸鴨子，一碟醃的胭脂鵝脯，還有一碟四個奶油松瓤捲酥，並一大碗熱騰騰碧瑩瑩綠畦香稻粳米飯。春燕放在案上，走來安小菜碗箸，過來撥了一碗飯。芳官便說：「油膩膩的，誰吃這些東西！」只將湯泡飯，吃了一碗，揀了兩塊醃鵝，就不吃了。寶玉聞著，倒覺比往常之味又勝些似的⓬，遂吃了一個捲酥，又命春燕也撥了半碗飯，泡湯一吃，十分香甜可口。春燕和芳官都笑了。

吃畢，春燕便將剩的要交回。寶玉道：「你吃了罷，若不夠，再要些來。」春燕道：「不用要，這就夠了。方才麝月姐姐拿了兩盤子點心給我們吃了，我再吃了這個，盡夠了，不用再吃了。」說著，便站在桌旁，一頓吃了。又留下兩個捲酥，說：「這個留著給我媽吃。晚上要吃酒，給我兩碗酒吃就是了⓭。」寶玉笑道：「你也愛吃酒？等著咱們晚上痛喝一回。你襲人姐姐和晴雯姐姐的量也好，也要喝，只是每日不好意思的：趁今兒大家開齋。——還有件事，想著囑咐你，竟忘了，此刻才想起來：以後芳官全要你照看他，他或有不到處，你提他。襲人照顧不過這些人來。」

春燕道：「我都知道，不用你操心。但只五兒的事怎麼樣？」寶玉道：「你和柳家的說去，明兒直叫他進來罷。等我告訴他們一聲就完了⓮。」芳官聽了，笑道：「這倒是正經事。」春燕又叫兩個小丫頭進來，伏侍洗手倒茶。自己收了傢伙，交給婆子，也洗手，便去找柳家的，不在話下。

寶玉便出來，仍往紅香圃尋眾姐妹。芳官在後，拿著巾扇。剛出了院門，只見襲人晴雯二人攜手回來。寶玉問：「你們作什麼呢？」襲人道：「擺下飯了，等你吃飯呢。」寶玉笑著將方才吃飯的一節，告訴了他兩個。襲人笑道：「我說你是貓兒食[44]。雖然如此，也該上去陪他們，多少應個景兒。」晴雯用手指戳在芳官額上，說道：「你就是狐媚子！什麼空兒，跑了去吃飯！兩個怎麼約下了？也不告訴我們一聲兒。」襲人笑道：「不過是誤打誤撞的遇見，說約下，可是沒有的事。」晴雯道：「既這麼著，要我們無用。明兒我們都走了，讓芳官一個人，就夠使了。」襲人笑道：「我們都去了，使得；你卻去不得。」晴雯道：「惟有我是第一個要去：又懶，又夯，性子又不好，又沒用。」襲人笑道：「倘或那孔雀褂子襟再燒了窟窿，你去了，誰能以補呢？你倒別和我拿三搬四的。我煩你作個什麼，把你懶得『橫針不拈，豎線不動』。一般也不是我的私活煩你，橫豎都是他的，你就都不肯作。什麼我去了幾天，你病得七死八活，一夜連命也不顧，給他作了出來，這又是什麼緣故？——你到底說話呀！怎麼裝憨兒，和我笑？那也當不了什麼。」晴雯笑著啐了一口。大家說著，來至廳上。薛姨媽也來了，依序坐下吃飯。寶玉只用茶泡了半碗飯，應景而已。

一時吃畢，大家吃茶閑話，又隨便玩笑。外面小螺和香菱、芳官、蕊官、藕官、豆官等四五個人，滿園玩了一回，大家採了些花草來，兜著坐在花草堆裡鬥草。這一個說：「我有觀音柳，」那一個說：「我有羅漢松。」那一個又說：「我有君子竹，」這一個又說：「我有美人蕉。」這個又說：「我有星星翠，」那個又說：「我有月月紅。」這個又說：「我有『牡丹亭』上的牡丹花，」那個又說：「我有『琵琶記』裡的枇杷果。」豆官便說：「我有姐妹花，」眾人沒了，香菱便說：「我有夫妻蕙。」豆官說：「從沒聽見有個『夫妻蕙』！」香菱道：「一個剪兒[45]一個花兒叫作『蘭』，一個剪兒幾個花兒叫作『蕙』[15]，上下結花的為『兄弟蕙』，並頭結花的為『夫妻蕙』。我這枝並頭的，怎麼不是『夫妻蕙』？」豆官沒得說了，便起身笑道：「依你說，要是這兩枝一大一小，就是『老子兒子蕙』了？若是兩枝背面開的，就是『仇人蕙』了？你漢子去了大半年，你想他了，便拉扯著蕙上也有了夫妻了，好不害臊！」

香菱聽了，紅了臉，忙要起身擰他，笑罵道：「我把你這個爛了嘴的小蹄子！滿口裡放屁胡說！」豆官見他要站起來，怎肯容他，就連忙伏身將他壓住，回頭笑著央告蕊官等：「來幫著我擰他這張嘴！」兩個人滾在地下。眾人拍手笑說：「了不得了！那是一窪子水，可惜弄了他的新裙子。」豆官回頭看了一看，果見旁邊有一汪積雨，香菱的半條裙子都污濕了，自己不好意思，忙奪手跑了。眾人笑個不住，怕香菱拿他們出氣，也都笑著一哄而散。

香菱起身，低頭一瞧，見那裙上猶滴滴點點流下綠水來。正恨罵不絕，可巧寶玉見他們鬥草，也尋了些草花來湊戲，忽見眾人跑了，只剩了香菱一個，低頭弄裙，因問：「怎麼散了？」香菱便說：「我有一枝夫妻蕙，他們不知道，反說我謅，因此鬧起來，把我的新裙子也糟蹋了。」寶玉笑道：「你有夫妻蕙，我這裡倒有一枝並蒂菱。」口內說著，手裡真個拈著一枝並蒂菱花，又拈了那枝夫妻蕙在手內。香菱道：「什麼夫妻不夫妻、並蒂不並蒂！你瞧瞧這裙子！」寶玉便低頭一瞧，「噯呀」了一聲，說：「怎麼就拉在泥裡了？可惜！這石榴紅綾，最不禁染。」香菱道：「這是前兒琴姑娘帶了來的，姑娘作了一條，我作了一條，今兒才上身。」寶玉跌腳嘆道：「若你們家，一日糟蹋這麼一件，也不

香菱

值什麼。只是頭一件，既係琴姑娘帶來的，你和寶姐姐每人才一件，他的尚好，你的先弄壞了，豈不辜負他的心？二則，姨媽老人家的嘴碎，饒這麼著，我還聽見常說你們不知過日子，只會糟蹋東西，不知惜福。這叫姨媽看見了，又說個不清！」香菱聽了這話，卻碰在心坎兒上，反倒喜歡起來，因笑道：「就是這話。我雖有幾條新裙子，都不合這一樣；若有一樣的，趕著換了，也就好了，過後再說。」寶玉道：「你快休動，只站著方好；不然，連小衣、膝褲、鞋面都要弄上泥水了。我有主意：襲人上月作了一條和這個一模一樣⑯的。他因有孝，如今也不穿，竟送了你換下這個來，何如？」香菱笑著搖頭說：「不好。倘或他們聽見了，倒不好。」寶玉道：「這怕什麼？等他孝滿了，他愛什麼，難道不許你送他別的不成？你若這樣，不是你素日為人了。況且不是瞞人的事，只管告訴寶姐姐也可。只不過怕姨媽老人家生氣罷咧。」香菱想了一想有理，點頭笑道：「就是這樣罷了，別辜負了你的心。等著你。——千萬叫他親自送來才好！」

寶玉聽了，喜歡非常，答應了，忙忙的回來，一壁低頭心下暗想：「可惜這麼一個人，沒父母，連自己本姓都忘了，被人拐出來，偏又賣給這個霸王！」因又想起：「往日平兒也是意外，想不到的；今兒更是意外之意外的事了！」一面胡思亂想，來至房中，拉了襲人，細細告訴了他緣故。

香菱之為人，無人不憐愛的；襲人又本是個手中撒漫[46]的，況與香菱相好，一聞此信，忙就開箱取了出來，摺好，隨了寶玉來尋香菱。見他還站在那裡等呢。襲人笑道：「我說你太淘氣了，總要淘出個故事來才罷。」香菱紅了臉，笑說：「多謝姐姐了，誰知那起促狹鬼使的黑心！」說著，接了裙子，展開一看，果然合自己的一樣⑰；又命寶玉背過臉去，自己向內解下來，將這條繫上。襲人道：「把這腌臢了的交給我拿回去，收拾了，給你送來。你要拿回去，看見了，又是要問的。」香菱道：「好姐姐，你拿去，不拘給那個妹妹罷，我有了這個，不要他了。」襲人道：「你倒大方得很。」香菱忙又拜了兩拜，道謝襲人。一面襲人拿了那條泥污了的裙子就走。

香菱見寶玉蹲在地下，將方才夫妻蕙與並蒂菱用樹枝兒挖了一個坑，先抓些落花來鋪墊了，將這菱蕙安放上，又將些落花來掩了。方撮土掩埋平伏。香菱拉他的手笑道：「這又叫作什麼？怪道人人說你慣會鬼鬼祟祟使人肉麻呢。你瞧瞧！你這手弄得泥污苔滑的，還不快洗去！」寶玉笑著[18]，方起身走了去洗手。香菱也自走開。

二人已走了數步，香菱復轉身回來，叫住寶玉。寶玉不知有何說話，扎煞[47]著兩隻泥手，笑嘻嘻的轉來，問：「作什麼？」香菱紅了臉，只管笑，嘴裡卻要說什麼，又說不出口來[19]。因那邊他的小丫頭臻兒走來說：「二姑娘等你說話呢。」香菱臉又一紅，方向寶玉道：「裙子的事，可別和你哥哥說，就完了。」說畢，即轉身走了。寶玉笑道：「可不是我瘋了？往虎口裡探頭兒去呢！」說著，也回去了。不知端詳，下回分解。

校記

❶「我又打發人進去讓姐姐來著」，「人」原無，從諸本增。

❷「探春便覆了一『人』字」，「覆」原作「射」，從金本改。

❸「風急江天過雁哀」，「哀」原作「衰」，從諸本改。

❹「頭上那有桂花油」，「有」原作「些」，從藤本、王本改。脂本作「討」。一說：作「些」亦通，但「那」字不再作「哪」字讀，全句係接「丫頭」而言，記此備考。

❺「（湘雲）重新勻了臉」，「勻」原作「勾」，從諸本改。

❻「不回也罷，我回去說一聲就是了」，「我回去」原作「我想回」，從諸本改。

❼「就早作起威福來了」，「作」原作「坐」，從諸本改。

❽「這園子也分了人管」，「這」原作「道」，從諸本改。

❾「也不短了咱們四個人的」，脂本作「也短不了咱們兩個人的」。

❿「盛半碗粳米飯送來，我這裡吃了就完事」，「來」原作「道」，從諸本改。一說：「道」或係「到」刊誤，若然，當斷為「盛半碗粳米飯，送到我這裡，吃了就完事」。

⓫「嗓子」原作「噪子」，從諸本改。

⓬「寶玉聞著，倒覺比往常之味又勝些似的」，「聞」原作「問」，從諸本改。

⓭「這個留著給我媽吃。晚上要吃酒，給我兩碗酒吃就是了」，「兩碗酒吃」原作「兩碗吃酒」，從脂本改。滕本、王本作「兩個吃酒」。

⓮「明兒直叫他進來罷，等我告訴他們一聲就完了」，「直」原作「真」，從諸本改。

⓯「一個剪兒一個花兒叫作蘭，一個剪兒幾個花兒叫作蕙」，「剪」諸本同，或疑當作「箭」，今未敢輒改，記以備考。

⓰「一模一樣」原作「一模二樣」，從藤本、王本、脂本改。

⓱「接了裙子，展開一看，果然合自己的一樣」，「接」原作「按」，從諸本改。

⓲「寶玉笑著」原作「寶玉看笑」，從諸本改。

⓳「嘴裡卻要說什麼，又說不出口來」，「卻要」原作「要卻」，「口」原作「日」，從諸本改。

注釋

1〔芍藥裀（ㄧㄣ／yīn）〕用芍藥花當墊席。裀，通「茵」，席子、褥子之類。在這裡，湘雲鋪著芍藥花睡覺，表現了她「放曠不拘小節」的性格。

2〔興頭〕高興、得意。

3〔兩面三刀〕兩面派、三把刀，挑撥是非的手段。

4〔供尖兒〕一種供神時用的食品。因為供品堆成上面尖的塔形，故稱供尖。

5〔壽星〕星名。也叫老人星、南極星。這裡指張道士送給寶玉的「壽星」像。以此送人，含有祝「長壽」的意思。

6〔紙馬〕也叫甲馬。是在紙上畫上神佛像，再塗上紅黃彩色，以供祭神用。

7〔疏頭〕僧道祭神佛時寫的祝詞。

8〔星官〕統管眾星的星神。這裡指星神像。

9〔太歲〕即太歲星，也叫木星。這裡指太歲星像。

10〔放堂〕舊社會，有錢人為了「行善」，到寺廟中給眾僧散發銀錢。

11〔打發〕一般是「辦過」、「了結」、「驅遣」的意思。這裡是指「在伺候過程中」。

12〔那牌兒名上的人〕等於說：那項人，那班人。這裡是自謙沒有資格。

13〔千秋〕本意指一千年。這裡是「壽辰」的意思。

14〔筵開玳瑁，褥設芙蓉〕形容筵席和坐褥的珍貴和華麗。玳瑁，爬行動物，像龜，甲殼有光澤，可作裝飾品。芙蓉，指坐褥上繡的荷花。

15〔女先兒〕說書的女先生。

16〔射覆〕原為遮藏一種東西，讓別人猜的一種遊戲，後來用於酒席，即為酒令之一種。

17〔拇戰〕也叫划拳。因划拳時常用到拇指，故稱拇戰。

18〔「吾不如老圃」〕語見「論語・子路」。老圃，種菜的老農。

19〔雞窗〕「幽明錄」上記載：晉朝兗州刺史宋處宗買了一隻公雞，加意餵養，常把雞籠子放在窗間，雞會說話，並且很有智慧，宋經常和雞講話，就學得了好口才。這是無稽之談。後人用「雞窗」作「書室」的代稱。

20〔雞人〕官名。「周禮」：春官之屬，掌供雞牲，辨其物。大祭祀之夜呼喊黎明，以警起百官。

21〔雞棲于塒（ㄕˊ／shí）〕古代的雞窩叫「塒」。這句話出自「詩經・王風」。

22〔搳（ㄏㄨㄚˊ／huá）起拳來〕「搳」又寫作「划」，即猜拳。飲酒時二人各伸手指，叫出數目，二人所伸指數加起來，符合某人所叫，某人即贏，輸者罰飲。古代稱為「拇戰」。

23〔時憲書〕即「曆書」。

24〔落霞與孤鶩齊飛〕唐朝王勃「滕王閣序」中的一句，落霞，晚霞；鶩（ㄨˋ／wù），野鴨。

25〔風急江天過雁哀〕宋代陸游有「風急江天無過雁」的詩句，或即仿此。

26〔卻是一隻折腳雁〕這是指骨牌中的「大刀九」，六個綠點並排，像雁。三個紅點斜排，像雁腳。

27（九迴腸）曲牌名。

28（鴻雁來賓）「禮記・月令」：「季秋之月，鴻雁來賓。」鴻也是雁，大者叫鴻，小者叫雁。來賓，來作客。以上黛玉引用這些話，暗示了她孤獨悲哀的處境。

29（榛（ㄓㄣ／zhēn）瓤）榛，落葉灌木，果實叫榛子，果皮堅硬，果仁可以吃。榛瓤，即果仁。

30（榛子非關隔院砧，何來萬戶搗衣聲）這榛子與院外洗衣石沒有什麼關係，為什麼傳來了千家萬戶的洗衣聲？

31（請君入甕（ㄨㄥˋ／wèng））是唐朝酷吏周興和來俊臣的故事。有人告發周興謀反，武則天令來俊臣審問周興。來俊臣趁吃飯閑談時問周興：「囚犯不承認自己的罪惡，應該怎麼辦？」周興說：「拿個大甕來，四周點上炭火燒，讓囚犯入甕，還敢不承認嗎？」來俊臣叫人依此布置好後，對周興說：「有人告你犯罪，請君入甕吧！」周興惶恐，磕頭認罪。後來，以此比喻作法自斃的意思。

32（奔騰澎湃）宋朝歐陽修「秋聲賦」有「忽奔騰而澎湃」的句子。

33（江間波浪兼天湧）唐朝杜甫「秋興八首・其一」中的一句。意思是江裡的波浪連天湧起。兼天，連天。

34（鐵索纜孤舟）這裡指骨牌的形狀像孤舟。

35（一江風）曲牌名。

36（不宜出行）舊時曆書上常有「不宜出行」的記載。湘雲引用的這幾句話，一方面表現了她豪放不拘、「奔騰澎湃」的性格；另一方面，與判詞中的「湘江水逝楚雲飛」聯繫起來看，暗示她的丈夫早喪，「鐵索纜孤舟」的結局。

37 〔村〕 用不好聽的話傷人，叫作「村」。

38 〔敲斷玉釵紅燭冷〕 唐末詩人鄭谷「題邸間壁」中的詩句。全詩是作者代擬閨中相思的感情。玉釵，在這裡指燈花。寶玉引用這句詩暗示了「金玉良緣」後，寶玉斷絕與寶釵的關係，寶釵必落個孤守洞房花燭的結局。

39 〔岑嘉州〕 即唐代詩人岑參，曾任嘉州刺史。引詩見「送張子尉南海」。

40 〔寶釵無日不生塵〕 見李義山「殘花」七絕。寶釵生塵，是說婦女懶於梳妝打扮，表示心懷幽怨，情緒苦悶。

41 〔泉香酒冽（ㄌㄧㄝˋ lìe）〕 宋歐陽修「醉翁亭記」中有「泉香而酒冽」之句。冽，清涼。

42 〔醉扶歸〕 曲牌名。

43 〔宜會親友〕 舊時曆書上記載，某日為會見親戚朋友的好日子。

44 〔貓兒食〕 嘲笑人的飯量小，不按頓吃飯，隨時零吃。

45 〔剪兒〕 花莖。

46 〔撒漫〕 任意拋散。對財物而言，指慷慨的揮霍、花費。手中撒漫，如同說「手鬆」。

47 〔扎煞〕 也寫作「挓挲」。張開、伸開、攤開的意思。

【第六十三回】

壽怡紅群芳開夜宴　死金丹獨艷理親喪

話說寶玉回至房中洗手，因和襲人商議：「晚間吃酒，大家取樂，不可拘泥。如今吃什麼好？早說給他們備辦去。」襲人笑道：「你放心，我和晴雯、麝月、秋紋四個人，每人五錢銀子，共是二兩；芳官、碧痕、春燕、四兒四個人，每人三錢銀子，他們告假的不算：共是三兩二錢銀子，早已交給了柳嫂子，預備四十碟果子。我和平兒說了，已經抬了一罈好紹興酒❶，藏在那邊了。我們八個人，單替你作生日。」寶玉聽了，喜得忙說：「他們是那裡的錢？不該叫他們出才是。」晴雯道：「他們沒錢，難道我們是有錢的？這原是各人的心，那怕他偷的呢，只管領他的情就是了。」

寶玉聽了，笑說：「你說的是。」襲人笑道：「你這個人，一天不捱他兩句硬話村你，你再過不去。」晴雯笑道：「你如今也學壞了，專會調三窩四！」說著，大家都笑了。寶玉說：「關了院門罷。」襲人笑道：「怪不得人說你是『無事忙』！這會子關了門，人倒疑惑起來；索性再等一等。」

寶玉點頭，因說：「我出去走走。四兒舀水去，春燕一個跟我來罷。」說著，走至外邊，因見無人，便問五兒之事。春燕道：「我才告訴了柳嫂子，他倒很喜歡；只是五兒那一夜受了委屈煩惱，回去又氣病了，那裡來得？只等好了罷。」寶玉聽了，未免後悔長嘆，因又問：「這事襲人知道不知道？」春燕道：「我沒告訴，不知芳官可說了沒有？」寶玉道：「我卻沒告訴過他。——也罷，等我告訴他就是了。」說畢，復走進來，故意洗手。

已是掌燈時分，聽得院門前有一群人進來。大家隔窗悄視，果見林之孝家的和幾個管事的女人走來，前頭一人提著大燈籠。晴雯悄笑道：「他們查上夜的人來了。這一出去，咱們就好關門了。」只見怡紅院凡上夜的人，都迎出去了。林之孝家的看了不少，又吩咐：「別耍錢吃酒、放倒頭睡到大天亮。我聽見是不依的。」眾人都笑說：「那裡有這麼大膽子的人！」

林之孝家的又問：「寶二爺睡下了沒有？」眾人都回：「不知道。」襲人忙推寶玉。寶玉靸了鞋，便迎出來，笑道：「我還沒睡呢。嬤嬤進來歇歇。」又叫：「襲人，倒茶來。」林之孝家的忙進來，笑說：「還沒睡呢？如今天長夜短，該早些睡了，明日方起得早；不然，到了明日起遲了，人家笑話，不是個讀書上學的公子了，倒像那起挑腳漢了。」說畢，又笑。寶玉忙笑道：「嬤嬤說的是。我每日都睡得早：嬤嬤每日進來，可都是我不知道的，已經睡了。今日因吃了麵，怕停食，所以多玩一回。」林之孝家的又向襲人等笑說：「該澗些普洱茶[2]喝。」襲人晴雯二人忙說：「澗了一茶缸子女兒茶[3]，已經喝過兩碗了。大娘也嘗一碗，都是現成的。」

說著，晴雯便倒了來。林家的站起接了，又笑道：「這些時，我聽見二爺嘴裡都換了字眼，趕著這幾位大姑娘們竟叫起名字來。雖然在這屋裡，到底是老太太、太太的人，還該嘴裡尊重些才是。若一時半刻偶然叫一聲使得；若只管順口叫起來，怕以後兄弟姪兒照樣，就惹人笑話這家子的人眼裡沒有長輩了。」寶玉笑道：「嬤嬤說的是。我不過是一時半刻偶然叫一句是有的。」襲人晴雯都笑說：「這可別委屈了他：直到如今，他可『姐姐』沒離了嘴，不過玩的時候叫一聲半聲名字。若當著人，卻是和先一樣。」林之孝家的笑道：「這才好呢，這才是讀書知禮的。越自己謙遜，越尊重。別說是三五代的陳人[4]、現從老太太、太太屋裡撥過來的，就是老太太、太太屋裡的貓兒狗兒，輕易也傷不得他。這才是受過調教的公子行事。」說畢，吃了茶，便說：「請安歇罷，我們走了。」寶玉還說：「再歇歇。」那林之孝家的已帶了眾人又查別處去了。

這裡晴雯等忙命關了門，進來笑說：「這位奶奶那裡吃了一杯來了？嘮三叨四的，又排場[5]了我們一頓去了。」麝月笑道：「他也不是好意的？少不得也要常提著些兒，也提防著，怕走了大褶兒[6]的意思。」說著，一面擺上酒果。

襲人道：「不用高桌，咱們把那花梨圓炕桌子放在炕上坐，又寬綽，又便宜。」說著，大家果然抬來。麝月和四兒那邊去搬果子，用兩個大茶盤，作四五次方搬運了來。兩個老婆子蹲在外面火盆上篩酒。

寶玉說：「天熱，咱們都脫了大衣裳才好。」眾人笑道：「你要脫，你脫，我們還要輪流安席[7]呢。」寶玉笑道：「這一安席，就要到五更天了。知道我最怕這些俗套，在外人跟前，不得已的。這會子還慪我，就不好了。」眾人聽了，都說：「依你。」於是先不上坐，且忙著卸妝寬衣。一時將正妝卸去，頭上只隨便綰著鬅兒，身上皆是緊身襖兒。寶玉只穿著大紅綿紗小襖兒，下面綠綾彈墨夾褲，散著褲腳，繫著一條汗巾，靠著一個各色

芳官

玫瑰芍藥花瓣裝的玉色夾紗新枕頭，和芳官兩個先搳拳。當時芳官滿口嚷熱，只穿著一件玉色紅青駝絨三色緞子拼的水田小夾襖，束著一條柳綠汗巾；底下是水紅灑花夾褲，也散著褲腿；頭上齊額編著一圈小辮，總歸至頂心，結一根粗辮，拖在腦後；右耳根內只塞著米粒大小的一個小玉塞子，左耳上單一個白果大小的硬紅鑲金大墜子：越顯得面如滿月猶白，眼似秋水還清。引得眾人笑說：「他兩個倒像一對雙生的弟兄。」

襲人等一一斟上酒來，說：「且等一等再搳拳，雖不安席，在我們每人手裡吃一口罷了。」於是襲人為先，端在唇上，吃了一口，其餘依次下去，一一吃過，大家方團圓坐了。春燕四兒因炕沿坐不下，便端了兩個絨套繡墩，近炕沿放下。那四十個碟子，皆是一色白彩定窯的，不過小茶碟大，裡面自是山南海北乾鮮水陸的酒饌果菜。

寶玉因說：「咱們也該行個令才好。」襲人道：「斯文些才好，別大呼小叫，叫人聽見；二則我們不識字，可不要那些文的。」麝月笑道：「拿骰子咱們搶紅罷。」寶玉道：「沒趣，不好。咱們占花名兒好。」晴雯笑道：「正是，早已想弄這個玩意兒。」襲人道：「這個玩意雖好，人少了沒趣。」春燕笑道：「依我說，咱們竟悄悄的把寶姑娘、雲姑娘、林姑娘請了來，玩一會子，到二更天再睡不遲。」襲人道：「又開門闔戶的鬧，倘或遇見巡夜的問——」寶玉道：「怕什麼！咱們三姑娘也吃酒，再請他一聲才好。還有琴姑娘。」眾人都道：「琴姑娘罷了，他在大奶奶屋裡，叨登的大發[8]了。」寶玉道：「怕什麼！你們就快請去。」

春燕四兒都巴不得一聲，二人忙命開門，各帶小丫頭分頭去請。晴雯、麝月、襲人三人又說：「他兩個去請，只怕不肯來❷，須得我們去請，死活拉了來。」於是襲人晴雯忙又命老婆子打個燈籠，二人又去。果然寶釵說：「夜深了。」黛玉說：「身上不好。」他二人再三央求：「好歹給我們一點體面，略坐坐再來。」眾人聽了，卻也歡喜；因想不請李紈，倘或被他知道了，倒不好，便命翠墨春燕也再三的請了李紈和寶琴二人，會齊先後都到了怡紅院中。襲人又死活拉了香菱來。炕上又併了一張桌子，方坐開了。

寶玉忙說：「林妹妹怕冷，過這邊靠板壁坐。」又拿了個靠背墊著些。襲人等都端了椅子在炕沿下陪著。黛玉卻離桌遠遠的靠著靠背，因笑向寶釵、李紈、探春等道：「你們日日說人家夜飲聚賭，今日我們自己也如此。以後怎麼說人！」李紈笑道：「有何妨礙？一年之中，不過生日節間如此，並沒夜夜如此，這倒也不怕。」

說著，晴雯拿了一個竹雕的籤筒來，裡面裝著象牙花名籤子，搖了一搖，放在當中。又取過骰子來，盛在盒內，搖了一搖，揭開一看，裡面是六點，數至寶釵。寶釵便笑道：「我先抓，不知抓出個什麼來！」說著將筒搖了一搖，伸手掣出一籤，大家一看，只見籤上畫著一枝牡丹，題著「艷冠群芳」四字。下面又有鐫的小字，一句唐詩，道是：

任是無情也動人[9]。

又注著：「在席共賀一杯。此為群芳之冠，隨意命人，不拘詩詞雅謔，或新曲一支為賀。」

眾人都笑說：「巧得很！你也原配牡丹花。」說著大家共賀了一杯，寶釵吃過，便笑說：「芳官唱一支我們聽聽。」芳官道：「既這樣，大家吃了門杯好聽。」於是大家吃酒，芳官便唱：「壽筵開處風光好[10]……」眾人都道：「快打回去！這會子很不用你來上壽。揀你極好的唱來。」芳官只得細細的唱了一支「賞花時」[11]——「翠鳳翎毛紮帚杈，閑踏天門掃落花[12]……」才罷。

寶玉卻只管拿著那籤，口內顛來倒去念「任是無情也動人」，聽了這曲子，眼看著芳官不語。湘雲忙一手奪了，撂與寶釵，寶釵又擲了一個十六點，數到探春。探春笑道：「還不知得個什麼！」伸手掣了一根出來，自己一瞧，便撂在桌上，紅了臉，笑道：「很不該行這個令！這原是外頭男人們行的令，許多混賬話在上頭。」眾人不解，襲人等忙拾起來，眾人看時，上面一枝杏花，那紅字寫著「瑤池仙品」四字，詩云：

日邊紅杏倚雲栽。

注云：「得此籤者，必得貴婿，大家恭賀一杯，再同飲一杯。」眾人笑說道：「我們說是什麼呢！這籤原是閨閣中取笑的，除了這兩三根有這話的，並無雜話。這有何妨？我們家已有了王妃，難道你也是王妃不成？大喜！大喜！」說著大家來敬探春。探春那裡肯飲？卻被湘雲、香菱、李紈等三四個人，強死強活，灌了一鍾才罷。探春只叫：「蠲了這個，再行別的。」眾人斷不肯依。湘雲拿著他的手，強擲了個十九點出來，便該李氏掣。

李氏搖了一搖，掣出一根來，一看笑道：「好極！你們瞧瞧這行字，竟有些意思。」眾人瞧那籤上，畫著一枝老梅，寫著「霜曉寒姿」四字，那一面舊詩是：

竹籬茅舍自甘心[13]。

注云：「自飲一杯，下家擲骰。」李紈笑道：「真有趣，你們擲去罷，我只自吃一杯，不問你們的廢興。」說著便吃酒，將骰過給黛玉。黛玉一擲是十八點，便該湘雲掣。

湘雲笑著，揎拳擄袖的，伸手掣了一根出來，大家看時，一面畫著一枝海棠，題著「香夢沉酣」四字，那面詩道是：

只恐夜深花睡去[14]。

黛玉笑道：「『夜深』二字改『石涼』兩個字倒好。」眾人知他打趣日間湘雲醉眠的事，都笑了。湘雲笑指那自行船給黛玉看，又說：「快坐上那船家去罷，別多說了！」眾人都笑了。因看注云：「既云香夢沉酣，掣此籤者，不便飲酒，只令上下兩家各飲一杯。」湘雲拍手笑道：「阿彌陀佛！真真好籤！」

恰好黛玉是上家，寶玉是下家，二人斟了兩杯，只得要飲。寶玉先飲了半杯，瞅人不見，遞與芳官。芳官即便端起來，一仰脖喝了。黛玉只管和人說話，將酒全折在漱盂內了。

湘雲便抓起骰子來一擲個九點，數去該麝月。麝月便掣了一根出來，大家看時，上面是一枝荼蘼花，題著「韶華勝極」四字，那邊寫著一句舊詩，道是：

開到荼蘼花事了[15]。

注云：「在席各飲三杯送春。」麝月問：「怎麼講？」寶玉皺皺眉兒，忙將籤藏了，說：「咱們且喝酒罷。」說著，大家吃了三口，以充三杯之數。麝月一擲個十點，該香菱。香菱便掣了一根並蒂花，題著「聯春繞瑞」，那面寫著一句舊詩，道是：

連理枝頭花正開[16]。

注云：「共賀掣者三杯，大家陪飲一杯。」香菱便又擲了個六點，該黛玉。黛玉默默的想道：「不知還有什麼好的被我掣著方好。」一面伸手取了一根，只見上面畫著一枝芙蓉花，題著「風露清愁」四字，那面一句舊詩，道是：

莫怨東風當自嗟[17]。

注云：「自飲一杯，牡丹陪飲一杯。」眾人笑說：「這個好極！除了他，別人不配作芙蓉！」黛玉也自笑了，於是飲了酒，便擲了個二十點，該著襲人。襲人便伸手取了一枝出來，卻是一枝桃花，題著「武陵別景」四字，那一面寫著舊詩，道是：

麝月

桃紅又見一年春[18]。

注云：「杏花陪一盞，坐中同庚者陪一盞，同姓者陪一盞。」眾人笑道：「這一回熱鬧有趣。」大家算來：香菱、晴雯、寶釵三人皆與他同庚[19]，黛玉與他同辰，只無同姓者。芳官忙道：「我也姓花，我也陪他一鍾。」於是大家斟了酒。黛玉因向探春笑道：「命中該招貴婿的！你是杏花：快喝了，我們好喝。」探春笑道：「這是什麼話？大嫂子順手給他一巴掌！」李紈笑道：「人家不得貴婿，反挨打，我也不忍得。」眾人都笑了。

襲人才要擲，只聽有人叫門，老婆子忙出去問時，原來是薛姨媽打發人來了接黛玉的。眾人因問：「幾更了？」人回：「二更以後了，鐘打過十一下了。」寶玉猶不信，要過錶來瞧了一瞧，已是子初一刻十分❸了，黛玉便起身說：「我可掌不住了，回去還要吃藥呢。」眾人說：「也都該散了。」襲人寶玉等還要留著眾人，李紈探春等都說：「夜太深了不像，這已是破格了。」襲人道：「既如此，每位再吃一杯再走。」說著，晴雯等已都斟滿了酒。每人吃了，都命點燈。

襲人等齊送過沁芳亭河那邊，方回來，關了門，大家復又行起令來。襲人等又用大鍾斟了幾鍾，用盤子攢了各樣果菜與地下的老嬤嬤們吃。彼此有了三分酒，便揞拳贏唱小曲兒。那天已四更時分，老嬤嬤們一面明吃，一面暗偷，酒缸已罄，眾人聽了，方收拾盥漱睡覺。

芳官吃得兩腮胭脂一般，眉梢眼角，添了許多丰韻，身子圖不得[20]，便睡在襲人身上，說：「姐姐：我心跳得很。」襲人笑道：「誰叫你盡力灌呢！」春燕四兒也圖不得，早睡了，晴雯還只管叫。寶玉道：「不用叫了，咱們且胡亂歇一歇。」自己便枕了那紅香枕，身子一歪，就睡著了。襲人見芳官醉得很，恐鬧他吐酒，只得輕輕起來，就將芳官扶在寶玉之側，由他睡了，自己卻在對面榻上倒下。大家黑甜[21]一覺，不知所之。

及至天明，襲人睜眼一看，只見天色晶明，忙說：「可遲了！」向對面床上瞧了一瞧，只見芳官頭枕著炕沿上，睡猶未醒，連忙起來叫他，寶玉已翻身醒了，笑道：「可遲了！」因又推芳官起身。那芳官坐起來，猶發怔揉眼睛。襲人笑道：「不害羞！你喝醉了，怎麼也不揀地方兒，亂挺下了？」芳官聽了，瞧了瞧，方知是和寶玉同榻，忙羞得笑著下地說：「我怎麼……」卻說不出下半句來❹。寶玉笑道：「我竟也不知道了。若知道，給你臉上抹些墨！」

說著，丫頭進來，伺候梳洗。寶玉笑道：「昨日有擾，今日晚上我還席。」襲人笑道：「罷，罷！今日可別鬧了，再鬧就有人說話了。」寶玉道：「怕什麼！不過才兩次罷了。咱們也算會吃酒了，一罈子酒怎麼就吃光了。——正在有趣兒，偏又沒了。」襲人笑道：「原要這麼著才有趣兒；必盡了興，反無味。昨日都好上來了，晴雯連臊也忘了，我記得他還唱了一個曲兒！」四兒笑道：「姐姐忘了：連姐姐還唱了一個呢！在席的誰沒唱過？」眾人聽了，俱紅了臉，用兩手握著，笑個不住。

忽見平兒笑嘻嘻的走來，說：「我親自來請昨日在席的人，今日我還東，短一個也使不得。」眾人忙讓坐吃茶。晴雯笑道：「可惜昨夜沒他。」平兒忙問：「你們夜裡作什麼來？」襲人便說：「告訴不得你！昨日夜裡熱鬧非常，連往日老太太、太太帶著眾人玩，也不及昨兒這一玩：一罈酒我們都鼓搗[22]光了，一個個喝得把臊都丟了，又都唱起來！四更多天，才橫三豎四的打了一個盹兒。」平兒笑道：「好！白和我要了酒來，也不請我，還說著給我聽，氣我！」晴雯道：「今兒他還席，必自來請你，你等著罷。」平兒笑問道：「『他』是誰？誰是『他』？」晴雯聽了，把臉飛紅了，趕著打，笑說道：「偏你這耳朵尖，聽得真！」平兒笑道：「呸！不害臊的丫頭！這會子有事，不和你說！——我有事，去了回來，再打發人來請。一個不到，我是打上門來的！」寶玉等忙留他，已經去了。

這裡寶玉梳洗了，正喝茶，忽然一眼看見硯臺底下壓著一張紙，因說道：「你們這麼隨便混壓東西，也不好。」襲人晴雯等忙問：「又怎麼了？誰又有了不是了？」寶玉指道：「硯臺下是什麼？一定又是那位的樣子，忘記收的。」晴雯忙啟硯拿了出來，卻是一張字帖兒，遞給寶玉看時，原來是一張粉紅箋紙，上面寫著：「檻外人妙玉恭肅遙叩芳辰。」寶玉看畢，直跳了起來，忙問：「是誰接了來的？也不告訴！」襲人晴雯等見了這般，不知當是那個要緊的人來的帖子，忙一齊問：「昨兒是誰接下了一個帖子？」四兒忙跑進來，笑說：「昨兒妙玉——並沒親來，只打發個嬤嬤送來，我就擱在這裡，誰知一頓酒喝得就忘了。」眾人聽了道：「我當是誰，大驚小怪！這也不值得。」

寶玉忙命：「快拿紙來。」當下拿了紙，研了墨，看他下著「檻外人」三字，自己竟不知回帖上回個什麼字樣才相敵❺，只管提筆出神，半天仍沒主意。因又想❻：「要問寶釵去，他必又批評怪誕，不如問黛玉去。」想罷，袖了帖兒，逕來尋黛玉。剛過了沁芳亭，忽見岫烟顫顫巍巍的迎面走來，寶玉忙問：「姐姐那裡去？」岫烟笑道：「我找妙玉說話。」

寶玉聽了，詫異說道：「他為人孤癖❼，不合時宜，萬人不入他的目，原來他推重姐姐，竟知姐姐不是我們一流俗人！」岫烟笑道：「他也未必真心重我，但我和他作過十年的鄰居，只一牆之隔：他在蟠香寺修煉，我家原來寒素，賃房居住❽，就賃了他廟裡的房子，住了十年，無事到他廟裡去作伴，我所認得的字，都是承他所授；我和他又是貧賤之交，又有半師之分。因我們投親去了，聞得他因不合時宜，權勢不容，竟投到這裡來。如今又兩緣湊合，我們得遇，舊情竟未改易，承他青目，更勝當日。」

寶玉聽了，恍如聽了焦雷一般，喜得笑道：「怪道姐姐舉止言談，超然如野鶴閑[23]雲，原本有來歷！我正因他的一件事為難，要請教別人去。如今遇見姐姐，真是天緣湊合，求姐姐指教。」說著便將拜帖取給岫烟看。岫烟笑道：「他這脾氣竟不能改，竟是生成這等放誕詭僻了。從來沒見拜帖上下別號的：這可是俗語說的『僧不僧，俗不俗，女不女，男不男』，成個什麼理數！」寶玉聽說，忙笑道：「姐姐不知道，他原不在這些人中裡❾，他原是世人意外之人，因取了我是個些微有知識的，方給我這帖子。我因不知回什麼字樣才好，竟沒了主意，正要去問林妹妹，正巧遇見了姐姐。」

岫烟聽了寶玉這話，且只管用眼上下細細打量了半日，方笑道：「怪道俗語說的，『聞名不如見面』，又怪不得妙玉竟下這帖子給你，又怪不得上年竟給你那些梅花。既連他這樣，少不得我告訴你緣故。他常說：『古人中自漢、晉、五代、唐、宋以來，皆無好詩，只有兩句好，說道：「縱有千年鐵門檻，終需一個土饅頭[24]。」』所以他自稱『檻外之人』。又常讚：『文是莊子的好。』故又或稱為『畸人』[25]。他若帖子上是自稱『畸人』的，你就還他個『世人』。『畸人』者，他自稱是畸零之人；你謙自己乃世人擾擾之人❿，他便喜了。如今他自稱『檻外之人』，是自謂蹈於『鐵檻』之外了，故你如今只下『檻內人』，便合了他的心了。」

寶玉聽了，如醍醐灌頂[26]，「噯喲」了一聲，方笑道：「怪道我們家廟說是『鐵檻寺』呢！原來有這一說。姐姐就請，讓我去寫回帖。」岫烟聽了，便自往櫳翠庵來。寶玉回房，寫了帖子，上面只寫：「檻內人寶玉薰沐謹拜」幾字，親自拿了到櫳翠庵，只隔門縫兒投進去，便回來了。

因飯後平兒還席，說紅香圃太熱，便在榆蔭堂中擺了幾席新酒佳餚。可喜尤氏又帶了佩鳳偕鸞二妾過來遊玩，這二妾亦是青年姣憨女子，不常過來的，今既入了這園，再遇見湘雲、香菱、芳、蕊一干女子，所謂「方以類聚，物以群分」[27]，二語不錯，只見他們說笑不了，也不管尤氏在那裡，只憑丫鬟們去服役，且同眾人一一的遊玩。

閑言少述，且說當下眾人都在榆蔭堂中，以酒為名，大家玩笑，命女先兒擊鼓。平兒採了一枝芍藥，大家約二十來人，傳花為令，熱鬧了一回。因人回說：「甄家有兩個女人送東西來了。」探春和李紈尤氏三人出去議事廳相見。這裡眾人且出來散一散。佩鳳偕鸞兩個去打秋千玩耍，寶玉便說：「你兩個上去，讓我送。」慌得佩鳳說：「罷了，別替我們鬧亂子！」

忽見東府裡幾個人，慌慌張張跑來，說：「老爺賓天[28]了⓫！」眾人聽了，嚇了一大跳，忙都說：「好好的並無疾病，怎麼就沒了！」家人說：「老爺天天修煉，定是功成圓滿，升仙去了。」尤氏一聞此言，又見賈珍父子並賈璉等皆不在家，一時竟沒個著己的男子來，未免忙了。只得忙卸了妝飾，命人先到玄真觀將所有的道士都鎖了起來，等大爺來家審問；一面忙忙坐車，帶了賴升一干老人媳婦出城。又請大夫看視，到底係何病症。

大夫們見人已死，何處診脈來？素知賈敬導氣[29]之術，總屬虛誕，更至參星禮斗[30]，守庚申[31]，服靈砂[32]等，妄作虛為，過於勞神費力，反因此傷了性命的，如今雖死，腹中堅硬似鐵，面皮嘴唇，燒得紫絳皺裂，便向媳婦回說：「係道教中吞金服砂⓬，燒脹而歿。」眾道士慌得回道：「原是秘製的丹砂吃壞了事，小道們也曾勸說：『工夫未到，且服不得。』不承望老爺於今夜守庚申時，悄悄的服了下去，便升仙去了。這是虔心得道，已出苦海，脫去皮囊了。」

尤氏也不便聽，只命鎖著，等賈珍來發放，且命人飛馬報信。一面看視裡面窄狹，不能停放，橫豎也不能進城的，忙裝裹好了，用軟轎抬至鐵檻寺來停放。掐指算來，至早也得半月的工夫，賈珍方能來到，且今天氣炎熱，實不能相待，遂自行主持，命天文生[33]擇了日期入殮。壽木早年已經備下，寄在此廟的，甚是便宜。三日後，便破孝開弔[34]，一面且作起道場來。因那邊榮府裡鳳姐兒出不來，李紈又照顧姐妹，寶玉不識事體，只得將外頭事務，暫托了幾個家裡二等管事的。賈㻞、賈珖、賈珩、賈瓔、賈菖、賈菱等各有執事。尤氏不能回家，便將他繼母接來，在寧府看家。這繼母只得將兩個未出嫁的女兒帶來⓭，一併住著，才放心。

且說賈珍聞了此信，急忙告假，——並賈蓉是有職人員。禮部見當今隆敦孝弟[35]，不敢自專，具本請旨。原來天子極是仁孝過天的⓮，且更隆重功臣之裔，一見此本，便詔問賈敬何職，禮部代奏：「係進士出身，祖職已蔭其子賈珍。賈敬因年邁多疾，常養靜於都城之外玄真觀，今因疾歿於觀中。其子珍，其孫蓉，現因國喪，隨駕在此，故乞假歸殮。」天子聽了，忙下額外恩旨曰：「賈敬雖無功於國，念彼祖父之忠，追賜五品之職，令其子孫扶柩由北下門入都，恩賜私第殯殮，任子孫盡喪，禮畢扶柩回籍。外著光祿寺按上例賜祭，朝中由王公以下，准其祭弔。欽此。」此旨一下，不但賈府裡人謝恩，連朝中所有大臣，皆嵩呼[36]稱頌不絕。

賈珍父子星夜馳回。半路中⓯又見賈瑞賈珖二人領家丁飛騎而來，看見賈珍，一齊滾鞍下馬請安。賈珍忙問：「作什麼？」賈瑞回說：「嫂子恐哥哥和姪兒來了，老太太路上無人，叫我們兩個來護送老太太的。」賈珍聽了，讚聲不絕⓰。又問：「家中如何料理？」賈瑞等便將如何拿了道士，如何挪至家廟，怕家內無人，接了親家母和兩個姨奶奶在上房住著，──賈蓉當下也下了馬，聽見兩個姨娘來了，喜得笑容滿面。賈珍忙說了幾聲「妥當」，加鞭便走。店也不投，連夜換馬飛馳。

一日到了都門，先奔入鐵檻寺，那天已是四更天氣，坐更的聞知，忙喝起眾人來。賈珍下了馬，和賈蓉放聲大哭，從大門外便跪爬起來，至棺前稽顙泣血[37]，直哭到天亮，喉嚨都哭啞了方住。尤氏等都一齊見過，賈珍父子忙按禮換了凶服，在棺前俛伏[38]。無奈自要理事，竟不能目不視物、耳不聞聲，少不得減了些悲戚，好指揮眾人。因將恩旨備述給眾親友聽了，一面先打發賈蓉回家來，料理停靈之事。

賈蓉巴不得一聲兒，便先騎馬跑來，到家，忙命前廳收桌椅，下槅扇，掛孝幔子，門前起鼓手棚、牌樓等事。又忙著進來看外祖母，兩個姨娘。原來尤老安人年高喜睡，常常歪著；他二姨娘三姨娘都和丫頭們作活計，見他來了，都道煩惱。

賈蓉且嘻嘻的望他二姨娘笑說：「二姨娘，你又來了？我父親正想你呢。」二姨娘紅了臉，罵道：「好蓉小子！我過兩日不罵你幾句，你就過不得了，越發連個體統都沒了！還虧你是大家公子哥兒，每日念書學禮的，越發連那小家子的也跟不上！」說著順手拿起一個熨斗來，兜頭就打，嚇得賈蓉抱著頭，滾到懷裡告饒。尤三姐便轉過臉去，說道：「等姐姐來家再告訴他！」

賈蓉忙笑著跪在炕上求饒，因又和他二姨娘搶砂仁吃。那二姐兒嚼了一嘴渣子，吐了他一臉，賈蓉用舌頭都㖷著吃了。眾丫頭看不過，都笑說：「熱孝在身上，老娘才睡了覺。他兩個雖小，到底是姨娘家。你太眼裡沒有奶奶了！回來告訴爺，你吃不了兜著走！」

賈蓉撇下他姨娘，便抱著那丫頭親嘴，說：「我的心肝！你說的是。咱們饞他們兩個⑰。」丫頭們忙推他，恨得罵：「短命鬼！你一般有老婆丫頭，只和我們鬧！知道的說是玩，不知道的人，再遇見那樣髒心爛肺的、愛多管閑事嚼舌頭的人，吵嚷到那府裡，背地嚼舌，說咱們這邊混賬。」賈蓉笑道：「各門另戶，誰管誰的事？都夠使的了！從古至今，連漢朝和唐朝，人還說『髒唐臭漢』[39]，何況咱們這宗人家！誰家沒風流事？別叫我說出來。連那邊大老爺這麼利害，璉二叔還和那小姨娘不乾淨呢！鳳嬸子那樣剛強，瑞大叔還想他的賬！——那一件瞞了我？」賈蓉只管信口開河，胡言亂道，三姐兒沉了臉，早下炕進裡間屋裡，叫醒尤老娘。

這裡賈蓉見他老娘醒了，忙去請安問好。又說：「老祖宗勞心，又難為兩位姨娘受委屈，我們爺兒們感激不盡！惟有等事完了，我們合家大小登門磕頭去。」尤老安人[40]點頭道：「我的兒，倒是你會說話！親戚們原是該的。」又問：「你父親好？幾時得了信趕到的？」賈蓉笑道：「剛才趕到的，先打發我瞧你老人家來了，好歹求你老人家事完了再去。」說著，又和他二姨娘擠眼兒。二姐便悄悄咬牙罵道：「很會嚼舌根的猴兒崽子！留下我們，給你爹作媽不成？」

賈蓉又和尤老娘道：「放心罷，我父親每日為兩位姨娘操心，要尋兩個有根基的富貴人家，又年輕又俏皮[41]兩位姨父，父親好聘嫁這二位姨娘[18]。這幾年總沒揀著，可巧前兒路上才相準了一個。」尤老娘只當是真話，忙問：「是誰家的？」二姐丟了活計，一頭笑，一頭趕著打，說：「媽媽，別信這混賬孩子的話！」三姐兒道：「蓉兒！你說是說，別只管嘴裡這麼不清不渾的！」

說著，人來回話，說：「事已完了，請哥兒出去看了，回爺的話去呢。」那賈蓉方笑嘻嘻的出來。不知如何，下回分解。

校記

❶「一罈好紹興酒」，「罈」原作「罐」，今參上下文從藤本、王本改。

❷「他兩個去請，只怕不肯來」，「怕」下諸本有「寶林兩個」四字。

❸「子初一刻十分」，「一」諸本作「二」，脂本、戚本作「初」。

❹「我怎麼，卻說不出下半句來」，諸本作「我怎麼吃得不知道了」。

❺「竟不知回帖上回個什麼字樣才相敵」，「帖上」原作「上帖」，從諸本改。

❻「因又想」原作「因有想」，從諸本改。

❼「他（妙玉）為人孤癖」，「孤」原作「孩」，從諸本改。「癖」諸本同，亦有義可通，不改「僻」。

❽「賃房居住」，「住」原缺，從諸本補。

❾「他原不在這些人中裡」，「裡」諸本作「算」。

❿「你謙自己乃世人擾擾之人」，「世人」諸本多同。金本作「世上」，脂本作「世中」，似不必改。

⓫「老爺賓天了」，「賓」原作「殯」，諸本同。金本作「歸」。按「賓天」乃成語，以指道家「飛升」。「殯」「賓」古亦有通用例，今酌改「殯」為「賓」。後同。

⓬「係道教中吞金服砂」，「道」脂本作「玄」。

⓭「這繼母（尤老娘）只得將兩個未出嫁的女兒帶來」，「女兒」上原有「孫」字，從諸本刪。

⓮「原來天子極是仁孝過天的」，「過天」原作「過又」，從諸本改。

⓯「半路中」原作「半路甲」，從諸本改。

⓰「讚聲不絕」，「絕」原作「晚」，從諸本改。

⓱「咱們饞他們兩個」，「饞」原作「纔」，從諸本改。藤本作「饒」。

⓲「要尋……又年輕又俏皮兩位姨父，父親好聘嫁這二位姨娘」，「姨父」原作「姨娘」，從諸本改。但諸本下無「父親」二字。一說：「姨娘父親」四字連文，即指「姨父」，記此備考。

注釋

1 **〔調三窩四〕** 挑撥是非。

2〔普洱（儿ˇ ěr）茶〕普洱，縣名，在雲南省。這裡產的茶很出名，叫普洱茶。

3〔女兒茶〕據記載，泰山無好茶。山中人採青梧芽當茶葉，叫女兒茶。

4〔陳人〕老朽的人。

5〔排場〕這裡是指責、教訓的意思。

6〔走了大褶兒〕錯了大規矩。

7〔安席〕宴會入坐時敬酒、行禮，叫作「安席」。所以要講禮貌，不脫大衣裳。

8〔大發〕事情弄得太大了，過分了。

9〔任是無情也動人〕唐朝羅隱七律「牡丹」中的詩句。意思是，即便是無情的人見了也會動心的。

10〔壽筵開處風光好〕明人「牧羊記」中「慶壽」一折的唱詞。意思是，慶壽的筵席開始時，光景真好。此劇演漢代蘇武的故事。

11〔賞花時〕曲牌名。

12〔翠鳳翎毛紮帚扠，閑踏天門掃落花〕這是明湯顯祖「邯鄲記」第三齣「度世」中的唱詞，係何仙姑掃花見呂洞賓時所唱。意思是，用翠鳳的羽毛紮的掃帚，閑來無事到天門去掃落花。

13〔竹籬茅舍自甘心〕宋朝王淇「梅」中的詩句。是寫梅花不愛繁華富貴之處，而喜歡清幽僻靜的環境。表現了作者超脫世俗、孤芳自賞的思想感情。

14〔只恐夜深花睡去〕宋朝蘇軾「海棠」詩：「只恐夜深花睡去，故燒高燭照紅裝。」意思是，只怕夜深海棠花睡去，所以點燃高燭照耀它的紅裝。

15〔開到荼蘼花事了〕宋朝王淇「春暮遊小園」中的詩句。意思是，到荼蘼開花時，一春的花事就結束了。因荼蘼在暮春季節開花，所以有此說法。

16〔連理枝頭花正開〕宋朝女詩人朱淑貞「落花」中的詩句。連理枝，兩棵樹的枝條連生在一起。古時常用來比喻恩愛的夫妻。

17〔莫怨東風當自嗟〕宋朝歐陽修「再和明妃曲」：「紅顏勝人多薄命，莫怨春風當自嗟。」意思是，容貌美麗過人的女子大都是命薄的，不要怨恨春風，應該感嘆自己命苦。

18〔桃紅又見一年春〕宋朝謝枋得「慶全庵桃花」中的詩句。意思是，桃花紅了，又是一個春天。

19〔同庚〕舊時稱和自己同年生的人為「同庚」。

20〔圖不得〕指過分困倦，扎掙不得。

21〔黑甜〕方言，即睡覺。

22〔鼓搗〕有「搞」、「作」、「搬弄」的意思。

23〔野鶴〕形容邢岫烟的無拘無束。

24〔縱有千年鐵門檻二句〕宋人范成大的詩句。意思是，縱然用千年不壞的鐵門檻，也擋不住死亡的來臨，最後總要埋在墳墓裡邊。「門檻」原作「門限」，義同。

25〔畸（ㄐㄧ jī）人〕見於「莊子・大宗師」。意思是，不與世俗為偶的人。妙玉自以為脫離了「約塵」，成了「檻外之人」，所以用此作別號。

26〔醍醐（ㄊㄧˊ ㄏㄨˊ tí hú）灌頂〕醍醐原是乳酪上的酥油，滲透力最強。佛書用它比喻「佛性」，說人的「徹悟」如同用醍醐灌頂。

27〔方以類聚，物以群分〕即：「物以類聚，人以群分」，意思是：同類的東西往往聚集在一起。

28〔賓天〕對死者尊重性的隱語。過去專指帝王死，後來也用於道家。

29〔導氣〕相傳是古代衛生家的一種體育活動。此處指賈敬的養生術。

30〔參星禮斗〕參和禮都是「拜」的意思。星、斗就是北斗星。道家禮拜北斗星，被認為有助成仙。

31〔守庚申〕道家認為人身上有「三尸神」，每逢庚申日去向天帝陳說人的罪惡。人在庚申日吃齋，並通夜靜坐，就可以避免。這叫「守庚申」。

32〔靈砂〕也叫丹砂、朱砂。道家認為服丹砂，可以「長生不老」。這種行為，結果嚴重損害身體，以至死掉。下文「吞金服砂」也指此。

33〔天文生〕也叫「陰陽先生」。

34〔開弔〕喪家擇期受親友的弔唁叫開弔。

35〔隆敦孝弟（ㄊㄧˋ／tì）〕大力提倡孝順父母、友愛兄弟。隆，尊重；敦，督促，大力提倡。弟，同「悌」，兄弟友愛。

36〔嵩呼〕也叫山呼、呼嵩。據說漢武帝登嵩山時，曾聞呼萬歲聲。這裡指臣子對皇帝歡呼萬歲。

37〔稽顙（ㄙㄤˇ／sǎng）泣血〕顙，額頭。稽顙，古代的一種跪拜禮，屈膝，以額觸地；泣血，哭泣到眼中流血，表示極度悲傷。

38〔俛伏〕同俯伏。跪伏在地，舊時孝子奔喪時的重禮。「俛」是「俯」的異體字。

39〔髒唐臭漢〕指漢唐宮廷中男女關係之亂。這是用來為「髒榮臭寧」進行辯護。

40〔安人〕明朝、清朝給六品官之妻的一種封號。這裡只是尊稱，並非真封過「安人」。

41〔俏皮〕這裡是漂亮的意思。

【第六十四回】幽淑女悲題五美吟　浪蕩子情遺九龍珮

話說賈蓉見家中諸事已妥，連忙趕至寺中，回明賈珍。於是連夜分派各項執事人役，並預備一切應用幡杠等物，擇於初四日卯時請靈柩進城；一面使人知會諸位親友。是日喪儀焜耀[1]，賓客如雲，自鐵檻寺至寧府，夾路看的何止數萬人。內中有嗟嘆的；也有羨慕的；又有一等「半瓶醋」的讀書人，說是喪禮與其奢易，莫若儉戚[2]的：一路紛紛議論不一。至未申時方到，將靈柩停放正堂之內，供奠舉哀已畢，親友漸次散回，只剩族中人分理迎賓送客等事。近親只有邢舅太爺相伴未去。

賈珍賈蓉此時為禮法所拘，不免在靈旁籍草枕塊[3]，恨苦居喪；人散後，仍乘空在內親女眷中廝混❶。寶玉亦每日在寧府穿孝，至晚人散，方回園裡。鳳姐身體未癒，雖不能時常在此，或遇著開壇誦經、親友上祭之日，亦扎掙過來相幫尤氏料理。

一日，供畢早飯，因天氣尚長，賈珍等連日勞倦，不免在靈旁假寐。寶玉見無客至，遂欲回家看視黛玉，因先回至怡紅院中。進入門來，只見院中寂靜無人，有幾個老婆子和那小丫頭們在迴廊下取便乘涼，也有睡臥的，也有坐著打盹的。寶玉也不去驚動。只有四兒看見，連忙上前來打簾子。將掀起時，只見芳官自內帶笑跑出，幾乎和寶玉撞個滿懷。

一見寶玉，方含笑站著，說道：「你怎麼來了？你快給我攔住晴雯，他要打我呢！」一語未了，只聽見屋裡唏哩嘩啦的亂響，不知是何物撒了一地。隨後晴雯趕來罵道：「我看你這小蹄子兒往那裡去？輸了不叫打！寶玉不在家，我看有誰來救你！」寶玉連忙帶笑攔住，道：「你妹子小，不知怎麼得罪了你，看我的分上，饒他罷。」

晴雯也不想寶玉此時回來，乍一見，不覺好笑，遂笑說道：「芳官竟是個狐狸精變的？就是會拘神遣將的符咒也沒有這麼快！」又笑道：「就是你真請了神來，我也不怕。」遂奪手仍要捉拿，芳官早已藏在身後，摟著寶玉不放。寶玉遂一手拉了晴雯，一手攜了芳官，進來看時，只見西邊炕上麝月、秋紋、碧痕、春燕等正在那裡抓子兒[4]贏瓜子兒呢。卻是芳官輸給晴雯，芳官不肯叫打，跑出去了，晴雯因趕芳官，將懷內的子兒撒了一地。

寶玉笑道：「如此長天，我不在家裡，正怕你們寂寞，吃了飯睡覺，睡出病來；大家尋件事玩笑消遣甚好。」因不見襲人，又問道：「你襲人姐姐呢？」晴雯道：「襲人麼？越發道學[5]了，獨自個在屋裡面壁[6]呢。這好一會我們沒進去，不知他作什麼呢，一點聲兒也聽不見。你快瞧瞧去罷！或者此時參悟了，也不可知？」

寶玉聽說，一面笑，一面走至裡間，只見襲人坐在近窗床上，手中拿著一根灰色絛子，正在那裡打結子呢！見寶玉進來，連忙站起，笑道：「晴雯這東西，編派我什麼呢？我因要趕著打完了這結子，沒工夫和他們瞎鬧，因哄他說：『你們玩去罷。趁著二爺不在家，我要在這裡靜坐一坐，養一養神。』他就編派了我這些個話，什麼『面壁了』，『參禪了』的。等一會我不撕他那嘴！」

寶玉笑著，挨近襲人坐下，瞧他打結子，問道：「這麼長天，你也該歇息歇息，或和他們玩笑，要不瞧瞧林妹妹去也好。怪熱的打這個，那裡使？」襲人道：「我見你帶的扇套，還是那年東府裡蓉大奶奶的事情上作的；那個青東西，除族中或親友家夏天有白事[7]才帶得著，一年遇著帶一兩遭，平常又不犯作[8]；如今那府裡有事，這是要過去天天帶的，所以我趕著另作一個，等打完了結子，給你換下那舊的來。你雖然不講究這個，要叫老太太回來看見，又該說我們躲懶，連你穿帶的東西都不經心了。」寶玉笑道：「這真難為你想得到。只是也不可過於趕，熱著了，倒是大事。」說著，芳官早托了一杯涼水內新湃的茶來。因寶玉素昔稟賦柔脆，雖暑月不敢用冰，只以新汲井水，將茶連壺浸在盆內，不時更換，取其涼意而已。寶玉就芳官手內吃了半盞，遂向襲人道：「我來時，已吩咐了焙茗，要趁大哥那邊有要緊的客來時，叫他即刻送信；要沒要緊的事，我就不過去了。」說畢，遂出了房門，又回頭向碧痕等道：「要有事，到林姑娘那裡找我。」

於是一徑往瀟湘館來看黛玉。將過了沁芳橋，只見雪雁領了兩個老婆子，手中都拿著菱藕瓜果之類。寶玉忙問雪雁道：「你們姑娘從來不吃這些涼東西，拿這些瓜果作什麼？不是要請那位姑娘奶奶麼？」雪雁笑道：「我告訴你，可不許你對姑娘說去。」寶玉點頭應允。雪雁便命兩個婆子：「先將瓜果送去，交與紫鵑姐姐，他要問我，你就說我作什麼呢，就來。」那婆子答應著去了。雪雁方說道：「我們姑娘這兩日方覺身上好些了，今日飯後，三姑娘來會著要瞧二奶奶去，姑娘也沒去，又不知想起什麼來了，自己哭了一回，提筆寫了好些不知是詩是詞。叫我傳瓜果去時，又聽叫紫鵑將屋內擺著的小琴桌上的陳設搬下來，將桌子挪在外間當地，又叫將那龍文鼎[9]放在桌上，等瓜果來時聽用。──要說是請人呢，不犯先忙著把個爐擺出來；要說點香呢，我們姑娘素日屋內除擺新鮮花果木瓜之類，又不大喜薰衣服。就是點香，也當點在常坐臥的地方兒；難道是老婆子們把屋子薰臭了，要拿香薰薰不成？究竟連我也不知為什麼。二爺白瞧瞧去。」

寶玉聽了，不由得低頭，心內細想道：「據雪雁說，必有緣故。要是同那一位姐妹們閑坐，亦不必如此先設饌具，或者是姑爺姑媽的忌辰？但我記得每年到此日期，老太太都吩咐另外整理餚饌送去林妹妹私祭，此時已過。大約必是七月，因為瓜果之節，家家都上秋季的墳，林妹妹有感於心，所以在私室自己奠祭，取『禮記』[10]『春秋薦其時食』[11]之意，也未可定……但我此刻走去，見他傷感，必極力勸解，又怕他煩惱鬱結於心；若竟不去，又恐他過於傷感，無人勸止：兩件皆足致疾。莫若先到鳳姐姐處一看，到彼稍坐即回。如若見林妹妹傷感，再設法開解。既不致使其過悲，哀痛稍申，亦不致抑鬱致病。」

想畢，遂別了雪雁，出了園門，一徑到鳳姐處來。正有許多婆子們回事畢，紛紛散出，鳳姐倚著門和平兒說話呢。一見了寶玉，笑道：「你回來了麼？我才吩咐了林之孝家的，叫他使人告訴跟你的小廝，若沒什麼事，趁便請你回來歇息歇息。再者那裡人多，你那裡禁得住那些氣味？不想恰好你倒來了。」寶玉笑道：「多謝姐姐惦記。我也因今日沒事，又見姐姐這兩日沒往那府裡去，不知身上可大癒了，所以回來看看。」鳳姐道：「左右也不過是這麼著，三日好，兩日不好的。老太太、太太不在家，這些大娘們，噯！那一個是安分的？每日不是打架，就是拌嘴，連賭博偷盜的事情都鬧出來了兩三件了。雖說有三姑娘幫著辦理，他又是個沒出閣的姑娘，也有叫他知道得的，也有往他說不得的事，也只好強扎掙著罷了。總不得心靜❷一會兒！別說想病好，求其不添，也就罷了！」

寶玉道：「姐姐，雖如此說，姐姐還要保重身體，少操些心才是。」說畢，又說了些閑話，別了鳳姐，回身往園中走來。進了瀟湘館院門看時，只見爐裊殘烟，奠餘玉醴[12]，紫鵑正看著人往裡收桌子，搬陳設呢。寶玉便知已經奠祭完了，走入屋內，只見黛玉面向裡歪著，病體懨懨[13]，大有不勝之態。紫鵑連忙說道：「寶二爺來了。」黛玉方慢慢的起來，含笑讓坐。寶玉道：「妹妹這兩天可大好些了？氣色倒覺靜些，只是為何又傷心了？」黛玉道：「可是你沒得說了！好好的，我多早晚又傷心了？」寶玉笑道：「妹妹臉上現有淚痕，如何還哄我呢？只是我想妹妹素日本來多病，凡事當各自寬解，不可過作無益之悲。若作踐壞了身子，使我——」剛說到這裡，覺得以下的話有些難說，連忙咽住。只因他雖和黛玉一處長大，情投意合，又願同生同死，卻只心中領會，從來未曾當面說出，況兼黛玉心多，每每說話造次，得罪了他。今日原為的是來勸解，不想把話又說造次了，接不下去，心中一急，又怕黛玉惱他，又想一想自己的心，實在的是為好，因而轉念為悲，反倒掉下淚來。

黛玉起先原惱寶玉說話不論輕重，如今見此光景，心有所感，本來素昔愛哭，此時亦不免無言對泣。

卻說紫鵑端了茶來，打量二人又為何事口角，因說道：「姑娘身上才好些，寶二爺又來慪氣了。到底是怎麼樣？」寶玉一面拭淚，笑道：「誰敢慪妹妹了？」一面搭訕著起來閑步，只見硯臺底下微露一紙角，不禁伸手拿起。黛玉忙要起身來奪，已被寶玉揣在懷內，笑央道：「好妹妹，賞我看看罷！」黛玉道：「不管什麼，來了就混翻！」

一語未了，只見寶釵走來，笑道：「寶兄弟要看什麼？」寶玉因未見上面是何言詞，又不知黛玉心中如何，未敢造次回答，卻望著黛玉笑。黛玉一面讓寶釵坐，一面笑道：「我曾見古史中有才色的女子，終身遭際，令人可欣、可羨、可悲、可嘆者甚多，今日飯後無事，因欲擇出數人，胡亂湊幾首詩，以寄感慨，可巧探丫頭來會我瞧鳳姐姐去，我也身上懶懶的❸，沒同他去，將才作了五首，一時困倦起來，撂在那裡，不想二爺來了，就瞧見了。其實給他看也沒有什麼，但只我嫌他是不是的寫給人看去。」寶玉忙道：「我多早晚給人看來❹？昨日那把扇子，原是我愛那幾首『白海棠詩』，所以我自己用小楷寫了，不過為的是拿在手中看著便易。我豈不知閨閣中詩詞字跡是輕易往外傳誦不得的？自從你說了我，總沒拿出園子去。」

寶釵道：「林妹妹這慮得也是。你既寫在扇子上，偶然忘記了，拿在書房裡去，被相公們看見了，豈有不問是誰作的呢？倘或傳揚開了，反為不美。自古道『女子無才便是德』，總以貞靜為主，女工還是第二件。其餘詩詞，不過是閨中遊戲，原可以會，可以不會。咱們這樣人家的姑娘，倒不要這些才華的名譽。」因又笑向黛玉道：「拿出來給我看看無妨，只不叫寶兄弟拿出去就是了。」黛玉笑道：「既如此說，連你也可以不必看了。」又指著寶玉笑道：「他早已搶了去了。」寶玉聽了，方自懷內取出，湊至寶釵身旁，一同細看。只見寫道：

西施[14]

一代傾城[15]逐浪花，吳宮空自憶兒家；效顰[16]莫笑東村女，頭白溪邊尚浣紗[17]。

虞姬[18]

腸斷烏啼夜嘯風，虞兮幽恨對重瞳[19]；黥彭甘受他年醢[20]，飲劍[21]何如楚帳中[22]？

明妃[23]

絕艷[24]驚人出漢宮，紅顏[25]命薄古今同；君王縱使輕顏色[26]，予奪權何畀畫工[27][28]？

綠珠[29]

瓦礫明珠一例拋，何曾石尉[30]重嬌嬈？都緣頑福[31]前生造，更有同歸[32]慰寂寥[33][34]。

紅拂[35]

長劍雄談態自殊[36]，美人巨眼識窮途[37]；尸居餘氣楊公幕[38]，豈得羈縻[39]女丈夫[40][41]？

寶玉看了，讚不絕口❺，又說道：「妹妹這詩，恰好只作了五首，何不就命曰『五美吟』？」於是不容分說，便提筆寫在後面。寶釵亦說道：「作詩不論何題，只要善翻古人之意。若要隨人腳蹤走去，縱使字句精工，已落第二義[42]，究竟算不得好詩。即如前人所詠昭君之詩甚多，有悲輓昭君的，有怨恨延壽的，又有譏漢帝不能使畫工圖貌賢臣[43]而畫美人的，紛紛不一。後來王荊公[44]復有『意態由來畫不成，當時枉殺毛延壽[45]』，永叔[46]有『耳目所見尚如此，萬里安能制夷狄[47]』；二詩俱能各出己見，不與人同。今日林妹妹這五首詩，亦可謂命意新奇，別開生面了。」

仍欲往下說時，只見有人回道：「璉二爺回來了。適才外頭傳說，往東府裡去了，好一會了，想必就回來的。」寶玉聽了，連忙起身，迎至大門以內等待，恰好賈璉自外下馬進來，於是寶玉先迎著賈璉打千兒，口中給賈母王夫人等請了安，又給賈璉請了安。二人攜手走進來。只見李紈、鳳姐、寶釵、黛玉、迎、探、惜等早在中堂等候，一一相見已畢。因聽賈璉說道：「老太太明日一早到家，一路身體甚好。今日先打發了我來，回家看視，明日五更，仍要出城迎接。」說畢，眾人又問了些路途的景況。因賈璉是遠歸，遂大家別過，讓賈璉回房歇息。一宿晚景，不必細述。

至次日飯時前後，果見賈母王夫人等到來。眾人接見已畢，略坐了一坐，吃了一杯茶，便領了王夫人等人過寧府中來，只聽見裡面哭聲震天，卻是賈赦賈璉，送賈母到家，即過這邊來了。當下賈母進入裡面，早有賈赦賈璉率領族中人哭著迎出來了。他父子，一邊一個，挽了賈母，走至靈前，又有賈珍賈蓉跪著，撲入賈母懷中痛哭。賈母暮年人，見此光景，亦摟了珍蓉等痛哭不已。賈赦賈璉在旁苦勸，方略略止住。又轉至靈右，見了尤氏婆媳，不免又相持大痛一場。哭畢，眾人方上前，一一請安問好。

賈璉❻因賈母才回家來，未得歇息，坐在此間看著，未免要傷心，遂再三的勸，賈母不得已，方回來了。果然年邁的人，禁不住風霜傷感，至夜間便覺頭悶心酸，鼻塞聲重，連忙請了醫生來診脈下藥，足足的忙亂了半夜一日。幸而發散得快，未曾傳經[48]，至三更天，些須發了點汗，脈靜身涼，大家方放了心。至次日，仍服藥調理。

又過了數日，乃賈敬送殯之期，賈母猶未大癒，遂留寶玉在家侍奉。鳳姐因未曾甚好，亦未去。其餘賈赦、賈璉、邢夫人、王夫人等，率領家人僕婦，都送至鐵檻寺，至晚方回。賈珍尤氏並賈蓉仍在寺中守靈，等過百日後，方扶柩回籍。家中仍托尤老娘並二姐兒三姐兒照管。

卻說賈璉素日既聞尤氏姐妹之名，恨無緣得見；近因賈敬停靈在家，每日與二姐兒三姐兒相認已熟，不禁動了垂涎之意。況知與賈珍賈蓉素日有聚麀[49]之誚，因而乘機百般撩撥，眉目傳情。那三姐兒卻只是淡淡相對，只有二姐兒也十分有意，但只是眼目眾多，無從下手。賈璉又怕賈珍吃醋，不敢輕動，只好二人心領神會而已。

此時出殯以後，賈珍家下人少，除尤老娘帶領二姐兒三姐兒並幾個粗使的丫鬟老婆子在正室居住外，其餘婢妾都隨在寺中；外面僕婦，不過晚間巡更，日間看守門戶，白日無事，亦不進裡面去。所以賈璉便欲趁此時下手，遂托相伴賈珍為名，亦在寺中住宿；又時常藉著替賈珍料理家務，不時至寧府中來勾搭二姐兒。

一日有小管家俞祿來回賈珍道：「前者所用棚杠孝布並請杠人青衣，共使銀一千一百十兩，除給銀五百兩外，仍欠六百零十兩。昨日兩處買賣人俱來催討，奴才特來討爺的示下。」賈珍道：「你先往庫上領去就是了，這又何必來回我。」俞祿道：「昨日已曾上庫上去領，但只是老爺賓天以後，各處支領甚多，所剩還要預備百日道場及廟中用度，此時竟不能發給，所以奴才今日特來回爺，或者爺內庫裡暫且發給，或者挪借何項，吩咐了，奴才好辦。」賈珍笑道：「你還當是先呢，有銀子放著不使。你無論那裡借了給他罷。」俞祿笑回道：「若說一二百，奴才還可巴結；這五六百，奴才一時那裡辦得來？」賈珍想了一回，向賈蓉道：「你問你娘去，昨日出殯以後，有江南甄家送來弔祭銀五百兩，未曾交到庫上去，家裡再找找，湊齊了，給他去罷。」

賈蓉答應了，連忙過這邊來，回了尤氏，復轉來回他父親道：「昨日那項銀子已使了二百兩，下剩的三百兩，令人送至家中，交給老娘收了。」賈珍道：「既然如此，你就帶了他去，合你老娘要出來，交給他。再者也瞧瞧家中有事無事，問你兩個姨娘好。——下剩的，俞祿先借了添上罷。」

賈蓉和俞祿答應了，方欲退出，只見賈璉走進來了，俞祿忙上前請了安，賈璉便問：「何事？」賈珍一一告訴了。賈璉心中想道：「趁此機會，正可至寧府尋二姐兒。」一面遂說道：「這有多大事，何必向人借去？昨日我方得了一項銀子，還沒有使呢，莫若給他添上，豈不省事？」賈珍道：「如此甚好，你就吩咐蓉兒，一併叫他取去。」賈璉忙道：「這個必得我親身取去。再我這幾日沒回家了，還要給老太太、老爺、太太們請請安去；到大哥那邊查查家人們有無生事，再也給親家太太請請安。」賈珍笑道：「只是又勞動你，我心裡倒不安。」賈璉也笑道：「自家兄弟，這有何妨呢？」賈珍又吩咐賈蓉道：「你跟了你叔叔去，也到那邊給老太太、老爺、太太們請安，說我和你娘都請安。打聽打聽老太太身上可大安了，還服藥呢沒有。」

賈蓉一一答應了，跟隨賈璉出來，帶了幾個小廝，騎上馬，一同進城。在路叔姪閑話，賈璉有心，便提到尤二姐，因誇說如何標致，如何作人好，「舉止大方，言語溫柔，無一處不令人可敬可愛。人人都說你嬸子好，據我看，那裡及你二姨兒一零兒呢？」賈蓉揣知其意，便笑道：「叔叔既這麼愛他，我給叔叔作媒，說了作二房何如？」賈璉笑道：「你這是玩話，還是正經話？」賈蓉道：「我說的是當真的話。」賈璉又笑道：「敢自好，只是怕你嬸子不依；再也怕你老娘不願意。況且我聽見說你二姨兒已有了人家了。」賈蓉道：「這都無妨。我二姨兒三姨兒，都不是我老爺養的，原是我老娘帶了來的。聽見說，我老娘在那一家時，就把我二姨兒許給皇糧莊頭[50]張家，指腹為婚[51]。後來張家遭了官司，敗落了，我老娘又自那家嫁了出來，如今這十數年，兩家音信不通。我老娘時常抱怨，要給他家退婚。我父親也要將姨兒轉聘，只等有了好人家，不過令人找著張家，給他十幾兩銀子，寫上一張退婚的字兒。想張家窮極了的人，見了銀子，有什麼不依的？再他也知道咱們這樣的人家，也不怕他不依。又是叔叔這樣人說了作二房，我管保我老娘和我父親都願意。——倒只是嬸子那裡卻難。」

賈璉聽到這裡，心花都開了，那裡還有什麼話說？只是一味呆笑而已。賈蓉又想了一想，笑道：「叔叔要有膽量，依我的主意，管保無妨，不過多花幾個錢。」賈璉忙道：「好孩子！你有什麼主意，只管說給我聽聽。」賈蓉道：「叔叔回家，一點聲色也別露。等我回明了我父親，向我老娘說妥，然後在咱們府後方近左右，買上一所房子及應用傢伙，再撥兩撥子家人過去伏侍，擇了日子，人不知，鬼不覺，娶了過去，囑咐家人不許走漏風聲，嬸子在裡面住著，深宅大院，那裡就得知道了？叔叔兩下裡住著，過個一年半載，即或鬧出來，不過挨上老爺一頓罵。叔叔只說嬸子總不生育，原是為子嗣起見，所以私自在外面作成此事。就是嬸子，見『生米作成熟飯』，也只得罷了。再求一求老太太，沒有不完的事。」

自古道：「欲令智昏。」賈璉只顧貪圖二姐美色，聽了賈蓉一篇話，遂為計出萬全，將現今身上有服，並停妻再娶，嚴父妒妻，種種不妥之處，皆置之度外了。卻不知賈蓉亦非好意：素日因同他姨娘有情，只因賈珍在內，不能暢意，如今要是賈璉娶了，少不得在外居住，趁賈璉不在時，好去鬼混之意。賈璉那裡思想及此？遂向賈蓉致謝道：「好姪兒！你果然能夠說成了，我買兩個絕色的丫頭謝你！」

說著，已至寧府門首，賈蓉說道：「叔叔進去向我老娘要出銀子來，就交給俞祿罷。我先給老太太請安去。」賈璉含笑點頭道：「老太太跟前，別說我和你一同來的。」賈蓉道：「知道。」又附耳❼向賈璉道：「今兒要遇見二姨兒，可別性急了，鬧出事來，往後倒難辦了。」賈璉笑道：「少胡說！你快去罷。我在這裡等你。」於是賈蓉自去給賈母請安❽。

賈璉進入寧府，早有家人頭兒率領家人等請安，一路圍隨至廳上，賈璉一一的問了些話，不過塞責而已，便命家人散去，獨自往裡面走來。原來賈璉賈珍素日親密，又是兄弟，本無可避忌之人，自來是不等通報的。於是走至上屋，早有廊下伺候的老婆子打起簾子讓賈璉進去。

賈璉進入房中一看，只見南邊炕上只有尤二姐帶著兩個丫鬟一處作活，卻不見尤老娘與三姐兒。賈璉忙上前問好相見。尤二姐含笑讓坐，便靠東邊排插兒坐下。賈璉仍將上首讓與二姐兒，說了幾句見面情兒，便笑問道：「親家太太合三妹妹那裡去了？怎麼不見？」二姐笑道：「才有事往後頭去了，也就來的。」此時伺候的丫鬟因倒茶去，無人在跟前，賈璉不住的拿眼瞟看二姐兒❾。二姐兒低了頭，只含笑不理。賈璉又不敢造次動手動腳的，因見二姐兒手裡拿著一條拴著荷包的絹子擺弄，便搭訕著，往腰裡摸了摸，說道：「檳榔荷包也忘記帶了來，妹妹有檳榔[52]，賞我一口吃。」二姐道：「檳榔倒有，就只是我的檳榔從來不給人吃。」

賈璉便笑著，欲近身來拿。二姐兒怕有人來看見不雅❿，便連忙一笑，撂了過來。賈璉接在手裡，都倒了出來，揀了半塊吃剩下的，撂在口裡吃了，又將剩下的都揣了起來。剛要把荷包親身送過去，只見兩個丫鬟倒了茶來。賈璉一面接了茶吃茶，一面暗將自己帶的一個漢玉九龍珮解了下來，拴在手絹上，趁丫鬟回頭時，仍撂了過去。二姐兒亦不去拿⓫，只裝看不見，坐著吃茶。

只聽後面一陣簾子響，卻是尤老娘三姐兒帶著兩個小丫鬟自後面走來。賈璉送目與二姐兒，令其拾取，這二姐亦只是不理。賈璉不知二姐兒何意思，甚實著急⓬，只得迎上來與尤老娘三姐兒相見。一面又回頭看二姐兒時，只見二姐兒笑著，沒事人似的；再又看一看，絹子已不知那裡去了，賈璉方放了心。於是大家歸坐後敘了些閑話⓭。賈璉說道：「大嫂子說，前兒有了包銀子交給親家太太收起來了，今兒因要還人，大哥令我來取，再也看看家裡有事無事。」尤老娘聽了，連忙使二姐兒拿鑰匙去取銀子。

這裡賈璉又說道：「我也要給親家太太請請安，瞧瞧二位妹妹。親家太太臉面倒好，只是二位妹妹在我們家裡受委屈。」尤老娘笑道：「咱們都是至親骨肉，說那裡的話？在家裡也是住著，在這裡也是住著。不瞞二爺說：我們家裡，自從先夫去世，家計也著實艱難了，全虧了這裡姑爺幫助著。如今姑爺家裡有了這樣大事，我們不能別的出力，白看一看家，還有什麼委屈了的呢？」

正說著，二姐兒已取了銀子來，交給尤老娘；老娘便遞給賈璉。賈璉叫一個小丫頭叫了一個老婆子來，吩咐他道：「你把這個交給俞祿，叫他拿過那邊去等我。」老婆子答應了出去。只聽得院內是賈蓉的聲音說話。須臾進來，給他老娘姨娘請了安，又向賈璉笑道：「才剛老爺還問叔叔呢，說是有什麼事情要使喚，原要使人到廟裡去叫，我回老爺說，『叔叔就來』。老爺還吩咐我，路上遇著叔叔，叫快去呢。」

賈璉聽了，忙要起身，又聽賈蓉和他老娘說道：「那一次我和老太太說的，我父親要給二姨兒說的姨父，就和我這叔叔的面貌身量差不多兒。老太太說好不好？」一面說著，又悄悄的用手指著賈璉，和他二姨兒努嘴。二姐兒倒不好意思說什麼，只見三姐兒似笑非笑、似惱非惱的罵道：「壞透了的小猴兒崽子！沒了你娘的說了！多早晚我才撕他那嘴呢！」

賈蓉早笑著跑了出去，賈璉也笑著辭了出來。走至廳上，又吩咐了家人們，不可耍錢吃酒等話。又悄悄的央賈蓉，回去急速和他父親說。一面便帶了俞祿過來，將銀子添足，交給他拿去。一面給賈赦請安，又給賈母去請安，不提。

卻說賈蓉見俞祿跟了賈璉去取銀子，自己無事，便仍回至裡面，和他兩個姨娘嘲戲一回，方起身。至晚到寺，見了賈珍，回道：「銀子已竟交給俞祿了。老太太已大癒了，如今已經不服藥了。」說畢，又趁便將路上賈璉要娶尤二姐作二房之意說了，又說如何在外面置房子住，不給鳳姐知道，「此時總不過為的是子嗣艱難起見，為的是二姨兒是見過的，親上作親，比別處不知道的人家說了來的好。所以二叔再三央我對父親說。」只不說是他自己的主意。

賈珍想一想，笑道：「其實倒也罷了，只不知你二姨娘心裡願意不願意。明兒你先去和你老娘商量，叫你老娘問准了你二姨娘，再作定奪。」於是又教了賈蓉一篇話，便走過來，將此事告訴了尤氏。尤氏卻知此事不妥，因而極力勸止。無奈賈珍主意已定，素日又是順從慣了的，況且他與二姐兒本非一母，不便深管，因而也只得由他們鬧去了。

至次日一早，果然賈蓉復進城來見他老娘，將他父親之意說了，又添上許多話，說賈璉作人如何好，目今鳳姐身子有病，已是不能好的了，暫且買了房子，在外面住著，過個一年半載，只等鳳姐一死，便接了二姨兒進去作正室。又說他父親此時如何聘，賈璉那邊如何娶，如何「接了你老人家養老，往後三姨兒也是那邊應了替聘」。說得天花亂墜，不由得尤老娘不肯。況且素日全虧賈珍周濟，此時又是賈珍作主替聘，而且妝奩不用自己置買，賈璉又是青年公子，強勝張家，遂忙過來與二姐兒商議。二姐兒又是水性人兒，在先已和姐夫不妥，又常怨恨當時錯許張華，致使後來終身失所，今見賈璉有情，況是姐夫將他聘嫁，有何不肯？也便點頭依允，當下回覆了。

賈蓉回了他父親，次日命人請了賈璉到寺中來，賈珍當面告訴了他尤老娘應允之事。賈璉自是喜出望外，感謝賈珍賈蓉父子不盡。於是二人商量著，使人看房子，打首飾，給二姐兒置買妝奩，及新房中應用床帳等物。不過幾日，早將諸事辦妥，已於寧榮街後二里遠近小花枝巷內買定一所房子，共二十餘間，又買了兩個小丫鬟。只是府裡家人不敢擅動，外頭買人又怕不知心腹，走漏了風聲，忽然想起家人鮑二來。當初因和他女人偷情，被鳳姐兒打鬧了一陣，含羞吊死了，賈璉給了一百銀子，叫他另娶一個。那鮑二向來卻就合廚子多渾蟲的媳婦多姑娘有一手兒[53]，後來多渾蟲酒癆死了，這多姑娘兒見鮑二手裡從容了，便嫁了鮑二。況且這多姑娘兒原也和賈璉好的，此時都搬出外頭住著。賈璉一時想起來，便叫了他兩口兒到新房子裡來，預備二姐兒過來時伏侍。那鮑二兩口子聽見這個巧宗兒，如何不來呢？

再說張華之祖，原當皇糧莊頭，後來死去，至張華父親時，仍充此役。因與尤老娘前夫相好，所以將張華與尤二姐指腹為婚。後來不料遭了官司，敗落了家產，弄得衣食不周，那裡還娶得起媳婦呢？尤老娘又自那家嫁了出來，兩家有十數年音信不通。今被賈府家人喚至，逼他與二姐兒退婚，心中雖不願意，無奈懼怕賈珍等勢焰，不敢不依，只得寫了一張退婚文約。尤老娘給了二十兩銀子，兩家退親不提。

這裡賈璉等見諸事已妥，遂擇了初三黃道吉日，以便迎娶二姐兒過門。下回分解。

校記

❶「仍乘空在內親女眷中廝混」，諸本作「仍乘空尋他小姨子們廝混」。
❷「心靜」脂本作「心淨」。按二語不盡同。
❸「我也身上懶懶的」，「身」藤本、王本作「心」。
❹「我多早晚給人看來」，「早」原無，從諸本增。
❺「寶玉看了，讚不絕口」，「看」原作「聽」，參上文從王本、脂本改。
❻「賈璉」諸本作「賈珍」。
❼「附耳」原作「咐耳」，從藤本、王本改。
❽「於是賈蓉自去給賈母請安」，「於」原作「要」，從諸本改。
❾「拿眼嫖看二姐兒」，「嫖看」諸本作「瞟著」。
❿「二姐兒怕有人來看見不雅」，「兒」下「怕」上原有「的」字，從諸本刪。
⓫「二姐兒亦不去拿」，「兒」原作「也」，從諸本改。
⓬「甚實著急」，「實」王本、脂本作「是」。
⓭「於是大家歸坐後敘了些閑話」，「於」原作「仍」，從諸本改。

注釋

1 〔焜（ㄎㄨㄣ／kūn）耀〕
光輝明亮的意思。焜，明亮；耀，照耀。這裡形容賈府喪儀排場之大。

2 〔喪禮與其奢易，莫若儉戚〕
「論語．八佾」：「禮，與其奢也，寧儉；喪，與其易也，寧戚。」意思是，就一般禮儀說，與其奢侈鋪張，寧可樸素儉省；就喪禮說，與其儀式周到，寧可過度悲哀。作者說這是「半瓶醋」的讀書人說的，藉以嘲弄腐儒之不學無術。

3〔籍草枕塊〕舊時，孝子守靈時，只能坐在草上，睡覺要枕著土塊，以表示「盡孝」。

4〔抓子兒〕小孩的一種遊戲。用豬拐骨或石子、果核等物，先鋪撒開，撿起一顆，向空扔上，盡速抓起其餘各顆，再把落下的接在同一手裡。練習手眼的敏捷。

5〔道學〕宋代的理學，也稱為「道學」。因那些人重義理，講「存天理，滅人欲」，所以，後來對一些虛偽、頑固、死板的人，就稱為「道學」。

6〔面壁〕對著牆壁靜坐。佛教禪宗有「達摩（印度僧人）寓止嵩山少林寺，面壁而坐，終日默然」的傳說（見「五燈會元」），所以後來稱和尚打坐為面壁。

7〔白事〕喪事。

8〔不犯作〕不值得作。

9〔龍文鼎〕指有龍形圖案的香爐。

10〔禮記〕西漢戴德整理古代關於禮制的文章，編集了八十五篇，稱為「大戴禮記」。後又由戴聖刪為四十六篇，稱為「小戴禮記」。東漢馬融又將「小戴禮記」補充為四十九篇，這就是流傳下來的「禮記」，成為儒家的「五經」之一。這部書，對研究我國古代社會的情況和文物制度等有參考價值。

11〔春秋薦其時食〕語見「禮記・中庸」。薦，祭獻。句意是，四季用時鮮的瓜果食物祭獻祖宗。

12〔玉醴（ㄌㄧˇ／lǐ）〕甜酒。

13〔懨懨（ㄧㄢ／yān）〕有病的樣子。

14〔西施〕春秋時代越國的美女。越王勾踐被吳國打敗後，退守會稽，為了報仇，便把西施獻給吳王夫差，以圖消蝕他的鬥志。吳王果然中了他的計策，荒淫誤國，最後被越滅掉，吳人因此把西施沉在江裡。另有一說，吳亡後，西施與范蠡逃隱五湖。此詩是以前說為根據寫的。

15〔傾城〕比喻女性的絕頂美麗，全城的人都被她傾倒。

16〔效顰〕模仿皺眉。效，仿效；顰，皺眉。「莊子．天運」載，西施因病，常皺著眉頭，顯得更加美麗。有個叫東施的女子長得很醜，卻模仿西施也皺著眉頭，結果反而更醜了。

17〔譯文〕一代絕頂美女葬身江中追隨著浪花，
吳宮的西施呵，曾徒然地懷念過兒時的家。
請不要譏笑東村效顰女子長得太醜，
她滿頭白髮仍然自由地在家鄉的河邊洗紗。

18〔虞姬〕項羽的愛姬。「史記」上說，項羽被劉邦的軍隊圍困在垓下，四面楚歌，項羽看到大勢已去，便對著虞姬和戰馬，唱出「力拔山兮氣蓋世，時不利兮騅（ㄓㄨㄟ zhuī）不逝；騅不逝兮可奈何！虞兮虞兮奈若何？」的哀歌。虞姬接著唱道：「漢兵已略地，四方楚歌聲；大王意氣盡，賤妾何聊生？」歌罷拔劍自刎。

19〔虞兮句〕虞，指虞姬。兮，語氣詞，相當「啊」字。幽恨，深恨。重瞳，指項羽。據說項羽的眼珠有兩個瞳孔。

20〔黥（ㄑㄧㄥˊ qíng）彭句〕黥，即項羽的部將英布，因攻破秦軍有功，被封為九江王，後投降劉邦；又因攻破楚軍有功，被劉邦封為淮南王，後又謀反，被劉邦殺掉。彭，即項羽的部將彭越，投降劉邦後，也因攻楚有功，被封為梁王，後被劉邦所殺。醢（ㄏㄞˇ hǎi），肉醬。把人剁成肉醬，是古代的一種酷刑。

21〔飲劍〕指自殺。

22〔譯文〕令人悲傷的烏鴉啼鳴，伴隨著呼嘯的狂風，虞姬啊虞姬，滿懷死別之恨面對丈夫重瞳；
英布彭越背叛項羽投降劉邦落個身敗名裂，
那能比得上虞姬拔劍自刎在楚軍帳中？

23〔明妃〕即王昭君，原名王嬙，漢元帝宮女。晉時避晉文帝司馬昭諱，改稱王明君，也稱明妃。西元前三十三年，匈奴呼韓邪單于入朝請求和親，明妃為了民族間的和睦，自請嫁匈奴。但「西京雜記」的記載卻不同：當時宮廷畫師毛延壽為宮女畫像，以供元帝在畫像中選幸宮女，於是宮女們爭相賄賂毛延壽。昭君不願行賄，毛延壽就把她畫得很醜，因而不得見皇帝，後來則被派遣遠嫁匈奴。這首詩，就是根據這個記載寫的。

24〔絕艷〕極美麗。

25〔紅顏〕此指年輕美貌的女子。

26〔君王句〕君王，指漢元帝劉奭（ㄕˋ shì）。縱使，即使。顏色，指容貌美麗的女子。

27〔予奪句〕予奪權，指決定昭君命運的權力。予，給予；奪，定奪；畀（ㄅㄧˋ bì），交給；畫工，宮廷畫師毛延壽。

28〔譯文〕
艷麗驚人的王昭君，遠嫁匈奴離開漢宮，
年輕美貌的女子多薄命是古今相同；
漢元帝即使不重視女子的美麗，
也不該把決定她命運的權力交給畫工。

29〔綠珠〕晉代官家富豪石崇的侍妾，善吹笛，善歌舞。「晉書・石崇傳」載，有個叫孫秀的更大的官僚發現綠珠後，便向石崇強行索取，被石崇拒絕。後來孫秀陰謀陷害石崇，石崇臨死前對綠珠說：「我今為你獲罪。」綠珠說：「願效死於君前。」於是墜樓而死。

30 〔石尉〕石崇作過衛尉的官，故稱石尉。

31 〔頑福〕艷福，指男女之間的愛情生活。

32 〔同歸〕指綠珠跳樓殉情。

33 〔寂寥〕寂寞，冷落。

34 〔譯文〕
豪門奢侈把明珠當瓦礫拋掉，
石崇怎會真心珍愛綠珠的美貌？
愛情的結局本都是前生注定，
只有同死才能互慰靈魂的寂寥。

35 〔紅拂〕唐朝杜光庭的傳奇小說「虯髯客傳」載：紅拂是隋朝大臣楊素的婢女。一次，李靖去見楊素談論政治形勢，恰好紅拂在側。她根據李靖的卓越見解和從容態度，就判斷出李靖是一個有作為的人。於是紅拂在黑夜中逃出了森嚴的楊府，去見李靖。他們共同去太原幫助李世民（後來的唐太宗）起兵反隋。

36 〔長劍句〕雄談，雄辯健談。指李靖佩帶長劍，高談雄辯，神態奇異。

37 〔美人句〕美人，指紅拂。巨眼，遠見卓識。窮途，指處於窮困境遇中的李靖。

38 〔尸居句〕尸居，徒居高位而不能辦事；餘氣，奄奄一息，只剩下一口氣。尸居餘氣，指官吏的腐朽。楊公幕，指楊素的幕府。

39 〔羈縻（ㄐㄧ ㄇㄧˊ／jī mí）〕束縛。

40 〔譯文〕
佩長劍善雄辯，李靖神態自殊，
紅拂女看出他英傑時還處於窮途；

暮氣沉沉腐朽透頂楊素公府，
那裡能夠困留得住女中丈夫？

41〔簡評〕

黛玉寫「五美吟」，是因為「曾見古史中有才色的女子，終身遭際，令人可欣、可羨、可悲、可嘆者甚多……擇出數人，胡亂湊幾首詩，以寄感慨」。寄託的是什麼感慨呢？這從黛玉所選的人的遭際及其評價中可以看出。具有傾城傾國美貌的西施，結局是「逐浪花」，還不如東村的醜女猶能白頭浣紗。黛玉這是慨嘆自己雖然才高貌美，但前途未可預料。霸王別姬，是個悲劇，而當時虞姬的表現是相當壯烈的。黛玉頗欣賞其「飲劍」的壯舉，以為比先前效力項羽後來投降劉邦，反被劉邦殺掉的英布、彭越強得多。這裡有點惺惺惜惺惺的味道。黛玉後來雖然並沒有效法「飲劍」，然她以死殉情的悲劇也是非常動人的。絕艷驚人的明妃（王昭君）遠嫁匈奴，這對民族和睦是個貢獻。黛玉則認為明妃沒受到漢元帝的寵幸而遠嫁，是「紅顏薄命」，藉此抒發了自己遠離家鄉、寄人籬下的慨嘆。石崇為綠珠獲罪被殺，綠珠為石崇跳樓殉情，林黛玉雖對石崇有所非議，但對綠珠的遭際是同情的。「紅拂」一詩詞氣慷慨，磅礡有力。美人識英雄，確實是一樁風流韻事，所以林黛玉讚美紅拂有「巨眼」，並譽之為「女丈夫」。「尸居餘氣」，明罵「楊公幕」，實際上是對賈府腐朽的譏諷。

這幾首詩的意思，寶玉並不理解，他雖「讚不絕口」並命曰「五美吟」，其實五首詩並非單純讚吟美人。寶釵說是「命意新奇，別開生面」，也不過是從作詩的技巧上著眼。「都云作者痴，誰解其中味？」其中意味，只有黛玉自己知道——吟誦西施、虞姬、明妃、綠珠，是同病相憐；感嘆自己離鄉背井，寄人籬下，舉目無親，前途未卜。最後讚美紅拂，是惺惺惜惺惺，表示自己對美人配英雄的嚮往。

42〔第二義〕這是說作詩如果因襲前人，沒有自己的創造性，那詩再好，也只能是次一等的了。

43〔圖貌賢臣〕有的古代帝王叫畫家給功臣、賢臣畫像，懸掛起來，以示獎勵和表彰。如唐太宗李世民就曾叫畫家閻本立繪功臣二十四人的畫像於凌烟閣上。

44〔王荊公〕即王安石，宋朝人，任宰相時積極進行變法革新。他曾被封為荊國公，所以稱他「王荊公」。

45〔意態由來畫不成，當時枉殺毛延壽〕見王安石「明妃曲」第二首。意思是，人的情意體態是不容易畫出來的，當時畫家毛延壽，被漢元帝殺掉實在冤枉。詳見下邊「明妃」詩注。

46〔永叔〕宋朝歷史家、散文家歐陽修，字永叔。他作的「明妃曲」二首，「再和明妃曲」一首，都是唱和王安石「明妃曲」的。

47〔耳目所見尚如此，萬里安能制夷狄〕見歐陽修「再和明妃曲」。意思是，親眼所見的事尚且處理得這樣（輕率），怎麼能征服萬里以外的異族侵略者呢？

48〔傳經〕指人體受風邪侵入後，治療不及時而感染起來。

49〔聚麀（ㄧㄡˊ yōu）〕指父子共同玩弄一個女人。麀，母鹿，也泛指母獸。此指賈珍賈蓉父子玩弄尤二姐。

50〔皇糧莊頭〕皇帝私人的土地，稱皇莊。皇糧莊頭，即皇莊的代管人。

51〔指腹為婚〕孩子未生，兩家父母就給腹中子女訂婚，叫指腹為婚。

52〔檳榔（ㄅㄧㄣ ㄌㄤˊ bīn láng）〕生長在熱帶的長綠喬木，果實大如桃李，有助消化，可吃，也可作中藥。

53〔有一手兒〕這裡指有不正當的男女關係。

【第六十五回】

賈二舍[1]偷娶尤二姨　尤三姐思嫁柳二郎

話說賈璉、賈珍、賈蓉等三人商議，事事妥貼，至初二日，先將尤老娘和三姐兒送入新房。尤老娘看了一看，雖不似賈蓉口內之言，倒也十分齊備，母女二人，已算稱了心願。鮑二兩口子見了，如一盆火兒，趕著尤老娘一口一聲叫「老娘」，又或是「老太太」；趕著三姐兒叫「三姨兒」，或是「姨娘」。至次日五更天，一乘素轎，將二姐兒抬來，各色香燭紙馬，並鋪蓋以及酒飯，早已預備得十分妥當。一時，賈璉素服坐了小轎來了，拜過了天地，焚了紙馬；那尤老娘見了二姐兒身上頭上，煥然一新，不似在家模樣，十分得意；攙入洞房。是夜賈璉和他顛鸞倒鳳，百般恩愛，不消細說。

那賈璉越看越愛，越瞧越喜，不知要怎麼奉承這二姐兒才過得去，乃命鮑二等人不許提三說二，直以「奶奶」稱之；自己也稱「奶奶」，竟將鳳姐一筆勾倒。有時回家，只說在東府有事。鳳姐因知他和賈珍好，有事相商，也不疑心。家下人雖多，都也不管這些事。便有那遊手好閑、專打聽小事的人，也都去奉承賈璉，乘機討些便宜，誰肯去露風？

於是賈璉深感賈珍不盡。賈璉一月出十五兩銀子，作天天的供給。若不來時，他母女三人一處吃飯；若賈璉來，他夫妻二人一處吃，他母女就回房自吃。賈璉又將自己積年所有的體己，一併搬來給二姐兒收著；又將鳳姐兒素日之為人行事，枕邊衾裡，盡情告訴了他❶。只等一死，便接他進去。二姐兒聽了，自然是願意的了。當下十來個人，倒也過起日子來，十分豐足。

眼見已是兩月光景，這日賈珍在鐵檻寺作完佛事，晚間回家時，與他姐妹久別，竟要去探望探望。先命小廝去打聽賈璉在與不在。小廝回來，說：「不在那裡。」賈珍喜歡，將家人一概先遣回去，只留兩個心腹小童牽馬。一時，到了新房子裡，已是掌燈時候，悄悄進去。兩個小廝將馬拴在圈內，自往下房去聽候。

賈珍進來，屋裡才點燈，先看過尤氏母女，然後二姐兒出來相見。賈珍見了二姐兒，滿臉的笑容，一面吃茶，一面笑說：「我作的保山如何？要錯過了，打著燈籠還沒處尋！過日，你姐姐還備禮來瞧你們呢。」

說話之間，二姐兒已命人預備下酒饌。關起門來，都是一家人，原無避諱。那鮑二來請安，賈珍便說：「你還是個有良心的，所以二爺叫你來伏侍。日後自有大用你之處。不可在外頭吃酒生事，我自然賞你。倘或這裡短了什麼，你二爺事多，那裡人雜，你只管去回我。我們弟兄，不比別人。」鮑二答應道：「小的知道。若小的不盡心，除非不要這腦袋了。」賈珍笑著點頭道：「要你知道就好。」

當下四人一處吃酒。二姐兒此時恐怕賈璉一時走來，彼此不雅，吃了兩鍾酒便推故往那邊去了。賈珍此時也無可奈何，只得看著二姐兒自去。剩下尤老娘和三姐兒相陪。那三姐兒雖向來也和賈珍偶有戲言，但不似他姐姐那樣隨和兒，所以賈珍雖有垂涎之意，卻也不肯造次了，致討沒趣。況且尤老娘在旁邊陪著，賈珍也不好意思太露輕薄。

卻說跟的兩個小廝，都在廚下和鮑二飲酒。那鮑二的女人多姑娘兒上灶，忽見兩個丫頭也走了來，嘲笑要吃酒，鮑二因說：「姐兒們不在上頭伏侍，也偷著來了；一時叫起來沒人，又是事。」他女人罵道：「糊塗渾嗆了的[2]忘八！你撞喪那黃湯罷。撞喪醉了，夾著你的腦袋挺你的尸去！叫不叫，與你什麼相干？一應有我承當呢。風啊雨的，橫豎淋不到你頭上來。」

這鮑二原因妻子之力，在賈璉前十分有臉；近日❷他女人越發在二姐兒跟前殷勤伏侍，他便自己除賺錢吃酒之外，一概不管，一聽他女人吩咐，百依百隨。當下又吃了些，便去睡覺。

這裡他女人隨著這些丫鬟小廝吃酒，又和那小廝們打牙撂嘴[3]兒的玩笑，討他們的喜歡，準備在賈珍前討好兒。正在吃得高興，忽聽見扣門的聲兒，鮑二的女人忙出來開門看時，見是賈璉下馬，問有事無事。鮑二女人便悄悄的告訴他說：「大爺在這裡西院裡呢。」

賈璉聽了，便至臥房。見尤二姐和兩個小丫頭在房中呢，見他來了，臉上卻有些赸赸的[4]。賈璉反推不知，只命：「快拿酒來。咱們吃兩杯好睡覺，我今日乏了。」二姐兒忙忙陪笑，接衣捧茶，問長問短，賈璉喜得心癢難受。一時，鮑二的女人端上酒來，二人對飲，兩個小丫頭在地下伏侍。

賈璉的心腹小童隆兒拴馬去，瞧見有了一匹馬，細瞧一瞧，知是賈珍的，心下會意，也來廚下。只見喜兒壽兒兩個正在那裡坐著吃酒，見他來了，也都會意，笑道：「你這會子來得巧。我們因趕不上爺的馬，恐怕犯夜[5]，往這裡來借個地方兒睡一夜。」隆兒便笑道：「我是二爺使我送月銀的。交給了奶奶，我也不回去了。」鮑二的女人便道：「咱們這裡有得是炕，為什麼大家不睡呢？」喜兒便說：「我們吃多了，你來吃一鍾。」隆兒才坐下，端起酒來，忽聽馬棚內鬧將起來。原來二馬同槽，不能相容，互踢蹶起來❸。隆兒等慌得忙放下酒杯，出來喝住，另拴好了進來。鮑二的女人笑說：「好兒子們，就睡罷！我可去了。」三個攔著不肯叫走，又親嘴摸乳，口裡亂嘈了一回，才放他出去❹。

這裡喜兒喝了幾杯，已是楞子眼[6]了。隆兒壽兒關了門，回頭見喜兒直挺挺的躺在炕上，二人便推他說：「好兄弟，起來好生睡。只顧你一個人舒服，我們就苦了。」那喜兒便說道：「咱們今兒可要公公道道貼一爐子燒餅了！」隆兒壽兒見他醉了，也不理他，吹了燈，將就臥下。

二姐聽見馬鬧，心下著實不安，只管用言語混亂賈璉。那賈璉吃了幾杯，春興發作，便命收了酒果，掩門寬衣。二姐只穿著大紅小襖，散綰烏雲，滿臉春色，比白日更增了俏麗。賈璉摟著他笑道：「人人都說我們那夜叉婆俊，如今我看來，給你拾鞋也不要！」二姐兒道：「我雖標致，卻沒品行，看來倒是不標致的好。」賈璉忙說：「怎麼說這個話？我不懂。」二姐滴淚說道：「你們拿我作糊塗人待，什麼事我不知道？我如今和你作了兩個月的夫妻，日子雖淺，我也知你不是糊塗人。我生是你的人，死是你的鬼！如今既作了夫妻，終身我靠你，豈敢瞞藏一個字！我算是有倚有靠了。將來我妹子怎麼是個結果？據我看來，這個形景兒，也不是常策，要想長久的法兒才好！」

賈璉聽了，笑道：「你放心，我不是那拈酸吃醋的人。你前頭的事，我也知道，你倒不用含糊著。如今你跟了我來，大哥跟前自然倒要拘起形跡來了。依我的主意，不如叫三姨兒也合大哥成了好事，彼此兩無礙，索性大家吃個雜會湯。你想怎麼樣？」二姐一面拭淚，一面說道：「雖然你有這個好意，頭一件，三妹妹脾氣不好；第二件，也怕大爺臉上下不來。」賈璉道：「這個無妨。我這會子就過去，索性破了例就完了。」說著，乘著酒興，便往西院中來。只見窗內燈燭輝煌。賈璉便推門進去，說：「大爺在這裡呢，兄弟來請安。」

賈珍聽是賈璉的聲音，唬了一跳，見賈璉進來，不覺羞慚滿面。尤老娘也覺不好意思。賈璉笑道：「這有什麼呢！咱們弟兄，從前是怎麼樣來？大哥為我操心，我粉身碎骨，感激不盡。大哥要多心，我倒不安了。從此，還求大哥照常才好；不然兄弟寧可絕後，再不敢到此處來了。」說著便要跪下，慌得賈珍連忙攙起來，只說：「兄弟怎麼說，我無不領命。」賈璉忙命人：「看酒來，我和大哥吃兩杯。」因又笑嘻嘻向三姐兒道：「三妹妹為什麼不合大哥吃個雙鍾兒？我也敬一杯，給大哥合三妹妹道喜。」

三姐兒聽了這話，就跳起來，站在炕上，指著賈璉冷笑道：「你不用和我『花馬掉嘴』[7]的！咱們『清水下雜麵[8]——你吃我看』，『提著影戲人子上場兒——好歹別戳破這層紙兒』。你別糊塗油蒙了心，打量我們不知道你府上的事呢！這會子花了幾個臭錢，你們哥兒倆❺，拿著我們姐妹兩個權當粉頭[9]來取樂兒，你們就打錯了算盤了！我也知道你那老婆太難纏。如今把我姐姐拐了來作了二房，『偷來的鑼鼓兒打不得』。我也要會會這鳳奶奶去，看他是幾個腦袋？幾隻手？若大家好取和兒便罷；倘若有一點叫人過不去，我有本事先把你兩個的牛黃狗寶[10]掏出來，再和那潑婦拚了這條命！喝酒怕什麼？咱們就喝！」說著自己拿起壺來，斟了一杯，自己先喝了半盞，揪過賈璉來就灌，說：「我倒沒有和你哥哥喝過，今兒倒要和你喝一喝，咱們也親近親近。」嚇得賈璉酒都醒了。賈珍也不承望三姐兒這等拉得下臉來。兄弟兩個本是風流場中耍慣的，不想今日反被這個女孩兒一席話說得不能搭言。

三姐看了這樣，越發一疊聲又叫：「將姐姐請來！要樂，咱們四個大家一處樂！俗語說的，『便宜不過當家』[11]，你們是哥哥兄弟，我們是姐姐妹妹，又不是外人，只管上來！」尤老娘方不好意思起來❻。賈珍得便就要溜，三姐兒那裡肯放？賈珍此時反後悔，不承望他是這種人，與賈璉反不好輕薄了。

只見這三姐索性卸了妝飾，脫了大衣服，鬆鬆的綰個髻兒；身上穿著大紅小襖，半掩半開的，故意露出蔥綠抹胸，一痕雪脯；底下綠褲紅鞋，鮮艷奪目；忽起忽坐，忽喜忽嗔，沒半刻斯文，兩個墜子就和打秋千一般；燈光之下越顯得柳眉籠翠，檀口含丹；本是一雙秋水眼，再吃了幾杯酒，越發橫波入鬢，轉盼流光[12]：真把那珍璉二人❼弄得欲近不敢，欲遠不捨，迷離恍惚，落魄垂涎。再加方才一席話，直將二人禁住。弟兄兩個竟全然無一點兒能為，別說調情鬥口齒，竟連一句響亮話都沒了。三姐自己高談闊論，任意揮霍[13]，村俗流言，灑落一陣，由著性兒拿他弟兄二人嘲笑取樂。一時，他的酒足興盡，更不容他弟兄多坐，竟攆出去了，自己關門睡去了。

自此後，或略有丫鬟婆子不到之處，便將賈珍、賈璉、賈蓉三個厲言痛罵，說他爺兒三個誆騙他寡婦孤女。賈珍回去之後，也不敢輕易再來。那三姐兒有時高興，又命小廝來找。及至到了這裡，也只好隨他的便，乾瞅著罷了。

看官聽說：這尤三姐天生脾氣，和人異樣詭僻。只因他的模樣兒風流標致，他又偏愛打扮得出色，另式另樣，作出許多萬人不及的風情體態來。那些男子們，別說賈珍賈璉這樣風流公子，便是一班老到人，鐵石心腸，看見了這般光景，也要動心的。及至到他跟前，他那一種輕狂豪爽、目中無人的光景，早又把人的一團高興逼住，不敢動手動腳。所以賈珍向來和二姐兒無所不至，漸漸的俗了，卻一心注定在三姐兒身上，便把二姐兒樂得讓給賈璉，自己卻和三姐兒捏合。偏那三姐一般合他玩笑❽，別有一種令人不敢招惹的光景。他母親和二姐兒也曾十分相勸，他反說：「姐姐糊塗！咱們金玉一般的人，白叫這兩個現世寶[14]沾污了去，也算無能！而且他家現放著個極利害的女人，如今瞞著，自然是好的，倘或一日他知道了，豈肯干休？勢必有一場大鬧。你二人不知誰生誰死，這如何便當作安身樂業的去處？」他母女聽他這話，料著難勸，也只得罷了。

那三姐兒天天挑揀穿吃，打了銀的，又要金的；有了珠子，又要寶石；吃著肥鵝，又宰肥鴨；或不趁心，連桌一推；衣裳不如意，不論綾緞新整，便用剪子鉸碎，撕一條，罵一句。究竟賈珍等何曾隨意了一日❾，反花了許多昧心錢[15]。

賈璉來了，只在二姐屋裡，心中也漸漸的悔上來了。無奈二姐兒倒是個多情的人，以為賈璉是終身之主了，凡事倒還知疼著熱。要論溫柔和順，卻較著鳳姐還有些體度；就論起那標致來，及言談行事，也不減於鳳姐。但已經失了腳，有了一個「淫」字，憑他什麼好處也不算了。偏這賈璉又說：「誰人無錯？知過必改就好。」故不提已往之淫，只取現今之善。便如膠似漆，一心一計，誓同生死，那裡還有鳳平二人在意了？

二姐在枕邊衾內，也常勸賈璉說：「你和珍大爺商議商議，揀個相熟的，把三丫頭聘了罷；留著他不是常法兒，終久要生事的。」賈璉道：「前日我也曾回大哥的，他只是捨不得。我還說：『就是塊肥羊肉，無奈燙得慌；玫瑰花兒可愛，刺多扎手。咱們未必降得住，正經揀個人聘了罷。』他只意意思思[16]的就撂過手了。你叫我有什麼法兒？」二姐兒道：「你放心。咱們明兒先勸三丫頭，問准了，讓他自己鬧去；鬧得無法，少不得聘他。」賈璉聽了，說：「這話極是。」

至次日，二姐兒另備了酒，賈璉也不出門，至午間，特請他妹妹過來和他母親上坐。三姐兒便知其意，剛斟上酒，也不用他姐姐開口，便先滴淚說道：「姐姐今兒請我，自然有一番大道理要說；但只我也不是糊塗人，也不用絮絮叨叨的。從前的事，我已盡知了，說也無益！既如今姐姐也得了好處安身，媽媽也有了安身之處，我也要自尋歸結去，才是正禮。但終身大事，一生至一死，非同兒戲。向來人家看著咱們娘兒們微息[17]，不知都安著什麼心！我所以破著沒臉，人家才不敢欺負。這如今要辦正事，不是我女孩兒家沒羞恥，必得我揀個素日可心如意的人，才跟他。要憑你們揀擇，雖是有錢有勢的，我心裡進不去，白過了這一世了！」賈璉笑道：「這也容易。憑你說是誰，就是誰。一應彩禮，都有我們置辦，母親也不用操心。」三姐兒道：「姐姐橫豎知道，不用我說。」

賈璉笑問二姐兒：「是誰？」二姐兒一時想不起來。賈璉料定必是此人無疑了，便拍手笑道：「我知道這人了。果然好眼力！」二姐兒笑道：「是誰？」賈璉笑道：「別人他如何進得去？一定是寶玉！」二姐兒與尤老娘聽了，也以為必然是寶玉了。三姐兒便啐了一口，說：「我們有姐妹十個，也嫁你弟兄十個不成？難道除了你家，天下就沒有好男人了不成？」眾人聽了都詫異：「除了他，還有那一個？」三姐兒道：「別只在眼前想，姐姐只在五年前想，就是了。」

正說著，忽見賈璉的心腹小廝興兒走來請賈璉，說：「老爺那邊緊等著叫爺呢。小的答應往舅老爺那邊去了，小的連忙來請。」賈璉又忙問：「昨日家裡問我來著麼？」興兒說：「小的回奶奶：爺在家廟裡和珍大爺商議作百日的事，只怕不能來。」賈璉忙命拉馬，隆兒跟隨去了，留下興兒答應人。

尤二姐便要了兩碟菜來，命拿大杯斟了酒，就命興兒在炕沿下站著喝，一長一短，向他說話兒，問道：「家裡奶奶多大年紀？怎麼個利害的樣子？老太太多大年紀？姑娘幾個？」各樣家常等話。

興兒笑嘻嘻的，在炕沿下，一頭喝，一頭將榮府之事備細告訴他母女。又說：「我是二門上該班的人。我們共是兩班，一班四個，共是八個人。有幾個知奶奶的心腹，有幾個知爺的心腹。奶奶的心腹，我們不敢惹；爺的心腹，奶奶敢惹。提起來，我們奶奶的事，告訴不得奶奶！他心裡歹毒，口裡尖快。我們二爺也算是個好的，那裡見得他？倒是跟前有個平姑娘，為人很好，雖然和奶奶一氣，他倒背著奶奶常作些好事。我們有了不是，奶奶是容不過的，只求求他去就完了。如今合家大小，除了老太太、太太兩個，沒有不恨他的，只不過面子情兒怕他。皆因他一時看得人都不及他，只一味哄著老太太、太太兩個人喜歡。他說一是一，說二是二，沒人敢攔他。又恨不得把銀子錢省下來了，堆成山，好叫老太太、太太說他會過日子。殊不知苦了下人，他討好兒。或有好事，他就不等別人去說，他先抓尖兒[18]。或有不好的事，或他自己錯了，他就一縮頭，推到別人身上去；他還在旁邊撥火兒。如今連他正經婆婆都嫌他，說他：『雀兒揀著旺處飛』，『黑母雞——一窩兒』，自家的事不管，倒替人家去瞎張羅！要不是老太太在頭裡，早叫過他去了。」

尤二姐笑道：「你背著他這麼說他，將來背著我還不知怎麼說我呢！我又差他一層兒了，越發有得說了。」興兒忙跪下說道：「奶奶要這麼說，小的不怕雷劈嗎？但凡小的要有造化，起先娶奶奶時，要得了這樣的人，小的們也少挨些打罵，也少提心吊膽的。如今跟爺的幾個人，誰不是背前背後稱揚奶奶盛德憐下？我們商量著叫二爺要出來，情願來伺候奶奶呢。」

尤二姐笑道：「你這小猾賊兒，還不起來！說句玩話兒，就嚇得這個樣兒。你們作什麼往這裡來？我還要找了你奶奶去呢。」興兒連忙搖手，說：「奶奶千萬別去！我告訴奶奶：一輩子不見他才好呢！『嘴甜心苦，兩面三刀』，『上頭笑著，腳底下就使絆子』，『明是一盆火，暗是一把刀』：他都占全了。只怕三姨兒這張嘴還說不過他呢！奶奶這麼斯文良善人，那裡是他的對手？」

二姐笑道：「我只以理待他，他敢怎麼著我？」興兒道：「不是小的喝了酒，放肆胡說：奶奶就是讓著他，他看見奶奶比他標致，又比他得人心兒，他就肯善罷干休了？人家是醋罐子，他是醋缸，醋甕！凡丫頭們跟前，二爺多看一眼，他有本事當著爺打個爛羊頭似的！雖然平姑娘在屋裡，大約一年裡頭，兩個有一次在一處，他還要嘴裡掂十來個過兒呢，氣得平姑娘性子上來，哭鬧一陣，說：『又不是我自己尋來的！你逼著我，我不願意，又說我反了。這會子又這麼著！』他一般也罷了，倒央及平姑娘。」

二姐笑道：「可是撒謊？這麼一個夜叉，怎麼反怕屋裡的人呢？」興兒道：「就是俗語說的：『三人抬[19]不過個「理」字去』了。這平姑娘原是他自幼兒的丫頭。陪過來一共四個，死的死，嫁的嫁，只剩下這個心愛的，收在房裡。一則顯他賢良，二則又拴爺的心，那平姑娘又是個正經人，從不會挑三窩四的，倒一味忠心赤膽伏侍他：所以才容下了。」

二姐笑道：「原來如此。但只我聽見你們還有一位寡婦奶奶和幾位姑娘，他這麼利害，這些人肯依他嗎？」興兒拍手笑道：「原來奶奶不知道！我們家這位寡婦奶奶，第一個善德人，從不管事，只教姑娘們看書寫字，針線道理，這是他的事情。前兒因為他病了，這大奶奶暫管了幾天事，總是按著老例兒行，不像他那麼多事逞才的。我們大姑娘，不用說，是好的了。二姑娘諢名兒叫『二木頭』。三姑娘的諢名兒叫『玫瑰花兒』：又紅又香，無人不愛，只是有刺扎手，——可惜不是太太養的，『老鴰窩裡出鳳凰』！四姑娘小，正經是珍大爺的親妹子，太太抱過來的，養了這麼大，也是一位不管事的。奶奶不知道：我們家的姑娘們不算，外還有兩位姑娘，真是天下少有！一位是我們姑太太的女兒，姓林；一位是姨太太的女兒，姓薛；這兩位姑娘都是美人一般的呢，又都知書識字的。或出門上車，或在園子裡遇見，我們連氣兒也不敢出。」尤二姐笑道：「你們家規矩大，小孩子進得去，遇見姑娘們，原該遠遠的藏躲著，敢出什麼氣兒呢！」興兒搖手，道：「不是那麼不敢出氣兒，是怕這氣兒大了，吹倒了林姑娘；氣兒暖了，又吹化了薛姑娘！」說得滿屋裡都笑了。

要知尤三姐要嫁何人，下回分解。

■校記

❶「又將鳳姐兒素日之為人行事……盡情告訴了他」，「之」原作「是」，從甲本、脂本改。
❷「近日」原作「今日」，從諸本改。
❸「原來二馬同槽……互蹄蹶起來」，「蹄蹶」諸本作「蹶蹄」，脂本作「蹶踶」。
❹「好兒子們，就睡罷！我可去了。三個攔著不肯叫走，又親嘴摸乳，口裡亂嘈了一回，才放他出去」，諸本作「你三人就在這裡罷，茶也現成了，我可去了，說著帶門出去」。
❺「哥兒倆」原作「哥兒兩」，從脂本改。
❻「尤老娘方不好意思起來」，「老娘」諸本作「二姐」，「方」作「反」。
❼「珍璉二人」，原作「賈珍二人」，從諸本改。
❽「偏那三姐一般合他玩笑」，「合」原作「令」，從諸本改。
❾「究竟賈珍等何曾隨意了一日」，「竟」原作「謝」，從諸本改。

■注釋

1〔賈二舍〕宋元小說、戲曲寫到貴公子常稱之為舍。舍，舍人，官名。也用來尊稱紈褲子弟。這裡的賈二舍是指賈璉，如同說賈二少爺。

2〔渾噙了的〕被愚濁意識迷住了的。

3〔打牙撂嘴〕故意鬥口角，無聊打趣。

4〔訕訕（ㄕㄢˋ／shàn）的〕難為情、靦顏的神色。

5〔犯夜〕舊時城裡有宵禁的規定，夜間不許行人，違者叫「犯夜」，要受一定的懲戒。

6〔楞子眼〕不正常地直瞪著眼。

7〔花馬掉嘴〕耍貧嘴、哄騙人，有「花言巧語」的意思。

8 〔清水下雜麵〕 雜麵是一種綠豆為主製成的麵條，煮時須多加油，味才不澀。如只用清水煮，便不堪吃。所以這句歇後語的下文是「你吃我看」，也就是「我只看而不吃」的意思。

9 〔粉頭〕 指妓女。

10 〔牛黃狗寶〕 病牛膽中的一種結石狀物，叫作「牛黃」；癩狗腹中的一種凝結物，叫作「狗寶」。都是中藥材料。這裡等於說掏出他們的壞臟腑，把他們置之死地。

11 〔便宜不過當家〕 便宜事不能給了外人。

12 〔橫波入鬢，轉盼流光〕 橫波，眼睛。盼，眼睛清朗。這兩句是形容尤三姐酒後醉態的，眼睛被散亂的鬢髮遮掩了，然而美麗的目光轉動流情。

13 〔揮霍〕 這裡意思是任意發揮，想說什麼就說什麼。

14 〔現世寶〕 現世，出醜、丟臉。寶，寶貝，反話。現世寶是諷刺下流無賴漢的話。

15 〔昧心錢〕 白花的冤枉錢。這錢不花不行，花了又毫無結果，有口難言，只好昧在心裡。

16 〔意意思思〕 猶豫不決。

17 〔微息〕 微，小，少或無的意思。息，子息，兒子。微息是說家裡沒有男丁，容易受欺負。

18 〔抓尖兒〕 搶先討好。

19 〔抬〕 辯駁，「抬槓」一詞的簡化。

【第六十六回】

情小妹恥情歸地府　冷二郎一冷入空門

話說興兒說怕吹倒了林姑娘，吹化了薛姑娘，大家都笑了。那鮑二家的打他一下子，笑道：「原有些真；到了你嘴裡，越發沒了捆兒[1]了！你倒不像跟二爺的人，這些話倒像是寶玉的人。」

尤二姐才要又問，忽見尤三姐笑問道：「可是，你們家那寶玉，除了上學，他作些什麼？」興兒笑道：「三姨兒別問他，——說起來，三姨兒也未必信：他長了這麼大，獨他沒有上過正經學。我們家從祖宗直到二爺，誰不是學裡的師老爺嚴嚴的管著念書？偏他不愛念書，是老太太的寶貝。老爺先還管，如今也不敢管了。成天家瘋瘋癲癲的，說話人也不懂，幹的事人也不知。外頭人人看著好清俊模樣兒，心裡自然是聰明的；誰知裡頭更糊塗。見了人，一句話也沒有。所有的好處，雖沒上過學，倒難為他認得幾個字。每日又不習文，又不學武，又怕見人，只愛在丫頭群兒裡鬧。再者，也沒個剛氣兒。有一遭見了我們，喜歡時，沒上沒下，大家亂玩一陣；不喜歡，各自走了，他也不理人。我們坐著臥著，見了他也不理他，他也不責備。因此，沒人怕他，只管隨便，都過得去。」

尤三姐笑道：「主子寬了，你們又這樣；嚴了，又抱怨：可知你們難纏。」尤二姐道：「我們看他倒好，原來這樣。可惜了兒的一個好胎子！」尤三姐道：「姐姐信他胡說？咱們也不是見過一面兩面的，行事言談吃喝，原有些女兒氣的，自然是天天只在裡頭慣了的。要說糊塗，那些兒糊塗？姐姐記得穿孝時，咱們同在一處，那日正是和尚們進來繞棺[2]，咱們都在那裡站著，他只站在頭裡擋著人。人說他不知禮，又沒眼色。過後他沒悄悄的告訴咱們說？──『姐姐們不知道：我並不是沒眼色；想和尚們的那樣腌臢，只恐怕氣味薰了姐姐們。』接著他吃茶，姐姐又要茶，那個老婆子就拿了他的碗去倒，他趕忙說：『那碗是腌臢的，另洗了再斟來。』這兩件上，我冷眼看去，原來他在女孩兒跟前，不管什麼都過得去，只不大合外人的式，所以他們不知道。」

尤二姐聽說，笑道：「依你說，你兩個已是情投意合了。竟把你許了他，豈不好？」三姐見有興兒，不便說話，只低了頭嗑瓜子兒。興兒笑道：「若論模樣兒行為，倒是一對兒好人！只是他已經有了人了，只是沒有露形兒，──將來準是林姑娘定了的。因林姑娘多病，二則都還小，所以還沒辦呢。再過三二年，老太太便一開言，那是再無不准的了。」

大家正說話，只見隆兒又來了，說：「老爺有事，是件機密大事，要遣二爺往平安州去。不過三五日就起身，來回得十五六天的工夫。今兒不能來了，請老奶奶早和二姨兒定了那件事。明日爺來，好作定奪。」說著帶了興兒，也回去了。這裡尤二姐命掩了門，早睡下了，盤問他妹子一夜。

至次日午後，賈璉方來了。尤二姐因勸他，說：「既有正事，何必忙忙又來？千萬別為我誤事。」賈璉道：「也沒什麼事，只是偏偏的又出來了一件遠差。出了月兒就起身，得半月工夫才來。」尤二姐道：「既如此，你只管放心前去，這裡一應不用你惦記。三妹妹他從不會朝更暮改的。他已擇定了人，你只要依他就是了。」賈璉忙問：「是誰？」二姐笑道：「這人此刻不在這裡，不知多早晚才來呢。也難為他的眼力！他自己說了：這人一年不來，他等一年；十年不來，等十年。若這人死了，再不來了，他情願剃了頭當姑子去，吃長齋，念佛，再不嫁人。」賈璉問：「到底是誰，這樣動他的心？」二姐兒笑道：「說來話長。五年前，我們老娘家作生日，媽媽和我們到那裡給老娘拜壽，他家請了一起玩戲的人[3]，也都是好人家子弟。裡頭有個裝小生的，叫作柳湘蓮。如今要是他才嫁。舊年聞得這人惹了禍逃走了，不知回來了不曾？」

賈璉聽了道：「怪道呢！我說是個什麼人，原來是他！果然眼力不錯！你不知道那柳老二那樣一個標致人，最是冷面冷心的，差不多的人，他都無情無義。他最和寶玉合得來。去年因打了薛呆子，他不好意思見我們的，不知那裡去了，一向沒來。聽見有人說來了，不知是真是假，一問寶玉的小廝們，就知道了。——倘或不來時，他是萍蹤浪跡[4]，知道幾年才來？豈不白耽擱了大事？」二姐道：「我們這三丫頭，說得出來，幹得出來。他怎麼說，只依他便了。」

二人正說之間，只見三姐走來說道：「姐夫，你也不知道我們是什麼人！今日和你說罷：你只放心，我們不是那心口兩樣的人，說什麼是什麼。若有了姓柳的來，我便嫁他。從今兒起，我吃長齋念佛，伏侍母親，等來了嫁了他去；若一百年不來，我自己修行去了。」說著將頭上一根玉簪拔下來，磕作兩段，說：「一句不真，就合這簪子一樣！」說著，回房去了，真個竟「非禮不動，非禮不言」[5]起來。

賈璉無了法，只得和二姐商議了一回家務，復回家和鳳姐商議起身之事。一面著人問焙茗。焙茗說：「竟不知道。——大約沒來，若來了，必是我知道的。」一面又問他的街坊，也說沒來。

賈璉只得回覆了二姐兒。至起身之日已近，前兩天便說起身，卻先往二姐兒這邊來住兩夜，從這裡再悄悄的長行。果見三姐兒竟像又換了一個人似的；又見二姐兒持家勤慎，自是不消惦記。

是日，一早出城，竟奔平安州大道，曉行夜住，渴飲飢飡[6]。方走了三日，那日正走之間，頂頭來了一群馱子，內中一夥，主僕十來匹馬。走得近了，一看時，不是別人，就是薛蟠和柳湘蓮來了。賈璉深為奇怪，忙伸馬[7]迎了上來，大家一齊相見，說些別後寒溫，便入一酒店歇下，共敘談敘談。

賈璉因笑道：「鬧過之後，我們忙著請你兩個和解，誰知柳二弟蹤跡全無。怎麼你們兩個今日倒在一處了？」薛蟠笑道：「天下竟有這樣奇事：我和伙計販了貨物，自春天起身，往回裡走，一路平安。誰知前兒到了平安州地面，遇見一夥強盜，已將東西劫去。不想柳二弟從那邊來了，方把賊人趕散❶，奪回貨物，還救了我們的性命。我謝他又不受，所以我們結拜了生死兄弟，如今一路進京。從此後，我們是親弟兄一般。到前面岔口上分路，他就分路往南二百里，有他一個姑媽家，他去望候望候。我先進京去安置了我的事，然後給他尋一所房子，尋一門好親事，大家過起來。」

賈璉聽了道：「原來如此！倒好，只是我們白懸了幾日心。」因又說道：「方才說給柳二弟提親，我正有一門好親事，堪配二弟。」說著，便將自己娶尤氏，如今又要發嫁小姨子一節，說了出來，只不說尤三姐自擇之語。又囑薛蟠：「且不可告訴家裡。等生了兒子，自然是知道的。」

薛蟠聽了大喜，說：「早該如此。這都是舍表妹之過！」湘蓮忙笑說：「你又忘情[8]了。還不住口！」薛蟠忙止住不語，便說：「既是這等，這門親事定要作的。」湘蓮道：「我本有願，定要一個絕色的女子。如今既是貴昆仲[9]高誼，顧不得許多了，任憑定奪，我無不從命。」賈璉笑道：「如今口說無憑，等柳二弟一見，便知我這內娣[10]的品貌，是古今有一無二的了。」湘蓮聽了大喜，說：「既如此說，等弟探過姑母，不過一月內，就進京的，那時再定，如何？」賈璉笑道：「你我一言為定。只是我信不過二弟，你是萍蹤浪跡，倘然去了不來，豈不誤了人家一輩子的大事？須得留一個定禮。」湘蓮道：「大丈夫豈有失信之理❷？小弟素係寒貧，況且在客中，那裡能有定禮？」薛蟠道：「我這裡現成，就備一份，二哥帶去。」賈璉道：「也不用金銀珠寶，須是二弟親身自有的東西，不論貴賤，不過帶去取信耳。」湘蓮道：「既如此說，弟無別物，囊中還有一把『鴛鴦劍』，乃弟家中傳代之寶，弟也不敢擅用，只是隨身收藏著，二哥就請拿去為定。弟縱係水流花落之性，亦斷不捨此劍。」說畢，大家又飲了幾杯，方各自上馬，作別起程去了。

且說賈璉一日到了平安州，見了節度，完了公事，因又囑咐他十月前後務要還來一次。賈璉領命，次日連忙取路回家，先到尤二姐那邊。

且說二姐兒操持家務，十分謹肅，每日關門閉戶，一點外事不聞。那三姐兒果是個斬釘截鐵之人，每日侍奉母親之餘，只和姐姐一處作些活計，雖賈珍趁賈璉不在家，也來鬼混了兩次，無奈二姐兒只不兜攬，推故不見。那三姐兒的脾氣，賈珍早已領過教的，那裡還敢招惹他去？所以蹤跡一發疏闊了。

卻說這日賈璉進門，看見二姐兒三姐兒這般景況，喜之不盡，深念二姐兒之德。大家敘些寒溫，賈璉便將路遇柳湘蓮一事說了一回，又將「鴛鴦劍」取出，遞給三姐兒。三姐兒看時，上面龍吞夔護[11]，珠寶晶熒；及至拿出來看時，裡面卻是兩把合體的，一把上面鏨一「鴛」字，一把上面鏨一「鴦」字，冷颼颼，明亮亮，如兩痕秋水一般。三姐兒喜出望外，連忙收了，掛在自己繡房床上，每日望著劍，自喜終身有靠。

賈璉住了兩天，回去覆了父命，回家合宅相見。那時鳳姐已大癒，出來理事行走了。賈璉又將此事告訴了賈珍。賈珍因近日又搭上了新相知，二則正惱他姐妹們無情，把這事丟過了，全不在心上，任憑賈璉裁奪；只怕賈璉獨力不能，少不得又給他幾十兩銀子。賈璉拿來，交給二姐兒，預備妝奩。

誰知八月內湘蓮方進了京，先來拜見薛姨媽。又遇見薛蟠，方知薛蟠不慣風霜，不服水土，一進京時，便病倒在家，請醫調治。聽見湘蓮來了，請入臥室相見。薛姨媽也不念舊事，只感救命之恩。母子倆十分稱謝。又說起親事一節：凡一應東西皆置辦妥當，只等擇日。湘蓮也感激不盡。

次日，又來見寶玉。二人相會，如魚得水。湘蓮因問賈璉偷娶二房之事。寶玉笑道：「我聽見焙茗說，我卻未見。我也不敢多管。我又聽見焙茗說，璉二哥哥著實問你，不知有何話說？」

湘蓮就將路上所有之事，一概告訴了寶玉。寶玉笑道：「大喜，大喜！難得這個標致人！果然是個古今絕色，堪配你之為人。」湘蓮道：「既是這樣，他那少了人物？如何只想到我？況且我又素日不甚和他相厚，也關切不至於此。路上忙忙的就那樣再三要求定下，難道女家反趕著男家不成？我自己疑惑起來，後悔不該留下這劍作定。所以後來想起你來，可以細細問了底裡才好。」寶玉道：「你原是個精細人，如何既許了定禮又疑惑起來？你原說只要一個絕色的。如今既得了個絕色的，便罷了，何必再疑？」湘蓮道：「你既不知他來歷，如何又知是絕色？」寶玉道：「他是珍大嫂子的繼母帶來的兩位妹子。我在那裡和他們混了一個月，怎麼不知？真真一對尤物[12]！──他又姓尤。」

湘蓮聽了，跌腳道：「這事不好！斷乎作不得！你們東府裡，除了那兩個石頭獅子乾淨罷了！」寶玉聽說，紅了臉。湘蓮自慚失言，連忙作揖，說：「我該死胡說！──你好歹告訴我，他品行如何？」寶玉笑道：「你既深知，又來問我作什麼？連我也未必乾淨了！」湘蓮笑道：「原是我自己一時忘情，好歹別多心！」寶玉笑道：「何必再提，這倒似有心了。」

湘蓮作揖告辭出來，心中想著要找薛蟠，一則他病著，二則他又浮躁，不如去要回定禮。主意已定，便一徑來找賈璉。賈璉正在新房中，聞湘蓮來了，喜之不盡，忙迎出來，讓到內堂，和尤老娘相見。湘蓮只作揖，稱「老伯母」，自稱「晚生」[13]，賈璉聽了詫異。吃茶之間，湘蓮便說：「客中偶然忙促，誰知家姑母於四月訂了弟婦，使弟無言可回。要從了二哥，背了姑母，似不合理。若係金帛之定，弟不敢索取；但此劍係祖父所遺，請仍賜回為幸。」賈璉聽了，心中自是不自在，便道：「二弟，這話你說錯了。定者，定也❸；原怕反悔，所以為定。豈有婚姻之事，出入隨意的？這個斷乎使不得。」湘

尤三姐

蓮笑說：「如此說，弟願領責備罰[4]，然此事斷不敢從命。」賈璉還要饒舌。湘蓮便起身說：「請兄外座一敘，此處不便。」

那尤三姐在房明明聽見。好容易等了他來，今忽見反悔，便知他在賈府中聽了什麼話來，把自己也當作淫奔無恥之流，不屑為妻。今若容他出去和賈璉說退親，料那賈璉不但無法可處，就是爭辯起來，自己也無趣味。一聽賈璉要同他出去，連忙摘下劍來，將一股雌鋒隱在肘後，出來便說：「你們也不必出去再議，還你的定禮！」一面淚如雨下，左手將劍並鞘送給湘蓮，右手回肘，只往項上一橫，可憐：

揉碎桃花紅滿地，玉山傾倒再難扶[14]！

當下唬得眾人急救不迭。尤老娘一面嚎哭，一面大罵湘蓮。賈璉揪住湘蓮，命人捆了送官。二姐兒忙止淚，反勸賈璉：「人家並沒威逼他，是他自尋短見，你便送他到官，又有何益？反覺生事出醜。不如放他去罷！」

賈璉此時也沒了主意，便放了手，命湘蓮快去。湘蓮反不動身，拉下手絹，拭淚道：「我並不知是這等剛烈人！真真可敬！是我沒福消受。」大哭一場，等買了棺木，眼看著入殮，又撫棺大哭一場，方告辭而去。出門正無所之，昏昏默默，自想方才之事：「原來這樣標致人才，又這等剛烈！」一自悔不及，信步行來，也不自知了。

正走之間，只聽得隱隱一陣環佩之聲，三姐從那邊來了，一手捧著鴛鴦劍，一手捧著一卷冊子，向湘蓮哭道：「妾痴情待君五年[5]，不期君果『冷心冷面』，妾以死報此痴情。

妾今奉警幻仙姑之命，前往太虛幻境，修注案中所有一干情鬼。妾不忍相別，故來一會，從此再不能相見矣！」說畢，又向湘蓮灑了幾點眼淚，便要告辭而行。湘蓮不捨，連忙欲上來拉住問時，那三姐一摔手，便自去了。這裡柳湘蓮放聲大哭，不覺處夢中哭醒❻，似夢非夢，睜眼看時，竟是一座破廟，旁邊坐著一個瘸腿道士捕虱。

湘蓮便起身稽首[15]相問：「此係何方？仙師何號？」道士笑道：「連我也不知道此係何方，我係何人，不過暫來歇腳而已。」湘蓮聽了，冷然如寒冰侵骨。掣出那股雄劍來，將萬根煩惱絲[16]，一揮而盡，便隨那道士，不知往那裡去了。要知端底，下回分解。

■校記

❶「方把賊人趕散」，「把」原作「打」，從諸本改。

❷「大丈夫豈有失信之理」，「理」原作「禮」，從王本、金本改。

❸「定者定也」，「者」原作「著」，從諸本改。

❹「如此說，弟願領責備罰」，「如」上脂本有「雖」字；「備」諸本作「領」。

❺「妾（尤三姐）痴情待君五年」，「待」原作「侍」，從諸本改。

❻「不覺處夢中哭醒」，「處」諸本作「自」。

■注釋

1〔沒了捆兒〕嘴敞亂說，信口開河。

2〔繞棺〕舊社會人家有喪事，請和尚超渡亡靈。一邊念經，一邊繞棺而行，替死人祈禱不下「地獄」，早上「天堂」。

3〔玩戲的人〕業餘的戲劇演員，又稱為「子弟」。如同後來所稱「玩票」的「票友」。

4〔萍蹤浪跡〕蹤跡猶如水上的浮萍和波浪，比喻人的行蹤無定。

5〔非禮不動，非禮不言〕出自「論語・顏淵」。原文是「非禮勿言，非禮勿動」。這是寫尤三姐對柳湘蓮的鍾情，堅決拒絕賈璉等包辦她的婚事；與原意不盡相同。

6〔飡（ㄘㄢ／cān）〕飡，這裡當吃飯講。

7〔伸馬〕勒緊韁繩，驅馬向前。

8〔忘情〕情不自禁，說多了。

9 〔昆仲〕即兄弟。昆，兄；仲，次、弟。

10 〔內娣〕妻的妹妹。

11 〔龍吞夔（ㄎㄨㄟˊ／kuí）護〕此指寶劍鞘上裝飾的龍夔盤繞的雕紋。夔，古代傳說中的一種神獸。

12 〔尤物〕這裡指絕美的女子。尤，特異。

13 〔只作揖三句〕初見面，不行跪拜等「大禮」，稱呼上也表示不承認岳母、女婿的關係。

14 〔揉碎桃花紅滿地，玉山傾倒再難扶〕桃花借喻美女，玉山借喻美女的軀體。這兩句是說，尤三姐飲劍自盡，像鮮艷的桃花被揉碎，撒落滿地；像玉山倒下來，再也難以扶起。

15 〔稽（ㄑㄧˇ／qǐ）首〕稽首，古代的一種跪拜禮，叩頭到地，是九拜中最恭敬的禮節。也指道士舉手向人行禮。

16 〔煩惱絲〕即頭髮。佛教認為塵世間有許多事情擾亂身心，這叫「煩惱」。而這些煩惱是由頭髮引起的，必須剃髮出家，才能擺脫煩惱的糾纏。柳湘蓮「掣出那股雄劍來，將萬根煩惱絲，一揮而盡」，是說他剃去頭髮，出家當和尚。也含有斬斷與世俗的牽連之意。

【第六十七回】見土儀顰卿思故里　聞秘事鳳姐訊家童

話說尤三姐自盡之後，尤老娘合二姐兒、賈珍、賈璉等，俱不勝悲慟，自不必說，忙命人盛殮，送往城外埋葬。柳湘蓮見三姐身亡，痴情眷戀，卻被道人數句冷言，打破迷關，竟自截髮出家，跟隨這瘋道人飄然而去，不知何往。暫且不表。

且說薛姨媽聞知湘蓮已說定了尤三姐為妻，心中甚喜，正是高高興興，要打算替他買房子，治傢伙，擇吉迎娶，以報他救命之恩。忽有家中小廝吵嚷：「三姐兒自盡了。」被小丫頭們聽見，告知薛姨媽。薛姨媽不知為何，心甚嘆息。正在猜疑，寶釵從園裡過來，薛姨媽便對寶釵說道：「我的兒，你聽見了沒有？你珍大嫂子的妹妹三姑娘，他不是已經許定給你哥哥的義弟柳湘蓮了麼❶？不知為什麼自刎了！那湘蓮也不知往那裡去了！真正奇怪的事，叫人意想不到的！」

寶釵聽了，並不在意，便說道：「俗語說得好：『天有不測風雲，人有旦夕禍福。』這也是他們前生命定。前兒媽媽為他救了哥哥，商量著替他料理，如今已經死的死了，走的走了，依我說，也只好由他罷了。媽媽也不必為他們傷感了。倒是自從哥哥打江南回來了一二十日，販了來的貨物，想來也該發完了。那同伴去的伙計們辛辛苦苦的回來幾個月了，媽媽合哥哥商議商議，也該請一請，酬謝酬謝才是。別叫人家看著無理似的。」

母女正說話間，見薛蟠自外而入，眼中尚有淚痕，一進門來，便向他母親拍手說道：「媽媽可知道柳二哥尤三姐的事麼？」薛姨媽說：「我才聽見說，正在這裡合你妹妹說這件公案呢。」薛蟠道：「媽媽可聽見說湘蓮跟著一個道士出了家了麼？」薛姨媽道：「這越發奇了！怎麼柳相公那樣一個年輕的聰明人❷，一時糊塗了就跟著道士去了呢？我想你們好了一場，他又無父母兄弟，單身一人在此，你該各處找找他才是。靠那道士，能往那裡遠去？左不過是在這方近左右的廟裡寺裡罷了。」薛蟠說：「何嘗不是呢？我一聽見這個信兒，就連忙帶了小廝們在各處尋找，連一個影兒也沒有。又去問人，都說沒看見。」

薛姨媽說：「你既找尋過，沒有，也算把你作朋友的心盡了。焉知他這一出家，不是得了好處去呢？只是你如今也該張羅張羅買賣；二則把你自己娶媳婦應辦的事情，倒早些料理料理。咱們家沒人，俗語說的，『夯雀兒先飛』，省得臨時丟三落四的不齊全，令人笑話。再者：你妹妹才說你也回家半個多月了，想貨物也該發完了，同你去的伙計們，也該擺桌酒，給他們道道乏才是。人家陪著你走了二三千里的路程，受了四五個月的辛苦，而且在路上又替你擔了多少的驚怕沉重。」薛蟠聽說，便道：「媽媽說得很是。倒是妹妹想得周到。我也這樣想著。只因這些日子，為各處發貨，鬧得腦袋都大了。又為柳二哥的事忙了這幾日，反倒落了一個空：白張羅了一會子，倒把正經事都誤了。要不然，定了明兒後兒，下帖兒請罷。」薛姨媽道：「由你辦去罷。」

話猶未了，外面小廝進來回說：「管總的張大爺差人送了兩箱子東西來，說：『這是爺各自買的，不在貨賬裡面。本要早送來，因貨物箱子壓著，沒得拿；昨兒貨物發完了，所以今日才送來了。』」一面說，一面又見兩個小廝搬進了兩個夾板夾的大棕箱。薛蟠一見，說：「噯喲！可是我怎麼就糊塗到這步田地了！特特的給媽合妹妹帶來的東西，都忘了，沒拿了家裡來；還是伙計送了來了！」寶釵說：「虧你說還是『特特的帶來』的，才放了一二十天！要不是『特特的帶來』，大約要放到年底下才送來呢。我看你也諸事太不留心了。」薛蟠笑道：「想是在路上叫人把魂打掉了，還沒歸竅呢！」

說著，大家笑了一回，便向小丫頭說：「出去告訴小廝們，東西收下，叫他們回去罷。」薛姨媽和寶釵因問：「到底是什麼東西，這樣捆著綁著的？」薛蟠便命叫兩個小廝進來，解了繩子，去了夾板，開了鎖看時，這一箱都是綢緞綾錦洋貨等家常應用之物。薛蟠笑著道：「那一箱是給妹妹帶的。」親自來開。

母女二人看時，卻是些筆、墨、紙、硯、各色箋紙、香袋、香珠、扇子、扇墜、花粉、胭脂等物；外有虎丘[1]帶來的自行人，酒令兒[2]，水銀灌的打金斗小小子[3]，沙子燈[4]，一齣一齣的泥人兒的戲，用青紗罩的匣子裝著；又有在虎丘山上泥捏的薛蟠的小像，與薛蟠毫無相差。寶釵見了，別的都不理論，倒是薛蟠的小像，拿著細細看了一看，又看看他哥哥，不禁笑起來了。因叫鶯兒帶著幾個老婆子，將這些東西連箱子送到園子裡去。又和母親哥哥說了一回閑話，才回園子裡去。這裡薛姨媽將箱子裡的東西取出，一份一份的打點清楚，叫同喜送給賈母並王夫人等處，不提。

且說寶釵到了自己房中，將那些玩意兒一件一件的過了目，除了自己留用之外，一份一份配合妥當：也有送筆、墨、紙、硯的；也有送香袋、扇子、香墜的；也有送脂粉、頭油的；有單送玩意兒的。只有黛玉的比別人不同，且又加厚一倍。一一打點完畢，使鶯兒同著一個老婆子，跟著送往各處。

這邊姐妹諸人都收了東西，賞賜來使，說：「見面再謝。」惟有黛玉看見他家鄉之物，反自觸物傷情，想起：「父母雙亡，又無兄弟，寄居親戚家中，那裡有人也給我帶些土物來？」想到這裡，不覺得又傷起心來了。

紫鵑深知黛玉心腸，但也不敢說破，只在一旁勸道：「姑娘的身子多病，早晚服藥，這兩日看著比那些日子略好些，雖說精神長了一點兒，還算不得十分大好。今兒寶姑娘送來的這些東西，可見寶姑娘素日看著姑娘很重，姑娘看著該喜歡才是，為什麼反倒傷起心來？這不是寶姑娘送東西來，倒叫姑娘煩惱了不成？就是寶姑娘聽見，反覺臉上不好看。再者：這裡老太太們為姑娘的病體，千方百計❸請好大夫配藥診治，也為是姑娘的病好。這如今才好些，又這樣哭哭啼啼，豈不是自己糟蹋了自己身子，叫老太太看著添了愁煩了麼？況且姑娘這病，原是素日憂慮過度，傷了血氣。姑娘的千金貴體，也別自己看輕了！」

紫鵑正在這裡勸解，只聽見小丫頭子在院內說：「寶二爺來了。」紫鵑忙說：「請二爺進來罷。」只見寶玉進房來了。黛玉讓坐畢，寶玉見黛玉淚痕滿面，便問：「妹妹，又是誰氣著你了？」黛玉勉強笑道：「誰生什麼氣！」旁邊紫鵑嘴向床後桌上一努。寶玉會意，往那裡一瞧，見堆著許多東西，就知道是寶釵送來的，便取笑說道：「那裡這些東西？不是妹妹要開雜貨鋪啊？」黛玉也不答言。紫鵑笑著道：「二爺還提東西呢！因寶姑娘送了些東西來，姑娘一看，就傷起心來了。我正在這裡勸解，恰好二爺來得很巧，替我們勸勸。」

寶玉明知黛玉是這個緣故❹，卻也不敢提頭兒，只得笑說道：「你們姑娘的緣故，想來不為別的，必是寶姑娘送來的東西少，所以生氣傷心。——妹妹，你放心，等我明年叫人往江南去，給你多多的帶兩船來，省得你淌眼抹淚的。」

黛玉聽了這些話，也知寶玉是為自己開心，也不好推，也不好任，因說道：「我任憑怎麼沒見過世面，也到不了這步田地——因送的東西少，就生氣傷心。我又不是兩三歲的孩子，你也忒把人看得小器了❺。我有我的緣故，你那裡知道？」說著，眼淚又流下來了。

寶玉忙走到床前，挨著黛玉坐下，將那些東西一件一件拿起來，擺弄著細瞧，故意問：「這是什麼，叫什麼名字？」「那是什麼作的，這樣齊整？」「這是什麼，要他作什麼使用？」又說：「這一件可以擺在面前。」又說：「那一件可以放在條桌上，當古董兒倒好呢。」一味的將些沒要緊的話來廝混。

黛玉見寶玉如此，自己心裡倒過不去，便說：「你不用在這裡混攪了，咱們到寶姐姐那邊去罷。」寶玉巴不得黛玉出去散散悶，解了悲痛，便道：「寶姐姐送咱們東西，咱們原該謝謝去。」黛玉道：「自家姐妹，這倒不必；只是到他那邊，薛大哥回來了，必然告訴他些南邊的古蹟兒，我去聽聽，只當回了家鄉一趟的。」說著，眼圈兒又紅了。寶玉便站著等他。黛玉只得和他出來，往寶釵那裡去了。

且說薛蟠聽了母親之言，急下了請帖，辦了酒席。次日，請了四位伙計，俱已到齊，不免說些販賣賬目發貨之事。不一時，上席讓坐，薛蟠挨次斟了酒，薛姨媽又使人出來致意。大家喝著酒說閑話兒，內中一個道：「今兒這席上短兩個好朋友。」眾人齊問：「是誰？」那人道：「還有誰！就是賈府上的璉二爺和大爺的盟弟柳二爺。」大家果然都想起來，問著薛蟠道：「怎麼不請璉二爺合柳二爺來？」薛蟠聞言，把眉一皺，嘆口氣道：「璉二爺又往平安州去了，頭兩天就起了身了。那柳二爺竟別提起，真是天下頭一件奇事！什麼是『柳二爺』，如今不知那裡作『柳道爺』去了。」眾人都詫異道：「這是怎麼說？」

薛蟠便把湘蓮前後事體說了一遍。眾人聽了，越發駭異，因說道：「怪不得前兒我們在店裡，彷彷彿彿也聽見人吵嚷說：『有一個道士，三言兩語，把一個人渡了去了。』又說：『一陣風刮了去了。』只不知是誰。我們正發貨，那裡有閑工夫打聽這個事去？到如今還是似信不信的，誰知就是柳二爺呢！早知是他，我們大家也該勸勸他才是。任他怎麼著，也不叫他去。」內中一個道：「別是這麼著罷？」眾人問：「怎麼樣？」那人道：「柳二爺那樣個伶俐人，未必是真跟了道士去罷？他原會些武藝，又有力量，或看破那道士的妖術邪法❻，特意跟他去，在背地擺布他，也未可知？」薛蟠道：「果然如此，倒也罷了。世上這些妖言惑眾的人，怎麼沒人治他一下子！」眾人道：「那時難道你知道了也沒找尋他去？」薛蟠說：「城裡城外，那裡沒有找到？不怕你們笑話，我找不著他，還哭了一場呢！」言畢，只是長吁短嘆，無精打彩的，不像往日高興。眾伙計見他這樣光景，自然不便久坐，不過隨便喝了幾杯酒，吃了飯，大家散了。

且說寶玉和著黛玉到寶釵處來，寶玉見了寶釵，便說道：「大哥哥辛辛苦苦的帶了東西來，姐姐留著使罷，又送我們。」寶釵笑道：「原不是什麼好東西，不過是遠路帶來的土物兒，大家看著新鮮些就是了。」黛玉道：「這些東西，我們小時候倒不理會，如今看見，真是新鮮物兒了。」寶釵❼因笑道：「妹妹知道，這就是俗語說的『物離鄉貴』，其實可算什麼呢！」

寶玉聽了這話，正對了黛玉方才的心事，連忙拿話岔道：「明年好歹大哥哥再去時，替我們多帶些來。」黛玉瞅了他一眼，便道：「你要，你只管說，不必拉扯上人。——姐姐，你瞧，寶哥哥不是給姐姐來道謝，竟又要定下明年的東西來了。」說得寶釵寶玉都笑了。

三個人又閑話了一回，因提起黛玉的病來，寶釵❽勸了一回，因說道：「妹妹若覺著身上不爽快，倒要自己勉強扎掙[5]著出來，各處走走逛逛，散散心，比在屋裡悶坐著到底好些。我那兩日，不是覺著發懶、渾身發熱、只是要歪著？也因為時氣不好，怕病，因此尋些事情，自己混著。這兩日才覺著好些了。」黛玉道：「姐姐說的何嘗不是？我也是這麼想著呢。」大家又坐了一會子方散。寶玉仍把黛玉送至瀟湘館門首，才各自回去了。

且說趙姨娘因見寶釵送了賈環些東西，心中甚是喜歡，想道：「怨不得別人都說那寶丫頭好，會作人，很大方。如今看起來，果然不錯！他哥哥能帶了多少東西來？他挨門兒送到，並不遺漏一處，也不露出誰薄誰厚。連我們這樣沒時運的，他都想到了；要是那林丫頭，他把我們娘兒們正眼也不瞧，那裡還肯送我們東西？」一面想，一面把那些東西翻來覆去的擺弄，瞧看一回。忽然想到寶釵係王夫人的親戚❾，為何不到王夫人跟前賣個好兒呢？自己便蝎蝎螫螫[6]的，拿著東西，走至王夫人房中，站在旁邊，陪笑說道：「這是寶姑娘才剛給環哥兒的。難為寶姑娘這麼年輕的人，想得這麼周到，真是大戶人家的姑娘，又展樣[7]，又大方，怎麼叫人不敬奉呢！怪不得老太太和太太成日家都誇他疼他。我也不敢自專就收起來，特拿來給太太瞧瞧，太太也喜歡喜歡。」

王夫人聽了，早知道來意了。又見他說得不倫不類，也不便不理他，說道：「你只管收了去給環哥玩罷。」趙姨娘來時，興興頭頭，誰知抹了一鼻子灰，滿心生氣，又不敢露出來，只得訕訕的出來了。到了自己房中，將東西丟在一邊，嘴裡咕咕噥噥，自言自語道：「這個又算了個什麼兒呢❿？」一面坐著各自生了一回悶氣。

卻說鶯兒帶著老婆子們送東西回來，回覆了寶釵，將眾人道謝的話並賞賜的銀錢都回完了，那老婆子便出去了。鶯兒走近前來一步，挨著寶釵，悄悄的說道：「剛才我到璉二奶奶那邊⓫，看見二奶奶一臉的怒氣。我送下東西出來時，悄悄的問小紅，說：『剛才二奶奶從老太太屋裡回來，不似往日歡天喜地的，叫了平兒去，唧唧咕咕的不知說了些什麼。』看那個光景，倒像有什麼大事似的。姑娘沒聽見那邊老太太有什麼事？」寶釵聽了，也自己納悶，想不出鳳姐是為什麼有氣，便道：「各人家有各人的事，咱們那裡管得？你去倒茶去來。」鶯兒於是出來，自己倒茶不提。

且說寶玉送了黛玉回來，想著黛玉的孤苦，不免也替他傷感起來，因要將這話告訴襲人。進來時，卻只有麝月秋紋在屋裡，因問：「你襲人姐姐那裡去了？」麝月道：「左不過在這幾個院裡，那裡就丟了他？一時不見就這樣找！」寶玉笑著道：「不是怕丟了他。因我方才到林姑娘那邊，見林姑娘又正傷心呢。問起來，卻是為寶姐姐送了他東西，他看見是他家鄉的土物，不免對景傷情。我要告訴你襲人姐姐，叫他過去勸勸。」

正說著，晴雯進來了，因問寶玉道：「你回來了！你又要叫勸誰？」寶玉將方才的話說了一遍。晴雯道：「襲人姐姐才出去，聽見他說要到璉二奶奶那邊去，保不住還到林姑娘那裡去呢。」寶玉聽了，便不言語。秋紋倒了茶來，寶玉漱了一口，遞給小丫頭子，心中著實不自在，就隨便歪在床上。

卻說襲人因寶玉出門，自己作了回活計，忽想起鳳姐身上不好，這幾天也沒有過去看看，況聞賈璉出門，正好大家說說話兒，便告訴晴雯：「好生在屋裡，別都出去了，叫二爺回來抓不著人。」晴雯道：「噯喲！這屋裡單你一個人惦記著他，我們都是白閑著，混飯吃的！」

襲人笑著，也不答言，就走了。剛來到沁芳橋畔，那時正是夏末秋初，池中蓮藕，新殘相間，紅綠離披[8]。襲人走著，沿堤看玩了一回，猛抬頭，看見那邊葡萄架底下，有人拿著撣子，在那裡撣什麼呢。走到跟前，卻是老祝媽⓬。

那老婆子見了襲人，便笑嘻嘻的迎上來，說道：「姑娘怎麼今兒得工夫出來逛逛？」襲人道：「可不是嗎？我要到璉二奶奶那裡瞧瞧去。你這裡作什麼呢？」那婆子道：「我在這裡趕蜜蜂兒。今年三伏裡雨水少，這果子樹上都有蟲子，把果子吃得疤瘌流星的，掉了好些了。姑娘還不知道呢：這馬蜂最可惡的，一嘟嚕[9]上，只咬破兩三個兒，那破的水滴到好的上頭，連這一嘟嚕都是要爛的。姑娘，你瞧，咱們說話的空兒沒趕，就落上許多了。」襲人道：「你就是不住手的趕，也趕不了多少。你倒是告訴買辦，叫他多多作些小冷布[10]口袋兒，一嘟嚕套上一個，又透風，又不糟蹋。」

婆子笑道：「倒是姑娘說的是。我今年才管上，那裡知道這個巧法兒呢？」因又笑著說道：「今年果子雖糟蹋了些，味兒倒好，不信摘一個姑娘嘗嘗。」襲人正色道：「這那裡使得？不但沒熟吃不得，就是熟了，上頭還沒有供鮮，咱們倒先吃了。你是府裡使老了的，難道連這個規矩都不懂了？」老祝媽忙笑道：「姑娘說的是。我見姑娘很喜歡，我才敢這麼說，可就把規矩錯了。我可是老糊塗了！」

襲人道：「這也沒有什麼，只是你們有年紀的老奶奶們，別先領著頭兒這麼著就好了。」說著，遂一徑出了園門，來到鳳姐這邊。一到院裡，只聽鳳姐說道：「天理良心！我在這屋裡熬得越發成了賊了！」襲人聽見這話，知道有緣故了，又不好回來，又不好進去，遂把腳步放重些，隔著窗子問道：「平姐姐在家裡呢麼？」平兒忙答應著迎出來。襲人便問：「二奶奶也在家裡呢麼？身上可大安了？」說著，已走進來。

鳳姐裝著在床上歪著呢。見襲人進來，也笑著站起來，說：「好些了，叫你惦著。怎麼這幾日不過我們這邊坐坐？」襲人道：「奶奶身上欠安，本該天天過來請安才是。但只怕奶奶身上不爽快，倒要靜靜兒的歇歇兒，我們來了，倒吵得奶奶煩。」鳳姐笑道：「煩是沒的話。倒是寶兄弟屋裡雖然人多，也就靠著你一個照看他，也實在的離不開。我常聽見平兒告訴我說，你背地裡還惦著我，常常問我。這就是你盡心了。」一面說著，叫平兒挪了張杌子放在床旁邊，讓襲人坐下。豐兒端進茶來，襲人欠身道：「妹妹坐著罷。」

一面說閑話兒。只見一個小丫頭子在外間屋裡，悄悄的和平兒說：「旺兒來了，在二門上伺候著呢。」又聽見平兒也悄悄的道：「知道了。叫他先去，回來再來，別在門口兒站著。」襲人知他們有事，又說了兩句話，便起身要走。鳳姐道：「閑來坐坐，說說話兒，我倒開心。」因命：「平兒，送送你妹妹。」平兒答應著，送出來。只見兩三個小丫頭子都在那裡，屏聲息氣，齊齊的伺候著。襲人不知何事，便自去了。

卻說平兒送出襲人，進來回道：「旺兒才來了，因襲人在這裡，我叫他先到外頭等等兒。這會子還是立刻叫他呢，還是等著？請奶奶的示下。」鳳姐道：「叫他來！」平兒忙叫小丫頭去傳旺兒進來。

這裡鳳姐又問平兒：「你到底是怎麼聽見說的？」平兒道：「就是頭裡那小丫頭子的話。他說他在二門裡頭，聽見外頭兩個小廝說：『這個新二奶奶比咱們舊二奶奶還俊呢，脾氣兒也好。』不知是旺兒是誰，吆喝了兩個一頓，說：『什麼新奶奶舊奶奶的！還不快悄悄兒的呢！叫裡頭知道了，把你的舌頭還割了呢！』」平兒正說著，只見一個小丫頭進來，回說：「旺兒在外頭伺候著呢。」鳳姐聽了，冷笑了一聲，說：「叫他進來！」那小丫頭出來說：「奶奶叫呢。」旺兒連忙答應著進來。

旺兒請了安，在外間門口垂手侍立。鳳姐兒道：「你過來！我問你話。」旺兒才走到裡間門旁站著。鳳姐兒道：「你二爺在外頭弄了人，你知道不知道？」旺兒又打著千兒，回道：「奴才天天在二門上聽差事，如何能知道二爺外頭的事呢？」鳳姐冷笑道：「你自然『不知道』！你要知道，你怎麼攔人呢！」

旺兒見這話，知道剛才的話已經走了風了，料著瞞不過，便又跪回道：「奴才實在不知，就是頭裡興兒和喜兒兩個人在那裡混說，奴才吆喝了他們兩句。內中深情底裡，奴才不知道，不敢妄回，求奶奶問興兒，他是長跟二爺出門的。」鳳姐兒聽了，下死勁啐了一口，罵道：「你們這一起沒良心的混賬忘八崽子，都是一條藤兒！打量我不知道呢！先去給我把興兒那個忘八崽子叫了來，你也不許走！問明白了他，回來再問你。好，好，好！這才是我使出來的好人呢！」那旺兒只得連聲答應幾個「是」，磕了個頭，爬起來出去，去叫興兒。

卻說興兒正在賬房兒裡和小廝們玩呢，聽見說「二奶奶叫」，先唬了一跳。卻也想不到是這件事發作了，連忙跟著旺兒進來。旺兒先進去，回說：「興兒來了。」鳳姐兒厲聲道：「叫他！」那興兒聽見這個聲音兒，早已沒了主意了，只得乍著膽子[11]進來。鳳姐兒一見便說：「好小子啊！你和你爺辦的好事啊！你只實說罷！」

興兒一聞此言，又看見鳳姐兒氣色，及兩邊丫頭們的光景，早唬軟了，不覺跪下，只是磕頭。鳳姐兒道：「論起這事來，我也聽見說不與你相干，但只你不早來回我知道，這就是你的不是了。你要實說了，我還饒你；再有一句虛言，你先摸摸你腔子上幾個腦袋瓜子！」

興兒戰兢兢的朝上磕頭道：「奶奶問的是什麼事，奴才和爺辦壞了？」鳳姐聽了，一腔火都發作起來，喝命：「打嘴巴！」旺兒過來才要打時，鳳姐兒罵道：「什麼糊塗忘八崽子！叫他自己打，用你打嗎？一會子你再各人打你的嘴巴子還不遲呢！」那興兒真個自己左右開弓，打了自己十幾個嘴巴。鳳姐兒喝聲「站住」，問道：「你二爺外頭娶了什麼『新奶奶』『舊奶奶』的事，你大概不知道啊？」

興兒見說出這件事來，越發著了慌，連忙把帽子抓下來，在磚地上咕咚咕咚碰得頭山響，口裡說道：「只求奶奶超生[12]！奴才再不敢撒一個字兒的謊！」鳳姐道：「快說！」興兒直蹶蹶的跪起來回道：「這事頭裡奴才也不知道。就是這一天東府裡大老爺送了殯，俞祿往珍大爺廟裡去領銀子，二爺同著蓉哥兒到了東府裡，道兒上，爺兒兩個說起珍大奶奶那邊的二位姨奶奶來，二爺誇他好，蓉哥兒哄著二爺，說把二姨奶奶說給二爺——」鳳姐聽到這裡，使勁啐道：「呸！沒臉的忘八蛋！他是你那一門子的姨奶奶？」興兒忙又磕頭說：「奴才該死！」往上瞅著，不敢言語。鳳姐兒道：「完了嗎？怎麼不說了？」興兒方才又回道：「奶奶恕奴才，奴才才敢回。」鳳姐啐道：「放你媽的屁！這還什麼『恕』不『恕』了！你好生給我往下說，好多著呢！」

興兒又回道：「二爺聽見這個話，就喜歡了。後來奴才也不知道怎麼就弄真了。」鳳姐微微冷笑道：「這個自然麼！你可那裡知道呢？你知道的，只怕都煩了呢！——是了，說底下的罷。」興兒回道：「後來就是蓉哥兒給二爺找了房子。」鳳姐忙問道：「如今房子在那裡？」興兒道：「就在府後頭。」鳳姐兒道：「哦！」回頭瞅著平兒，道：「咱們都是死人哪！你聽聽！」平兒也不敢作聲。

興兒又回道：「珍大爺那邊給了張家不知多少銀子，那張家就不問了。」鳳姐道：「這裡頭怎麼又扯拉上什麼張家李家咧呢？」興兒回道：「奶奶不知道。這二奶奶——」剛說到這裡，又自己打了個嘴巴，把鳳姐兒倒慪笑了，兩邊的丫頭也都抿嘴兒笑。興兒想了想，說道：「那珍大奶奶的妹子——」鳳姐兒接著道：「怎麼樣？快說呀！」興兒道：「那珍大奶奶的妹子原來從小兒有人家的，姓張，叫什麼張華，如今窮得待好討飯。珍大爺許了他銀子，他就退了親了。」

鳳姐兒聽到這裡，點了點頭兒，回頭便望丫頭們說道：「你們都聽見了？小忘八崽子！頭裡他還說他不知道呢！」興兒又回道：「後來二爺才叫人裱糊了房子，娶過來了。」鳳姐道：「打那裡娶過來的？」興兒回道：「就在他老娘家抬過來的。」鳳姐道：「好罷咧！」又問：「沒人送親麼？」興兒道：「就是蓉哥兒，還有幾個丫頭老婆子們，沒別人。」鳳姐道：「你大奶奶沒來嗎？」興兒道：「過了兩天，大奶奶才拿了些東西來瞧的。」

鳳姐兒笑了一笑，回頭向平兒道：「怪道那兩天二爺稱讚大奶奶不離嘴呢！」掉過臉來，又問興兒：「誰伏侍呢？自然是你了？」興兒趕著碰頭，不言語。鳳姐又問：「前頭那些日子，說給那府裡辦事，想來辦的就是這個了？」興兒回道：「也有辦事的時候，也有往新房子裡去的時候。」鳳姐又問道：「誰和他住著呢？」興兒道：「他母親和他妹子。昨兒他妹子自己抹了脖子了。」鳳姐道：「這又為什麼？」

興兒隨將柳湘蓮的事說了一遍。鳳姐道：「這個人還算造化高，省了當那出名兒的忘八！」因又問道：「沒了別的事了麼？」興兒道：「別的事奴才不知道。奴才剛才說的，字字是實話。一字虛假，奶奶問出來，只管打死奴才，奴才也無怨的！」

鳳姐低了一回頭，便又指著興兒說道：「你這個猴兒崽子，就該打死！這有什麼瞞著我的？你想著瞞了我，就在你那糊塗爺跟前討了好兒了，你新奶奶好疼你！我不看你剛才還有點怕懼兒不敢撒謊，我把你的腿不給你砸折了呢！」說著，喝聲：「起去！」

興兒磕了個頭，才爬起來，退到外間門口⓭，不敢就走。鳳姐道：「過來！我還有話呢。」興兒趕忙垂手敬聽。鳳姐道：「你忙什麼？新奶奶等著賞你什麼呢？」興兒也不敢抬頭。鳳姐道：「你從今日不許過去！我什麼時候叫你，你什麼時候到。遲一步兒，你試試！——出去罷！」興兒忙答應幾個「是」，退出門來。鳳姐又叫道：「興兒！」興兒趕忙答應回來。鳳姐道：「快出去告訴你二爺去，是不是啊？」興兒回道：「奴才不敢。」鳳姐道：「你出去提一個字兒，提防你的皮！」

興兒連忙答應著，才出去了。鳳姐又叫：「旺兒呢？」旺兒連忙答應著過來。鳳姐把眼直瞪瞪的瞅了兩三句話的工夫，才說道：「好，旺兒！——很好！去罷！外頭有人提一個字兒，全在你身上！」旺兒答應著，也慢慢的退出去了。鳳姐便叫：「倒茶[13]。」小丫頭子們會意，都出去了。

這裡鳳姐才和平兒說：「你都聽見了？這才好呢！」平兒也不敢答言，只好陪笑兒。鳳姐越想越氣，歪在枕上，只是出神。忽然眉頭一皺，計上心來，便叫：「平兒，來！」平兒連忙答應過來。鳳姐道：「我想這件事，竟該這麼著才好，也不必等你二爺回來再商量了。」未知鳳姐如何辦理，下回分解。

校記

❶「薛姨媽便對寶釵說道……他（尤三姐）不是已經許定給你哥哥的義弟柳湘蓮了麼」，「你」原作「我」，從諸本改。
❷「聰明人」，「聰」原作「總」，從諸本改。
❸「千方百計」，「方」原作「萬」，從諸本改。
❹「寶玉明知黛玉是這個緣故」，「這」原作「是」，從諸本改。
❺「你也忒把人看得小器了」，「把」原作「別」，從諸本改。
❻「妖術邪法」，「邪」原作「部」，從諸本改。
❼「寶釵因笑道……寶玉聽了這話……」，「釵」原作「玉」，從諸本改。
❽「寶釵勸了一回……黛玉道，姐姐說的何嘗不是」，「釵」原作「玉」，從諸本改。
❾「忽然想到寶釵係王夫人的親戚」，「係」原作「和」，從諸本改。
❿「這個又算了個什麼兒呢」，「算」原作「等」，從藤本、王本改。
⓫「剛才我到璉二奶奶那邊」，「到」原作「那」，從諸本改。
⓬「老祝媽」原作「老祀媽」，從諸本改。
⓭「興兒……退到外間門口」，「外」原作「後」，從諸本改（脂本作「後」，後筆改「外」）。

注釋

1 〔虎丘〕 山名，在江蘇省蘇州鎮西北，山上有許多名勝古蹟。這裡的「虎丘」借代蘇州。

2 〔酒令兒〕 飲酒時的各種遊戲，如書中薛蟠、鴛鴦等所說的。這裡是指專為行酒令用的牙籌、紙牌之類的玩具。

3 〔打金斗小小子〕 即打著筋斗的小男孩。這裡說的是玩具。

4 〔沙子燈〕 一種玻璃罩子燈。

5〔扎（ㄓㄚˊ／zhá）掙〕即掙扎。

6〔蝎蝎螫螫〕畏畏縮縮的樣子。

7〔展樣〕物品的式樣大方美觀。這裡指人的氣派開展大方。

8〔紅綠離披〕此指蓮藕的紅花綠葉分散凋謝。離披，分散的樣子。

9〔嘟嚕〕量詞，用於連成一簇的東西：一嘟嚕葡萄，一嘟嚕鑰匙。

10〔冷布〕粗而稀的紗布。

11〔乍著膽子〕本來害怕，勉強壯起膽子來。

12〔超生〕饒恕的意思。道家認為替死者念經表示懺悔，可以使死者得到饒恕。這叫「超生」。

13〔倒茶〕舊時大官會見下級官吏，說「倒茶」就表示會客已完，要倒掉剩茶送走客人的意思。這裡王熙鳳叫「倒茶」，意思是叫小丫頭們都退出去。

【第六十八回】

苦尤娘賺入大觀園　酸鳳姐大鬧寧國府

話說賈璉起身去後，偏值平安節度巡邊在外，約一個月方回，賈璉未得確信，只得住在下處等候。及至回來相見，將事辦妥，回程已是將近兩個月的限了。

誰知鳳姐早已心下算定：只待賈璉前腳走了，回來便傳各色匠役，收拾東廂房❶三間，照依自己正室一樣，裝飾陳設。至十四日，便回明賈母王夫人，說十五日一早要到姑子廟進香去，只帶了平兒、豐兒、周瑞媳婦、旺兒媳婦四人。未曾上車，便將緣故告訴了眾人，又吩咐眾男人，素衣素蓋[1]，一徑前來。興兒引路，一直到了門前叩門。鮑二家的開了，興兒笑道：「快回二奶奶去：大奶奶來了。」

鮑二家的聽了這句，頂梁骨走了真魂[2]。忙飛跑進去，報與尤二姐。尤二姐雖也一驚，但已來了，只得以禮相見；於是忙整理衣裳，迎了出來。至門前，鳳姐方下了車進來。二姐一看，只見頭上都是素白銀器，身上月白緞子襖，青緞子掐銀線的褂子，白綾素裙；眉彎柳葉，高吊兩梢；目横丹鳳，神凝三角：俏麗若三春之桃，清素若九秋之菊。周瑞旺兒的二女人攙進院來。二姐陪笑，忙迎上來拜見，張口便叫「姐姐」，說：「今兒實在不知姐姐下降，不曾遠接，求姐姐寬恕！」說著便拜下去。鳳姐忙陪笑還禮不迭，趕著拉了二姐兒的手，同入房中。鳳姐在上坐，二姐忙命丫頭拿褥子，便行禮，說：「妹子年輕，一從到了這裡，諸事都是家母和家姐商議主張。今兒有幸相會，若姐姐不棄寒微，凡事求姐姐的指教，情願傾心吐膽，只伏侍姐姐❷。」說著便行下禮去。

鳳姐忙下坐還禮，口內忙說：「皆因我也年輕，向來總是婦人的見識，一味的只勸二爺保重，別在外邊眠花宿柳，恐怕叫太爺太太擔心：這都是你我的痴心，誰知二爺倒錯會了我的意。若是外頭包占人家姐妹，瞞著家裡也罷了；如今娶了妹妹作二房，這樣正經大事，也是人家大禮，卻不曾合我說。我也勸過二爺，早辦這件事，果然生個一男半女，連我後來都有靠。不想二爺反以我為那等妒忌不堪的人，私自辦了，真真叫我有冤沒處訴。我的這個心，惟有天地可表。頭十天頭裡，我就風聞著知道了，只怕二爺又錯想了，遂不敢先說；目今可巧二爺走了，所以我親自過來拜見。還求妹妹體諒我的苦心，起動大駕，挪到家中，你我姐妹同居同處，彼此合心合意的諫勸二爺，謹慎世務，保養身子，這才是大禮呢。要是妹妹在外頭，我在裡頭，妹妹白想想，我心裡怎麼過得去呢？再者叫外人聽著，不但我的名聲不好聽，就是妹妹的名兒也不雅。況且二爺的名聲，更是要緊的，倒是談論咱們姐兒們還是小事。至於那起下人小人之言，未免見我素昔持家太嚴，背地裡加減些話❸，也是常情。妹妹想：自古說的：『當家人，惡水缸[3]。』我要真有不容人的地方兒，上頭三層公婆，當中有好幾位姐姐、妹妹、妯娌們，怎麼容得我到今兒？就是今兒二爺私娶妹妹，在外頭住著，我自然不願意見妹妹，我如何還肯來呢？拿著我們平兒說起，我還勸著二爺收他呢。這都是天地神佛不忍叫這些小人們糟蹋我，所以才叫我知道了。我如今來求妹妹，進去和我一塊兒，住的、使的、穿的、戴的，總是一樣兒的。妹妹這樣伶透人，要肯真心幫我，我也得個膀臂。不但那起小人，堵了他們的嘴；就是二爺，回來一見，他也從今後悔，我並不是那種吃醋調歪[4]的人：你我三人，更加和氣。所以妹妹還是我的大恩人呢。要是妹妹不合我去，我也願意搬出來陪著妹妹住，只求妹妹在二爺跟前替我好言方便方便，留我個站腳的地方兒，就叫我伏侍妹妹梳頭洗臉，我也是願意的！」說著，便嗚嗚咽咽，哭將起來了。二姐見了這般，也不免滴下淚來。

二人對見了禮，分序坐下。平兒忙也上來要見禮。二姐見他打扮不凡，舉止品貌不俗，料定必是平兒，連忙親身攙住，只叫：「妹子快別這麼著，你我是一樣的人！」鳳姐忙也起身笑說：「折死[5]了他！妹妹只管受禮，他原是咱們的丫頭，以後快別這麼著。」說著，又命周瑞家的從包袱裡取出四匹上色尺頭，四對金珠簪環，為拜見的禮。二姐忙拜受了。二人吃茶，對訴已往之事。鳳姐口內全是自怨自錯：「怨不得別人。如今只求妹妹疼我！」

二姐是個實心人，便認作他是個好人，想道：「小人不遂心，誹謗主子，也是常理。」故傾心吐膽，敘了一回，竟把鳳姐認為知己。又見周瑞家等媳婦在旁邊稱揚鳳姐素日許多善政，「只是吃虧心太痴了，反惹人怨。」又說：「已經預備了房屋，奶奶進去，一看便知。」尤氏心中早已要進去同住方好，今又見如此，豈有不允之理？便說：「原該跟了姐姐去，只是這裡怎麼著呢？」鳳姐道：「這有何難？妹妹的箱籠細軟，只管著小廝搬了進去，這些粗夯貨，要他無用，還叫人看著。妹妹說誰妥當，就叫誰在這裡。」二姐忙說：「今兒既遇見姐姐，這一進去，凡事只憑姐姐料理。我也來的日子淺，也不曾當過家事，不明白❹，如何敢作主？這幾件箱櫃拿進去罷。我也沒有什麼東西，那也不過是二爺的。」

鳳姐聽了，便命周瑞家的記清，好生看管著，抬到東廂房去。於是催著尤二姐急忙穿戴了，二人攜手上車，又同坐一處，又悄悄的告訴他：「我們家的規矩大。這事老太太、太太一概不知；倘或知道，二爺孝中[6]娶你，管把他打死了！如今且別見老太太、太太。我們有一個花園子極大，姐妹們住著，容易沒人去的。你這一去，且在園子裡住兩天，等我設個法子，回明白了，那時再見方妥。」二姐道：「任憑姐姐裁處。」那些跟車的小廝們皆是預先說明的，如今不進大門，只奔後門來。下了車，趕散眾人，鳳姐便帶了尤氏，進了大觀園的後門，來到李紈處相見了。

彼時大觀園裡的十停人已有九停人知道了。今忽見鳳姐帶了進來，引動眾人來看問。二姐一一見過。眾人見了他標致和悅，無不稱揚。鳳姐一一的吩咐了眾人：「都不許在外走了風聲；若老太太、太太知道，我先叫你們死！」園裡的婆子丫頭都素懼鳳姐的，又係賈璉國孝家孝中所行之事，知道關係非常，都不管這事。

鳳姐悄悄的求李紈收養幾天，「等回明了，我們自然過去。」李紈見鳳姐那邊已收拾房屋，況在服中不好倡揚，自是正理，只得收下權住。鳳姐又便去將他的丫頭一概退出，又將自己的一個丫頭送他使喚，暗暗吩咐他園裡的媳婦們：「好生照看著他。若有走失逃亡，一概和你們算賬！」自己又去暗中行事，不提。

且說合家之人，都暗暗的納罕，說：「看他如何這等賢慧起來了？」那二姐得了這個所在，又見園裡姐妹個個相好，倒也安心樂業的，自為得所。

誰知三日之後，丫頭善姐便有些不服使喚起來。二姐因說：「沒了頭油了，你去回一聲大奶奶，拿些個來。」善姐兒便道：「二奶奶：你怎麼不知好歹，沒眼色？我們奶奶，天天承應了老太太，又要承應這邊太太，那邊太太；這些姑娘妯娌們，上下幾百男女人，天天起來，都等他的話；一日少說，大事也有一二十件，小事還有三五十件；外頭從娘娘算起，以及王公侯伯家，多少人情；家裡又有這些親友的調度；銀子上千錢上萬，一天都從他一個人手裡出入，一個嘴裡調度：那裡為這點子小事去煩瑣他？我勸你能著些兒[7]罷！咱們又不是明媒正娶來的。這是他亙古少有一個賢良人，才這樣待你。若差些兒的人，聽見了這話，吵嚷起來，把你丟在外頭，死不死，活不活，你敢怎麼著呢？」

一夕話，說得尤氏垂了頭。自為有這一說，少不得將就些罷了。那善姐漸漸的連飯也怕端來給他吃了❺，或早一頓，晚一頓，所拿來的東西，皆是剩的。二姐說過兩次，他反瞪著眼叫喚起來了。二姐又怕人笑他不安本分，少不得忍著。

隔上五日八日，見鳳姐一面。那鳳姐卻是和容悅色，滿嘴裡「好妹妹」不離口。又說：「倘有下人不到之處，你降不住他們，只管告訴我，我打他們。」又罵丫頭媳婦說：「我深知你們軟的欺，硬的怕，背著我的眼，還怕誰？倘或二奶奶告訴我一個『不』字，我要你們的命！」二姐見他這般好心，「既有他，我又何必多事？下人不知好歹是常情。我要告了他們，受了委屈，反叫人說我不賢良。」因此，反替他們遮掩。

鳳姐一面使旺兒在外打聽這二姐的底細，皆已深知，果然已有了婆家的：女婿現在才十九歲，成日在外賭博，不理世業，家私花盡了，父母攆他出來，現在賭錢場存身。父親得了尤婆子二十兩銀子，退了親的，這女婿尚不知道，——原來這小伙子名叫張華。鳳姐都一一盡知原委，便封了二十兩銀子給旺兒，悄悄命他將張華勾來養活，「著他寫一張狀子，只要往有司衙門裡告去，就告璉二爺國孝家孝的裡頭，背旨瞞親，仗財依勢，強逼退親，停妻再娶。」

這張華也深知利害，先不敢造次。旺兒回了鳳姐。鳳姐氣得罵道：「真是他娘的話！怨不得俗語說，『癩狗扶不上牆』的！你細細說給他：『就告我們家謀反也沒要緊！』不過是藉他一鬧，大家沒臉；要鬧大了，我這裡自然能夠平服的。」旺兒領命，只得細說與張華。鳳姐又吩咐旺兒：「他若告了你，你就和他對詞去，」如此，如此，「我自有道理。」旺兒聽了有他作主，便又命張華狀子上添上自己，說：「你只告我來旺的過付[8]，一應調唆二爺作的。」

張華便得了主意，和旺兒商議定了，寫一張狀子，次日便往都察院[9]處喊了冤。察院坐堂，看狀子是告賈璉的事，上面有「家人來旺一人」，只得遣人去賈府傳來旺兒來對詞。青衣[10]不敢擅入，只命人帶信。那旺兒正等著此事，不用人帶信，早在這條街上等候，反迎上去，見了青衣，笑道：「起動眾位弟兄：必是兄弟的事犯了。說不得，快來套上。」眾青衣不敢，只說：「好哥哥，你去罷，別鬧了。」

於是來至堂前跪了。察院命將狀子給他看。旺兒故意看了一遍，碰頭說道：「這事小的盡知的，主人實有此事。但這張華素與小的有仇，故意拉小的在內，其中還有人，求老爺再問。」張華碰頭道：「雖還有人，小的不敢告他，所以只告他下人。」旺兒故意的說：「糊塗東西！還不快說出來！這是朝廷公堂上，憑是主子，也要說出來！」張華便說出賈蓉來。察院聽了無法，只得去傳賈蓉。

鳳姐又差了慶兒暗中打聽告下來了，便忙將王信喚來，告訴他此事，命他托察院，只要虛張聲勢，驚唬而已。又拿了三百銀子給他去打點。是夜，王信到了察院私宅，安了根子[11]。那察院深知原委，收了贓銀，次日回堂，只說張華無賴，因拖欠了賈府銀兩，妄捏虛詞，誣賴良人。都察院素與王子騰相好，王信也只到家說了一聲，況是賈府之人，巴不得了事，便也不提此事，且都收下，只傳賈蓉對詞。

且說賈蓉等正忙著賈璉之事，忽有人來報信，說：「有人告你們」，如此如此，這般這般，「快作道理！」賈蓉慌忙來回賈珍。賈珍說：「我卻早防著這一著。倒難為他這麼大膽子。」即刻封了二百兩銀子，著人去打點察院❻；又命家人去對詞。正商議間，又報：「西府二奶奶來了。」賈珍聽了這話，倒吃了一驚，忙要和賈蓉藏躲，不想鳳姐已經進來了，說：「好大哥哥，帶著兄弟們幹的好事！」賈蓉忙請安。鳳姐拉了他就進來。賈珍還笑說：「好生伺候你嬸娘，吩咐他們殺牲口備飯。」說著，便命備馬，躲往別處去了。

這裡鳳姐帶著賈蓉，走進上屋。尤氏也迎出來了，見鳳姐氣色不善，忙說：「什麼事情，這麼忙？」鳳姐照臉一口唾沫，啐道：「你尤家的丫頭沒人要了，偷著只往賈家送！難道賈家的人都是好的，普天下死絕了男人了？你就願意給，也要三媒六證，大家說明，成個體統才是。你痰迷了心，脂油蒙了竅！國孝，家孝，兩層在身，就把個人送了來！這會子叫人告我們，連官場中都知道我利害，吃醋。如今指名提我，要休[12]我！我到了這裡，幹錯了什麼不是，你這麼利害？或是老太太、太太有了話在你心裡，叫你們作這個圈套擠出我去？如今咱們兩個一同去見官，分證明白，回來咱們公同請了合族中人，大家覿面說個明白[13]，給我休書，我就走！」一面說，一面大哭，拉著尤氏，只要去見官。急得賈蓉跪在地下碰頭，只求：「嬸娘息怒！」鳳姐一面又罵賈蓉：「天打雷劈，五鬼分屍[14]的沒良心的東西！不知天有多高，地有多厚，成日家調三窩四，幹出這些沒臉面、沒王法、敗家破業的營生。你死了的娘，陰靈兒也不容你！祖宗也不容你！還敢來勸我！」一面罵著，揚手就打。唬得賈蓉忙碰頭說道：「嬸娘別動氣！只求嬸娘別看這一時，姪兒千日的不好，還有一日的好。實在嬸娘氣不平，何用嬸娘打，等我自己打，嬸娘只別生氣！」說著，就自己舉手，左右開弓，自己打了一頓嘴巴子。又自己問著自己說：「以後可還再顧三不顧四的不了？以後還單聽叔叔的話、不聽嬸娘的話不了？嬸娘是怎麼樣待你？你這麼沒天理，沒良心的！」眾人又要勸，又要笑，又不敢笑。

鳳姐兒滾到尤氏懷裡，嚎天動地，大放悲聲，只說：「給你兄弟娶親，我不惱，為什麼使他違旨背親，把混賬名兒給我背著？咱們只去見官，省了捕快皂隸來拿。再者，咱們過去，只見了老太太、太太和眾族人等，大家公議了，我既不賢良，又不容男人買妾，只給我一紙休書，我即刻就走！你妹妹，我也親身接了來家，生怕老太太、太太生氣，也不敢回，現在三茶六飯，金奴銀婢的住在園裡！我這裡趕著收拾房子，和我一樣的，只等老太太知道了。原說下接過來大家安分守己的，我也不提舊事了，誰知又是有了人家的！不知你們幹的什麼事！我一概又不知道。如今告我，我昨日急了，縱然我出去見官，也丟的是你賈家的臉，少不得偷把太太的五百兩銀子去打點。如今把我的人還鎖在那裡！」說了又哭，哭了又罵。後來又放聲大哭起「祖宗爺娘」來，又要尋死撞頭。把個尤氏揉搓成一個麵團兒，衣服上全是眼淚鼻涕，並無別話，只罵賈蓉：「混賬種子！和你老子作的好事！我當初就說使不得。」

鳳姐兒聽說這話，哭著，搬著尤氏的臉，問道：「你發昏了？你的嘴裡難道有茄子塞著？不就是他們給你嚼子銜上了？為什麼你不來告訴我去？你要告訴了我，這會子不平安了？怎麼得驚官動府，鬧到這步田地？你這會子還怨他們！自古說：『妻賢夫禍少』，『表壯不如裡壯[15]』，你但凡是個好的，他們怎敢鬧出這些事來？你又沒才幹，又沒口齒，鋸了嘴子的葫蘆[16]；就只會一味瞎小心，應賢良的名兒！」說著，啐了幾口。尤氏也哭道：「何曾不是這樣？你不信，問問跟的人，我何曾不勸的？也要他們聽！叫我怎麼樣呢？怨不得妹妹生氣，我只好聽著罷了！」眾姬妾丫頭媳婦等已是黑壓壓跪了一地，陪笑求說：「二奶奶最聖明的。雖是我們奶奶的不是，奶奶也作踐夠了，當著奴才們。奶奶們素日何等的好來？如今還求奶奶給留點臉兒！」

說著，捧上茶來。鳳姐也摔了。一回止了哭，綰頭髮。又喝罵賈蓉：「出去請你父親來，我對面問他！問親大爺的孝才五七[17]，姪兒娶親，這個禮，我竟不知道，我問問也好學著，日後教導你們！」賈蓉只跪著磕頭，說：「這事原不與父母相干，都是姪兒一時吃了屎，調唆著叔叔作的。我父親也並不知道。嬸娘要鬧起來了，姪兒也是個死；只求嬸娘責罰姪兒，姪兒謹領！這官司還求嬸娘料理，姪兒竟不能幹這大事。嬸娘是何等樣人！豈不知俗語說的『胳膊折了，在袖子裡』？姪兒糊塗死了，既作了不肖的事，就和那貓兒狗兒一般，少不得還要嬸娘費心費力，將外頭的事壓住了才好。只當嬸娘有這個不孝的兒子，就惹了禍，少不得委屈還要疼他呢！」說著，又磕頭不絕。

鳳姐兒見了賈蓉這般，心裡早軟了，只是礙著眾人面前，又難改過口來，因嘆了一口

賈蓉

氣，一面拉起來，一面拭淚向尤氏道：「嫂子也別惱我，我是年輕不知事的人，一聽見有人告訴了，把我嚇昏了，才這麼著急的顧前不顧後了。可是蓉兒說的，『胳膊折了，在袖子裡』，剛才的話，嫂子可別惱，還得嫂子在哥哥跟前替說，先把這官司按下去才好。」尤氏賈蓉一齊都說：「嬸娘放心。橫豎一點兒連累不著叔叔。嬸娘方才說用過了五百兩銀子，少不得我們娘兒們打點五百兩銀子，給嬸娘送過去，好補上，那有叫嬸娘又添上虧空的理？那越發我們該死了！但還有一件：老太太、太太們跟前，嬸娘還要周全方便，別提這些話才好！」

鳳姐又冷笑道：「你們饒壓著我的頭幹了事，這會子反哄著我替你們周全！我就是個傻子，也傻不到如此：嫂子的兄弟，是我的什麼人？嫂子既怕他絕了後，我難道不更比嫂子更怕絕後？嫂子的妹子，就合我的妹子一樣，我一聽見這話，連夜喜歡得連覺也睡不成，趕著傳人收拾了屋子，就要接進來同住；倒是奴才小人的見識，他們倒說：『奶奶太性急，若是我們的主意，先回了老太太、太太，看是怎麼樣，再收拾房子去接也不遲。』我聽了這話，叫我要打要罵的，才不言語了。誰知偏不稱我的意，偏偏兒的打嘴，半空裡跑出一個張華來告了一狀。我聽見了，嚇得兩夜沒合眼兒，又不敢聲張，只得求人去打聽這張華是什麼人，這樣大膽。打聽了兩日，誰知是個無賴的花子。小子們說：『原是二奶奶許了他的。他如今急了，凍死餓死，也是個死；現在有這個理他抓住，縱然死了，死得倒比凍死餓死還值些，怎麼怨得他告呢？這事原是爺作得太急了：國孝一層罪，家孝一層罪，背著父母私娶一層罪，停妻再娶一層罪。俗語說，「拚著一身剮，敢把皇帝拉下馬」，他窮瘋了的人，什麼事作不出來？況且他又拿著這滿理，不告等請不成？』嫂子說，我就是個韓信、張良，聽了這話，也把智謀嚇回去了！你兄弟又不在家，又沒個人商量，少不得拿錢去墊補。誰知越使錢越叫人拿住刀靶兒，越發來訛。我是『耗子尾巴上長瘡，——多少膿血兒』！所以又急又氣，少不得來找嫂子——」尤氏賈蓉不等說完，都說：「不必操心，自然要料理的。」賈蓉又道：「那張華不過是窮急，故捨了命才告咱們；如今想了一個法兒：竟許他些銀子，只叫他應個妄告不實之罪，咱們替他打點完了官司，他出來時，再給他些銀子就完了。」鳳姐兒哂著嘴兒，笑道：「難為你想！怨不得你顧一不顧二的，作出這些事來：原來你竟是這麼個有心胸的，我往日錯看了你了！若你說的這話，他暫且依了，且打出官司來，又得了銀子，眼前自然了事。這些人既是無賴的小人，銀子到手，三天五天，一光了，他又來找事訛詐，再要叨蹬起來，咱們雖不怕，終久擔心。擱不住他說：既沒毛病，為什麼反給他銀子？」

賈蓉原是個明白人，聽如此一說，便笑道：「我還有個主意：『來是是非人，去是是非者』[18]，這事還得我了才好。如今我竟問張華個主意，或是他定要人？或是他願意了事，得錢再娶？他若說一定要人，少不得我去勸我二姨娘，叫他出來，還嫁他去；若說要錢，我們少不得給他些個。」鳳姐兒忙道：「雖如此說，我斷捨不得你姨娘出去，我也斷不肯使他出去。他要出去了，咱們家的臉在那裡呢？依我說，只寧可多給錢為是。」賈蓉深知鳳姐兒口雖如此，心卻是巴不得只要本人出來，他卻作賢良人。如今怎麼說，且只好怎麼依著。

鳳姐兒又說❼：「外頭好處了，家裡終久怎麼樣呢？你也和我過去回明了老太太、太太才是。」尤氏又慌了，拉鳳姐兒討主意，怎麼撒謊才好。鳳姐冷笑道：「既沒這本事，誰叫你幹這樣事？這會子這個腔兒，我又看不上！待要不出個主意，我又是個心慈面軟的人，憑人撮弄我，我還是一片傻心腸兒，——說不得，等我應起來。如今你們只別露面，我只領了你妹妹去給老太太、太太們磕頭。只說：原係你妹妹我看上了很好，正因我不大生長，原說買兩個人放在屋裡的；今既見了你妹妹很好，而且又是親上作親的，我願意娶來作二房。皆因家中父母姐妹親近一概死了，日子又難，不能度日，若等百日[19]之後，無奈無家無業，實在難等；就算我的主意，接進來了，已經廂房收拾出來了，暫且住著，等滿了孝再圓房兒[20]，仗著我這不害臊的臉，死活賴去，有了不是，也尋不著你們了：你們娘兒兩個想想，可使得？」

尤氏賈蓉一齊笑說：「到底是嬸娘寬宏大量，足智多謀！等事妥了，少不得我們娘兒們過去拜謝。」鳳姐兒道：「罷呀！還說什麼拜謝不拜謝！」又指著賈蓉道：「今日我才知道你了！」說著，把臉卻一紅，眼圈兒也紅了，似有多少委屈的光景。賈蓉忙陪笑道：「罷了！少不得擔待我這一次罷。」說著，忙又跪下了。鳳姐兒扭過臉去不理他，賈蓉才笑著起來了。

這裡尤氏忙命丫頭們舀水，取妝奩，伏侍鳳姐兒梳洗了，趕忙又命預備晚飯。鳳姐兒執意要回去，尤氏攔著道：「今日二嬸子要這麼走了，我們什麼臉還過那邊去呢？」賈蓉旁邊笑著勸道：「好嬸娘！親嬸娘！以後蓉兒要不真心孝順你老人家，天打雷劈！」鳳姐瞅了他一眼，啐道：「誰信你這——」說到這裡，又咽住了。一面老婆丫頭們擺上酒菜來，尤氏親自遞酒布菜。賈蓉又跪著敬了一鍾酒。鳳姐便合尤氏吃了飯。丫頭們遞了漱口茶，又捧上茶來。鳳姐喝了兩口，便起身回去。賈蓉親身送過來，進門時，又悄悄的央告了幾句私心話，鳳姐也不理他，只得怏怏的回去了[8]。

且說鳳姐進園中，將此事告訴尤二姐，又說，我怎麼操心，又怎麼打聽，須得如此如此，方保得眾人無罪，「少不得咱們按著這個法兒來才好。」不知鳳姐又想出什麼計策，且聽下回分解。

■ 校記

❶「鳳姐早已心下算定，只待賈璉前腳走了，回來便傳各色匠役，收拾東廂房」，「待」原作「得」，「廂」原作「廟」，從諸本改。
❷「情願傾心吐膽，只伏侍姐姐」，「願」原作「故」，從諸本改。
❸「加減些話」原作「加些減話」，從諸本改。
❹「也不曾當過家事，不明白」，脂本作「也不曾當過家，世事不明白」，今但酌依原文斷句。
❺「那善姐漸漸的連飯也怕端來給他吃了」，「怕」藤本、王本作「懶」。
❻「賈珍……即刻封了二百兩銀子，著人去打點察院」，「封」原作「對」，今暫從諸本改。
❼「鳳姐兒又說」，諸本作「鳳姐兒歡喜了，又說」。
❽「進門時，又悄悄的央告了幾句私心話，鳳姐也不理他，只得怏怏的回去了」，諸本作「才回去了」四字。

■ 注釋

1 〔**素衣素蓋**〕 白色的衣裳和白色的傘蓋。

2 〔**頂梁骨走了真魂**〕 頂梁骨即頭蓋骨。這句是說驚嚇得要死。

3 〔**當家人，惡水缸**〕 俗語。意思是，當家的人得有個大肚量，好的歹的都得能盛下，好像污水缸，什麼髒水都能容納。王熙鳳在這裡是借用這個俗語來美化自己，欺騙別人。

4 〔**吃醋調歪**〕 心裡嫉妒而不懷好意。

5 〔**折死**〕 下對上，奴對主，行禮是應當的；如果反過來就不合理，在下的人就會「折壽」——縮短壽命。

6 〔**孝中**〕 長輩喪亡，穿孝服的時期。下文的「服中」，也是這個意思。清朝的法律規定，在服喪期間嫁娶，要受「杖八十」的刑罰。

7〔能（ㄋㄞˋ／nài）著些兒〕能，忍耐的意思。

8〔過付〕買賣和有買賣性質的事務，通過中間人交付財物。

9〔都察院〕明清設置的負責檢查官吏不法行為的官署（詳見一一九回注）。

10〔青衣〕官府的差人多穿黑衣服，故叫皂隸或青衣。

11〔安了根子〕此指暗中賄賂官府，求得包庇。

12〔休〕在傳統社會中，丈夫可以隨意把妻子驅逐出去，斷絕關係，這叫「休妻」，也叫「出妻」。下文的「休書」，就是為出妻而寫的文書。

13〔覿（ㄉㄧˊ／dí）面〕見面，當面。

14〔天打雷劈，五鬼分屍〕舊時說法，人作出了違法的事情，會受天打雷劈，遭眾鬼分屍，不得好死。

15〔表壯不如裡壯〕表，外面。裡，內。壯，棒、有能力。舊時妻稱丈夫為「外子」，夫稱妻為「內子」。這句是說丈夫有才幹，還不如妻子會理家。

16〔鋸了嘴子的葫蘆〕比喻光有嘴沒有舌頭，不會說話。

17〔五七〕人死後的第三十五天。按傳統禮儀，「親大爺的孝」，姪兒應服喪一百天，這就是下文說的「百日」。在此期間不許辦婚事。

18〔來是是非人，去是是非者〕意思是，誰作的錯事還由誰去收拾。來，招致；去，解除。

19〔百日〕舊時喪俗，人死後的第一百天，喪家延請和尚念經誦佛，為死者懺悔，以求超渡。

20〔圓房兒〕原指童養媳和未婚夫開始過夫妻生活。這裡是正式結婚的意思。

【第六十九回】弄小巧用借劍殺人　覺大限吞生金自逝

話說尤二姐聽了，又感激不盡，只得跟了他來。尤氏那邊怎好不過來呢，少不得也過來，跟著鳳姐去回。鳳姐笑說：「你只別說話，等我去說。」尤氏道：「這個自然。但有了不是，往你身上推就是了。」說著，大家先至賈母屋裡。

正值賈母和園裡姐妹們說笑解悶兒，忽見鳳姐帶了一個絕標致的小媳婦兒進來，忙覷著眼瞧說：「這是誰家的孩子？好可憐見兒的！」鳳姐上來笑道：「老祖宗細細的看看，好不好？」說著，忙拉二姐兒說：「這是太婆婆了，快磕頭。」二姐兒忙行了大禮。鳳姐又指著眾姐妹說，這是某人某人，「太太瞧過，回來好見禮❶。」二姐兒聽了，只得又重新故意的問過，垂頭站在旁邊。

賈母上下瞧了瞧，仰著臉，想了想，因又笑問：「這孩子我倒像那裡見過他，好眼熟啊❷！」鳳姐忙又笑說：「老祖宗且別講那些，只說比我俊不俊。」賈母又戴上眼鏡，命鴛鴦琥珀：「把那孩子拉過來，我瞧瞧肉皮兒。」眾人都抿著嘴兒笑，推他上去。賈母細瞧了一遍，又命琥珀：「拿出他的手來我瞧瞧。」賈母瞧畢，摘下眼鏡來，笑說道：「很齊全。我看比你還俊呢！」

鳳姐聽說，笑著，忙跪下將尤氏那邊所編之話，一五一十，細細的說了一遍，「少不得老祖宗發慈心，先許他進來住，一年後再圓房兒。」賈母聽了道：「這有什麼不是？既你這樣賢良，很好，只是一年後才圓得房。」

鳳姐聽了，叩頭起來，又求賈母：「著兩個女人，一同帶去見太太們，說是老祖宗的主意。」賈母依允，遂使二人帶去，見了邢夫人等。王夫人正因他風聲不雅，深為憂慮；見他今行此事，豈有不樂之理？於是尤二姐自此見了天日，挪到廂房居住。

鳳姐一面使人暗暗調唆張華，只叫他要原妻，這裡還有許多陪送外，還給他銀子安家過活。張華原無膽無心告賈家的，後來又見賈蓉打發了人對詞，那人原說的：「張華先退了婚，我們原是親戚，接到家裡住著是真，並無強娶之說。皆因張華拖欠我們的債務，追索不給，方誣賴小的主兒。」那察院都和賈王兩處有瓜葛，況又受了賄，只說張華無賴，以窮訛詐，狀子也不收，打了一頓趕出來。慶兒在外，替張華打點，也沒打重，又調唆張華，說：「這親原是你家定的，你只要親事，官必還斷給你。」於是又告。王信那邊又透了消息與察院。察院便批：「張華借欠賈宅之銀，令其限內按數交還；其所定之親，仍令其有力時娶回。」又傳了他父親來，當堂批准。他父親亦係慶兒說明，樂得人財兩得，便去賈家領人。

鳳姐一面嚇得來回賈母說，如此這般：「都是珍大嫂子幹事不明，那家並沒退准，惹人告了。如此官斷。」賈母聽了，忙喚尤氏過來，說他作事不妥：「既你妹子從小與人指腹為婚，又沒退斷，叫人告了，這是什麼事？」尤氏聽了，只得說：「他連銀子都收了，怎麼沒准？」鳳姐在旁說：「張華的口供上現說沒見銀子，也沒見人去。他老子又說：

『原是親家說過一次，並沒應准；親家死了，你們就接進去作二房。』如此沒對證的話，只好由他去混說。幸而璉二爺不在家，不曾圓房，這還無妨；只是人已來了，怎好送回去？豈不傷臉？」賈母道：「又沒圓房，沒得強占人家有夫之人，名聲也不好，不如送給他去。那裡尋不出好人來？」尤二姐聽了，又回賈母說：「我母親實在某年、某月、某日，給了他二十兩銀子退准的。他因窮極了告，又翻了口。我姐姐原沒錯辦。」賈母聽了，便說：「可見刁民難惹。既這樣，鳳丫頭去料理料理。」

鳳姐聽了，無法，只得應著回來，只命人去找賈蓉。賈蓉深知鳳姐之意。——若要使張華領回，成何體統？便回了賈珍，暗暗遣人去說張華：「你如今既有許多銀子，何必定要原人？若只管執定主意，豈不怕爺們一怒，尋出一個由頭，你死無葬身之地！你有了銀子，回家去，什麼好人尋不出來？你若走呢，還賞你些路費。」張華聽了，心中想了一想：「這倒是好主意！」和父母商議已定，約共也得了有百金，父子次日起了五更，便回原籍去了。

賈蓉打聽得真了，來回了賈母鳳姐，說：「張華父子妄告不實，懼罪逃走，官府亦知此情，也不追究，大事完畢。」

鳳姐聽了，心中一想：「若必定著張華帶回二姐兒去，未免賈璉回來，再花幾個錢包占住，不怕張華不依；還是二姐兒不去，自己拉絆著還妥當，且再作道理。只是張華此去，不知何往，倘或他再將此事告訴了別人，或日後再尋出這由頭來翻案，豈不是自己害了自己？原先不該如此把刀靶兒遞給外人哪！」因此，後悔不迭。復又想了一個主意出來，悄命旺兒遣人尋著了他，或訛他作賊，和他打官司，將他治死，或暗使人算計，務將張華治死，方剪草除根，保住自己的名聲。

旺兒領命出來，回家細想：「人已走了完事，何必如此大作？人命關天，非同兒戲。我且哄過他去，再作道理。」因此在外躲了幾日，回來告訴鳳姐，只說：「張華因有幾兩銀子在身上，逃去第三日，在京口地界，五更天，已被截路打悶棍的打死了。他老子唬死在店房，在那裡驗屍掩埋。」鳳姐聽了不信，說：「你要撒謊，我再使人打聽出來，敲你的牙！」自此，方丟過不究。鳳姐和尤二姐和美非常，竟比親姐妹還勝幾倍。

那賈璉一日事畢回來，先到了新房中，已經靜悄悄的關鎖，只有一個看房子的老頭兒。賈璉問起緣故，老頭子細說原委，賈璉只在鐙中跌足。少不得來見賈赦和邢夫人，將所完之事回明。賈赦十分歡喜，說他中用，賞了他一百兩銀子，又將房中一個十七歲的丫鬟名喚秋桐賞他為妾。賈璉叩頭領去，喜之不盡。見了賈母合家眾人，回來見了鳳姐，未免臉上有些愧色。誰知鳳姐反不似往日容顏，同尤二姐一同出來，敘了寒溫。賈璉將秋桐之事說了，未免臉上有些得意驕矜之色。

鳳姐聽了，忙命兩個媳婦坐車到那邊接了來。心中一刺未除，又憑空添了一刺，說不得且吞聲忍氣，將好顏面換出來遮飾。一面又命擺酒接風，一面帶了秋桐來見賈母與王夫人等。賈璉心中也暗暗的納罕。

且說鳳姐在家，外面待尤二姐自不必說的，只是心中又懷別意，無人處，只和尤二姐說：「妹妹的名聲很不好聽，連老太太、太太們都知道了，說妹妹在家作女孩兒就不乾淨，又和姐夫來往太密，『沒人要的，你揀了來，還不休了，再尋好的！』我聽見這話氣得什麼兒似的。後來打聽是誰說的，又查不出來。日久天長，這些奴才們跟前，怎麼說嘴呢？我反弄了魚頭來折[1]！」說了兩遍，自己先「氣病了」，茶飯也不吃。除了平兒，眾丫頭媳婦無不言三語四，指桑說槐，暗相譏刺。

且說秋桐自以為係賈赦所賜，無人僭他的，連鳳姐平兒皆不放在眼裡，豈容那先姦後娶、沒人抬舉的婦女？鳳姐聽了暗樂。自從裝病，便不和尤二姐吃飯，每日只命人端了菜飯到他房中去吃。那茶飯都係不堪之物。平兒看不過，自己拿錢出來弄菜給他吃；或是有時只說和他園中逛逛，在園中廚內另作了湯水給他吃。也無人敢回鳳姐。只有秋桐碰見了，便去說舌，告訴鳳姐說：「奶奶名聲，生是平兒弄壞了的。這樣好菜好飯，浪著不吃，卻往園裡去偷吃。」鳳姐聽了，罵平兒說：「人家養貓會拿耗子，我的貓倒咬雞！」平兒不敢多說，自此也就遠著了，又暗恨秋桐。

園中姐妹一干人暗為二姐擔心。雖都不敢多言，卻也可憐。每常無人處，說起話來，二姐便淌眼抹淚，又不敢抱怨鳳姐兒。——因無一點壞形。

賈璉來家時，見了鳳姐賢良，也便不留心。況素昔見賈赦姬妾丫鬟最多，賈璉每懷不軌之心，只未敢下手；今日天緣湊巧，竟把秋桐賞了他，真是一對烈火乾柴，如膠投漆，燕爾新婚[2]，連日那裡拆得開？賈璉在二姐身上之心，也漸漸淡了，只有秋桐一人是命。

鳳姐雖恨秋桐，且喜藉他先可發脫二姐，用「借刀殺人」之法，「坐山觀虎鬥」，等秋桐殺了尤二姐，自己再殺秋桐。主意已定，沒人處，常又私勸秋桐說：「你年輕不知事。他現是二房奶奶，你爺心坎兒上的人，我還讓他三分，你去硬碰他，豈不是自尋其死？」

那秋桐聽了這話，越發惱了，天天大口亂罵，說：「奶奶是軟弱人，那等賢慧，我卻作不來！奶奶把素日的威風，怎麼都沒了？奶奶寬宏大量，我卻眼裡揉不下沙子去。讓我和這娼婦作一回，他才知道呢！」鳳姐兒在屋裡，只裝不敢出聲兒。氣得尤二姐在房裡哭泣，連飯也不吃，又不敢告訴賈璉。次日，賈母見他眼睛紅紅的腫了，問他，又不敢說。

秋桐正是抓乖賣俏之時，他便悄悄的告訴賈母王夫人等說：「他專會作死，好好的，成天喪聲嚎氣。背地裡咒二奶奶和我早死了，好和二爺一心一計的過。」賈母聽了，便說：「人太生嬌俏了，可知心就嫉妒了。鳳丫頭倒好意待他，他倒這樣爭鋒吃醋，可知是個賤骨頭！」因此，漸次便不大喜歡，眾人見賈母不喜，不免又往上踐踏起來。弄得這尤二姐要死不能，要生不得。還是虧了平兒時常背著鳳姐與他排解。

那尤二姐原是「花為腸肚，雪作肌膚」的人，如何經得這般折磨？不過受了一月的暗氣，便懨懨得了一病，四肢懶動，茶飯不進，漸次黃瘦下去。夜來合上眼，只見他妹妹手捧鴛鴦寶劍，前來說：「姐姐！你為人一生心痴意軟，終久吃了虧！休信那妒婦花言巧語，外作賢良，內藏奸猾。他發狠定要弄你一死方罷。若妹子在世，斷不肯令你進來；就是進來，亦不容他這樣。此亦係理數應然：只因你前生淫奔不才，使人家喪倫敗行，故有此報。你速依我，將此劍斬了那妒婦，一同回至警幻案下，聽其發落。不然，你白白的喪命，也無人憐惜的！」尤二姐哭道：「妹妹，我一生品行既虧，今日之報，既係當然，何必又去殺人作孽？」三姐兒聽了，長嘆而去。

這二姐驚醒，卻是一夢。等賈璉來看時，因無人在側，便哭著合賈璉說：「我這病不能好了！我來了半年，腹中已有身孕，但不能預知男女。倘老天可憐，生下來還可；若不然，我的命還不能保，何況於他！」賈璉亦哭說：「你只管放心，我請名人來醫治。」於是出去，即刻請醫生。

誰知王太醫此時也病了，又謀幹了軍前效力，回來好討蔭封[3]的。小廝們走去，便仍舊請了那年給晴雯看病的太醫胡君榮來。診視了，說是經水不調，全要大補。賈璉便說：「已是三月庚信[4]不行，又常嘔酸，恐是胎氣。」胡君榮聽了，復又命老婆子請出手來，再看了半日，說：「若論胎氣，肝脈自應洪大；然木盛則生火，經水不調，亦皆因肝木所致。醫生要大膽，須得請奶奶將金面略露一露，醫生觀看氣色，方敢下藥。」賈璉無法，只得命將帳子掀起一縫。尤二姐露出臉來。胡君榮一見，早已魂飛天外，那裡還能辨氣色？一時掩了帳子，賈璉陪他出來，問是如何。胡太醫道：「不是胎氣，只是瘀血凝結。如今只以下瘀通經要緊。」於是寫了一方，作辭而去。

賈璉令人送了藥禮，抓了藥來，調服下去。只半夜光景，尤二姐腹痛不止，誰知竟將一個已成形的男胎打下來了。於是血行不止，二姐就昏迷過去。賈璉聞知，大罵胡君榮。一面遣人再去請醫調治，一面命人去找胡君榮。胡君榮聽了，早已捲包逃走。

這裡太醫便說：「本來血氣虧弱，受胎以來，想是著了些氣惱，鬱結於中。這位先生誤用虎狼之劑，如今大人元氣，十傷八九，一時難保就癒。煎丸二藥並行，還要一些閑言閑事不聞，庶可望好。」說畢而去，——也開了個煎藥方子並調元散鬱的丸藥方子，去了。急得賈璉便查：「誰請的姓胡的來！」一時查出，便打了個半死。

鳳姐比賈璉更急十倍，只說：「咱們命中無子！好容易有了一個，遇見這樣沒本事的大夫來！」於是天地前燒香禮拜，自己通誠禱告，說：「我情願有病，只求尤氏妹子身體大癒，再得懷胎，生一男子，我願吃長齋念佛！」賈璉眾人見了，無不稱讚。

賈璉與秋桐在一處。鳳姐又作湯作水的著人送與二姐，又叫人出去算命打卦。偏算命的回來又說：「係屬兔的陰人[5]沖犯了。」大家算將起來，只有秋桐一人屬兔兒，說他沖的。

秋桐見賈璉請醫調治，打人罵狗，為二姐十分盡心，他心中早浸了一缸醋在內了；今又聽見如此，說他沖了，鳳姐兒又勸他說：「你暫且別處躲幾日再來。」秋桐便氣得哭罵道：「理那起餓不死的雜種，混嚼舌根！我和他『井水不犯河水』，怎麼就沖了他？好個『愛八哥兒』[6]！在外頭什麼人不見？偏來了就沖了！我還要問問他呢：到底是那裡來的孩子？他不過哄我們那個棉花耳朵[7]的爺罷了，縱有孩子，也不知張姓王姓的！奶奶稀罕那雜種羔子，我不喜歡！誰不會養？一年半載養一個，倒還是一點攙雜沒有的呢！」眾人又要笑，又不敢笑。

可巧邢夫人過來請安，秋桐便告訴邢夫人說：「二爺二奶奶要攆我回去，我沒了安身之處，太太好歹開恩！」邢夫人聽說，便數落了鳳姐兒一陣，又罵賈璉：「不知好歹的種子！憑他怎麼樣，是老爺給的，為個外來的攆他，連老子都沒了！」說著，賭氣去了。

秋桐更又得意，越發走到窗戶根底下，大罵起來。尤二姐聽了，不免更添煩惱。晚間，賈璉在秋桐房中歇了，鳳姐已睡，平兒過尤二姐那邊來勸慰了一番，尤二姐哭訴了一回。平兒又囑咐了幾句，夜已深了，方去安息。

這裡尤二姐心中自思：「病已成勢，日無所養，反有所傷，料定必不能好。況胎已經打下，無甚懸心，何必受這些零氣？不如一死，倒還乾淨。常聽見人說『金子可以墜死人』，豈不比上吊自刎又乾淨。」想畢，扎掙起來，打開箱子，便找出一塊金❸，也不知多重。哭了一回，外邊將近五更天氣，那二姐咬牙狠命，便吞入口中，幾次直脖，方咽了下去。於是趕忙將衣裳首飾穿戴齊整，上炕躺下。當下人不知，鬼不覺。

到第二日早晨，丫鬟媳婦們見他不叫人，樂得自己梳洗。鳳姐秋桐都上去了。平兒看不過，說丫頭們：「就只配沒人心的打著罵著使，也罷了！一個病人，也不知可憐可憐。他雖好性兒，你們也該拿出個樣兒來，別太過逾了，『牆倒眾人推』！」丫鬟聽了，急推房門進來看時，卻穿戴得齊齊整整，死在炕上，於是方嚇慌了，喊叫起來。平兒進來瞧見，不禁大哭。眾人雖素昔懼怕鳳姐，然想二姐兒實在溫和憐下，如今死去，誰不傷心落淚？只不敢與鳳姐看見。

當下合宅皆知。賈璉進來，摟尸大哭不止。鳳姐也假意哭道，「狠心的妹妹！你怎麼丟下我去了？辜負了我的心！」尤氏賈蓉等也都來哭了一場，勸住賈璉。賈璉便回了王夫人，討了梨香院，停放五日，挪到鐵檻寺去。王夫人依允。賈璉忙命人去往梨香院收拾停靈，將二姐兒抬上去，用衾單蓋了，八個小廝和八個婦女圍隨，抬往梨香院來。那裡已請下天文生，擇定明日寅時入殮大吉；五日出不得，七日方可。賈璉道：「竟是七日。因家叔家兄皆在外，小喪不敢久停。」天文生應諾，寫了殃榜[8]而去。寶玉一早過來，陪哭一場。眾族人也都來了。賈璉忙進去找鳳姐，要銀子治辦喪事。

鳳姐兒見抬了出去，推有病，回：「老太太、太太說，我病著，忌三房[9]，不許我去，我因此也不出來穿孝。」且往大觀園中來，繞過群山，至北界牆根下，往外聽了一言半語❹，回來又回賈母說，如此這般。賈母道：「信他胡說！誰家癆病死的孩子不燒了？

也認真開喪破土起來！既是二房一場，也是夫妻情分，停五七日，抬出來，或一燒，或亂葬埂上埋了完事。」鳳姐笑道：「可是這話，我又不敢勸他。」

正說著，丫鬟來請鳳姐，說：「二爺在家，等著奶奶拿銀子呢。」鳳姐兒只得來了，便問他：「什麼銀子？家裡近日艱難，你還不知道？咱們的月例一月趕不上一月。昨兒我把兩個金項圈當了三百銀，使剩了還有二十幾兩，你要就拿去。」說著，便命平兒拿出來，遞給賈璉，指著賈母有話，又去了。恨得賈璉無話可說，只得開了尤氏箱籠，去拿自己體己。及開了箱櫃，一點無存，只有些拆簪爛花，並幾件半新不舊的綢絹衣裳：都是尤二姐素日穿的。不禁又傷心哭了。想著他死得不分明，又不敢說。只得自己用個包袱，一齊包了，也不用小廝丫鬟來拿，自己提著來燒。

平兒又是傷心，又是好笑，忙將二百兩一包碎銀子偷出來，悄遞與賈璉，說：「你別言語才好。你要哭，外頭有多少哭不得？又跑了這裡來點眼[10]！」賈璉便說道：「你說得是。」接了銀子，又將一條汗巾遞與平兒，說：「這是他家常繫的，你好生替我收著，作個念心兒[11]！」平兒只得接了，自己收去。

賈璉收了銀子，命人買板進來，連夜趕造，一面分派了人口守靈。晚上自己也不進去，只在這裡伴宿。放了七日，想著二姐舊情，雖不大敢作聲勢，卻也不免請些僧道超渡亡靈。一時，賈母忽然來喚❺。未知何事，下回分解。

■校記

❶「這是某人某人，太太瞧過，回來好見禮」，諸本作「這是某人某人，你先認了，太太瞧過了再見禮」。

❷「這孩子我倒像那裡見過他，好眼熟啊」，諸本作「你姓什麼，今年十幾歲了」。

❸「一塊金」，諸本作「一塊生金」。

❹「一言半語」，脂本作「一半言語」。

❺「一時，賈母忽然來喚」，「喚」字原無。按自上文「放了七日」句至此句一段，諸本皆無，唯第七十回首接敘此事有「賈母喚了他去」字樣，今暫酌補「喚」字。

■注釋

1〔**弄了魚頭來折**〕折魚頭，是比喻處理一件麻煩的事情。

2〔**燕爾新婚**〕燕爾，愉快、歡樂的樣子。「詩經・邶風・谷風」：「宴爾新昏，如兄如弟。」宴同燕，昏同婚，此「新婚」指重新同旁的女人結婚。

3〔**蔭封**〕後代子孫因先世功勛而繼承官爵。

4〔**庚信**〕婦女的月經。

5〔**陰人**〕舊指婦女。

6〔**愛八哥兒**〕指可愛的東西。這裡是諷刺被寵愛的人。也說「愛不夠兒」。第七十三回「愛巴物兒」，義同。

7〔**棉花耳朵**〕沒有主見，隨便聽信旁人的話，稱為「耳軟」。「棉花耳朵」是對「耳軟」的諷刺性的比喻。

8〔**殃榜**〕舊社會中的陰陽先生（天文生）給死者寫的榜文，上面寫有死者的生卒年等事。

9〔忌三房〕舊風俗，病人不得進產房、新房和凶房。

10〔點眼〕在別人已不注意的時候，故意用一種動作招致別人的注意。

11〔念心兒〕紀念品。也寫作「念信兒」。

【第七十回】林黛玉重建桃花社　史湘雲偶填柳絮詞

話說賈璉自在梨香院伴宿七日夜，天天僧道不斷作佛事。賈母喚了他去，吩咐不許送往家廟中。賈璉無法，只得又和時覺說了，就在尤三姐之上，點了一個穴，破土埋葬。那日送殯，只不過族中人與王姓夫婦、尤氏婆媳而已。

鳳姐一應不管，只憑他自去辦理。又因年近歲逼，諸事煩雜不算外，又有林之孝開了一個人單子來回：共有八個二十五歲的單身小廝，應該娶妻成房的，等裡面有該放的丫頭，好求指配[1]。鳳姐看了，先來問賈母和王夫人，大家商議。雖有幾個應該發配的，奈各人皆有緣故：第一個鴛鴦，發誓不去。自那日之後，一向未與寶玉說話，也不盛妝濃飾。眾人見他志堅，也不好相強。第二個琥珀，現又有病，這次不能了。彩雲因近日和賈環分崩，也染了無醫之症。只有鳳姐兒和李紈房中粗使的大丫頭發出去了。其餘年紀未足，令他們外頭自娶去了。

原來這一向因鳳姐兒病了，李紈探春料理家務，不得閑暇，接著過年過節，許多雜事，竟將詩社擱起。如今仲春天氣，雖得了工夫，爭奈寶玉因柳湘蓮遁跡空門，又聞得尤三姐自刎，尤二姐被鳳姐逼死，又兼柳五兒自那夜監禁之後，病越重了：連連接接，閑愁胡恨，一重不了一重添，弄得情色若痴，語言常亂，似染怔忡[2]之病。慌得襲人等又不敢回賈母，只百般逗他玩笑。

這日清晨方醒，只聽得外間屋內咭咭呱呱，笑聲不斷。襲人因笑說：「你快出去拉拉罷，晴雯和麝月兩個人按住芳官那裡隔肢[3]呢。」寶玉聽了，忙披上灰鼠長襖，出來一瞧，只見他三人被褥尚未疊起，大衣也未穿：那晴雯只穿著蔥綠杭綢小襖，紅綢子小衣兒，披著頭髮，騎在芳官身上。麝月是紅綾抹胸，披著一身舊衣，在那裡抓芳官的肋肢，芳官卻仰在炕上，穿著撒花緊身兒，紅褲綠襪，兩腳亂蹬，笑得喘不過氣來。寶玉忙笑說：「兩個大的欺負一個小的！等我來撓你們。」說著也上床來隔肢晴雯。晴雯觸癢，笑得忙丟下芳官，來合寶玉對抓，芳官趁勢將晴雯按倒。襲人看他四人滾在一處，倒好笑，因說道：「仔細凍著了可不是玩的。都穿上衣裳罷！」

忽見碧月進來說：「昨兒晚上，奶奶在這裡把塊絹子忘了去，不知可在這裡沒有？」春燕忙應道：「有。我在地下撿起來，不知是那一位的，才洗了，剛晾著，還沒有乾呢。」碧月見他四人亂滾，因笑道：「倒是你們這裡熱鬧，大清早起就咭咭呱呱的玩成一處。」寶玉笑道：「你們那裡人也不少，怎麼不玩？」碧月道：「我們奶奶不玩，把兩個姨娘和姑娘也都拘住了。如今琴姑娘跟了老太太前頭去，更冷冷清清的了。兩個姨娘到明年冬天，也都家去了，更那才冷清呢！你瞧瞧，寶姑娘那裡出去了一個香菱，就像短了多少人似的，把個雲姑娘落了單了。」

正說著，見湘雲又打發了翠縷來說：「請二爺快出去瞧好詩。」寶玉聽了，忙梳洗出去；果見黛玉、寶釵、湘雲、寶琴、探春，都在那裡，手裡拿著一篇詩看。見他來時，都笑道：「這會子還不起來！咱們的詩社散了一年，也沒有一個人作興作興；如今正是初春時節，萬物更新，正該鼓舞另立起來才好。」湘雲笑道：「一起詩社時是秋天，就不發達。如今卻好萬物逢春，咱們重新整理起這個社來，自然要有生趣了。況這首『桃花詩』又好，就把海棠社改作桃花社，豈不大妙呢？」寶玉聽著點頭，說：「很好。」且忙著要詩看。眾人都又說：「咱們此時就訪稻香老農去，大家議定好起社。」

說著，一齊站起來，都往稻香村來。寶玉一壁走，一壁看，寫著是：

桃花行[4]

桃花簾外東風軟[5]，桃花簾內晨妝懶[6]；簾外桃花簾內人，人與桃花隔不遠；東風有意揭簾櫳，花欲窺人簾不捲。桃花簾外開仍舊，簾中人比桃花瘦；花解[7]憐人[8]花亦愁，隔簾消息風吹透。風透簾櫳花滿庭，庭前春色倍傷情；閑苔院落門空掩，斜日欄杆人自憑。憑欄[9]人向東風泣，茜裙[10]偷傍桃花立；桃花桃葉亂紛紛，花綻[11]新紅葉凝碧。樹樹烟封[12]一萬株，烘樓照壁[13]紅模糊。天機[14]燒破鴛鴦錦，春酣欲醒移珊枕[15]；侍女金盆進水來，香泉飲蘸[16]胭脂冷。胭脂鮮艷何相類：花之顏色人之淚；——若將人淚比桃花，淚自長流花自媚；淚眼觀花淚易乾，淚乾春盡花憔悴[17]。憔悴花遮憔悴人，花飛人倦易黃昏；一聲杜宇[18]春歸盡，寂寞簾櫳空月痕[19][20][21]！

寶玉看了，並不稱讚，痴痴呆呆，竟要滾下淚來。又怕眾人看見，忙自己拭了。因問：「你們怎麼得來？」寶琴笑道：「你猜是誰作的？」寶玉笑道：「自然是瀟湘子的稿子了。」寶琴笑道：「現在是我作的呢！」

寶玉笑道：「我不信！這聲調口氣，迥乎不像[22]。」寶琴笑道：「所以你不通：難道杜工部首首都作『叢菊兩開他日淚』[23]不成？一般的也有『紅綻雨肥梅』[24]『水荇牽風翠帶長』[25]等語。」寶玉笑道：「固然如此，但我知道姐姐斷不許妹妹有此傷悼之句。妹妹本有此才，卻也斷不肯作的。比不得林妹妹曾經離喪，作此哀音。」

眾人聽說，都笑了。已至稻香村中，將詩與李紈看了，自不必說，稱讚不已。說起詩社，大家議定：明日乃三月初二日，就起社，便改「海棠社」為「桃花社」，黛玉為社主。明日飯後，齊集瀟湘館。因又大家擬題。黛玉便說：「大家就要『桃花詩』一百韻。」寶釵道：「使不得。古來『桃花詩』最多，縱作了，必落套，比不得你這一首古風[26]。須得再擬。」正說著，人回：「舅太太來了，請姑娘們出去請安。」因此大家都往前頭來見王子勝的夫人，陪著說話。飯畢，又陪著入園中來遊玩一遍，至晚飯後掌燈方去。

次日乃是探春的壽日，元春早打發了兩個小太監，送了幾件玩器。合家皆有壽禮，自不必細說。飯後，探春換了禮服，各處行禮。黛玉笑向眾人道：「我這一社開得又不巧了：偏忘了這兩日是他的生日。雖不擺酒唱戲，少不得都要陪他在老太太、太太跟前玩笑一日，如何能得閑空兒？」因此，改至初五。

這日，眾姐妹皆在房中侍早膳畢，便有賈政書信到了。寶玉請安，將請賈母的安稟[27]拆開，念與賈母聽。上面不過是請安的話，說六月准進京等語。其餘家信事物之帖，自有賈璉和王夫人開讀。眾人聽說六七月回京，都喜之不盡。偏生這日王子勝將姪女許與保寧侯之子為妻，擇於五月間過門，鳳姐兒又忙著張羅，常三五日不在家。這日，王子勝的夫人又來接鳳姐兒，一併請眾甥男甥女樂一日。賈母和王夫人命寶玉、探春、黛玉、寶釵四人同鳳姐兒去。眾人不敢違拗，只得回房去，另妝飾了起來。五人去了一日，掌燈方回。

寶玉進入怡紅院，歇了半刻，襲人便乘機勸他收一收心，閑時把書理一理，好預備著。寶玉屈指算了一算，說：「還早呢。」襲人道：「書還是第二件：到那時縱然你有了書，你的字寫的在那裡呢？」寶玉笑道：「我時常也有寫了的好些，難道都沒收著？」襲人道：「何曾沒收著？你昨兒不在家，我就拿出來，統共數了一數，才有五百六十幾篇：這二三年的工夫，難道只有這幾張字不成？依我說，明日起，把別的心先都收起來，天天快臨幾張字補上。雖不能按日都有，也要大概看得過去。」

寶玉聽了，忙著自己又親檢了一遍，實在搪塞不過，便說：「明日為始，一天寫一百字才好。」說話時，大家睡下。至次日起來，流洗了，便在窗下恭楷臨帖。賈母因不見他，只當病了，忙使人來問。寶玉方去請安，便說：「寫字之故，因此出來遲了。」賈母聽說，十分喜歡，就吩咐他：「以後只管寫字，念書，不用出來也使得。你去回你太太知道。」

寶玉聽說，遂到王夫人屋裡來說明。王夫人便道：「『臨陣磨槍』，也不中用！有這會子著急，天天寫寫念念，有多少完不了的？這一趕，又趕出病來才罷。」寶玉回說：「不妨事。」寶釵探春等都笑說：「太太不用著急，書雖替不得他，字卻替得的：我們每日每人臨一篇給他，搪塞過這一步兒去就完了，一則老爺不生氣，二則他也急不出病來。」王夫人聽說，點頭而笑。

原來黛玉聞得賈政回家，必問寶玉的功課，寶玉一向分心，到臨期自然要吃虧的。因自己只裝不耐煩，把詩社更不提起。探春寶釵二人，每日也臨一篇楷書字與寶玉。寶玉自己每日也加功，或寫二百三百不拘。至三月下旬，便將字又積了許多。這日正算著再得幾十篇，也就搪得過了，誰知紫鵑走來，送了一卷東西。寶玉拆開看時，卻是一色去油紙❶[28]上臨的鍾王[29]蠅頭小楷，字跡且與自己十分相類。喜得寶玉和紫鵑作了一個揖，又親自來道謝。接著湘雲寶琴二人也都臨了幾篇相送。湊成，雖不足功課，亦可搪塞了。

寶玉放了心，於是將應讀之書，又溫理過幾次。正是天天用功，可巧近海一帶海嘯，又糟蹋了幾處生民，地方官題本奏聞，奉旨就著賈政順路查看賑濟回來：如此算去，至七月底方回。寶玉聽了，便把書字又丟過一邊，仍是照舊遊蕩。

時值暮春之際，湘雲無聊，因見柳花飄舞，便偶成一小詞，調寄「如夢令」[30]。其詞曰：

豈是繡絨[31]才吐，捲起半簾香霧[32]。纖手[33]自拈來，空[34]使鵑啼燕妒[35]。且住，且住！莫使春光別去！[36]

自己作了，心中得意，便用一條紙兒寫好，給寶釵看了，又來找黛玉。黛玉看畢，笑道：「好得很！又新鮮，又有趣兒❷。」湘雲說道：「咱們這幾社總沒有填詞，你明日何不起社填詞，豈不新鮮些？」黛玉聽了，偶然興動，便說：「這話也倒是。」湘雲道：「咱們趁今日天氣好，為什麼不就是今日？」黛玉道：「也使得。」說著，一面吩咐預備了幾色果點，一面就打發人分頭去請。

這裡二人便擬了「柳絮」為題，又限出幾個調來，寫了黏在壁上。眾人來看時：「以柳絮為題，限各色小調。」又都看了湘雲的，稱賞了一回。寶玉笑道：「這詞上我倒平常，少不得也要胡謅了。」於是大家拈鬮。寶釵炷了一支「夢甜香」，大家思索起來。

一時，黛玉有了，寫完。接著寶琴也忙寫出來。寶釵笑道：「我已有了。瞧了你們的，再看我的。」探春笑道：「今兒這香怎麼這麼快！我才有了半首。」因又問寶玉：「你可有了？」寶玉雖作了些，自己嫌不好，又都抹了，要另作；回頭看，香已盡了。李紈等笑道：「寶玉又輸了！蕉丫頭的呢？」探春聽說，便寫出來。眾人看時，上面卻只半首「南柯子」[37]，寫道是：

空掛[38]纖纖縷[39]，徒垂絡絡[40]絲。也難綰繫[41]也難羈[42]，一任東西南北各分離[43]。

李紈笑道：「這卻也好。何不再續上？」寶玉見香沒了，情願認輸，不肯勉強塞責，將筆擱下，來瞧這半首。見沒完時，反倒動了興，乃提筆續道：

落去君休惜，飛來我自知。鶯愁蝶倦[44]晚芳時[45]，縱是明春再見——隔年期[46][47]！

眾人笑道：「正經你分內的又不能，這卻偏有了。縱然好，也算不得。」說著，看黛玉的，是一闋「唐多令」[48]：

粉墮[49]百花洲[50]，香殘燕子樓[51]。一團團、逐隊成球。漂泊亦如人命薄：空繾綣，說風流[52]！

草木[53]也知愁，韶華[54]竟白頭[55]。嘆今生、誰捨誰收❸！嫁與[56]東風春不管：憑爾去，忍[57]淹留[58][59]！

眾人看了，俱點頭感嘆說：「太作悲了！——好是果然好的。」因又看寶琴的「西江月」[60]：

漢苑[61]零星有限，隋堤[62]點綴無窮；三春事業付東風[63]，明月梨花[64]一夢❹。

幾處落紅庭院，誰家香雪[65]簾櫳；江南江北一般同，偏[66]是離人恨重[67][68]！

眾人都笑說：「到底是他的聲調悲壯。『幾處』『誰家』兩句最妙。」寶釵笑道：「總不免過於喪敗。我想柳絮原是一件輕薄無根的東西，依我的主意，偏要把他說好了，才不落套。所以我謅了一首來，未必合你們的意思。」眾人笑道：「別太謙了，自然是好的，我們賞鑑賞鑑。」因看這一闋「臨江仙」[69]道：

白玉堂[70]前春解舞[71]，東風捲得均勻。

湘雲先笑道：「好一個『東風捲得均勻』！這一句就出人之上了。」

蜂圍蝶陣亂紛紛：幾曾[72]隨逝水？豈必[73]委芳塵？
萬縷千絲終不改，任他隨聚隨分。韶華休笑本無根：好風憑借力，送我上青雲[74][75][76]。

眾人拍案叫絕，都說：「果然翻得好！自然這首為尊。纏綿悲戚，讓瀟湘子；情致嫵媚，卻是枕霞；小薛與蕉客，今日落第，要受罰的。」寶琴笑道：「我們自然受罰。但不知交白卷子的，又怎麼罰？」李紈道：「不用忙，這定要重重的罰他，下次為例。」

一語未了，只聽窗外竹子上一聲響，恰似窗屜子倒了一般，眾人嚇了一跳。丫鬟們出去瞧時，簾外丫頭子們回道：「一個大蝴蝶風箏，掛在竹梢上了。」眾丫鬟笑道：「好一個齊整風箏！不知是誰家放的，斷了線。咱們拿下他來。」寶玉等聽了，也都出來看時，寶玉笑道：「我認得這風箏，這是大老爺那院裡嫣紅姑娘放的。拿下來給他送過去罷。」紫鵑笑道：「難道天下沒有一樣的風箏，單他有這個不成？二爺也太死心眼兒了！我不管，我且拿起來。」探春笑道：「紫鵑也太小器，你們一般有的，這會子拾人走了的，也不嫌個忌諱？」黛玉笑道：「可是呢。把咱們的拿出來，咱們也放放晦氣。」

丫頭們聽見放風箏，巴不得一聲兒，七手八腳，都忙著拿出來：也有美人兒的，也有沙雁兒的。丫頭們搬高墩，捆剪子股兒，一面撥起籰子[77]來。寶釵等立在院門前，命丫頭們在院外敞地下放去。寶琴笑道：「你這個不好看，不如三姐姐的一個軟翅子大鳳凰好。」寶釵回頭向翠墨笑道：「你去把你們的拿來也放放。」

寶玉又興頭起來，也打發個小丫頭子家去，說：「把昨日賴大娘送的那個大魚取來。」小丫頭去了半天，空手回來，笑道：「晴雯姑娘昨兒放走了。」寶玉道：「我還沒放一遭兒呢！」探春笑道：「橫豎是給你放晦氣罷了！」寶玉道：「再把大螃蟹拿來罷。」丫頭去了，同了幾個人，扛了一個美人並籰子來，回說：「襲姑娘說：昨兒把螃蟹給了三爺了，這一個是林大娘才送來的，放這一個罷。」寶玉細看了一回，只見這美人作得十分精緻，心中歡喜，便叫：「放起來！」

此時探春的也取了來了，丫頭們在那山坡上已放起來。寶琴叫丫頭放起一個大蝙蝠來，寶釵也放起個一連七個大雁來，獨有寶玉的美人兒，再放不起來。寶玉說丫頭們不會放，自己放了半天，只起房高，就落下來，急得頭上的汗都出來了。眾人都笑他，他便恨得摔在地下，指著風箏說道：「要不是個美人兒，我一頓腳跺個稀爛！」黛玉笑道：「那是頂線不好。拿去叫人換好了，就好放了。再取一個來放罷。」

寶玉等大家都仰面看天上這幾個風箏起在空中。一時風緊，眾丫鬟都用絹子墊著手放。黛玉見風力緊了，過去將籰子一鬆，只聽「豁喇喇」一陣響，登時線盡，風箏隨風去了。黛玉因讓眾人來放。眾人都說：「林姑娘的病根兒都放了去了，咱們大家都放了罷。」於是丫頭們拿過一把剪子來，鉸斷了線，那風箏都飄飄颻颻隨風而去。一時只有雞蛋大，一展眼只剩下一點黑星兒，一會兒就不見了。眾人仰面說道：「有趣，有趣！」說著，有丫頭來請吃飯，大家方散。

從此寶玉的功課也不敢像先竟擱在脖子後頭了，有時寫寫字，有時念念書，悶了也出來合姐妹們玩笑半天，或往瀟湘館去閑話一回。眾姐妹都知他功課虧欠，大家自去吟詩取樂，或講習針黹，也不肯去招他。那黛玉更怕賈政回來寶玉受氣，每每推睡，不大兜攬他。寶玉也只得在自己屋裡，隨便用些功課。

展眼已是夏末秋初。一日，賈母處兩個丫頭，匆匆忙忙來叫寶玉。不知何事，下回分解。

校記

❶「去油紙」，藤本、王本作「捶油紙」，脂本作「老油竹紙」。
❷「好得很，又新鮮，又有趣兒」，藤本、王本下有「我卻不能」四字。
❸「嘆今生、誰捨誰收」，「捨」脂本作「拾」。
❹「明月梨花一夢」，「梨」藤本、王本、脂本作「梅」。

注釋

1 〔指配〕清朝時，凡家僕的婚姻皆由家主作主，稱為「指配」。「大清律」中規定：漢人家生的婢僕，印契所買的婢僕，或婢女招配生下的子女，都是家僕。他們的子子孫孫，要永遠服役。他們的婚姻都由家主指配。

2 〔怔忡（ㄓㄥ ㄔㄨㄥ／zhēng chōng）〕病名，也叫心悸。患者心跳不安，好像驚恐的樣子。

3 〔隔肢〕用手搔人的腋下、項下等處，使人癢得發笑，這種行動，叫作「隔肢」。

4 〔桃花行〕據「景龍文館記」：唐中宗四年春，宴於桃花園，學士各獻「桃花詩」，帝令歌女唱之，並命選出二十篇入樂府，號曰「桃花行」。這裡是借用舊題。

5 〔東風軟〕春風輕輕吹過，柔和無力。東風，即春風。

6 〔晨妝懶〕早晨懶於梳妝打扮。

7 〔解〕了解，懂得。

8 〔憐人〕可憐的人兒，即上文中的「簾內人」。

9 〔憑欄〕依靠著欄杆。

10〔茜（ㄑㄧㄢˋ／qiàn）裙〕紅色的衣裙。茜，一種多年生的蔓草，根紅色，可作染料。

11〔花綻（ㄓㄢˋ／zhàn）〕花苞裂開。

12〔烟封〕烟霧籠罩。這裡是說桃花盛開時像瀰漫的烟霧籠罩著。

13〔烘樓照壁〕映紅樓閣，照亮牆壁。

14〔天機〕天上仙女的織機。這句以仙女織的鴛鴦錦來比朝霞滿天。

15〔珊枕〕珊瑚枕。

16〔飲蘸〕這裡指把手伸入並隱沒在水中。飲，隱沒、沒入。

17〔憔悴〕形容人瘦弱、面色不好看和花木枯槁凋零的樣子。

18〔杜宇〕杜鵑，也叫子規。春天啼叫，啼聲悲涼。

19〔月痕〕微茫的月色。

20〔譯文〕

簾外的桃花迎著春風朵朵紅綻，
簾內晨起的人卻懶於梳妝打扮；
簾外的桃花簾內的人啊，
桃花與人相隔並不遙遠；
春風彷彿有意地掀起一角窗簾，
桃花要窺看簾內人窗簾卻不再翻捲。
簾外的桃花嬌艷依舊，
簾內的人啊卻是那樣清瘦；
花若有情也定為人來憂愁，

隔簾的消息只有春風報曉。
春風吹遍桃花開滿庭院，
春風蕩漾卻勾起情思纏綿；
空曠的大院長著青苔門兒虛掩，
黃昏中獨自一人倚著欄杆。
手扶欄杆面向著春風哭泣，
穿著紅裙悄悄依傍著桃花站立；
桃花桃葉相互映襯紛亂披離，
花兒張開笑臉葉兒一片碧綠。
桃花似烟霞籠罩千樹萬株，
映照樓閣牆壁一片淡紅模糊。
朝霞通紅像燒著了天女的鴛鴦錦，
春夢酣長睡眼欲醒移開了珊瑚枕；
侍女捧著銅盆送來清涼的泉水，
微香的泉水用來洗臉似乎有些冰冷。
鮮艷的胭脂有什麼可以同它比美；
恰似嬌紅的桃花愁人的眼淚；
若把愁人的眼淚和桃花相比，
淚水總是長流桃花總是明媚；
淚眼望著嬌媚的桃花淚易枯乾，
淚水流乾春天過去花兒也隨之枯萎。
凋零的桃花遮掩著惆悵的人，
花片飄落人已疲倦就像黃昏來臨；
杜鵑悲鳴一聲春天歸去，
寂靜的窗簾上空空地留下月兒的光痕！

21 〔簡評〕「桃花行」一詩以深沉的感情，形象的語言，表現了林黛玉憂傷痛苦的心情和對自由幸福的嚮往。

詩中，通過燦爛的桃花和孤單的少女多方面反覆的對比、烘托，塑造了林黛玉憂憤深重而又無力自撥的多愁善感的形象，描寫了她內心深處的苦悶。林黛玉酷愛簾外明媚的春天，仰慕搖曳多姿的桃花。她觸景生情，以花自喻，抒發了心底的感慨。「人與桃花隔不遠」，為什麼卻是兩種氣氛兩個世界？詩中對春天「花綻新紅葉凝碧」的描寫，充分表現了她對新生活的嚮往；而「憑欄人向東風泣，茜裙偷傍桃花立」，是這個少女要衝破牢籠，盡情地享受春光的表示。寶玉一眼就看出是「瀟湘子的稿子」，讀後「痴痴呆呆，竟要滾下淚來」，這是因為他們彼此相知甚深，心有靈犀的緣故。

22 〔迥（ㄐㄩㄥˇ／jiǒng）乎不像〕即很明顯的不一樣。迥，遠，相差很遠。

23 〔「叢菊兩開他日淚」〕見杜甫「秋興八首」其一。「叢菊兩開」，即兩年的意思。杜甫離開成都，本想很快出峽，不料去秋留居雲安，今秋淹留夔州，見到菊花兩次開放。「他日淚」，回憶起過去的事情而傷心地流下眼淚。「他日」，現在作「將來」的意思；唐朝時作「過去」的意思。

24 〔紅綻雨肥梅〕見杜甫「陪鄭廣文遊何將軍山林十首」其五。意思是，雨水滋潤，紅梅含苞待放。

25 〔水荇牽風翠帶長〕杜甫「曲江對雨」中的詩句，見第四十回注。

26 〔古風〕漢魏六朝時期出現並流行的一種形式比較自由的古體詩。

27 〔安稟〕舊時兒女給父母寫信，要請安問好，並且稟告自己的情況。因此把書信叫

「安稟」。

28〔去油紙〕一種吸水力較強的書寫紙。

29〔鍾王〕鍾，指三國魏人鍾繇；王，指東晉時王羲之。他二人都是我國古代著名的書法家。學習書法的人多把他們的小楷作為臨摹的範本。

30〔如夢令〕詞牌名，單調（只有一段的叫單調）三十三字。

31〔繡絨〕繡花用的絲絨，比喻柳絮。

32〔香霧〕指柳絮。飛絮翩翩似霧，又似花有香氣。白居易「花非花」詩：「花非花，霧非霧。」

33〔纖手〕細長弱嫩的手指。

34〔空〕白白地、徒然地。

35〔鵑啼燕妒〕詩中以拈來柳絮借喻占得了春光，無意爭春，卻使杜鵑燕子嫉妒。

36〔譯文〕
那裡是繡花的絲絨剛剛吐出？
沾滿窗簾的是春風捲起的柳絮。
伸出細嫩的手指輕輕把它捉住，
卻徒然引起杜鵑悲啼燕子嫉妒。
柳絮啊，停住，停住！
不要使春光隨你一同飛渡。

37〔南柯子〕詞牌名，也作「南歌子」，有單調、雙調（分上下兩闋的叫雙調）兩體，單調二十六字，雙調五十二字。半闋，半首。這是上半首，下面寶玉寫的，是續這詞的下半首。

38〔空掛〕徒然地、白白地懸掛。

39〔纖纖縷〕指初吐絨的柳絮，像纖細的細絨綴在一起的樣子。

40〔絡絡〕指柳絮連綿交織的狀態。

41〔綰（ㄨㄢˇ／wǎn）繫〕把柳絮拴住的意思。

42〔羈（ㄐㄧ／jī）〕束縛、拘留。

43〔譯文〕柳絮像纖細的絲縷空沾枝頭，
楊花像絨線連綿交織蕩蕩悠悠。
既難把它拴住也難把它約束，
只好任憑它自由自在到處飄遊。

44〔鶯愁蝶倦〕黃鶯憂愁，蝴蝶厭倦。

45〔晚芳時〕暮春季節。

46〔期〕相約、約會。

47〔譯文〕飄然落下勸君不要惋惜，
什麼時候飛回只有我柳絮自知。
如今正是鶯愁蝶倦的晚春時節，
即使明春再見——
也還要隔一年的約期！

48〔唐多令〕詞牌名，雙調，六十字。

49〔粉墮〕粉，指粉白色的柳絮；墮，落。

50〔百花洲〕「大清一統志」說：「百花洲在姑蘇山上。」黛玉是姑蘇人，藉此懷念故鄉。

51〔燕子樓〕在今徐州市西北。唐代女子關盼盼曾獨自居此十五年，常常懷念舊情。後代文人即用燕子樓的典故泛說女子的孤獨悲愁。這裡都不是實指，而是對著大觀園即景吟詠。

52〔風流〕表面是指柳絮的隨風飄流，實是說黛玉自己的才華風貌。

53〔草木〕指柳絮。

54〔韶華〕表面是指初生的柳絮、初春的景色，實指自己美妙的青春。

55〔白頭〕表面是指白色的柳絮，實指春色已去，自己的年華虛度。

56〔嫁與〕跟隨著去。

57〔忍〕忍心。在反問句裡可引申為不必、何必。

58〔淹留〕停留、久留。

59〔譯文〕粉白色的柳絮飄落在百花洲，
柳花的芳香仍然殘留在燕子樓。
一團團白絮結成絨球，
一隊隊粉花隨風飄遊。
柳絮啊也像人們那樣苦：
白白眷戀也沒有用處，
更不要說當日的風流！
柳絮好像也懂得憂愁，

年紀輕輕竟然白了頭。
柳絮啊你多麼悲慘的一生，
誰把你捨棄誰又把你收留！
只有隨風飄散連春天也不眷戀：
任憑你飛去吧，何必在此停留！

60〔西江月〕唐教坊曲名，後用為詞牌。雙調，五十字。

61〔漢苑（ㄩㄢˋ／yuàn）〕漢代皇家的園林，在今陝西長安東南，植楊柳不多，所以說是柳絮「零星有限」。

62〔隋堤〕隋煬帝楊廣開掘運河，千里河堤廣種楊柳。

63〔付東風〕交付給東風吹走，即春天的景色被風吹走。

64〔明月梨花〕明月照著梨花似的柳絮。

65〔香雪〕落絮。富有想像的比作有香味的雪。

66〔偏〕獨，只。

67〔離人恨重〕親人離別十分令人憂愁。寶琴從江南來投賈家，寄人籬下，頗有感慨。

68〔譯文〕漢代的園林柳絮零零星星，
隋堤的楊花景色無盡無窮；
燦爛的春色已被東風吹走，
明月照耀著梨花似的柳絮如同夢境。

多少庭院萬花紛謝葉飄零，

69〔臨江仙〕又是誰家簾上沾滿清香的白絨；江南江北都是一樣的晚春殘景，只是離愁別恨使人更加傷情！唐教坊曲名，後用為詞牌。原曲多用以詠水仙，故名。雙調，六十字（或五十八字）。

70〔白玉堂〕指大家庭的廳堂。此指賈家（見第四回「護官符」注）。

71〔春解舞〕春光理解柳絮的翩翩起舞。這裡是擬人化的修辭手法。

72〔幾曾〕何曾。

73〔豈必〕何必，難道。

74〔青雲〕喻高位。後把追逐功名，獵取利祿，飛黃騰達的人，稱為青雲直上。

75〔譯文〕白玉堂前柳絮飛舞多麼動人，
春風漫捲柳絮翩翩多麼均勻。
像蜜蜂成群蝴蝶翩躚揚揚紛紛：
何曾隨著春天的流水而遠去？
又何必委棄在清香的埃塵？
千絲萬縷連連續續的始終不改，
不管有時集聚還是有時離分。
春光啊，莫笑我輕狂沒有根：
憑藉春風的力量，
我能直上碧空青雲。

76

〔簡評〕

柳絮詞表現了各種人物對現實生活的不同態度。史湘雲輕歌「且住，且住！莫使春光別去」，表現了她對歡樂時光的留戀。「也難綰繫也難羈，一任東西南北各分離」，探春面對賈府日薄西山，氣息奄奄，也無可奈何了！賈寶玉則看破了紅塵，豁達得很，直截了當地說：「落去君休惜，飛來我自知。」寶琴尚有見識，她說「江南江北一般同」，「離人」雖然為此而「恨重」，也只能是無可奈何而已！林黛玉深深地嘆息柳絮：「漂泊亦如人命薄：空繾綣，說風流！」一切都沒有什麼希望了。

柳絮詞和海棠詩、菊花詩一樣，都有著精美的藝術技巧，尤其是那纏綿悱惻的抒情方式，對表達人物的思想感情，非常傳神。

77

〔剪子股兒、籰子〕

用竹竿抖放風箏時，在竿頭斜捆上一個小棍成剪子形，以便挑線，叫「剪子股」。繞線的工具，叫作「籰子」。

【第七十一回】

嫌隙[1]人有心生嫌隙　鴛鴦女無意遇鴛鴦

話說賈母處兩個丫頭，匆匆忙忙來找寶玉，口裡說道：「二爺快跟著我們走罷，老爺家來了。」寶玉聽了，又喜又愁，只得忙忙換了衣服，前來請安。賈政正在賈母房中，連衣服未換，看見寶玉進來請安，心中自是喜歡，卻又有些傷感之意。又敘了些任上的事情，賈母便說：「你也乏了，歇歇去罷。」賈政忙站起來，笑著答應了個「是」，又略站著說了幾句話，才退出來。寶玉等也都跟過來。賈政自然問問他的功課，也就散了。

原來賈政回京覆命，因是學差，故不敢先到家中。珍、璉、寶玉頭一天便迎出一站去；接見了，賈政先請了賈母的安，便命都回家伺候。次日面聖[2]，諸事完畢，才回家來。又蒙恩賜假一月，在家歇息。因年景漸老，事重身衰，又近因在外幾年，骨肉離異，今得晏然復聚，自覺喜幸不盡，一應大小事務，一概亦付之度外，只是看書，悶了便與清客們下棋吃酒，或日間在裡邊，母子夫妻，共敘天倫之樂。

因今歲八月初三日乃賈母八旬大慶，又因親友全來，恐筵宴排設不開，便早同賈赦及賈璉等商議：議定於七月二十八日起，至八月五日止，寧榮兩處，齊開筵宴。寧國府中單請官客，榮國府中單請堂客[3]。大觀園中，收拾出綴錦閣並嘉蔭堂等幾處大地方來，作退居[4]。二十八日，請皇親、駙馬、王公、諸王、郡主[5]、王妃、公主、國君、太君、夫人等；二十九日，便是閣府督鎮及誥命等；三十日，便是諸官長及誥命並遠近親友及堂客。初一日，是賈赦的家宴；初二日，是賈政；初三日，是賈珍賈璉；初四日，是賈府中合族長幼大小並湊家宴；初五日，是賴大林之孝等家下管事人等共湊一日。

自七月上旬，送壽禮者便絡繹不絕。禮部奉旨：欽賜金玉如意一柄，彩緞四端，金玉杯各四件，帑銀五百兩。元春又命太監送出金壽星一尊，沉香拐[6]一支，伽南珠[7]一串，福壽香一盒，金錠一對，銀錠四對，彩緞十二匹，玉杯四隻。餘者自親王駙馬以及大小文武官員家，凡所來往者，莫不有禮，不能勝記。堂屋內設下大桌案，鋪了紅氈，將凡有精細之物都擺上，請賈母過目。先一二日，還高興過來瞧瞧，後來煩了，也不過目，只說：「叫鳳丫頭收了，改日悶了再瞧。」

至二十八日，兩府中俱懸燈結綵，屏開鸞鳳，褥設芙蓉；笙簫鼓樂之音，通衢越巷。寧府中，本日只有北靜王、南安郡王、永昌駙馬、樂善郡王並幾位世交公侯蔭襲；榮府中，南安王太妃、北靜王妃並世交公侯誥命。賈母等皆是按品大妝迎接。大家廝見，先請至大觀園內嘉蔭堂，茶畢更衣，方出至榮慶堂上拜壽入席。大家謙遜半日，方才入座。上面兩席是南北王妃；下面依序，便是眾公侯命婦。左邊下手一席，陪客是錦鄉侯誥命與臨昌伯誥命；右邊下手方是賈母主位。邢夫人王夫人帶領尤氏鳳姐並族中幾個媳婦，兩溜雁翅，站在賈母身後侍立；林之孝賴大家的帶領眾媳婦，都在竹簾外面，伺候上菜上酒；周瑞家的帶領幾個丫鬟，在圍屏後伺候呼喚。凡跟來的人，早又有人款待，別處去了。

一時參了場❶[8]，臺下一色十二個未留髮的小丫頭，都是小廝打扮，垂手伺候。須與，一個捧了戲單至階下，先遞給回事的媳婦；這媳婦接了，才遞給林之孝家的用小茶盤托上，挨身入簾來，遞給尤氏的侍妾佩鳳；佩鳳接了，才奉與尤氏；尤氏托著，走至上席，南安太妃謙讓了一回，點了一齣吉慶戲文，然後又讓北靜王妃，也點了一齣；眾人又讓了一回，命隨便揀好的唱罷了。

少時，菜已四獻，湯始一道，跟來各家的放了賞，大家便更衣復入園來❷，另獻好茶。南安太妃因問寶玉。賈母笑道：「今日幾處廟裡念『保安延壽經』，他跪經去了。」又問眾小姐們。賈母笑道：「他們姐妹們病的病，弱的弱，見人靦腆，所以叫他們給我看屋子去了。有的是小戲子，傳了一班，在那邊廳上，陪著他姨娘家姐妹們也看戲呢。」南安太妃笑道：「既這樣，叫人請來。」賈母回頭命了鳳姐兒，「去把史、薛、林四位姑娘帶來。再只叫你三妹妹陪著來罷。」

鳳姐答應了，來至賈母這邊，只見他姐妹們正吃果子看戲，寶玉也才從廟裡跪經回來。鳳姐說了，寶釵姐妹與黛玉湘雲五人來至園中，見了大眾，俱請安問好。內中也有見過的，還有一兩家不曾見過的，都齊聲誇讚不絕。其中湘雲最熟，南安太妃因笑道：「你在這裡，聽見我來了還不出來，還等請去！我明兒和你叔叔算賬。」因一手拉著探春，一手拉著寶釵，問：「十幾歲了？」又連聲誇讚，因又鬆了他兩個，又拉著黛玉寶琴，也著實細看，極誇一回，又笑道：「都是好的！不知叫我誇那一個的是！」

早有人將備用禮物打點出幾份來：金玉戒指各五個，腕香珠五串。南安太妃笑道：「你姐妹們別笑話，留著賞丫頭們罷。」五人忙拜謝過。北靜王妃也有五樣禮物。餘者不必細說。

吃了茶，園中略逛了一逛，賈母等因又讓入席。南安太妃便告辭，說：「身上不快。今日若不來，實在使不得。因此，恕我竟先要告別了。」賈母等聽說，也不便強留，大家又讓了一回，送至園門，坐轎而去。接著北靜王妃略坐了一坐，也就告辭了。餘者也有終席的，也有不終席的。賈母勞乏了一日，次日便不見人，一應都是邢夫人款待。有那些世家子弟拜壽的，只到廳上行禮，賈赦、賈政、賈珍還禮，看待至寧府坐席，不在話下。

這幾日，尤氏晚間也不回那府去，白日間待客，晚上陪賈母玩笑，又幫著鳳姐料理出入大小器皿，以及收放禮物。晚上往園內李氏房中歇宿。這日伏侍賈母晚飯後，賈母因說：「你們乏了，我也乏了，早些找點子什麼吃了，歇歇去罷。明兒還要起早呢。」尤氏答應著，退出去，到鳳姐兒屋裡來吃飯。鳳姐兒正在樓上看著人收送來的圍屏呢，只有平兒在屋裡，給鳳姐疊衣服。尤氏想起二姐兒在時，多承平兒照應，便點著頭兒，說道：「好丫頭！你這麼個好心人，難為在這裡熬！」平兒把眼圈兒一紅，忙拿話岔過去了。尤氏因笑問道：「你們奶奶吃了飯了沒有？」平兒笑道：「吃飯麼還不請奶奶去？」尤氏笑道：「既這麼著，我別處找吃的去罷，餓得我受不得了。」說著，就走。平兒忙笑道：「奶奶請回來，這裡有餑餑，且點補些兒，回來再吃飯。」尤氏笑道：「你們忙忙的，我園裡和他姐兒們鬧去。」一面說，一面走。平兒留不住，只得罷了。

且說尤氏一徑來至園中，只見園中正門和各處角門仍未關好，猶吊著各色彩燈，因回頭命小丫頭叫該班的女人。那丫鬟走入班房中，竟沒一個人影，回來回了尤氏，尤氏便命傳管家的女人。這丫頭應了便出去，到二門外鹿頂內，——乃是管事的女人議事取齊之所。到了這裡，只有兩個婆子分果菜吃。因問：「那一位管事的奶奶在這裡？東府裡的奶奶立等一位奶奶，有話吩咐。」這兩個婆子只顧分菜果，又聽見是東府裡的奶奶，不大在心上，因就回說：「管家奶奶們才散了。」小丫頭道：「既散了，你們家裡傳他去。」婆子道：「我們只管看屋子，不管傳人；姑娘要傳人，再派傳人的去。」小丫頭聽了道：「噯喲！這可反了！怎麼你們不傳去？你哄新來的，怎麼哄起我來了？素日你們不傳，誰傳去？這會子打聽了體己信兒[9]，或是賞了那位管家奶奶的東西，你們爭著狗顛屁股兒的傳去，不知誰是誰呢！璉二奶奶要傳，你們也敢這麼回嗎？」

這婆子，一則吃了酒，二則被這丫頭揭著弊病，便羞惱成怒了，因回口道：「扯你的臊！我們的事傳不傳，不與你相干。你未從揭挑我們，你想想：你那老子娘，在那邊管家爺們跟前，比我們還更會溜[10]呢。各門各戶的，你有本事排揎你們那邊的人去！我們這邊，你離著還遠些呢！」丫頭聽了，氣白了臉，因說道：「好，好！這話說得好！」一面轉身進來回話。

尤氏已早進園來，因遇見了襲人、寶琴、湘雲三人，同著地藏庵的兩個姑子，正說故事玩笑，尤氏因說：「餓了。」先到怡紅院，襲人裝了幾樣葷素點心出來，給尤氏吃。那小丫頭子一徑找了來，氣狠狠的把方才的話都說了。尤氏聽了，半晌冷笑道：「這是兩個什麼人？」兩個姑子笑推這丫頭道：「你這姑娘好氣性大！那糊塗老嬤嬤們的話，你也不該來回才是。咱們奶奶萬金之體，勞乏了幾日，黃湯辣水沒吃，咱們只有哄他歡喜的，說這些話作什麼？」襲人也忙笑拉他出去，說：「好妹子！你且出去歇歇，我打發人叫他們去。」尤氏道：「你不用叫人，你去就叫這兩個老婆來，到那邊把他們家的鳳姐叫來。」

襲人笑道：「我請去。」尤氏笑道：「偏不用你。」兩個姑子忙立起身來笑說：「奶奶素日寬宏大量，今日老祖宗千秋，奶奶生氣，豈不惹人議論？」寶琴湘雲二人也都笑勸。尤氏道：「不為老太太的千秋，我一定不依！且放著就是了。」

說話之間，襲人早又遣了一個丫頭去到園門外找人。可巧遇見周瑞家的，這小丫頭子就把這話告訴他了。周瑞家的雖不管事，因他素日仗著王夫人的陪房，原有些體面，心性乖滑，專慣各處獻勤討好，所以各房主子都喜歡他。他今日聽了這話，忙跑入怡紅院，一面飛走，一面說：「可了不得！氣壞了奶奶了。偏我不在跟前！且打他們幾個耳刮子，再等過了這幾天算賬！」

尤氏見了他，也便笑道：「周姐姐，你來，有個理你說說：這早晚園門還大開著，明燈蠟燭，出入的人又雜，倘有不防的事，如何使得！因此，叫該班的人吹燈關門。誰知一個人牙兒也沒有！」周瑞家的道：「這還了得！前兒二奶奶還吩咐過的，今兒就沒了人。過了這幾日，必要打幾個才好。」尤氏又說小丫頭子的話。周瑞家的說：「奶奶不用生氣。等過了事，我告訴管事的，打他個賊死，只問他們誰說『各門各戶』的話。我已經叫他們吹燈關門呢。奶奶也別生氣了。」正亂著，只見鳳姐兒打發人來請吃飯。尤氏道：「我也不餓了，才吃了幾個餑餑，請你奶奶自己吃罷。」

一時，周瑞家的出去，便把方才之事回了鳳姐，鳳姐便命：「將那兩個的名字記上，等過了這幾日，捆了送到那府裡，憑大奶奶開發。或是打，或是開恩，隨他就完了。什麼大事！」周瑞家的聽了，巴不得一聲，——素日因與這幾個人不睦——出來了，便命一個小廝到林之孝家去傳鳳姐的話，立刻叫林之孝家的進來見大奶奶；一面又傳人立刻捆起這兩個婆子來，交到馬圈裡，派人看守。

林之孝家的不知什麼事，忙坐車進來，先見鳳姐。至二門上，傳進話去，丫頭們出來說：「奶奶才歇下了。大奶奶在園內，叫大娘見見大奶奶就是了。」林之孝家的只得進園來，到稻香村。丫鬟們回進去。尤氏聽了，反過不去，忙喚進他來，因笑向他道：「我不過為找人找不著，因問你：你既去了，也不是什麼大事，誰又把你叫進來？倒叫你白跑一趟。不大的事，已經撂過手了。」林之孝家的也笑回道：「二奶奶打發人傳我，說奶奶有話吩咐。」尤氏道：「大約周姐姐說的。你家去歇著罷，沒有什麼大事。」李紈又要說緣故，尤氏反攔住了。

林之孝家的見如此，只得便回身出園去。可巧遇見趙姨娘，因笑說：「噯喲喲！我的嫂子！這會子還不家去歇歇，跑什麼？」林之孝家的便笑說：「何曾沒家去？」如此這般，「進來了。」趙姨娘便說：「這事也值一個屁！開恩呢，就不理論；心窄些兒，也不過打幾下就完了，也值得叫你進來！你快歇歇去，我也不留你喝茶了。」

說畢，林之孝家的出來，到了側門前，就有才兩個婆子的女兒上來哭著求情。林之孝家的笑道：「你這孩子好糊塗！誰叫他好喝酒、混說話？惹出事來，連我也不知道。二奶奶打發人捆他，連我還有不是呢，我替誰討情去？」這兩個小丫頭子才十來歲，原不識事，只管啼哭求告。纏得林之孝家的沒法，因說道：「糊塗東西！你放著門路不去求，盡著纏我！你姐姐現給了那邊大太太的陪房費大娘的兒子，你過去告訴你姐姐，叫親家娘和太太一說，什麼完不了的？」一語提醒了這一個，——那一個還求。林之孝家的啐道：「糊塗攮的！他過去一說，自然都完了。沒有單放他媽、又打你媽的禮❸！」說畢上車去了。

這一個小丫頭子，果然過來告訴了他姐姐，和費婆子說了。這費婆子原是個大不安靜的，便隔牆大罵一陣，走了來求邢夫人，說他親家「與大奶奶的小丫頭白鬥了兩句話，周瑞家的挑唆了二奶奶，現捆在馬圈裡，等過兩日還要打呢。求太太和二奶奶說聲，饒他一次罷」！

邢夫人自為要鴛鴦討了沒意思，賈母冷淡了他；且前日南安太妃來，賈母又單令探春出來，自己心內早已怨忿；又有在側一干小人，心內嫉妒，挾怨鳳姐，便調唆得邢夫人著實憎惡鳳姐；如今又聽了如此一篇話，也不說長短。

至次日一早，見過賈母。眾族人到齊，開戲。賈母高興，又今日都是自己族中子姪輩，只便妝出來堂上受禮。當中獨設一榻，引枕、靠背、腳踏俱全，自己歪在榻上。榻之前後左右，皆是一色的矮凳。寶釵、寶琴、黛玉、湘雲、迎春、惜春姐妹等圍繞。因賈㻋之母也帶了女兒喜鸞，賈瓊之母也帶了女兒四姐兒，還有幾房的孫女兒，大小共有二十來個，賈母獨見喜鸞四姐兒生得又好，說話行事與眾不同，心中歡喜，便叫他兩個也坐在榻前。寶玉卻在榻上，與賈母捶腿。首席便是薛姨媽，下邊兩溜順著房頭輩數下去。簾外兩廊，都是族中男客，也依次而坐。先是那女客一起一起行禮，後是男客行禮。賈母歪在榻上，只命人說：「免了罷。」然後賴大等帶領眾家人，從儀門直跪至大廳上磕頭。禮畢，又是眾家下媳婦，然後各房丫鬟，足鬧了兩三頓飯時。然後又抬了許多雀籠來，在當院中放了生。賈赦等焚過天地壽星紙，方開戲飲酒。直到歇了中臺，賈母方進來歇息，命他們取便，因命鳳姐兒留下喜鸞四姐兒玩兩日再去。鳳姐兒出來，便和他母親說。他兩個母親素日承鳳姐的照顧，願意在園內玩笑，至晚便不回去了。

邢夫人直至晚間散時，當著眾人，陪笑和鳳姐求情說：「我昨日晚上聽見二奶奶生氣，打發周管家的奶奶兒捆了兩個老婆，可也不知犯了什麼罪？論理，我不該討情。我想老太太好日子，發狠的還要捨錢捨米，周貧濟老，咱們先倒挫磨起老奴才來了❹？就不看我的臉，權且看老太太，暫且竟放了他們罷！」說畢，上車去了。

鳳姐聽了這話，又當著眾人，又羞又氣，一時找尋不著頭腦，憋得臉紫脹，回頭向賴大家的等冷笑道：「這是那裡的話？昨兒因為這裡的人得罪了那府裡大奶奶，我怕大奶奶多心，所以盡讓他發放，並不為得罪了我。這又是誰的耳報神[11]這麼快？」王夫人因問：「為什麼事？」鳳姐兒笑將昨日的事說了。尤氏也笑道：「連我並不知道，你原也太多事了。」鳳姐兒道：「我為你臉上過不去，所以等你開發，不過是個禮。就如我在你那裡，有人得罪了我，你自然送了來盡我。憑他是什麼好奴才，到底錯不過這個禮去。這又不知誰過去，沒得獻勤兒，這也當作一件事情去說！」王夫人道：「你太太說得是。就是你珍大嫂子，也不是外人，也不用這些虛禮。老太太的千秋要緊，放了他們為是。」說著，回頭便命人去放了那兩個婆子。

鳳姐由不得越想越氣越愧，不覺得一陣心灰，落下淚來。因賭氣回房哭泣，又不使人知覺；偏是賈母打發了琥珀來叫，立等說話。琥珀見了，詫異道：「好好的，這是什麼緣故？那裡立等你呢。」

鳳姐聽了，忙擦乾了淚，洗面另施了脂粉，方同琥珀過來。賈母因問道：「前兒這些人家送禮來的，共有幾家有圍屏？」鳳姐兒道：「共有十六家。有十二架大的，四架小的炕屏。內中只有甄家一架大屏，十二扇大紅緞子刻絲『滿床笏』、一面泥金『百壽圖』的是頭等。還有粵海將軍鄔家的一架玻璃的還罷了。」賈母道：「既這麼樣，這兩架別動，好生擱著，我要送人的。」鳳姐答應了。

鴛鴦忽過來向鳳姐臉上細瞧。引得賈母問，說：「你不認得他？只管瞧什麼？」鴛鴦笑道：「我看他的眼腫腫的，所以我詫異。」賈母便叫「過來」，也細細的看。鳳姐笑道：「才覺得發癢，揉腫了些。」鴛鴦笑道：「別又是受了誰的氣了罷？」鳳姐笑道：「誰敢給我氣受？就受了氣，老太太好日子，我也不敢哭啊！」賈母道：「正是呢。我正要吃飯，你在這裡打發我吃，剩下的，你和珍兒媳婦吃了。你們兩個在這裡幫著師父們，替我揀佛頭兒❺，你們也積積壽。前兒你妹妹們和寶玉都揀了，如今也叫你們揀揀，別說我偏心。」

說話時先擺上一桌素饌來，兩個姑子吃。然後擺上葷的，賈母吃畢，抬出外間。尤氏鳳姐二人正吃著，賈母又叫把喜鸞四姐兒二人叫來，跟他二人吃畢，洗了手，點上香，捧上一升豆子來，兩個姑子先念了佛偈，然後一個一個的揀在一個笸籮內，明日煮熟了，令人在十字街結壽緣[12]。賈母歪著，聽兩個姑子說些因果。

鴛鴦早已聽見琥珀說鳳姐哭之一事，又和平兒前打聽得緣故，晚間人散時，便回說：「二奶奶還是哭的，那邊大太太當著人給二奶奶沒臉。」賈母因問：「為什麼緣故？」鴛鴦便將緣故說了。賈母道：「這才是鳳丫頭知禮處。難道為我的生日，由著奴才們把一族中的主子都得罪了，也不管罷？這是大太太素日沒好氣，不敢發作，所以今兒拿著這個作法，明是當著眾人給鳳姐兒沒臉罷了。」正說著，只見寶琴來了，也就不說了。

賈母忽想起留下的喜鸞四姐兒，叫人吩咐園中婆子們：「要和家裡的姑娘一樣照應。倘有人小看了他們，我聽見可不饒！」婆子答應了，方要走時，鴛鴦道：「我說去罷。他們那裡聽他的話？」說著，便一徑往園裡來，先到稻香村中，李紈與尤氏都不在這裡。問丫鬟們，都說：「在三姑娘那裡呢。」鴛鴦回身，又來至曉翠堂，果見那園中人都在那裡說笑，見他來了，都笑說：「你這會子又跑到這裡作什麼？」又讓他坐。鴛鴦笑道：「不許我逛逛麼？」於是把方才的話說了一遍。李紈忙起身聽了，即刻就叫人把各處的頭兒喚了一個來，令他們傳與諸人知道，不在話下。

這裡尤氏笑道：「老太太也太想得到。實在我們年輕力壯的人，捆上十個也趕不上。」李紈道：「鳳丫頭仗著鬼聰明，還離腳蹤兒不遠，咱們是不能的了。」鴛鴦道：「罷喲！還提『鳳丫頭』『虎丫頭』呢。他的為人，也可憐見兒的！雖然這幾年沒有在老太太、太太跟前有個錯縫兒，暗裡也不知得罪了多少人。總而言之，為人是難作的：若太老實了，沒有個機變，公婆又嫌太老實了，家裡人也不怕；若有些機變，未免又『治一經損一經』[13]。如今咱們家更好，新出來的這些底下字號的奶奶們，一個個心滿意足，都不知道要怎麼樣才好，少不得意，不是背地裡嚼舌根，就是調三窩四的。我怕老太太生氣，一點兒也不肯說；不然，我告訴出來，大家別過太平日子。這不是我當著三姑娘說：老太太偏疼寶玉，有人背地怨言還罷了，算是偏心；如今老太太偏疼你，我聽著也是不好。這可笑不可笑？」探春笑道：「糊塗人多，那裡較量得許多？我說：倒不如小戶人家，雖然寒素些，倒是天天娘兒們歡天喜地，大家快樂。我們這樣人家，人都看著我們不知千金萬金、何等快樂，殊不知這裡說不出來的煩難，更利害！」

寶玉道：「誰都像三妹妹多心多事？我常勸你總別聽那些俗語、想那些俗事，只管安富尊榮才是，比不得我們，沒這清福，應該混鬧的。」尤氏道：「誰都像你是一心無掛礙！只知道和姐妹們玩笑，餓了吃，困了睡，再過幾年，不過是這樣，一點後事也不慮。」寶玉笑道：「我能夠和姐妹們過一日，是一日，死了就完了，什麼後事不後事！」李紈等都笑道：「這可又是胡說了！就算你是個沒出息的，終老在這裡，難道他姐兒們都不出門子罷？」尤氏笑道：「怨不得都說你空長了個好胎子，真真是個傻東西！」寶玉笑道：「人事難定，誰死誰活？倘或我在今日明日、今年明年死了，也算是隨心一輩子了！」眾人不等說完，便說：「越發胡說了！——別和他說話才好。要和他說話，不是呆話，就是瘋話。」

喜鸞因笑道：「二哥哥，你別這麼說，等這裡姐姐們果然都出了門，橫豎老太太、太太也悶得慌，我來和你作伴兒。」李紈尤氏都笑道：「姑娘也別說呆話。難道你是不出門子的嗎？」一句說得喜鸞也臊了，低了頭。當下已起更時分，大家各自歸房安歇，不提。

且說鴛鴦一徑回來，剛至園門前，只見角門虛掩，猶未上閂。此時園內無人來往，只有班兒房子裡燈光掩映，微月半天。鴛鴦又不曾有伴，也不曾提燈，獨自一個，腳步又輕，所以該班的人皆不理會。偏要小解，因下了甬路，找微草處走動，行至一塊湘山石後❻、大桂樹底下來。剛轉至石邊，只聽一陣衣衫響，嚇了一驚不小。定睛看時，只見是兩個人在那裡，見他來了，便想往樹叢石後藏躲。鴛鴦眼尖，趁著半明的月色，早看見一個穿紅襖兒，梳鬅頭[14]，高大豐壯身材的：是迎春房裡司棋。鴛鴦只當他和別的女孩子也在此方便，見自己來了，故意藏躲，嚇著玩耍，因便笑叫道：「司棋！你不快出來，嚇著我，我就喊起來，當賊拿了。這麼大丫頭，也沒個黑家白日只是玩不夠！」

這本是鴛鴦戲語，叫他出來。誰知他賊人膽虛，只當鴛鴦已看見他的首尾了，生恐叫喊出來，使眾人知覺，更不好；且素日鴛鴦又和自己親厚，不比別人，便從樹後跑出來，一把拉住鴛鴦，便雙膝跪下，只說：「好姐姐！千萬別嚷！」

鴛鴦反不知他為什麼，忙拉他起來，問道：「這是怎麼說？」司棋只不言語，渾身亂顫❼。鴛鴦越發不解。再瞧了一瞧，又有一個人影兒，恍惚像是個小廝，心下便猜著了八九分，自己反羞得心跳耳熱，又怕起來。因定了一會，忙悄問：「那一個是誰？」司棋又跪下道：「是我姑舅兄弟。」鴛鴦啐了一口，卻羞得一句話也說不出來。司棋又回頭悄叫道：「你不用藏著，姐姐已經看見了。快出來磕頭。」那小廝聽了，只得也從樹後跑出來，磕頭如搗蒜。鴛鴦忙要回身，司棋拉住苦求，哭道：「我們的性命，都在姐姐身上，只求姐姐超生我們罷了！」鴛鴦道：「你不用多說了，快叫他去罷，橫豎我不告訴人就是了。你這是怎麼說呢！」

一語未了，只聽角門上有人說道：「金姑娘已經出去了，角門上鎖罷。」鴛鴦正被司棋拉住，不得脫身，聽見如此說，便忙著接聲道：「我在這裡有事，且略等等兒我出來了。」司棋聽了，只得鬆手，讓他去了。要知端底，下回分解。

校記

❶「參了場」上脂本有「臺上」二字。

❷「大家便更衣復入園來」，「復」原作「服」，按「更衣」乃成語，不當作「更衣服」，從諸本改。

❸「沒有單放他媽、又打你媽的禮」，「沒有」原作「沒又」，從諸本改。

❹「挫磨起老奴才來了」，諸本作「磨折起老人家來了」。

❺「佛頭兒」，「頭」藤本、王本等皆作「豆」。

❻「湘山石後」，「湘」脂本作「湖」。

❼「司棋只不言語，渾身亂顫」，「渾身亂顫」諸本作「拿手帕拭淚」。

注釋

1〔嫌隙〕因猜疑而產生的惡感。

2〔面聖〕臣子朝見皇帝叫面聖。

3〔官客、堂客〕舊時俗稱男子叫官客，女子叫堂客。

4〔退居〕臨時休息的地方。

5〔郡主〕明、清稱親王之女叫郡主。

6〔沉香拐〕用產於印度、泰國的沉香木作的拐杖。

7〔伽南珠〕伽南是一種香木，產於廣東瓊山中，用它所製的念珠叫「伽南珠」。

8〔參了場〕喜壽慶祝演戲，開場前，演員們出臺致賀，叫作「參場」。

9〔體己信兒〕私人的信息。

10〔溜〕這裡是對逢迎、討好、拍馬屁一類行動的諷刺語。也說「溜溝子」。

11〔耳報神〕專在耳邊報消息的神，這是指傳遞消息的人。

12〔結壽緣〕舊時大富人家過生日時，在街上向行人分送煮熟的豆子，以求添壽。這叫「結壽緣」。

13〔治一經損一經〕原是中醫學術語。這裡意思是顧了這邊，反誤了那邊。

14〔梳鬅（ㄆㄥˊ péng）頭〕就是梳著鬆散的髮髻。鬅，頭髮鬆亂的樣子。

【第七十二回】王熙鳳恃強羞說病　來旺婦倚勢霸成親

且說鴛鴦出了角門，臉上猶熱，心內突突的亂跳，真是意外之事，因想：「這事非常，若說出來：奸盜相連，關係人命，還保不住帶累旁人。橫豎與自己無干，且藏在心內，不說給人知道。」回房覆了賈母的命，大家安息不提。

卻說司棋因從小兒和他姑表兄弟一處玩笑，起初時小兒戲言，便都訂下將來不娶不嫁；近年大了，彼此又出落得品貌風流，常時司棋回家時，二人眉來眼去，舊情不斷，只不能入手。又彼此生怕父母不從，二人便設法，彼此裡外買囑園內老婆子們，留門看道，今日趕亂，方從外進來。初次入港，雖未成雙，卻也海誓山盟，私傳表記，已有無限風情。忽被鴛鴦驚散，那小廝早穿花度柳，從角門出去了。

司棋一夜不曾睡著，又後悔不來。至次日見了鴛鴦，自是臉上一紅一白，百般過不去，心內懷著鬼胎，茶飯無心，起坐恍惚。挨了兩日，竟不聽見有動靜，方略放下了心。這日晚間，忽有個婆子來悄悄告訴道：「你表弟竟逃走了，三四天沒上家。如今打發人四處找他呢。」司棋聽了，又急又氣又傷心，因想道：「縱然鬧出來，也該死在一處。真真男人沒情意，先就走了！」因此，又添了一層氣，次日便覺心內不快，支持不住，一頭躺倒，懨懨[1]的成了病了。

鴛鴦聞知那邊無故走了一個小廝，園內司棋病重，要往外挪，心下料定「是二人懼罪之故，生怕我說出來」。因此，自己反過意不去，指著來望候司棋，支出人去，反自己賭咒發誓，與司棋說：「我若告訴一個人，立刻現死現報！你只管放心養病，別白糟蹋了小命兒！」司棋一把拉住，哭道：「我的姐姐！咱們從小兒耳鬢廝磨[2]，你不曾拿我當外人待，我也不敢怠慢了你，如今我雖一著走錯了，你若果然不告訴一個人，你就是我的親娘一樣！從此後，我活一日，是你給我一日。我的病要好了，把你立個長生牌位，我天天燒香磕頭，保佑你一輩子福壽雙全。我若死了時，變驢變狗報答你！倘或咱們散了，以後遇見，我自有報答的去處。」一面說，一面哭。

這一夕話，反把鴛鴦說得酸心，也哭起來了。因點頭道：「你也是自家要作死喲！我作什麼管你這些事壞你的名兒，我白去獻勤兒？況且這事我也不便開口和人說，你只放心。從此養好了，可要安分守己的，再別胡行亂鬧了。」司棋在枕上點首不絕。

鴛鴦又安慰了他一番，方出來。因知賈璉不在家中，又因這兩日鳳姐兒聲色怠惰了些，不似往日一樣，便順路來問候。剛進入鳳姐院中，二門上的人見是他來，便站立待他進去。鴛鴦來至堂屋，只見平兒從裡頭出來，見了他來，便忙上來悄聲笑道：「才吃了一口飯，歇了中覺了。你且這屋裡略坐坐。」鴛鴦聽了，只得同平兒到東邊房裡來。小丫頭倒了茶來。鴛鴦悄問道：「你奶奶這兩日是怎麼了？我近來看著他懶懶的。」平兒見問，因房內無人，便嘆道：「他這懶懶的，也不止今日了！這有一月前頭，就是這麼著。這幾日忙亂了幾天，又受了些閑氣，重新又勾起來；這兩日比先又添了些病，所以支不住，就露出馬腳來了。」鴛鴦道：「既這樣，怎麼不早請大夫治？」平兒嘆道：「我的姐姐！你還不知道他那脾氣的？別說請大夫來吃藥；我看不過，白問一聲：『身上覺怎麼樣？』他就動了氣，反說我咒他病了。饒這樣，天天還是察三訪四。自己再不看破些，且養身子！」鴛鴦道：「雖然如此，到底該請大夫來瞧瞧是什麼病，也都好放心。」平兒嘆道：「說起病來，據我看，也不是什麼小症候！」鴛鴦忙道：「是什麼病呢？」平兒見問，又往前湊了一湊，向耳邊說道：「只從上月行了經之後，這一個月，竟瀝瀝淅淅的沒有止住。這可是大病不是？」鴛鴦聽了忙答應道：「嗳喲！依這麼說，可不成了『血山崩』3了嗎？」平兒忙啐了一口，又悄笑道：「你個女孩兒家，這是怎麼說？你倒會咒人！」鴛鴦見說，不禁紅了臉，又悄笑道：「究竟我也不懂什麼是崩不崩的。你倒忘了不成：先我姐姐不是害這病死了？我也不知是什麼病，因無心中聽見媽和親家媽說，我還納悶，後來聽見緣故，才明白了一二分。」

二人正說著，只見小丫頭向平兒道：「方才朱大娘又來了。我們回了他：『奶奶才歇中覺。』他往太太上頭去了。」平兒聽了點頭。鴛鴦問：「那一個朱大娘？」平兒道：「就是官媒婆朱嫂子。因有個什麼孫大人來和咱們求親，所以他這兩日天天弄個帖子來，鬧得人怪煩的。」一語未了，小丫頭跑來說：「二爺進來了。」

說話之間，賈璉已走至堂屋門口，平兒忙迎出來。賈璉見平兒在東屋裡，便也過這間房內來，走至門前，忽見鴛鴦坐在炕上，便煞住腳，笑道：「鴛鴦姐姐，今兒貴步幸臨賤地！」鴛鴦只坐著，笑道：「來請爺奶奶的安，偏又不在家的不在家，睡覺的睡覺。」賈璉笑道：「姐姐一年到頭辛苦，伏侍老太太，我還沒看你去，那裡還敢勞動來看我們！」

又說：「巧得很。我才要找姐姐去，因為穿著這袍子熱，先來換了夾袍子，再過去找姐姐去，不想老天爺可憐，省我走這一趟。」一面說，一面在椅子上坐下。

鴛鴦因問：「又有什麼說的？」賈璉未語先笑，道：「因有一件事竟忘了，只怕姐姐還記得：上年老太太生日，曾有一個外路和尚[4]來孝敬一個蠟油凍的佛手[5]，因老太太愛，就即刻拿過來擺著。因前日老太太的生日，我看古董賬，還有一筆在這賬上，卻不知此時這件著落在何處。古董房裡的人也回過了我兩次，等我問準了，好注上一筆。所以我問姐姐：如今還是老太太擺著呢？還是交到誰手裡去了呢？」鴛鴦聽說，便說道：「老太太擺了幾日，厭煩了，就給你們奶奶了。你這會子又問我來了！我連日子還記得，還是我打發了老王家的送來。你忘了，或是問你們奶奶和平兒。」

平兒正拿衣裳，聽見如此說，忙出來回說：「交過來了，現在樓上放著呢。奶奶已經打發人去說過，他們發昏沒記上，又來叨蹬[6]這些沒要緊的事。」賈璉聽說，笑道：「既然給了你奶奶，我怎麼不知道，你們就昧下了？」平兒道：「奶奶告訴二爺，二爺還要送人，奶奶不肯，好容易留下的。這會子自己忘了，倒說我們昧下！那是什麼好東西！比那強十倍的，也沒昧下一遭兒，這會子就愛上那不值錢的咧？」

賈璉垂頭含笑，想了想，拍手道：「我如今竟糊塗了！丟三忘四，惹人抱怨，竟大不像先了。」鴛鴦笑道：「也怨不得：事情又多，口舌又雜，你再喝上兩鍾酒，那裡記得許多？」一面說，一面起身要走。賈璉忙也立起身來，說道：「好姐姐，略坐一坐兒，兄弟還有一事相求。」說著，便罵小丫頭：「怎麼不沏好茶來？快拿乾淨蓋碗，把昨日進上的新茶沏一碗來！」說著，向鴛鴦道：「這兩日，因老太太千秋，所有的幾千兩都使了。幾處房租、地租，統在九月才得，這會子竟接不上。明兒又要送南安府裡的禮，又要預備娘娘的重陽節，還有幾家紅白大禮，至少還得三二千兩銀子用，一時難去支借。俗語說得好：『求人不如求己。』說不得姐姐擔個不是，暫且把老太太查不著的金銀傢伙，偷著運出一箱子來，暫押千數兩銀子，支騰[7]過去。不上半月的光景，銀子來了，我就贖了交還，斷不能叫姐姐落不是。」

鴛鴦聽了，笑道：「你倒會變法兒！虧你怎麼想了！」賈璉笑道：「不是我撒謊：若論除了姐姐，也還有人手裡管得起千數兩銀子；只是他們為人，都不如你明白有膽量，我和他們一說，反嚇住了他們。所以我『寧撞金鐘一下，不打鐃鈸三千』[8]。」一語未了，賈母那邊小丫頭子忙忙走來找鴛鴦，說：「老太太找姐姐呢。這半日，我那裡沒找到？卻在這裡。」鴛鴦聽說，忙著去見賈母。

賈璉見他去了，只得回來瞧鳳姐。誰知鳳姐已醒了，聽他和鴛鴦借當，自己不便答話，只躺在榻上。聽見鴛鴦去了，賈璉進來，鳳姐因問道：「他可應准了？」賈璉笑道：「雖未應准，卻有幾分成了。須得你再去和他說一說，就十分成了❶。」鳳姐笑道：「我不管這些事。倘或說准了，這會子說著好聽，到了有錢的時節，你就撂在脖子後頭了，誰和你打饑荒去？倘或老太太知道了，倒把我這幾年的臉面都丟了！」賈璉笑道：「好人！你要說定了，我謝你。」鳳姐笑道：「你說謝我什麼？」賈璉笑道：「你說要什麼就有什麼。」

平兒一旁笑道：「奶奶不用要別的。剛才正說要作一件什麼事，恰少一二百銀子使，不如借了來，奶奶拿這麼一二百銀子，豈不兩全其美？」鳳姐笑道：「幸虧提起我來。就是這麼也罷了。」賈璉笑道：「你們太也狠了！你們這會子別說一千兩的當頭，就是現銀子，要三五千，只怕也難不倒。我不和你們借就罷了，這會子煩你說一句話，還要個利錢，難為你們和我——」鳳姐不等說完❷，翻身起來說道：「我三千五千，不是賺得你的！如今裡外上下，背著嚼說我的不少了，就短了你來說我了！可知『沒家親引不出外鬼來』[9]。我們看著你家什麼石崇鄧通[10]？把我王家的縫子掃一掃，就夠你們一輩子過的了。說出來的話也不害臊！現有對證：把太太和我的嫁妝細看看，比一比，我們那一樣是配不上你們的？」賈璉笑道：「說句玩話兒就急了。這有什麼的呢？你要使一二百兩銀子值什麼？多的沒有，這還能夠。先拿進來，你使了，再說去，如何？」鳳姐道：「我又不等著『銜口墊背』[11]，忙什麼呢！」賈璉道：「何苦來？犯不著這麼肝火盛！」

鳳姐聽了，又笑起來，道：「不是我著急，你說的話，戳人的心。我因為想著後日是二姐的週年，我們好了一場，雖不能別的，到底給他上個墳，燒張紙，也是姐妹一場。他雖沒個兒女留下，也別『前人撒土，迷了後人的眼睛』[12]才是。」賈璉半晌方道：「難為你想得周全。」鳳姐一語倒把賈璉說沒了話，低頭打算，說：「既是後日才用，若明日得了這個，你隨便使多少就是了。」

一語未了，只見旺兒媳婦走進來。鳳姐便問：「可成了沒有？」旺兒媳婦道：「竟不中用。我說須得奶奶作主就成了。」賈璉便問：「又是什麼事？」鳳姐兒見問，便說道：「不是什麼大事。旺兒有個小子，今年十七歲了，還沒娶媳婦兒，因要求太太房裡的彩霞，不知太太心裡怎麼樣。前日太太見彩霞大了，二則又多病多災的，因此開恩，打發他出去了，給他老子隨便自己擇女婿去罷。因此，旺兒媳婦來求我。我想他兩家也就算門當戶對了，一說去，自然成的；誰知他這會子來了，說不中用！」賈璉道：「這是什麼大事？比彩霞好的多著呢！」旺兒家的便笑道：「爺雖如此說，連他家還看不起我們，別人越發看不起我們了。好容易相看準一個媳婦兒，我只說求爺奶奶的恩典，替作成了，奶奶又說他必是肯的，我就煩了人過去試一試，誰知白討了個沒趣兒。若論那孩子，倒好，據我素日合意兒[13]試他，心裡沒有什麼說的❸，只是他老子娘兩個老東西，太心高了些。」

一語戳動了鳳姐和賈璉。鳳姐因見賈璉在此，且不作一聲，只看賈璉的光景。賈璉心中有事，那裡把這點事放在心裡？待要不管，只是看著鳳姐兒的陪房，且素日出過力的，臉上實在過不去，因說：「什麼大事？只管咕咕唧唧的！你放心，且去。我明日作媒，打發兩個有體面的人，一面說，一面帶著定禮去，就說是我的主意。他十分不依，叫他來見我。」

旺兒家的看著鳳姐，鳳姐便努嘴兒。旺兒家的會意，忙爬下就給賈璉磕頭謝恩。這賈璉忙道：「你只管給你們姑奶奶磕頭。我雖說了，到底也得你們姑奶奶打發人叫他女人上來，和他好說，更好些；不然，太霸道了，日後你們兩親家也難走動。」鳳姐忙道：「連你還這麼開恩操心呢，我反倒袖手旁觀不成？——旺兒家的，你聽見了：這事說了，你也忙忙的給我完了事來，說給你男人：外頭所有的賬目，一概趕今年年底都收進來，少一個錢也不依。我的名聲不好，再放一年，都要生吃了我呢！」

旺兒媳婦笑道：「奶奶也太膽小了。誰敢議論奶奶？若收了時，我也是一場痴心白使了。」鳳姐道：「我真個還等錢作什麼？不過為的是日用，出得多，進得少。這屋裡有的沒的，我和你姑爺一月的月錢，再連上四個丫頭的月錢，通共一二十兩銀子，還不夠三五天使用的呢。若不是我千湊萬挪的，早不知過到什麼破窯裡去了！如今倒落了一個放賬的名兒。既這樣，我就收了回來。我比誰不會花錢？咱們以後就坐著花，到多早晚，就是多早晚。這不是樣兒？前兒老太太生日，太太急了兩個月，想不出法兒來，還是我提了一句，從樓上現有些沒要緊的大銅錫傢伙，四五箱子，拿出去弄了三百銀子，才把太太遮羞禮兒搪過去了。我是你們知道的：那一個金自鳴鐘賣了五百六十兩銀子，沒有半個月，大事小事沒十件，白填在裡頭。今兒外頭也短住了，不知是誰的主意，搜尋上老太太了。明兒再過一年，便搜尋到頭面衣裳，可就好了！」旺兒媳婦笑道：「那一位太太奶奶的頭面衣裳折變了不夠過一輩子的？只是不肯罷咧。」鳳姐道：「不是我說沒能耐的話，要像這麼著，我竟不能了。昨兒晚上，忽然作了個夢，說來可笑：夢見一個人，雖然面善，卻又不知名姓，找我說：娘娘打發他來，要一百匹錦。我問他是那一位娘娘，他說的又不是咱們的娘娘。我就不肯給他，他就來奪。正奪著，就醒了。」旺兒家的笑道：「這是奶奶日間操心，惦記應候宮裡的事❹。」

一語未了，人回：「夏太監打發了一個小內家[14]來說話。」賈璉聽了，忙皺眉道：「又是什麼話？一年他們也搬夠了！」鳳姐道：「你藏起來，等我見他。若是小事，罷了；若是大事，我自有回話。」賈璉便躲入內套間去。

這裡鳳姐命人帶進小太監來，讓他椅上坐了吃茶，因問何事。那小太監便說：「夏爺爺因今兒偶見一所房子，如今竟短二百兩銀子，打發我來問舅奶奶家裡，有現成的銀子暫借一二百，這一兩日就送來。」鳳姐兒聽了，笑道：「什麼是送來？有的是銀子，只管先兌了去。改日等我們短住，再借去也是一樣。」小太監道：「夏爺爺還說：上兩回還有一千二百兩銀子沒送來，等今年年底下，自然一齊都送過來的。」鳳姐笑道：「你夏爺爺好小器，這也值得放在心裡？我說一句話，不怕他多心：要都這麼記清了還我們，不知要還多少了！只怕我們沒有，要有，只管拿去。」因叫旺兒媳婦來，「出去，不管那裡先支二百銀來。」旺兒媳婦會意，因笑道：「我才因別處支不動，才來和奶奶支的。」鳳姐道：「你們只會裡頭來要錢；叫你們外頭弄去，就不能了。」說著，叫平兒：「把我那兩個金項圈拿出去，暫且押四百兩銀子。」

平兒答應去了，果然拿了一個錦盒子來，裡面兩個錦袱包著。打開時，一個金纍絲攢珠的，那珍珠都有蓮子大小；一個點翠嵌寶石的：兩個都與宮中之物不離上下。一時拿去，果然拿了四百兩銀子來。鳳姐命給小太監打疊一半，那一半與了旺兒媳婦，命他拿去辦八月中秋的節。那小太監便告辭了，鳳姐命人替他拿著銀子，送出大門去了。

這裡賈璉出來，笑道：「這一起外祟，何日是了！」鳳姐笑道：「剛說著，就來了一股子！」賈璉道：「昨兒周太監來，張口一千兩，我略應慢了些，他就不自在。將來得罪人的地方兒多著呢。這會子再發個三五萬的財❺就好了！」一面說，一面平兒伏侍鳳姐另洗了臉更衣，往賈母處伺候晚飯。

這裡賈璉出來，剛至外書房，忽見林之孝走來。賈璉因問何事。林之孝說道：「才聽見雨村降了，卻不知何事，只怕未必真。」賈璉道：「真不真，他那官兒未必保得長。只怕將來有事，咱們寧可疏遠著他好。」林之孝道：「何從不是❻？只是一時難以疏遠。如今東府大爺和他更好，老爺又喜歡他，時常來往，那個不知？」賈璉道：「橫豎不和他謀事，也不相干。你去再打聽真了，是為什麼。」

林之孝答應了，卻不動身，坐在椅子上再說閑話，因又說起家道艱難，便趁勢說：「人口太眾了，不如揀個空日，回明老太太老爺，把這些出過力的老家人，用不著的，開恩放幾家出去：一則他們各有營運，二則家裡一年也省口糧月錢。再者，裡頭的姑娘也太多。俗語說，『一時比不得一時』[16]，如今說不得先時的例了，少不得大家委屈些，該使八個的使六個，使四個的使兩個。若各房算起來，一年也可以省許多月米月錢。況且裡頭的女孩子們，一半都大了，也該配人的配人，成了房，豈不又滋生出些人來？」賈璉道：「我也這麼想，只是老爺才回家來，多少大事未回，那裡議到這個上頭？前兒官媒拿了個庚帖來求親，太太還說老爺才來家，每日歡天喜地的說『骨肉完聚』，忽然提起這事，恐老爺又傷心，所以且不叫提起。」林之孝道：「這也是正理，太太想得周到。」賈璉道：「正是，提起這話，我想起一件事來：我們旺兒的小子，要說太太屋裡的彩霞，他昨兒求我，我想：什麼大事？不管誰去說一聲去，就說我的話。」

林之孝答應了，半晌，笑道：「依我說，二爺竟別管這件事。旺兒的那小子，雖然年輕，在外吃酒賭錢，無所不至。雖說都是奴才，到底是一輩子的事。彩霞這孩子，這幾年我雖沒看見，聽見說，越發出跳的好了，何苦來白糟蹋一個人呢？」賈璉道：「哦！他小子竟會喝酒不成人嗎？這麼著，那裡還給他老婆？且給他一頓棍，鎖起來，再問他老子娘！」林之孝笑道：「何必在這一時？等他再生事，我們自然回爺處治，如今且也不用究辦。」賈璉不語。一時林之孝出去。

晚間，鳳姐已命人喚了彩霞之母來說媒。那彩霞之母，滿心縱不願意，見鳳姐自和他說，何等體面，便心不由己的滿口應了出去。今鳳姐又問賈璉❼：「可說了沒有？」賈璉因說：「我原要說來著，聽見他這小子大不成人，所以還沒說。若果然不成人，且管教他兩日，再給他老婆不遲。」鳳姐笑道：「我們王家的人，連我還不中你們的意，何況奴才呢！我已經和他娘說了，他娘倒歡天喜地，難道又叫進他來，不要了不成？」賈璉道：「你既說了，又何必退呢？明日說給他老子，好生管他就是了。」這裡說話，不提。

且說彩霞因前日出去等父母擇人，心中雖與賈環有舊，尚未作准。今日又見旺兒每每來求親，早聞得旺兒之子酗酒賭博，而且容顏醜陋，不能如意。自此，心中越發懊惱，惟恐旺兒仗勢作成，終身不遂，未免心中急躁。至晚間，悄命他妹子小霞進二門來找趙姨娘，問個端底。趙姨娘素日深與彩霞好，巴不得給了賈環，方有個膀臂，不承望[17]王夫人又放出去了。每每調唆賈環去討，一則賈環羞口難開，二則賈環也不在意，不過是個丫頭，他去了，將來自然還有好的，遂遷延[18]住不肯說去，意思便丟開了手。無奈趙姨娘又不捨，又見他妹子來問，是晚得空，便先求了賈政。賈政說道：「且忙什麼！等他們再念一二年書，再放人不遲。我已經看中了兩個丫頭，一個給寶玉，一個給環兒。只是年紀還小，又怕他們誤了念書，再等一二年再提。」趙姨娘還要說話，只聽外面一聲響，不知何物，大家吃了一驚。未知如何，下回分解。

■校記

❶「須得你再去和他說一說，就十分成了」，原在「他可應准了」下，從藤本、王本、脂本移。

❷「難為你們和我鳳姐不等說完」十二字諸本作「真真了不得鳳姐聽了」九字。

❸「據我素日合意兒試他，心裡沒有什麼說的」，「試他」下脂本重一「他」字，「合意兒」後筆改「私意兒」。今參酌讀斷。一說：當在「合意兒」斷，「試他」屬下。

❹「惦記應候宮裡的事」，「應」字原無，諸本作「常應候宮裡的事」，今酌增。

❺「再發個三五萬的財」，「三五萬」藤本、王本作「三二百萬」。

❻「何從不是」，「從」諸本作「常」，脂本作「嘗」。

❼「今鳳姐又問賈璉」，「今」字原無，從脂本酌增。

■注釋

1〔懨懨（ㄧㄢ／yān）〕　精神委靡不振，身體有病的樣子。

2〔耳鬢廝磨〕　形容兒童之間的親密。廝磨，相磨，在一起。

3〔血山崩〕　婦科疾病，也叫血崩。主要症狀是經血暴下，猶如山崩，中醫叫血山崩。

4〔外路和尚〕　從外地來的和尚，不是本地寺院常住的僧人。即所謂「一身輕如水，悠悠任去來」的行腳僧。

5〔蠟油凍的佛手〕　黃蜜蠟所雕的佛手柑。一說凍指凍石。

6〔叨蹬〕　這裡是翻弄的意思。

7〔支騰〕　應付挪轉。

8〔寧撞金鐘一下，不打鐃鈸三千〕
意思是，寧可向有權勢的富貴人家央求一次，也不向貧寒人家求告再三。

9〔沒家親引不出外鬼來〕
沒有自己人在內部搗鬼，就不會引進外邊的壞人來。

10〔石崇、鄧通〕
石崇，西晉人，生活極端奢侈浪費。為了和別人比富，曾用蠟當柴燒，用錦帛作帷幛，長五十里。鄧通，西漢時大官，以私鑄銅錢成為巨富。後人常以石崇、鄧通作富豪的代稱。

11〔銜口墊背〕
古代人殮葬時的一種迷信習俗：給死尸口中含珠、玉或米，叫作「銜口」；在死尸褥下放錢，叫作「墊背」。

12〔前人撒土，迷了後人的眼睛〕
前人作下不符合自己願望的事，且又累及到後人。

13〔合意兒〕
故意地。

14〔小內家〕
此指在內宮伺候的小太監。

15〔外祟〕
不是自己家死者的靈魂，而是外來的鬼魂作祟，叫「外祟」。這裡比喻從外部來糾纏的人。

16〔一時比不得一時〕
意思是，這一時不能同過去那一時相比。這裡是說賈家家道比過去艱難了，不能同過去相比。此處直接寫出賈家的衰敗。

17〔不承望〕
沒有預料到、沒有想到。

18〔遷延〕
拖延時間。

【第七十三回】

痴丫頭誤拾繡春囊　懦小姐不問纍金鳳

話說那趙姨娘和賈政說話，忽聽外面一聲響，不知何物，忙問時，原來是外間窗屜不曾扣好，滑了屈戌[1]，掉下來。趙姨娘罵了丫頭幾句，自己帶領丫鬟上好，方進來打發賈政安歇，不在話下。

卻說怡紅院中，寶玉方才睡下，丫鬟們正欲各散安歇，忽聽有人來敲院門。老婆子開了，見是趙姨娘房內的丫頭，名喚小鵲的；問他作什麼，小鵲不答，直往裡走，來找寶玉。只見寶玉才睡下，晴雯等猶在床邊坐著，大家玩笑。見他來了，都問：「什麼事？這時候又跑了來？」小鵲連忙悄向寶玉道：「我來告訴你個信兒，方才我們奶奶，咕咕唧唧的，在老爺前不知說了你些什麼，我只聽見『寶玉』二字。我來告訴你，仔細明兒老爺和你說話罷。」一面說著，回身就走。襲人命人留他吃茶，因怕關門，遂一直去了。

寶玉聽了，知道趙姨娘心術不端，合自己仇人似的，又不知他說些什麼，便如孫大聖聽見了「緊箍兒咒」的一般，登時四肢五內，一齊皆不自在起來。想來想去，別無他法，且理熟了書，預備明兒盤考：只能書不舛錯[2]，就有別事，也可搪塞。一面想罷，忙披衣起來要讀書。心中又自後悔：「這些日子，只說不提了，偏又丟生了。早知該天天好歹溫習些。」如今打算打算，肚子裡現可背誦的，不過只有「學」、「庸」、「二論」還背得出來。至上本「孟子」[3]，就有一半是夾生的，若憑空提一句，斷不能背；至下「孟子」❶，就有大半生的。算起「五經」來，因近來作詩，常把「五經」[4]集些，雖不甚熟，還可塞責。別的雖不記得，素日賈政幸未叫讀的，縱不知，也還不妨。至於古文，還是那幾年所讀過的幾篇「左傳」、「國策」、「公羊」、「穀梁」[5]、漢、唐等文，這幾年未曾讀得，不過一時之興，隨看隨忘，未曾下過苦工，如何記得？這是更難塞責的。更有時文八股[6]一道，因平素深惡，說這原非聖賢之制撰，焉能闡發聖賢之奧，不過是後人餌名釣祿[7]之階。雖賈政當日起身，選了百十篇命他讀的，不過是後人的時文，偶見其中一二股內，或承起之中，有作得精緻——或流蕩，或遊戲，或悲感，稍能動性者，偶爾一讀，不過供一時之興趣，究竟何曾成篇潛心玩索[8]？如今若溫習這個，又恐明日盤究那個；若溫習那個，又恐盤駁這個：一夜之工，亦不能全然溫習。因此，越添了焦躁。自己讀書，不值緊要，卻累著一房丫鬟們都不能睡。襲人等在旁剪燭斟茶，那些小的都困倦起來，前仰後合。晴雯罵道：「什麼小蹄子們！一個個黑家白日挺屍挺不夠，偶然一次睡遲了些，就裝出這個腔調兒來了。再這麼著，我拿針扎你們兩下子！」

話猶未了，只聽外間「咕咚」一聲。急忙看時，原來是個小丫頭坐著打盹，一頭撞到壁上，從夢中驚醒，卻正是晴雯說這話之時，他怔怔的只當是晴雯打了他一下子，遂哭著央說：「好姐姐！我再不敢了！」眾人都笑起來。寶玉忙勸道：「饒他罷。原該叫他們睡去。你們也該替換著睡。」襲人道：「小祖宗！你只顧你的罷！統共這一夜的工夫，你把心暫且用在這幾本書上，等過了這一關，由你再張羅別的，也不算誤了什麼。」寶玉聽他說得懇切，只得又讀幾句。麝月斟了一杯茶來潤舌，寶玉接茶吃了。因見麝月只穿著短襖，寶玉道：「夜靜了，冷，到底穿一件大衣裳才是啊。」

麝月笑指著書道：「你暫且把我們忘了，使不得嗎？——且把心擱在這上頭些罷。」話猶未了，只聽春燕秋紋從後房門跑進來，口內喊說：「不好了！一個人打牆上跳下來了！」眾人聽說，忙問：「在那裡？」即喝起人來，各處尋找。

晴雯因見寶玉讀書苦惱，勞費一夜神思，明日也未必妥當，心下正要替寶玉想個主意，好脫此難。忽然碰著這一驚，便生計向寶玉道：「趁這個機會，快裝病，只說嚇著了。」這話正中寶玉心懷。因叫起上夜的來，打著燈籠，各處搜尋，並無蹤跡，都說：「小姑娘們想是睡花了眼出去，風搖的樹枝兒，錯認了人。」晴雯便道：「別放屁！你們查得不嚴，怕擔不是，還拿這話來支吾！剛才並不是一個人見的，寶玉和我們出去，大家親見的。如今寶玉嚇得顏色都變了，滿身發熱，我這會子還要上房裡取安魂丸藥去呢；太太問起來，是要回明白了的，難道依你說就罷了？」

眾人聽了，嚇得不敢則聲，只得又各處去找。晴雯和秋紋二人果出去要藥去，故意鬧得眾人皆知寶玉著了驚，嚇病了。王夫人聽了，忙命人來看視給藥，又吩咐各上夜人仔細搜查；又一面叫查二門外鄰園牆上夜的小廝們。於是園內燈籠火把，直鬧了一夜。至五更天，就傳管家的細看查訪。

賈母聞知寶玉被嚇，細問原由，眾人不敢再隱，只得回明。賈母道：「我不料有此事。如今各處上夜的都不小心還是小事，只怕他們就是賊，也未可知。」當下邢夫人尤氏等都過來請安，李紈鳳姐及姐妹等皆陪侍，聽賈母如此說，都默無所答。獨探春出位笑道：「近因鳳姐姐身子不好幾日，園裡的人，比先放肆許多。先前不過是大家偷著一時半刻，或夜裡坐更時，三四個人聚在一處，或擲骰，或鬥牌，小玩意兒，不過為著熬困起見。如今漸次放誕，竟開了賭局，甚至頭家局主，或三十吊五十吊的大輸贏。半月前竟有爭鬥相打的事。」賈母聽了，忙說：「你既知道，為什麼不早回我來？」探春道：「我因想著太太事多，且連日不自在，所以沒回，只告訴大嫂子和管事的人們，戒飭[9]過幾次，近日好些了。」賈母忙道：「你姑娘家，那裡知道這裡頭的利害？你以為賭錢常事，不過怕起爭端；不知夜間既要錢，就保不住不吃酒，既吃酒，就未免門戶任意開鎖，或買東西；其中夜靜人稀，趁便藏賊引盜，什麼事作不出來？況且園內你姐兒們起居所伴者，皆係丫頭媳婦們，賢愚混雜。賊盜事小，倘有別事，略沾帶些，關係非小！這事豈可輕恕？」

探春聽說，便默然歸坐。鳳姐雖未大癒，精神未嘗稍減，今見賈母如此說，便忙道：「偏偏我又病了。」遂回頭命人速傳林之孝家的等總理家事的四個媳婦來了，當著賈母申飭了一頓。賈母命：「即刻查了頭家賭家來！有人出首者賞，隱情不告者罰❷！」林之孝家的等見賈母動怒，誰敢狥私，忙去園內傳齊，又一一盤查。雖然大家賴一回，終不免水落石出。查得大頭家三人，小頭家八人，聚賭者統共二十多人，都帶來見賈母，跪在院內，磕響頭求饒。

賈母先問大頭家名姓，和錢之多少。原來這大頭家，一個是林之孝家的兩姨親家，一個是園內廚房內柳家媳婦之妹，一個是迎春之乳母。這是三個為首的，餘者不能多記。賈母便命將骰子紙牌一併燒毀，所有的錢入官，分散與眾人；將為首者每人打四十大板，攆出去，總不許再入；從者每人打二十板，革去三月月錢，撥入圊廁行[10]內。又將林之孝家的申飭了一番。

林之孝家的見他的親戚又給他打嘴，自己也覺沒趣；迎春在座也覺沒意思。黛玉、寶釵、探春等見迎春的乳母如此，也是「物傷其類」[11]的意思，遂都起身笑向賈母討情，說：「這個奶奶，素日原不玩的，不知怎麼，也偶然高興；求看二姐姐面上，饒過這次罷。」賈母道：「你們不知道！大約這些奶子們，一個個仗著奶過哥兒姐兒，原比別人有些體面，他們就生事。——比別人更可惡！專管調唆主子，護短偏向。我都是經過的。況且要拿一個作法[12]，恰好果然就遇見了一個。你們別管，我自有道理。」寶釵等聽說，只得罷了。

一時，賈母歇晌，大家散出；都知賈母生氣，皆不敢回家，只得在此暫候。尤氏到鳳姐兒處來閑話了一回，因他也不自在，只得園內去閑談。邢夫人在王夫人處坐了一回，也要到園內走走。剛至園門前，只見賈母房內的小丫頭子，名喚傻大姐的，笑嘻嘻走來，手內拿著個花紅柳綠的東西，低頭瞧著只管走，不防迎頭撞見邢夫人，抬頭看見，方才站住。邢夫人因說：「這傻丫頭，又得個什麼愛巴物兒[13]，這樣喜歡？拿來我瞧瞧。」

原來這傻大姐年方十四歲，是新挑上來給賈母這邊專作粗活的。因他生得體肥面闊，兩隻大腳，作粗活很爽利簡捷，且心性愚頑，一無知識，出言可以發笑。賈母喜歡，便起名為「傻大姐」。若有錯失，也不苛責他。無事時，便入園內來玩耍。正往山石背後掏促織去，忽見一個五彩繡香囊，上面繡的並非花鳥等物，一面卻是兩個人，赤條條的相抱；

一面是幾個字。這痴丫頭原不認得是春意兒，心下打量：「敢是兩個妖精打架？不就是兩個人打架呢？」左右猜解不來，正要拿去給賈母看呢，所以笑嘻嘻走回。忽見邢夫人如此說，便笑道：「太太真個說得巧，真是個愛巴物兒！太太瞧一瞧。」說著，便送過去。

邢夫人接來一看，嚇得連忙死緊攥住，忙問：「你是那裡得的？」傻大姐道：「我掏促織兒，在山子石後頭揀的。」邢夫人道：「快別告訴人！這不是好東西，連你也要打死呢。因你素日是個傻丫頭，以後再別提了。」這傻大姐聽了，反嚇得黃了臉，說：「再不敢了！」磕了頭，呆呆而去。

邢夫人回頭看時，都是些女孩兒，不便遞給他們，自己便塞在袖裡。心內十分罕異[14]，揣摩此物從何而來，且不形於聲色，到了迎春房裡。迎春正因他乳母獲罪，心中不自在，忽報母親來了，遂接入。奉茶畢，邢夫人因說道：「你這麼大了，你那奶媽子行此事，你也不說說他；如今別人都好好的，偏咱們的人作出這事來，什麼意思？」迎春低頭弄衣帶，半晌答道：「我說他兩次，他不聽，也叫我沒法兒。況因他是嬤嬤，只有他說我的，沒有我說他的。」邢夫人道：「胡說！你不好了，他原該說；如今他犯了法，你就該拿出姑娘的身分來。他敢不依，你就回我去才是。如今直等外人共知，這可是什麼意思！再者：放頭兒[15]，還只怕他巧語花言的和你借貸些簪環衣裳作本錢。你這心活面軟，未必不周濟他些。若被他騙了去，我是一個錢沒有的，看你明日怎麼過節？」迎春不語，只低著頭。邢夫人見他這般，因冷笑道：「你是大老爺跟前的人養的，這裡探丫頭是二老爺跟前的人養的，出身一樣，你娘比趙姨娘強十分，你也該比探丫頭強才是，怎麼你反不及他一點？倒是我無兒女的一生乾淨，也不能惹人笑話！」人回：「璉二奶奶來了。」邢夫人聽了，冷笑兩聲，命人出去說：「請他自己養病，我這裡不用他伺候。」接著又有探事的小丫頭來報說：「老太太醒了。」邢夫人方起身往前邊來。

迎春送至院外方回。繡橘因說道：「如何？前兒我回姑娘：『那一個攢珠纍金鳳[16]，竟不知那裡去了！』回了姑娘，竟不問一聲兒。我說：『必是老奶奶拿去，當了銀子，放頭兒了。』姑娘不信，只說：『司棋收著。』叫問司棋。司棋雖病，心裡卻明白，說：『沒有收起來，還在書架上匣裡放著，預備八月十五要戴呢。』姑娘該叫人去問老奶奶一聲。」迎春道：「何用問？那自然是他拿了去擴了肩兒[17]了。我只說他悄悄的拿了出去，不過一時半晌，仍舊悄悄的放在裡頭，誰知他就忘了。今日偏又鬧出來，問他也無益。」繡橘道：「何曾是忘記？他是試準了姑娘的性格兒，才這麼著。如今我有個主意：到二奶奶屋裡，將此事回了，他或著人要，他或省事拿幾吊錢來替他贖了，如何？」迎春忙道：「罷，罷，罷！省事些好。寧可沒有了，又何必生事？」繡橘道：「姑娘怎麼這樣軟弱？都要省起事來，將來連姑娘還騙了去！我竟去得是。」說著便走。迎春便不言語，只好由他。

誰知迎春的乳母之媳玉柱兒媳婦為他婆婆得罪，來求迎春去討情，他們正說金鳳一事，且不進去。也因素日迎春懦弱，他們都不放在心上；如今見繡橘立意去回鳳姐，又看這事脫不過去，只得進來，陪笑先向繡橘說：「姑娘，你別去生事。姑娘的金絲鳳，原是我們老奶奶老糊塗了，輸了幾個錢，沒得撈梢[18]，所以借去，不想今日弄出事來。雖然這樣，到底主子的東西，我們不敢遲誤，終久是要贖的。如今還要求姑娘看著從小兒吃奶的情，往老太太那邊去討一個情兒，救出他來才好！」迎春便說道：「好嫂子，你趁早打了這妄想。要等我去說情兒，等到明年，也是不中用的。方才連寶姐姐林妹妹，大夥兒說情，老太太還不依，何況是我一個人？我自己臊還臊不過來，還去討臊去？」繡橘便說：「贖金鳳是一件事，說情是一件事，別絞在一處。難道姑娘不去說情，你就不賠了不成？嫂子且取了金鳳來再說。」

玉柱兒家的聽見迎春如此拒絕他，繡橘的話又鋒利，無可回答，一時臉上過不去，也明欺迎春素日好性兒，乃向繡橘說道：「姑娘，你別太張勢了！你滿家子算一算，誰的嬤嬤奶奶不仗著主子哥兒姐兒得些便宜？偏咱們就這樣『丁是丁，卯是卯』的？只許你們偷偷摸摸的，哄騙了去。自從邢姑娘來了，太太吩咐一個月儉省出一兩銀子來給舅太太去，這裡饒添了邢姑娘的使費，反少了一兩銀子。時常短了這個，少了那個，那不是我們供給？誰又要去？不過大家將就些罷了。算到今日，少說也有三十兩了！我們這一向的錢，豈不白填了限[19]呢？」繡橘不待說完，便啐了一口，道：「作什麼你白填了三十兩？我且和你算算賬！姑娘要了些什麼東西？」

迎春聽了這媳婦發邢夫人之私意，忙止道：「罷，罷！不能拿了金鳳來，你不必拉三扯四的亂嚷。我也不要那鳳了。就是太太問時，我只說丟了，也妨礙不著你什麼，你出去歇歇兒去罷，何苦呢？」一面叫繡橘倒茶來。繡橘又氣又急，因說道：「姑娘雖不怕，我是作什麼的？把姑娘的東西丟了，他倒賴說姑娘使了他們的錢❸，這如今竟要准折起來！倘或太太問姑娘為什麼使了這些錢，敢是我們就中取勢？這還了得！」一行說，一行就哭了。司棋聽不過，只得勉強過來，幫著繡橘，問著那媳婦。迎春勸止不住，自拿了一本「太上感應篇」[20]去看。

三人正沒開交，可巧寶釵、黛玉、寶琴、探春等，因恐迎春今日不自在，都約著來安慰。他們走至院中，聽見幾個人講究，探春從紗窗內一看，只見迎春倚在床上看書，若有不聞之狀，探春也笑了。小丫頭們忙打起簾子報道：「姑娘們來了。」迎春放下書起身。那媳婦見有人來，且又有探春在內，不勸自止了，遂趁便就走。

探春坐下，便問：「才剛誰在這裡說話，倒像拌嘴似的？」迎春笑道：「沒有什麼，左不過他們小題大作罷了，何必問他？」探春笑道：「我才聽見什麼『金鳳』，又是什麼『沒有錢，只合我們奴才要』。誰和奴才要錢了？難道姐姐和奴才要錢不成？」司棋繡橘道：「姑娘說的是了！姑娘何曾和他要什麼了？」探春笑道：「姐姐既沒有和他要，必定是我們和他們要了不成？你叫他進來，我倒要問問他。」迎春笑道：「這話又可笑。你們又無沾礙，何必如此？」探春道：「這倒不然。我和姐姐一樣。姐姐的事，和我一般。他說姐姐，即是說我；我那邊有人怨我，姐姐聽見，也是合怨姐姐一樣。咱們是主子，自然不理論那些錢財小事，只知想起什麼要什麼，也是有的事。但不知纍絲鳳怎麼又夾在裡頭？」

那玉柱兒媳婦生恐繡橘等告出他來，遂忙進來用話掩飾。探春深知其意，因笑道：「你們所以糊塗：如今你奶奶已得了不是，趁此求二奶奶，把方才的錢未曾散人的拿出些來贖來就完了。比不得沒鬧出來，大家都藏著留臉面；如今既是沒了臉，趁此時，總有十個罪也只一人受罰，沒有砍兩顆頭的理。你依我說，竟是和二奶奶趁便說去。在這裡大聲小氣，如何使得！」這媳婦被探春說出真病，也無可賴了，只不敢往鳳姐處自首。探春笑道：「我不聽見便罷；既聽見，少不得替你們分解分解。」

誰知探春早使了眼色與侍書，侍書出去了。這裡正說話，忽見平兒進來。寶琴拍手笑

迎春

道：「三姐姐敢是有驅神召將的符術？」黛玉笑道：「這倒不是道家法術，倒是用兵最精的所謂『守如處女，出如脫兔』[21]，『出其不備』的妙策。」二人取笑，寶釵便使眼色與二人，遂以別話岔開。探春見平兒來了，遂問：「你奶奶可好些了？真是病糊塗了，事事都不在心上，叫我們受這樣委屈。」平兒忙道：「誰敢給姑娘氣受？姑娘吩咐我。」

那玉柱兒媳婦方慌了手腳，遂上來趕著平兒叫：「姑娘坐下，讓我說緣故，姑娘請聽。」平兒正色道：「姑娘這裡說話，也有你混插嘴的理嗎！你但凡知禮，該在外頭伺候。也有外頭的媳婦們無故到姑娘屋裡來的？」繡橘道：「你不知我們這屋裡是沒禮的，誰愛來就來！」平兒道：「都是你們不是！姑娘好性兒，你們就該打出去，然後再回太太去才是。」

柱兒媳婦見平兒出了言，紅了臉，才退出去。探春接著道：「我且告訴你：要是別人得罪了我，倒還罷了；如今這柱兒媳婦和他婆婆，仗著是嬤嬤，又瞅著二姐姐好性兒，私自拿了首飾去賭錢，而且還揑造假賬，逼著去討情，和這兩個丫頭在臥房裡大嚷大叫，二姐姐竟不能轄治。所以我看不過，才請你來問一聲：還是他本是天外的人，不知道理？還是有誰主使他如此？——先把二姐姐制伏了，然後就要治我和四姑娘了？」平兒忙陪笑道：「姑娘怎麼今日說出這話來？我們奶奶如何擔得起！」探春冷笑道：「俗語說的，『物傷其類，唇亡齒寒』，我自然有些心驚麼！」平兒問迎春道：「若論此事，本好處的；但只他是姑娘的奶嫂，姑娘怎麼樣呢？」

當下迎春只合寶釵看「感應篇」故事，究竟連探春的話也沒聽見，忽見平兒如此說，仍笑道：「問我，我也沒什麼法子。他們的不是，自作自受，我也不能討情，我也不去加責，就是了。至於私自拿去的東西，送來我收下；不送來，我也不要了。太太們要來問我，可以隱瞞遮飾得過去，是他的造化；要瞞不住，我也沒法兒；沒有個為他們反欺枉太太們的理，少不得直說。你們要說我好性兒，沒個決斷，有好主意可以八面周全，不叫太太們生氣，任憑你們處治，我也不管。」

眾人聽了，都好笑起來。黛玉笑道：「真是『虎狼屯於階陛，尚談因果』[22]。要是二姐姐是個男人，一定上下這些人，又如何裁治他們？」迎春笑道：「正是，多少男人，衣租食稅[23]，及至事到臨頭，尚且如此。況且『太上』說得好，救人急難，最是陰隲事。我雖不能救人，何苦來白白去和人結怨結仇，作那樣無益有損的事呢❹？」一語未了，只聽又有一人來了。不知是誰，下回分解。

校記

❶「下『孟子』」，「子」字諸本無。按「上孟」「下孟」等，乃當時習語。如無「子」字，則「下」字當括入引號內（參看上文「上本『孟子』」）。

❷「賈母命，即刻查了頭家賭家來！有人出首者賞，隱情不告者罰」，「命」字原缺，從脂本補。

❸「他倒賴說姑娘使了他們的錢」，「們」字原缺，從藤本、王本補。

❹「衣租食稅」至「做那樣無益有損的事呢」一段，諸本作「尚且如此，何況我呢」八字。

注釋

1 〔屈戌〕　為了關鎖門窗等物所釘的鐵圈套，上邊可扣「了吊」，還可以再加鎖。

2 〔舛（ㄔㄨㄢˇ／chuǎn）錯〕　錯亂。

3 〔「學」「庸」「二論」「孟子」〕　即「大學」「中庸」「論語」「孟子」，「大學」「中庸」原是「禮記」中的兩篇。「論語」分上下兩部分，所以也叫「二論」。

4 〔五經〕　指「易經」「書經」「詩經」「禮記」「春秋」。

5 〔「左傳」「國策」「公羊」「穀梁」〕　「左傳」「公羊」「穀梁」都是解釋「春秋」的史書。「國策」也是一部史書，是漢朝劉向輯的，書中記載了戰國時期十二國的歷史資料。

6 〔時文八股〕　八股，也叫時文。明清兩代科舉制度規定的一種考試文體。內容要以「四書」為根據，格式規定八部分：破題、承題、起講、提比、虛比、中比、後比、大結。這種文體形式死板，內容空洞，是那個時代的知識分子追求功名利祿的敲門磚。

7 〔餌（ㄦˇ／ěr）名釣祿〕 追逐個人名利。「餌」，釣魚用的魚食。這裡以用餌釣魚，比喻傳統社會中讀時文八股應付考試，以追求功名利祿。

8 〔潛心玩索〕 專心致志地研究探索。

9 〔戒飭（ㄔˋ／chì）〕 警告，整頓。

10 〔圊（ㄑㄧㄥ／qīng）廁行〕 「圊廁」即廁所。這裡指管理或打掃廁所的職務。

11 〔物傷其類〕 動物見到同類的死亡，因而悲傷起來。比喻因同類的死亡或失敗而感到悲傷。一般多用於貶義。

12 〔作法〕 用家法治一下，作個樣子。

13 〔愛巴物兒〕 心愛的稀罕東西。

14 〔罕異〕 一邊感到罕見，一邊又感到詫異。

15 〔放頭兒〕 下注錢，進行賭博。

16 〔纍金〕 首飾或小器物用細金絲編製的，叫作「纍金」，也稱「纍絲」。

17 〔摘肩〕 摘下肩頭負擔。這裡指挪借財物，暫時減輕負擔。

18 〔撈梢〕 賭博輸了，繼續再賭，以期收復所輸的本錢，叫作「撈梢」，也說「撈本」。

19 〔白填了限〕 白搭。

20 〔「太上感應篇」〕 書名。相傳是晉代葛洪托詞太上而作。內容專門宣揚勸善懲惡、因果報應等。

21〔守如處女，出如脫兔〕見「孫子兵法・九地」。原文是：「始如處女，敵人開戶；後如脫兔，敵不及拒。」意思是說，軍隊打仗防守時要堅定，出擊時要迅猛。

22〔虎狼屯於階陛，尚談因果〕階陛：臺階，此處指朝廷所在地。尚：還。因果，佛教講因果報應。這句意思是說，虎狼（敵人）都來到眼前了，你們還在那裡大談因果報應。黛玉這裡是借來諷刺迎春的。

23〔衣租食稅〕依靠老百姓繳納的租稅維持生活。

【第七十四回】惑奸讒抄檢大觀園　避嫌隙杜絕寧國府

話說平兒聽迎春說了，正自好笑，忽見寶玉也來了。原來管廚房柳家媳婦的妹子也因放頭開賭得了不是。因這園中有素和柳家的不好的，便又告出柳家的來，說和他妹子是伙計，賺了平分。因此鳳姐要治柳家之罪。那柳家的聽得此言，便慌了手腳；因思素與怡紅院的人最為深厚，故走來悄悄的央求晴雯芳官等人，轉告訴了寶玉。寶玉因思內中迎春的嬤嬤也現有此罪，不若來約同迎春去討情，比自己獨去單為柳家的說情又更妥當，故此前來。忽見許多人在此，見他來時，都問道：「你的病可好了？跑來作什麼？」寶玉不便說出討情一事，只說：「來看二姐姐。」當下眾人也不在意，且說些閑話。

平兒便出去辦「纍金鳳」一事。那玉柱兒媳婦緊跟在後，口內百般央求，只說：「姑娘好歹口內超生，我橫豎去贖了來。」平兒笑道：「你遲也贖，早也贖，『既有今日，何必當初』！你的意思『得過就過』；既這麼樣，我也不好意思告訴人，趁早兒取了來，交給我，一字不提。」玉柱兒媳婦聽說，方放下心來，就拜謝，又說：「姑娘自去貴幹，趕晚贖了來，先回了姑娘，再送去，如何？」平兒道：「趕晚不來，可別怨我！」說畢，二人方分路各自散了。

平兒到房，鳳姐問他：「三姑娘叫你作什麼？」平兒笑道：「三姑娘怕奶奶生氣，叫我勸著奶奶些，問奶奶這兩天可吃些什麼？」鳳姐笑道：「倒是他還惦記我。——剛才又出來了一件事：有人來告柳二媳婦和他妹子通同開局[1]，凡妹子所為，都是他作主。我想你素日肯勸我多一事不如少一事，自己保養保養也是好的。我因聽不進去，果然應了，先把太太得罪了，而且反賺了一場病。如今我也看破了，隨他們鬧去罷！橫豎還有許多人呢！我白操一會子心，倒惹得萬人咒罵，不如且自家養養病。就是病好了，我也會作好好先生，得樂且樂，得笑且笑，一概是非都憑他們去罷：所以我只答應著『知道了』。」平兒笑道：「奶奶果然如此，那就是我們的造化了！」

一語未了，只見賈璉進來，拍手嘆氣道：「好好的又生事！前兒我和鴛鴦借當，那邊太太怎麼知道了？剛才太太叫過我去，叫我不管那裡先借二百銀子，作八月十五節下使用。我回沒處借，太太就說：『你沒有錢就有地方挪移，我白和你商量，你就搪塞我！你就沒地方兒！前兒一千銀子的當是那裡的？連老太太的東西你都有神通弄出來，這會二百銀子你就這樣難。虧我沒和別人說去！』我想太太分明不短，何苦來又尋事奈何人！」

鳳姐兒道：「那日並沒個外人，誰走了這個消息？」平兒聽了，也細想那日有誰在此，想了半日，笑道：「是了！那日說話時沒人，就只晚上送東西來的時候兒，老太太那邊傻大姐的娘可巧來送漿洗衣裳，他在下房裡坐了一會子，看見一大箱子東西，自然要問，必是丫頭們不知道，說出來了，也未可知。」因此便喚了幾個小丫頭來問：「那日誰告訴傻大姐的娘了？」眾小丫頭慌了，都跪下賭神發誓說：「自來也沒敢多說一句話。有人凡問什麼，都答應不知道，這事如何敢說！」

鳳姐詳情度理[2]，說：「他們必不敢多說一句話，倒別委屈了他們。如今把這事靠後，且把太太打發了去要緊。寧可咱們短些，別又討沒意思。」因叫平兒：「把我的金首飾再去押二百銀子來，送去完事。」賈璉道：「索性多押二百，咱們也要使呢。」鳳姐道：「很不必，我沒處使。這不知還指那一項贖呢！」平兒拿了去，吩咐旺兒媳婦領去，不一時，拿了銀子來，賈璉親自送去，不在話下。

這裡鳳姐和平兒猜疑走風的人：「反叫鴛鴦受累，豈不是咱們之過！」正在胡想，人報：「太太來了。」鳳姐聽了詫異，不知何事，遂與平兒等忙迎出來。只見王夫人氣色更變，只帶一個貼己小丫頭走來，一語不發，走至裡間坐下。鳳姐忙捧茶，因陪笑問道：「太太今日高興，到這裡逛逛？」王夫人喝命：「平兒出去！」平兒見了這般，不知怎麼了，忙應了一聲，帶著眾小丫頭一齊出去，在房門外站住。一面將房門掩了，自己坐在臺階上；所有的人一個不許進去。

鳳姐也著了慌，不知有何事。只見王夫人含著淚，從袖裡扔出一個香袋來，說：「你瞧！」鳳姐忙拾起一看，見是十錦春意香袋，也嚇了一跳，忙問：「太太從那裡得來？」王夫人見問，越發淚如雨下，顫聲說道：「我從那裡得來？我天天坐在井裡！想你是個細心人，所以我才偷空兒；誰知你也和我一樣！這樣東西，大天白日，明擺在園裡山石上，被老太太的丫頭拾著，不虧你婆婆看見，早已送到老太太跟前去了！我且問你：這個東西如何丟在那裡？」

鳳姐聽得，也更了顏色，忙問：「太太怎麼知道是我的？」王夫人又哭又嘆道：「你反問我？你想，一家子除了你們小夫小妻，餘者老婆子們，要這個何用？女孩子們是從那裡得來？自然是那璉兒不長進下流種子那裡弄來的！你們又和氣，當作一件玩意兒；年輕的人，兒女閨房私意是有的，你還和我賴！幸而園內上下人還不解事，尚未揀得，倘或丫頭們揀著，你姐妹看見，這還了得！不然，有那小丫頭們揀著出去，說是園內揀的，外人知道，這性命臉面要也不要？」

鳳姐聽說，又急又愧，登時紫脹了面皮，便挨著炕沿雙膝跪下，也含淚訴道：「太太說的固然有理，我也不敢辯；但我並無這樣東西；其中還要求太太細想：這香袋兒是外頭仿著內工[3]繡的，連穗子一概都是市賣的東西，我雖年輕不尊重，也不肯要這樣東西。再者，這也不是常帶著的，我縱然有，也只好在私處擱著，焉肯在身上常帶，各處逛去？況且又在園裡去，個個姐妹，我們都肯拉拉扯扯，倘或露出來，不但在姐妹前看見，就是奴才看見，我有什麼意思？三則論主子內，我是年輕媳婦；算起來，奴才比我更年輕的又不止一個了，況且他們也常在園裡走動，焉知不是他們掉的？再者，除我常在園裡，還有那邊太太常帶過幾個小姨娘來，嫣紅翠雲那幾個人，也都是年輕的人，他們更該有這個了。還有那邊珍大嫂子，他也不算很老，也常帶過佩鳳他們來，又焉知不是他們的？況且園內丫頭也多，保不住都是正經的，或者年紀大些的，知道了人事，一刻查問不到，偷出去了，或藉著因由，合二門上小么兒們打牙撂嘴兒[4]，外頭得了來的，也未可知。不但我沒此事，就連平兒，我也可以下保的：太太請細想。」

王夫人聽了這一夕話，很近情理，因嘆道：「你起來。我也知道你是大家子的姑娘出身，不致這樣輕薄，不過我氣激你的話。但只如今，且怎麼處？你婆婆才打發人封了這個給我瞧，把我氣了個死！」鳳姐道：「太太快別生氣。若被眾人覺察了，保不定老太太不知道！且平心靜氣，暗暗訪察，才能得這個實在；縱然訪不著，外人也不能知道。如今惟有趁著賭錢的因由革了許多人這空兒，把周瑞媳婦旺兒媳婦等四五個貼近不能走話的人，安插在園裡，以查賭為由。再如今他們的丫頭也太多了，保不住人大心大，生事作耗，等鬧出來，反悔之不及。如今若無故裁革，不但姑娘們委屈，就連太太和我也過不去。不如趁著這個機會，以後凡年紀大些的，或有些咬牙難纏[5]的❶，拿個錯兒攆出去，配了人：一則保得住沒有別事，二則也可省些用度。太太想我這話如何？」王夫人嘆道：「你說的何嘗不是！但從公細想，你這幾個姐妹，每人只有兩三個丫頭像人，餘者竟是小鬼兒似的，如今再去了，不但我心裡不忍，只怕老太太未必就依。雖然艱難，也還窮不至此。我雖沒受過大榮華，比你們是強些，如今寧可省我些，別委屈了他們。你如今且叫人傳周瑞家的等人進來，就吩咐他們快快暗訪這事要緊！」鳳姐即喚平兒進來，吩咐出去。

一時，周瑞家的與吳興家的、鄭華家的、來旺家的、來喜家的現在五家陪房進來。王夫人正嫌人少，不能勘察，忽見邢夫人的陪房王善保家的走來，正是方才他送香袋來的。王夫人向來看視邢夫人之得力心腹人等，原無二意，今見他來打聽此事，便向他說：「你去回了太太，也進園來照管照管，比別人強些。」

王善保家的因素日進園去，那些丫鬟們不大趨奉他，他心裡不自在，要尋他們的故事[6]又尋不著，恰好生出這件事來，以為得了把柄；又聽王夫人委托他，正碰在心坎上，道：「這個容易。不是奴才多話，論理這事該早嚴緊些的。太太也不大往園裡去，這些女孩子們，一個個倒像受了誥封似的，他們就成了千金小姐了。鬧下天來，誰敢哼一聲兒！不然，就調唆姑娘們，說欺負了姑娘們了，誰還擔得起！」王夫人點頭道：「跟姑娘們的丫頭比別的嬌貴些，這也是常情。」王善保家的道：「別的還罷了，太太不知，頭一個是寶玉屋裡的晴雯那丫頭，仗著他的模樣兒比別人標致些，又長了一張巧嘴，天天打扮得像個西施樣子，在人跟前能說慣道，抓尖要強；一句話不投機，他就立起兩隻眼睛來罵人。妖妖調調，大不成個體統！」

王夫人聽了這話，猛然觸動往事，便問鳳姐道：「上次我們跟了老太太進園逛去，有一個水蛇腰，削肩膀兒，眉眼又有些像你林妹妹的，正在那裡罵小丫頭；我心裡很看不上那狂樣子。因同老太太走，我不曾說他；後來要問是誰，偏又忘了。今日對了檻兒[7]。這丫頭想必就是他了？」鳳姐道：「若論這些丫頭們，共總比起來，都沒晴雯長得好。論舉止言語，他原輕薄些。方才太太說的倒很像他，我也忘了那日的事，不敢混說。」

王善保家的便道：「不用這樣，此刻不難叫了他來，太太瞧瞧。」王夫人道：「寶玉屋裡常見我的，只有襲人麝月，這兩個，笨笨的倒好。要有這個，他自然不敢來見我呀！我一生最嫌這樣的人；且又出來這個事。好好的寶玉，倘或叫這蹄子勾引壞了，那還了得！」因叫自己的丫頭來，吩咐他道：「你去，只說我有話問他，留下襲人麝月伏侍寶玉，不必來；有一個晴雯最伶俐，叫他即刻快來。你不許和他說什麼！」小丫頭答應了，走入怡紅院，正值晴雯身上不好，睡中覺才起來，發悶呢，聽如此說，只得跟了他來。

素日晴雯不敢出頭，因連日不自在，並沒十分妝飾，自為無礙。及到了鳳姐房中，王夫人一見他釵軃鬢鬆[8]，衫垂帶褪，大有春睡捧心之態；而且形容面貌恰是上月的那人，不覺勾起方才的火來。王夫人便冷笑道：「好個美人兒！真像個『病西施』了！你天天作這輕狂樣兒給誰看！你幹的事，打量我不知道呢！我且放著你，自然明兒揭你的皮！——

寶玉今日可好些？」

晴雯一聽如此說，心內大異，便知有人暗算了他，雖然著惱，只不敢作聲。——他本是個聰明過頂的人，見問寶玉可好些，他便不肯以實話答應，忙跪下回道：「我不大到寶玉房裡去，又不常和寶玉在一處，好歹我不能知；那都是襲人合麝月兩個人的事，太太問他們。」王夫人道：「這就該打嘴！你難道是死人？要你們作什麼？」晴雯道：「我原是跟老太太的人，因老太太說園裡空大，人少，寶玉害怕，所以撥了我去外間屋裡上夜，不過看屋子。我原回過我笨，不能伏侍，老太太罵了我，『又不叫你管他的事，要伶俐的作什麼？』我聽了，不敢不去，才去的。不過十天半月之內，寶玉叫著了，答應幾句話，就散了。至於寶玉的飲食起居，上一層有老奶奶老嬤嬤們，下一層有襲人、麝月、秋紋幾個人。我閑著還要作老太太屋裡的針線，所以寶玉的事，竟不曾留心。太太既怪，從此後我留心就是了。」

王夫人信以為實了，忙說：「阿彌陀佛！你不近寶玉，是我的造化；竟不勞你費心！既是老太太給寶玉的，我明兒回了老太太，再攆你。」因向王善保家的道：「你們進去，好生防他幾日，不許他在寶玉屋裡睡覺，等我回過老太太，再處治他。」喝聲：「出去！站在這裡，我看不上這浪樣兒！誰許你這麼花紅柳綠的妝扮！」晴雯只得出來，這氣非同小可，一出門，便拿絹子握著臉，一頭走，一頭哭，直哭到園內去。

這裡王夫人向鳳姐等自怨道：「這幾年我越發精神短了，照顧不到。這樣妖精似的東西，竟沒看見！只怕這樣的還有，明日倒得查查。」鳳姐見王夫人盛怒之際，又因王善保家的是邢夫人的耳目，常時調唆得邢夫人生事，縱有千百樣言語，此刻也不敢說，只低頭答應著。王善保家的道：「太太且請息怒。這些事小❷，只交與奴才。如今要查這個是極容易的。等到晚上園門關了的時節，內外不通風，我們竟給他們個冷不防，帶著人到各處丫頭們房裡搜尋。想來誰有這個，斷不單有這個，自然還有別的；那時翻出別的來，自然這個也是他的了。」王夫人道：「這話倒是。若不如此，斷乎不能明白。」因問鳳姐：「如何？」鳳姐只得答應說：「太太說是，就行罷了。」王夫人道：「這主意很是。不然一年也查不出來！」

於是大家商議已定，至晚飯後，待賈母安寢了，寶釵等入園時，王家的便請了鳳姐一併進園，喝命將角門皆上鎖，便從上夜的婆子處來抄揀起，不過抄揀些多餘攢下蠟燭燈油等物。王善保家的道：「這也是贓，不許動的，等明日回過太太再動。」於是就先到怡紅院中，喝命關門。

當下寶玉正因晴雯不自在，忽見這一干人來，不知為何，直撲了丫頭們的房門去，因迎出鳳姐來，問是何故。鳳姐道：「丟了一件要緊的東西，因大家混賴，恐怕有丫頭們偷了，所以大家都查一查，去疑兒。」一面說，一面坐下吃茶。

王家的等搜了一回，又細問：「這幾個箱子是誰的？」都叫本人來親自打開。襲人因見晴雯這樣，必有異事，又見這番抄揀，只得自己先出來打開了箱子並匣子，任其搜揀一番，不過平常通用之物。隨放下，又搜別人的。挨次都一一搜過，到晴雯的箱子，因問：「是誰的？怎麼不打開叫搜？」

襲人方欲替晴雯開時，只見晴雯綰著頭髮闖進來，「豁啷」一聲，將箱子掀開，兩手提著底子，往地下一倒，將所有之物盡都倒出來。王善保家的也覺沒趣兒，便紫脹了臉，說道：「姑娘，你別生氣。我們並非私自就來的，原是奉太太的命來搜查；你們叫翻呢，我們就翻一翻，不叫翻，我們還許回太太去呢，那用急得這個樣子！」晴雯聽了這話，越發火上澆油，便指著他的臉說道：「你說你是太太打發來的，我還是老太太打發來的呢！太太那邊的人我也都見過，就只沒看見你這麼個有頭有臉大管事的奶奶！」

鳳姐見晴雯說話鋒利尖酸，心中甚喜，卻礙著邢夫人的臉，忙喝住晴雯。那王善保家的又羞又氣，剛要還言，鳳姐道：「嬷嬷，你也不必和他們一般見識，你且細細搜你的；咱們還到各處走走呢。再遲了，走了風，我可擔不起。」王善保家的只得咬咬牙，且忍了這口氣，細細的看了一看，也無甚私弊之物，回了鳳姐，要別處去。鳳姐道：「你可細細的查；若這一番查不出來，難回話的。」眾人都道：「盡都細翻了，沒有什麼差錯東西；雖有幾樣男人物件，都是小孩子的東西，想是寶玉的舊物，沒甚關係的。」

鳳姐聽了，笑道：「既如此，咱們就走，再瞧別處去。」說著，一徑出來，向王善保家的道：「我有一句話，不知是不是：要抄揀只抄揀咱們家的人，薛大姑娘屋裡，斷乎抄揀不得的。」王善保家的笑道：「這個自然，豈有抄起親戚家來的！」鳳姐點頭道：「我也這樣說呢。」一頭說，一頭到了瀟湘館內。

黛玉已睡了，忽報這些人來，不知為甚事，才要起來，只見鳳姐已走進來，忙按住他不叫起來，只說：「睡著罷，我們就走的。」這邊且說些閑話。

那王善保家的帶了眾人，到了丫鬟房中，也一一開箱倒籠抄揀了一番。因從紫鵑房中搜出兩副寶玉往常換下來的寄名符兒，一副束帶上的帔帶，兩個荷包並扇套，套內有扇子，打開看時，皆是寶玉往日手內曾拿過的。王善保家的自為得了意，遂忙請鳳姐過來驗視，又說：「這些東西從那裡來的？」鳳姐笑道：「寶玉和他們從小兒在一處混了幾年，這自然是寶玉的舊東西。況且這符兒合扇子，都是老太太和太太常見的；嬤嬤不信，咱們只管掌了去。」王家的忙笑道：「二奶奶既知道就是了。」鳳姐道：「這也不是什麼稀罕事，撂下再往別處去是正經。」紫鵑笑道：「直到如今，我們兩下裡的賬也算不清，要問這一個，連我也忘了是那年月日有的了。」

這裡鳳姐合王善保家的又到探春院內，誰知早有人報與探春了。探春也就猜著必有緣故，所以引出這等醜態來，遂命眾丫鬟秉燭開門而待。一時眾人來了，探春故問：「何事？」鳳姐笑道：「因丟了一件東西，連日訪察不出人來，恐怕旁人賴這些女孩子們，所以大家搜一搜，使人去疑兒。倒是洗淨他們的好法子。」探春笑道：「我們的丫頭，自然都是些賊，我就是頭一個窩主。既如此，先來搜我的箱櫃，他們所偷了來的，都交給我藏著呢。」說著，便命丫鬟們把箱一齊打開，將鏡奩、妝盒、衾袱、衣包若大若小之物，一齊打開，請鳳姐去抄閱。鳳姐陪笑道：「我不過是奉太太的命來，妹妹別錯怪了我。」因命丫鬟們：「快快給姑娘關上。」

平兒豐兒等先忙著替侍書等關的關，收的收。探春道：「我的東西，倒許你們搜閱；要想搜我的丫頭，這可不能！我原比眾人歹毒，凡丫頭所有的東西，我都知道，都在我這裡間收著：一針一線，他們也沒得收藏。要搜，所以只來搜我。你們不依，只管去回太太，只說我違背了太太，該怎麼處治，我去自領。——你們別忙，自然你們抄的日子有呢！你們今日早起不是議論甄家，自己盼著好好的抄家，果然今日真抄了！咱們也漸漸的來了！可知這樣大族人家，若從外頭殺來，一時是殺不死的。這可是古人說的，『百足之蟲，死而不僵』，必須先從家裡自殺自滅起來，才能一敗塗地呢！」說著，不覺流下淚來。

鳳姐只看著眾媳婦們。周瑞家的便道：「既是女孩子的東西全在這裡，奶奶且請到別處去罷，也讓姑娘好安寢。」鳳姐便起身告辭。探春道：「可細細搜明白了！若明日再來，我就不依了。」鳳姐笑道：「既然丫頭們的東西都在這裡，就不必搜了。」探春冷笑道：「你果然倒乖！連我的包袱都打開了，還說沒翻！明日敢說我護著丫頭們，不許你們翻了！你趁早說明，若還要翻，不妨再翻一遍。」鳳姐知道探春素日與眾不同的，只得陪笑道：「已經連你的東西都搜查明白了。」探春又問眾人：「你們也都搜明白了沒有？」周瑞家的等都陪笑說：「都明白了。」

那王善保家的本是個心內沒成算的人，素日雖聞探春的名，他想眾人沒眼色、沒膽量罷了，那裡一個姑娘就這樣利害起來？況且又是庶出，他敢怎麼著？自己又仗著是邢夫人的陪房，連王夫人尚另眼相待，何況別人？只當是探春認真單惱鳳姐，與他們無干，他便要趁勢作臉，因越眾向前，拉起探春的衣襟，故意一掀，嘻嘻的笑道：「連姑娘身上我都翻了，果然沒有什麼。」鳳姐見他這樣，忙說：「嬤嬤走罷，別瘋瘋癲癲的——」

一語未了，只聽「啪」的一聲，王家的臉上早著了探春一巴掌。探春登時大怒，指著王家的問道：「你是什麼東西，敢來拉扯我的衣裳！我不過看著太太的面上，你又有幾歲年紀，叫你一聲『嬤嬤』；你就狗仗人勢，天天作耗，在我們跟前逞臉。如今越發了不得了！你索性望我動手動腳的了！你打量我是和你們姑娘那麼好性兒，由著你們欺負：你就錯了主意了！你來搜檢東西我不惱，你不該拿我取笑兒！」說著，便親自要解鈕子，拉著鳳姐兒細細的翻，「省得叫你們奴才來翻我！」

鳳姐平兒等都忙與探春理裙整袂，口內喝著王善保家的說：「嬤嬤吃兩口酒，就瘋瘋癲癲起來，前兒把太太也衝撞了。快出去，別再討臉了！」又忙勸探春：「好姑娘，別生氣。他算什麼，姑娘氣著倒值多了。」探春冷笑道：「我但凡有氣，早一頭碰死了！不然，怎麼許奴才來我身上搜賊贓呢！明兒一早，先回過老太太、太太，再過去給大娘賠禮。該怎麼著，我去領！」

那王善保家的討了個沒臉，趕忙躲出窗外，只說：「罷了，罷了！這也是頭一遭挨打！我明兒回了太太，仍回老娘家去罷！這個老命還要他作什麼！」探春喝命丫鬟：「你們聽著他說話，還等我和他拌嘴去不成？」侍書聽說，便出去說道：「嬤嬤，你知點道理兒，省一句兒罷。你果然回老娘家去，倒是我們的造化了；只怕你捨不得去！你去了，叫誰討主子的好兒，調唆著察考姑娘、折磨我們呢？」鳳姐笑道：「好丫頭！真是有其主必有其僕。」探春冷笑道：「我們作賊的人，嘴裡都有三言兩語的；就只不會背地裡調唆主子！」平兒忙也陪笑解勸，一面又拉了侍書進來。周瑞家的等人勸了一番，鳳姐直待伏侍探春睡下，方帶著人往對過暖香塢來。

彼時李紈猶病在床上，他與惜春是緊鄰，又和探春相近，故順路先到這兩處。因李紈才吃了藥睡著，不好驚動，只到丫鬟們房中，一一的搜了一遍，也沒有什麼東西；遂到惜春房中來。因惜春年少，尚未識事，嚇得不知當有什麼事故，鳳姐少不得安慰他。誰知竟在入畫箱中尋出一大包銀錁子來，約共三四十個。——為察奸情，反得賊贓❸。——又有一副玉帶版子[9]，並一包男人的靴襪等物。鳳姐也黃了臉，因問：「是那裡來的？」入畫只得跪下哭訴真情，說：「這是珍大爺賞我哥哥的。因我們老子娘都在南方，如今只跟著叔叔過日子；我叔叔嬸子只要喝酒賭錢，我哥哥怕交給他們又花了，所以每常得了，悄悄的煩老嬤嬤帶進來，叫我收著的。」

惜春膽小，見了這個，也害怕說：「我竟不知道，這還了得！二嫂子要打他，好歹帶出他去打罷，我聽不慣的。」鳳姐笑道：「若果真呢，也倒可恕；只是不該私自傳送進來。這個可以傳遞，怕什麼不可傳遞？這倒是傳遞人的不是了。若這話不真，倘是偷來的，你可就別想活了。」入畫跪哭道：「我不敢撒謊，奶奶只管明日問我們奶奶和大爺去，若說不是賞的，就拿我和哥哥一同打死無怨。」鳳姐道：「這個自然要問的。——只是真賞的，也有不是，誰許你私自傳送東西呢？你且說是誰接的，我就饒你！下次萬萬不可。」惜春道：「嫂子別饒他，這裡人多，要不管了他，那些大的聽見了，又不知怎麼樣呢。嫂子要依他，我也不依！」鳳姐道：「素日我看他還使得。誰沒一個錯！只這一次，二次再犯，兩罪俱罰。——但不知傳遞是誰？」惜春道：「若說傳遞，再無別人，必是後門上的老張。他常和這些丫頭們鬼鬼祟祟的，這些丫頭們也都肯照顧他。」

鳳姐聽說，便命人記下，將東西且交給周瑞家的暫且拿著，等明日對明再議。誰知那老張媽原和王善保家有親，近因王善保家的在邢夫人跟前作了心腹人，便把親戚和伴兒們都看不到眼裡了。後來張家的氣不平，鬥了兩次口，彼此都不說話了。如今王家的聽見是他傳遞，碰在他心坎兒上，更兼剛才捱了探春的打，受了侍書的氣，沒處發洩，聽見張家的這事，因攛掇鳳姐道：「這傳東西的事關係更大。想來那些東西，自然也是傳遞進來的。奶奶倒不可不問！」鳳姐兒道：「我知道，不用你說。」於是別了惜春，方往迎春房內去。

迎春已經睡著了，丫鬟們也才要睡，眾人叩門，半日才開。鳳姐吩咐：「不必驚動姑娘。」遂往丫鬟們房裡來。因司棋是王善保家的外孫女兒，鳳姐要看王家的可藏私不藏，遂留神看他搜檢。先從別人箱子搜起，皆無別物；及到了司棋箱中，隨意掏了一回，王善保家的說：「也沒有什麼東西。」才要關箱時，周瑞家的道：「這是什麼話？有沒有，總要一樣看看，才公道。」說著，便伸手掣出一雙男子的綿襪並一雙緞鞋，又有一個小包袱。打開看時，裡面是一個同心如意[10]，並一個字帖兒，一總遞給鳳姐。鳳姐因理家久了，每每看帖看賬，也頗識得幾個字了。那帖是大紅雙喜箋，便看上面寫道：

上月你來家後，父母已覺察了。但姑娘未出閣，尚不能完你我心願。若園內可以相見，你可托張媽給一信。若得在園內一見，倒比來家好說話。千萬，千萬！再所賜香珠二串，今已查收。外特寄香袋一個，略表我心。千萬收好！表弟潘又安具。

鳳姐看了，不由得笑將起來。那王善保家的素日並不知道他姑表姐弟❹有這一節風流故事，見了這鞋襪，心內已有些毛病；又見有一紅帖，鳳姐看著笑，他便說道：「必是他們寫的賬不成字，所以奶奶見笑。」鳳姐笑道：「正是這個賬竟算不過來！你是司棋的老娘，他表弟也該姓王，怎麼又姓潘呢？」王善保家的見問得奇怪，只得勉強告道：「司棋的姑媽給了潘家，所以他姑表弟兄姓潘。上次逃走了的潘又安，就是他。」鳳姐笑道：「這就是了。」因說：「我念給你聽聽。」說著，從頭念了一遍，大家都嚇一跳。

這王家的一心只要拿人的錯兒，不想反拿住了他外孫女兒，又氣又臊。周瑞家的四人聽見鳳姐兒念了，都吐舌頭，搖頭兒。周瑞家的道：「王大媽聽見了！這是明明白白，再沒得話說了！這如今怎麼樣呢？」

王家的只恨無地縫兒可鑽。鳳姐只瞅著他，抿著嘴兒嘻嘻的笑，向周瑞家的道：「這倒也好。不用他老娘操一點心兒，鴉雀不聞，就給他們弄了個好女婿來了。」周瑞家的也笑著湊趣兒，王家的無處煞氣，只好打著自己的臉罵道：「老不死的娼婦，怎麼造下孽了？說嘴打嘴[11]，現世現報！」眾人見他如此，要笑又不敢笑，也有趁願的，也有心中感動報應不爽[12]的。

鳳姐見司棋低頭不語，也並無畏懼慚愧之意，倒覺可異。料此時夜深，且不必盤問，只怕他夜間自尋短志，遂喚兩個婆子監守，且帶了人，拿了贓證，回來歇息，等待明日料理。誰知夜裡下面淋血不止，次日便覺身體十分軟弱起來，遂掌不住，請醫診視；開方立案，說要保重而去。老嬤嬤們拿了方子，回過王夫人，不免又添一番愁悶，遂將司棋之事暫且擱起。

可巧這日尤氏來看鳳姐，坐了一回，又看李紈等。忽見惜春遣人來請，尤氏到他房中，惜春便將昨夜之事細細告訴了，又命人將入畫的東西一概要來與尤氏過目。尤氏道：「實是你哥哥賞他哥哥的，只不該私自傳送，如今官鹽反成了私鹽了。」因罵入畫：「糊塗東西！」惜春道：「你們管教不嚴，反罵丫頭。這些姐妹，獨我的丫頭沒臉，我如何去見人！昨兒叫鳳姐姐帶了他去，又不肯；今日嫂子來得恰好，快帶了他去。或打，或殺，或賣，我一概不管。」入畫聽說，跪地哀求，百般苦告。尤氏和奶媽等人也都十分解說：

「他不過一時糊塗，下次再不敢的。看他從小兒伏侍一場。」

誰知惜春年幼，天性孤僻，任人怎說，只是咬定牙，斷乎不肯留著。更又說道：「不但不要入畫，如今我也大了，連我也不便往你們那邊去了。況且近日聞得多少議論，我若再去，連我也編派。」尤氏道：「誰敢議論什麼？又有什麼可議論的？姑娘是誰？我們是誰？姑娘既聽見人議論我們，就該問著他才是。」惜春冷笑道：「你這話問著我倒好！我一個姑娘家，只好躲是非的，我反尋是非，成個什麼人了！況且古人說的，『善惡生死，父子不能有所勖助[13]』，何況你我二人之間。我只能保住自己就夠了。以後你們有事，好歹別累我。」

尤氏聽了，又氣又好笑，因向地下眾人道：「怪道人人都說四姑娘年輕糊塗，我只不信。你們聽這些話，無緣無故，又沒輕重，真真的叫人寒心。」眾人都勸說道：「姑娘年輕，奶奶自然該吃些虧的。」惜春冷笑道：「我雖年輕，這話卻不年輕。你們不看書，不識字，所以都是呆子；倒說我糊塗。」尤氏道：「你是狀元，第一個才子！我們糊塗人，不如你明白！」惜春道：「據你這話就不明白。狀元難道沒有糊塗的！可知你們這些人都是世俗之見，那裡眼裡識得出真假、心裡分得出好歹來？你們要看真人，總在最初一步的心上看起，才能明白呢！」尤氏笑道：「好，好！才是才子，這會子又作大和尚，講起參悟來了。」惜春道：「我也不是什麼參悟。我看如今人一概也都是入畫一般，沒有什麼大說頭兒！」尤氏道：「可知你真是個心冷嘴冷的人。」惜春道：「怎麼我不冷！我清清白白的一個人，為什麼叫你們帶累壞了？」

尤氏心內原有病，怕說這些話；聽說有人議論，已是心中羞惱，只是今日惜春分中，不好發作，忍耐了大半天。今見惜春又說這話，因按捺不住，便問道：「怎麼就帶累了你？你的丫頭的不是，無故說我；我倒忍了這半日，你倒越發得了意，只管說這些話。你是千金小姐，我們以後就不親近你，仔細帶累了小姐的美名兒！即刻就叫人將入畫帶了過去。」說著，便賭氣起身去了。惜春道：「你這一去了，若果然不來，倒也省了口舌是非，大家倒還乾淨。」尤氏聽了，越發生氣，但終久他是姑娘，任憑怎麼樣，也不好和他認真的拌起嘴來，只得索性忍了這口氣，便也不答言❺，一徑往前邊去了。未知後事如何，且聽下回分解。

■校記

❶「咬牙難纏的」，「咬」原作「麼」，從諸本改（「麼」疑係「磨」誤刊，但難定）。

❷「這些事小」，諸本作「這些小事」。

❸「為察奸情，反得賊贓」八字，脂本黑框勾出，書眉有墨筆批云：「似批語，故別之。」

❹「姑表姐弟」原作「姑表兄妹」，參上文從諸本改。下文「他表弟也該姓王」句中「弟」原作「兄」，亦從改。

❺「尤氏聽了」至「便也不答言」一段，諸本但作「尤氏也不答應」一句。

■注釋

1 〔開局〕　開設賭場。

2 〔詳情度理〕　揣摩分析情況。詳，審查；度，估計，推測。

3 〔內工〕　皇宮裡頭的織物。

4 〔打牙撂嘴兒〕　打趣、抬槓，非正經地談話。也作「打牙撩嘴」、「打牙犯嘴」。

5 〔咬牙難纏〕　咬牙，尖鑽刻薄的爭鬥；難纏，調皮，不服管理。

6 〔尋……故事〕　找岔子，挑不是。

7 〔對了榿兒〕　問題恰巧對頭，情況恰巧符合。一般又寫作「對坎兒」，也說「對榫兒」。

8 〔釵䡾（ㄉㄨㄛˇ／duǒ）鬢鬆〕　簪釵下垂，髮髻鬆散的樣子。

9 〔玉帶版子〕　古代腰帶上所嵌的裝飾玉版。

10 〔同心如意〕　一種吉祥圖案的金屬小玩具，作兩個「如意」交搭形狀。

11〔說嘴打嘴〕誇口的人，偏偏自己出了醜。

12〔報應不爽〕一點兒不差地得到應有的報應。爽，差。

13〔勖（ㄒㄩˋ／xù）助〕出力幫助。勖，勉力。

【第七十五回】

開夜宴異兆發悲音　賞中秋新詞得佳讖[1]

話說尤氏從惜春處賭氣出來，正欲往王夫人處去，跟從的老嬤嬤們因悄悄的道：「回奶奶：且別往上屋裡去。才有甄家的幾個人來，還有些東西，不知是什麼機密事。奶奶這一去，恐怕不便。」尤氏聽了道：「昨日聽見你老爺說：看見抄報[2]上，甄家犯了罪，現今抄沒家私[3]，調取進京治罪。怎麼又有人來？」老嬤嬤道：「正是呢。才來了幾個女人，氣色不成氣色，慌慌張張的，想必有什麼瞞人的事。」

尤氏聽了，便不往前去，仍往李紈這邊來了。恰好太醫才診了脈去。李紈近日也覺精爽了些，擁衾倚枕[4]，坐在床上，正欲人來說些閑話。因見尤氏進來，不似方才和藹，只呆呆的坐著，李紈因問道：「你過來了，可吃些東西？只怕餓了？」命素雲：「瞧有什麼新鮮點心拿來。」尤氏忙止道：「不必，不必。你這一向病著，那裡有什麼新鮮東西？況且我也不餓。」李紈道：「昨日人家送來的好茶麵子[5]，倒是對碗來你喝罷。」說畢，便吩咐去對茶。

尤氏出神無語。跟來的丫頭媳婦們因問：「奶奶今日晌午尚未洗臉，這會子趁便可淨一淨好？」尤氏點頭。李紈忙命素雲來取自己妝奩。素雲又將自己脂粉拿來，笑道：「我們奶奶就少這個。奶奶不嫌腌臢，能著用些。」李紈道：「我雖沒有，你就該往姑娘們那裡取去，怎麼公然拿出你的來？幸而是他，要是別人，豈不惱呢？」尤氏笑道：「這有何妨？」說著，一面洗臉。丫頭只彎腰捧著臉盆。李紈道：「怎麼這樣沒規矩？」那丫頭趕著跪下。尤氏笑道：「我們家下大小的人，只會講外面，假禮假體面，究竟作出來的事都夠使的了！」李紈聽如此說，便已知道昨夜的事，因笑道：「你這話有因。是誰作的事夠使的了？」尤氏道：「你倒問我！你敢是病著過陰[6]去了？」

一語未了，只見人報：「寶姑娘來了。」二人忙說：「快請。」寶釵已走進來。尤氏忙擦臉起身讓坐，因問：「怎麼一個人忽然走進來，別的姐妹都不見？」寶釵道：「正是，我也沒有見他們。只因今日我們奶奶身上不自在，家裡兩個女人也都因時症未起炕，別的靠不得，我今兒要出去陪著老人家夜裡作伴。要去回老太太、太太，我想又不是什麼大事，且不用提，等好了，我橫豎進來呢。所以來告訴大嫂子一聲。」李紈聽說，只看著尤氏笑，尤氏也看著李紈笑。

一時，尤氏盥洗已畢，大家吃麵茶。李紈因笑著向寶釵道：「既這樣，且打發人去請姨娘的安，問是何病。我也病著，不能親自來瞧。好妹妹，你去只管去，我且打發人去到你那裡去看屋子。你好歹住一兩天，還進來，別叫我落不是。」寶釵笑道：「落什麼不是呢？也是人之常情。你又不曾賣放了賊。依我的主意，也不必添人過去，竟把雲丫頭請了來，你和他住一兩日，豈不省事？」尤氏道：「可是！史大妹妹往那裡去了？」寶釵道：「我才打發他們找你們探丫頭去了，叫他同到這裡來，我也明白告訴他。」

正說著，果然報：「雲姑娘和三姑娘來了。」大家讓坐已畢，寶釵便說要出去一事。

探春道：「很好。不但姨媽好了還來，就便好了不來也使得。」尤氏笑道：「這話又奇了！怎麼攆起親戚來了？」探春冷笑道：「正是呢。有別人攆的，不如我先攆！親戚們好，也不必要死住著才好。咱們倒是一家子親骨肉呢，一個個不像烏眼雞似的？恨不得你吃了我，我吃了你！」尤氏忙笑道：「我今兒是那裡來的晦氣？偏都碰著你姐兒們氣頭兒上了。」探春道：「誰叫你趁熱灶火來了？」因問：「誰又得罪了你呢？」因又尋思，道：「鳳丫頭也不犯合你慪氣。——是誰呢？」尤氏只含糊答應。

探春知他怕事，不肯多言，因笑道：「你別裝老實了。除了朝廷治罪，沒有砍頭的，你不必唬得這個樣兒。告訴你罷：我昨日把王善保的老婆打了，我還頂著徒罪[7]呢。也不過背地裡說些閑話罷咧，難道也還打我一頓不成？」寶釵忙問：「因何又打他？」探春悉把昨夜的事一一都說了。尤氏見探春已經說出來了，便把惜春方才的事也說了一遍。探春道：「這是他向來的脾氣，孤介[8]太過，我們再扭不過他的。」又告訴他們說：「今日一早不見動靜，打聽鳳丫頭病著，就打發人四下裡打聽王善保家的是怎麼樣。回來告訴我說：『王善保家的挨了一頓打，嗔著他多事。』」尤氏李紈道：「這倒也是正禮。」探春冷笑道：「這種遮人眼目兒的事，誰不會作？且再瞧就是了。」尤氏李紈皆默無所答。一時，丫頭們來請用飯，湘雲寶釵回房打點衣衫，不在話下。

尤氏辭了李紈，往賈母這邊來。賈母歪在榻上，王夫人正說甄家因何獲罪，如今抄沒了家產，來京治罪等話。賈母聽了，心中甚不自在。恰好見他姐妹來了，因問：「從那裡來的？可知鳳姐兒妯娌兩個病著，今日怎麼樣？」尤氏等忙回道：「今日都好些。」賈母點頭嘆道：「咱們別管人家的事，且商量咱們八月十五賞月是正經。」王夫人笑道：「已預備下了，不知老太太揀那裡好？只是園裡恐夜晚風涼。」賈母笑道：「多穿兩件衣服何妨？那裡正是賞月的地方，豈可倒不去的？」

說話之間，媳婦們抬過飯桌。王夫人尤氏等忙上來放箸捧飯。賈母見自己幾色菜已擺完，另有兩大捧盒內，盛了幾色菜，便是各房孝敬的舊規矩。賈母說：「我吩咐過幾次，蠲了罷，你們都不聽。」王夫人笑道：「不過都是家常東西。今日我吃齋，沒有別的孝順。那些麵筋豆腐，老太太又不甚愛吃，只揀了一樣椒油蓴虀醬[9]來。」賈母笑道：「我倒也想這個吃。」鴛鴦聽說，便將碟子挪在跟前。寶琴一一的讓了，方歸坐。賈母便命探春來同吃。探春也都讓過了，便和寶琴對面坐下。侍書忙去取了碗箸。鴛鴦又指那幾樣菜道：「這兩樣看不出是什麼東西來，是大老爺孝敬的。這一碗是雞髓筍，是外頭老爺送上來的。」一面說，一面就將這碗筍送至桌上。賈母略嘗了兩點，便命將那幾樣著人都送回去，「就說我吃了，以後不必天天送。我想吃什麼，自然著人來要。」媳婦們答應著仍送過去，不在話下。

賈母因問：「拿稀飯來吃些罷。」尤氏早捧過一碗來，說是紅稻米粥。賈母接來吃了半碗，便吩咐：「將這粥送給鳳姐兒吃去。」又指著這一盤果子：「獨給平兒吃去。」又向尤氏道：「我吃了，你就來吃了罷。」尤氏答應著，待賈母漱口洗手畢。賈母便下地，和王夫人說閑話行食[10]。尤氏告坐吃飯。賈母又命鴛鴦等來陪吃。賈母見尤氏吃的仍是白米飯，因問說：「怎麼不盛我的飯？」丫頭們回道：「老太太的飯完了。今日添了一位姑娘，所以短了些。」鴛鴦道：「如今都是『可著頭作帽子』[11]了，要一點兒富餘也不能的！」王夫人忙回道：「這一二年旱澇不定，莊上的米都不能按數交的。這幾樣細米更艱難，所以都是可著吃的作。」賈母笑道：「正是：『巧媳婦作不出沒米兒粥來。』」眾人都笑起來。鴛鴦一面回頭向門外伺候媳婦們道：「既這樣，你們就去把三姑娘的飯拿來添上，也是一樣。」尤氏笑道：「我這個就夠了，也不用去取。」鴛鴦道：「你夠了，我不會吃的？」媳婦們聽說，方忙著取去了。

一時，王夫人也去用飯❶。這裡尤氏直陪賈母說話取笑到起更的時候，賈母說：「你也過去罷。」尤氏方告辭出來。走至二門外，上了車，眾媳婦放下簾子來，四個小廝拉出來，套上牲口，幾個媳婦帶著小丫頭子們先走，到那邊大門口等著去了。這裡送的丫鬟們也回來了。

尤氏在車內，因見自己門首兩邊獅子下，放著四五輛大車，便知係來赴賭之人，向小丫頭銀蝶兒道：「你看，坐車的是這些，騎馬的又不知有幾個呢！」說著，進府，已到了廳上。賈蓉媳婦帶了丫鬟媳婦，也都秉著羊角手罩[12]接出來了。尤氏笑道：「成日家我要偷著瞧瞧他們賭錢，也沒得便，今兒倒巧，順便打他們窗戶跟前走過去。」眾媳婦答應著，提燈引路。又有一個先去悄悄的知會伏侍的小廝們，不許失驚打怪。於是尤氏一行人悄悄的來至窗下，只聽裡面稱三讚四，耍笑之音雖多，又兼有恨五罵六，忿怨之聲亦不少。

原來賈珍近因居喪，不得遊玩，無聊之極，便生了個破悶的法子，日間以習射為由，請了幾位世家弟兄及諸富貴親友來較射，因說：「白白的只管亂射終是無益，不但不能長進，且壞了式樣；必須立了罰約，賭個利物[13]，大家才有勉力之心。」因此，天香樓下箭道內立了鵠子[14]，皆約定每日早飯後時射鵠子。賈珍不好出名，便命賈蓉作局家。這些都是少年，正是鬥雞走狗、問柳評花的一干遊俠紈褲。因此，大家議定，每日輪流作晚飯之主。天天宰豬割羊，屠鵝殺鴨，好似「臨潼鬥寶」[15]的一般，都要賣弄自己家裡的好廚役，好烹調。

不到半月工夫，賈政等聽見這般，不知就裡[16]，反說：「這才是正理，文既誤了，武也當習；況在武蔭[17]之屬。」遂也令寶玉、賈環、賈琮、賈蘭等四人，於飯後過來，跟著賈珍，習射一回，方許回去。

賈珍志不在此，再過幾日，便漸次以歇肩養力為由，晚間或抹骨牌，賭個酒東兒，至後漸次至錢。如今三四個月的光景，竟一日一日賭勝於射了；公然鬥葉[18]擲骰，放頭開局，大賭起來。家下人藉此各有些利益，巴不得如此，所以竟成了局勢，外人皆不知一字。

近日邢夫人的胞弟邢德全也酷好如此，所以也在其中；又有薛蟠頭一個慣喜送錢與人的，見此豈不快樂？這邢德全雖係邢夫人的胞弟，卻居心行事，大不相同。他只知吃酒賭錢、眠花宿柳為樂；手中濫漫使錢，待人無心，因此，都叫他「傻大舅」。薛蟠早已出名的「呆大爺」。今日二人湊在一處，都愛搶快[19]，便又會了兩家，在外間炕上搶快。又有幾個在當地下大桌子上趕羊。裡間又有一起斯文些的抹骨牌，打天九。此間伏侍的小廝都是十五歲以下的孩子。——此是前話。

且說尤氏潛至窗外偷看。其中有兩個陪酒的小么兒，都打扮得粉妝錦飾。今日薛蟠又擲輸了，正沒好氣，幸而後手裡漸漸翻過來了，除了沖賬的，反贏了好些，心中自是興頭起來。賈珍道：「且打住，吃了東西再來。」因問：「那兩處怎麼樣？」此時打天九趕老羊的未清，先擺下一桌，賈珍陪著吃。薛蟠興頭了，便摟著一個小幺兒喝酒，又命將酒去敬傻大舅。

傻大舅輸家，沒心腸，喝了兩碗，便有些醉意，嗔著陪酒的小幺兒只趕贏家不理輸家了，因罵道：「你們這起兔子，真是些沒良心的忘八羔子！天天在一處，誰的恩你們不沾？只不過這會子輸了幾兩銀子，你們就這麼三六九等兒的了！難道從此以後再沒有求著我的事了？」眾人見他帶酒，那些輸家不便言語，只抿著嘴兒笑。那些贏家忙說：「大舅罵得很是。這小狗攮的們都是這個風俗兒。」因笑道：「還不給舅太爺斟酒呢！」兩個小孩子都是演就的圈套，忙都跪下奉酒，扶著傻大舅的腿，一面撒嬌兒說道：「你老人家別生氣，看著我們兩個小孩子罷。我們師父教的：不論遠近厚薄，只看一時有錢的就親近。你老人家不信，回來大大的下一注，贏，白瞧瞧我們兩個是什麼光景兒！」說得眾人都笑了。這傻大舅掌不住也笑了，一面伸手接過酒來，一面說道：「我要不看著你們兩個素日怪可憐見兒的，我這一腳，把你們的小蛋黃子踢出來。」說著，把腿一抬。兩個孩子趁勢兒爬起來，越發撒嬌撒痴，拿著灑花絹子，托了傻大舅的手，把那鍾酒灌在傻大舅嘴裡。

傻大舅哈哈的笑著，一揚脖兒，把一鍾酒都乾了，因擰了那孩子的臉一下兒，笑說道：「我這會子看著又怪心疼的了！」說著，忽然想起舊事來，乃拍案對賈珍說道：「昨日我和你令伯母慪氣，你可知道麼？」賈珍道：「沒有聽見。」傻大舅嘆道：「就為錢這件東西！老賢甥，你不知我們邢家的底裡。我們老太太去世時，我還小呢，世事不知。他姐妹三個人，只有你令伯母居長。他出閣時，把家私都帶過來了。如果你二姨兒也出了門子了，他家裡也很艱窘。你三姨兒尚在家裡，一應用度，都是這裡陪房王善保家的掌管。我就是來要幾個錢，也並不是要賈府裡的家私。我邢家的家私也就夠我花了，無奈竟不得到手！你們就欺負我沒錢！」賈珍見他酒醉，外人聽見不雅，忙用話解勸。

外面尤氏等聽得十分真切，乃悄向銀蝶兒等笑說：「你聽見了，這是北院裡大太太的兄弟抱怨他呢。可見他親兄弟還是這樣，就怨不得這些人了。」因還要聽時，正值趕老羊的那些人也歇住了，要酒。有一個人問道：「方才是誰得罪了舅太爺？我們竟沒聽明白。且告訴我們，評評理。」邢德全便把兩個陪酒的孩子不理的話說了一遍。那人接過來就說：「可惱！怨不得舅太爺生氣。——我問你：舅太爺不過輸了幾個錢罷咧，並沒有輸掉了毬毛，怎麼你們就不理了？」說著，大家都笑起來。邢德全也噴了一地飯，說：「你這個東西，行不動兒就撒村搗怪[20]的！」

尤氏在外面聽了這話，悄悄的啐了一口，罵道：「你聽聽，這一起沒廉恥的小挨刀的！再灌喪了[21]黃湯，還不知唚出些什麼新樣兒的來呢！」一面便進去卸妝安歇。

至四更時，賈珍方散，往佩鳳房裡去了。次日起來，就有人回：「西瓜月餅都全了，只待分派送人。」賈珍吩咐佩鳳道：「你請奶奶看著送罷，我還有別的事呢。」佩鳳答應去了，回了尤氏，一一分派，遣人送去。

一時，佩鳳來說：「爺問奶奶今兒出門不出門？說咱們是孝家，十五過不得節；今兒晚上倒好，可以大家應個景兒。」尤氏道：「我倒不願意出門呢！那邊珠大奶奶又病了，璉二奶奶也躺下了，我再不去，越發沒個人了。」佩鳳道：「爺說，奶奶出門，好歹早些回來，叫我跟了奶奶去呢。」尤氏道：「既這麼樣，快些吃了，我好走。」佩鳳道：「爺說早飯在外頭吃，請奶奶自己吃罷。」尤氏問道：「今日外頭有誰？」佩鳳道：「聽見外頭有兩個南京新來的，倒不知是誰。」說畢，吃飯更衣，尤氏等仍過榮府來，至晚方回去。

果然賈珍煮了一口豬，燒了一腔羊，備了一桌菜蔬果品，在匯芳園叢綠堂中，帶領妻子姬妾，先吃過晚飯，然後擺上酒，開懷作樂賞月。將一更時分，真是風清月朗，銀河微隱。賈珍因命佩鳳等四個人也都入席，下面一溜坐下，猜枚搳拳。飲了一回，賈珍有了幾分酒，高興起來，便命取了一支紫竹簫來，命佩鳳吹簫，文花唱曲，喉清韻雅，甚令人心動神移。唱罷，復又行令。

那天將有三更時分，賈珍酒已八分，大家正添衣喝茶、換盞更酌之際，忽聽那邊牆下有人長嘆之聲。大家明明聽見，都毛髮竦然。賈珍忙厲聲叱問：「誰在那邊？」連問幾聲，無人答應。尤氏道：「必是牆外邊家裡人，也未可知。」賈珍道：「胡說！這牆四面皆無下人的房子，況且那邊又緊靠著祠堂，焉得有人？」

一語未了，只聽得一陣風聲，竟過牆去了。恍惚聞得祠堂內槅扇開闔之聲，只覺得風氣森森，比先更覺淒慘起來。看那月色時，也淡淡的，不似先前明朗，眾人都覺毛髮倒豎。賈珍酒已嚇醒了一半，只比別人撐得住些，心裡也十分警畏，便大沒興頭。勉強又坐了一會，也就歸房安歇去了。

次日一早起來，乃是十五日，帶領眾子姪開祠行朔望之禮[22]。細察祠內，都仍是照舊好好的，並無怪異之跡。賈珍自為醉後自怪，也不提此事。禮畢，仍舊閉上門，看著鎖禁起來。

佩鳳

賈珍夫妻，至晚飯後，方過榮府來。只見賈赦賈政都在賈母房裡坐著說閑話兒，與賈母取笑呢。賈璉、寶玉、賈環、賈蘭皆在地下侍立。賈珍來了，都一一見過，說了兩句話，賈珍方在挨門小杌子上告了坐，側著身子坐下。賈母笑問道：「這兩日，你寶兄弟的箭如何了？」賈珍忙起身笑道：「大長進了，不但式樣好，而且弓也長了一個勁。」賈母道：「這也夠了，且別貪力，仔細努傷[23]著。」賈珍忙答應了幾個「是」。賈母又道：「你昨日送來的月餅好；西瓜看著倒好，打開卻也不怎麼樣。」賈珍陪笑道：「月餅是新來的一個餑餑廚子，我試了試，果然好，才敢作了孝敬來的。西瓜往年都還可以，不知今年怎麼就不好了。」賈政道：「大約今年雨水太勤之過。」賈母笑道：「此時月亮已上來了，咱們且去上香。」說著，便起身扶著寶玉的肩，帶領眾人，齊往園中來。

當下園子正門俱已大開，掛著羊角燈。嘉蔭堂月臺上，焚著斗香，秉著燭，陳設著瓜果月餅等物。邢夫人等皆在裡面久候。真是月明燈彩，人氣香烟，晶艷氤氳，不可名狀。地下鋪著拜氈錦褥。賈母盥手上香，拜畢，於是大家皆拜過。賈母便說：「賞月在山上最好。」因命在那山上的大花廳上去。眾人聽說，就忙著在那裡鋪設，賈母且在嘉蔭堂中吃茶少歇，說些閑話。

一時，人回：「都齊備了。」賈母方扶著人上山來。王夫人等因回說：「恐石上苔滑，還是坐竹椅上去。」賈母道：「天天打掃，況且極平穩的寬路，何不疏散疏散筋骨也好？」於是賈赦賈政等在前引導，又是兩個老婆秉著兩把羊角手罩，鴛鴦、琥珀、尤氏等貼身攙扶，邢夫人等在後圍隨，從下逶迤不過百餘步，到了主山峰脊上，便是一座敞廳。因在山之高脊，故名曰凸碧山莊。廳前平臺上列下桌椅，又用一架大圍屏隔作兩間。凡桌椅形式皆是圓的，特取團圓之意。上面居中，賈母坐下，左邊賈赦、賈珍、賈璉、賈蓉，右邊賈政、寶玉、賈環、賈蘭，團團圍坐：只坐了半桌，下面還有半桌餘空。

賈母笑道：「往常倒還不覺人少，今日看來，究竟咱們的人也甚少，算不得什麼。想當年過的日子，今夜男女三四十個，何等熱鬧！今日那有那些人？如今叫女孩兒們來坐那邊罷。」於是令人向圍屏後邢夫人等席上將迎春、探春、惜春三個叫過來。賈璉寶玉等一齊出坐，先盡他姐妹坐了，然後在下依次坐定。

賈母便命折一枝桂花來，叫個媳婦在屏後擊鼓傳花，若花在手中，飲酒一杯，罰說笑話一個。於是先從賈母起，次賈赦，一一接過。鼓聲兩轉，恰恰在賈政手中住了，只得飲了酒。眾姐妹弟兄都你悄悄的扯我一下，我暗暗的又捏你一把，都含笑心裡想著：倒要聽是何笑話兒。

賈政見賈母歡喜，只得承歡。方欲說時，賈母又笑道：「要說得不笑了，還要罰。」賈政笑道：「只得一個，若不說笑了，也只好願罰。」賈母道：「你就說這一個。」賈政因說道：「一家子——一個人，最怕老婆。」

只說了這一句，大家都笑了，——因從沒聽見賈政說過，所以才笑，賈母笑道：「這必是好的。」賈政笑道：「若好，老太太先多吃一杯。」賈母笑道：「使得。」賈赦連忙捧杯，賈政執壺，斟了一杯。賈赦仍舊遞給賈政，賈赦旁邊侍立。賈政捧上，安放在賈母面前，賈母飲了一口。賈赦賈政退回本位。

於是賈政又說道：「這個怕老婆的人，從不敢多走一步。偏偏那日是八月十五，到街上買東西，便見了幾個朋友，死活拉到家裡去吃酒。不想吃醉了，便在朋友家睡著了。第二日醒了，後悔不及，只得來家賠罪。他老婆正洗腳，說：『既是這樣，你替我舔舔就饒你。』這男人只得給他舔，未免噁心，要吐。他老婆便惱了，要打，說：『你這樣輕狂！』嚇得他男人忙跪下求，說：『並不是奶奶的腳腌臢，只因昨兒喝多了黃酒，又吃了月餅餡子，所以今日有些作酸呢。』」

說得賈母和眾人都笑了。賈政忙又斟了一杯送與賈母。賈母笑道：「既這樣，快叫人取燒酒來，別叫你們有媳婦的人受累。」眾人又都笑起來。只賈璉寶玉不敢大笑❷。

於是又擊鼓，便從賈政起，可巧到寶玉鼓止。寶玉因賈政在座，早已踧踖[24]不安，偏又在他手中，因想：「說笑話，倘或說不好了，又說沒口才；說好了，又說正經的不會，只慣貧嘴，更有不是：不如不說。」乃起身辭道：「我不能說，求限別的罷。」賈政道：「既這樣，限個『秋』字，就即景作一首詩。好便賞你；若不好，明日仔細！」賈母忙道：「好好的行令，怎麼又作詩？」賈政陪笑道：「他能的。」賈母聽說：「既這樣，就作。快命人取紙筆來。」賈政道：「只不許用這些『水』『晶』『冰』『玉』『銀』『彩』『光』『明』『素』等堆砌字樣。要另出主見，試試你這幾年情思。」

寶玉聽了，碰在心坎兒上，遂立想了四句，向紙上寫了，呈與賈政看。賈政看了，點頭不語。賈母見這般，知無甚不好，便問：「怎麼樣？」賈政因欲賈母喜歡，便說：「難為他。只是不肯念書，到底詞句不雅。」賈母道：「這就罷了。就該獎勵，以後越發上心了。」賈政道：「正是。」因回頭命個老嬤嬤出去，「吩咐小廝們，把我海南帶來的扇子取來給兩把與寶玉。」寶玉磕了一個頭，仍復歸坐行令。

當下賈蘭見獎勵寶玉，他便出席，也作一首，呈與賈政看。賈政看了，更覺欣喜。遂並講與賈母聽時，賈母也十分歡喜，也忙令賈政賞他。

於是大家歸坐，復行起令來。這次賈赦手內住了，只得吃了酒，說笑話，因說道：「一家子，一個兒子，最孝順，偏生母親病了，各處求醫不得，便請了一個針灸❸的婆子來。這婆子原不知道脈理，只說是心火，一針就好了。這兒子慌了，便問：『心見鐵就死，如何針得？』婆子道：『不用針心，只針肋條就是了。』兒子道：『肋條離心遠著呢，怎麼就好了呢？』婆子道：『不妨事。你不知天下作父母的，偏心的多著呢！』」

眾人聽說，也都笑了。賈母也只得吃半杯酒，半日，笑道：「我也得這婆子針一針就好了。」賈赦聽說，自知出言冒撞，賈母疑心，忙起身笑與賈母把盞，以別言解釋。

賈母亦不好再提，且行令。不料這花卻在賈環手裡。賈環近日讀書稍進，亦好外務。今見寶玉作詩受獎，他便技癢，只當著賈政，不敢造次。如今可巧花在手中，便也索紙筆來，立就一絕，呈與賈政。賈政看了，亦覺罕異，只見詞句中終帶著不樂讀書之意，遂不悅道：「可見是弟兄了：發言吐意，總屬邪派。古人中有『二難』[25]，你兩個也可以稱『二難』了。就只不是那一個『難』字，卻是作『難以教訓』『難』字講才好。哥哥是公然溫飛卿自居，如今兄弟又自為曹唐[25]再世了。」說得眾人都笑了。

賈赦道：「拿詩來我瞧。」便連聲讚好，道：「這詩據我看，甚是有氣骨。想來咱們這樣人家，原不必寒窗螢火，只要讀些書，比人略明白些，可以作得官時，就跑不了一個官兒的。何必多費了工夫，反弄出書呆子來？所以我愛他這詩，竟不失咱們侯門的氣概！」因回頭吩咐人去取自己的許多玩物來賞賜與他，因又拍著賈環的腦袋笑道：「以後就這樣作去，這世襲的前程就跑不了你襲了。」

賈政聽說，忙勸說：「不過他胡謅如此，那裡就論到後事了？」說著，便斟了酒，又行了一回令。賈母便說：「你們去罷。自然外頭還有相公們候著，也不可輕忽了他們。況且三更多了，你們散了，再讓姑娘們多樂一會子，好歇著了。」賈政等聽了，方止令起身。大家公進了一杯酒，才帶著子姪們出去了。要知端底，下回分解。

■校記

❶「一時，王夫人也去用飯」，「去」原缺，從脂本補。

❷「只賈璉寶玉不敢大笑」，諸本無。

❸「針灸」原作「針炙」，從藤本改。

■注釋

1〔佳讖（ㄔㄣˋ／chèn）〕吉祥的預兆。

2〔抄報〕朝廷頒發的通報文件。

3〔抄沒家私〕家產全部被查抄沒收。清代雍正、乾隆年間，大興抄家之風。官吏犯了什麼罪，就被革職抄家。作者曹雪芹家被抄過；本回寫到的甄家和一百零五回寫到的賈家，都因「犯罪」被抄家革職。

4〔擁衾倚枕〕蓋著被子倚在枕頭上。衾，大被子。

5〔茶麵子〕炒製過的麵粉，加糖用水調（本書說「對」，即「兌」，亦即沖調的意思）吃的一種食品，叫作「茶湯」。這種麵粉叫「茶麵」或「茶湯麵」。一種同類的食品，一般加鹽醬等的，稱為「麵茶」。

6〔過陰〕到陰間去了，也即「死了」。這裡是尤氏罵李紈的玩話。

7〔徒罪〕即徒刑，限制犯人的自由，並罰令服勞役。這裡是有罪的意思。

8〔孤介〕品格清高，不隨流俗。

9〔蓴（ㄔㄨㄣˊ／chún）虀（ㄐㄧ／jī）醬〕

即用蓴菜嫩葉切細，拌上薑、蒜、韭菜作的醬。蓴，即「蒓」，也叫蒓菜，多年生草本植物，水生，葉橢圓形，花暗紅色，嫩葉可吃。齏，搗碎的薑、蒜、韭菜等。

10〔行食〕飯後活動，藉以幫助消化，稱為「行食」。

11〔可著頭作帽子〕該用多少，就用多少，一點多餘也沒有。

12〔羊角手罩〕手罩，即手照，這裡是羊角式的提燈。

13〔利物〕用來打賭的東西。

14〔鵠（ㄍㄨˇ／gǔ）子〕射箭的靶子。

15〔臨潼鬥寶〕古代故事：春秋列國時，秦穆公想吞併諸侯，約定在臨潼會合，藉比賽寶物定輸贏。楚國伍子胥在會上舉鼎示威，制服秦穆公。這裡借來比喻誇耀豪奢、爭強賭勝的行動。

16〔就裡〕內情。

17〔武蔭〕武職世襲。意思是，依靠皇帝蔭庇，世代任武官。

18〔鬥葉〕明清時流行的馬吊牌和較後出的紙牌，都叫「葉子」。玩牌說「鬥牌」或「鬥葉子」。

19〔搶快〕六個骰子，按一定的點色組織，定出「開」數（相當於今天所說的「分」數），比賽誰的「開」數多，叫作「搶快」。按著一定的標準比賽點數，叫作「趕羊」，又說「趕老羊」。下文「打天九」是比賽骨牌上點數多少的一種遊戲，在這種遊戲中，以骨牌點數的「天」（一張牌上十二點的）、「九」（一張牌上九點的）為最尊，所以稱為「打天九」。

20〔撒村搗怪〕嘴裡胡言亂語，說一些粗俗的話。

21〔灌喪了〕方言，即「喝了」的意思。這裡指喝了酒。常用於貶義。

22〔朔望之禮〕朔，初一；望，十五。舊時有錢有地位的人家每逢初一、十五要到祠堂照例舉行祭祖的禮儀。這叫朔望之禮。

23〔努傷〕費勁用力而傷害了筋骨。

24〔蹴踖（ㄘㄨˋ ㄐㄧˊ／cù gí）〕惶恐不安的樣子。

25〔二難〕意即難兄難弟。原是說哥哥、弟弟都好，難分高下。東漢陳寔曾說他兩個兒子：「元方難為兄，季方難為弟。」（「世說新語・德行」）賈政這裡是反其意而用之，指兩人同樣惡劣。

26〔曹唐〕唐代詩人，字堯賓，桂州（今廣西桂林）人。他的「遊仙詩」較有名，後人輯有「曹從事詩集」。這裡賈政藉此對寶玉、賈環「不樂讀書」的所謂「邪派」表示不滿。

【第七十六回】

凸碧堂品笛感淒清　凹晶館聯詩悲寂寞

話說賈赦賈政帶領賈珍等散去，不提。

且說賈母這裡命將圍屏撤去，兩席併作一席。眾媳婦另行擦桌整果，更杯洗箸，陳設一番。賈母等都添了衣，盥漱吃茶，方又坐下，團團圍繞。賈母看時，寶釵姐妹二人不在座內，知他家去圓月。且李紈鳳姐二人又病。少了這四個人，便覺冷清了好些。賈母因笑道：「往年你老爺們不在家，咱們都是請過姨太太來，大家賞月，卻十分熱鬧；忽一時想起你老爺來，又不免想到母子夫妻兒女不能一處，也都沒興；及至今年，你老爺來了，正該大家團圓取樂，又不便請他們娘兒們來說笑說笑；況且他們今年又添了兩口人，也難撂下他們，跑到這裡來；偏又把鳳丫頭病了，有他一個人說說笑笑，還抵得十個人的空兒：可見天下事總難十全！」說畢，不覺長嘆一聲，隨命：「拿大杯來斟熱酒。」王夫人笑道：「今日得母子團圓，自比往年有趣；往年娘兒們雖多，終不似今年骨肉齊全的好。」賈母笑道：「正是為此，所以我才高興，拿大杯來吃酒。你們也換大杯才是。」

邢夫人等只得換上大杯來。因夜深體乏，且不能勝酒，未免都有些倦意。無奈賈母興猶未闌，只得陪飲。賈母又命將氈毯鋪在階上，命將月餅、西瓜、果品等類都叫搬下去，命丫頭媳婦們也都團圓圍坐賞月。

賈母因見月至天中，比先越發精彩可愛，因說：「如此好月，不可不聞笛。」因命又將十番上女子傳來，賈母道：「音樂多了，反失雅致，只用吹笛的遠遠的吹起來，就夠了。」說畢，剛才去吹時，只見跟邢夫人的媳婦走來向邢夫人說了兩句話，賈母便問：「什麼事？」邢夫人便回說：「方才大老爺出去，被石頭絆了一下，歪[1]了腿。」

賈母聽說，忙命兩個婆子快看去，又命邢夫人快去。邢夫人遂告辭起身。賈母便又說：「珍哥媳婦也趁便兒就家去罷，我也就睡了。」尤氏笑道：「我今日不回去了，定要和老祖宗吃一夜。」賈母笑道：「使不得。你們小兩口兒，今夜要團團圓圓的，如何為我耽擱了？」尤氏紅了臉，笑道：「老祖宗說得我們太不堪了。雖是我們年輕，已經是二十來年的夫妻，也奔四十歲的人了，況且孝服未滿：陪著老太太玩一夜是正理。」賈母聽說，笑道：「這話很是。我倒也忘了孝未滿。可憐你公公已死了二年多了！可是我倒忘了，該罰我一大杯。既這樣，你就別送，竟陪著我罷。叫蓉兒媳婦送去，就順便回去罷。」尤氏說給賈蓉媳婦答應著，送出邢夫人，一同至大門，各自上車回去，不在話下。

這裡眾人賞了一回桂花，又入席換暖酒來，正說著閑話，猛不防那壁裡桂花樹下，嗚咽悠揚，吹出笛聲來。趁著這明月清風，天空地靜，真令人煩心頓釋，萬慮齊除，肅然危坐，默然相賞[2]。聽約兩盞茶時，方才止住。大家稱讚不已，於是遂又斟上暖酒來，賈母笑道：「果然好聽麼？」眾人笑道：「實在好聽！我們也想不到這樣。須得老太太帶領著，我們也得開些心兒。」賈母道：「這還不大好，須得揀那曲譜越慢的吹來越好聽。」便命斟一大杯酒，送給吹笛之人，慢慢的吹了，再細細的吹一套來。媳婦們答應了，方送去，只見方才看賈赦的兩個婆子回來說：「瞧了。右腳面上白腫了些。如今調服了藥，疼的好些了，也沒大關係。」賈母點頭嘆道：「我也太操心！打緊說我偏心，我反這樣。」說著，鴛鴦拿巾兜與大斗篷來，說：「夜深了，恐露水下了，風吹了頭，坐坐也該歇了。」賈母道：「偏今兒高興，你又來催。難道我醉了不成？偏要坐到天亮！」因命再斟來，一面戴上兜巾，披了斗篷，大家陪著又飲，說些笑話。只聽桂花陰裡又發出一縷笛音來，果然比先越發淒涼，大家都寂然而坐。夜靜月明，眾人不禁傷感，——忙轉身陪笑說語解釋❶，又命換酒止笛。尤氏笑說道：「我也就學了一個笑話，說給老太太解悶兒。」賈母勉強笑道：「這樣更好，快說來我聽。」尤氏乃說道：「一家子養了四個兒子：大兒子只一個眼睛；二兒子只一個耳朵；三兒子只一個鼻子眼；四兒子倒都齊全，偏又是個啞巴。」

正說到這裡，只見席上賈母已朦朧雙眼，似有睡去之態。尤氏方住了，忙和王夫人輕輕叫請。賈母睜眼笑道：「我不困，白閉閉眼養神。你們只管說，我聽著呢。」王夫人等道：「夜已深了，風露也大，請老太太安歇罷了，明日再賞；十六月色也好。」賈母道：「什麼時候？」王夫人笑道：「已交四更。他們姐妹們熬不過，都去睡了。」賈母聽說，細看了一看，果然都散了，只有探春一人在此。賈母笑道：「也罷。你們也熬不慣；況且弱的弱，病的病，去了倒省心。只是三丫頭可憐，尚還等著。你也去罷，我們散了。」說著，便起身，吃了一口清茶，便坐竹椅小轎，兩個婆子搭起，眾人圍隨，出園去了，不在話下。

這裡眾媳婦收拾杯盤，卻少了個細茶杯，各處尋覓不見，又問眾人：「必是失手打了。撂在那裡？告訴我，拿了磁瓦去交，好作證見；不然，又說偷起來了。」眾人都說：「沒有打碎。只怕跟姑娘的人打了，也未可知？你細想想，或問問他們去？」一語提醒了那媳婦，笑道：「是了。那一會記得是翠縷拿著的，我去問他。」說著便去找時，剛到了甬道，就遇見紫鵑和翠縷來了❷。

翠縷便問道：「老太太散了？可知我們姑娘那裡去了？」這媳婦道：「我來問你一個茶鍾那裡去了，你倒問我要姑娘。」翠縷笑道：「我因倒茶給姑娘喝來著，展眼回頭，連姑娘也沒了。」那媳婦道：「太太才說，都睡覺去了。你不知那裡玩去了，還不知道呢！」翠縷和紫鵑道：「斷乎沒有悄悄兒睡去的，只怕在那裡走了一走？如今老太太走了，趕過前邊送去，也未可知？我們且往前邊找去。有了姑娘，自然你的茶鍾也有了。你明日一早再找罷，有什麼忙的！」媳婦笑道：「有了下落，就不必忙了，明兒和你要罷。」說畢，回去查收傢伙。這裡紫鵑和翠縷便往賈母處來，不在話下。

原來黛玉和湘雲二人並未去睡，只因黛玉見賈府中許多人賞月，賈母猶嘆人少，又想寶釵姐妹家去，母女弟兄自去賞月，不覺對景感懷，自去倚欄垂淚。寶玉近因晴雯病勢甚重，諸務無心，王夫人再四遣他去睡，他從此去了；探春又因近日家事惱著，無心遊玩；雖有迎春惜春二人，偏又素日不大甚合：所以只剩湘雲一人寬慰他。因說：「你是個明白人，還不自己保養。可恨寶姐姐琴妹妹天天說親道熱，早已說今年中秋，要大家一處賞月，必要起詩社，大家聯句；到今日，便扔下咱們，自己賞月去了，社也散了，詩也不作了。倒是他們父子叔姪縱橫起來！你可知宋太祖說得好：『臥榻之側，豈容他人酣睡[3]？』他們不來，咱們兩個竟聯起句來，明日羞他們一羞！」

黛玉見他這般勸慰，也不肯負他的豪興，因笑道：「你看這裡這等人聲嘈雜，有何詩興！」湘雲笑道：「這山上賞月雖好，總不及近水賞月更妙。你知道這山坡底下就是池沿。山凹裡近水一個所在，就是凹晶館。可知當日蓋這園子，就有學問。這山之高處，就叫凸碧；山之低窪近水處，就叫凹晶。這『凸』『凹』二字，歷來用的人最少，如今直用作軒館之名，更覺新鮮，不落窠臼。可知這兩處，一上一下，一明一暗，一高一矮，一山一水，竟是特因玩月而設此處。有愛那山高月小的，便往這裡來；有愛那皓月清波的，便往那裡去。只是這兩個字俗念作『窪』『拱』二音，便說俗了，不大見用。只陸放翁用了一個『凹』字，『古硯微凹聚墨多』，還有人批他俗，豈不可笑？」

黛玉道：「也不只放翁才用，古人中用者太多。如『青苔賦』[4]，東方朔『神異經』[5]，以至『畫記』上云『張僧繇畫一乘寺』的故事[6]，不可勝舉。只是今日不知，誤作俗字用了。實和你說罷：這兩個字，還是我擬的呢。因那年試寶玉，寶玉擬了未妥，我們擬寫出來，送給大姐姐瞧了，他又帶出來，命給舅舅瞧過，所以都用了。如今咱們就往凹晶館去？」

說著，二人同下山坡，只一轉彎就是。池沿上一帶竹欄相接，直通著那邊藕香榭的路徑。只有兩個婆子上夜，因知在凸碧山莊賞月，與他們無干，早已熄燈睡了。黛玉湘雲見熄了燈，都笑道：「倒是他們睡了好，咱們就在捲篷底下賞這水月，何如？」

二人遂在兩個竹墩上坐下。只見天上一輪皓月，池中一個月影，上下爭輝，如置身於晶宮鮫室[7]之內。微風一過，粼粼然池面皺碧疊紋，真令人神清氣爽。湘雲笑道：「怎麼得這會子上船吃酒才好！要是在我家裡，我就立刻坐船了。」黛玉道：「正是古人常說的：『事若求全何所樂？』據我說，這也罷了，何必偏要坐船？」湘雲笑道：「得隴望蜀[8]，人之常情。」

正說間，只聽笛韻悠揚起來。黛玉笑道：「今日老太太、太太高興，這笛子吹得有趣。——倒是助咱們的興趣了！咱們兩個都愛五言，就還是五言排律罷。」湘雲道：「什麼韻？」黛玉笑道：「咱們數這個欄杆上的直棍，這頭到那頭為止，他是第幾根，就是第幾韻。」湘雲笑道：「這倒別致！」

於是二人起身，便從頭數至盡頭，止得十三根。湘雲道：「偏又是『十三元』了！這個韻，可用的少，作排律，只怕牽強不能押韻呢！少不得你先起一句罷了。」黛玉笑道：「倒要試試咱們誰強誰弱。只是沒有紙筆記。」湘雲道：「明兒再寫，只怕這一點聰明兒還有！」黛玉道：「我先起一句現成的俗語罷。」因念道：

三五中秋夕[9]，

湘雲想了一想，道：

清遊擬上元[10]。撒天箕斗[11]燦，

黛玉笑道：

匝[12]地管弦繁。幾處狂飛盞[13]？

湘雲笑道：「這一句『幾處狂飛盞』有些意思！這倒要對得好呢。」想了一想，笑道：

誰家不啟軒[14]？輕寒風剪剪[15]，

黛玉道：「好對！比我的卻好。只是這句又說俗話了，就該加勁說了去才是。」湘雲笑道：「詩多韻險，也要鋪陳些才是。總有好的，且留在後頭。」黛玉笑道：「到後頭沒有好的，我看你羞不羞！」因聯道：

良夜景暄暄[16]。爭餅嘲黃髮[17]，

湘雲笑道：「這句不好，杜撰。用俗事來難我了。」黛玉笑道：「我說你不曾見過書呢，『吃餅』是舊典。『唐書』『唐志』，你看了來再說。」湘雲笑道：「這也難不倒，我也有了。」因聯道：

分瓜笑綠媛[18]。香新榮玉桂❸[19]，

黛玉道：「這可實實是你的杜撰了！」湘雲笑道：「明日咱們對查了出來，大家看看，這

會子別耽擱工夫。」黛玉笑道：「雖如此，下句也不好。不犯又用『玉桂』『金蘭』等字樣來塞責。」因聯道：

色健茂金萱[20]**。蠟燭輝瓊宴**[21]**，**

湘雲笑道：「『金萱』二字，便宜了你，省了多少力！這樣現成的韻，被你得了。——只不犯著替他們頌聖去。況且下句你也是塞責了。」黛玉笑道：「你不說『玉桂』，我難道強對個『金萱』罷？再也要鋪陳些富麗，方是即景之實事。」湘雲只得又聯道：

觥籌[22]**亂綺園。分曹尊一令**[23]**，**

黛玉笑道：「下句好。只難對些。」因想了一想，聯道：

射覆[24]**聽三宣。骰**[25]**彩紅成點，**

湘雲笑道：「『三宣』有趣，竟化俗成雅了。只是下句又說上骰子！」少不得聯道：

傳花鼓濫喧。晴光搖院宇，

黛玉笑道：「對得卻好。下句又溜了，只管拿些風月來塞責嗎？」湘雲道：「究竟沒說到月上，也要點綴點綴，方不落題。」黛玉道：「且姑存之，明日再斟酌。」因聯道：

素彩接乾坤[26]。賞罰無賓主，

湘雲道：「又倒說他們作什麼？不如說咱們。」因聯道：

吟詩序仲昆[27]。構思時倚檻，

黛玉道：「這可以入上你我了。」因聯道：

擬句或依門。酒盡情猶在，

湘雲說道：「這時候了！」乃聯道：

更殘樂已諼[28]。漸聞語笑寂，

黛玉說道：「這時候，可知一步難似一步了。」因聯道：

空剩雪霜痕[29]。階露團朝菌❹[30]，

湘雲道：「這一句怎麼押韻？讓我想想。」因起身負手想了一想，笑道：「夠了。幸而想出一個字來，不然，幾乎敗了！」因聯道：

庭烟斂夕棔[31]。秋湍瀉石髓[32]，

黛玉聽了，不禁也起身叫妙，說：「這促狹鬼，果然留下好的。這會子方說『棔』字，虧你想得出！」湘雲道：「幸而昨日看『歷朝文選』，見了這個字。我不知是何樹。因要查一查，寶姐姐說：『不用查，這就是如今俗叫作「朝開夜合」的。』我信不及，到底查了一查，果然不錯。看來寶姐姐知道的竟多。」黛玉笑道：「『棔』字用在此時更恰；也還罷了。只是『秋湍』一句，虧你好想！只這一句，別的都要抹倒。我少不得打起精神來對這一句，只是再不能似這一句了。」因想了又想，方對道❺：

風葉聚雲根[33]。寶婺[34]情孤潔，

湘雲道：「這對得也還好。只是這一句，你也溜了。幸而是景中情，不單用『寶婺』來塞責。」因聯道：

銀蟾氣吐吞[35]。藥催靈兔[36]搗❻，

黛玉不語，點頭半日，遂念道：

人向廣寒奔[37]。犯斗邀牛女[38]

湘雲也望月點首，聯道：

乘槎訪帝孫[39]。盈虛輪莫定[40]，

黛玉道：「對句不好，合掌。下句推開一步，倒還是『急脈緩灸法』❼。」因又聯道：

晦朔魄空存[41]。壺漏聲將涸[42]，

湘雲方欲聯時，黛玉指池中黑影與湘雲看道：「你看那河裡，怎麼像個人到黑影裡去了？敢是個鬼？」湘雲笑道：「可是又見鬼了！我是不怕鬼的，等我打他一下。」因彎腰拾了一塊小石片，向那池中打去。只聽打得水響，一個大圓圈將月影激盪，散而復聚者幾次。只聽那黑影裡嘎的一聲，卻飛起一個白鶴來，直往藕香榭去了。黛玉笑道：「原是他！猛然想不到，反嚇了一跳。」湘雲笑道：「正是這個鶴有趣，倒助了我了！」因聯道：

窗燈焰已昏。寒塘渡鶴影，

黛玉聽了，又叫好，又跺足，說：「了不得了，這鶴真是助他的了！這一句更比『秋湍』不同，叫我對什麼才好？『影』字只有一個『魂』字可對。況且『寒塘渡鶴』，何等自然，何等現成，何等有景，且又新鮮！我竟要擱筆了。」湘雲笑道：「大家細想就有了；不然，就放著明日再聯也可。」黛玉只看天，不理他，半日，猛然笑道：「你不必撈嘴[43]，我也有了！你聽聽。」因對道：

冷月葬詩魂。

湘雲拍手讚道：「果然好極，非此不能對。好個『葬詩魂』！」因又嘆道：「詩固新奇，只是太頹喪了些！你現病著，不該作此過於淒清奇譎[44]之語。」黛玉笑道：「不如此，如何壓倒你？只為用工在這一句了——」

一語未了，只見欄外山石後轉出一個人來，笑道：「好詩，好詩！果然太悲涼了，不必再往下作。若底下只這樣去，反不顯這兩句了，倒弄得堆砌牽強。」二人不防，倒嚇了一跳。細看時不是別人，卻是妙玉。二人皆詫異，因問：「你如何到了這裡？」妙玉笑道：「我聽見你們大家賞月，又吹得好笛，我也出來玩賞這清池皓月。順腳走到這裡，忽聽見你們兩個吟詩，更覺清雅異常，故此就聽住了。只是方才我聽見這一首中，有幾句雖好，只是過於頹敗淒楚。此亦關人之氣數，所以我出來止住你們。如今老太太都早已散了，滿園的人想俱已睡熟了，你兩個的丫頭還不知在那裡找你們呢？你們也不怕冷了？快同我來。到我那裡去吃杯茶，只怕就天亮了。」黛玉笑道：「誰知道就這個時候了？」

三人遂一同來至櫳翠庵中。只見龕[45]焰猶青，爐香未燼，幾個老道婆也都睡了，只有小丫頭在蒲團上垂頭打盹。妙玉喚起來現烹茶。忽聽叩門之聲，小丫鬟忙開門看時，卻是紫鵑翠縷和幾個老嬤嬤，來找他姐妹兩個。進來見他們正吃茶，因都笑道：「叫我們好找！一個園子裡走遍了，連姨太太那裡都找到了。那小亭裡找時，可巧那裡上夜的正睡醒了。我們問他們，他們說：『方才亭外頭棚下兩個人說話，後來又添了一個人，聽見說，大家往庵裡去。』我們就知道這裡來了。」

妙玉忙命丫鬟引他們到那邊去坐著歇息吃茶，自卻取了筆硯紙墨出來，將方才的詩，命他二人念著，遂從頭寫出來。黛玉見他今日十分高興，便笑道：「從來沒見你這樣高興，我也不敢唐突請教。這還可以見教否？若不堪時，便就燒了；若或可改，即請改正改正。」妙玉笑道：「也不敢妄評。只是這才有二十二韻。我意思想著你二位警句已出，再續時，倒恐後力不加。我竟要續貂[46]，又恐有玷。」黛玉從沒見妙玉作過詩，今見他高興如此，忙說：「果然如此，我們雖不好，亦可以帶好了。」妙玉道：「如今收結，到底還歸到本來面目上去。若只管丟了真情真事，且去搜奇檢怪，一則失了咱們的閨閣面目，二則也與題目無涉了。」林史二人皆道：「極是。」妙玉提筆微吟，一揮而就，遞與他二人，道：「休要見笑。依我必須如此，方翻轉過來❽。雖前頭有淒楚之句，亦無甚礙了。」二人接了看時，只見他續道：

香篆[47]銷金鼎，冰脂膩玉盆。簫憎嫠婦[48]泣❾，衾倩侍兒溫。空帳悲文鳳❿，閑屏設彩鴛⓫。露濃苔更滑，霜重竹難捫[49]。猶步縈紆[50]沼，還登寂歷原。石奇神鬼縛⓬[51]，木怪虎狼蹲。贔屭[52]朝光透，罘罳[53]曉露屯。振林千樹鳥，啼谷一聲猿⓭。歧熟焉忘徑？泉知不問源。鐘鳴櫳翠寺，雞唱稻香村。有興悲何極⓮。無愁意豈煩？芳情只自遣，雅趣向誰言？徹旦休云倦，烹茶更細論[54][55]。

後書「右中秋夜大觀園即景聯句三十五韻」。

黛玉湘雲二人稱讚不已，說：「可見咱們天天是捨近求遠。現有這樣詩人在此，卻天天去紙上談兵。」妙玉笑道：「明日再潤色。此時已天明了，到底也歇息歇息才是。」林史二人聽說，便起身告辭，帶領了丫鬟出來。妙玉送至門外，看他們去遠，方掩門進來，不在話下。

這裡翠縷向湘雲道：「大奶奶那裡還有人等著咱們睡去呢。如今還是那裡去好。」湘雲笑道：「你順路告訴他們，叫他們睡罷。我這一去，未免驚動病人，不如鬧林姑娘去罷。」說著，大家走至瀟湘館中。有一半人已睡去。二人進去了，卸妝寬衣，盥洗已畢，方上床安歇。紫鵑放下綃帳，移燈掩門出去。

誰知湘雲有擇席之病，雖在枕上，只是睡不著。黛玉又是個心血不足，常常不眠的，今日又錯過困頭，自然也是睡不著。二人在枕上翻來覆去。黛玉因問道：「怎麼還睡不著？」湘雲微笑道：「我有個擇席的病，況且走了困，只好躺躺兒罷；你怎麼也睡不著？」黛玉嘆道：「我這睡不著，也並非一日了！大約一年之中，通共也只好睡十夜滿足的覺。」湘雲道：「你這病就怪不得了！」要知端底，下回分解。

■校記

❶「眾人不禁傷感，——忙轉身陪笑說語解釋」，諸本作「賈母不禁傷感，眾人忙轉身陪笑說語解釋」，脂本作「隨下淚（原鈔誤作「相」）來，眾人彼此都不禁凄涼寂歷之意，半日方知賈母傷感，才忙轉身陪笑發語解釋」（脂本中後筆所改不足據，不復校出）。

❷「我去問他，說著便去找時，剛到了甬道，就遇見紫鵑和翠縷來了」，「便去找時」句，「去」字原缺，從脂本補。

❸「香新榮玉桂」，「香新」原作「新香」，與下句「色健」失對，從諸本改。

❹「階露團朝菌」，「菌」原作「茵」，從諸本改。

❺「（黛玉）因想了又想，方對道」，「又」諸本作「一」。

❻「藥催靈兔搗」，「催」脂本作「經」。

❼「急脈緩灸法」，「灸」原作「受」，從王本改（王本作「炙」，當係「灸」誤）。

❽「依我必須如此，方翻轉過來」，「必須」原作「不必」，從諸本改。

❾「簫憎嫠婦泣」，「嫠」原作「婺」，從金本改。「憎」藤本、王本作「增」。

❿「空帳悲文鳳」，「文」原作「金」，從脂本改。

⓫「閑屏設彩鴛」，「設」王本作「散」，脂本作「掩」。

⓬「石奇神鬼縛」，「縛」脂本作「搏」，當是「搏」鈔誤。

⓭「啼谷一聲猿」，「谷」脂本作「玉」，後筆改「雨」。

⓮「有興悲何極」，「極」脂本作「繼」。

■注釋

1〔歪〕　這裡專作「拗損」講。

2〔**煩心頓釋，萬慮齊除，肅然危坐，默然相賞**〕　煩悶的情緒立刻消散，心中的憂慮一齊驅除，恭敬而端正地坐在那裡，大家沉默無言地觀賞月光。釋，消散；危，古作端正解。

3 〔臥榻（ㄊㄚˋ／tà）之側，豈容他人酣睡〕語出宋朝岳珂「桯（ㄊㄧㄥ／tīng）史・徐鉉入聘」。意思是，在自己睡覺的床邊，那能容許別人呼呼大睡？比喻不許別人侵入自己的利益範圍。榻，床。

4 〔「青苔賦」〕南朝梁代文學家江淹的作品。

5 〔東方朔「神異經」〕東方朔，西漢人，字曼倩，善作辭賦，性詼諧滑稽。「神異經」是一部志怪小說集，舊題漢東方朔撰，實為偽托。

6 〔「畫記」上云「張僧繇（ㄧㄡˊ／yóu）畫一乘寺」的故事〕「畫記」即「歷代名畫記」，唐張彥元著，是我國古代畫史的重要著作之一。張僧繇是南朝梁代畫家。他曾在建康（今南京）一座門上，用古印度的技法，以朱紅及青綠色畫凹凸花，遠視凹凸，近看則是平的。

7 〔鮫室〕古代神話傳說：鮫人像魚，住在海底，滴淚成珠。鮫室，意指水裡神仙的居室。

8 〔得隴望蜀〕這句原是漢光武帝劉秀給他的將官岑彭書信中的話，後來成為指「貪心不足」的一個成語。「得」原書作「平」。

9 〔三五句〕陰曆八月十五中秋之夜。

10 〔上元〕陰曆正月十五元宵節。

11 〔箕斗〕都是星名，箕在南，斗在北。這裡用來代表一切星宿。

12 〔匝（ㄗㄚ／zā）〕周圈兒，滿。

13 〔飛盞〕飛速地傳遞酒杯。

14〔啟軒〕打開窗戶（賞月）。
15〔剪剪〕形容秋風尖利。
16〔暄暄〕景色明媚的樣子。
17〔黃髮〕指老年人。
18〔分瓜句〕「分瓜」的典出在段成式「戲高侍御」詩：「猶憐最小分瓜日，奈何迎春得藕時」。綠媛，青年女子。
19〔玉桂〕神話傳說月中有桂；桂樹在秋月開花，色黃近白，故名玉桂。
20〔萱（ㄒㄩㄢ／xuān）〕多年生草本植物，花金黃色。
21〔瓊宴〕形容宴席酒菜的珍貴和豐美。
22〔觥（ㄍㄨㄥ／gōng）籌〕觥，古代的酒器。籌，籌碼，進行猜拳等玩樂時計數的用具。綺園，指花園。
23〔分曹句〕尊重一個人的命令分成雙雙對對。分曹，分成對兒，成夥兒。
24〔射覆〕在覆器下放些東西，令人猜測，以為玩樂。
25〔骰（ㄊㄡˊ／tóu）〕一般叫「（ㄕㄞˇ／shǎi）子」，是一種賭具。
26〔素彩句〕月光皎潔，照耀天地。素彩，白光，此指月光。
27〔仲昆〕此指先後次序。
28〔更殘句〕更殘，五更將盡，即天將明。諼（ㄒㄩㄢ／xuān），忘記。

29 〔雪霜痕〕 用霜雪形容月色之白。

30 〔朝菌〕 見「莊子・逍遙遊」：「朝菌不知晦朔。」有人解釋為「芝草」，有人解釋為「木槿」。

31 〔棔〕 即合歡樹，落葉喬木，葉羽狀，小葉朝開夜合。

32 〔秋湍（ㄊㄨㄢ／tuān）句〕 湍，急流的水。石髓，即鐘乳石。

33 〔雲根〕 古人認為「雲從山出，霧從地起」，所以雲根就是山崖。

34 〔寶婺（ㄨˋ／wù）〕 即婺女星。古人用寶婺作為婦女的代稱。這裡，黛玉隱然以寶婺自喻。

35 〔銀蟾句〕 皎潔的月光瀉滿大地。銀，白色。蟾，蟾蜍（ㄔㄢˊ ㄔㄨˊ／chán chú），癩蛤蟆，月亮的代稱。蟾蜍吞吐氣息，比喻月光揮灑。

36 〔靈兔〕 即玉兔。古代傳說，月中有玉兔搗藥。

37 〔人向句〕 傳說唐代有人遊月宮，見匾額上寫的是「廣寒清虛之府」，所以管月宮叫「廣寒宮」。又傳說，有個叫羿的人向神仙西王母要來長生不老藥，被他妻子嫦娥偷吃了，嫦娥就飛向月宮。

38 〔犯斗句〕 穿過北斗星，邀請牽牛、織女二星。斗，北斗星；牛女，牛郎、織女二星。犯，干犯，穿過。

39 〔乘槎（ㄔㄚˊ／chá）句〕 槎，水筏子。傳說有人曾坐木筏子上天河，見到天上的牛郎、織女。帝孫，「漢書・天文志」：「織女，天帝孫也。」上句用「牛女」，這句又用「帝孫」重複了。所以黛玉說：「對句不好，合掌。」

40〔盈虛句〕有時滿，有時缺，月輪的形狀沒有一定。

41〔晦朔句〕三十，初一月亮還在，但月光不明。晦，陰曆每月的末一天；朔，陰曆每月的初一。魄，月亮將出時的微光。

42〔壺漏句〕計時的銅壺裡的水將要漏光了，說明夜深。涸，水乾。

43〔撈嘴〕多嘴，耍嘴。

44〔奇譎（ㄐㄩㄝˊ／jué）〕稀奇怪異。譎，怪異，變化。

45〔龕（ㄎㄢ／kān）〕供奉神像或佛像的小閣子。

46〔續貂〕諺語「貂不足，狗尾續」，用狗尾接貂皮，比喻前後優劣不相稱。

47〔篆（ㄓㄨㄢˋ／zhuàn）〕此處指計時刻用的一種香。

48〔嫠（ㄌㄧˊ／lí）婦〕寡婦。

49〔捫（ㄇㄣˊ／mén）〕按，摸。這裡是「扶」的意思。

50〔縈紆〕曲折。

51〔縛〕脂本作搏。

52〔贔屭（ㄅㄧˋ ㄒㄧˋ／bì xì）〕在石碑底下當座的大龜。

53〔罘罳（ㄈㄨˊ ㄙ／fú sī）〕古代宮門外或城角上的網狀屏障。

54

〔譯文〕

八月十五中秋夜，
高雅的遊樂彷彿元宵節。
銀星燦爛布滿天空，
處處吹奏起管弦樂。
多少家在縱情地舉杯痛飲？
那一戶不開窗觀賞明月？
陣陣秋風送來寒意，
美好的夜晚景色明媚嬌妍。
白髮老人爭吃月餅受嘲笑，
綠衣少女分吃西瓜笑聲不斷。
盛開的桂花散發清香，
茂盛的萱草黃花正鮮。
蠟燭的光輝照射著豐盛的宴席，
飲酒猜拳鬧騰了美麗的花園。
分組遊戲應遵守統一號令，
玩射覆可要聽從令官意見。
彩色的骰子點綴成紅色花點，
傳花擊鼓聲震地動天。
明月搖動著庭院花樹的陰影，
皎潔的銀輝使天地連成一片。
遊戲賞罰不能分賓主，
吟詩作賦卻要有後有先。
構思詩篇往往靠著欄杆，
推敲詞句有時依傍門扇。
美酒雖盡興致未散，

歡飲使人忘卻長夜已殘。
漸漸聽到言談笑語少，
潔白霜露只留下腳印一片。
臺階上的露水把苔菌濕成一團，
庭院的合歡樹在暮靄中收斂。
秋泉從洞中湍急流出，
風吹落葉聚集在山根。
婺女星性情孤獨清高，
雪白的月光照得大地如銀。
催促月中靈兔趕快搗藥，
美麗的嫦娥向月空飛奔。
穿過北斗星座邀請牛郎織女，
乘坐仙筏去拜訪天帝的女孫。
月輪圓缺並非固定不變，
三十初一月亮雖在但夜色昏昏。
漏壺滴水聲將盡黑夜已深，
窗前燭光已經暗淡幽香。
寒冷的池塘掠過白鶴的陰影，
清冷的月光埋葬了作詩的心神。
計時的篆香在香爐裡燒盡，
清涼的脂粉沉積在白玉似的水盆。
簫聲像寡婦哭泣令人憎惡，
被褥冰冷要侍女先臥焐溫。
空帳上繡的鳳凰惹我生悲，
擺著的屏風上空畫著彩色鴛禽。

露水濃重青苔更滑，
嚴霜滿竹使人不能撫捫。
沿著曲折的池沼邊緣漫步，
又向寂靜的高地攀登。
奇形怪狀的山石像鬼神搏鬥，
奇特多姿的樹木如虎踞狼蹲。
馱碑的石龜晨光照射，
檐下的網狀屏障露珠滾滾。
群鳥呼叫奮飛振動千林萬木，
山谷裡猿猴哀鳴惹人愁悶。
岔道雖多走熟了怎會忘記？
知道泉水來由不再把源頭詢問。
櫳翠寺裡正把晨鐘敲響，
稻香村裡傳來雄雞啼鳴。
既有興致就不必過分悲哀，
本無憂愁又何必自尋煩悶？
女兒的心情只能自己排解，
高雅的情趣怎能說與別人？
達旦通宵作詩休說疲倦，
煮好茶水再細細地評論。

55 〔簡評〕

這組聯句是在抄檢大觀園之後，賈府日漸衰敗的情況下出現的。林黛玉、史湘雲二人，用聯詩來排遣苦悶的心情，充滿了「酒盡」、「更殘」、「語寂」、「焰昏」這類冷落、凄涼的氣氛，以致使妙玉也感到「過於頹敗凄楚」，她續作的十三韻，雖想把湘、黛二人的「凄楚之句」翻過來，但還是不免流露出淒涼哀愁的感情。

聯句中用雕飾的語詞、堆砌的典故，渲染了賈府中秋賞月的熱鬧場面和歡樂景象，但歡宴者們樂極悲來的心緒又力透紙背，難以掩飾。

【第七十七回】

俏丫鬟抱屈夭風流　美優伶斬情歸水月

話說王夫人見中秋已過，鳳姐病也比先減了，雖未大癒，然亦可以出入行走得了，仍命大夫每日診脈服藥，又開了丸藥方來，配調經養榮丸。

因用上等人參二兩，王夫人取時，翻尋了半日，只向小匣內尋了幾枝簪挺粗細的。王夫人看了嫌不好，命再找去，又找了一大包鬚沫出來。王夫人焦躁道：「用不著偏有，但用著了，再找不著！成日家我叫你們查一查，都歸攏一處，你們白不聽，就隨手混撂。」彩雲道：「想是沒了，就只有這個。上次那邊的太太來尋了去了。」王夫人道：「沒有的話！你再細找找。」彩雲只得又去找尋，拿了幾包藥材來，說：「我們不認得這個，請太太自看。除了這個沒有了。」

王夫人打開看時，也都忘了，不知都是什麼，並沒有一支人參。因一面遣人去問鳳姐有無。鳳姐來說：「也只有些參膏。蘆鬚[1]雖有幾根，也不是上好的，每日還要煎藥裡用呢。」王夫人聽了，只得向邢夫人那裡問去。說：「因上次沒了，才往這裡來尋，早已用完了。」王夫人沒法，只得親身過來請問賈母。

賈母忙命鴛鴦取出當日餘的來，竟還有一大包，皆有手指頭粗細不等，遂秤了二兩給王夫人。王夫人出來，交給周瑞家的拿去，令小廝送與醫生家去；又命將那幾包不能辨的藥也帶了去，命醫生認了，各包號上。

一時，周瑞家的又拿進來，說：「這幾樣都各包號上名字了。但那一包人參，固然是上好的，只是年代太陳。這東西比別的卻不同，憑是怎麼好的，只過一百年後，就自己成了灰了。如今這個雖未成灰，然已成了糟朽爛木，也沒有力量的了。請太太收了這個，倒不拘粗細，多少再換些新的才好。」王夫人聽了，低頭不語，半日才說：「這可沒法了，只好去買二兩來罷。」也無心看那些，只命：「都收了罷。」因問周瑞家的：「你就去說給外頭人們，揀好的換二兩來。倘或一時老太太問你們，只說用的是老太太的，不必多說。」

周瑞家的方才要去時，寶釵因在座，乃笑道：「姨娘且住。如今外頭人參都沒有好的。雖有全枝，他們也必截作兩三段，鑲嵌上蘆泡鬚枝，攙勻了好賣，看不得粗細。我們鋪子裡常和行裡交易，如今我去和媽媽說了，哥哥去托個伙計過去和參行裡要他二兩原枝來，不妨咱們多使幾兩銀子，到底得了好的。」王夫人笑道：「倒是你明白。但只還得你親自走一趟，才能明白。」

於是寶釵去了，半日回來，說：「已遣人去，趕晚就有回信。明日一早去配也不遲。」王夫人自是喜悅，因說道：「『賣油的娘子水梳頭』[2]。自來家裡有的，給人多少！這會子輪到自己用，反倒各處尋去。」說畢長嘆。寶釵笑道：「這東西雖然值錢，總不過是藥，原該濟眾散人[3]才是。咱們比不得那沒見世面的人家，得了這個，就珍藏密斂的。」王夫人點頭道：「你這話也是。」一時寶釵去後，因見無別人在室，遂喚周瑞家的，問：

「前日園中搜檢的事情，可得下落？」

周瑞家的是已和鳳姐商議停妥，一字不隱，遂回明王夫人。王夫人吃了一驚，想到司棋係迎春丫頭，乃係那邊的人，只得令人去回邢氏。周瑞家的回道：「前日那邊太太嗔著王善保家的多事，打了幾個嘴巴子，如今他也裝病在家，不肯出頭了。況且又是他外孫女兒，自己打了嘴，他只好裝個忘了，日久平服了再說。如今我們過去回時，恐怕又多心，倒像咱們多事似的；不如直把司棋帶過去，一併連贓證與那邊太太瞧了，不過打一頓配了人，再指個丫頭來，豈不省事？如今白告訴去，那邊太太再推三阻四的，又說：『既這樣，你太太就該料理，又來說什麼呢？』豈不倒耽擱了？倘或那丫頭瞅空兒尋了死，反不好了。如今看了兩三天，都有些偷懶，倘一時不到，豈不倒弄出事來？」王夫人想了一想，說：「這也倒是。快辦了這一件，再辦咱們家的那些妖精。」

周瑞家的聽說，會齊了那邊幾個媳婦，先到迎春房裡，回明迎春。迎春聽了，含淚似有不捨之意。因前夜之事，丫頭們悄悄說了緣故，雖數年之情難捨，但事關風化，亦無可如何了。那司棋也曾求了迎春，實指望能救，只是迎春語言遲慢，耳軟心活，是不能作主的。司棋見了這般，知不能免，因跪著哭道：「姑娘好狠心！哄了我這兩日，如今怎麼連一句話也沒有？」周瑞家的說道：「你還要姑娘留你不成？便留下，你也難見園裡的人了。依我們的好話，快快收了這樣子，倒是人不知鬼不覺的去罷，大家體面些。」

迎春手裡拿著一本書，正看呢，聽了這話，書也不看，話也不答，只管扭著身子，呆呆的坐著。周瑞家的又催道：「這麼大女孩兒，自己作的，還不知道？把姑娘都帶得不好了，你還敢緊著纏磨他！」迎春聽了，方發話道：「你瞧入畫也是幾年的，怎麼說去就去了？自然不止你兩個，想這園裡凡大的都要去呢。依我說，將來總有一散，不如各人去罷。」周瑞家的道：「所以到底是姑娘明白。明兒還有打發的人呢，你放心罷。」司棋無法，只得含淚給迎春磕頭，和眾人告別。又向迎春耳邊說：「好歹打聽我受罪，替我說個情兒，就是主僕一場！」迎春亦含淚答應：「放心。」於是周瑞家的等人，帶了司棋出去；又有兩個婆子，將司棋所有的東西，都與他拿著。走了沒幾步，只見後頭繡橘趕來，一面也擦著淚，一面遞給司棋一個絹包，說：「這是姑娘給你的。主僕一場，如今一旦分離，這個給你作個念心兒罷。」司棋接了，不覺更哭起來了，又和繡橘哭了一回。周瑞家的不耐煩，只管催促，二人只得散了。司棋因又哭告道：「嬸子大娘們，好歹略徇個情兒：如今且歇一歇，讓我到相好姐妹跟前辭一辭，也是這幾年我們相好一場。」周瑞家的等人皆各有事，作這些事，便是不得已了；況且又深恨他們素日大樣[4]，如今那裡有工夫聽他的話？因冷笑道：「我勸你去罷，別拉拉扯扯的了！我們還有正經事呢。誰是你一個衣胞裡爬出來的？辭他們作什麼？你不過挨一會是一會，難道算了不成？依我說，快去罷！」一面說，一面總不住腳，直帶著出後角門去。司棋無奈，又不敢再說，只得跟著出來。

可巧正值寶玉從外頭進來，一見帶了司棋出去，又見後面人抱著許多東西，料著此去再不能來了。因聽見上夜的事，並晴雯的病也因那日加重，細問晴雯，又不說是為何。今見司棋亦走，不覺如喪魂魄，因忙攔住問道：「那裡去？」周瑞家的等皆知寶玉素昔行為，又恐嘮叨誤事，因笑道：「不干你事，快念書去罷。」寶玉笑道：「姐姐們且站一站，我有道理。」周瑞家的便道：「太太吩咐不許少捱時刻。又有什麼道理？我們只知道太太的話，管不得許多。」司棋見了寶玉，因拉住哭道：「他們作不得主，好歹求求太太去！」

寶玉不禁也傷心，含淚說道：「我不知你作了什麼大事！晴雯也氣病著，如今你又要去了，這卻怎麼著好！」周瑞家的發躁向司棋道：「你如今不是副小姐了，要不聽說，我就打得你了。別想往日有姑娘護著，任你們作耗！越說著，還不好生走！一個小爺見了面，也拉拉扯扯的，什麼意思❶！」那幾個婦人不由分說，拉著司棋，便出去了。

寶玉又恐他們去告舌，恨得只瞪著他們。看走遠了，方指著恨道：「奇怪，奇怪！怎麼這些人，只一嫁了漢子，染了男人的氣味，就這樣混賬起來，比男人更可殺了！」守園門的婆子聽了，也不禁好笑起來，因問道：「這樣說，凡女兒個個是好的了，女人個個是壞的了？」寶玉發恨道：「不錯，不錯！」

正說著，只見幾個老婆子走來，忙說道：「你們小心傳齊了伺候著。此刻太太親自到園裡查人呢。」又吩咐：「快叫怡紅院晴雯姑娘的哥嫂來，在這裡等著，領出他妹子去。」因又笑道：「阿彌陀佛！今日天睜了眼，把這個禍害妖精退送了，大家清淨些。」寶玉一聞得王夫人進來親查，便料道晴雯也保不住了，早飛也似的趕了去，所以後來趁願之話，竟未聽見。

寶玉及到了怡紅院，只見一群人在那裡。王夫人在屋裡坐著，一臉怒色，見寶玉也不理。晴雯四五日水米不曾沾牙，如今現打炕上拉下來，蓬頭垢面的，兩個女人攙架起來去了。王夫人吩咐：「把他貼身的衣服撂出去，餘者留下，給好的丫頭們穿。」又命：「把這裡所有的丫頭們都叫來！」一一過目。

原來王夫人惟怕丫頭們教壞了寶玉，乃從襲人起，以至於極小的粗活小丫頭們，個個親自看了一遍。因問：「誰是和寶玉一日的生日？」本人不敢答言。老嬤嬤指道：「這一個蕙香，又叫作四兒的，是同寶玉一日生日的。」

王夫人細看了一看，雖比不上晴雯一半，卻有幾分水秀，視其行止，聰明皆露在外面，且也打扮得不同。王夫人冷笑道：「這也是個沒廉恥的貨！他背地裡說的同日生日就是夫妻，——這可是你說的？打量我隔得遠，都不知道呢！可知我身子雖不大來，我的心耳神意時時都在這裡。難道我統共一個寶玉，就白放心憑你們勾引壞了不成？」這個四兒見王夫人說著他素日和寶玉的私語，不禁紅了臉，低頭垂淚。王夫人即命：「也快把他家人叫來，領出去配人。」又問：「那芳官呢？」芳官只得過來。王夫人道：「唱戲的女孩子，自然更是狐狸精了！上次放你們，你們又不願去，可就該安分守己才是；你就成精鼓搗[5]起來，調唆寶玉，無所不為！」芳官笑辯道❷：「並不敢調唆什麼了。」王夫人笑道：「你還強嘴！你連你乾娘都壓倒了，豈止別人！」因喝命：「喚他乾娘來領去！就賞他外頭找個女婿罷。他的東西，一概給他。」吩咐：「上年凡有姑娘分的唱戲女孩子們，一概不許留在園裡，都令其各人乾娘帶出，自行聘嫁。」一語傳出，這些乾娘皆感恩趁願不盡，都約齊給王夫人磕頭領去。

王夫人又滿屋裡搜檢寶玉之物。凡略有眼生之物，一併命收捲起來，拿到自己房裡去了。因說：「這才乾淨，省得旁人口舌。」又吩咐襲人麝月等人：「你們小心！往後再有一點分外之事，我一概不饒！因叫人查看了，今年不宜遷挪，暫且挨過今年，明年一併給我仍舊搬出去，才心淨。」說畢，茶也不吃，遂帶領眾人，又往別處去閱人。

暫且說不到後文，如今且說寶玉只道王夫人不過來搜檢搜檢，無甚大事，誰知竟這樣雷嗔電怒[6]的來了。所責之事，皆係平日私語，一字不爽，料必不能挽回的。雖心下恨不能一死，但王夫人盛怒之際，自不敢多言。一直跟送王夫人到沁芳亭，王夫人命：「回去好生念念那書！仔細明兒問你；才已發下狠了。」

寶玉聽如此說，才回來，一路打算：「誰這樣犯舌❸[7]？況這裡事也無人知道，如何就都說著了？」一面想，一面進來，只見襲人在那裡垂淚。且去了第一等的人，豈不傷心？便倒在床上大哭起來。襲人知他心裡別的猶可，獨有晴雯是第一件大事，乃勸道：「哭也不中用。你起來，我告訴你：晴雯已經好了，他這一家去，倒心淨養幾天。你果然捨不得他，等太太氣消了，你再求老太太，慢慢的叫進來，也不難。太太不過偶然聽了別人的閑言，在氣頭上罷了。」寶玉道：「我究竟不知晴雯犯了什麼彌天大罪！」襲人道：「太太只嫌他生得太好了，未免輕狂些。太太是深知這樣美人似的人，心裡是不能安靜的；所以很嫌他。像我們這粗粗笨笨的倒好。」寶玉道：「美人似的，心裡就不安靜麼？你那裡知道，古來美人安靜的多著呢！——這也罷了，咱們私自玩話，怎麼也知道了？又沒外人走風，這可奇怪了！」襲人道：「你有什麼忌諱的？一時高興，你就不管有人沒人了。我也曾使過眼色，也曾遞過暗號，被那人知道了，你還不覺。」寶玉道：「怎麼人人的不是，太太都知道了，單不挑出你和麝月秋紋來？」

襲人聽了這話，心內一動，低頭半日，無可回答，因便笑道：「正是呢。若論我們，也有玩笑不留心的去處，怎麼太太竟忘了？想是還有別的事，等完了，再發放我們，也未可知。」寶玉笑道：「你是頭一個出了名的至善至賢的人，他兩個又是你陶冶教育的，焉得有什麼該罰之處？只是芳官尚小，過於伶俐些，未免倚強，壓倒了人，惹人厭。四兒是我誤了他：還是那年我和你拌嘴的那日起，叫上來作細活的，眾人見我待他好，未免奪了地位，也是有的，故有今日。只是晴雯，也是和你們一樣從小兒在老太太屋裡過來的，雖生得比人強些，也沒什麼妨礙著誰的去處；就只是他的性情爽利，口角鋒芒，竟也沒見他得罪了那一個！——可是你說的，想是他過於生得好了，反被這個好帶累了！」說畢，復又哭起來。

襲人細揣此話，直是寶玉有疑他之意❹，竟不好再勸，因嘆道：「天知道罷了！此時也查不出人來了，白哭一會子，也無益了。」寶玉冷笑道：「原是想他自幼嬌生慣養的，何嘗受過一日委屈，如今是一盆才透出嫩箭的蘭花[8]送到豬圈裡去一般。況又是一身重病，裡頭一肚子悶氣。他又沒有親爹熱娘，只有一個醉泥鰍姑舅哥哥，他這一去，那裡還等得一月半月？再不能見一面兩面的了！」說著，越發心痛起來。

襲人笑道：「可是你『自許州官放火，不許百姓點燈』。我們偶說一句妨礙的話，你就說不吉利；你如今好好的咒他，就該的了？」寶玉道：「我不是妄口咒人，今年春天已有兆頭的。」襲人忙問：「何兆？」寶玉道：「這階下好好的一株海棠花，竟無故死了半邊，我就知道有壞事，果然應在他身上。」襲人聽了，又笑起來，說：「我要不說，又掌不住：你也太婆婆媽媽的了。這樣的話，怎麼是你讀書的人說的？」寶玉嘆道：「你們那裡知道？不但草木，凡天下有情有理的東西，也和人一樣，得了知己，便極有靈驗的。若用大題目比，就像孔子廟前檜樹，墳前的蓍草❺[9]，諸葛祠前的柏樹[10]，岳武穆墳前的松樹[11]：這都是堂堂正大之氣，千古不磨之物。世亂，他就枯乾了；世治，他就茂盛了，凡千年枯了又生的幾次。這不是應兆麼？若是小題目比，就像楊太真沉香亭的木芍藥[12]，端正樓的相思樹[13]，王昭君墳上的長青草，難道不也有靈驗？——所以這海棠亦是應著人生的。」

襲人聽了這篇痴話，又可笑，又可嘆，因笑道：「真真的這話越發說上我的氣來了！那晴雯是個什麼東西？就費這樣心思，比出這些正經人來！還有一說：他總好，也越不過我的次序去❻。就是這海棠，也該先來比我，也還輪不到他。想是我要死的了。」寶玉聽說，忙掩他的嘴，勸道：「這是何苦？一個未是，你又這樣起來❼。罷了，再別提這事，別弄得去了三個，又饒上一個。」襲人聽說，心下暗喜道：「若不如此，也沒個了局。」

寶玉又道：「我還有一句話要和你商量，不知你肯不肯：現在他的東西，是『瞞上不瞞下』，悄悄的送還他去。再或有咱們常日積攢下的錢❽，拿幾吊出去，給他養病，也是你姐妹好了一場。」襲人聽了，笑道：「你太把我看得忒小器又沒人心了。這話還等你說？我才把他的衣裳各物已打點下了，放在那裡。如今白日裡，人多眼雜，又恐生事，且等到晚上，悄悄的叫宋媽給他拿去。我還有攢下的幾吊錢❾，也給他去。」寶玉聽了，點點頭兒。襲人笑道：「我原是久已『出名的賢人』，連這一點子好名還不會買去不成？」寶玉聽了他方才說的，又陪笑撫慰他，怕他寒了心。晚間，果遣宋媽送去。

寶玉將一切人穩住，便獨自得便，到園子後角門，央一個老婆子，帶他到晴雯家去。先這婆子百般不肯，只說怕人知道，「回了太太，我還吃飯不吃飯？」無奈寶玉死活央告，又許他些錢，那個婆子方帶了他去。

卻說這晴雯當日係賴大買的。還有個姑舅哥哥，叫作吳貴，人都叫他貴兒。那時晴雯才得十歲，時常賴嬤嬤帶進來，賈母見了喜歡，故此，賴嬤嬤就孝敬了賈母。過了幾年，賴大又給他姑舅哥哥娶了一房媳婦。誰知貴兒一味膽小老實❿，那媳婦卻倒伶俐，又兼有幾分姿色，看著貴兒無能為，便每日家打扮得妖妖調調，兩隻眼兒水汪汪的，招惹得賴大家人如蠅逐臭，漸漸作出些風流勾當來。那時晴雯已在寶玉屋裡，他便央及了晴雯，轉求鳳姐，合賴大家的要過來。目今兩口兒就在園子後角門外居住，伺候園中買辦雜差。這晴雯一時被攆出來，住在他家。那媳婦那裡有心腸照管？吃了飯，便自去串門子，只剩下晴雯一人在外間屋內爬著。寶玉命那婆子在外瞭望，他獨掀起布簾進來，一眼就看見晴雯睡在一領蘆席上，——幸而被褥還是舊日鋪蓋的，心內不知自己怎麼才好，因上來含淚伸手，輕輕拉他，悄喚兩聲。

當下晴雯又因著了風，又受了哥嫂的歹話，病上加病，嗽了一日，才朦朧睡了。忽聞有人喚他，強展雙眸，一見是寶玉，又驚又喜，又悲又痛，一把死攥住他的手，哽咽了半日，方說道：「我只道不得見你了！」接著便嗽個不住。寶玉也只有哽咽之分。晴雯道：「阿彌陀佛！你來得好，且把那茶倒半碗我喝。渴了半日，叫半個人也叫不著。」寶玉聽說，忙拭淚問：「茶在那裡？」晴雯道：「在爐臺上。」寶玉看時，雖有個黑煤烏嘴的吊子，也不像個茶壺。只得桌上去拿一個碗，未到手內，先聞得油羶之氣。寶玉只得拿了來，先拿些水，洗了兩次，復用自己的絹子拭了，聞了聞，還有些氣味，沒奈何，提起壺來斟了半碗，看時，絳紅的，也不大像茶。晴雯扶枕道：「快給我喝一口罷！這就是茶了。那裡比得咱們的茶呢！」寶玉聽說，先自己嘗了一嘗，並無茶味，鹹澀不堪，只得遞給晴雯。只見晴雯如得了甘露一般，一氣都灌下去了。

寶玉看著，眼中淚直流下來，連自己的身子都不知為何物了，一面問道：「你有什麼說的？趁著沒人，告訴我。」晴雯嗚咽道：「有什麼可說的！不過是挨一刻是一刻，挨一日是一日！我已知橫豎不過三五日的光景，我就好回去了。只是一件，我死也不甘心：我雖生得比別人好些，並沒有私情勾引你，怎麼一口死咬定了我是個『狐狸精』！我今兒既擔了虛名，況且沒了遠限，不是我說一句後悔的話：早知如此，我當日——」說到這裡，氣往上咽，便說不出來，兩手已經冰涼。寶玉又痛，又急，又害怕。便歪在席上，一隻手攥著他的手，一隻手輕輕的給他捶打著。又不敢大聲的叫，真真萬箭攢心。

兩三句話時，晴雯才哭出來。寶玉拉著他的手，只覺瘦如枯柴；腕上猶戴著四個銀鐲。因哭道：「除下來，等好了再戴上去罷。」又說：「這一病好了，又傷好些。」晴雯拭淚，把那手用力拳回，擱在口邊，狠命一咬，只聽「咯吱」一聲，把兩根蔥管一般的指甲，齊根咬下，拉了寶玉的手，將指甲擱在他手裡。又回手扎掙著，連揪帶脫，在被窩內，將貼身穿著的一件舊紅綾小襖兒脫下，遞給寶玉。不想虛弱透了的人，那裡禁得這麼抖摟，早喘成一處了。

寶玉見他這般，已經會意，連忙解開外衣，將自己的襖兒褪下來，蓋在他身上，卻把這件穿上；不及扣鈕子，只用外頭衣裳掩了。剛繫腰時，只見晴雯睜眼道：「你扶起我來坐坐。」寶玉只得扶他。那裡扶得起？好容易欠起半身，晴雯伸手把寶玉的襖兒往自己身上拉。寶玉連忙給他披上⓫，拖著胳膊，伸上袖子，輕輕放倒，然後將他的指甲裝在荷包裡。晴雯哭道：「你去罷！這裡腌臢，你那裡受得？你的身子要緊。今日這一來，我就死了，也不枉擔了虛名！」

一語未完，只見他嫂子笑嘻嘻掀簾進來道：「好呀！你兩個的話，我已都聽見了。」又向寶玉道：「你一個作主子的，跑到下人房裡來，作什麼？看著我年輕長得俊，你敢只是來調戲我麼？」寶玉聽見，嚇得忙陪笑央及道：「好姐姐，快別大聲的。他伏侍我一場，我私自來瞧瞧他。」那媳婦兒點著頭兒，笑道：「怨不得人家都說你有情有義兒的。」便一手拉了寶玉進裡間來，笑道：「你要不叫我嚷，這也容易：你只是依我一件事。」說著，便自己坐在炕沿上，把寶玉拉在懷中，緊緊的將兩條腿夾住。

寶玉那裡見過這個？心內早突突的跳起來了，急得滿面紅脹，身上亂顫，又羞又愧，又怕又惱，只說：「好姐姐，別鬧！」那媳婦乜斜了眼兒[14]，笑道：「呸！成日家聽見你在女孩兒們身上作工夫，怎麼今兒個就發起赸來了？」寶玉紅了臉，笑道：「姐姐撒開手，有話咱們慢慢兒的說。外頭有老嬤嬤聽見，什麼意思呢？」那媳婦那裡肯放？笑道：「我早進來了。已經叫那老婆子去到園門口兒等著呢。我等什麼兒似的，今日才等著你了！你要不依我，我就嚷起來。叫裡頭太太聽見了，我看你怎麼樣！你這麼個人，只這麼大膽子兒。我剛才進來了好一會子，在窗下細聽，屋裡只你兩個人，我只道有些個體己話兒。這麼看起來，你們兩個人竟還是各不相擾兒呢。我可不能像他那麼傻⓬。」說著，就要動手。寶玉急得死往外拽。

正鬧著，只聽窗外有人問道：「晴雯姐姐在這裡住呢不是⓭？」那媳婦子也嚇了一跳，連忙放了寶玉。這寶玉已經嚇怔了，聽不出聲音。外邊晴雯聽見他嫂子纏磨寶玉，又急，又臊，又氣，一陣虛火上攻，早昏暈過去。那媳婦連忙答應著，出來看，不是別人，卻是柳五兒和他母親兩個，抱著一個包袱。柳家的拿著幾吊錢，悄悄的問那媳婦道：「這是裡頭襲姑娘叫拿出來給你們姑娘的。他在那屋裡呢？」那媳婦兒笑道：「就是這個屋子，那裡還有屋子？」

那柳家的領著五兒，剛進門來，只見一個人影兒往屋裡一閃。柳家的素知這媳婦子不妥，只打量是他的私人。看見晴雯睡著了，連忙放下，帶著五兒，便往外走。誰知五兒眼尖，早已見是寶玉，便問他母親道：「頭裡不是襲人姐姐那裡悄悄兒的找寶二爺嗎？」柳家的道：「噯喲！可是忘了。方才老宋媽說：『見寶二爺出角門來了。門上還有人等著，要關園門呢。』」因回頭問那媳婦兒。那媳婦兒自己心虛，便道：「寶二爺那裡肯到我們這屋裡來？」柳家的聽說，便要走。這寶玉一則怕關了門，二則怕那媳婦子進來又纏，也顧不得什麼了，連忙掀了簾子出來道：「柳嫂子，你等等我，一路兒走。」柳家的聽了，倒唬了一大跳，說：「我的爺！你怎麼跑了這裡來了⓮？」那寶玉也不答言，一直飛走。那五兒道：「嬤嬤，你快叫住寶二爺不用忙，留神冒冒失失，被人碰見，倒不好。況且才出來時，襲人姐姐已經打發人留了門了。」說著，趕忙同他媽來趕寶玉。這裡晴雯的嫂子乾瞅著，把個妙人兒走了。

卻說寶玉跑進角門，才把心放下來，還是突突亂跳。又怕五兒關在外頭，眼巴巴瞅著他母女也進來了。遠遠聽見裡邊嬤嬤們正查人，若再遲一步，就關了園門了。寶玉進入園中，且喜無人知道，到了自己房裡，告訴襲人，只說在薛姨媽家去的，也就罷了。一時鋪床，襲人不得不問：「今日怎麼睡？」寶玉道：「不管怎麼，睡罷了。」原來這一二年來，襲人因王夫人看重了他，越發自要尊重，凡背人之處，或夜晚之間，總不與寶玉狎呢[15]，較先小時，反倒疏遠了。雖無大事辦理，然一應針線，並寶玉及諸小丫頭出入銀錢衣履什物等事，也甚煩瑣。且有吐血之症，故近來夜間總不與寶玉同房。寶玉夜間膽小，醒了便要喚人，因晴雯睡臥警醒，故夜間一應茶水，起坐呼喚之事，悉皆委他一人，所以寶玉外床只是晴雯睡著。他今去了，襲人只得將自己鋪蓋搬來，鋪設床外。

寶玉發了一晚上的呆。襲人催他睡下，然後自睡。只聽寶玉在枕上長吁短嘆，覆去翻來，直至三更以後，方漸漸安頓了。襲人方放心，也就矇矓睡著。沒半盞茶時，只聽寶玉叫：「晴雯。」襲人忙連聲答應，問：「作什麼？」寶玉因要茶吃。襲人倒了茶來，寶玉乃嘆道：「我近來叫慣了他，卻忘了是你。」襲人笑道：「他乍來，你也曾睡夢中叫我，以後才改了的。」

說著，大家又睡下。寶玉又翻轉了一個更次，至五更方睡去時，只見晴雯從外走來，仍是往日形景⓯，進來向寶玉道：「你們好生過罷。我從此就別過了！」說畢，翻身就走。寶玉忙叫時，又將襲人叫醒。襲人還只當他慣了口亂叫，卻見寶玉哭了，說道：「晴雯死了！」襲人笑道：「這是那裡的話？叫人聽著，什麼意思？」寶玉那裡肯聽？恨不得一時亮了就遣人去問信。

及至亮時，就有王夫人房裡小丫頭叫開前角門，傳王夫人的話：「『即時叫起寶玉，快洗臉，換了衣裳來。因今兒有人請老爺賞秋菊，老爺因喜歡他前兒作的詩好，故此要帶了他們去。』這都是太太的話，你們快告訴去，立逼他快來，老爺在上屋裡等他們吃麵茶呢。環哥兒早來了。快快兒的去罷。我去叫蘭哥兒去了。」裡面的婆子聽一句，應一句，一面扣著鈕子，一面開門。襲人聽得叩門，便知有事，一面命人問時，自己已起來了。聽得這話，忙催人來舀了洗臉水，催寶玉起來梳洗，他自去取衣。因思跟賈政出門，便不肯拿出十分出色的新鮮衣服來，只揀那三等成色的來。

寶玉此時已無法，只得忙忙前來。果然賈政在那裡吃茶，十分喜悅。寶玉請了早安，賈環賈蘭二人也都見過，賈政命坐吃茶，向環蘭二人道：「寶玉讀書，不及你兩個；論題聯和詩這種聰明，你們皆不及他。今日此去，未免叫你們作詩，寶玉須隨便助他們兩個。」

王夫人自來不曾聽見這等考語，真是意外之喜，一時，候他父子去了，方欲過賈母那邊來時，就有芳官等三個乾娘走來，回說：「芳官自前日蒙太太的恩典賞出來了，他就瘋了似的，茶飯都不吃，勾引上藕官蕊官，三個人尋死覓活，只要鉸了頭髮作尼姑去。我只當是小孩子家，一時出去不慣，也是有的，不過隔兩日就好了。誰知越鬧越凶，打罵著也不怕。實在沒法，所以來求太太，或是依他們去作尼姑去，或教導他們一頓，賞給別人作女孩兒去罷。我們沒這福。」王夫人聽了，道：「胡說！那裡由得他們起來？佛門也是輕易進去的麼？每人打一頓給他們，看還鬧不鬧！」

當下因八月十五日，各廟內上供去，皆有各廟內的尼姑來送供尖，因曾留下水月庵的智通與地藏庵的圓信住下未回，聽得此信，就想拐兩個女孩子去作活使喚⑯，都向王夫人說：「府上到底是善人家。因太太好善，所以感應得這些小姑娘們皆如此。雖然說『佛門容易難上』[16]，也要知道『佛法平等』，我佛立願，原渡一切眾生。如今兩三個姑娘既然無父母，家鄉又遠，他們既經了這富貴，又想從小命苦，入了風流行次，將來知道終身怎麼樣？所以『苦海回頭』，立意出家，修修來世，也是他們的高意。太太倒不要阻了善念。」

王夫人原是個善人，起先聽見這話，諒係小孩子不遂心的話，將來熬不得清淨，反致獲罪。今聽了這兩個拐子的話，大近情理；且近日家中多故，又有邢夫人遣人過來知會，明日接迎春家去住兩日，以備人家相看；且又有官媒來求說探春等：心緒正煩，那裡著意在這些小事？既聽此言，便笑答道：「你兩個既這等說，你們就帶了作徒弟去，如何？」二姑子聽了，念一聲佛，道：「善哉，善哉！若如此，可是老人家的陰功不小。」說畢，便稽首拜謝。王夫人道：「既這樣，你們問他去。若果真心，即上來當著我拜了師父去罷。」

這三個女人聽了出去，果然將他三人帶來。王夫人問之再三，他三人已立定主意，遂與兩個姑子叩了頭，又拜辭了王夫人。王夫人見他們意皆決斷，知不可強了，反倒傷心可憐，忙命人來取了些東西來賞了他們，又送了兩個姑子些禮物。從此芳官跟了水月庵的智通，蕊官藕官二人跟了地藏庵的圓信[17]，各自出家去了。要知後事，下回分解。

■校記

❶「什麼意思」，諸本作「成何體統」。

❷「芳官笑辯道」，「笑」原作「等」，從諸本改。

❸「誰這樣犯舌」，「誰」原作「雖」，從藤本、脂本改。

❹「襲人細揣此話，直是寶玉有疑他之意」，「直」原作「只」，從諸本改。

❺「蓍草」原作「耆草」，脂本作「堵草」，當是「蓍草」，今從王本、金本改。

❻「還有一說：他總好，也越不過我的次序去」，按全書例，「總」多即現在之「縱」，即「縱然」義，故逕改為「縱」，已見「出版說明」；然此處「他總好」，疑亦可能有「他滿好」「不管他怎麼好」之意，未敢定，仍存「總」字，記此備考。

❼「一個未是，你又這樣起來」，「是」甲本、藤本作「清」，王本作「情」。

❽「咱們常日積攢下的錢」，「常」原作「网」，從甲本改。藤本、王本作「當」。

❾「我還有攢下的幾吊錢」，「攢」原作「撵」，從諸本改。

❿「誰知貴兒一味膽小老實」，「味」原作「為」，從諸本改。

⓫「晴雯伸手把寶玉的襖兒往自己身上拉。寶玉連忙給他披上」，「披」原作「被」，從諸本改。

⓬「我可不能像他那麼傻」，「麼」原作「沒」，從諸本改。

⓭「只聽窗外有人問道：晴雯姐姐在這裡住呢不是」，「道」原作「這」，從諸本改。

⓮「我的爺！你怎麼跑了這裡來了」，「跑」原作「跳」，從諸本改。

⓯「只見晴雯從外走來，仍是往日形景」，「形」原作「行」，從諸本改。

⓰「當下因八月十五日……各廟內的尼姑來送供尖，因曾留下水月庵的智通與地藏庵的圓信住下未回，聽得此信，就想拐兩個女孩子去作活使喚」，「未回」原作「來回」，戚本作「至今未回」，今酌從改「來」為「未」（藤本、王本刪「來」字，改「回」為「因」，似不可從）。

⓱「從此芳官跟了水月庵的智通，蕊官藕官二人跟了地藏庵的圓信」，「地藏庵」下「的」字原無，從藤本、王本增。

■注釋

1〔蘆鬚〕此指人參。下文的蘆泡鬚枝，指泡過的人參。

2〔賣油的娘子水梳頭〕意思是，賣油的娘子連梳頭的那麼一點兒油也捨不得使，只蘸著水來梳頭。這裡是說本來家中有很多人參，可是都給人了，這會兒自己要用反倒沒有了。

3〔濟眾散人〕救助散發給眾人。

4〔大樣〕高傲自大、目中無人的樣子。

5〔成精鼓搗〕作怪搗亂。

6〔雷嗔電怒〕像雷鳴閃電那樣生氣發火。嗔，生氣。

7〔犯舌〕搬弄嘴舌亂傳話。這裡寶玉懷疑襲人傳話。

8〔嫩箭的蘭花〕蘭花的花骨朵。嫩箭，含苞未放的花骨朵，形似箭頭，一朵叫「一箭」。

9〔孔子廟前檜（ㄎㄨㄞˋ／kuài）樹，墳前的蓍（ㄕ／shī）草〕檜樹，常綠喬木。相傳孔子曾種兩株檜樹，當晉永嘉之亂的時候，忽然枯死；等到隋代天下得治時，才又復活。傳說，孔子墳前的蓍草更靈。

10〔諸葛祠前的柏樹〕諸葛亮是三國時代的軍事家、政治家。相傳成都諸葛祠前有一株古柏樹，唐末開始枯萎，宋初又突然復活。

11〔岳武穆墳前的松樹〕岳武穆即岳飛，南宋愛國名將，被投降派秦檜陷害而死。到孝宗時贈諡號「武穆」。傳說把他的棺材移葬在西湖的棲霞嶺，結果他墳墓前的樹都朝南生長，於是有人認為這是岳飛的英靈所感。

12 〔楊太真沉香亭的木芍藥〕

楊太真即楊貴妃，沉香亭是唐代長安城興慶池東邊的一個亭子；唐明皇曾同楊貴妃在沉香亭欣賞過牡丹花。木芍藥即牡丹花。

13 〔端正樓的相思樹〕

端正樓在陝西臨潼驪山上華清宮中，是楊貴妃梳洗的地方。天寶之亂，唐明皇逃往四川，途經馬嵬坡，出於部下的壓力，賜楊貴妃縊死。唐明皇西行到撫鳳道（今陝西鳳翔），見路旁有棵楠樹，遂給它命名為端正樹，以表示他對貴妃的懷念。

上面所說的樹木、花草，其實與一般草木並無不同，它們的榮枯與人事的興衰也沒有什麼必然的聯繫。這裡賈寶玉引用它，目的在提高晴雯的地位，他將晴雯和以往的「聖人」、「賢人」相類比，說明晴雯的精神同樣具有「堂堂正大之氣」。

14 〔乜（ㄇㄧㄝ／miē）斜了眼兒〕

把眼瞇縫起來，有點洋洋自得的樣子。乜斜，矇矓、瞇縫的樣子。

15 〔狎（ㄒㄧㄚˊ／xiá）昵〕

過分地而又態度輕佻地親近。

16 〔佛門容易難上〕

此句費解。脂京本作「佛門輕易難入」，當是。

【第七十八回】

老學士閑徵姽嫿[1]詞　癡公子杜撰芙蓉誄

話說兩個尼姑領了芳官等去後，王夫人便往賈母處來。見賈母喜歡，便趁便回道：「寶玉屋裡有個晴雯，那個丫頭也大了，而且一年之間，病不離身；我常見他比別人份外淘氣，也懶；前日又病倒了十幾天，叫大夫瞧，說是女兒癆，所以我就趕著叫他下去了。若養好了，也不用叫他進來，就賞他家配人去也罷了。再那幾個學戲的女孩子，我也作主放了：一則他們都會戲，口裡沒輕沒重，只會混說，女孩兒們聽了，如何使得？二則他們唱會子戲，白放了他們，也是應該的。況丫頭們也太多，若說不夠使，再挑上幾個來，也是一樣。」

賈母聽了，點頭道：「這是正理，我也正想著如此。但晴雯這丫頭，我看他甚好，言談針線都不及他，將來還可以給寶玉使喚的。誰知變了❶！」王夫人笑道：「老太太挑中的人原不錯，只是他命裡沒造化，所以得了這個病。俗語又說：『女大十八變。』況且有本事的人，未免就有些調歪[2]，老太太還有什麼不曾經歷過的？三年前，我也就留心這件事，先只取中了他。我留心看了去，他色色比人強，只是不大沉重。知大體，莫若襲人第一。雖說賢妻美妾，也要性情和順，舉止沉重的更好些。襲人的模樣雖比晴雯次一等，然放在房裡，也算是一二等的。況且行事大方，心地老實，這幾年從未同著寶玉淘氣。凡寶玉十分胡鬧的事，他只有死勸的。因此，品擇[3]了二年，一點不錯了，我悄悄的把他丫頭的月錢止住，我的月份銀子裡批出二兩銀子來給他；不過使他自己知道，越發小心效好之意，且沒有明說：一則寶玉年紀尚小，老爺知道了，又恐就耽誤了書❷；二則寶玉自以為自己跟前的人，不敢勸他說他，反倒縱性起來。所以直到今日，才回明老太太。」賈母聽了，笑道：「原來這樣，如此更好了！襲人本來從小兒不言不語，我只說是『沒嘴的葫蘆』[4]。既是你深知，豈有大錯誤的？」王夫人又回今日賈政如何誇獎，如何帶他們逛去。賈母聽了，更加喜悅。

一時，只見迎春妝扮了前來告辭過去。鳳姐也來請早安，伺候早飯。又說笑一回，賈母歇晌，王夫人便喚了鳳姐，問他丸藥可曾配來。鳳姐道：「還不曾呢，如今還是吃湯藥。太太只管放心，我已大好了。」

王夫人見他精神復初，也就信了，因告訴攆逐晴雯等事。又說：「寶丫頭怎麼私自回家去了？你們都不知道？我前兒順路都查了一查。誰知蘭小子的這一個新進來的奶子也十分的妖調，也不喜歡他。我說給你大嫂子了：好不好，叫他各自去罷。我因問你大嫂子：『寶丫頭出去，難道你們不知道嗎？』他說是告訴了他了，不兩三日，等姨媽病好了，就進來。姨媽究竟沒什麼大病，不過咳嗽腰疼，年年是如此的。他這去的必有緣故，不是有人得罪了他了？那孩子心重，親戚們住一場，別得罪了人，反不好了。」鳳姐笑道：「誰可好好的得罪著他？」王夫人道：「別是寶玉有嘴無心，從來沒個忌諱，高了興，信嘴胡說，也是有的。」鳳姐笑道：「這可是太太過於操心了。若說他出去幹正經事，說正經話去，卻像傻子；若只叫他進來，在這些姐妹跟前，以至於大小的丫頭跟前，最有盡讓，又恐怕得罪了人，那是再不得有人惱他的。我想薛妹妹此去必是為前夜搜檢眾丫頭的緣故，他自然為信不及園裡的人，他又是親戚，現也有丫頭老婆在內，我們又不好去搜檢：他恐我們疑他，所以多了這個心，自己迴避了。也是應該避嫌疑的。」

王夫人聽了這話不錯，自己遂低頭一想，便命人去請了寶釵來，分析前日的事，以解他的疑心，又仍命他進來照舊居住。寶釵陪笑道：「我原要早出去的，因姨媽有許多大事，所以不便來說。可巧前日媽媽又不好了，家裡兩個靠得的女人又病，所以我趁便去了。姨媽今日既已知道了，我正好回明，就從今日辭了，好搬東西。」王夫人鳳姐都笑道：「你太固執了。正經再搬進來為是，休為沒要緊的事反疏遠了親戚。」寶釵笑道：「這話說得太重了，並沒為什麼事要出去。我為的是媽媽近來神思比先大減，而且夜晚沒有得靠的人，統共只我一個人；二則如今我哥哥眼看娶嫂子，多少針線活計，並家裡一切動用器皿，尚有未齊備的，我也須得幫著媽媽去料理料理：姨媽和鳳姐姐都知道我們家的事，不是我撒謊。再者，自我在園裡，東南上小角門子就常開著，原是為我走的，保不住出入的人圖省走路，也從那裡走。又沒個人盤查，設若從那裡弄出事來，豈不兩礙？而且我進園裡來睡，原不是什麼大事。因前幾年年紀都小，且家裡沒事，在外頭不如進來，姐妹們在一處玩笑作針線，都比在外頭一人悶坐好些。如今彼此都大了，況姨娘這邊歷年皆遇不遂心之事，所以那園子裡，倘有一時照顧不到的，皆有關係。惟有少幾個人，就可以少操些心了。所以今日不但我決意辭去，此外還要勸姨娘：如今該減省的就減省些，也不為失了大家的體統。據我看：園裡的這一項費用也竟可以免的，說不得當日的話。姨娘深知我家的，難道我家當日也是這樣零落不成？」鳳姐聽了這篇話，便向王夫人笑道：「這話依我竟不必強他。」王夫人點頭道：「我也無可回答，只好隨你的便罷了。」

說話之間，只見寶玉已回來了，因說：「老爺還未散，恐天黑了，所以先叫我們回來了。」王夫人忙問：「今日可丟了醜了沒有？」寶玉笑道：「不但不丟醜，拐了許多東西來。」接著就有老婆子們從二門上小廝手內接進東西來。王夫人一看時，只見扇子三把，扇墜三個，筆墨共六匣，香珠三串，玉絛環三個。寶玉說道：「這是梅翰林送的，那是楊侍郎[5]送的，這是李員外[6]送的：每人一份。」說著，又向懷中取出一個檀香小護身佛來，說：「這是慶國公單給我的。」王夫人又問在席何人，作何詩詞。說畢，只將寶玉一份，令人拿著，同寶玉、環、蘭，前來見賈母。賈母看了，喜歡不盡，不免又問些話。無奈寶玉一心記著晴雯，答應完了，便說：「騎馬顛了，骨頭疼。」賈母便說：「快回房去，換了衣服，疏散疏散就好了，不許睡。」寶玉聽了，便忙進園來。

當下麝月秋紋已帶了兩個丫頭來等候。見寶玉辭了賈母出來，秋紋便將墨筆等物拿著，隨寶玉進園來。寶玉滿口裡說：「好熱！」一壁走，一面便摘冠解帶，將外面的大衣服都脫下來，麝月拿著，只穿著一件松花綾子夾襖，襟內露出血點般大紅褲子來，秋紋見這條紅褲是晴雯針線，因嘆道：「真是『物在人亡』了！」麝月將秋紋拉了一把，笑道：「這褲子配著松花色襖兒，石青靴子，越顯出靛青的頭，雪白的臉來了！」

寶玉在前，只裝沒聽見，又走了兩步，便止步道：「我要走一走，這怎麼好？」麝月道：「大白日裡，還怕什麼？——還怕丟了你不成？」因命兩個小丫頭跟著，「我們送了這些東西去再來。」寶玉道：「好姐姐，等一等我再去。」麝月道：「我們去了就來。兩個人手裡都有東西，倒像擺執事的，一個捧著文房四寶，一個捧著冠袍帶履，成個什麼樣子！」

寶玉聽了，正中心懷，便讓他二人去了。他便帶了兩個小丫頭到一塊山子石後頭，悄問他二人道：「自我去了，你襲人姐姐打發人去瞧晴雯姐姐沒有？」這一個答道：「打發宋媽瞧去了。」寶玉道：「回來說什麼？」小丫頭道：「回來說：晴雯姐姐直著脖子叫了一夜，今日早起，就閉了眼，住了口，世事不知，只有倒氣的分兒了。」寶玉忙道：「一夜叫的是誰？」小丫頭道：「一夜叫的是娘。」寶玉拭淚道：「還叫誰？」小丫頭說：「沒有聽見叫別人了。」寶玉道：「你糊塗。想必沒有聽真。」

旁邊那一個小丫頭最伶俐，聽寶玉如此說，便上來說：「真個他糊塗！」又向寶玉說：「不但我聽得真切，我還親自偷著看去來著。」寶玉聽說，忙問：「怎麼又親自看去？」小丫頭道：「我想，晴雯姐姐素日和別人不同，待我們極好。如今他雖受了委屈出去，我們不能別的法子救他，只親去瞧瞧，也不枉素日疼我們一場。就是人知道了，回了太太，打我們一頓，也是願受的。所以我拚著一頓打，偷著出去瞧了一瞧。誰知他平生為人聰明，至死不變，見我去了，便睜開眼拉我的手問：『寶玉那裡去了？』我告訴他了。他嘆了一口氣，說：『不能見了！』我就說：『姐姐何不等一等他回來見一面？』他就笑道：『你們不知道，我不是死：如今天上少了一個花神，玉皇爺叫我去管花兒。我如今在未正二刻就上任去了，寶玉須得未正三刻才到家，只少一刻兒的工夫，不能見面。世上凡有該死的人，閻王勾取了去，是差些個小鬼來拿他的魂兒。要遲延一時半刻，不過燒些紙，澆些漿飯，那鬼只顧搶錢去了，該死的人就可挨磨些工夫。我這如今是天上的神仙來請，那裡捱得時刻呢？』我聽了這話，竟不大信。及進來到屋裡，留神看時辰表，果然是未正二刻，他嚥了氣；正三刻上，就有人來叫我們，說你來了。」寶玉忙道：「你不認得字，所以不知道，這原是有的。不但花有一花神，還有總花神。但他不知作總花神去了，還是單管一樣花神？」這丫頭聽了，一時謅不來。恰好這是八月時節，園中池上芙蓉正開，這丫頭便見景生情，忙答道：「我已曾問他：『是管什麼花的神？告訴我們，日後也好供養[7]的。』他說：『你只可告訴寶玉一人，除他之外，不可泄了天機。』就告訴我說，他就是專管芙蓉花的。」

寶玉聽了這話，不但不為怪，亦且去悲生喜，便回過頭來，看著那芙蓉笑道：「此花也須得這樣一個人去主管。我就料定他那樣的人必有一番事業！——雖然超生苦海，從此再不能相見了！」免不得傷感思念；因又想：「雖然臨終未見，如今且去靈前一拜，也算盡這五六年的情意。」想畢，忙至屋裡，正值麝月秋紋找來。

寶玉又自穿戴了，只說去看黛玉，遂一人出園，往前次看望之處來，意為停柩在內。誰知他哥嫂見他一嚥氣，便回了進去，希圖早些得幾兩發送例銀。王夫人聞知，便命賞了十兩銀子，又命：「即刻送到外頭焚化了罷。女子癆死的，斷不可留！」他哥嫂聽了這話，一面得銀，一面催人立刻入殮，抬往城外化人廠上去了。剩的衣裳簪環，約有三四百金之數，他哥嫂自收了，為後日之計。二人將門鎖上，一同送殯去了。

寶玉走來，撲了一個空，站了半天，並無別法，只得復身進入園中。及回至房中，甚覺無味，因順路來找黛玉，——不在房裡，問其何往。丫鬟們回說：「往寶姑娘那裡去了。」寶玉又至蘅蕪院中，只見寂靜無人，房內搬出，空空落落❸，不覺吃一大驚，才想起前日彷彿聽見寶釵要搬出去，只因這兩日功課忙，就混忘了；這時看見如此，才知道果然搬出。怔了半天，因轉念一想：「不如還是和襲人廝混，再與黛玉相伴。只這兩三個人，只怕還是同死同歸。」想畢，仍往瀟湘館來，偏黛玉還未回來。正在不知所之，忽見王夫人的丫頭進來找他，說：「老爺回來了，找你呢。又得了好題目了。快走，快走。」寶玉聽了，只得跟了出來。到王夫人屋裡，他父親已出去了，王夫人命人送寶玉至書房裡。

彼時賈政正與眾幕友們談論尋書之勝❹[8]。又說：「臨散時，忽談及一事，最是千古佳談。『風流雋逸[9]，忠義感慨』，八字皆備。倒是個好題目，大家要作一首挽詞。」眾幕賓聽了，都請教：「係何等妙事？」賈政乃道：「當日曾有一位王爵，封曰恆王[10]，出鎮青州。這恆王最喜女色，且公餘好武，因選了許多美女，日習武事，令眾美女學習戰攻鬥伐之事。內中有個姓林行四的，姿色既佳，且武藝更精，皆呼為林四娘[11]。恆王最得意，遂超拔林四娘統轄諸姬，又呼為姽嫿將軍。」眾清客都稱：「妙極神奇！竟以『姽嫿』下加『將軍』二字，反更覺嫵媚風流，真絕世奇文也❺！想這恆王也是千古第一風流人物了。」賈政笑道：「這話自然如此。但更有可奇可嘆之事。」眾清客都驚問道：「不知底下有何等奇事？」賈政道：「誰知次年便有『黃巾』『赤眉』[12]一干流賊餘黨，復又烏合，搶掠山左[13]一帶。恆王意為犬羊之輩，不足大舉，因輕騎進剿。不意賊眾詭譎，兩戰不勝，恆王遂被眾賊所戮。於是青州城內，文武官員，各各皆謂：『王尚不勝，你我何為？』遂將有獻城之舉。林四娘得聞凶信，遂聚集眾女將，發令說道：『你我皆向蒙王恩，戴天履地，不能報其萬一。今王既殞身國患，我意亦當殞身於下。爾等有願隨者，即同我前往；不願者，亦早自散去❻。』眾女將聽他這樣，都一齊說：『願意！』於是林四娘帶領眾人，連夜出城，直殺至賊營。裡頭眾賊不防，也被斬殺了幾個首賊。後來❼大家見是不過幾個女人，料不能濟事，遂回戈倒兵，奮力一陣，把林四娘等一個不曾留下，倒作成了這林四娘的一片忠心之志❽。後來報至都中❾，天子百官，無不嘆息。想其朝中自然又有人去剿滅，天兵一到，化為烏有，不必深論。只就林四娘一節，眾位聽了，可羨不可羨？」眾幕友都嘆道：「實在可羨可奇！實是個妙題，原該大家挽一挽才是。」

說著，早有人取了筆硯，按賈政口中之言，稍加改易了幾個字，便成了一篇短序，遞給賈政看了。賈政道：「不過如此。他們那裡已有原序。昨日因又奉恩旨：著察核前代以來應加褒獎而遺落未經奏請各項人等，無論僧、尼、乞丐、女婦人等，有一事可嘉，即行匯送履歷至禮部，備請恩獎。所以他這原序也送往禮部去了❿。大家聽了這新聞，所以都要作一首『姽嫿詞』，以志其忠義。」眾人聽了，都又笑道：「這原該如此。只是更可羨者，本朝皆係千古未有之曠典，可謂『聖朝無闕事』⓫了。」賈政點頭道：「正是。」

說話間，寶玉、賈環、賈蘭俱起身來看了題目。賈政命他三人各弔一首，誰先作成者賞，佳者額外加賞。賈環賈蘭二人近日當著許多人皆作過幾首了，膽量愈壯。今看了題目，遂自去思索。

一時，賈蘭先有了，賈環生恐落後，也就有了。二人皆已錄出，寶玉尚自出神。賈政與眾人且看他二人的二首。賈蘭的是一首七言絕句⓬，寫道是：

姽嫿將軍林四娘，玉為肌骨鐵為腸。捐軀[15]自報恆王後，此日青州[16]土尚香[17]！

眾幕賓看了，便皆大讚⓭：「小哥兒十三歲的人，就如此，可知家學淵深，真不誣矣！」賈政笑道：「稚子口角，也還難為他。」又看賈環的，是首五言律，寫道是：

紅粉[18]不知愁，將軍意未休[19]。掩啼離繡幕[20]，抱恨出青州。自謂酬王德，誰能復寇仇⓮[21]？好題忠義墓，千古獨風流[22]！

眾人道：「更佳！到底大幾歲年紀，立意又自不同。」賈政道：「倒還不甚大錯，終不懇切。」眾人道：「這就罷了。三爺才大不多幾歲，俱在未冠之時[23]。如此用心作去，再過幾年，怕不是大阮小阮⓯[24]了麼？」賈政笑道：「過獎了。只是不肯讀書的過失。」因問寶玉。眾人道：「二爺細心鏤刻，定又是風流悲感，不同此等的了。」

寶玉笑道：「這個題目似不稱近體，須得古體，或歌或行，長篇一首，方能懇切。」眾人聽了，都站起身來，點頭拍手道：「我說他立意不同！每一題到手，必先度其體格宜與不宜。這便是老手妙法。這題目名曰『姽嫿詞』，且既有了序，此必是長篇歌行，方合體式。或擬溫八叉『擊甌歌』[25]，或擬李長吉『會稽歌』[26]，或擬白樂天『長恨歌』[27]，或擬詠古詞，半敘半詠，流利飄逸，始能盡妙。」

賈政聽說，也合了主意，遂自提筆向紙上要寫。又向寶玉笑道：「如此甚好。你念，我寫。若不好了，我捶你的肉，誰許你先大言不慚的！」寶玉只得念了一句道：

恆王好武兼好色，

賈政寫了看時，搖頭道：「粗鄙！」一幕友道：「要這樣方古，究竟不粗。且看他底下的。」賈政道：「姑存之。」寶玉又道：

遂教美女習騎射；穠歌艷舞不成歡[28]，列陣挽戈[29]為自得。

賈政寫出，眾人都道：「只這第三句便古樸老健，極妙。這第四句平敘，也最得體。」賈政道：「休謬加獎譽，且看轉得如何。」寶玉念道：

眼前不見塵沙起，將軍俏影[30]紅燈裡；

眾人聽了這兩句，便都叫：「妙！好個『不見塵沙起』！又承了一句『俏影紅燈裡』，用字用句，皆入神化了⑯！」寶玉道：

叱咤[31]時聞口舌香，霜矛雪劍[32]嬌難舉。

眾人聽了更拍手笑道：「越發畫出來了！當日敢是寶公也在座，見其嬌而且聞其香？不然，何體貼至此？」寶玉笑道：「閨閣習武，任其勇悍，怎似男人？不問而可知嬌怯之形了。」賈政道：「還不快續！這又有你說嘴的了？」寶玉只得又想了一想，念道：

丁香結子[33]芙蓉絛，

眾人都道：「轉『蕭』韻更妙。這才流利飄逸。而且這句子也綺靡秀媚得妙。」

賈政寫了，道：「這一句不好，已有過了『口舌香』、『嬌難舉』，何必又如此？這是力量不加，故又弄出這些堆砌貨來搪塞。」寶玉笑道：「長歌也須得要些詞藻點綴點綴；不然，便覺蕭索。」賈政道：「你只顧說那些，這一句底下如何轉至武事呢？若再多說兩句，豈不蛇足了？」寶玉道：「如此，底下一句兜轉煞住，想也使得[17]。」賈政冷笑道：「你有多大本領！上頭說了一句大開門的散話，如今又要一句連轉帶煞，豈不心有餘而力不足呢？」寶玉聽了，垂頭想了一想，說了一句道：

不繫明珠繫寶刀。

忙問：「這一句可還使得？」眾人拍案叫絕。賈政笑道：「且放著，再續。」寶玉道：「使得，我便一氣聯下去了；若使不得，索性塗了，我再想別的意思出來，再另措詞。」賈政聽了，便喝道：「多話！不好了再作。便作十篇百篇，還怕辛苦了不成？」寶玉聽了，只得想了一會，便念道：

戰罷夜闌[34]心力怯，脂痕粉漬污鮫綃[35]。

賈政道：「這又是一段了。底下怎麼樣？」寶玉道：

明年流寇走山東[36]，強吞虎豹勢如蜂[37]；

眾人道：「好個『走』字，便見得高低了。且通句轉得也不板。」寶玉又念道：

王率天兵[38]思剿滅，一戰再戰不成功；腥風吹折隴中麥，日照旌旗虎帳[39]空。青山寂寂水澌澌，正是恆王戰死時。雨淋白骨血染草，月冷黃昏鬼守尸。

眾人都道：「妙極，妙極！布置，敘事，詞藻，無不盡美。且看如何至四娘，必另有妙轉奇句。」寶玉又念道：

紛紛將士只保身，青州眼見皆灰塵；不期忠義明閨閣，憤起恆王得意人。

眾人都道：「鋪敘得委婉！」賈政道：「太多了，底下只怕累贅呢。」寶玉又道：

恆王得意數誰行？姽嫿將軍林四娘。號令秦姬驅趙女[40]，穠桃艷李[41]臨疆場⑱。繡鞍有淚春愁重[42]，鐵甲無聲夜氣涼。勝負自難先預定，誓盟生死報前王。賊勢猖獗不可敵，柳折花殘[43]血凝碧[44]；馬踐胭脂骨髓香，魂依城郭家鄉隔。星馳時報入京師，誰家兒女不傷悲！天子驚慌愁失守，此時文武皆垂首。何事文武立朝綱[45]，不及閨中林四娘？我為四娘長嘆息，歌成餘意尚徬徨[46][47][48]！

念畢，眾人都大讚不止。又從頭看了一遍。賈政笑道：「雖說了幾句，到底不大懇切。」因說：「去罷。」三人如放了赦的一般，一齊出來，各自回房。

眾人皆無別話，不過至晚安歇而已。獨有寶玉，一心淒楚，回至園中，猛見池上芙蓉，想起小丫鬟說晴雯作了芙蓉之神，不覺又喜歡起來，乃看著芙蓉，嗟嘆了一會。忽又想起：「死後並未至靈前一祭，如今何不在芙蓉前一祭，豈不盡了禮？」想畢，便欲行禮。忽又止道：「雖如此，亦不可太草率了，須得衣冠整齊，奠儀周備，方為誠敬。」想了一想：「古人云，『潢污行潦，苻藻蘋蘩之賤，可以羞王公，薦鬼神』[49]，原不在物之貴賤，只在心之誠敬而已。然非自作一篇誄[50]文，這一段淒慘酸楚，竟無處可以發泄了。」因用晴雯素日所喜之冰鮫縠一幅，楷字寫成，名曰「芙蓉女兒誄」，前序後歌；又備了晴雯素喜的四樣吃食。於是黃昏人靜之時，命那小丫頭捧至芙蓉前，先行禮畢，將那誄文即掛於芙蓉枝上，乃泣涕念曰：

維[51]太平不易之元[52]，蓉桂競芳之月，無可奈何之日，怡紅院濁玉，謹以群花之蕊，冰鮫之縠[53]，沁芳之泉，楓露之茗，四者雖微，聊以達誠申信，乃致祭於白帝宮中撫司秋艷芙蓉女兒之前曰：

竊思[54]女兒自臨人世，迄今凡十有六載。其先之鄉籍姓氏，湮淪[55]而莫能考者久矣。而玉得於衾枕櫛沐[56]之間，棲息宴遊之夕，親昵狎褻[57]，相與共處者，僅五年八月有奇。憶女曩[58]生之昔，其為質則金玉不足喻其貴；其為體則冰雪不足喻其潔；其為神則星日不足喻其精；其為貌則花月不足喻其色。姐娣[59]悉慕媖嫺[60]，嫗媼[61]咸仰慧德。孰料鳩鴆[62]惡其高，鷹鷙[63]翻遭罦罬[64]；薋葹[65]妒其臭[66]，茝蘭竟被芟鉏[67]！花原自怯，豈奈狂飆[68]？柳本多愁，何禁驟雨？偶遭蠱蠆[69]之讒，遂抱膏肓[70]之疾。故櫻唇紅褪，韻吐呻吟；杏臉香枯，色陳顑頷[71]。諑謠謑詬[72]，出自屏帷；荊棘蓬榛[73]，蔓延窗戶[19]。既懷幽沉於不盡，復含罔屈[74]於無窮。高標[75]見嫉，閨闈恨比長沙[76]；貞烈[77]遭危，巾幗慘於雁塞[78]。自蓄辛酸，誰憐夭折？仙雲[79]既散，芳趾難尋。洲迷聚窟，何來卻死之香[80]？海失靈槎，不獲回生之藥[81]。眉黛烟青，昨猶我畫；指環玉冷，今倩誰溫？鼎爐之剩藥猶存，襟淚之餘痕尚漬。鏡分鸞影[20][82]，愁開麝月之奩[83]；梳化龍飛[84]，哀折檀雲之齒[85]。委金鈿於草莽，拾翠盒於塵埃[86]。樓空鳷鵲[87]，從懸七夕之針[21][88]；帶斷鴛鴦[89]，誰續五絲之縷[90]？況乃金天屬節[91]，白帝司時，孤衾有夢，空室無人。桐階月暗，芳魂與倩影同消；蓉帳香殘，嬌喘共細腰[22]俱絕。連天衰草，豈獨蒹葭[92]？匝地[93]悲聲，無非蟋蟀。露階晚砌，穿簾不度寒砧；雨荔秋垣，隔院希聞怨笛[94]。芳名未泯[95]，檐前鸚鵡猶呼；艷質將亡，檻外海棠預萎。捉迷屏後，蓮瓣[96]無聲；鬥草庭前，蘭芳枉待。拋殘繡線，銀箋彩袖誰裁？褶斷冰絲，金斗御香未熨[23]。昨承嚴命[97]，既驅車而遠陟[98]

芳園；今犯慈威[99]，復拄杖而遣抛孤柩。及聞蕙棺[100]被燹[101]，頓違共穴之情；石槨成災，愧逮同灰之誚[102]。爾乃[103]西風古寺，淹滯青燐；落日荒丘，零星白骨。楸榆颯颯，蓬艾蕭蕭。隔霧壙[104]以啼猿，繞烟塍[105]而泣鬼。豈道紅綃帳裡，公子情深；始信黃土隴中，女兒命薄！汝南斑斑淚血，灑向西風[106]；梓澤默默餘衷[107]，訴憑冷月。嗚呼！固鬼蜮之為災，豈神靈之有妒？毀詖奴[108]之口，討豈從寬？剖悍婦[109]之心，忿猶未釋！在卿之塵緣雖淺，而玉之鄙意尤深。因蓄惓惓[110]之思，不禁諄諄[111]之問。始知上帝垂旌[112]，花宮待詔[113]，生儕[114]蘭蕙，死轄[115]芙蓉。聽小婢之言，似涉無稽；據濁玉之思，深為有據。何也：昔葉法善攝魂以撰碑[116]，李長吉[117]被詔而為記，事雖殊，其理則一也。故相物以配才，苟非其人，惡乃[118]濫乎？始信上帝委托權衡，可謂至洽至協[119]，庶不負其所稟賦也。因希其不昧之靈[120]，或陟降於茲[121]，特不揣[122]鄙俗之詞，有污慧聽。乃歌而招之曰：

天何如是之蒼蒼兮，乘玉虬[123]以遊乎穹窿[124]耶？地何如是之茫茫兮，駛瑤象[125]以降乎泉壤[126]耶？望傘蓋之陸離[127]兮，抑箕尾[128]之光耶？列羽葆[129]而為前導兮，衛危虛於旁[130]耶？驅豐隆[131]以為庇從兮，望舒[132]月以臨耶？聽車軌而伊軋兮，御鸞鷖以征[133]耶？聞馥郁而飄然兮，紉蘅杜[134]以為佩[135]耶？斕裙裾之爍爍兮，鏤明月以為璫[136]耶？借葳蕤[137]而成壇畤[138]兮，檠[139]蓮焰以燭蘭膏耶？文瓠瓟以為觶斝[140]兮，灑醽醁[141]以浮桂醑[142]耶？瞻雲氣而凝眸兮，彷彿有所覘[143]耶？俯波痕而屬耳兮，恍惚有所聞耶？期汗漫[144]而無際兮，捐棄予於塵埃[145]耶？倩風廉[146]之為余驅車兮，冀聯轡[147]而攜歸耶？余中心為之慨然兮，徒噭噭[148]而何為耶？卿偃然[149]而長寢兮，豈天運之變於斯耶？既窀穸[150]且安穩兮，反其真而又奚化[151]耶？余猶桎梏[152]而懸附[153]兮，靈格余以嗟來耶[154]！來兮止兮，卿其來耶？

若夫鴻蒙[155]而居，寂靜以處，雖臨於茲，余亦莫睹。搴烟蘿而為步障[156]，列蒼蒲而森行伍[157]。警柳眼之貪眠，釋蓮心之味苦[158]。素女[159]約於桂岩，宓妃[160]迎於蘭渚。弄玉吹笙[161]，寒簧[162]擊敔㉔[163]。徵嵩岳之妃[164]，啟驪山之姥[165]。龜呈洛浦之靈[166]，獸作咸池之舞[167]。潛赤水[168]兮龍吟，集珠林[169]兮鳳翥[170]。爰格爰誠[171]，匪筥匪筐㉕[172]。發軔[173]乎霞城㉖[174]，還旌[175]乎玄圃[176]。既顯微而若逋㉗[177]，復氤氳[178]而倏阻[179]。離合兮烟雲，空濛兮霧雨。塵霾[180]斂兮星高，溪山麗兮月午。何心意之忰忰[181]，若寤寐之栩栩[182]？余乃欷歔[183]悵怏[184]，泣涕徬徨。人語兮寂歷，天籟兮篔簹[185]。鳥驚散而飛，魚唼喋以響。志哀兮是禱，成禮兮期祥。嗚呼哀哉！尚饗[186][187][188]！

讀畢，遂焚帛奠茗，依依不捨。小丫鬟催至再四，方才回身。忽聽山石之後有一人笑道：「且請留步。」二人聽了，不覺大驚。那小丫鬟回頭一看，卻是個人影兒從芙蓉花裡走出來，他便大叫：「不好，有鬼！晴雯真來顯魂了！」唬得寶玉也忙看時，——究竟是人是鬼，下回分解。

■校記

❶「但晴雯這丫頭，我看他甚好……誰知變了」，「但」原作「況」，從甲本、脂本改。
❷「老爺知道了，又恐就耽誤了書」，「就」諸本作「說」。
❸「房內搬出，空空落落」，「出」諸本作「的」。
❹「彼時賈政正與眾幕友們談論尋書之勝」，「書」諸本作「秋」。
❺「真絕世奇文也」，「世」原作「是」，從諸本改。
❻「爾等有願隨者，即同我前往，不願者，亦早自散去」，前一「者」字原作「著」，從諸本改。
❼「後來」原作「後求」，從諸本改。
❽「忠心之志」，「心」諸本作「義」。
❾「都中」諸本作「中都」。
❿「他們那裡已有原序，昨日因又奉恩旨……所以他這原序也送往禮部去了」，「因」原作「內」，從藤本、王本改。
⓫「聖朝無闕事」，「闕」原作「關」，從諸本改。
⓬「七言絕句」，「句」原作「記」，從諸本改。
⓭「便皆大讚」，「大」原作「上」，從諸本改。
⓮「誰能復寇仇」，「能」原作「罷」，從諸本改。
⓯「大阮小阮」，「阮」原皆作「院」，從諸本改。
⓰「好個不見塵沙起，又承了一句俏影紅燈裡，用字用句，皆入神化了」，「承」原作「讀」，從脂本、戚本改。「讀」疑是「續」誤。
⓱「想也使得」，「使」原作「是」，從諸本改。
⓲「穠桃艷李臨疆場」，脂本作「艷李穠桃臨戰場」。按「疆場」一詞，「場」本非「埸」字，當以脂本為是。
⓳「穠」原作「濃」，從金本、脂本等改。
⓴「蔓延窗戶」，「窗戶」脂本作「戶牖」。
㉑「鏡分鸞影」，「影」脂本作「別」，與下句「梳化龍飛」「飛」字對仗。
㉒「樓空鳩鵲，從懸七夕之針」，「從」諸本作「徒」。按「從」有任從、任憑義，尚可通，今不改。

㉒「細腰」，脂本、戚本作「細言」。

㉓「褶斷冰絲，金斗御香未熨」，「褶」脂本作「摺」，與上句「抛」字為對。

㉔「寒簧擊敔」，「寒」原作「搴」，從金本、脂本、戚本改。

㉕「匪笥匪簞」，金本作「匪簋匪簞」。戚本作「匪蒲匪筥」，脂本作「匪簞（匪）筥」，合脂、戚二本看，疑當作「匪簞匪筥」。

㉖「發軔乎霞城」，「軔」原作「輀」，戚本作「軔」，脂本作「軓」，疑「及」亦「刃」鈔誤。從「軔」改。

㉗「既顯微而若逋」，「逋」脂本作「通」。

注釋

1 〔姽嫿（ㄍㄨㄟˇ ㄏㄨㄚˋ／guǐ huà）〕古語：女子安閑幽靜稱為「姽」；兼能勇武奔馳稱為「嫿」。形容女子文雅美麗而又勇武。

2 〔調歪〕不正經、不聽使喚的人。

3 〔品擇〕經過觀察品評而選擇出來。

4 〔沒嘴的葫蘆〕比喻不多講話的人。

5 〔侍郎〕原是漢代郎官的一種。唐代以後，中央各部的副長官叫侍郎。

6 〔員外〕本指在定額之外設置的官員，可以納錢捐買。後逐漸用為對富翁的一種稱呼。

7 〔供養〕在家設影像牌位，以香火、食物、鮮花之類祭之，以祈求種種「福祿」。這裡表示對晴雯的懷念。

8 〔尋書之勝〕指翻閱書本談古道今的樂趣。

9 〔雋（ㄐㄩㄣˋ／jùn）逸〕英俊過人，風度非凡，這是對林四娘的吹捧。

10 〔恆王〕可能是指明朝朱佑楎（ㄏㄨㄣˊ／hún）事。「明史」載：「衡恭王佑楎，憲宗第七子，弘治十二年之藩青州。」（首府在今山東益都。）

11 〔林四娘〕史載不詳。

12 〔黃巾、赤眉〕黃巾，指東漢末年的黃巾之亂，領袖是太平道首領張角，因頭裹黃巾為標誌而得名。赤眉，王莽末年的亂軍，首領是樊崇等人，因用赤色染眉為標誌，所以稱「赤眉軍」。起事地點在山東中部，也就是青州一帶。這裡說的黃巾、赤眉，可能是影射明武帝正德年間，劉六、劉七領導的亂軍從河北進入山東作戰。

13 〔山左〕指今山東省；因在太行山東邊，故稱山左。

14 〔聖朝無闕事〕唐朝岑參的詩句。意思是聖明的朝廷沒有什麼缺漏的事。闕，同「缺」，此處指缺點。

15 〔捐軀〕為國為民而死稱捐軀。

16 〔青州〕古九州之一，州治在今山東益都。

17 〔譯文〕嫻靜美好的巾幗女將林四娘，
肌骨如玉般光潔心腸像鋼鐵般堅強。
自從為國犧牲報答恆王的恩情之後，
青州的泥土直到如今還散發芳香。

18 〔紅粉〕紅，胭脂，口紅；粉，香粉。二者都是女子化妝品，這裡作青年女子的代稱。

19〔將軍句〕將軍林四娘憤恨的心情不能平靜。

20〔掩啼句〕繡幕，本指女子的繡花帳帷，因林四娘統率諸姬習武，所以這裡是指營帳。

21〔自謂二句〕自謂，自己認為；酬王德，報答恆王的恩惠。誰能，有誰能夠；復寇仇，就是向賊寇復仇。

22〔譯文〕
美貌的女子不知憂愁，
林將軍憤恨的心情卻怎能止休。
四娘掩面哭泣離開繡花營帳，
懷著報仇的意願走出青州。
自己認為報答恆王的恩德，
有誰能夠向賊寇復仇？
應該很好的把這件事刻在忠義碑上，
唯有女英雄林四娘千古傳流。

23〔未冠之時〕古禮男子二十加冠，表示已成年。二十歲以前叫「未冠」。冠，帽子。

24〔大阮、小阮〕大阮指阮籍，小阮指阮咸。二阮都是「竹林七賢」中的人物。兩人在歷史上都有一些「名氣」，所以常被用為稱讚別人叔姪的俗套。

25〔溫八叉「擊甌歌」〕溫八叉即溫庭筠。「擊甌歌」全名為「郭處士擊甌歌」，是一首艱澀難懂而又雕琢的七言古詩。

26〔李長吉「會稽歌」〕李長吉即李賀。「會稽歌」全名為「還自會稽歌」，是一首五言古詩。

27〔白樂天「長恨歌」〕白樂天即白居易。「長恨歌」是一首七言古體詩。寫「天寶之亂」時期唐明皇李隆基和貴妃楊玉環由於荒淫糜爛的生活，貽誤國政，招來了王朝幾至覆亡的大禍，造成生離死別的悲劇故事。

28〔穠（ㄋㄨㄥˊ／nóng）歌句〕穠歌，充滿色情的歌唱；艷舞，舞蹈姿態嬌美。

29〔挽戈〕操練弓箭刀槍。

30〔俏影〕俊俏的身影。

31〔叱咤〕練習戰鬥時呼喊斥罵的聲音。

32〔霜矛雪劍〕霜雪都是形容矛和劍明亮得寒氣逼人。

33〔丁香結子〕衣帶上的像丁香花蕾一樣的扣結。絛（ㄊㄠ／tāo），帶子。

34〔夜闌〕夜深。

35〔鮫綃〕見林黛玉「題帕詩」注。

36〔流寇走山東〕有一夥流寇突起在山東。走，奔馳。

37〔強吞虎豹勢如蜂〕形容流寇銳不可阻擋的氣勢。

38〔天兵〕指朝廷的軍隊。

39〔虎帳〕指軍事指揮者所在的帳幕。虎帳空，指恆王已死。

40〔秦姬趙女〕泛指美女。秦、趙，都是戰國時國名，古稱這裡多佳人。這裡泛指恆王宮中的美女。

41〔穠桃艷李〕這裡指濃妝艷麗的宮女。

42〔繡鞍句〕寫在流寇沉重打擊下，那些女兵在戰場上徒有愁淚，士氣十分低落。

43〔柳折花殘〕這一句與下一句都是說林四娘等被打死。

44〔血凝碧〕古代傳說，人為國盡忠，死後血能化成碧玉。這裡是推崇林四娘等的精忠。

45〔何事句〕何事，何故。朝，朝廷。綱，原則。立朝綱，建立施政綱領。

46〔餘意尚徬徨〕尚有未能盡言的感慨、惋惜留在心頭。

47〔譯文〕

恆王愛好武功又喜歡女色，
便教練宮中美女演習武藝；
美人的穠歌艷舞滿足不了他的欲望，
他喜歡讓美女列陣操練弓箭刀槍。
眼前太平無事不見戰雲飛起，
女將嬌美的身影輝映在紅燈裡。
喊殺的聲音吐出陣陣香氣，
婦女嬌弱無力很難把刀槍長矛舉起。
丁香般的扣結配著芙蓉色的絲帶，
那絲帶不配明珠卻繫著寶刀。
操演完畢夜深人靜心力疲倦，
汗水沖下脂粉玷污了鮫綃。
第二年流寇突起山東，
如狼似虎勢像蜂擁。
恆王率領官軍想一舉殲滅，
可一戰再戰都不成功；
腥風血雨吹倒田野的莊稼，
日照旌旗虎帳早已空空。
青山寂靜水流澌澌，
正是恆王戰死在疆場之時。
雨淋白骨鮮血染紅了青草，

黃昏冷月下鬼魂伴著死尸。
朝廷裡眾多將士只圖自己保身，
青州眼看是朝不保夕；
料不到忠義之士出在閨閣，
憤起赴難的卻是恆王得意的女人。
恆王得意的人數誰最行？
只有那嫻靜英武的將軍林四娘。
他發出號令指揮眾多美女，
濃妝艷麗的宮女都奔赴疆場。
繡鞍上淚跡斑斑春愁濃重，
披掛的鐵甲寂靜無聲夜氣清涼。
戰場勝負本難事先預定，
誓死決戰英勇犧牲為的是報答恆王。
賊寇聲勢浩大不可抵禦，
就如柳折花殘女將的鮮血橫流草地；
戰馬踐踏美女的胭脂香骨，
魂魄依附在青州城郭同家鄉已永分離。
星夜奔馳把消息報入京城，
誰能不為他們陣亡悲痛！
為青州失守天子驚慌焦慮，
文武百官都低頭不敢出聲。
文臣武將憑什麼掌握朝綱，
反不如閨閣中的林四娘？
我為四娘的事蹟感嘆不已，
長歌已成我的心情還在激盪！

48〔簡評〕賈寶玉的詞，一方面歌頌林四娘，另一方面也批評了「天子」和滿朝「文武」。詞中寫道，在「強吞虎豹勢如蜂」的流寇的騷擾下，「天子驚慌愁失守，此時文武皆垂首」。作者質問：「何事文武立朝綱，不及閨中林四娘？」用林四娘來反襯滿朝文武的腐敗無能。

49〔潢污行潦（ㄌㄠˇ／lǎo），苻藻蘋蘩（ㄈㄢˊ／fán）之賤，可以羞王公，薦鬼神〕見「左傳・隱公三年」。潢污，池溝裡的死水；行潦，路溝裡的流水；苻、藻、蘋，都是水生植物；蘩，蒿草；羞，美味的食物；羞王公，向帝王、公侯獻進美味的食物；薦，獻進；薦鬼神，向鬼神獻祭品。句意：像溝水野菜等賤物都可以獻給王公，祭祀鬼神——「原不在物之貴賤，只在心之誠敬而已」。寶玉用這句話比喻他對晴雯的誠敬，並不說明他對王公、鬼神也存誠敬之心。

50〔誄（ㄌㄟˇ／lěi）〕上對下的一種祭文。內容是敘死者的生平，行事，抒寫哀思。

51〔維〕句首語氣助詞。

52〔太平不易之元〕作者為脫去「傷時罵世」、「干涉朝政」的罪名，故意不寫具體年月。古代祭文開頭常用「維……年月日」這種固定格式。不易，永遠不變；元，紀元，年。

53〔冰鮫之縠（ㄏㄨˊ／hú）〕一種白而細的縐紗。縠，縐紗一類的絲織品；冰，是形容這種縐紗的細白而光潔。

54〔竊思〕默默思念。

55〔湮（ㄧㄣ／yīn）淪〕埋沒沉淪，此處指失傳。

56〔衾（ㄑㄧㄣ／qīn）枕櫛沐〕

衾枕，被子和枕頭。此指就眠；櫛沐，梳洗。

57 〔狎褻（ㄒㄧㄚˊ ㄒㄧㄝˋ／xiá xiè）〕親近而又舉止隨便。

58 〔曩（ㄋㄤˇ／nǎng）〕從前。

59 〔姐娣（ㄐㄧㄝˇ ㄉㄧˋ／jiě dì）〕姐妹。

60 〔媖嫺〕美好而文雅。

61 〔嫗媼（ㄩˋ ㄠˇ／yù ǎo）〕嫗、媼都指老婦人。

62 〔鳩鴆（ㄐㄧㄡ ㄓㄣˋ／jiū zhèn）〕鳩，鳥名，鴿類；鴆，傳說中的一種毒鳥。這兩種鳥都不善高飛。

63 〔鷹鷙（ㄓˋ／zhì）〕鷙，鷹類猛禽。這兩種鳥都勇猛善高飛。

64 〔罦罬〕都是捕鳥之網。這裡是羅網的意思。

65 〔薋葹（ㄘˋ ㄕ／cì shī）〕薋，蒺藜；葹，蒼耳。這裡是用惡草比喻進讒的人。

66 〔臭（ㄒㄧㄡˋ／xiù）〕氣味。這裡指香氣。

67 〔芟葅（ㄕㄢ ㄗㄨˇ／shā zǔ）〕芟，裁，除草；葅，草名，這裡借作「鋤」字。

68 〔飆（ㄅㄧㄠ／biāo）〕急風，暴風。

69 〔蠱蠆（ㄍㄨˇ ㄔㄞˋ／gǔ chài）句〕

蠱，一種害人的毒蟲；蠆，蠍類毒蟲。讒，說好人的壞話。

70 〔膏肓（ㄏㄨㄤ／huāng）〕

膏，心臟上面的部位；肓，胸膈肌。古人認為病在膏肓之間，無法醫治。

71 〔顑頷（ㄏㄢˇ ㄏㄢˋ／hǎn hàn）〕

臉色枯黃起皺紋。

72 〔謑詬（ㄒㄧˇ ㄍㄡˋ／xǐ gòu）〕

謑，譏笑；詬，辱罵。

73 〔荊棘蓬榛（ㄓㄣ／zhēn）〕

灌木和雜草。

74 〔罔（ㄨㄤˇ／wǎng）屈〕

罔，被誣陷；屈，冤枉。

75 〔高標〕

花的最高枝，喻人出眾的品格。

76 〔恨比長沙〕

怨恨可以和賈誼相比。長沙，指漢朝的賈誼，他從朝廷被貶作長沙王太傅，所以人稱他「賈長沙」。三十三歲便鬱鬱而死。

77 〔貞烈〕

貞，堅貞；烈，剛正。

78 〔巾幗（ㄍㄨㄛˊ／guó）句〕

巾幗，古代婦女的頭巾和髮飾，後作為婦女的代稱；雁塞，即雁門關，漢元帝時王昭君出塞經過這裡；慘於雁塞，比出塞的王昭君還慘。

79 〔仙雲〕

指死去的晴雯。第五回關於晴雯的「冊」中有「彩雲易散」的話。

80〔洲迷聚窟二句〕這是個典故。傳說海上有聚窟洲，上有返魂樹，伐它的根心，放在鍋中熬製成丸，名叫返生香或卻死香，死尸聞之能活（見「十洲記」、「述異記」）。

81〔海失靈槎二句〕典故。靈槎，即浮槎，傳說中航行大海與天河間的仙舟；回生之藥，據說秦始皇派人到海上仙山（蓬萊、方丈、瀛洲）去找長生不老之藥。

82〔鏡分鸞影〕分，分開；鸞影，鏡上的鸞鳳圖案，這句是用南朝陳朝的樂昌公主與丈夫徐德言破鏡重圓的典故。鏡分鸞影即破鏡不能重圓。

83〔麝月之奩（ㄌㄧㄢˊ／lián）〕麝月，指鏡子；奩，古代婦女梳妝用的鏡匣。

84〔梳化龍飛〕「晉書・陶侃傳」記陶侃懸梭於壁，化龍飛去。這裡可能為切合晴雯、寶玉之間的事情而改梭為梳的。

85〔哀折檀雲之齒〕檀雲，檀木作的梳子；齒，是木梳的齒子。

86〔委金鈿（ㄊㄧㄢˋ／diàn）二句〕委，丟棄；金鈿，嵌金花的女人首飾；草莽，草野；翠盒，翠色玉石製的首飾盒。這裡是用楊貴妃死於馬嵬坡的典故，藉以形容晴雯被逐至死時的悲慘情景。

87〔樓空鳷（ㄓ／zhī）鵲〕鳷鵲，一種鳴禽。漢有樓觀名曰鳷鵲樓，這裡重在借用「鵲」字，既寫出人去樓空，又寫出鳷鵲不能像牛郎織女那樣鵲橋相會。

88〔從懸句〕從，任憑；七夕之針，舊時風俗：七月七日，牽牛織女會天河，婦女穿七孔針乞巧，若有蜘蛛在瓜下結網，則認為得到了巧。這句承上句意，鵲橋既搭不成，牛郎織女就不能相會，乞巧就不行了，所以說白白地懸著乞巧針。

89〔帶斷鴛鴦〕即鴛鴦帶斷，繡有鴛鴦的帶子斷了。「鴛鴦」，喻情誼之深如同夫妻。

90〔五絲之縷〕出自「詩經・召南・羔羊」：「羔羊之皮，素絲五紽」句。五絲即「五紽」，紽（ㄊㄨㄛˊ／tuó），縫合；五紽，交加縫合，即用絲縫裘。縷，此指縫裘用的線。「誰續五絲之縷」，意思是，有誰還能再給我補裘呢？

91〔金天屬節〕即「節屬金天」的倒裝。古代五行說西方為金，季節為秋，故秋天為金天。

92〔蒹葭（ㄐㄧㄢ ㄐㄧㄚ／jiān jiā）〕蘆葦。

93〔匝（ㄗㄚ／zā）地〕遍地。匝，周。

94〔怨笛〕三國魏末年，向秀跟嵇康、呂安很友好。後嵇、呂被殺，向秀一次經過這兩人舊居，聽見鄰人吹笛，非常傷感，寫了一篇「思舊賦」，後人稱這個故事為「山陽聞笛」。這裡把聞笛改為怨笛，突其哀怨之情。

95〔泯（ㄇㄧㄣˇ／mǐn）〕滅、盡。

96〔蓮瓣〕古代女子纏足，腳小如蓮花瓣。此處指晴雯生前玩捉迷藏遊戲時躲在屏後的腳步聲。

97〔嚴命〕古謂父嚴母慈，故稱父為家嚴。嚴命，即父命。

98〔陟（ㄓˋ／zhì）〕本是登高的意思，此處作「到」講。

99〔慈威〕慈，指母親。慈威，即母親的威嚴。

100〔蕙棺〕芳香美好的棺木。蕙，香草，引申為美好芳香。

101〔燹（ㄒㄧㄢˇ／xiǎn）〕火，在此是燒的意思。

102〔愧逮同灰之誚〕逮，追及，引申為遭到。同灰，同化為灰；誚，譏誚。

103〔爾乃〕連接詞，相當於「於是」。

104〔壙（ㄎㄨㄤˋ／kuàng）〕墓穴。

105〔塍（ㄔㄥˊ／chéng）〕田間的界路。

106〔汝南二句〕典故。漢朝范式與汝南人張劭是好朋友，張劭死時，范式恰巧夢張劭死，於是便穿喪服前往奔喪，號哭不止。

107〔梓澤默默餘衷〕典故。梓澤，晉朝石崇的金谷園，這裡代指石崇。默默餘衷，指石崇的愛妓綠珠跳樓後，石崇對她懷念的感情。

108〔詖（ㄅㄧˋ／bì）奴〕陰邪的奴才。指進讒言的丫鬟。

109〔悍婦〕凶惡殘忍的女人。此指王善保家的和周瑞家的。

110〔惓惓（ㄑㄩㄢˊ／quán）〕同「拳拳」，誠懇、深切的意思。

111〔諄諄（ㄓㄨㄣ／zhūn）〕不厭其詳的意思。

112〔上帝垂旌〕上帝下命令。旌，旗的一種，用於傳達命令，指揮作戰；垂旌，降詔，下命令。

113〔待詔〕等待任命。詔，帝王的文告。

114〔儕（ㄔㄞˊ／chái）〕同類，同輩。

115〔轄（ㄒㄧㄚˊ／xiá）〕主管，統管。

116〔葉法善句〕典故。唐朝葉法善請當時的書法家李邕，為他祖父寫碑，李未同意；葉法善會道術，便拘來李邕的靈魂為他祖父寫碑（見「處州府志」）。

117〔李長吉〕傳說李長吉將死時，忽見一穿緋紅衣服的人駕著赤虬來找他，說：「玉帝建成了白玉樓，召你去作『記』。」一會兒，長吉氣絕（見李商隱「李長吉小傳」）。

118〔惡乃〕即無乃，豈不是。

119〔至洽至協〕極為妥當。

120〔不昧（ㄇㄟˋ／mèi）之靈〕不死的靈魂。

121〔陟降於茲〕陟降，降臨，常用來說明「靈魂」的活動；茲，這裡。這句話是希望晴雯的靈魂降臨到這裡。

122〔不揣（ㄔㄨㄞˇ／chuǎi）〕不考慮。

123〔玉虯（ㄑㄧㄡˊ／qiú）〕玉白色的龍。虯，無角龍。

124〔穹窿（ㄑㄩㄥ ㄌㄨㄥˊ／qiōng lóng）〕天空。形容天空像中央隆起的圓蓋似的形狀。

125〔瑤象〕白玉般的大象。

126〔泉壤〕黃泉底下。

127〔傘蓋之陸離〕五光十色的傘蓋。傘蓋，車上天棚；陸離，五光十色。

128〔抑箕尾〕抑，還是；箕、尾，星宿名，均為二十八宿之一。古稱人死後靈魂上天為騎箕尾。

129〔羽葆〕以各色羽毛裝飾的華蓋，為儀仗隊所執之物。

130〔衛危虛於旁〕是「危虛衛於旁」的倒置。危、虛是二十八宿中的兩個星。這句是說，危、虛二星守衛在兩旁。

131〔豐隆〕雲神。

132〔望舒〕為月亮趕車的神。

133〔御鸞鷖以征句〕御，駕馭；鸞，青鳳；鷖（ㄧ／yī），鳳凰的別名；征，遠行。

134〔紉蘅杜〕紉，串連起來；蘅，蘅蕪；杜，杜若；皆香草。

135〔佩〕掛在身上的裝飾物。

136〔璫（ㄉㄤ／dāng）〕耳墜。

137〔葳蕤（ㄨㄟ ㄖㄨㄟˊ／wēi ruí）〕
玉竹草。也指草木茂盛枝葉下垂的樣子。

138〔壇畤（ㄓˋ／zhì）〕祭壇。畤，古代祭天地五帝的地方叫畤。

139〔檠（ㄑㄧㄥˊ／qíng）〕
燈架。

140〔文瓠瓟（ㄏㄨˋ ㄆㄠˊ／hù páo）以為觶斝（ㄓ ㄐㄧㄚˇ／zhī jiǎ）〕
文，花紋，這裡作動詞用，是畫上花紋的意思。瓠瓟，葫蘆瓢。觶斝，古代酒器名；觶，角質酒器，形狀如瓶；斝，雀形玉酒杯。

141〔醽醁（ㄌㄧㄥˊ ㄌㄨˋ／líng lù）〕
美酒名。

142〔桂醑（ㄒㄩˇ／xǔ）〕
桂花酒，醑，最清的酒。

143〔覘（ㄓㄢˋ／zhàn）〕
看，窺視。

144〔汗漫〕
宇宙無限深遠的地方。

145〔塵埃〕
指人世。

146〔風廉〕
即風神。應是「飛廉」之誤。

147〔聯轡（ㄆㄟˋ／pèi）〕並馬而行，這裡是攜手同歸的意思。

148〔噭噭（ㄐㄧㄠˋ／jiào）〕
悲哭之聲。

149 〔偃（ㄧㄢˇ yǎn）然〕仰面僵臥的樣子。

150 〔窀穸（ㄓㄨㄣ ㄒㄧˋ zhūn xì）〕墓穴。

151 〔反其真而又奚化〕反其真，古人稱死為歸真；奚，疑問代詞，相當於「何」、「什麼」；化，變化，這裡指變化成仙。這句話表示賈寶玉對人死能成仙的懷疑。

152 〔桎梏（ㄓˋ ㄍㄨˋ zhì gù）〕束縛人手足的刑具，一般指精神上的束縛。道家認為形體為精神的桎梏；人死了，精神脫離肉體為返真，超脫。

153 〔懸附〕指多餘地活著。「莊子・大宗師」：「彼以生為附贅懸疣，以死為決疣潰癰。」懸附，當是「附贅懸疣」的簡用，疣、贅，指瘤和瘜肉，是人身上多餘的累贅。

154 〔靈格句〕靈，靈性；格，感痛；嗟來，呼喚來。

155 〔鴻蒙〕自然元氣，有時指太空。

156 〔搴（ㄑㄧㄢ qīan）烟蘿句〕搴，拔取；烟蘿，一種攀繞莖植物；步障，古代達官貴人外出時，設於道旁擋風的布帷。

157 〔列蒼蒲而森行伍〕蒼蒲，深青色的菖蒲，葉形如劍；森行伍，隊伍森嚴林立。這句是想像晴雯靈魂來歸時，菖蒲威武列隊歡迎的情景。

158 〔蓮心之味苦〕蓮心，諧「憐心」，雙關語，蓮子味苦，故以蓮心形容人心的痛苦。

159 〔素女〕傳說中善鼓瑟的仙女。

160 〔宓（ㄈㄨˊ／fú）妃〕傳說他是伏羲氏的女兒，淹死在洛水中，成了洛水女神。

161 〔弄玉吹笙〕弄玉，相傳是秦穆公的女兒，善吹簫，後來成仙。這裡的笙，當作簫。

162 〔寒簧〕傳說是女仙名，曾是王母的散花仙使，後到月宮作侍書，懂音樂（見清代尤侗所寫「鈞天樂」）。

163 〔敔（ㄩˇ／yǔ）〕形如伏虎的一種打擊樂器，用以停止奏樂。

164 〔嵩（ㄙㄨㄥ／sōng）岳之妃〕嵩山上的女神，指靈妃。「舊唐書・禮儀志」：武則天作皇帝時，封嵩山為神岳，尊嵩山神為天中王，夫人為靈妃。

165 〔驪山之姥（ㄇㄨˇ／mǔ）〕「漢書・律曆志」中說殷周時有驪山女子為天子，才藝出眾，傳聞後世。到了唐宋以後，就傳為女仙，並尊稱為「老母」。

166 〔龜呈洛浦之靈〕傳說禹時，黃河裡龍背了綠色的圖，洛水裡的烏龜背了紅字的天書，都來獻給帝王（見「易・繫辭」）。後來指吉祥的徵兆。

167 〔獸作咸池之舞〕傳說是黃帝作的樂章，見「樂緯」。「尚書・舜典」有「百獸率舞」的話，是形容音樂的效果可使百獸跟著起舞。

168 〔赤水〕黃帝曾游過的一條水名。

169 〔珠林〕寺名。據「名山記」載，在奉化縣西北雪竇山，此地長滿楠樹、柏樹，常有海鷗作巢。

170 〔翥（ㄓㄨˋ／zhù）〕奮飛。

171 〔爰（ㄩㄢˊ／yuán）格爰誠〕

爰，起連接作用的語助詞，相當於「既……又……」的意思。

172 〔匪笤（ㄊㄧㄠˊ／tiáo）匪簠（ㄈㄨˇ／fǔ）〕

匪通「非」，「不在乎」的意思；笤，脂本作筥（ㄐㄩˇ／jǔ），圓形的禮器。簠，方形的禮器。這句是說，（祭在誠心），不在供品和禮器。

173 〔發軔（ㄖㄣˋ／rèn）〕

車子開動，出發。軔，車檔，止住車輪轉動的木頭，開車時拿開。

174 〔霞城〕即碧霞城，神話傳說，元始天尊居住在紫雲閣，碧霞城。

175 〔還旌〕歸來。旌，旗的一種，用羽毛裝飾，這裡指儀仗隊。

176 〔玄圃〕即懸圃，神話中的山名，傳說在崑崙山上。

177 〔逋（ㄅㄨ／bū）〕脂本作「通」，彼此感通的意思。

178 〔氤氳（ㄧㄣ ㄩㄣ／yīn yūn）〕

雲霧繚繞。

179 〔倏阻〕忽然被阻隔。

180 〔塵霾（ㄇㄞˊ／mái）〕烟塵，形容天空陰沉混濁。

181 〔怦怦〕心情激動。

182 〔若寤寐（ㄨˋ ㄇㄟˋ／wù mèi）之栩栩（ㄒㄩˇ／xǔ）〕

寤寐，複詞偏義，重在「寐」，即「夢寐」。栩栩，〔莊子・齊物論〕：「昔者莊周夢為蝴蝶，栩栩然蝴蝶也。」這裡用「栩栩」代夢境，指夢境的印象生動鮮明。

183 〔欷歔（ㄒㄧ　ㄒㄩ／xī xū）〕

感嘆。

184 〔悵怏〕

空虛、失望的樣子。

185 〔天籟（ㄌㄞˋ／lài）兮篔簹（ㄩㄣˊ　ㄉㄤ／yún dāng）〕

天籟，自然界的聲音，如風聲；篔簹，一種長節大竹。這句是說，只聽見風竹聲。

186 〔嗚呼哀哉，尚饗（ㄒㄧㄤˇ／xiǎng）〕

此為祭文結尾的固定格式。嗚呼，感嘆語氣詞；哀哉，悲哀啊；尚，表示希望的語氣副詞。尚饗，希望你來享用。

187 〔譯文〕

在天下永遠太平之年，芙蓉、桂花爭艷的八月，無可奈何的日子，怡紅院的污濁主人寶玉恭敬地用群芳的花蕊，細白光潔的縐紗，浸透著芳香的泉水，清淡名貴的楓露茶，為你祭奠。四樣祭品雖然微薄，但卻能表達我至誠的心意，把它們姑且奉獻在白帝宮主管秋花的芙蓉女兒的靈前：

默默思念你降臨人間，至今共有十六年。你祖先的籍貫姓氏無法考查，久已失傳。在整床梳洗的時候，我領受著你對我的伏侍和溫情；不論居住、休息、宴客、歡遊之際，我得到你的陪伴。我們親密得不拘禮法，這樣朝夕相處僅僅五年零八個月多一點的時間。回憶你的生前，你的品質，黃金美玉比不上它的高貴；你的身體，晶瑩的冰雪比不上它的純潔；你的智慧，燦爛的星辰比不上它的精明和聰敏；你的容貌，鮮花明月比不上它的美麗。丫鬟們都羨慕你的文靜，女僕們都佩服你的賢德。誰想到鳩鴆嫉妒你的高飛，你像雄鷹猛鷙反遭網羅陷害；蒺藜蒼耳嫉妒你的芳香，像白芷蘭花竟遭鏟除！香花本來就脆弱，又怎禁得起狂風的吹打？翠柳本來就多愁。那能禁得起暴雨的沖刷？突然遭到毒蟲蛇蠍般的讒言，接著得了不治之症。櫻桃般的紅潤嘴唇已經消失，並時時發出痛苦的呻吟；銀杏般的容顏，日漸枯萎，顯得那麼憔悴，流言中傷和冷嘲熱諷，就來自閨房屏帷以內。你的環境險惡就像帶刺的灌木雜草到處蔓延，擋住窗戶。你生前受壓抑，痛苦不盡；死後受委屈，有冤莫伸。高貴超人的品質招來嫉恨，你的悲憤可以和賈誼相比；堅貞剛烈招致危難，出塞的王昭君都沒有你的遭遇悲慘。你懷著無限的辛酸死去，有誰哀憐你的早逝？你像仙雲一樣消逝得無蹤無影，要想尋找你難上加難。聚窟洲的道路已經迷失，那裡能得到返魂的「卻死之香」？茫茫的大海上失去了仙舟，那裡能獲得起死回生的靈藥。你那烏黑的眉毛，昨天還是我給你畫；你手指上的玉環已經冰冷，而今請誰為你溫暖？爐上藥鍋裡剩藥依然存在，我衣襟上的淚痕也還沒乾。我與你已似破鏡不能重圓，不忍再打開明鏡的妝奩，令人哀痛那木梳已化龍飛去，檀木梳齒已經折斷。像楊貴妃死在馬嵬坡前，嵌金首飾拋棄在雜草荒原，翠玉首飾盒埋沒在塵埃裡，你死得好慘！鳷鵲樓空了，織女牛郎已不能相會；乞巧的繡針空掛在那裡，已無人乞巧。鴛鴦帶斷，孔雀裘破，有誰用五彩絲絨為我縫連？何況現在正是秋天，獨個睡時盼望夢中相會，可醒來時屋裡空空慘慘。只有梧桐遮掩著臺階，月光暗淡，你那芳香的靈魂和美好的身影一同消散。你睡過的芙蓉帳裡還有餘香，但你那嬌弱的喘息和苗條的身形都已不聞不見。連天的野草衰微枯黃，何只是蘆葦蒼蒼；遍地悲慘的聲音，並非都是蟋蟀的哀鳴。晚上臺階上落滿露水，但卻傳不來搗衣聲音；秋雨打在爬滿薜荔的牆上，隔牆偶爾傳來幽怨的笛聲。你好像還活在人間，檐前的鸚鵡還在呼喚著你的美名；你美麗的體質將要消亡時，門外海棠預先就已枯黃。在那捉迷藏的屏風後邊，再也聽不見你的腳步聲；在那玩花鬥草的庭前，蘭花白白地等著你去欣賞。你使用過的五彩絲線零亂拋棄，還有誰為我剪裁銀箋和衣裳？錦繡衣服不疊亂放，空放著香炭熨斗也無人熨燙。昨天我奉嚴父之命，坐車遠出到名園賞菊，未能和你訣別；今天冒犯母命拄杖前去弔唁，而你的靈柩早已被拋出城垣。一聽說你的棺木被人焚化，我頓時感到違背了你我死當同穴的意願。你的棺槨竟被毀掉，我深感慚愧沒能實現同化為灰的誓言。於是讓你孤零零地處在西風蕭瑟的古寺中，留在鬼火粼粼的世界裡，殘陽照著的只是累累荒墳，零星白骨。在秋風中榆葉颯颯，荒草蕭蕭。猿猴隔著霧氣騰騰的墳墓悲啼，鬼魂繞著烟靄濛濛的墳間小路哭泣。怎能說紅綃帳裡的公子對你情深；現在我才相信葬身黃泉的你命運悲慘！我對你的哀悼，只有像范式痛哭張劭那樣，將斑斑的血淚灑向蕭蕭的西風；像石崇悼念綠珠那樣，無限深情對著清冷的月光傾訴。唉！這本是人間的鬼域給你造成的災難，那裡是神靈對你的嫉妒？裂碎那陷害你的陰險的奴才的嘴，懲罰他們怎能從寬？挖開那進讒言的凶狠婦人的心，也不能解我心頭之恨！我同你在人間相處的時間雖短，但我對你的情意卻特別深。我滿懷真摯的思念，向小丫鬟不厭其詳地詢問，才知上帝下令，哄你在花宮等待任命。你生前同蘭花蕙草同芳，所以死後主管芙蓉。聽小丫鬟說的話，似乎是無稽之談，但基於我告慰死者的心情，我深信有根有據。這根據是什麼呢？上帝命你管轄芙蓉，如同葉法善拘李邕靈魂寫碑，李賀被玉帝詔去作「白玉樓記」，事雖不同，道理一樣。衡量某一方面的職務，使其與人的才能相稱。如果不這樣作，豈不是濫用人才？由此我才相信，上帝經過衡量斟酌，委任你作花神，可說是極為妥當，這才不辜負你出眾的才華。我希望你不滅的仙靈，能降臨到這裡，因此我也沒考慮詞句的粗鄙，玷污你聰敏的耳朵，我就作了哀歌，來召喚你的靈魂：

蒼天為什麼這樣碧藍深幽，
是你乘著玉龍在太空遨遊？
大地為什麼這樣茫茫無邊，
是你駕著玉象降臨黃泉？
看到你的香車寶蓋五光十色，
是不是你騎的箕尾二星放射的光彩。

作前導的是排列著的羽扇，
是不是危、虛二星衛護兩旁？
驅令雲神作你的侍衛，
是讓駕月車的神陪你來臨？
我聽到車輪的咿呀之聲，
是不是你駕著鳳凰漫遊長空？
聞到濃郁的芳香一陣陣飄來，
是不是你穿起香草佩在身上？
你的衣裙多麼光彩燦爛，
是不是你雕刻明月寶珠作為耳環？
我用玉竹草築成祭壇，
在蓮花燈上把蘭香油膏點燃；
用彩飾的葫蘆瓢作為酒器，
灑潑綠酒、桂花酒把你祭奠。
我仰望雲空注視一切，
彷彿有所窺見；
我俯首帖耳在餘波上聆聽，
好像把你的聲音聽見。
未來約定同遊無邊的宇宙，
你為什麼把我拋棄在塵寰？
請風神為我趕車，
多麼希望你我攜手同還！
我為此悲憤填膺，
白白地痛哭又有何用？
如今你無聲無息地長眠不醒，

這樣的變化難道就是「天命」？
既然墓穴是這樣安穩，
靈魂歸真還原，又為什麼會幻變成仙？
我毫無自由而多餘地生活在人間，
是你的魂靈感動我向你呼喚？
快來吧，停下吧，
希望你快來到我的身邊！

你住在朦朧的太空之中，無聲無形，縱然降臨到這裡，我也看不到你的身影。取來茂密的蔦蘿作為道旁的布帷，深青的菖蒲排成森嚴的隊伍，去掉你貪眠的困倦，排除你內心的苦痛。為了迎接你的歸來，音樂女神站在桂花盛開的石崖上等候，宓妃在蘭草芳香的洛水沙洲上彈琴。弄玉為你吹簫，寒簧為你敲敔。請來嵩山上的靈妃，召來驪山上的老母。洛水的靈龜呈現出吉祥的徵兆，百獸隨著動人的「咸池」樂曲起舞。赤水的蛟龍引頸長嘯，珠林的鳳凰奮然飛舞。我用既懇切又忠誠的心祭奠你，不在乎用什麼禮品和禮器。你的車子從碧霞城出發，又回到崑崙山的懸圃。隱隱約約看見你在太空，彷佛彼時的感情已經勾通；忽然雲霧瀰漫，又被隔阻。烟雲時聚時散，天空迷茫細雨濛濛。烟雨消散，繁星高懸，山青水秀，明月當空。我的心情為什麼如此激動？目前發生的一切，彷彿是一場栩栩如生的夢境。我無限感傷、失望，淚水橫流，心神恍惚。深夜寂靜無語，只聞竹林發出蕭蕭的嘆息。鳥兒驚飛四散，只聽見魚群潑剌尋食。我用這祭文虔誠地為你祈禱，並寄托我深沉的哀思。我多麼悲痛啊，希望你的靈魂來享用我菲薄的祭品！

188〔簡評〕

這篇誄文是賈寶玉性格發展到成熟階段的一個重要標誌。他以熾熱的感情，藉幻想的境界，通過天上地下的描繪，大膽的想像，奇特的誇張，生動的比喻，優美的詞句，集中勾畫了一個美麗、純潔、精明、性情剛強的女孩形象。卻把衛道者比作惡鳥「鳩鴆」，毒蟲「蠱蠆」，臭草「薋葹」，表現了他脫離道德規範的傾向和蔑視尊卑觀念的思想。

#【第七十九回】

薛文起❶悔娶河東吼[1]　賈迎春誤嫁中山狼

話說寶玉才祭完了晴雯，只聽花陰中有個人聲，倒嚇了一跳。細看不是別人，卻是黛玉，滿面含笑，口內說道：「好新奇的祭文！可與『曹娥碑』[2]並傳了。」寶玉聽了，不覺紅了臉，笑答道：「我想著世上這些祭文，都過於熟爛了，所以改個新樣。原不過是我一時的玩意兒，誰知被你聽見了。有什麼大使不得的，何不改削改削？」

黛玉道：「原稿在那裡？倒要細細的看看。長篇大論，不知說的是什麼。只聽見中間兩句，什麼『紅綃帳裡，公子情深；黃土隴中，女兒命薄』這一聯意思卻好。只是『紅綃帳裡』未免俗濫些。放著現成的真事，為什麼不用？」寶玉忙問：「什麼現成的真事？」黛玉笑道：「咱們如今都係霞彩紗糊的窗槅，何不說『茜紗窗下，公子多情』呢？」寶玉聽了，不禁跌腳笑道：「好極，好極！到底是你想得出，說得出。可知天下古今現成的好景好事盡多，只是我們愚人想不出來罷了❷。但只一件：雖然這一改新妙之極，卻是你在這裡住著還可以，我實不敢當❸。」說著，又連說「不敢」。

黛玉笑道：「何妨？我的窗即可為你之窗，何必如此分析？也太生疏了。古人異姓陌路，尚然『肥馬輕裘，敝之無憾[3]』❹，何況咱們？」寶玉笑道：「論交道，不在『肥馬輕裘』，即『黃金白璧❺』，亦不當『錙銖較量[4]』。倒是這唐突閨閣上頭，卻萬萬使不得的。如今我索性將『公子』『女兒』改去，竟算是你誄他的倒妙。況且素日你又待他甚厚，所以寧可棄了這一篇文，萬不可棄這『茜紗』新句。莫若改作『茜紗窗下，小姐多情；黃土隴中，丫鬟薄命』。如此一改，雖與我不涉，我也愜懷[5]。」黛玉笑道：「他又不是我的丫頭，何用此話？況且『小姐』『丫鬟』，亦不典雅。等得紫鵑死了，我再如此說，還不算遲呢。」寶玉聽了笑道：「這是何苦，又咒他？」黛玉笑道：「是你要咒的，並不是我說的。」寶玉道：「我又有了，這一改恰就妥當了：莫若說『茜紗窗下，我本無緣；黃土隴中，卿何薄命！』」

黛玉聽了，陡然變色。雖有無限狐疑，外面卻不肯露出，反連忙含笑點頭稱妙，說：「果然改得好。再不必亂改了，快去幹正經事罷。剛才太太打發人叫你，說明兒一早過大舅母那邊去呢。你二姐姐已有人家求准了❻，所以叫你們過去呢。」寶玉忙道：「何必如此忙？我身上也不大好，明兒還未必能去呢。」黛玉道：「又來了，我勸你把脾氣改改罷。一年大，二年小……」一面說話，一面咳嗽起來❼。寶玉忙道：「這裡風冷，咱們只顧站著，涼著呢可不是玩的，快回去罷。」黛玉道：「我也家去歇息了，明兒再見罷。」說著，便自取路去了。寶玉只得悶悶的轉步，忽想起黛玉無人隨伴，忙命小丫頭子跟送回去。自己到了怡紅院中，果有王夫人打發嬤嬤們來，吩咐他明日一早過賈赦這邊來，方才與黛玉之言相對❽。

原來賈赦已將迎春許與孫家了。這孫家乃是大同府人氏，祖上係軍官出身，乃當日寧榮府中之門生，算來亦係至交。如今孫家只有一人在京，現襲指揮[6]之職。此人名喚孫紹祖，生得相貌魁梧，體格健壯，弓馬嫻熟，應酬權變，年紀未滿三十，且又家資饒富，現在兵部[7]候缺題升。因未曾娶妻，賈赦見是世交子姪，且人品家當都相稱合，遂擇為東床姣婿。亦曾回明賈母，賈母心中卻不大願意。但想兒女之事，自有天意，況且他親父主張，何必出頭多事？因此，只說「知道了」三字，餘不多及。賈政又深惡孫家，雖是世交，不過是他祖父當日希慕寧榮之勢，有不能了結之事，挽拜在門下的❾，並非詩禮名族之裔。因此，倒勸諫過兩次，無奈賈赦不聽，也只得罷了。

寶玉卻未曾會過這孫紹祖一面的，次日只得過去，聊以塞責。只聽見那娶親的日子甚近，不過今年，就要過門的。又見邢夫人等回了賈母，將迎春接出大觀園去，越發掃興，每每痴痴呆呆的，不知作何消遣。又聽說要陪四個丫頭過去，更又跌足道：「從今後這世上又少了五個清淨人了！」因此，天天到紫菱洲一帶地方，徘徊瞻顧。見其軒窗寂寞，屏帳翛然[8]，不過只有幾個該班上夜的老嫗。再看那岸上的蓼花葦葉，也都覺搖搖落落，似有追憶故人之態，迥非素常逞妍鬥色可比。所以情不自禁，乃信口吟成一歌曰：

池塘一夜秋風冷，吹散芰荷[9]紅玉[10]影。蓼花菱葉不勝悲，重露繁霜壓纖梗。

不聞永晝[11]敲棋聲[12]，燕泥點點污棋枰[13]；古人惜別憐朋友，況我今當手足情[14][15][16]！

寶玉方才吟罷，忽聞背後有人笑道：「你又發什麼呆呢？」寶玉回頭忙看是誰，原來是香菱。寶玉忙轉身笑問道：「我的姐姐，你這會子跑到這裡來作什麼？許多日子也不進來逛逛。」香菱拍手笑嘻嘻的說道：「我何曾不要來？如今你哥哥回來了，那裡比先時自由自在的了！才剛我們太太使人找你鳳姐姐去，竟沒有找著，說往園子裡來了。我聽見這個話，我就討了這個差，進來找他。遇見他的丫頭，說在稻香村呢。如今我往稻香村去，誰知又遇見了你。我還要問你：襲人姐姐這幾日可好？怎麼忽然把個晴雯姐姐也沒了？到底是什麼病？二姑娘搬出去得好快！你瞧瞧，這地方一時間就空落落的了。」寶玉只有一味答應，又讓他同到怡紅院去吃茶。香菱道：「此刻竟不能，等找著璉二奶奶，說完了正經話，再來。」寶玉道：「什麼正經話，這般忙？」香菱道：「為你哥哥娶嫂子的話，所以要緊。」寶玉道：「正是說的是那一家的好？只聽見吵嚷了這半年，今兒又說張家的好，明兒又要李家的，後兒又議論王家的好。這些人家的女兒，他也不知造了什麼罪，叫人家好端端的議論。」香菱道：「如今定了，可以不用拉扯別人家了。」寶玉問道：「定了誰家的？」香菱道：「因你哥哥上次出門時，順路到了個親戚家去。這門親原是老親，且又和我們是同在戶部掛名行商，也是數一數二的大門戶。前日說起來時，你們兩府都也知道的。合京城裡，上至王侯，下至買賣人，都稱他家是『桂花夏家』。」寶玉忙笑道：「如何又稱為『桂花夏家』？」香菱道：「本姓夏，非常的富貴。其餘田地不用說，單有幾十頃地種著桂花；凡這『長安』，那城裡城外桂花局，俱是他家的，連宮裡一應陳設盆景亦是他家貢奉：因此才有這個諢號。如今太爺也沒了，只有老奶奶帶著一個親生的姑娘過活，也並沒有哥兒弟兄。可惜他竟一門盡絕了後。」

寶玉忙道：「咱們也別管他絕後不絕後，只是這姑娘可好？你們大爺怎麼就中意了？」香菱笑道：「一則是天緣，二來是『情人眼裡出西施』。當年時又通家來往，從小兒都在一處玩過。敘親是姑舅兄妹，又沒嫌疑。雖離了這幾年，前兒一到他家，夏奶奶又是沒兒子的，一見了你哥哥出落得這樣，又是哭，又是笑，竟比見了兒子的還勝。又令他兄妹相見。誰知這姑娘出落得花朵似的了，在家裡也讀書寫字，所以你哥哥當時就一心看準了。連當鋪裡老伙計們一群人，遭擾了人家三四日，他們還留多住幾天。好容易苦辭，才放回家。你哥哥一進門，就咕咕唧唧求我們太太去求親。我們太太原是見過的，又且門當戶對，也依了。和這裡姨太太鳳姑娘商議了，打發人去一說，就成了。只是娶的日子太急，所以我們忙亂得很。我也巴不得早些過來，又添了一個作詩的人了。」寶玉冷笑道：「雖如此說，但只我倒替你擔心慮後呢！」香菱道：「這是什麼話？我倒不懂了。」寶玉笑道：「這有什麼不懂的？只怕再有個人來，薛大哥就不肯疼你了。」香菱聽了，不覺紅了臉，正色道：「這是怎麼說？素日咱們都是廝抬廝敬[17]，今日忽然提起這些事來，怪不得人人都說你是個親近不得的人！」一面說，一面轉身走了。

寶玉見他這樣，便悵然如有所失，呆呆的站了半日，只得沒精打彩，還入怡紅院來。一夜不曾安睡，種種不寧。次日便懶進飲食，身體發熱。也因近日抄檢大觀園，逐司棋，別迎春，悲晴雯等羞辱、驚恐、悲淒所致，兼以風寒外感，遂致成疾，臥床不起。賈母聽得如此，天天親來看視。王夫人心中自悔，不合因晴雯過於逼責了他。心中雖如此，臉上卻不露出，只吩咐眾奶娘等好生伏侍看守。一日兩次帶進醫生來診脈下藥。一月之後，方才漸漸的痊癒。好生保養過百日，方許動葷腥油麵，方可出門行走。

這百日內，院門前皆不許到，只在屋裡玩笑。四五十天後，就把他拘得火星亂迸，那裡忍耐得住？雖百般設法，無奈賈母王夫人執意不從，也只得罷了。因此，和些丫鬟們無所不至，恣意耍笑。又聽得薛蟠那裡擺酒唱戲，熱鬧非常，已娶親入門。聞得這夏家小姐十分俊俏，也略通文翰，寶玉恨不得就過去一見才好。再過些時，又聞得迎春出了閣。寶玉思及當時姐妹，耳鬢廝磨，從今一別，縱得相逢，必不得似先前這等親熱了。眼前又不能去一望，真令人淒惶不盡。少不得潛心忍耐，暫同這些丫鬟們廝鬧釋悶，幸免賈政責備逼迫讀書之難。這百日內，只不曾拆毀了怡紅院，和這些丫頭們無法無天，凡世上所無之事，都玩耍出來，如今且不消細說。

且說香菱自那日搶白了寶玉之後，自為寶玉有意唐突，「從此倒要遠避他些才好。」因此，以後連大觀園也不輕易進來了。日日忙亂著薛蟠娶過親，因為得了護身符，自己身上分去責任，到底比這樣安靜些❿；二則又知是個有才有貌的佳人，自然是典雅和平的：因此，心裡盼過門的日子，比薛蟠還急十倍呢。好容易盼得一日娶過來，他便十分殷勤小心伏侍。

原來這夏家小姐今年方十七歲，生得亦頗有姿色，亦頗識得幾個字。若論心裡的丘壑涇渭[18]，頗步熙鳳的後塵。只吃虧了一件：從小時，父親去世得早，又無同胞兄弟，寡母獨守此女，嬌養溺愛，不啻珍寶，凡女兒一舉一動，他母親皆百依百順，因此，未免釀成個盜跖[19]的情性，自己尊若菩薩，他人穢如糞土。外具花柳之資，內稟風雷之性。在家裡和丫鬟們使性賭氣，輕罵重打的⓫。今兒出了閣，自為要作當家的奶奶，比不得作女兒時靦腆溫柔，需要拿出威風來，才鈐壓[20]得住人；況且見薛蟠氣質剛硬，舉止驕奢，若不趁熱灶一氣炮製，將來必不能自豎旗幟矣。又見有香菱這等一個才貌俱全的愛妾在室，越發添了「宋太祖滅南唐」[21]之意。因他家多桂花，他小名就叫作金桂。他在家時，不許人口中帶出「金」「桂」二字來，凡有不留心誤道一字者，他便定要苦打重罰才罷。他因想「桂花」二字是禁止不住的，須得另換一名，想桂花曾有廣寒嫦娥之說，便將桂花改為「嫦娥花」，又寓自己身分。如今薛蟠本是個憐新棄舊的人，且是有酒膽、無飯力[22]的。如今得了這一個妻子，正在新鮮興頭上，凡事未免盡讓他些。那夏金桂見是這般形景，便也試著一步緊似一步。一月之中，二人氣概都還相平；至兩月之後，便覺薛蟠的氣概漸次的低矮了下去。

一日，薛蟠酒後⓬，不知要行何事，先和金桂商議。金桂執意不從，薛蟠便忍不住，發了幾句話，賭氣自行了。金桂便哭得如醉人一般，茶湯不進，裝起病來，請醫療治，醫生又說：「氣血相逆，當進寬胸順氣之劑。」薛姨媽恨得罵了薛蟠一頓，說：「如今娶了親，眼前抱兒子了，還是這麼胡鬧！人家鳳凰似的，好容易養了一個女兒，比花朵兒還輕巧，原看得你是個人物，才給你作媳婦。你不說收了心，安分守己，一心一計，和和氣氣的過日子，還是這麼胡鬧，喝了黃湯，折磨人家。這會子花錢吃藥白遭心！」

一夕話，說得薛蟠後悔不迭，反來安慰金桂。金桂見婆婆如此說，越發得了意，更裝出些張致[23]來，不理薛蟠。薛蟠沒了主意，惟有自軟而已⓭。好容易十天半月之後，才漸漸的哄轉過金桂的心來。自此，便加一倍小心，氣概不免又矮了半截下來。

那金桂見丈夫旗纛[24]漸倒，婆婆良善，也就漸漸的持戈試馬[25]。先時不過挾制薛蟠，後來倚姣作媚，將及薛姨媽，後將至寶釵。寶釵久察其不軌之心，每每隨機應變，暗以言語彈壓其志；金桂知其不可犯，便欲尋隙，苦得無隙可乘，倒只好曲意俯就。

一日，金桂無事，因和香菱閑談，問香菱家鄉父母。香菱皆答忘記，金桂便不悅，說有意欺瞞了他。因問：「『香菱』二字是誰起的？」香菱便答道：「姑娘起的。」金桂冷笑道：「人人都說姑娘通，只這一個名字就不通。」香菱忙笑道⓮：「奶奶若說姑娘不通，奶奶沒合姑娘講究過。說起來，他的學問，連咱們姨老爺常時還誇的呢⓯！」欲知香菱說出何話⓰，且聽下回分解。

校記

❶「薛文起」，「起」原作「龍」，參第四回正文，依金本改。
❷「可知天下古今現成的好景好事盡多，只是我們愚人想不出來罷了」，「了」字原無，從諸本增。
❸「我實不敢當」，「敢」下「當」上原有「的」字，從諸本刪。
❹「肥馬輕裘，敝之無憾」，「無」原作「有」，從諸本改。
❺「黃金白璧」原作「黃金赤璧」，從諸本改。
❻「你二姐姐已有人家求准了」，「求」原作「救」，從諸本改。
❼「一面說話，一面咳嗽起來」，「咳」原作「哆」，從諸本改。
❽「方才與黛玉之言相對」，諸本作「與方才黛玉之言相對」。
❾「挽拜在門下的」，「挽」藤本、王本作「強」，脂本、戚本作「纔」，疑「挽」是「纔」爛字。
❿「因為得了護身符，自己身上分去責任，到底比這樣安靜些」，「因」諸本作「自」。
⓫「輕罵重打的」，「罵」原作「罷」，從諸本改。
⓬「一日，薛蟠酒後」，「蟠」下「酒」上原有「的」字，從脂本刪。
⓭「薛蟠沒了主意，惟有自軟而已」，「軟」藤本、王本作「嘆」。
⓮「香菱忙笑道」，「道」字原缺，從脂本、戚本補。
⓯「奶奶若說姑娘不通，奶奶沒合姑娘講究過，說起來，他的學問，連咱們姨老爺時常還誇的呢」，「他」原作「咱」，從藤本、王本改。
⓰「欲知香菱說出何話」，按依上下文，「香菱」似當作「金桂」。

注釋

1 〔河東吼〕比喻厲害的老婆，此指夏金桂，宋代陳慥（ㄗㄠˋ／zào）的妻子柳氏很厲害，陳怕她。蘇軾寫詩和陳開玩笑說：「忽聞河東獅子吼，拄杖落手心茫然」。因為杜甫有「河東女兒身姓柳」的詩句，所以蘇軾用「河東」和「獅子吼」嘲戲他。

2〔曹娥碑〕後漢時會稽上虞縣的長官名叫度尚的改葬孝女曹娥，並撰誄文，刻在碑上。後來蔡邕讀碑文題隱語「黃絹、幼婦、外孫、齏臼」八字，是「絕妙好辭」四字的謎。

3〔肥馬輕裘，敝之無憾〕語出「論語・公冶長」：「願車馬衣輕裘，與朋友共，敝之而無憾」。意思是，願意拿出自己的車馬、衣服、皮袍，同我的朋友共同使用，用壞了也不抱怨。這裡黛玉用來比喻和寶玉志同道合。

4〔錙銖（ㄗ ㄓㄨ／zī zhū）較量〕錙銖，古代重量單位。六銖等於一錙，四錙等於一兩。錙銖較量，就是斤斤計較的意思。

5〔愜（ㄑㄧㄝˋ／qiè）懷〕滿意。愜，滿足，暢快。

6〔指揮〕官名。明、清沿襲元代的制度，在京城設五城兵馬司，長官叫指揮。

7〔兵部〕官署名，掌管全國的軍事。

8〔翛（ㄒㄧㄠ／xiāo）然〕破敗的樣子。

9〔芰（ㄐㄧˋ／jì）荷〕芰，俗稱菱角；荷，荷花。

10〔紅玉〕指芰荷光澤似玉，色彩鮮明。也暗喻迎春等女子。

11〔永晝〕漫長的白天。

12〔敲棋聲〕敲響棋子的聲音。宋趙師秀「約客」詩中有「有約不來過夜半，閑敲棋子落燈花」的詩句。

13〔棋枰（ㄆㄧㄥˊ／píng）〕棋盤。

14〔手足情〕手足，兄弟姐妹之間的關係。此指寶玉和迎春之間的感情。

15〔譯文〕

一夜間池塘上吹過寒冷的秋風，
搖曳多姿的菱花荷花凋落飄零；
蓼花荷葉怎能經住這樣的打擊，
濃露晨霜又壓著那纖細的枝梗。
再也聽不到白天一起敲扣棋子的聲音，
只有燕子銜泥斑斑點點落滿棋枰；
古人惜別為愛憐自己的朋友，
況且我們之間有著骨肉深情。

16〔簡評〕

「紫菱洲歌」是賈寶玉面對大觀園「軒窗寂寞，屏帳翛然」，一派凋零的景象，而徘徊瞻顧，追憶故人，情不自禁，信口吟成的。

這首詩，通過大觀園秋景的描寫，刻畫出一幅凋落的圖景。一夜秋風，「吹散芰荷紅玉影」，是的，抄檢大觀園的風波，就像那冰冷的秋風，使賈府一度的繁華逐漸退去了。儘管樓臺亭閣、雕欄畫棟依然，而人事飄零，景物凋敝，蕭條淒涼。如今，有的走了，有的死了，有的病了，而迎春又要出嫁了，這與當年彩繡輝煌、弦歌燕舞，一片赫赫揚揚的景象相比，確是天地之別。寶玉目睹這一切，已預感到一種暗淡的前景，正如「重露繁霜」壓了下來，細弱的枝梗是難以支撐的。詩中，也抒發了賈寶玉無可奈何的惋惜之情。「蓼花菱葉不勝悲」，「不聞永晝敲棋聲」，正是對今天蕭條的感嘆和對過去生活的懷戀。

17〔廝抬廝敬〕互相尊敬。廝，互相。

18〔丘壑涇渭〕丘，山丘；壑，山溝。涇渭是陝西省兩條河的名字，涇水清，渭水濁。丘壑涇渭，原是比喻人品的高低深淺，就像山谷高低，河水清濁，一對比就明白了。這裡是說夏金桂的思想品質和王熙鳳一樣卑下混濁。

19〔盜跖（ㄓˊ／zhí）〕跖，傳說是春秋時期的大盜。

20〔鈐（ㄑㄧㄢˊ／qían）壓〕鈐，鎮管、轄制。鈐壓，即鎮壓。

21〔宋太祖滅南唐〕宋帝伐南唐時說：「南唐又有什麼罪？不過天下必須統一，臥榻旁邊那容得別人打鼾睡覺呢？」這是語義雙關，表示金桂的嫉妒。按伐南唐是宋太宗的事，「祖」是誤字。

22〔有酒膽、無飯力〕表面很剛強，實際上很懦弱。

23〔張致〕拉架式，有倚仗的樣子。

24〔旗纛（ㄉㄨˊ／dú）〕古代軍隊裡的大旗。這裡指權威。

25〔持戈試馬〕躍躍欲試，無所顧及。

【第八十回】美香菱屈受貪夫棒　王道士胡謅妒婦方

話說金桂聽了，將脖項一扭，嘴唇一撇，鼻孔裡「哧哧」兩聲，冷笑道：「菱角花開，誰見香來？若是菱角香了，正經那些香花放在那裡？可是不通之極！」香菱道：「不獨菱花香，就連荷葉，蓮蓬，都是有一股清香的。但他原不是花香可比，若靜日靜夜，或清早半夜，細領略了去，那一股清香比是花都好聞呢。就連菱角、雞頭、葦葉、蘆根，得了風露，那一股清香，也是令人心神爽快的。」金桂道：「依你說，這蘭花桂花，倒香得不好了？」香菱說到熱鬧頭上，忘了忌諱，便接口道：「蘭花桂花的香，又非別的香可比——」

一句未完，金桂的丫鬟名喚寶蟾的，忙指著香菱的臉說道：「你可要死！你怎麼叫起姑娘的名字來？」香菱猛省了，反不好意思，忙陪笑說：「一時順了嘴，奶奶別計較。」金桂笑道：「這有什麼，你也太小心了。但只是我想這個『香』字到底不妥，意思要換一個字，不知你服不服？」香菱笑道：「奶奶說那裡話？此刻連我一身一體俱是奶奶的，何得換一個名字反問我服不服，叫我如何當得起！奶奶說那一個字好，就用那一個。」金桂冷笑道：「你雖說的是，只怕姑娘多心！」香菱笑道：「奶奶原來不知：當日買了我時，原是老太太使喚的，故此姑娘起了這個名字。後來伏侍了爺，就與姑娘無涉了。如今又有了奶奶，越發不與姑娘相干。且姑娘又是極明白的人，如何惱得這些呢？」金桂道：「既這樣說，『香』字竟不如『秋』字妥當。菱角菱花皆盛於秋，豈不比香字有來歷些？」香菱笑道：「就依奶奶這樣罷了。」——自此後遂改了「秋」字。寶釵亦不在意。

只因薛蟠是天性「得隴望蜀」的，如今娶了金桂，又見金桂的丫頭寶蟾有三分姿色，舉止輕浮可愛，便時常要茶要水的，故意撩逗他。寶蟾雖亦解事，只是怕金桂，不敢造次，且看金桂的眼色。金桂亦覺察其意，想著：「正要擺布香菱，無處尋隙，如今他既看上寶蟾，我且捨出寶蟾與他，他一定就和香菱疏遠了。我再乘他疏遠之時，擺布了香菱；那時寶蟾原是我的人，也就好處了。」打定了主意，俟機而發。

這日，薛蟠晚間微醺，又命寶蟾倒茶來吃。薛蟠接碗時，故意捏他的手；寶蟾又喬裝躲閃，連忙縮手；兩下失誤，「豁啷」一聲，茶碗落地，潑了一身一地的茶。薛蟠不好意思，佯說寶蟾不好生拿著。寶蟾說：「姑爺不好生接。」金桂冷笑道：「兩個人的腔調兒都夠使的了。別打量誰是傻子！」薛蟠低頭微笑不語，寶蟾紅了臉出去。

一時，安歇之時，金桂便故意的攆薛蟠別處去睡，「省得得了饞癆似的。」薛蟠只是笑。金桂道：「要作什麼和我說，別偷偷摸摸的，不中用。」薛蟠聽了，仗著酒蓋臉，就勢跪在被上，拉著金桂笑道：「好姐姐！你若把寶蟾賞了我，你要怎樣，就怎樣。你要活人腦子，也弄來給你。」金桂笑道：「這話好不通！你愛誰，說明了，就收在房裡，省得別人看著不雅。我可要什麼呢？」薛蟠得了這話，喜得稱謝不盡。是夜，曲盡丈夫之道，竭力奉承金桂。次日也不出門，只在家中廝鬧，越發放大了膽了。

至午後，金桂故意出去，讓個空兒與他二人，薛蟠便拉拉扯扯的起來。寶蟾心裡也知八九了，也就半推半就。正要入港，誰知金桂是有心等候的，料著在難分之際，便叫小丫頭子捨兒過來。原來這小丫頭也是金桂在家從小使喚的，因他自小父母雙亡，無人看管，便大家叫他作小捨兒，專作些粗活。金桂如今有意，獨喚他來吩咐道：「你去告訴秋菱，到我屋裡，將我的絹子取來，不必說我說的。」小捨兒聽了，一徑去尋著秋菱，說：「菱姑娘，奶奶的絹子忘記在屋裡了，你去取了來，送上去，豈不好？」

秋菱正因金桂近日每每的挫折他，不知何意，百般竭力挽回，聽了這話，忙往房裡來取。不防正遇見他二人推就之際，一頭撞進去了，自己倒羞得耳面通紅，轉身迴避不及。薛蟠自為是過了明路的[1]，除了金桂，無人可怕，所以連門也不掩。這會子秋菱撞來，故雖不十分在意。無奈寶蟾素日最是說嘴要強，今既遇見秋菱，便恨無地可入，忙推開薛蟠，一徑跑了，口內還怨恨不絕，說他強姦力逼。薛蟠好容易哄得上手，卻被秋菱打散，不免一腔的興頭，變作了一腔的惡怒，都在秋菱身上。不容分說，趕出來，啐了兩口，罵道：「死娼婦！你這會子作什麼來撞尸遊魂[2]？」秋菱料事不好，三步兩步，早已跑了。

薛蟠再來找寶蟾，已無蹤跡了。於是只恨得罵秋菱。至晚飯後，已吃得醺醺然，洗澡時，不防水略熱了些，燙了腳，便說秋菱有意害他，他赤條精光，趕著秋菱踢打了兩下。秋菱雖未受過這氣苦，既到了此時，也說不得了，只好自悲自怨，各自走開。

彼時金桂已暗和寶蟾說明，今夜令薛蟠在秋菱房中去成親，命秋菱過來陪自己安睡。先是秋菱不肯。金桂說他嫌腌臢了，再必是圖安逸，怕夜裡伏侍勞動。又罵說：「你沒見世面的主子，見一個愛一個，把我的人霸占了去，又不叫你來❶，到底是什麼主意？想必是逼死我就罷了！」薛蟠聽了這話，又怕鬧黃了寶蟾之事，忙又趕來罵秋菱：「不識抬舉，再不去就要打了！」秋菱無奈，只得抱了鋪蓋來。金桂命他在地下鋪著睡，秋菱只得依命。剛睡下，便叫倒茶，一時又要捶腿；如是者，一夜七八次，總不使其安逸穩臥片時。

那薛蟠得了寶蟾，如獲珍寶，一概都置之不顧。恨得金桂暗暗的發恨道：「且叫你樂幾天，等我慢慢的擺弄了他，那時可別怨我！」一面隱忍，一面設計擺弄秋菱。半月光景，忽又裝起病來，只說心痛難忍，四肢不能轉動，療治不效。眾人都說是秋菱氣的。鬧了兩天，忽又從金桂枕頭內抖出個紙人來，上面寫著金桂的年庚八字，有五根針釘在心窩並肋肢骨縫等處。於是，眾人當作新聞，先報與薛姨媽。薛姨媽先忙手忙腳的；薛蟠自然更亂起來，立刻要拷打眾人。金桂道：「何必冤枉眾人？大約是寶蟾的鎮魔法兒。」薛蟠道：「他這些時並沒多空兒在你房裡，何苦賴好人？」金桂冷笑道：「除了他還有誰？莫不是我自己害自己不成？雖有別人，如何敢進我的房呢？」薛蟠道：「秋菱如今是天天跟著你，他自然知道，先拷問他，就知道了。」金桂冷笑道：「拷問誰？誰肯認？依我說，竟裝個不知道，大家丟開手罷了。橫豎治死我，也沒什麼要緊，樂得再娶好的。若據良心上說，左不是你三個多嫌我！」一面說著，一面痛哭起來。

薛蟠更被這些話激怒，順手抓起一根門閂來，一徑搶步，找著秋菱，不容分說，便劈頭劈臉渾身打起來，一口只咬定是秋菱所施。秋菱叫屈。薛姨媽跑來禁喝道：「不問明白就打起人來了！這丫頭伏侍這幾年，那一時不小心？他豈肯如今作這沒良心的事！你且問個清渾皂白，再動粗鹵。」

金桂聽見他婆婆如此說，怕薛蟠心軟意活了，便潑聲浪氣[3]大哭起來，說：「這半個多月，把我的寶蟾霸占了去，不容進我的房，惟有秋菱跟著我睡。我要拷問寶蟾，你又護在頭裡。你這會子又賭氣打他去。治死我，再揀富貴的標致的娶來就是了，何苦作出這些把戲來？」薛蟠聽了這些話，越發著了急。

薛姨媽聽見金桂句句挾制[4]著兒子，百般惡賴的樣子，十分可恨。無奈兒子偏不硬氣，已是被他挾制軟慣了。如今又勾搭上丫頭，被他說霸占了去，自己還要占溫柔讓夫之禮。——這魘魔法究竟不知誰作的。正是俗語說得好，「清官難斷家務事」，此時正是公婆難斷床幃的事了。因無法，只得賭氣喝薛蟠，說：「不爭氣的孽障，狗也比你體面些！誰知你三不知的把陪房丫頭也摸索上了！叫老婆說霸占了丫頭，什麼臉出去見人？也不知誰使的法子，也不問清就打人。我知道你是個得新棄舊的東西，白辜負了當日的心。他既不好，你也不該打。我即刻叫人牙子來賣了他，你就心淨了。」氣著，又命：「秋菱，收拾了東西，跟我來。」一面叫人：「去！快叫個人牙子來，多少賣幾兩銀子，拔去肉中刺、眼中釘，大家過太平日子！」

薛蟠見母親動了氣，早已低了頭。金桂聽了這話，便隔著窗子，往外哭道：「你老人家只管賣人，不必說著一個、拉著一個的。我們很是那吃醋拈酸容不得下人的不成？怎麼『拔去肉中刺、眼中釘』？是誰的釘？誰的刺？但凡多嫌著他，也不肯把我的丫鬟也收在房裡了。」薛姨媽聽說，氣得身顫氣咽，道：「這是誰家的規矩？婆婆在這裡說話，媳婦隔著窗子拌嘴。虧你是舊人家[5]的女兒！滿嘴裡大呼小喊，說的是什麼！」薛蟠急得跺腳，說：「罷喲，罷喲！看人家聽見笑話！」金桂意謂一不作，二不休，越發喊起來了，說：「我不怕人笑話！你的小老婆治害我，我倒怕人笑話了❷？再不然，留下他，賣了我！誰還不知道薛家有錢，行動拿錢墊人❸[6]；又有好親戚，挾制著別人！你不趁早施為，還等什麼？嫌我不好，誰叫你們瞎了眼，三求四告的，跑了我們家作什麼去了？」一面哭喊，一面自己拍打。薛蟠急得說又不好，勸又不好，打又不好，央告又不好，只是出入噯聲嘆氣，抱怨說：「運氣不好！」

當下薛姨媽被寶釵勸進去了，只命人來賣香菱。寶釵笑道：「咱們家只知買人，並不知賣人之說，媽媽可是氣糊塗了。倘或叫人聽見，豈不笑話？哥哥嫂子嫌他不好，留著我使喚，我正也沒人呢。」薛姨媽道：「留下他還是惹氣，不如打發了他乾淨。」寶釵笑道：「他跟著我也是一樣，橫豎不叫他到前頭去。從此，斷絕了他那裡，也和賣了的一樣。」香菱早已跑到薛姨媽跟前，痛哭哀求，不願出去，情願跟姑娘。薛姨媽只得罷了。

自此，後來香菱果跟隨寶釵去了，把前面路徑竟自斷絕。雖然如此，終不免對月傷悲，挑燈自嘆。雖然在薛蟠房中幾年，皆因血分中有病，是以並無胎孕。今復加以氣怒傷肝，內外折挫不堪，竟釀成乾血之症[7]，日漸羸瘦[8]，飲食懶進，請醫服藥不效。

那時金桂又吵鬧了數次。薛蟠有時仗著酒膽，挺撞過兩次，持棍欲打，那金桂便遞身叫打；這裡持刀欲殺時，便伸著脖項。薛蟠也實不能下手，只得亂了一陣罷了。如今已成習慣自然，反使金桂越長威風，又漸次辱嗔[9]寶蟾。

寶蟾比不得香菱，正是個烈火乾柴，既和薛蟠情投意合，便把金桂放在腦後。近見金桂又作踐他，他便不肯低服半點。先是一衝一撞的拌嘴；後來金桂氣急，甚至於罵，再至於打。他雖不敢還手，便也撒潑打滾，尋死覓活，晝則刀剪，夜則繩索，無所不鬧。

薛蟠一身難以兩顧，惟徘徊觀望，十分鬧得無法，便出門躲著。金桂不發作性氣，有時喜歡，便糾聚人來鬥牌擲骰行樂。又生平最喜啃骨頭，每日務要殺雞鴨，將肉賞人吃，只單是油炸的焦骨頭下酒。吃得不耐煩，便肆行海罵，說：「有別的忘八[10]粉頭樂的，我為什麼不樂！」薛家母女總不去理他，惟暗裡落淚。薛蟠亦無別法，惟悔恨不該娶這「攪家精」，都是一時沒了主意。於是寧榮二府之人，上上下下，無有不知，無有不嘆者。

此時寶玉已過了百日，出門行走。亦曾過來，見過金桂，舉止形容，也不怪厲[11]，一般是鮮花嫩柳，與眾姐妹不差上下，焉得這等情性？可為奇事。因此，心中納悶。這日，與王夫人請安去，又正遇見迎春奶娘來家請安，說起孫紹祖甚屬不端，「姑娘惟有背地裡淌眼淚，只要接了家來，散蕩兩日。」王夫人因說：「我正要這兩日接他去，只是七事八事的，都不遂心，所以就忘了。前日寶玉去了，回來也曾說過的。明日是個好日子，就接他去。」

正說時，賈母打發人來找寶玉，說：「明兒一早往天齊廟[12]還願去。」寶玉如今巴不得各處去逛逛，聽見如此，喜得一夜不曾合眼。次日一早，梳洗穿戴已畢，隨了兩三個老嬤嬤，坐車出西城門外天齊廟燒香還願。這廟裡已於昨日預備停妥的。寶玉天性怯懦，不敢近猙獰神鬼之像，是以忙忙的焚過紙馬錢糧，便退至道院歇息。

一時吃飯畢，眾嬤嬤和李貴等圍隨寶玉到各處玩耍了一回，寶玉困倦，復回至淨室安歇。眾嬤嬤生恐他睡著了，便請了當家的老王道士來陪他說話兒。這老道士專在江湖上賣藥，弄些海上方[13]治病射利[14]，廟外現掛著招牌，丸散膏藥，色色俱備。亦長在寧榮二府走動慣熟，都給他起了個諢號，喚他作「王一貼」：言他膏藥靈驗，一貼病除。當下王一貼進來。寶玉正歪在炕上，看見王一貼進來，便笑道：「來得好。我聽見說你極會說笑話兒的，說一個給我們大家聽聽。」王一貼笑道：「正是呢，哥兒別睡，仔細肚子裡麵筋作怪。」說著，滿屋裡的都笑了。

寶玉也笑著起身整衣。王一貼命徒弟們：「快沏好茶來。」焙茗道：「我們爺不吃你的茶，坐在這屋裡還嫌膏藥氣息呢。」王一貼笑道：「不當家花拉的！膏藥從不拿進屋裡來的。知道二爺今日必來，三五日頭裡就拿香薰了。」寶玉道：「可是呢，天天只聽見說你的膏藥好，到底治什麼病？」王一貼道：「若問我的膏藥，說來話長，其中底細，一言難盡：共藥一百二十味，君臣相際，溫涼兼用。內則調元補氣，養榮衛，開胃口，寧神定魄，去寒去暑，化食化痰；外則和血脈，舒筋絡，去死生新，去風散毒。其效如神，貼過便知。」寶玉道：「我不信一張膏藥就治這些病？——我且問你，倒有一種病，也貼得好麼？」王一貼道：「百病千災，無不立效；若不效，二爺只管揪鬍子，打我這老臉，拆我這廟，何如？只說出病源來。」寶玉道：「你猜。若猜得著，便貼得好了。」王一貼聽了，尋思一會，笑道：「這倒難猜，只怕膏藥有些不美了。」寶玉命他坐在身邊。王一貼心動，便笑著悄悄的說道：「我可猜著了！想是二爺如今有了房中的事情，要滋助的藥，可是不是？」

話猶未完，焙茗先喝道：「該死！打嘴！」寶玉猶未解，忙問：「他說什麼？」焙茗道：「信他胡說！」唬得王一貼不等再問，只說：「二爺明說了罷。」寶玉道：「我問你，可有貼女人的妒病的方子沒有？」王一貼聽了，拍手笑道：「這可罷了！不但說沒有方子，就是聽也沒有聽見過。」寶玉笑道：「這樣還算不得什麼。」王一貼又忙道：「這貼妒的膏藥倒沒經過。有一種湯藥，或者可醫，只是慢些兒，不能立刻見效的。」寶玉道：「什麼湯？怎麼吃法？」王一貼道：「這叫作『療妒湯』：用極好的秋梨一個，二錢冰糖，一錢陳皮，水三碗，梨熟為度。每日清晨吃這一個梨，吃來吃去就好了。」寶玉道：「這也不值什麼。只怕未必見效。」王一貼道：「一劑不效，吃十劑；今日不效，明日再吃；今年不效，明年再吃。橫豎這三味藥都是潤肺開胃不傷人的，甜絲絲的，又止咳嗽，又好吃。吃過一百歲，人橫豎是要死的，死了還妒什麼？那時就見效了。」

說著，寶玉焙茗都大笑不止，罵：「油嘴的牛頭！」王一貼道：「不過是閑著解午盹罷了，有什麼關係？說笑了你們就值錢。告訴你們說：連膏藥也是假的。我有真藥，我還吃了作神仙呢！有真的跑到這裡來混？」正說著，吉時已到，請寶玉出去奠酒，焚化錢糧，散福。功課完畢，寶玉方進城回家。

那時迎春已來家好半日，孫家婆娘媳婦等人已待晚飯，打發回家去了。迎春方哭哭啼啼，在王夫人房中訴委屈，說：「孫紹祖一味好色，好賭，酗酒，家中所有的媳婦丫頭。將及淫遍。略勸過兩三次，便罵我是『醋汁子老婆擰出來的』[15]。又說老爺曾收著五千銀子，不該使了他的。如今他來要了兩三次不得，便指著我的臉說道：『你別和我充夫人娘子！你老子使了我五千銀子，把你准折[16]賣給我的。好不好，打你一頓，攆到下房裡睡去！當日有你爺爺在時，希冀上我們的富貴，趕著相與[17]的。論理，我和你父親是一輩，如今壓著我的頭，晚了一輩，不該作了這門親。倒沒得叫人看著趕勢利[18]似的。』」一行說，一行哭得嗚嗚咽咽，連王夫人並眾姐妹無不落淚。

王夫人只得用言解勸，說：「已是遇見不曉事的人，可怎麼樣呢？想當日你叔叔也曾勸過大老爺，不叫作這門親的；大老爺執意不聽，一心情願。到底作不好了。我的兒！這也是你的命。」迎春哭道：「我不信我的命就這麼苦。從小兒沒有娘，幸而過嬸娘這邊來，過了幾年心淨日子；如今偏又是這麼個結果！」

王夫人一面勸，一面問他隨意要在那裡安歇。迎春道：「乍乍的[19]離了姐妹們，只是眠思夢想；二則還惦記著我的屋子，還得在園裡住個三五天，死也甘心了。——不知下次來還得住不得住了呢！」王夫人忙勸道：「快休亂說。年輕的夫妻們，鬥牙鬥齒，也是泛泛人[20]的常事，何必說這些喪話？」仍命人忙忙的收拾紫菱洲房屋，命姐妹們陪伴著解釋。又吩咐寶玉：「不許在老太太跟前走漏一些風聲。倘或老太太知道了這些事，都是你說的。」寶玉唯唯的聽命。

迎春是夕仍在舊館安歇。眾姐妹丫鬟等更加親熱異常。一連住了三日，才往邢夫人那邊去。先辭過賈母及王夫人，然後與眾姐妹分別，各皆悲傷不捨。還是王夫人薛姨媽等安慰勸釋，方止住了過那邊去，又在邢夫人處住了兩日，就有孫家的人來接去。迎春雖不願去，無奈孫紹祖之惡，勉強忍情作辭去了。邢夫人本不在意，也不問其夫妻和睦、家務煩難，只面情塞責[21]而已。要知後事，下回分解。

校記

❶「（金桂對香菱說）你沒見世面的主子……把我的人霸占了去，又不叫你來」，「人」字原無，從脂本增。藤本、王本該處有「丫頭」二字。

❷「你的小老婆治害我，我倒怕人笑話了」，「治害我」原作「治我害」，若連下讀為「治我害我」，則下句無主詞，欠明白。從諸本改。

❸「誰還不知道薛家有錢，行動拿錢墊人」，「墊」原作「墊」，從藤本、王本改。

注釋

1〔**過了明路的**〕已經公開了的行動。

2〔**撞尸遊魂**〕撞尸的遊魂。舊時說法，遊魂撲到了死尸身上，尸身就會「還陽」，能夠說話、動作。這裡用來罵人瞎跑、亂闖。

3〔**潑聲浪氣**〕蠻橫無理、胡說八道地大吵大鬧。

4〔**挾制**〕抓住別人的弱點，要挾別人，強使順從。

5〔**舊人家**〕祖輩作官為宦的人家。

6〔**行動拿錢墊人**〕動不動就拿錢壓人。墊，壓迫的意思。

7〔**乾血之症**〕婦女月經久閉，形體極度消瘦的病症。

8〔**羸（ㄌㄟˊ／léi）瘦**〕又弱又瘦。

9〔**辱嗔**〕生氣後對人進行辱罵。

10〔忘八〕忘八，罵人的話。「七修類稿」上說，王八、忘八，訛言忘掉了「孝悌忠信禮義廉恥」八個字。也有說是忘八無恥，即忘記第八個「恥」字。

11〔不怪厲〕舉止容貌和別人一樣，沒有什麼奇特的地方。

12〔天齊廟〕唐玄宗開元十三年封泰山神為天齊王，在各地為泰山神修的廟稱天齊廟。

13〔海上方〕民間的野藥方，非經正式醫生診斷開的藥方。

14〔射利〕賺錢。

15〔醋汁子老婆擰出來的〕這是孫紹祖罵迎春的話。意思是，你是吃醋的老婆養的，好吃醋。

16〔准折〕折價的意思。

17〔趕著相與〕趕著，竭力巴結；相與，相交、交往。

18〔趕勢利〕巴結有錢有勢的主兒。

19〔乍乍的〕剛剛，起初。

20〔泛泛人〕一般人。

21〔面情塞責〕應付情面，說些敷衍的話，搪塞應盡的責任。

紅樓夢（中冊）

作　　者— [清] 曹雪芹
內圖繪者— [清] 改　琦
封面題字— 董陽孜
執行主編— 鍾岳明
校　　對— 呂佳真、詹宜蓁、陳佩伶、王君彤、李佳晏、彭小恬
美術設計— 張治倫工作室
執行企劃— 劉凱瑛

董 事 長— 趙政岷
出 版 者— 時報文化出版企業股份有限公司
108019台北市和平西路3段240號3樓
發行專線—（02）2306-6842
讀者服務專線— 0800-231-705・（02）2304-7103
讀者服務傳真—（02）2304-6858
郵撥— 19344724時報文化出版公司
信箱— 10899台北華江橋郵局第99信箱
時報悅讀網— http://www.readingtimes.com.tw
電子郵件— ctliving@readingtimes.com.tw
法律顧問— 理律法律事務所　陳長文律師、李念祖律師
印　　刷— 勁達印刷有限公司
初版一刷— 二〇一六年七月一日
二版一刷— 二〇一六年八月二十三日
二版三刷— 二〇二三年十月十八日
平裝本定價— 新台幣四〇〇元
精裝本定價— 新台幣五三〇元

時報文化出版公司成立於一九七五年，
並於一九九九年股票上櫃公開發行，於二〇〇八年脫離中時集團非屬旺中，
以「尊重智慧與創意的文化事業」為信念。

紅樓夢 / 曹雪芹著. -- 初版. -- 臺北市 : 時報文化, 2016.07
冊； 公分

ISBN 978-957-13-6688-3（上冊 : 平裝）
ISBN 978-957-13-6689-0（中冊 : 平裝）
ISBN 978-957-13-6690-6（下冊 : 平裝）
ISBN 978-957-13-6691-3（全套 : 平裝）
ISBN 978-957-13-6692-0（上冊 : 精裝）
ISBN 978-957-13-6693-7（中冊 : 精裝）
ISBN 978-957-13-6694-4（下冊 : 精裝）
ISBN 978-957-13-6695-1（全套 : 精裝）

847.49　　105010209

本書由財團法人趙廷箴文教基金會贊助出版

ISBN：978-957-13-6689-0（平裝）
ISBN：978-957-13-6693-7（精裝）
Printed in Taiwan